全新譯校 經典新版世界名著 1

Gone with the Wind

飄

〈上〉

〔美〕瑪格麗特・密契兒 著
劉澤漫 譯

經典新版　世界名著

閱讀經典名著確實是不一樣的宴饗。人們對於經典名著，不會只說「我讀過」，而是說「我又讀了」。事實上，我每次去讀它，都會讀出新的東西，新的精神。

——當代義大利名作家、後設小說大師卡爾維諾（Italo Calvino）

真正的光明，絕不是永遠沒有黑暗的時候，只是永不被黑暗掩沒罷了。真正的英雄，絕不是永遠沒有卑下的情欲，只是永不被卑下的情欲所征服罷了。閱讀經典名著，永遠可以使人自我昇華，不陷於猥瑣。

——法國名作家、諾貝爾文學獎得主羅曼羅蘭（Romain Rolland）

閱讀文學經典、世界名著，能夠滋潤現代人的心靈，使人對世事、愛情與人性重新有一番體悟。

——美國現代名作家、諾貝爾文學獎得主海明威（Ernest Hemingway）

台灣曾出版的世界名著與文學經典可謂汗牛充棟，然而，細察譯文品質與內容，大多是三十至五十年代大陸譯者的手筆，其行文用語的方式與風格，早已與當代讀者的閱讀習慣、閱讀趣味脫節，以致不再能喚起讀者的關注。這一套「經典新版　世界名著」是全新譯本，行文清晰、流暢、優雅，用語力求充分符合當代人的品味。故而，是「後真相時代」中尋求心靈滋養者最適切的選擇。

譯者序

劉澤漫

在美國南北戰爭期間，瑪格麗特・密契兒生活的亞特蘭大曾於一八六四年落入北方軍將領舒爾曼之手。之後，這一事件成爲亞特蘭大居民熱衷的話題，也給童年時代的瑪格麗特留下了深刻的印象。當廿六歲的瑪格麗特決定創作一部有關南北戰爭的小說時，亞待蘭大自然就成了小說的背景。一九二五年，瑪格麗特與喬治亞熱力公司的廣告部主任約翰・馬施結婚，並在丈夫的鼓勵下，開始致力於創作。

早在一九二九年，《飄》的初稿就已完成，先後用了將近十年的時間。與其他作家不同的是，瑪格麗特採用了側寫的方法，她首先完成的是小說的最後一章，然後回來寫前面的章節。她也從來不按事件發生的先後順序來寫，而是想到哪裡就寫到哪裡。

在創作過程中，瑪格麗特一直處於封閉狀態，不向任何朋友提起關於書稿的事情。當時，很多人知道她在創作，但卻沒有人知道她到底在寫什麼。一九三五年春天，麥克米倫出版公司的編輯哈羅德・拉瑟姆向全國各地徵稿組稿，當他來到亞特蘭大時，一次偶爾的機會，聽說了瑪格麗特的事情，於是，就向瑪格麗特問起書稿的情況。最初，瑪格麗特否認她在寫小說，因爲她不相信南方人對南北戰爭的看法會讓北方的出版商感興趣。然而，瑪格麗特猶豫再三之後決定試一下。就在拉瑟姆離開亞特蘭大的前一天，收到了瑪格麗特送來的已經打好的將近五英尺厚的手稿。同年七月，麥克米倫公司決定出版這部小說，並暫定名爲《明天是新的一天》。

爲這部小說，瑪格麗特花費了大量的心血，用了將近半年的時間反覆核實小說中所涉及的歷史事件的具體時間和地點。她引用美國詩人歐內斯特・道森的一句詩，將小說的題目改爲《隨風而去》（亦譯名為《飄》）。與此同時，麥克米倫公司也做了大量的宣傳，因此，一九三六年六月三十日，這位無名作家瑪格麗特・密契兒的「巨著」一經面世，就引起了讀者的強烈回響，其銷售情況更是打破了美國出版界的多項記錄：日銷售量最高時爲五萬冊；前六個月發行了一百萬冊；第一年兩百萬冊。隨後，小說獲得了一九三七年普利茲獎和美國出版商協會獎。就在小說問世的當年，好萊塢便以五萬美元的高價購得將《飄》改編成電影的權利。由大衛・塞爾茲尼克執導，克拉克・蓋博和費雯麗主演的電影《飄》（《亂世佳人》）於一九三九年問世。

從此，全世界讀者和觀眾都記住了那個美貌與勇敢兼具的女主角——思嘉麗。她生活在十九世紀六〇年代美國南北戰爭和戰後重建時期，她俏麗迷人，爭強好勝，貪婪冷酷，爲達目的不擇手段。除了描繪思嘉麗愛情與生活遭遇之外，瑪格麗特還向讀者勾勒出南北雙方在政治、經濟、文化各階層的異同，具有濃厚的史詩風格，堪稱美國歷史轉折時期的真實寫照。

《飄》的出版，使名不見經傳的瑪格麗特一夜之間成爲當時美國文壇的名人，這突如其來的盛譽徹底改變了她的生活。兩分鐘一通電話，每六七分鐘一份電報，公寓門口總有人等候她的簽名，要求採訪，邀請她去各地巡迴演講，甚至要求她爲各慈善事業捐款。接下來，版權和翻譯權的糾紛又把瑪格麗特糾纏到一連串的法律事務中。這讓一向喜歡安靜、不擅交際的瑪格麗特非常苦惱，她說，如果事先知道一個名作家的生活是這樣的話，她不會企圖當一名作家。

這也許就是爲什麼自《飄》出版之後，瑪格麗特到去世之前再也沒有發表任何作品的原因。但僅僅一部作品已夠她享譽一生，半個多世紀以來，這部厚達一千多頁的小說一直位居美國暢銷書的前列，成爲世界無數讀者心目中的愛情經典之作。

目錄
Contents

chapter 1 思嘉麗・奧哈拉

思嘉麗・奧哈拉長得並不漂亮，但被她的魅力迷住的男人意識不到這一點，塔爾頓家那對爲其傾倒的孿生兄弟就是如此。

她臉上融合了母親的嬌柔和父親的粗獷；前者屬於法蘭西血統的海濱貴族，後者來自浮華俗氣的愛爾蘭。這兩種特徵放在一起顯得不太協調，但在這張臉上卻融合得恰到好處。她那尖尖的下巴和周正的牙床，著實惹人喜愛；那雙淡綠色的眼睛純淨似湖水，不帶一絲褐色，剛硬烏黑的睫毛和微微翹起的眼角也顯得別具韻味，俏皮可愛；兩道墨黑的濃眉向上翹起，在她那像木蘭花一樣潔白的皮膚上畫出兩道頗爲搶眼的斜線。這樣白皙的皮膚對於南方婦女極其珍貴。因爲喬治亞[1]位於美國東南部，陽光毒辣。所以她們常常用帽子、面紗和手套把自己武裝起來，免受陽光的曝晒。

一八六一年四月的一天下午，天空晴朗，萬里無雲，思嘉麗同塔爾頓家的孿生兄弟斯圖爾特和布倫特坐在她父親的塔拉農場走廊裡乘涼。她標緻的模樣兒與明媚的春光相得益彰，更顯得朝氣迷人。

1. 美國的一個州，位於美國東南部，東臨大西洋，首府為亞特蘭大。

她身穿新做的綠花布衣裳，裙環撐開了寬極十二碼的飄曳裙擺，腳穿父親從亞特蘭大給她捎回來的新綠色山羊皮便鞋，極為相配。這身衣裳把她大概僅十七英寸左右（臨近三個縣裡最細小的了）的腰肢襯托得恰到好處；合體的緊身小馬甲托出她雖只有十六歲但確已發育成熟飽滿的乳房。雖然她散開的長裙是那麼樸實，梳在後面的髮髻是那麼莊重，那雙交疊在膝頭上的白生生的小手是那麼文靜，但鑲嵌在她甜美如花的臉上的那雙綠色眼睛仍然是騷動不安，狡黠任性且又生機勃勃。這與她的裝束儀表很不搭調。母親的諄諄告誡和嬤嬤的嚴厲管教雖塑造了她的舉止，卻改變不了她的眼睛。而這雙眼睛恰恰流露出她的真性情。

她的兩旁，孿生兄弟懶洋洋地斜靠在椅子上，蹺著二郎腿，穿著及膝高靴的四條長腿因經常騎馬而鼓脹。他們斜睨著從新裝的玻璃窗透進來的陽光，同思嘉麗肆意地談論著。他們年僅十九歲，身高七英尺二英寸左右，身材高挑，肌肉發達，臉膛被太陽晒得黝黑，頭髮則是茶褐色。他們身著同樣的藍上衣和深黃色褲子，同樣自負而愉悅的眼神，像極了棉叢中的兩個棉桃。

外面，傍晚的陽光斜斜地投射在農場上。大自然雖剛呈現出一派綠意，山茱萸卻已開出一簇簇的白色花朵，在陽光的映照下，顯得格外純潔可親。孿生兄弟的兩匹高大的馬就拴在車道上，毛色紅得酷似主人的髮色。馬旁邊是一群跟著主人的獵犬，吵吵鬧鬧，狂吠不止。不遠處躺著一條白色兼有黑花斑的貴族特有的隨車大狗，鼻子貼在前爪上，眼神慵懶，耐心地等待著兩個小主人回家吃晚飯。

走廊裡的三個年輕人雖出身於富裕的莊園家庭，過著飯來張口，衣來伸手，僕人服侍的生活，但他們從來不會無精打采，眼神空洞無物。相反，他們就像一輩子在野外勞作，很少看書的鄉巴佬，強壯活潑，幹勁十足，既不懶散也不嬌柔。

北喬治亞的克萊頓縣的生活與奧古斯塔、薩凡納和查爾斯頓這些城市相比，還保留著一些粗獷的風味。為此，南部那些較文雅的居民瞧不起內地喬治亞人，但這並不能傷害到北喬治亞人。

在這裡，人們有自己的堅持，並不以缺乏高雅的文化教育背景為恥。一個人只要在重要的事情上精明能幹就好了。那麼，就算他沒有受過一流的教育，也不是什麼丟臉的事。種出好棉花，騎馬騎得好，打槍打得準，跳舞跳得輕快，善於體面地追逐女人，喝酒時像個溫文爾雅的紳士，所有的這一切是他們生活的重心。這對孿生兄弟在這些方面都是出類拔萃的，但他們對學習知識的無能也同樣令人不敢恭維。雖擁有比全縣其他人家更多的錢、更多的馬和更多的奴隸，但他們肚子裡面的墨水與那些窮苦的白人鄰居相比卻少得可憐。所謂的繡花枕頭、胸無點墨也大抵如此吧。

斯圖爾特和布倫特剛剛被喬治亞大學開除，這是過去兩年中把他們攆走的第四所大學了。既然這所學校不歡迎那對孿生兄弟，他們的兩個哥哥湯姆和博伊德也就不願意在那裡學下去，也跟他們一起打道回府了。而思嘉麗呢，自從她去年離開費耶特威爾女子學校以後，就一直懶得去摸書本了。這對孿生兄弟把這次開除當很好玩的笑話，思嘉麗也覺得有趣極了，絲毫不以為意。所以他們三人得以在走廊裡面閒聊，消磨時光。

「我知道你們倆和湯姆一點兒也不在乎被學校開除，」她說，「可是博伊德怎麼辦呢？他可是想學點東西，成為文化人的，而你們一而再、再而三把他從維吉尼亞大學、阿拉巴馬大學、南卡羅萊納大學拖了出來，如今又鬧得在喬治亞大學待不下去了。哎，這樣下去，他的願望最終要泡湯了。」

「唔，他可以到費耶特威爾的帕馬利法官事務所去學法律嘛，」布倫特漫不經心地回答道：「再說，這有什麼要緊呀，反正學期結束前我們終要回家的。」

「爲什麼？」

「戰爭呀！傻瓜！戰爭隨時可能打起來，難道你以爲開戰後，我們還能留在學校裡安心學習不成，你說呢？」

「你明知道不會有什麼戰爭的，」思嘉麗心煩地說：「那也只是嘴上說說罷了，你還信以爲真呀！上個星期，艾希禮・威爾克斯和他爸爸還對我爸爸說，咱們派駐華盛頓的專員將要同林肯先生達成一個令人欣慰的共識——簽署一個什麼關於南部聯盟的協議呢。而且，就算簽不成又怎麼樣，北方佬害怕我們，是絕對不敢動手打的。不會有什麼戰爭，聊它做什麼呀，聽著我就心煩。」

「啊，原來不會有什麼戰爭！」孿生兄弟憤憤不平地吼起來，彷彿他們被騙得很慘。

「那可不一定，親愛的，戰爭可能真的會打起來的啊！」斯圖爾特說，「北方佬可能害怕咱們，可是自從前天波爾格將軍把他們轟出薩姆特要塞以後，他們也只好硬著頭皮打了，要不就在世界人民面前丟盡了臉，爲了臉面也只好虎口拔牙了。哦，南部聯盟——」

聽到這裡，思嘉麗扮了個鬼臉，很不耐煩。

「要是你們敢再提一下『戰爭』，我立馬進屋去，把門關上，再也不出來了。我這輩子最討厭的詞就是『戰爭』了，『脫離聯邦』也絕對不許在我面前再提。爸爸一天到晚談戰爭、戰爭，來看他的那些人也叫嚷著談論什麼薩姆特要塞、州權、亞伯拉罕・林肯，簡直煩透了，我幾乎要尖叫了！而你們這些男孩子也在討論這些，還有他們的寶貝軍隊。搞得除了這些，世界上就沒有別的好說的了，搞得今年春天，任何晚會上，什麼有趣的事情都聽不到，一點兒意思也沒有。還好喬治亞要等到過了耶誕節後才脫離聯邦，否則連聖誕晚會也被糟蹋了。要是你們再提一句『戰爭』我立刻進屋。」

她絕對會說到做到，脫離她的話題，她從來不會忍耐太久的。只不過她說這些話時仍笑容可掬，還刻意加深臉上的酒窩。她那修長漆黑的睫毛還故意快速地扇動，就像蝴蝶在炫耀自己魅力的翅膀。小夥子們果然被迷住了，這也正合她的心意。於是他們連忙向她道歉，保證不提戰爭之類的話讓她煩心了。

他們並不因為她討厭戰爭而蔑視她，相反還對她敬重有加。戰爭本來就是男人的事，與女人無關。他們認為她的態度將她的女人味渲染得淋漓盡致。成功地轉移了他們的注意力後，她便饒有興趣地把話題拉回到這兄弟倆眼前的處境上。

「你倆再一次被開除了，你們的媽媽說什麼？」

聽到這個問題，小夥子顯得有些不安和難以啟齒，三個月前他們從維吉尼亞大學被送回家時，母親的表情還深深地留在他們的腦海中。

「唔，她還沒有什麼機會說什麼呢，」斯圖爾特答道：「今天早晨趁她還沒起床，湯姆和我們便溜出來了。湯姆轉道去方丹家了，我們就直接來找你了。」

「難道你們昨晚剛到家的時候，她也沒有說什麼嗎？」

「昨晚我們可走運了。我們還沒到家，媽媽上個月在肯塔基買下的那匹公馬就給送來了，家裡簡直鬧翻天了。這是一匹雄健的好馬，思嘉麗，你該叫你父親馬上到我們家去看看──好傢伙，那個畜生在來的路上把馬夫的肉咬下來一塊，還把我媽派到瓊斯博羅去接他們的兩個小黑子踢傷了。就在我們前腳剛邁進家門的時候，牠把我們的馬棚差點踢翻了，我媽那匹可憐的老公馬──草莓也捎帶著被踢了個半死。我們進家的時候，我媽正在馬棚裡用一口袋糖哄牠，使牠平靜下來，沒想到還真管用了。黑奴們都嚇得眼睛瞪得好大，躲得遠遠的，可我媽竟然還在跟那畜生說話，彷彿那是她的另一個兒子。而那個畜生正在吃她手裡的東西呢。對馬呀，還真沒有人像我媽這麼有辦法。她回頭瞥見了我們，便叫道：『天哪，你們四個怎麼又回來了？你們簡直比埃及的禍患[2]還糟糕！』這時，馬又開始噴著粗氣並且站起來，她嚇得連忙安撫牠，對我們吼道：『你們趕快滾開，難道沒有看見我的大寶貝都生你們的氣了嗎？明天早晨有你們四個好看的！』就這樣，我們趕緊溜到床上睡覺去了。今天天一亮，趁她還沒有起床，我們便趕緊偷偷地溜了出來，只留下博伊德一個人去應付我媽了。」

「你們覺得她會打博伊德嗎？」因為思嘉麗知道，對於這幾個已經長大成人的兒子，瘦小的塔爾頓太太管得還是很嚴厲的，有時候還會動用鞭子，狠狠抽打他們。這種教育方式，思嘉麗和縣裡的其他人都有些不敢苟同。

比阿特里斯．塔爾頓是個大忙人，她不僅擁有一大片棉花地，一百個黑奴和八個孩子，而且還有個州裡最大的養馬場。她性情暴躁，經常因四個兒子吵架而大發雷霆。同時，她也是個很矛盾的人，一方面不許任何人打她的一匹馬或一個黑奴，另一方面卻認為自己偶爾打打孩子們，有助於他們的成長。

「她當然不忍心下手打博伊德。我記得她從來沒有真正打過他，他是老大，又是我們這夥人中個子最小的，」斯圖爾特如是說，對自己那六英尺的個頭兒甚是得意，「因此我們才把他留在家裡承擔一切。老天爺啊，媽媽的確不該再打我們了！我們都十九歲了，湯姆二十一歲，我們都是成年人啦，還整天把我們當成小孩子一樣管！

2. 根據《聖經舊約》「出埃及記」的記載，由於上帝將一連串的禍害降到了埃及人的頭上，埃及法老不得不允許受奴役的以色列人離開埃及。

「明天你媽去參加威爾克斯家的野宴，她會不會騎那匹新買來的馬去呀？」

「她當然想騎，可是爸說騎那匹馬太危險了。再說，我們家的那些女孩子也不會同意她騎的。她們說騎馬太寒磣了，至少應該乘坐馬車去參加宴會，這樣才像個貴婦。」

「但願明天別下雨，」思嘉麗說，「最近幾乎天天下雨。要是把野宴變成家宴，那才是最掃興的事呢。」

「唔，明天準會晴天的，說不定還會像六月天那樣炎熱呢，」斯圖爾特說：「我還從沒見過比現在更紅的夕陽呢。用落日來判斷天氣的陰晴往往不會錯的，這是經驗之談。」

他們同時眺望遠方，眼光越過奧哈拉家無邊無際的新翻種的棉花地，落在夕陽映紅的地平線上。此時太陽在一片洶湧的紅霞中慢慢降落，漸漸消失在弗林特河對岸的群山後面。隨後，四月白天的暖意漸逝，隱隱透出微微涼意。

這一年的春天似乎來得特別早，幾場溫暖的細雨隨之而來。這時粉紅的桃花和雪白的茱萸花競相開放，將幽暗的河邊濕地和遠處的山岡裝點得生氣勃勃。春耕已接近尾聲。喬治亞州的土壤本來就是紅色的，而那輪血紅的落日將新犁出的壟溝映照得更加絢麗奪目。濕潤的土地正著急地等著棉子投入它的懷抱。犁溝的頂呈現出淡紅色，而溝道兩旁在陰影的遮掩下呈現出朱紅、猩紅和栗色。

遠遠望去，農場那座刷白了的磚房如同坐落在茫茫紅海中的一個島嶼，周圍是由旋轉迂迴的新月形巨浪組成的大海。海面洶湧澎湃、波濤起伏，翻騰的巨浪和那頂部呈粉色的波濤撞到一起，稍頓片刻，旋即變成拍岸浪花，四散開去。這裡既沒有喬治亞中部那樣肥沃的黃土地，也沒有海濱種植場滋潤的黑土地，所以很少看到長長的筆直的犁溝。在喬治亞北部綿延起伏的丘陵地帶，田地被犁成無數彎彎曲曲的壟溝，這樣可以防止肥沃的土壤被雨水沖到低處的河底去。

這片土地紅得耀眼，乾旱時似鋪滿地的紅磚粉，雨後更是紅得像鮮血一般。這樣的土地最適合種棉花，因此這裡成爲世界上最好的產棉地。這塊土地上，白色的房屋星星點點，犁過的田地靜穆安詳，黃色的河流流速緩慢，一派令人愉悅的景象。但這也是一片對比強烈的土地，既有最烈的太陽光，也有最陰涼的所在，柔和的陽光靜靜地照在尙待種植的空地和綿延數英里的棉花田上。

這些田地的邊緣上聳立著一片片看似很神秘的未開墾的林地，即使在最炎熱的中午，這裡也是陰暗而清涼的，給人一種邪惡的壓迫感。其中那些松樹在耐心地等待著，風過時嗖嗖作響，好像老年人在輕輕嘆息並威脅著：「當心呀！當心呀！你們原本是屬於我們的。我們早晚會把你們搶回來的。」

三個年輕人坐在走廊裡談笑風生。遠處傳來嗒嗒的馬蹄聲、馬具鏈環的叮噹聲和黑奴們尖利的嬉笑聲，他們知道這是那些幹農活的人和騾馬從田地裡回來了。屋裡傳來思嘉麗的母親愛倫輕柔的話語，她正在呼喚給她提放鑰匙籃子的黑人小女孩。

小女孩用尖聲的童音回答著：「來了，夫人。」緊接著腳步聲便朝著熏臘室的方向漸漸遠去，在那裡，小女孩要給回家的田間勞動者分配食物。接著聽到瓷器噹噹和餐具叮叮的響聲，這表示兼管衣著和膳事的男僕波克已經擺桌子準備開飯了。

孿生兄弟明白，他們該動身回家吃飯了。可是，一想到母親的臉色，他們委實不願意回家。於是，他們便在塔拉農場的走廊裡徘徊流連，東拉西扯，迫切盼望著思嘉麗能開口邀請他們留下來一起用餐。

「思嘉麗，我們計畫一下明天的事情吧，」布倫特開腔了，「雖然當時我們不在，不知道野宴和舞會的事，但這並不能成爲阻止我們明天晚上跳個盡興的理由，你說是吧？你還沒有答應其他人是吧？」

「唔，我當然答應了呀！當時我怎麼能想到你們會回來呢？我總不能冒險在一邊傻待著，看人家跳舞，自己可憐兮兮的。我又不是等著專門伺候你們兩位的？」

「你怎麼可能會在一邊傻待著呢？」兩個小夥子不信地搖搖頭，爽朗地大笑。

「你聽我說，親愛的，你得答應跟我跳第一支華爾滋，跟斯圖爾特跳最後一支，然後我們三個一起吃晚飯。我們再坐在上次舞會時的樓梯平臺上，讓金西嬤嬤再給咱們算一次命。你說，這樣好不好呀？」

「可我討厭聽金西嬤嬤算命。上次她說我會嫁給一個頭髮烏亮、有著長長黑鬍子的男人，我才不喜歡黑頭髮的先生呢。」

「這樣說來，親愛的，你是喜歡紅頭髮的嘍，是嗎？」布倫特傻笑著說，「現在，你要做出決定了。是不是答應跟我們跳所有的華爾滋，然後和我們一道吃晚飯呢？」

「如果你答應我們，我們就告訴你一個秘密。」斯圖爾特誘惑著思嘉麗。

「什麼秘密呀？」思嘉麗一聽到「秘密」這個詞，便興奮得像個孩子叫嚷起來。

「是不是我們昨天在亞特蘭大聽到的，斯圖爾特？如果是的話，我們已經承諾過不說出去的呀！」

「嗯，就是皮蒂小姐告訴我們的那個。」

「你可能不知道，就是艾希禮·威爾克斯的表姐。皮蒂·漢密爾頓小姐，查理斯和媚蘭的姑媽，住在亞特蘭大的那個。」

「我怎麼可能不知道，就是那個傻老太婆呀，我這輩子再也沒見過比她更傻的人了。」

「嗯，就是她，我們昨天在亞特蘭大等火車回家，她的馬車正巧經過車站，她停下來和我們閒聊，她說明天晚上在威爾克斯家的舞會上要宣布一門親事。」

「唔，這個我早就聽說了，」思嘉麗滿懷失望地說，「不就是她的那位傻侄子查理斯·漢密爾頓和霍妮·威爾克斯的事。這幾年大家都在說這件事情。雖然查理斯他自己似乎對此事顯得興趣索然。」

布倫特回憶說，「去年耶誕節的時候，他就像個蒼蠅似的圍著你轉了一天。」

「我有什麼辦法呀，」思嘉麗聳聳肩膀，「我覺得他這個人真是太難纏了。」

「不過，這次你猜錯了，明晚要宣布的並不是他的親事，」斯圖爾特得意地說，「而是艾希禮和查理斯的妹妹媚蘭小姐訂婚的事！」

思嘉麗雖然臉上不動聲色，嘴唇卻刷地變白了——就像是毫無防備地被人猛擊了一拳似的。一瞬間，大腦似乎一片空白，猶如靈魂出竅。她呆呆地注視著斯圖爾特，面無表情。而這位毫無頭腦的人還以爲他說的話令她只是對此事頗感吃驚，並且覺得很有趣罷了。

「皮蒂小姐告訴我們，他們本來準備到明年才宣布訂婚，可是因爲媚蘭小姐近來身體不怎麼好，再加上周圍人都在談論戰爭，兩家人都覺得還是快快成婚的好。所以臨時決定明天晚上在宴會上宣布。你看，思嘉麗，我們已經把秘密告訴你了，你得答應明天晚上和我們一塊吃飯。」

「我當然會答應你們的。」思嘉麗面無表情地回答著。

「真的？跳所有的華爾滋？」

「當然是真的，所有。」

「太棒了！你真好！我敢打賭，別的小夥子們準會嫉妒得發瘋。」

「那就讓他們發瘋好了，」布倫特說：「我們倆能對付他們的。這樣吧，思嘉麗，明天上午的野宴也和我們坐在一起，好嗎？」

「什麼？」

斯圖爾特重複了一遍。

「當然，沒問題。」思嘉麗心不在焉地回答。

哥兒倆彼此望望，心裡面美滋滋的，不過也有些驚訝。儘管他們自詡為思嘉麗所允許的追求者，可是以前他們從沒像今天這麼容易就獲得這項殊榮。她通常只讓他們苦苦哀求，死纏爛打，敷衍他們，卻從不明確表達自己的意思。在他們氣惱時她便報以笑顏，而在他們發怒時她則冷臉相待。可是現在，她卻幾乎答應明天一整天都跟他們待在一起──野餐和他們坐在一起，所有的華爾滋舞曲都跟他們一起跳，晚宴的時間也歸他們所有。獲得心上人的青睞，被大學開除也值了。

思嘉麗的許諾讓他們興奮不已，他們愈加流連忘返，滔滔不絕地談論著明天的野宴、舞會和艾希禮．威爾克斯與媚蘭．漢密爾頓，還不時打斷對方的話，說說笑話，相互逗樂。

這樣的情景持續一會兒後，他們才發現氣氛有些不對，思嘉麗從開始到現在一直沒說什麼話。氣氛何時變得如此尷尬，哥兒倆毫不知情，剛才的興高采烈已經消失殆盡。思嘉麗好像並不怎麼關心他們討論的內容，儘管她還能正確地應和他們。這其中一定有什麼他們不明白的東西，兄弟倆覺察到這一點，感到頗為不解和不安。最終，他們發現思嘉麗絲毫沒有留他們的意思，只好硬賴著待了一會兒，看看手錶，才勉強起身告辭。

太陽漸漸西落，餘暉斜斜地照在新翻耕過的田地上，河對岸高聳的樹林的輪廓也在幽暗裡漸漸模糊。家燕在院子裡急速地衝來衝去，一群群雞、鴨、火雞等踱著方步，大搖大擺地從田野裡歸來。

斯圖爾特不情願地吆喝了一聲：「吉姆斯！」過了一會兒，一個和他們年齡相仿、身材高大的黑人小夥子氣喘吁吁地從屋子邊上應聲跑了過來，熟練地走向兩匹拴著的馬。

吉姆斯是貼身佣人，就像他們的另一條狗，得時刻伴隨著主人。他本是他們小時候的玩伴，直到他們十歲生日那天，便成爲他們自己的貼身奴僕。

塔爾頓家的獵犬一見他，便立馬從紅灰土中跳了起來，等候著牠們的主人。兩個小夥子躬身同思嘉麗握手告別，告訴她，明天一早他們在威爾克斯家恭候她的到來。然後他們便匆匆走下人行道，騎上馬，而吉姆斯緊緊跟隨著，一口氣跑上柏樹夾道。他們一再回過頭來，不斷地揮舞著帽子，再次向思嘉麗高聲道別。

他們在大道上飛馳著，留下一片塵土飛揚。直到塔拉農場消失在他們的視線裡，布倫特勒住馬，在一叢山茱萸處停下來。斯圖爾特也駐馬不走了。黑人男孩在離他們幾步遠處也跟著停了下來。兩匹馬覺得韁繩鬆了，便趁機伸長脖子享受路邊柔嫩的春草，獵犬們也耐著性子再次在灰土中躺下，貪饞的眼光緊緊地追隨著在漸黑的暮色中迴旋飛舞的燕子。布倫特那張老實巴拉的寬臉上呈現出迷惑不解而又略帶憤憤不平的表情。

「我說，」他說，「你覺得她是不是應該留下我們一塊吃飯？」

「我也一直以爲她會呢，」斯圖爾特答道：「我一直等著她留我們的，不知怎麼回事，她竟無意留我們吃晚飯。你說到底是哪裡出問題了？」

「我也是一頭霧水。按理說，她應該留下我們。再怎麼說，這也是我們回家後的第一天，她也好一陣子沒看到我們了。我們還有一大堆事要告訴她呢。

「依我看，我們剛見到她的時候，她還是蠻開心的。」

「我覺得也是這樣的。」

「可後來不知怎麼回事，大約過了半個鐘頭吧，她就有點沉默寡言了，就像得了頭痛一樣。」

「我當時也注意到這一點了，可我沒怎麼在意。你說她是真的哪兒不舒服嗎？」

「我也不知道。你想會不會是我們說了什麼讓她生氣的話？」

他們兩人皺著眉頭，沉思了一會兒。

「我實在是想不起來到底說了什麼。況且，思嘉麗一生氣，傻子都能看得出來，她可不像一般的女孩子那樣悶聲不吭。」

「很對，這也是她吸引我的地方。她生氣時絕不會按捺著性子虛僞地繞來繞去——她會痛痛快快地告訴你，讓你知道你做錯了什麼。不過，肯定是我們說了或做了什麼錯事，惹得她不開心並且懶得和我們說話了，就裝出不舒服的樣子。我敢說，我們剛來時，她絕對是很高興並且有意要留我們吃晚飯的。」

「難道是因爲我們被開除了嗎？」

「見鬼，絕不可能的！你怎麼那麼傻。記得我們剛告訴她這個消息時，她還和我們一起開玩笑，一點也不當真。話又說回來，思嘉麗對讀書好像也不比我們有興趣呀。」

布倫特在馬鞍上轉過身去，把那個黑人馬夫叫到身前：「吉姆斯！」

「唔？」

「你有沒有聽見我們對思嘉麗小姐講的話？」

「沒有呀，布倫特先生！我怎麼敢偷聽老爺們的對話呢？」

「沒偷聽，鬼才信！你們這些小黑鬼簡直就是萬事通，什麼事都知道。你肯定是在撒謊吧？我可是親眼看見你偷偷繞過走廊的拐角，蹲在牆邊茉莉花底下呢。放心，我不會追究的，你好好想想當時我們說了什麼惹思嘉麗小姐生氣或者叫她傷心的話嗎？」

聽他這一說，吉姆斯便不再找藉口申辯自己沒聽到他們的對話了。他皺著眉頭，說：

「真的沒什麼呀，我覺得您沒講啥惹她生氣的話。依我看，她挺高興見到你們的，挺想你們的，見到你們之後就嘻嘻哈哈樂個不停，嘴都合不攏呢。後來你們講了艾希禮先生和媚蘭小姐宣布婚禮的事後，她才不怎麼說話了，就像一隻看到空中有老鷹在盤旋的小鳥一樣。」

哥兒倆你瞅瞅我，我瞅瞅你，贊同地點了點頭，但是並不知道到底是怎麼一回事。

「好像是吉姆說得那樣，可我還是不明白那究竟是爲什麼，」斯圖爾特說，「我的上帝！該不會是艾希禮對於她有什麼意義吧？他們只不過是泛泛之交罷了。她對他不怎麼在意的，她喜歡的是我們。」

布倫特贊同地點點頭。

「難道是因爲這個原因，」他說，「艾希禮事先沒告訴她明天晚上要宣布婚事，她覺得自己是他的老朋友，沒有先對她說，而別的人都知道了，因此聽到這個消息後氣得不願意說話了？女孩子對比別人先知道這類事情是挺在乎的。」

「唔，可能吧，可就算沒有告訴她這件事又怎樣呢？人家本來就是要保密，給別人驚喜的嘛，而且，一個男人總有權保有自己訂婚的秘密的，對不對？要不是媚蘭小姐的姑媽洩露給我們，我們也是被蒙在鼓裡呀。而且思嘉麗一定早已知道他註定要娶媚蘭的。你想一下，我們都知道好幾年了。衛家和韓家的人總愛互相通婚。眾所周知，他總有一天是要娶她的，就像霍妮·威爾克斯要同媚蘭小姐的兄弟查理斯結婚，這是一樣的道理呀。」

「算了，我不想繼續猜下去了。不過，她沒有留下我們吃晚飯，我還是感到遺憾，有些難以接受。說實話，我實在不想回家面對媽媽的怒火，因爲我們被學校開除的事大發牢騷，這次和第一次可完全不同。」

「放心吧，說不定博伊德早已熄滅她的怒火了，你該清楚那個討厭鬼的本事，他有著伶牙俐齒，每次都能把她勸得心平氣和的。」

「但是，就算他有辦法辦得到，那也要有時間和機會呀。他要拐彎抹角，東拉西扯，繞來繞去，直到把媽媽給弄糊塗了，媽媽才會情願讓步，叫他保護好嗓子，好去幹律師所的事。可是眼下，他恐怕還沒來得及開口呢。我敢跟你打賭，媽媽的心思一定還在那匹新買來的馬身上，沒有時間想到我們。說不定要等到坐下來吃晚飯，看到博伊德的時候，才會想起我們又被學校給開除了。她的怒火估計會愈燒愈旺的，一直要持續到晚飯結束。這樣算來的話，要到十點鐘左右博伊德才會有機會勸她的，既然咱們的校長那麼惡劣地斥責你我二人，我們兩個還怎麼有臉繼續留在學校裡，那也太沒有面子了。一直要到半夜，他才能設法讓她把怒氣轉移到校長身上。不行，我們一定要半夜過後才能回家。」

哥兒倆彼此望望，不知道還有什麼好說的。烈性的野馬、行凶鬥毆，以及鄰里的公憤，這些對他們來說都是小菜一碟。但是一想到他們那個紅頭髮母親狠狠的斥責和有時不惜抽打在他們屁股上的馬鞭，他們倆卻頗爲發怵。

「那麼，就這樣好了，」布倫特說，「我們暫時到威爾克斯家去。我想艾希禮和那些女孩子們會樂意請我們吃飯的。」

然而斯圖爾特卻顯得老大不情願的樣子。「我看還是算了，別到那裡去給他們添麻煩了，他們肯定都在爲明天的野宴忙活呢，而且……」

「唔，那倒也是……我忘記了，」布倫特連忙解釋說，「算了，我們不去了。」

他們對馬吆喝了一聲，一言不發地往前騎了一陣。

這時斯圖爾特褐色的臉膛上泛起了一抹尷尬的紅暈。去年夏天的時候，斯圖爾特曾經在雙方家庭和全縣的默許下追求過英迪亞．威爾克斯。縣裡的人覺得也許這位冷靜含蓄的英迪亞和他在一起蠻般配的，至少他們都熱切地希望是這樣的。斯圖爾特自己覺得也蠻相配的，但布倫特並不贊同。

布倫特也不是不喜歡英迪亞，只是覺得她沒有個性，太過於平淡也太過柔順，無論如何他自己也無法對她產生愛慕之情，因此在這一點上就無法與斯圖爾特意見一致了。

這是哥兒倆頭一次產生分歧，而且布倫特感覺非常惱火，自己的兄弟居然會看上一個他認爲毫不出眾的姑娘。

去年夏天他們參加了瓊斯博羅橡樹林裡的一個政治演講會。在這次演講會上，他們兩人偶遇了思嘉麗。雖然他們與她相識已久，從童年時代起，她就是個招人喜歡的玩伴，不論是騎馬還是爬樹，她跟男孩子相比毫不遜色。可現在他們驚奇地發現她已經出落成一個大姑娘了，而且可還以說是全世界最迷人的一個呢。

他們第一次注意到，她那綠色的雙眸秋波粼粼的，一笑起來便現出深深的酒窩。手腳既小巧又嬌嫩，腰肢更是纖細動人。他們的花言巧語讓她樂得開懷大笑，同時，一想到她也許已經把他們看做一對帥氣出眾的小夥子，他們自己也不禁有點飄飄然起來了，更加賣力地討好她。

那是哥兒倆一生中最難忘的一天。從那以後，每當他們談起那時的情景都覺得納悶，爲什麼以前竟沒有留意到思嘉麗的美麗呢。他們至今百思不得其解，爲什麼思嘉麗偏偏要在那一天吸引他們的注意。

思嘉麗的本性根本無法容忍一個男人愛上別的女人而不是她自己，因此她一見到英迪亞和斯圖爾特聊天便覺得渾身難受，便產生了掠奪之心。思嘉麗並不滿足於僅僅佔有斯圖爾特，還要俘獲布倫特的心，施以巧妙的手腕把他們兩個牢牢地控制在自己的身邊。

如今她的手腕奏效了，他們雙雙墜入了她的情網，而斯圖爾特和布倫特曾經半心半意追求過的萊蒂．芒羅——這位來自洛夫喬伊的姑娘，已被他們遠遠地拋在腦後了。

如果思嘉麗接受了他們中的一個，那被拒絕的另一個又該怎麼辦，兄弟倆從來沒想過這個問題。船到橋頭自然直，走一步看一步了，眼下他們同時喜歡上思嘉麗，這就足夠了，因爲他們彼此並不嫉妒。這種微妙的情景引起了左鄰右舍的興趣，但這卻讓他們的母親苦惱不已，說實話，她是不怎麼喜歡思嘉麗的。

「如果那個小妖精隨便挑了你們中間的一個，那就有你們好受的了，」她說，「她興許還會同時接受你們倆，那樣的話，你們就得搬到猶他州去。或許那裡的摩門教徒[3]會收留你們——但我很懷疑他們會不會要你們……我唯一不放心的是，可能沒過幾天，你們倆就會被這個迷惑人的綠眼小妖精給弄得反目成仇，彼此嫉妒到最後甚至用槍桿自相殘殺。不過，要真是弄到那步，也是你們自己咎由自取。」

3. 一八三〇年在美國創辦的一個教派，初期實行一夫多妻制，被美國主流社會視為邪教異端。

從演講會那天起，斯圖爾特一見到英迪亞就會覺得很尷尬。這倒並不是因爲英迪亞給自己臉色看，或者譴責他朝三暮四，另有所屬。他知道這個正派的小姐絕不會那樣做的。可是斯圖爾特跟她在一起時，心裡還是很過意不去，很不自在。他知道，他已經使英迪亞愛上自己了。可是自己對自己的感情也身不由己。所以他內心深處隱隱覺得自己的行爲不是紳士所爲。

他仍然十分喜歡她，她的那種貞潔賢淑的儀態，她的學識和她所具有的種種高尚品格都是他所仰慕的。然而，真見鬼，所有的這些優點一跟思嘉麗的光彩照人和千嬌百媚比起來，就顯得那麼索然無味和平庸呆板了。跟英迪亞在一起時，你永遠頭腦清醒，絕對不會不知道自己身在何處。而跟思嘉麗在一起就完全不一樣了，她會讓你飄飄然。光憑這一點就足以攪得男人心煩意亂了，這才是女人擁有的真正魅力。

「咱們到凱德・卡爾弗特家去吃晚飯得了。聽思嘉麗說，凱薩琳已經從查爾斯頓回來了。說不定她還有薩姆特要塞的消息告訴我們呢。」

「凱薩琳能打聽到什麼消息呀。我敢和你打賭，她都不知道要塞在海港裡，更別說關於那兒擠滿的北方佬被咱們全部都轟走的事了，她唯一關心的就是舞會和她招來的那些花花公子們。」

「就算這樣，去聽聽她的那套胡扯總比回家挨罵好得多。再怎麼說也算是個棲身之地，可以讓我們暫時逃過一劫，拖到媽媽上床睡了以後再回家去。」

「唔，好主意！我還蠻喜歡凱薩琳的，她蠻有趣的，我也想去聽聽卡爾弗特和其他查爾斯頓人說話；可是一想到要跟她的北方佬繼母坐在一起吃晚飯，我就受不了！」

「別對她要求太高了，斯圖爾特，她還是蠻有誠意的。」

「我並沒有苛求她，只是爲她感到難過，而我恰恰討厭那種讓我爲她難過的人。她在你周圍大獻殷勤，一心想讓你感到舒適自在，可是她的言行舉止卻恰恰相反，偏偏讓你反感。她簡直讓我煩躁不安！她還管南方人叫蠻子。她甚至跟媽媽說過這樣的話。她自己其實是很害怕南方人的。我們每次去她家玩，她都像嚇得半死。看見她就讓我想起一隻蹲在椅子上的瘦骨嶙峋的老母雞，雖然雙眼還有光澤，但是目光呆滯，充滿恐懼，一有動靜就會扇動翅膀、咯咯大叫。」

「這個你也不能怪她。誰叫你曾經開槍打傷過凱德的腿。」

「那倒是真的，但那次我喝醉了，也不是故意的，否則我怎麼會幹出那樣的事呢，」斯圖爾特極力地為自己找藉口，「而且凱德自己從不懷恨，她又有什麼好在意的。凱薩琳和雷弗德或者卡爾弗特先生也都沒有放在心上。只有那個北方佬繼母，整天大喊大叫的，直說我是個南方蠻子，還說什麼文明人和粗野的南方人在一起生活，一點都沒有安全感。」

「算了，你就不要再怪她了。她畢竟是個北方佬，能懂什麼禮貌，再說你也真是打傷了她的繼子呀。」

「可是，去他的！那也不能成為她侮辱我的藉口啊！你不還是媽的親生兒子嘛，但那次托尼·方丹打傷了你的腿，她有發過火嗎？沒有，她只是請老方丹大夫來給你簡單地包紮了一下，還直說托尼的槍怎麼會一點也打不準呢。你記得嗎？這話簡直把托尼氣瘋了。」

哥兒倆想到這件事不禁哈哈大笑起來。

「我說，媽媽還真是夠絕的！」布倫特衷心讚賞地說，「你可以永遠不用擔心她把事情處理糟糕，還會讓你在眾人面前保留十足的面子。」

「很對，不過今晚我們回家，估計沒有那麼好的運氣了。她很可能要我們在父親和女孩面前出大醜，」斯圖爾特忐忑不安地說，「聽我說，布倫特，說不定這次咱們去歐洲旅遊的計畫也泡湯了。你記得媽媽說過的話嗎？她說咱們再次被學校開除，就甭想參加什麼旅遊了。」

「這個嘛，見鬼去吧！歐洲有什麼好呀，想這個幹什麼？歐洲有什麼好玩的？我敢打賭，那些外國人肯定拿不出一樣東西在我們面前炫耀，我們這什麼沒有呀。並且我敢說，他們的馬絕不會比我們的跑得快，女孩子也不會比我們這兒的漂亮。我知道得很清楚，他們的黑麥威士忌酒絕對沒有爸爸的夠味。」

「可我聽艾希禮・威爾克斯說，他們那裡的自然風景很迷人，音樂很動聽。艾希禮非常喜歡歐洲，所以他老是談起歐洲。」

「唔，你知道威爾克斯家都是那樣，他們癡迷於音樂、書籍和風景。媽媽說，這都是因為他們的祖父是從維吉尼亞來的緣故。她說維吉尼亞人十分看重這類東西。」

「他們愛怎麼看重就怎麼看重好了。反正我只要有好馬可騎，好酒可喝，好的女孩可以追求，還有個壞女孩開玩笑就足夠了。哪還有什麼時間顧及那個歐洲呀！別人愛怎麼玩歐洲，那是他們的事了。咱們幹嘛還要可惜什麼狗屁旅遊呢？就算我們現在身在歐洲，一旦發生了戰爭怎麼辦？那時候有家也回不得了。我寧願去和北方佬打仗，也不想到歐洲旅遊。」

「我們不謀而合，隨時都可能……嘿，布倫特，我想起可以到哪兒蹭晚飯了。咱們騎馬越過沼澤地，直奔艾布林・溫德那裡，然後就和他說，我們兄弟四個都回來了，隨時準備參加集訓。」

「這個主意棒極了！」布倫特興奮地叫起來，「而且咱們還能探聽到軍營裡的消息，知道他們最後決定用什麼顏色的布料來做制服。」

「要是他們決定採用法國步兵服，那我再去參軍就自觸霉頭了。穿著那種寬大似口袋的紅褲子，我會覺得自己很傻，就像個娘兒們。我看，那根本就是女人穿的紅法蘭絨襯褲。」

「兩位少爺是想到溫德先生家去嗎？」吉姆斯怯生生地問，「要是您想去，恐怕您就別指望吃上好晚飯了。那些黑小子告訴我，他們的廚子剛死啦，還沒來得及找到新的呢。他們就隨便找了個女人做吃的，她做的飯真是難以下嚥。」

「真見鬼！他們幹嘛不買個新廚子呀！」

「那些白人窮鬼能買幾個黑鬼呢？他們擁有的黑奴最多不超過四個。」

吉姆斯的語氣流露出十足的蔑視。他倒是不擔心自己的社會地位，因為塔爾頓家擁有上百個黑奴，就像所有大農場的奴隸主那樣，他自然是瞧不起那些只擁有少數幾個奴隸的小農場主。

「你敢再說這話，看我不剝了你的皮！」斯圖爾特厲聲斥道：「你怎麼能叫艾布林．溫德『窮白人』呢。他就算是窮得一文不值，也絕不是什麼下流坯子。任何人，無論黑人白人，誰要是敢瞧不起他，我絕不輕饒。他是全縣最好的人，要不是這樣的話，軍營裡的人也不會選他當尉官的。」

「我可不懂得這些大道理，」吉姆斯不顧主人的斥責，硬是頂嘴說道：「他們應該從有錢的白人老爺中選長官，而不是從住在沼澤地的白人窮鬼中選。」

「他不是什麼白人窮鬼！難道你要拿他跟真正的白人窮鬼，像斯萊特里那樣的人相比嗎？艾布林只不過是沒有那麼富有罷了。就算他不是大農場主，畢竟也擁有一個小農場啊。既然新入伍的小夥子選舉他當尉官，自有他們的道理。那麼哪個黑小子也沒有權利肆意講他的壞話。營裡自有他們的主張。」

騎兵連是三個月前建立的，成立那天正好喬治亞州退出聯邦政府。從那天起，那些入伍的新兵一直盼望著打仗。儘管方案眾多，但這個組織至今還沒有命名。

命名這個話題正像軍服的顏色和式樣似的，每個人都有自己的意見，並且誰都不肯妥協。像什麼「克萊頓野貓」啦，「暴躁人」啦，「北喬治亞輕騎兵」啦，「義勇軍」啦，「內地步槍兵」啦（儘管這個營是用手槍、軍刀和單刃獵刀而不是用步槍來裝備的），「克萊頓灰衣人」啦，「血與怒吼者」啦，「莽漢和應聲出擊者」啦，每個名稱都有一幫人擁護。在問題未解決之前，大家都直接稱呼這個組織爲「營」，儘管最後採用了誇大其詞的名稱，他們一直都以與他們組建初衷有關的「騎兵連」而聞名。

軍官是由大家選舉產生的，因爲全縣實在是除了幾個少數參加過墨西哥戰爭和塞米諾爾戰爭的老兵外，誰都沒有什麼帶兵打仗的軍事經驗，而且，讓一個大家都不喜歡和不信任的老兵當頭領只會引起全營的蔑視，難以服眾。雖然大家全都中意塔爾頓家四個小夥子和方丹家三兄弟，但令人遺憾的是，營裡的人都不願意推舉他們，究其原因，塔爾頓家的人太沉迷於吃喝玩樂，而方丹家的兄弟性情暴戾和剛愎自用。選來選去就剩艾希禮．威爾克斯了。因此他就被選做隊長了，原因是他是縣裡數一數二的好騎手，而且頭腦冷靜，大夥都堅信他至少還能維持某種表面的秩序。凱德．卡爾弗特被任命爲第一中尉，因爲大家都喜歡凱德。而沼澤地一位獵人的兒子、身爲小農場主的艾布林．溫德則被選爲第二中尉。

艾布林個頭高大，精明沉著，雖然大字不識一個，但心地善良，比別的小夥子稍年長些，在太太小姐們面前，他的舉止並不比其他男孩遜色，甚至略勝一籌。「營」裡很少有人欺下媚上的。因爲他們的父親和祖父大多是以小農致富的，所以都不會有那種勢利眼的現象發生。再說，艾布林是「營」裡數得著的好射擊手，他能在七十五碼開外僅憑一桿「神槍」就瞄準一隻松鼠的眼睛。他也熟悉各種野外生存的技巧，能在雨地裡生火，善於捕捉野獸，能夠尋找到水源。「營」裡的風氣就是尊重有真本事的人，因此大夥都對他心悅誠服，讓他當了軍官。他嚴肅莊重地對待這份榮譽，從不驕傲自大，好像他不過是在盡本分罷了。然而那些大地主家裡的女人們和奴隸們總忘不了他出身微賤。

起初，這個「營」只招募農場主的子弟，某種意義上可以說完全是由上層人員形成的組織；每人都得提供自己的坐騎、武器、裝備、制服及貼身男僕。但是這個新建成的小縣還沒有那麼多的有錢的農場主。為了建立一支更強大的武裝力量，他們只好挑選附近的小農戶和森林地帶的獵戶、沼澤地的捕獸者、山地裡居住的人，有時甚至還會從貧窮白人的子弟中來招募更多的新兵。

其實當戰爭爆發後，後一部分青年人懷著和他們的富裕鄰居一樣的理想，渴望著在戰場上大顯身手去打北方佬，不過金錢這個微妙的問題也應運而生。小農場主是很少擁有戰馬的，因為他們大部分人使用騾子進行耕作，而且真的也沒有多餘的錢，最多不會超過四頭騾子。即使騾子為騎兵連所接受，他們也騰不出時間去參戰，更何況騎兵連根本不接受騾子。對於那些窮白人來說，只要有一頭騾子，他們便覺得已經很了不起了，何談戰馬呢？

相比之下，邊遠林區的人和沼澤地帶的居民擁有的財產更可憐。他們既沒有馬也沒有騾子，生活完全是靠林地的出產和沼澤中的獵物，所謂做生意也只是以物換物，一年之內連五美元現金都很少見，更何況要他們自備馬匹、制服。這簡直就是緣木求魚。

可是這些人人窮志不窮，就像擁有財富的那些農場主一樣驕傲，他們從來都不接受白人鄰居們略帶慈善性質的捐助。在這種局面下，思嘉麗的父親、約翰·威爾克斯、巴克·芒羅、吉姆·塔爾頓、休·卡爾弗特，實際除安格斯·麥金托什以外，幾乎全縣每個大的農場主，都紛紛捐錢出資把軍營全面裝備起來，包括馬匹和人員在內，這樣就顧及到了所有人的臉面，更好地維護了大家的感情，也有利於營隊的團結。

這件事起初是由每個大的農場主都同意自己出錢裝備自己的兒子，以及同意接受饋贈的若干人開始的，但經過慢慢的、微妙的演變後，營裡那些相對貧窮的成員也能夠欣然接受他們的馬匹和制服而並不覺得低人一等。

營隊每星期都在瓊斯博羅集訓兩次，盼望著戰爭早日打響。雖然馬匹還沒有備齊，制服還沒有確定好，但是那些有馬的人已經在縣政府後面的空地上表演他們想像中的騎術動作了。馬蹄掀起滿天塵土，他們扯著嘶啞的嗓子叫喊著，揮舞著久置在客廳牆上的革命戰爭時期的軍刀。而那些還沒有馬匹的人，就只能無聊地坐在布拉德倉庫前面的鑲邊石上，一面嚼著煙草閒扯，一面觀看他們戰友的馬術表演。實在閒得發慌，他們就比賽打靶。這倒用不著別人去教他們打槍。因爲大多數南方人天生就是玩槍的行家，他們平日整天在打獵中消磨時間，這使得他們個個都被訓練成了很好的射手。

從農場主家裡和沼澤地的棚屋裡，一隊隊年輕人攜著武器飛奔向每個集合點。他們使用的武器各式各樣，有還很新的初次越過阿勒格尼山脈時用來打松鼠的長桿槍，有喬治亞剛開闢時打死過許多印第安人的老式毛瑟槍，有在一八一二年以及墨西哥和塞米諾爾戰爭中服過役的人用的手槍，還有決鬥時用過的鑲銀手槍、短筒袖珍手槍、雙筒獵槍，漂亮的帶有硬木槍托的英制新式來福槍等，看的人眼花繚亂。

操練結束時，瓊斯博羅一些酒館裡通常會演出最後的一幕。傍晚到來之時，也是這些軍官最忙的時候。因爲這時爭鬥會紛紛發生，搞得軍官們焦頭爛額，不得不在北方佬們打來之前忙著處理自己械鬥的傷亡事件。

就是在這樣一場所謂戰前演習的戰爭中，斯圖爾特·塔爾頓開槍傷了凱德·卡爾弗特，托尼・方丹也打傷了布倫特。那時，這對兄弟也是剛剛被維吉尼亞大學開除，恰好此時營隊剛剛成立，他們便滿懷著熱情地參加了。

槍傷事件發生以後，就在兩個月前，他們的母親幫他們打點好行裝，打發他們到州立大學去求學，責令他們待在那兒。他們十分懷念操練時的那股興奮勁兒，每思及到此，就會覺得心痛不已。他們覺得只要能和夥伴們在一起騎著馬、嘶喊、射擊，犧牲上學的機會是沒有什麼好可惜的。

「那麼，咱們就徑直過去找艾布林好了，」布倫特提議說，「咱們只要穿過奧哈拉先生家的河床和方丹家的草地，一會兒就能趕到那兒。」

「可是到那裡後，咱們可是沒有口福吃什麼好東西了，只能啃番薯和青菜。」吉姆斯不高興地說。

「你不用要什麼吃的，」斯圖爾特咧嘴笑了，「因爲你要回家去告訴媽媽，我們倆不回家吃飯了。」

「上帝呀，你們就算打死我，我也不回去！」吉姆斯驚慌地叫道：「不，我絕對不回去！回去肯定要被比阿特里斯小姐打得半身不遂，那可不是開玩笑的。首先她會質問我你們怎麼又被攆回家？其次，她會問我，爲什麼今晚不把你們帶回家去，好讓她揍你們一頓。然後她就會把火發到我身上，就像鴨子撲在綠花金龜上一樣。我清楚得很，她肯定會把這件事通通賴在我身上的。要是你們不帶我到溫德先生家去，我只能整夜蹲在外邊林子裡，沒準兒會被巡邏隊逮住，這樣也好，那麼我寧願給巡邏隊帶走，也不願在太太生氣時落在她的手中。」

哥兒倆瞪著這個倔強的黑孩子，感到困惑不已，氣惱萬分。

「這個黑小子可不是說著玩的，他會動真格的。他真會叫巡邏隊帶走他。如果真是這樣，我們就是自找苦吃了，這又會給媽添了個話題，她會在我們耳邊嘮叨好幾個星期呢。我就說這些黑小子們是世界上的麻煩精。我現在想，那幫廢奴主義者的主意有時還真合我心意呢。」

「話又說回來，咱們總不能讓吉姆斯去面對咱們都不敢應付的場面吧。看來咱們只好勉爲其難地帶著他了。可是，你要聽好了，你這厚顏無恥的黑蠢貨，要是敢在溫德家的黑人面前端架子，誇口炫耀咱們常常吃烤雞和火腿，鄙視他們除了兔子和負鼠什麼也吃不上，那我——我就要回去告訴媽媽去，到時會有你好看的。而且，再也不准你跟著我們一起去打仗玩耍了。」

「端架子？我在那些不値錢的黑小子跟前有什麼好端架子的？您放心，先生們，我起碼還講點禮貌的。在行爲舉止方面，比阿特里斯小姐難道不是用教你們的同樣的方式教我的嗎？」

「可她在咱們三人身上的教育是不怎麼成功的，」斯圖爾特說，「算了吧，不提這些了，咱們還是繼續趕路吧。」

他先讓自己的大紅馬倒退幾步，然後在牠腰上狠狠踢一下，揮舞著馬鞭，馬兒跳起來輕易地越過籬欄，越進傑拉爾德．奧哈拉農場那片鬆軟的田地。布倫特的馬也不甘示弱，緊隨其後。最後是吉姆斯的馬，他跳時緊張地抱住鞍頭和馬鬃。其實吉姆斯一點兒也不喜歡跳籬欄，但是爲了趕上自己的兩位主人，只好硬著頭皮跳了，有時還要跳過比這更高的地方。

夜色越來越濃了，他們在壟溝裡擇道而行，順著山坡向河床走去。布倫特對他的兄弟大聲喊道：「我說，斯圖爾特！你覺不覺得思嘉麗本意是想留下咱們吃晚飯的？」

「我自始至終都是這樣認爲的，」斯圖爾特高聲回答道，「你呢……」

chapter 2 艾希禮．威爾克斯

思嘉麗站在塔拉農場的走廊上目送那對孿生兄弟離開，直到飛跑的馬蹄聲隱隱消失在暮色中，她才像個夢遊人似的拖著自己的身體回到椅子上去。她覺得自己臉頰發僵，隱隱作痛，終於發現嘴巴原來真的酸痛了。

在剛才很長一段時間裡，爲了避免那對孿生子發覺她內心的秘密，她就一直在咧著嘴假裝微笑。她疲憊不堪地盤坐在椅子上，內心湧起一陣陣悲苦。這悲苦愈演愈烈，直至她那顆心再也無法承受。她的心在抽痛著，兩手冰涼，一種大禍臨頭的沉重感覺緊緊地逼向她。從未有過的痛苦和惶惑的神情在她的臉上一覽無餘。這種感覺緊抓住她不放，這表示她這個已被嬌寵慣了、經常有求必應的孩子如今碰到生活中最大的危機了。

艾希禮要同媚蘭．漢密爾頓結婚了！

唔，這絕對不是真的！肯定是那對孿生兄弟搞錯了。他們一定是在拿她開玩笑。艾希禮不會，絕對不會愛上她的。任何一個人都不會的，就憑媚蘭這樣一個耗子般的小小羸弱的樣兒。

思嘉麗帶著鄙夷的情緒想著媚蘭單薄瘦弱、孩子氣十足的身材以及那心形臉孔，這副模樣甚至可以說是醜陋了。再說，艾希禮都已經有好幾個月沒見到她了。從去年「十二橡樹」舉行大宴會算起來，他至多只到過亞特蘭大兩次。怎麼可能，艾希禮不可能同媚蘭相戀的，因爲……

噢，她不可能搞錯的！——因爲他在愛著她！她——思嘉麗——才是他愛著的人——她知道這一點！

堂屋裡，嬤嬤那笨重的腳步把地板踩得嘎嘎響，聽見這個聲音，思嘉麗便迅速地將盤著的那條腿拿下來，坐直了身子，並趕緊輕輕拍打著自己的臉頰，想方設法放鬆臉部肌肉，儘量使自己顯得和平時沒什麼兩樣。可萬萬不能讓嬤嬤發現並懷疑出了什麼事情呀！

嬤嬤總認爲奧哈拉家的人身心都是她的，都要在自己的掌握之中。他們的秘密就是她的秘密。只要嗅到一絲神秘的味道，她就會像條警犬似的緊追不放，用盡一切辦法無情地追蹤到底。根據以往的經驗，思嘉麗知道如果嬤嬤的好奇心得不到及時滿足，她就會去跟媽媽告狀，一起嘀咕。如果真的到了那時，她也只好向母親坦白一切，否則就得絞盡腦汁編出一個像樣的謊話來搪塞她們。

嬤嬤從堂屋走出來，她是個高大粗壯的老太婆，眼睛雖細小卻透出精明，活像一頭大象。她是一個純粹的非洲人，長得黝黑。她整個身心都毫無保留地投注到奧哈拉一家，成了愛倫的左膀右臂、三個女孩子的眼中釘和其他家人的閻羅王。

嬤嬤是個黑人，但她的行爲準則和自尊心跟她的主人們相比並不遜色，甚至準則還更高、自尊心還更強。她是在愛倫·奧哈拉的母親索蘭吉·羅畢拉德的臥室裡養育大的，那位老太太是個擁有高高鼻梁的法蘭西人。這個老太太文雅得體，同時也很嚴厲，只要自己的兒女或者僕人觸犯家規便給予嚴厲的懲罰。嬤嬤原是愛倫的奶媽，愛倫出嫁後隨她從薩凡納來到內地。嬤嬤要是寵愛誰，就會對誰管教得更加嚴格。正由於她獨獨寵愛思嘉麗，並以思嘉麗爲豪，她對思嘉麗的管教也就嚴格得無以復加。

「那兩位少爺就這樣走了？你怎麼沒留他們一起吃晚飯呀，思嘉麗小姐？我已經告訴波克添兩份客飯了。我平時是怎麼教你的，你的禮貌都到哪裡去了？」

「唔，我也不想這樣，誰叫他們光顧著談論戰爭，我都聽膩了，再也無法忍受同他們一起用餐了，尤其是爸爸肯定也會摻和進來，滔滔不絕地議論林肯先生。」

「就算這樣，你也不可以像個女僕一般不懂禮數，虧你媽媽和我還辛辛苦苦教你呢。還有，你怎麼忘記了披上你的披肩呀？快起風了！我不止一次地告訴過你，光著肩膀坐在夜風裡，會被吹感冒發燒的。快進屋裡來，思嘉麗小姐。」

思嘉麗故意裝出一副毫不在乎的樣子掉過頭去，還好嬤嬤正一個勁兒地嘮叨披肩的事，沒有留意到她蒼白的臉。

「不，我想坐在這裡欣賞落日。它多美呀。麻煩你去幫我把披肩拿來好了。好嬤嬤，讓我坐在這裡觀賞一會兒，等爸爸回來後，我和他一起進屋吃飯。」

「可是我怎麼聽著你這聲音像是著涼了。」嬤嬤關心地說。

「唔，這麼一會兒還不至於的。」思嘉麗不耐煩地說：「麻煩你快去把我的披肩取過來吧，要不我就真的感冒了。」

嬤嬤一搖一擺地走進過道，思嘉麗耳邊便響起她在樓梯口輕聲呼喚樓上的女僕的聲音。

「聽著，羅莎！快把思嘉麗小姐的披肩給我扔下來。」接著，她的聲音更大了，「真是個沒用的黑鬼！總是什麼忙也幫不上。還得我親自爬上樓去取。」

接著便傳來樓梯咯吱咯吱的聲音，思嘉麗便輕輕站起身來。嬤嬤一回來肯定又要嘮叨她不懂禮貌，繼續責備她了。若在平時思嘉麗覺得也沒什麼，但正當自己心酸的時候，她實在無法忍受再叨叨這種雞毛蒜皮的小事了。

她猶猶豫豫地站起來，心裡想著該到哪裡去躲避一下，以便讓內心的痛苦得到一點緩解。這時她腦海裡跳出來一個念頭，給她帶來了一線喘息的希望。原來那天她父親騎馬到威爾克斯家的農場「十二橡樹」去了。波克是思嘉麗家的管家，他的老婆迪爾茜是「十二橡樹」的女領班兼接生婆。他們六個月前剛剛結婚，可是兩個人卻分居兩地。波克實在是受不了了，就整日整夜地纏著主人要把他老婆買過來，好讓他們兩口子住在一起，父親實在被煩得不得了，只得動身到威爾克斯家的農場去商量購買迪爾茜的事。

思嘉麗尋思著，爸爸一定會知道這個可怕的消息是真的還是假的。就算今天下午他沒有聽到關於訂婚的什麼消息，如果真有此事，他也許會注意到某些跡象，肯定會感覺到威爾克斯家有什麼讓人興奮的事情。要是我能在吃晚飯前單獨遇到他，也許能弄個明白……原來這一切只不過是那兄弟倆的一個愚蠢至極的玩笑罷了。

父親該回來了。如果她想單獨見他，也不是什麼難事，只需在車道進入大路的路口上迎接他就行。

她躡手躡腳地走下屋前的臺階，再回過頭來仔細打量了一番，確保嬤嬤的確沒有在樓上的窗口觀望。還好，從飄動的窗簾縫裡，她沒看到那張戴著雪白頭巾的寬大黑臉，帶著不以為然的神情在窺視她，便放開膽子撩起那件綠花布裙，沿著卵石徑向車道飛奔去。只要那雙鑲有緞帶的小便鞋允許，她是能跑多快就會跑多快的。

茂密的柏樹靜靜地矗立在鋪著碎石的車道兩旁，枝葉互相交錯，形成天然的拱頂。那長長的林蔭路成了一條陰暗的甬道，一跑進甬道裡，她便大大的鬆一口氣，覺得自己安全了。確定家裡的人望不見她了，她這才稍微把腳步放慢，因為胸衣箍得太緊了，大大地限制了她奔跑的速度，剛剛又跑得太快，她變得上氣不接下氣了，但她還是盡可能快地往前走。

很快她便來到車道盡頭，拐上馬路。可是她並沒有停下腳步，直到拐了個彎，讓一大片樹林把她擋住，使家裡人再也看不見她。

也許剛才的腳步過於急促，她兩頰發紅，氣喘吁吁，然後在一個樹樁上坐下來撫著胸口等待父親。往常這時候，他早就回家了，不過她很高興他今晚晚一些，這樣她才有足夠的時間緩過氣來，使臉色恢復平靜，不至於引起父親的猜疑。

她分分秒秒都在期待著聽到嗒嗒的馬蹄聲，看到父親用他那足以嚇死人不償命的速度飛馳上山岡。可是時間一分一秒地過去了，還是沒看見傑拉爾德歸來的身影。她順著大路焦急地望去，急切地想搜尋到他的影子，可是恰在這時，心裡的痛楚卻又不可抑制地膨脹起來。

「真見鬼，那絕對不可能是真的！」她想，「他怎麼還不回來呢？」她思索著，急切的目光望著那條因早晨下過雨而變得血紅的大路，心也沿著這段路程奔下山岡，飄過那懶洋洋的弗林特河畔，又越過荊棘雜亂的沼澤谷底，再爬上另一個山岡，來到了「十二橡樹」。艾希禮就住在那裡。此時此刻，這條路的全部意義就只剩這一個了——這條路可通向艾希禮以及他那座房子，房子就像希臘神廟一樣坐落在一座小山上，白色的柱子高高聳立著，漂亮極了。

「啊，艾希禮！艾希禮！……」她心裡狂喊著，心跳得更加急促了。

自從聽了塔爾頓家那對孿生子無意透露給她的消息以後，一種惶惑和災難的冷酷感一直沉重地壓在她的心頭上，如今這種感覺已被她遠遠拋在心門之外，取而代之的是那股狂熱之情，這股熱戀整整支配了她兩年來的全部感情生活。

事情的發展總是讓人出乎意料。當她還是小女孩的時候，爲什麼從沒有覺得艾希禮有什麼特別吸引人的地方呢？童年時，她就經常看見他走來走去，卻從來不曾對他有過什麼想法。直到兩年前的那一天，艾希禮剛從為期三年的歐洲大陸旅遊回來，到她家來禮節性地拜訪，她突然發現自己愛上了他。事情簡單的讓自己也難以置信。

他騎著馬從林蔭道上遠遠地過來，而她那時正坐在屋前走廊上。當時他穿著灰色細棉布上衣，領口打著寬大的黑色蝴蝶結，與那件皺領襯衫很相配。時至今日，她還清楚地記得他那身打扮的每一個細節：那雙馬靴擦得晶亮，胸前的蝴蝶結別針上是那個浮雕寶石的蛇髮女妖的頭，那頂巴拿馬帽子有著寬寬的邊……他一看見她，就立即把帽子拿在手裡。

他躍下馬，把韁繩扔給一個黑人孩子，站在那裡朝她微笑著打招呼，那雙朦朧的灰色眼睛睜得大大的，流露出十足的自信；他的一頭金黃色頭髮在太陽下閃閃發光，像一頂燦爛的王冠。那時他溫和有禮地說：「思嘉麗，你都出落成一個大女孩了。」然後輕輕地邁上臺階，親吻了她的手。還有他的聲音！……她永遠也忘不了她聽到他的聲音時那怦然心動的感覺，就好像是第一次聽到了這種不緊不慢、渾厚洪亮、悅耳動聽的聲音一樣。

就僅僅這最初的一剎那的工夫，她就不可救藥地迷上了他。她覺得她需要他，就像要吃東西、買馬匹、要溫軟的床睡覺那樣的自然簡單，就是那樣不需要任何理由地需要他。

最近兩年來，她在縣裡各處走動，總是離不開他的陪伴。他陪著她參加舞會、炸魚宴、野餐，甚至法庭開庭日的聽審等。雖然艾希禮從來不像塔爾頓兄弟那樣頻繁，也不像方丹家的年輕小夥子那樣糾纏不休，可每星期艾希禮都會準時來拜訪塔拉農場，幾乎從未間斷過。

他確實從來沒有向她表達過愛意，思嘉麗在他那雙清澈的眼睛裡面也從來沒有看見過其他男人看到她時的那種熾熱的光芒。可是仍然……仍然……思嘉麗就是知道他是愛她的。在這點上她是不可能錯的。因爲她相信對於愛情來說，直覺遠遠比理智更可信賴，而以往的經驗中產生的認識也告訴她，他愛她。她經常會出其不意地發現，他的眼睛並沒有露出無精打采或是遠不可及的神色，而是帶著一種令她費解的渴望和憂傷的神情看著她。可是她知道他一定在愛她，爲什麼他就不能對自己明說呢？這一點她始終無法理解。但是她知道他身上的謎團還有許多。

他爲什麼長得這麼迷人啊，高高在上而又不失紳士，而且一談起歐洲、書本、音樂、詩歌和一些她根本不感興趣的東西來，他就顯得那麼興奮，興奮得令人生厭……可是又那麼令人羨慕不已。無數個夜晚，當思嘉麗在房子前面半明半暗的遊廊上和他閒坐之後，躺在床上總是輾轉反側，好幾個小時都無法入眠，最後只得自我安慰地欺騙自己，下次他再來看她時一定會向她求婚，只有這樣她才能慢慢地進入夢鄉。可是，下次他來了又走了，結果什麼也沒有發生……然而那股令她著迷的狂熱勁卻變得更強烈了。

儘管她愛他，她需要他，但是她並不能看透他。她本是直率、簡單的人，就像吹過塔拉上空的風和從塔拉身邊流過的河流一樣，率性真實，即使活到老，她也無法理解這麼一件錯綜複雜的事。如今，她第一次氣起自己來，怎麼會碰上並迷上了這樣一個性格複雜的人。

思嘉麗實在搞不明白，自己沒辦法走進他的世界，爲什麼竟會爲他如此著迷呢？也許就是他的內心世界像一扇既沒有鎖也沒有鑰匙的門，激起了她的好鬥和好奇心。那些讓她無法理解的東西只會使她更加沉迷於他，他那種欲擒故縱的求愛態度只能鼓勵她下更大的決心去把他占爲己有。她相信他總有一天會向她求婚的。

因爲她實在是太年輕，再加上平時實在是被寵壞了，從來沒有嘗過失敗是什麼滋味。現在，這個消息就是個晴天霹靂，令她不知所措。這絕對不可能是真的！上帝呀！難道艾希禮真要娶媚蘭了?!

怪不得上週一個傍晚他們從費爾黑爾騎馬回家時，他吞吞吐吐對她說：「思嘉麗，我有件非常重要的事必須要告訴你，但是不知道該怎麼說好。」

那時她還傻乎乎地假裝不好意思地低下頭來，可心卻樂開了花，覺得那個求婚的激動時刻馬上就要來了。接著他又說：「算了，下次再說吧！沒有時間了，咱們要回家了，哎，思嘉麗，你看我多麼膽小呀！」他用馬刺驅了馬一下，便跟她一起策馬上了山坡回到塔拉。

此時此刻，思嘉麗坐在樹樁上，回想起那幾句曾讓她心潮澎湃的話，這時卻有了另一種含義，一種讓她渾身發抖的含義。也許那時他打算告訴她的就是他要訂婚的消息吧！

哎，爸爸怎麼還沒回來呀！要是爸爸現在回來了，就一切真相大白了！這個疑團實在是攪得她心煩不已。她又一次焦急地沿著大路向遠處望去，又一次令她失望至極。

太陽已經落到地平線下了，天邊那一抹紅霞已經漸漸褪爲粉色。天空的顏色也漸漸地由淺藍色變爲淡淡的青綠色，像知更鳥的顏色。田園薄暮中那超凡脫俗的靜謐悄悄地在她周圍降落，朦朧的夜色籠罩著整個農莊。那些紅土壟溝和那條剛被揭開的紅色大路沒有了太陽的照耀，失去了原來神奇的血色，而變成平凡的褐色土地了。

大路對面的牧場裡，馬匹、騾子和牛群把頭伸出圍欄，安安靜靜地站在那兒，等著人們把牠們趕回牲口棚裡進食。河邊濕地上的松樹失去了陽光照耀下的蔥翠，在神秘的朦朧暮色下，變成黑糊糊的一片，與那暗淡的天色互相映襯，好像一排黑色的巨人一樣站在那裡，遮住了腳下緩緩流過的黃泥河水。暖和的春天的氣息圍繞著思嘉麗，鼻間不時吸進新翻的泥土氣息和蓬勃生長的草木的潮濕氣味。

落日、春天和新生的草木花卉，這些對思嘉麗從來沒有什麼特別的意義。在她的眼裡，這些就和呼吸的空氣和飲用的泉水一樣，平淡無奇，不存在什麼美感。她的目光除了在女人的相貌、馬、絲綢衣服和諸如此類的具體東西停留過外，從來不曾有意識地在任何事物身上看到過美。不過，此時的塔拉農場靜穆的暮景給她那雜亂無章的心情帶來了一絲安寧。她突然意識到自己是如此熱愛這片土地，就像愛她母親在燈光下祈禱時的面容一樣。

傑拉爾德的身影還是沒有出現在蜿蜒的大路上。如果她還要等下去的話，嬤嬤一定會找來，並把她硬拉回家去。可是正當她瞪大眼睛朝越來越暗的路面上望去時，她聽到了草地上嗒嗒的馬蹄聲，同時牛馬也正慌張地四下散去。原來他的父親傑拉爾德·奧哈拉騎著駿馬正向家的方向飛奔過來。

他騎著那匹強壯的獵馬馳上了山岡，遠遠看去就像一個小男孩騎在一匹高大的馬上一樣。他不斷地揮動著鞭子，任憑長長的頭髮在他腦後隨風飛揚著，嘴裡面還不斷地吆喝著，催促馬兒加速前進。儘管思嘉麗心中仍是充滿了焦急不安，但此時她懷著無比驕傲的神情，自豪地望著自己的父親，因爲父親是個真正出色的獵手。

「我不明白他爲什麼一喝酒就興奮地要跳籬笆，」思嘉麗尋思道：「而且去年他就是因爲這樣摔壞膝蓋的。我以爲他會記住這個苦頭，尤其是他還對母親發過誓，保證再也不跳了。」

思嘉麗並不害怕父親，反而覺得父親比她的姐妹們更像自己的同齡人。因爲他經常偷著跳圍欄，不讓他妻子知道，這給了他一種小男孩般的得意及做了壞事後得到的快樂。而有時思嘉麗幹了壞事瞞過嬤嬤，這種高興心情和父親很相似。現在她從樹樁上站起身來迎接父親。他在大路上勒住韁繩，馬兒慢慢地停下來。他親暱地輕拍拍馬的脖子，讚賞有加。

「在咱們縣裡沒有誰能和你媲美，即使在州裡也是一樣，」他得意洋洋地對自己的馬說。

儘管在美國居住了三十九年，他那愛爾蘭的地方口音依然濃重。他用手梳理了一下頭髮，拉平揉皺的襯衫和整理好扭到耳背後的領結。思嘉麗知道，這些匆忙的整裝都是爲了有副紳士的儀容去面對他的妻子，假裝是拜訪鄰居後中規中矩地騎馬回來的。她知道這是一個千載難逢的好機會，她可以問他一些事，而不必擔心洩露真實的用意。

這時她惡作劇地大笑起來。果不其然，一聽見笑聲，傑拉爾德大吃一驚，等到認出是她，紅潤的臉上便浮上一種局促不安的神情及充滿挑戰的意味。他動作遲緩地跳下馬來，因爲雙膝麻木了；然後把韁繩搭在胳膊上，步履沉重地走向她。

「你好啊，我的大女兒，」說著，他愛憐地擰了一下她的面頰，「這麼說，你又在偷偷監視我，而且像你的妹妹蘇倫上星期準備到你母親面前告我一狀了，是吧？」

他那沙啞低沉的聲音裡含有警告的威脅，同時也帶有討好的意味。這時，思嘉麗便調皮而又嗲聲嗲氣地伸出手來整理好他的領結。迎面而來的氣息中，她嗅到他身上飄來一股強烈的波本威士忌酒味，混合著薄荷香味。咀嚼過的煙草和擦過油的皮革以及馬汗的氣味也混雜在其中……她經常把這種混雜的氣味同父親聯繫起來，以至於在別人身上聞到時也會出於本能地喜歡。

「爸，我肯定不會的，我可不是蘇倫那種喜歡打小報告的人。」她撒嬌地安慰著他，退後一步用審慎的目光打量著他整理好的服飾。

傑拉爾德是個矮矮的老頭，身高只有五英尺多，但擁有強壯的腰身，短粗的脖子。他坐著時的模樣會讓陌生人以爲是個很高大強壯的人。那雙短粗的雙腿經常裹在頭等皮靴裡，支撐著他那十分笨重的軀幹。而且他經常喜歡大大地分開站著，活像個左搖右晃剛剛學會站立的孩子。凡是自認爲了不起的矮人，那模樣大都會顯得有點可笑。就像一隻矮腳好鬥的公雞在場地上卻感覺備受尊敬，傑拉爾德也不例外。誰也沒有膽量把傑拉爾德當做滑稽可笑的矮個兒老頭來看待。

他雖已邁進六十歲的門檻，波浪式的鬈髮已經變成銀色，但是他那精明幹練的臉上卻沒有一絲皺紋的痕跡，兩隻藍眼睛煥發著青年人特有的無憂無慮的神采。就像年輕人，他只會想些簡單實際的事，如打撲克時要抓幾張牌等，卻從來不會傷腦筋考慮抽象的問題。他那張典型的愛爾蘭臉，仍酷似已離別多年的故鄉人的臉，圓圓的、深色的、短鼻子、寬嘴巴，充滿了一副好戰不服輸的神情。

傑拉爾德．奧哈拉外表雖然顯得粗暴嚴厲，卻擁有一顆十分善良的心，連黑奴受到訓斥不高興時，他也會看不下去，即使這黑奴是罪有應得。貓叫或小孩啼哭也會讓他傷心難過，不過他很害怕別人發現這點，他自認爲這是他的一個弱點。他根本不知道和他不到五分鐘的接觸，人們就會明白他是個好心腸的人。可是如果你讓他覺察到這一點，他的虛榮心就會受不了，因爲他經常在腦海裡面假想只要自己大喊大叫地發號施令，誰都會小心翼翼、恭恭敬敬服從他。可他從來沒有想到過，在這個農場裡只有一個聲音是誰也不敢違背的，那就是她的太太愛倫的柔和卻有力的聲音。

但是他永遠也不會知道這個秘密，因爲每個人——上至愛倫，下至最笨的幹農活的黑奴都出於好意串通一氣——讓他相信他的話就是法律。

別人不怎麼害怕她父親的吼叫，思嘉麗比其他人更有過之而無不及。她是他的第一個孩子，而且傑拉爾德也很明白，在三個兒子相繼不幸夭折，走進了家庭墓地之後，他便不再抱有兒子的希望了，因此他讓自己逐漸習慣，將思嘉麗當男人來對待，而這也是思嘉麗最樂於接受的。因爲卡琳生就體格纖弱，多愁善感，成天想入非非，而蘇倫又自命不凡，總覺得自己很文雅，有貴婦人的派頭，因此她比幾個妹妹更親近父親，更像父親。

另外，思嘉麗和父親還有一個相互制約的協議。要是傑拉爾德看見女兒圖省事爬籬笆而不願走到大門口去，他便私下裡訓斥她，但事後並不向愛倫或嬤嬤打小報告。同樣地，思嘉麗若是發現他在向母親發誓保證之後還照樣騎著馬跳籬笆，或者從縣裡人的閒談中無意聽說他打撲克時輸了多少錢，她也不會像蘇倫那樣在吃晚飯時把這些事情統統地揭發出來。思嘉麗和她父親認真地彼此保證過：誰要是在母親耳邊說三道四，那只會使她傷心並毫無好處，而無論如何他們也犯不著那樣做。

如今在濛濛的微光中，思嘉麗望著父親，一看到他，心就不知不覺地變得輕鬆舒服。他身上那種生氣勃勃的粗野味兒深深地吸引著她。她是個最不善於分析問題的人，所以她並未意識到她自己在某種程度上也擁有同樣的氣質，儘管愛倫和嬤嬤十六年來一直在努力幫她去除這些特點，但最終也是枉然。

「好了，現在你完全可以先出招了，」她說，「我想目前爲止，沒有人會懷疑你玩過這種花招。不過，去年你就是因爲這樣摔壞了膝蓋，現在又跳這同一道籬笆，我覺得……」

「唔，那太可笑了，我怎麼還得靠自己的女兒來告訴我什麼地方或什麼時候該跳或不該跳呢。」他叫嚷著，又在她臉頰上懲罰性地輕柔地擰了一把。

「反正這是我自己的脖子，你就不用擔心了。話說回來，寶貝，你站在這裡幹什麼呢？」

看到他正用這種慣用的伎倆來逃避令人不快的談話，她便悄悄地把一隻手臂伸到他的臂彎裡，說：「我可是一直在等你呢！你老是不回來，我還以爲你成功地把迪爾茜買回來了呢。」

「生意是談成了，買下了她和她的小女兒百里茜。可價錢昂貴的真是差點要了我的命。約翰·威爾克斯想給我個面子，把他們送給我，可我執意給他了三千美元，我絕不會讓人家恥笑傑拉爾德·奧哈拉在買賣中憑友情貪小便宜。」

「爸爸，三千美元哪！我的上帝！再說，誰也沒有讓你買百里茜呀！」

「難道現在輪到我自己的女兒對我指手畫腳了？」傑拉爾德用開玩笑的口吻喊道：「百里茜是個超級可愛的小女孩兒，所以……」

「您就不要再騙我了，誰都知道她是個又鬼又笨的小鬼。」思嘉麗不顧父親的吼叫，只管自顧自地接著說：「我猜你買下她，主要是因為迪爾茜央求你買的。」

傑拉爾德顯得有些垂頭喪氣，非常尷尬。每當別人發現他做了軟心腸的事時，他總是如此。這時思嘉麗便哈哈大笑，取笑起他那偽裝的坦率。

「不過，就算我這樣做了有什麼壞處嗎？如果只買來迪爾茜，她整天惦記著那個孩子，肯定沒有心思好好做活。好了，這樣一來，這裡的黑小子再也別想跟別處的女人結婚了。那樣的話就太不划算了。來吧，咱們趕快去吃晚飯吧，淘氣鬼。」

周圍的黑影越來越濃，最後一絲綠意也在天空中消失殆盡，春天的溫馨慢慢蛻變成絲絲的涼意。可是思嘉麗還在躊躇，心裡盤算著怎樣才能把話題轉到艾希禮身上，而又巧妙地不會讓傑拉爾德懷疑她的用意，這真是傷腦筋的事。因為思嘉麗從來就不會隨機應變、繞來繞去，這可真是像極了傑拉爾德。他對她的心思摸得一清二楚，沒有一次不識破她的詭計，況且他揭穿她時很少拐彎抹角，都是直來直去的。

「『十二橡樹』那邊的人現在都在做什麼呢？」

「和往常沒啥區別。凱德・卡爾弗特恰好也在那裡。我辦完迪爾茜的事以後，大家在走廊上喝了幾盅棕櫚酒。凱德剛剛從亞特蘭大來，大家都興致勃勃地談論戰爭以及……」

思嘉麗無奈地嘆了一口氣。她知道只要傑拉爾德一涉及戰爭和脫離聯邦這個話題，他不扯上幾個小時是不肯甘休的。

她連忙岔開這個話題：「他們有沒有談到明天的野宴呢？」

「我記得好像是談到過，那位小姐……她叫什麼來著？你知道，就是去年來過這裡的那個小妮子，艾希禮的表妹……啊，想起來了，媚蘭・漢密爾頓小姐，就是這個名字……她哥哥查理斯和她已經從亞特蘭大來了，並且……」

「啊，她果真來了？」

「她是來了呀，那個女孩總是不聲不響，真是可愛文靜，女人家就該是這樣的。我們快走吧，女兒，別拖拖拉拉的了，待會兒你母親會著急的。」

一聽到這個消息，思嘉麗的心就沉到底了。她曾經一味地幻想有其他的事情把媚蘭・漢密爾頓留在亞特蘭大，因爲她本就是那裡的人；可是父親對媚蘭文靜的稟性也讚不絕口，這完全跟她的想法大相徑庭。她就不得不打開天窗，攤開來談了。

「艾希禮是不是也在那裡？」

「他是在那裡。」傑拉爾德鬆開女兒的胳膊，轉過身來，犀利的目光緊緊地凝視著她的臉，「如果你就是爲了探聽這些才出來等我的，那你爲什麼不直截了當地說，硬要兜個大圈呢？」

思嘉麗無言以對，只覺得心裡亂成一團，臉都漲得通紅了。

「好了，你還想知道些什麼呢？」

她仍沉默不語，使勁搖晃自己的父親，好叫他在這種尷尬的局面下閉嘴。

「他在，還非常友好地問你是否安好。他的妹妹們也一樣，她們說，希望明天不會有什麼事阻攔你，使你參加不了宴會，我保證不會有什麼事的。」他機靈地說，「現在輪到你說了，女兒，關於你和艾希禮，到底發生了什麼事？」

「能有什麼呀，」她拉著他的胳膊，「爸，我們還是趕快進去吧。」

「你現在倒是急著進去了，」他說，「可是我還不想進去，不弄明白你到底是怎麼一回事，我是不會放棄的。唔，我想起來了，你最近老是顯得有些古怪，難道他向你求婚了？還是他跟你是鬧著玩的？」

「哪有的事。」她心煩地回答。

「我想他也是不會這樣做的。」傑拉爾德說。

她頓時怒火中燒，可是傑拉爾德擺了擺手，叫她平靜些。「不要再想了，寶貝！今天下午我剛從約翰．威爾克斯那兒得到消息，這是千真萬確的——艾希禮要跟媚蘭小姐結婚。明天晚上就要宣布。」

思嘉麗失望萬分，手一下子從他的胳膊上滑下來。這竟然是真的！

她的心頭湧起一陣陣劇痛，彷彿一隻野獸正在用力地啃食她的心。此時，她父親死死地盯住她，焦慮不安。這個問題他也不知該怎麼解決，完全束手無策，他覺得女兒有點可憐，頗為這件事煩惱。他是十分愛思嘉麗的，但她老是問他一些孩子氣的問題，逼他說出答案，這使他非常不舒服，愛倫便很善於處理這些難題，思嘉麗應當到她那裡去討主意的。

「你這不是在自找苦吃……讓咱們家出洋相嗎？」他厲聲斥責著，聲音高得像昨日嬤嬤發脾氣一樣，「你是在告訴我你偏偏追求一個不愛你的男人？可這縣裡有那麼多男人，你想嫁誰都可以，還不是任你挑選呀！」

聽到這兒，思嘉麗心中的痛苦被憤怒和受傷的自尊心驅走了一部分。

「誰說我在倒追他，只是感到有些不可思議而已。」

「你就不用騙我了，我可是很瞭解你的！」傑拉爾德大聲說，他凝視著她的臉，接著，突然又十分慈祥地拍著思嘉麗的肩膀，安慰道：「女兒，對於這件事我很難過，但你畢竟還只是個孩子，而且供你挑選的小夥子多著呢。」

「誰說我還是小孩子，我都十六歲了，媽媽不也是十五歲就嫁給你了嗎。」思嘉麗嘟嘟囔囔地說。

「你媽媽和你可不一樣，她從來不這樣一會兒風一會兒雨的。」傑拉爾德說，「好了，女兒，打起精神來，下星期我帶你到查爾斯頓去看尤拉莉姨媽，聽聽他們那裡關於騰薩姆特要塞的高談闊論，包你不到一星期就把艾希禮忘得一乾二淨。」

「他始終還是把我當做孩子看，」思嘉麗心裡不悅地想，悲傷和憤怒堵塞在她的喉頭，令她說不出話來，「好像只要他拿個新的玩具在我面前晃來晃去，我就會把摔腫的傷痛忘掉一樣。」

「好了，你就別再對我有意見了，」傑拉爾德警告說，「乖乖聽話，同斯圖爾特或者布倫特結婚，你想想吧，女兒，這對雙胞胎中無論哪一個和你結婚，兩家的農場便可以連成一片，吉姆・塔爾頓和我肯定會給你們蓋一幢漂亮的房子，就在那一片松林裡面，就在兩家農場連接的地方，而且……」

「別再把我當三歲小孩看了，行不行？」思嘉麗不耐煩地嚷道，「我才不稀罕什麼房子，也不想同雙胞胎結婚，我只要……」話至此，她停頓了，但已來不及了。

傑拉爾德不緊不慢地說著，彷彿是從一個很少使用的思想匣子裡把話一個字一個字地拽出來似的。聲音很平靜，很深沉：「艾希禮是你今生唯一想要的，可是你卻不能嫁給他，就算我同約翰．威爾克斯交情再好，就算他主動要和你結婚，我也未必就會同意這件婚事。」這時他注意到她驚惶的神色，便接著解釋道：「我想要我的女兒幸福，而他卻給不了你要的幸福。」

「不，和他在一起，我肯定會幸福的，我保證！」

「女兒，你不會有幸福的，只有門當戶對，思想相近的人在一起才會幸福。」

思嘉麗心裡忽然生出某種惡意，想不顧一切地大聲喊出來：「可你現在不是一直生活得很幸福嗎，你和媽媽根本就不是同類人。」不過她硬生生地把這個念頭壓下去了，擔心自己的魯莽會招來父親的耳光。

「威爾克斯家的人跟咱們家的人是兩條路上的人，」他字斟句酌地慢慢說，「威爾克斯家跟咱們所有的鄰居……跟我所認識的每家鄰居都不一樣。他們都是行爲舉止怪異的人，讓他們和他們的表姐妹去結婚，這樣最好，他們就可以保持他們自己的古怪行爲了。」

「爲什麼這麼說，爸爸，艾希禮可不是……」

「急什麼呀，女兒！我可沒說這個年輕人的壞話，我是因爲喜歡他才這樣說的。我說的古怪，是他們不像卡爾弗特家的人那樣，整天無所事事只知道騎馬；也不像塔爾頓家的孩子那樣，每次都喝得不知道東西南北；跟方丹家那些狂熱的小畜生們也大不相同，他們動不動就揮刀動槍的。他們的怪異完全不一樣。」

說實話，要不是上帝保佑，傑拉爾德・奧哈拉很可能也會變成這樣。

他接著說道：「也說不定，如果你做了他的妻子，艾希禮會跟別的女人私奔，或者動手打你。如果真是那樣，你反而會幸福些，因爲你至少知道原因所在。但是他的怪異是在其他方面，是根本無法理解的。我喜歡他，可是他所說的那些東西，我聽起來就像是在聽天書。好了，坦白地說，寶貝，他對書本、詩歌、音樂、油畫以及諸如此類荒唐可笑的東西如此狂熱，對此你能理解嗎？」

「啊，爸爸，」思嘉麗不耐煩地說，「如果我跟他結了婚，這一切會改變的！」

「唔，你會，你現在能會什麼呀？」傑拉爾德狠狠地瞪了她一眼，嚴厲地說：「你對世界上其他的男人都一無所知，更何況是艾希禮呢。你要記住，沒有哪個妻子曾把丈夫改變一丁點兒，更別提改變威爾克斯家的某個人了，女兒，那簡直是異想天開。他們全家都那樣，並且大概會永遠這樣古怪下去，且從一開始就如此。你看看他們今天跑紐約，明天跑波士頓，去聽什麼歌劇，看什麼油畫，那個興奮勁兒。我告訴你，他們生來就這麼讓人費解！還從北方佬那裡成箱成箱地訂購法國書和德國書！他們成天坐在那讀書、做夢，誰知道他們在搞什麼名堂，他們爲什麼就不能像正常人那樣在大好時光裡打獵和玩撲克?!」

「可是在縣裡艾希禮騎馬騎得最好，還沒有人超過他，」這些盡是誣衊艾希禮的話惹得思嘉麗十分惱火，便開始替他辯護起來，「或許，除了他父親，再沒有別人了。至於打撲克，上星期你在瓊斯博羅還不是輸給了艾希禮兩百美元嗎？」

「你聽誰和你胡扯了，準是卡爾弗特家的臭小子們，」傑拉爾德斬釘截鐵地說，「要不然你不會知道得這麼詳細。艾希禮可以跟最好的騎手賽馬，也能和一流的撲克玩家玩牌——那也就是我了，小姑娘！而且我也承認他喝起酒來，準會把塔爾頓家的人灌醉，讓他們醉倒在桌子底下。就算他在這些方面很出色，可是他不熱衷於此，這也是他爲人古怪的原因。」

思嘉麗不吱聲了，可心卻在往下沉。對於這最後一點，她實在是想不出什麼話來辯護，因爲她知道傑拉爾德所說的千真萬確，艾希禮根本無心於尋歡作樂，對於大家感興趣的任何事物，他最多只不過出於禮貌表示愛好而已。

傑拉爾德看透了她沉默的原因，便安慰地拍拍她的臂膀，不免得意地說：「思嘉麗，不要再鑽牛角尖了！你得承認我說的全是事實。再說，像艾希禮這樣一個男人，你要他有什麼用呢？所有威爾克斯家的人都是性格怪異的，無一例外。」接著，他又用哄她的口氣說：「剛才我提到塔爾頓家的小夥子們的那些事情，那可不是鄙視他們呀。他們其實是些好小夥子，不過，如果你中意的是凱德·卡爾弗特，那麼，這對我來說也沒有什麼差別。卡爾弗特家的人都蠻好的，他們都是好人，儘管那老頭娶了北方佬。在我離開這個世界以後……你別說話，親愛的，先聽我說！我會把塔拉農場留給你和凱德……」

「就算你把凱德用銀盤托著送給我，我也不稀罕。」思嘉麗氣憤地喊道：「我才不要塔拉或別的什麼農場，農場在我眼裡什麼都不是，算我求你了，不要硬把它塞給我！要是……」

她正要說「要是一個人得不到自己的意中人」，可傑拉爾德早被她那種毫不在乎的態度激怒了，她居然那樣蔑視對待他送給她的禮物，在這世界上，除了愛倫以外，土地就是他的最愛。

他不禁大吼起來：「思嘉麗，你竟敢這樣和我說話，塔拉這塊土地一文不值嗎？」

思嘉麗倔強地點點頭，她已無暇考慮父親是否會爲此大發脾氣，內心的痛苦已經淹沒了她。

「傻瓜，世界上唯一最值錢的東西非土地莫屬！」他一面大吼，一面雙手叉腰，做了個非常氣憤的姿勢，「你要牢牢記住，土地是世界上唯一持久的東西，是唯一值得你付出所有勞動、進行戰鬥，甚至犧牲性命的東西！」

她不耐煩地說：「你就愛像個愛爾蘭人那樣說教！」

「難道我應該爲這感到羞恥嗎？恰恰相反。我感到十分自豪。你可別忘了，你也是半個愛爾蘭人。寶貝，對每個哪怕只有一丁點兒愛爾蘭血統的人來說，他們賴以生存的土地就像他們的母親一樣。此時此刻，我倒是爲你感到羞恥，我把世界上最美好的土地送給你，除了祖國的米思縣，可你是怎麼對待這些的？你竟然嗤之以鼻！」

傑拉爾德正準備痛痛快快地發洩一下心中的怒氣，看見思嘉麗滿臉悲傷的神色，他便不由得住了嘴。

「算了，你畢竟還年輕，將來你會懂得我的苦心，會好好地愛這塊土地的。這是愛爾蘭人的優良傳統，你是沒辦法割捨它的。現在你只顧著爲自己的意中人操心，你還是個孩子。等你長大後，你自然而然就會懂得的，現在你要決定好選哪一個，不管是選凱德還是那對雙胞胎，或者伊凡・芒羅家的小夥子，到時候我肯定讓你們過得舒舒服服的。」

「啊，爸，不要再說了！」

傑拉爾德覺得這次交談實在是太讓人氣憤了，而且一想到這個問題最終還得由他來解決，便火上加火。另外，他所提供的最佳對象和塔拉農場，思嘉麗居然無動於衷，還是那麼鬱鬱寡歡，他便感到委屈萬分，他多麼希望女兒親吻他，高高興興地接受這些禮物啊！

「乖寶貝，別再生氣了。無論你嫁給誰，都沒有多大關係。唯一的要求就是他是上等人，又是個有自尊心的南方人，最關鍵的是你們情投意合。婚後肯定會培養出感情的，女人嘛。」

「啊，爸！你的思想還真是過時！」

「這觀念怎麼會過時呢！到處東跑西跑地找愛情，就像那些美國式的結婚，像北方佬似的，在我看來和奴僕沒有什麼區別，有何樂趣可言呢。最美滿的婚姻就是那些父母做主為女兒選擇的婚姻了。要不然你這樣的傻丫頭，怎能分清楚好人和壞蛋呢。再說回來，你看看威爾克斯家憑什麼世世代代維護住自己的尊嚴和興旺呢？不就是憑藉著跟自己的同類人結婚，跟他們家庭的那些表親結婚嘛。」

「啊！」思嘉麗受不了地叫起來，傑拉爾德毫無保留地說出事實，新的痛苦在她心裡一下子湧出來了。

傑拉爾德愛憐地看著她低垂的頭，兩隻腳不自在地來回踱著。

「你不會是真的在哭吧？」他笨拙地摸著她的下巴，想把她的臉揚起來，自己也愁眉緊鎖，露出深深的皺紋，滿臉充滿憐愛。

「怎麼可能？」她猛地把頭扭開，憤怒地大叫了一聲。

「你肯定是在撒謊，我巴不得你有一些傲骨，我就喜歡你這個樣子，孩子。但願明天的野宴上你能堅持你的驕傲。我最不願看見全縣的人都談論你和笑話你，說你癡心妄想，天天想嫁給一個只想和你維持一般友誼的男人。」

「他的確是喜歡我的呀，」思嘉麗想，心裡十分難過。「啊，而且還深深愛著我呢！我知道他確實對我有意。這我感覺得到。如果我再有一點點時間，我知道我就可能使他對我說——就怪威爾克斯家的人總覺得他們只能夠同表親結婚！」

傑拉爾德把她的臂膀挽起來。「這件事就不要再提了，這是我們兩個人之間的秘密，咱們進去吃晚飯吧。我不會拿它去煩你媽媽，你也犯不著主動和她坦白。女兒，擦擦鼻涕吧。」

思嘉麗用她的手絹擤了擤鼻涕，然後他們彼此挽著胳膊走在黑暗的車道上，後面那匹馬慢慢地跟著。

走近屋子時，思嘉麗正打算開口說些什麼，忽然瞥見走廊暗影中的母親。她戴著帽子、披肩和手套，後面跟著嬤嬤。嬤嬤的臉上烏雲密佈，手裡拿著一個黑皮袋——那是愛倫出去給農奴們看病時經常帶著裝藥品和繃帶用的。嬤嬤那片又寬又厚的嘴唇耷拉著，拉的有平時兩倍那麼大。一看就知道她在生氣，而且非常氣憤。看到這，思嘉麗明白嬤嬤正在為什麼不稱心的事生氣。

「奧哈拉先生。」一看見父女倆在車道上走來，愛倫便叫了一聲。

儘管結婚十七年了，生育了六個孩子，愛倫是個非常正統的那代人，講究禮節。她說：「奧哈拉先生，斯萊特里那邊有人病了，埃米的新生嬰兒就快要死了，還得去施洗禮，我和嬤嬤去看看還有什麼忙可以幫上的。」

聽起來，她是在徵求傑拉爾德的同意，可她的聲音帶有明顯肯定的口氣，這僅是表示一種禮節罷了，但在傑拉爾德看來卻是那麼的珍貴。

「那些白人窮鬼幹嘛偏偏在吃晚飯的時候把你叫走？」傑拉爾德一聽便不開心地嚷嚷開了，「天知道！而且我正要告訴你我從亞特蘭大那邊的人們聽來的關於戰爭的事呢！好吧，你去吧，奧哈拉太太。我知道，只要外邊出了點事，你不去幫忙會覺得心裡過意不去，睡不好覺的。」

「她總是忙來忙去，深更半夜還得跑去為那些黑人和窮白人下流坯子們看病，從來都不知道照顧自己。」嬤嬤自言自語地嘟囔著下了臺階，向等在道旁的馬車走去。

「親愛的，你就替我照看一下晚飯吧。」愛倫一面說，一面用戴手套的手輕輕拍了下思嘉麗的臉龐。

思嘉麗強忍著眼中的淚水，母親的愛撫中混著那個檸檬色草編香囊中的芳香，那永不失效的魅力讓她感動得微微震顫。對思嘉麗來說，愛倫・奧哈拉身上有一種令人不可思議的東西，和她住在同一個屋簷下，既讓思嘉麗對她感到敬畏，又爲她的魅力所傾倒，並且還讓她的心靈得到些許安慰。

傑拉爾德小心地扶著他的太太上了馬車，並吩咐車夫小心些。車夫托比撅著嘴很不開心，他駕馭傑拉爾德的馬已經二十年了，還用得著你來指手畫腳嘛！他坐直了身體，吆喝著開動了馬車，跟坐在他身旁的耷拉著嘴角的嬤嬤，構成一幅非洲人撅嘴生氣的絕妙圖畫。

「要是我不給斯萊特里那些下流坯子幫那麼大的忙，換了別人肯定不會免費這樣做的。」傑拉爾德氣憤地說，「他們也許就會願意把他們那幾頃貧瘠的河灘地賣給我，然後搬離這個縣。」隨後，他想起一個很搞笑的玩笑，興高采烈地說：「女兒，來吧，咱們去騙騙波克，就說我沒買下迪爾茜，而是把她賣給約翰・威爾克斯了。」

他把韁繩扔給站在旁邊的一個黑小子，然後大步走上臺階，顯然他已經忘記了思嘉麗的傷心事，一心去捉弄他的管家。思嘉麗跟在他後面，拖著灌了鉛的雙腿，慢騰騰地邁上臺階。

她一直沉浸在自己的悲傷裡，如果她和艾希禮結爲夫妻，至少會比她父母顯得配般。她常常想，像她母親這樣的文雅女人怎麼會嫁給父親這樣木訥粗魯的人呢？因爲無論從出身、教養還是從性格來說，他們之間的距離可是世界上最遠的。思嘉麗百思不得其解。

chapter 3

愛倫&傑拉爾德．奧哈拉

愛倫．奧哈拉現年三十二歲，依當時的標準已經是個中年婦人。她生有六個孩子，有三個在小的時候已經夭折。她個頭高大，整整高出那位火爆性子的矮個兒丈夫一個頭，但她總穿著帶裙環的飄曳長裙，走起路來又是那麼輕巧、優雅，所以她的高個頭並不特別顯眼。

她身著緊身上衣，那乳酪色的脖頸細細的，圓圓的，端端正正地從黑綢圓領中伸出來。豐盈的秀髮在腦後挽成一個髮髻，墜得脖頸略向後仰。愛倫的父母是從一七九一年革命中逃亡到海地來的，愛倫就出生在這裡，遺傳了母親的墨黑睫毛下略略傾斜的黑眼睛和這一頭濃密烏黑的頭髮。她父親是拿破崙軍隊中的一名普通士兵，遺傳給她一個長長筆挺的鼻子和一個有稜有角的方顎。從父母那遺傳到的特點，在這張臉上融合得恰到好處。

愛倫並非生就一副莊嚴卻並不覺得傲慢的模樣——這種優雅、這種憂鬱而不苟言笑的神情是在生活中慢慢演變來的。

如果她的眼神中煥發出一點的光彩，她的笑容中帶有一點殷勤的溫和，那輕柔的聲音中有一點自然的韻味，那她便是一個無可挑剔的絕色美女了。她說話是用海濱喬治亞人那種柔和而有點含糊的口音，子音咬得不怎麼準，母音是流音，略略帶有法語腔調。就是這種聲音即使命令僕人或斥責兒女時也從不提高，但也是在塔拉農場人人都隨時無條件服從的聲音，相比之下，她丈夫的大喊大叫卻經常被不知不覺地忽略了。

在思嘉麗的記憶裡面，她的聲音總是那麼柔和而甜蜜，無論是在稱讚或者責備別人；她的神情始終是那麼沉著，波瀾不驚。就算傑拉爾德在紛繁蕪雜的家事中出點亂子，她總能應付自如；她的脊背總是挺直的，甚至在她的三個幼兒夭折時也不曾彎下來——思嘉麗從來沒見過她母親坐著時靠在椅背上，也從未見過她坐下來的時候手裡沒拿著針線活，只有吃飯或照顧病人的時候，或者爲種植園理帳的時候才例外。即使有客人時，她手裡也從來不閒著，忙著精巧的刺繡，其他時候則是縫製傑拉爾德的襯衫、女孩子的衣裳或農奴們的衣服。

思嘉麗很難想像母親手上不戴那個金頂針，或者她那婀娜的身影後面沒有那個黑女孩的情景。後者一生中唯一的使命就是給她拆繃線。而當愛倫爲了檢查烹飪、洗滌和大批的縫紉活兒在滿屋子四處走動時，她就捧著那個紅木針線盒兒跟著主人從一個屋子走到另一個屋子。

思嘉麗從未見過母親驚慌失措，她的著裝總是那麼整齊，無論是在白天還是在黑夜。每當愛倫要接待客人、參加舞會，或者到瓊斯博羅去旁聽法庭審判，她便要梳妝打扮，讓兩位女僕和嬤嬤幫著打扮。即使花上兩個鐘頭，她也毫無怨言，直到令自己滿意爲止；不過緊急時刻，她的梳妝工夫便快得驚人。

思嘉麗的房間和母親的房間中間隔著個穿堂，在天亮前，思嘉麗會聽到一個光著腳的黑人的急促腳步在硬木地板上輕輕走過的聲音，緊接著便是在母親房門上匆忙的叩擊聲，然後傳到耳朵的是黑人那低沉而帶驚慌的耳語，稟報那一長排白色的小屋裡誰又生病啦、誰又生孩子啦、誰又撒手人寰啦等等。

那時她還很小，常常輕手輕腳地爬到門口，從狹窄的門縫裡窺望，看到愛倫從黑暗的房間裡出來，已經穿好她的緊身上衣，頭髮也梳得服服貼貼，在黑人舉著蠟燭的光照下，挾著她的藥箱。而父親一直在酣睡，對這些毫不知情，這一切卻牢牢地鐫刻在思嘉麗的腦海裡。

隨後，母親踮著腳尖輕輕走過廳堂，堅定憐憫地低聲斥責道：「噓，輕點聲，會吵醒奧哈拉先生的。他們還沒有病得要死吧。一時半會兒沒有事的。別這麼大聲講話。」此時，思嘉麗總是感到心裡暖暖的。

她知道，愛倫已經和黑人消失在黑夜裡，一切回歸正常，便爬回去躺到床上睡了。

她整夜忙著搶救產婦和嬰兒。事不湊巧，本來老方丹大夫和年輕的方丹大夫可以幫忙一下的，可是他們都外出應診了。然而，一到早晨，愛倫就像平時那樣作爲主婦出現在餐桌旁，她那黝黑的眼圈洩露出她的疲倦，可是聲音和神態卻沒有給人任何的緊張感。她那莊重的溫柔下藏有一種鋼鐵般的品性，使包括傑拉爾德和女孩們在內的全家無不感到敬畏。雖然傑拉爾德寧死也不願承認這一點。

有的晚上，思嘉麗會躡手躡腳地走到媽媽身邊，去親吻她那高個子媽媽的臉蛋。她端詳著媽媽的嘴巴，那稍稍嫌短的上唇柔嫩極了，這麼一張嘴是極易受到外界的傷害的。她常常猜想，這張嘴是否也曾咯咯地笑過，或者同閨中密友通宵達旦喁喁私語過。可是，母親在她眼裡一直就是現在這個樣子，從來就是力量的支柱，智慧的源泉，能夠解答任何問題。

但是思嘉麗大錯特錯了，因爲多年以前，薩凡納州的愛倫．羅畢拉德也曾像那個迷人的海濱城市裡的每一位十五歲的女孩那樣開懷大笑過，也曾同朋友們通宵達旦暢談理想，傾訴衷腸，喁喁私語。她也擁有自己的不可告人的小秘密。就是那一年，比她大二十八歲的傑拉爾德．奧哈拉闖進了她的生活。在同一年，她的表兄菲力浦．羅畢拉德和她的青春從她的生活中退隱了。

菲力浦有著墨黑的眼睛，性格放蕩不羈。在他永遠離開薩凡納時，愛倫心中的光輝也隨之遠去。而當羅圈腿的小個子愛爾蘭人跟她結婚時，她留給他的就只剩下一副溫柔的軀殼了。

不過這對傑拉爾德已心滿意足了，他還一直像做夢似的難以相信自己的好運，真正娶到了她。而且，就算她身上真的失掉過什麼，他也從不去苛求。因爲對像他這樣一個無財無社會地位又愛說大話的愛爾蘭人來說，能娶到海濱各洲中最富有最榮耀人家的女兒，已經是奇蹟了。

二十一歲那年，傑拉爾德來到美國，和許多境況比他好或是比他差、比他先來或是比他後到的愛爾蘭人一樣，他是倉促起程的。他背上的行囊裡只有幾件換洗衣服，付過船費後，身上也就剩下兩個先令。

他是個被懸賞捉拿的要犯，而他認爲他所犯的罪根本就不值這個價。世界上還沒有一個罪犯值得英國政府或魔鬼本身出一百英鎊的；但是如果政府對於一個英國的不在地主[4]的死會那麼較真，那麼傑拉爾德·奧哈拉的突然出走便是迫不得已的了。的確，他曾經稱呼過地租代理人爲「奧蘭治派野崽子」[5]，不過，在傑拉爾德看來，這並不意味著那個人就有權哼著《博因河之歌》開頭幾句來侮辱他的人格。

博因河戰役[6]已經是一百年以前的事了，但是在奧哈拉家族和他們的鄰里看來宛如昨日。因爲那位驚惶逃跑的斯圖爾特王子輸掉了他們的土地和財產，捲走了他們的希望和夢想，只留下奧蘭

---

4. 指不屬於產權所在地、不從事直接生產的地主。
5. 奧蘭治派分子屬奧蘭治會，一七九五年起北愛爾蘭的一個秘密會社，擁護新教和英國王權，暗中與政府勾結，壓迫愛爾蘭人。
6. 一六九〇年發生在愛爾蘭米斯郡東北部博因河畔。在此戰役中，英格蘭國王威廉三世打敗了蘇格蘭國王詹姆斯二世。

治王室的威廉，和他那帶著奧蘭治帽徽的軍隊來大肆屠殺斯圖爾特王朝的愛爾蘭附庸者了。

由於種種的原因，傑拉爾德家並沒有覺得這次吵架的結果有多麼嚴重，只把它看做是一樁影響深遠的事件而已。多年來，因被懷疑參與了反政府活動，奧哈拉家族與英國警察部門的關係非常緊張，但傑拉爾德並不是奧哈拉家族中第一個偷偷離開愛爾蘭的人。他幾乎記不起他的兩個哥哥詹姆斯和安德魯，只記得是兩個悶聲不響的年輕人。這兩個人時常在深夜裡神出鬼沒的，幹一些神秘的勾當，一走就是消失好幾個星期，惹得母親焦急萬分。

許多年前人們在奧哈拉家豬圈裡發現了他們偷運到美國的一批埋藏的來福槍枝。如今他們已在薩凡納做生意發了財。一提到她最年長的兩個兒子，他母親就會插話：「只有親愛的上帝才知道他們可能在哪裡。」年輕的傑拉爾德就是投奔這兩位哥哥的。

離開家門時，母親匆匆吻了他臉頰一下，並貼著耳朵說了一句天主教的祝福，父親則給了臨別贈言：「不要學別人那樣，要時刻做自己。」因為在強壯的一家人中，傑拉爾德是最小和最矮的，他五個身材高大的哥哥也都含笑跟他道別，那笑容裡滿含羨慕之情。

他父親和五個哥哥都身高六英尺以上，粗壯的程度也恰到好處，可二十一歲的小個子傑拉爾德知道，五英尺四英寸半就是上帝所能賜給他的最高高度了。對傑拉爾德來說，他從不認為這會成為他去獲得自己想得到的一切的障礙，也從不以自己身材矮小而長吁短嘆。更確切些，倒不如說，正是傑拉爾德的矮小精幹造就了他現在的這個樣子。他很早就知道，置身於身材高大的人群中，小個子的人要生存就得吃苦耐勞。而傑拉爾德正是頑強不屈的。

他那些高個兒的哥哥們是些冷酷寡言的人，歷史光榮的傳統和往昔的榮耀在他們身上已經永遠消失。他們身上爆裂出痛苦的幽默慢慢地轉化成為默默的仇恨。要是傑拉爾德也天生強壯，他也會走上奧哈拉家族中其他人所走的道路，暗中悄悄地參與反政府的活動。可傑拉爾德就像他母親形容的那樣是個「多嘴多舌的頑固分子」。他很容易暴躁，動輒就揮拳，並且盛氣凌人，搞得人見人怕。在那些高大的奧哈拉家族的人面前，他故意昂首闊步，就像一隻神氣十足的矮腳雞在滿院子大個兒雄雞中間那樣，趾高氣揚。而他們都縱容他，寵愛地讓他高聲喊叫。如果這位小弟弟太得意忘形了，必要時他們也伸出他們的大拳頭敲他，教訓他幾下。

到美國來之前，傑拉爾德沒有喝多少墨水，可是他對此毫無自知之明。其實，就算別人給他指出，他也不會在乎的。他的書本知識就只局限在他母親教過他的怎樣讀書寫字。他唯一的歷史知識則是愛爾蘭的種種冤屈，唯一懂得的拉丁文是作彌撒時應答牧師的用語。在詩歌方面，他只知道莫爾的作品，音樂則僅限於歷代流傳下來的愛爾蘭歌曲。不過他倒是很喜歡做算術題。儘管他很尊敬那些比他有學問的人，可是從來也不感到自己有什麼缺點。況且，在一個新生的國家裡，在一個只要求你能吃苦耐勞的國家裡，在一個連那些最愚蠢的愛爾蘭人也能發大財暴富的國家裡，他要這些東西能幹什麼呢？

詹姆斯和安德魯並不覺得自己接受很少的教育是一樁令人遺憾的事。他們收留了傑拉爾德，並安排他進了他們在薩凡納的商店。他清晰的筆跡、精確的帳目及討價還價的精明勁贏得了他們的尊敬。如果年輕的傑拉爾德具有文學知識和欣賞音樂的修養，反而會引起他們的嗤笑。美國對愛爾蘭人在本世紀初還是很寬容的。起初，詹姆斯和安德魯是用帆布篷車從薩凡納往喬治亞的內地城鎮送貨物，到後來賺了大錢有能力後便自己開店，傑拉爾德也就跟著他們發達了。

他喜歡南方，並且很快以南方人自居。不過，他永遠也不會理解南方和南方人的許多東西，南方人的有些思想或習慣，如玩撲克，賽馬，爭論政治和舉行決鬥，維護奴隸制和棉花至上主義，爭取州權和咒罵北方佬，輕視下流白人和過分討好婦女等。不過他一旦理解了，便全心全意地接受它，並很快就把這些據爲己有。他甚至學會了咀嚼煙葉。他是完全沒有必要刻意訓練自己喝威士忌的酒量的，因爲他天生就是海量。

然而，傑拉爾德畢竟還是傑拉爾德。就算他改變了生活習慣和思想，即使他有能力改變，但他還是不願改變自己對生活的態度。那些種稻米棉花的富裕地主，溫文爾雅地騎著純種馬，慢條斯理地行走著，後面緊跟著載著他們文質彬彬的太太們的馬車和奴隸們的大車，從他們的古舊王國向薩凡納迤邐而來，這一切讓傑拉爾德羨慕不已。但遺憾的是，傑拉爾德永遠也學不會文雅。那種慵懶、含糊的話語他聽起來很入耳，可他舌頭轉出的總是自己的土腔。他們在處理重大事務時的那種滿不在乎的神氣使他十分羨慕，比如向一張牌上賭押一筆財產、一個農場或一個奴隸時，以及向黑人孩子撒錢幣將他們的損失愜意地輕輕勾銷。然而傑拉爾德已經嘗過貧窮的滋味，因此永遠也學不會怎樣舒心而體面的輸錢。

這是個快樂的民族，這些海濱喬治亞人也容易發脾氣，但在氣頭上說話也還是輕聲慢語的。即使是前後矛盾也讓人覺得十分可愛，正因爲如此，傑拉爾德喜歡他們。不過，這位年輕的愛爾蘭人身上有一種活潑好動的勃勃生機。他初來乍到，在自己的祖國，刮的風既潮濕又寒冷，薄霧籠罩的沼澤地一點也無法令人興奮起來。這把他和這些生活在地處亞熱帶、空氣污濁的沼澤地裡的慵懶、出身高貴的上流人士完全區分開了。

他從他們那裡只學他認爲有用的東西，其餘的便一概不予理會。玩撲克牌是所有南方習俗中他發現最有用的。他覺得只要會打撲克，然後加上一個喝威士忌的海量，就萬事大吉。傑拉爾德的天生癖性是玩牌和喝酒，這給他贏來了平生三樣最受讚賞的財富中的兩樣，一就是他的管家和他的農場，另一樣便是他的妻子，而後者，他把它看做是上帝的神奇賜予。

他的管家叫波克，是他打了通宵的撲克牌，從一位聖．西蒙斯島的地主手中贏過來的。他生得烏黑，言行舉止莊嚴，且有著一流的裁縫手藝。那個地主在虛張聲勢方面與傑拉爾德可以說不相上下，可是喝起新奧爾良蘭姆酒來可就不是他的對手了。儘管波克原來的主人後來想要以雙倍的價錢把他買回去，傑拉爾德卻毫不猶豫地拒絕了，因爲這是他佔有的第一個奴隸，而且絕對是「海濱獨一無二的好管家」。這簡直就稱得上是他實現平生渴望的最好開端，怎可輕易放棄呢？傑拉爾德可是一心一意想成爲奴隸主和做擁有土地的上等人的。

他已下定決心，不要把所有的白天都浪費在討價還價上，或者把所有的夜晚都用來對著燈光檢查帳目，不要像詹姆斯和安德魯那樣生活。跟他的兩個哥哥不同，他已深深感到那些「生意人」是社會上最被人瞧不起的。傑拉爾德立志做一個受人尊敬的農場主，滿懷希望地看到自己的田地綠油油的從眼前舒展開去，就像一個曾經在別人所擁有和獵取的土地上幹活的愛爾蘭佃農那樣。他埋頭苦幹心無旁騖地追求一個目標，那就是要擁有自己的農場、自己的馬匹、自己的住宅，以及自己的奴隸。而在這個新國家裡，他不必像在他所離開的那個國家那樣，要冒全部的收穫都被租稅吞掉或隨時有可能被突然沒收的雙重危險，他就更渴望得到這些東西了。

但是，隨著時間的流逝，他已漸漸地發現，理想和現實之間的差距不是你想能跨越就能跨越的。一群頑固的貴族階級牢牢地掌握著濱海的喬治亞州的政權，這樣下去，他想贏得他所刻意追求的地位，希望渺茫。

機會終於來臨了，命運之神將他和一手撲克牌結合在一起，帶給了他一個他後來取名爲塔拉的農場。與此同時，他從海濱沿海遷移到北喬治亞的丘陵地區。

那是一個春天的夜晚，天氣還是很暖和。在薩凡納的一家酒店，傑拉爾德側耳細聽鄰座一位生客的偶爾談話。那位生客是土生土長的薩凡納人，在內地居住了十二年之後剛剛回來。傑拉爾德來到美洲的前一年，印第安人放棄了喬治亞中部一片廣袤的土地，喬治亞州當局便以這種方式進行分配。而他是一位在州裡舉辦的抽彩分配土地時的一個幸運的獲獎者。他隨後遷徙到了那裡，並建了一個農場，但是一場大火燒掉了他的房子。他對那個可詛咒的「地方」已感到厭煩，很樂意將它脫手。

擁有一個自己的農場是傑拉爾德心裡一直不曾放棄的念頭。於是經人介紹，他同那個陌生人攀談起來，而當他得知，大批的新人已經從卡羅萊納的維吉尼亞湧進了那個州的北部時，他更有興趣了。

傑拉爾德在薩凡納已經住了很久了，深知海濱人的觀點，他們認為印第安人可能潛伏在這個州的每個灌木叢中，在處理「奧哈拉兄弟公司」業務時，他曾訪問過在薩凡納河上游一百英里以外的奧古斯塔，而且也深入到了遠離薩凡納的內地，到過從該城往西的一些老城鎮。他知道，那個地區也像海濱那樣有不少居民定居，但從陌生人的描述中，他得知他的農場是在薩凡納西北兩百五十英里以外的內地，在查塔忽奇河以南不遠的地方。他知道，柴羅基人仍控制著河那邊往北一帶，所以當陌生人提起與印第安人的糾紛，以及那個新地區有多少農場經營得很好、多少新興的城鎮正在成長起來時，他便不由得大為驚奇。

談話持續了一小時後，他的語速慢慢地緩下來，於是傑拉爾德提議打牌，這一詭計與他那雙天真無邪、明亮湛藍的大眼睛是極為不符的。夜漸漸深了，酒喝了一波又一波，這時其他幾個牌友都已經放棄玩牌了，而傑拉爾德和陌生人仍在繼續對賭。陌生人把所有的籌碼全部押上了，包括那個農場的地契。傑拉爾德也拋出了自己所有的籌碼，並把錢袋也全押上了。就算錢袋裡裝的恰好是「奧哈拉兄弟公司」的款子，第二天早晨傑拉爾德作彌撒時也不會覺得心裡愧疚不安而表示懺悔。他清楚地知道自己想要的是什麼，採取最直截了當的手段來攫取它是無可厚非的。況且，他一直深信自己的命運和手中的那幾張牌，所以要怎樣償還這筆錢，或者桌子對面放的是一副更高的牌，這些顧慮從來都不會進入他的腦袋。

「你也並沒有占到什麼大便宜，我很高興不用再為這個地方上稅了。」陌生人一面嘆了口氣說，一面叫人拿筆墨來，「那所大房子大約是在一年前被燒掉的，而田地裡面已長滿了灌木林和小松樹。但是現在，這些都是你的了，就不用我再操心了。」

「除非你已經不喝愛爾蘭威士忌酒了，要不，絕不要一邊打牌，一邊喝酒。」當天晚上波克服侍傑拉爾德上床睡覺時，傑拉爾德一臉嚴肅地交代他，出於對主人的崇拜，這位管家正在開始學習一種土腔，便用一種混有基希和米斯郡的腔調作了必要的回答。可以想像，這種腔調只有他們兩個人才能懂，在別人聽來卻是莫名其妙得很。

爬滿藤蘿的木橡樹和一排排松樹矗立在渾濁的弗林特河兩邊，河水靜靜地流淌著，像一條彎曲的胳膊從兩側環抱著，繞過傑拉爾德的那片新地。傑拉爾德站在房子原來所在的小山上，這道高高的綠色屏障是他擁有這片土地的證據，這是有目共睹、令人愉悅的，就像是他自己親手立起的標明自己領地的圍欄一樣。房子被燒毀的地方，地基石已經是漆黑一片。站在這裡，他一面快活地咒罵著，一面俯視著那條伸向大路的林蔭小道。

這種喜悅之情是溢於言表的，是那麼的深厚，已無法用感謝上天的祈禱之類的話語來表達了。現在他不僅擁有那些荒蕪的草地，那兩排陰森的樹木，連同草地上那些綴滿白花的木蘭樹底下齊腰深的野草，還有那些尚未開墾的、長滿了小松樹和矮樹叢的田地。那些連綿不斷向周圍遠遠伸展開去的紅土地也歸他傑拉爾德・奧哈拉所擁有了。這所有的一切都成了他的了，而這些多虧了他擁有一個從不糊塗的愛爾蘭人的頭腦，和將全部家當都押在一手牌上的膽量。

傑拉爾德閉上了眼睛，面對這片寂靜的荒地，彷彿回到了家裡。在這兒，在他腳下，一幢刷白的磚房將拔地而起。一道新的柵欄將建在大路對面，把肥壯的牲口和純種馬圈起來，在太陽光照射下，沿著山坡順勢而下直至河床的肥沃土地將像絨鴨的絨毛一樣泛著白光——那是棉花，綿延數百英畝的棉花！奧哈拉家的產業從此就要開始復興了！

他用自己的一小筆賭本和從兩位很不熱心的哥哥那裡借到的一點錢，以及典地得到的一筆現金，買了第一批種田的黑奴，然後將他們帶到塔拉。他就像單身漢似的，在那四間房間的監工屋裡孤獨地住了下來，直到有一天白色牆壁在塔拉農場拔地而起。

他把田地整理乾淨，種上棉花，並且買來一批奴隸。

奧哈拉是個家族觀念很強的人，不管在興旺或在不走運的時候他們都同樣抱在一起，但這並不是出於什麼手足之情，而是嚴峻的歲月教給了他們一個道理，一個家族要想生存繁衍下去，就必須緊緊地抱成一團。他們把錢借給傑拉爾德，有朝一日錢還會連本帶利回到他們手中。就這樣傑拉爾德不斷地買進毗連的土地，農場也日益擴大，終於那幢白房子變成活生生的現實而不是虛無縹緲的夢想。

這所房子是由奴隸勞動建築的，顯得有點笨拙，坐落在一塊平地上，俯瞰著那片向河邊伸延下去的碧綠的牧場，好像趴在地上似的。但它使傑拉爾德非常得意，因為它儘管是新建的，卻已經有點古色古香的模樣了。那些老橡樹曾經見證過印第安人在樹椏下往來，如今用它們的巨大軀幹緊緊包圍著這所房子，用枝葉在屋頂上空撐起一片濃蔭。那片草地現在已長滿了苜蓿和牧草。傑拉爾德決心把它整理得好好的。從兩旁長滿雪松的林蔭道到黑奴居住的那排白色的小屋，整個塔拉上空瀰漫著一種渾然一體、穩定堅固、恆遠持久的祥和氣氛。每當傑拉爾德騎馬馳過大路上那個拐彎，看見自己的房子從綠樹叢中聳出的屋頂時，他的自豪感油然而生，虛榮心急劇地膨脹，彷彿他是第一次看到那裡的每一個景觀似的。

矮小的、精明的、盛氣凌人的傑拉爾德，已經成功地實現了自己的夢想。

傑拉爾德同縣裡的鄰居關係還不錯，但也有除外的，一個是麥金托什家，他們的土地和他的在左側相毗連；再一個就是斯萊特里家，他們那三英畝瘠地，沿著河流經過伸展到了他的田地的右邊。

麥金托什家是蘇格蘭和愛爾蘭的混血，也是奧蘭治派分子。況且，在傑拉爾德眼中，就算他們擁有天主教徒所有的高尚品德，就憑這血統也會讓他們在地獄裡永世不得翻身。他們已經在喬治亞居住了七年，而且那以前有一代人是在卡羅萊納生活的，但這個家族中第一個踏上美洲大陸的人來自阿爾斯特，這一點對傑拉爾德來說就足夠了。

他們與外來家族很少聯繫，是一個性格頑固、沉默寡言的家族，只同卡羅萊納的親戚通婚。起初，傑拉爾德並不討厭他們的人，因爲縣裡各家都相處融洽，樂於走動，但沒有人能忍受像他們這種性格的家族。曾經有傳聞說他們同情廢奴主義者，但這並沒有提高麥金托什家的受歡迎度。老安格斯從來沒有解放過一個奴隸，並且還販賣了一些黑人給一個到路易斯安那蔗田去的過路的奴隸販子，而這違背了社會公德，令人不可饒恕。但謠言卻還是繼續流傳著。

「毋庸置疑，他是個廢奴主義者，」傑拉爾德對約翰·威爾克斯說，「不過，對一個奧蘭治黨人來說，當一種主義和蘇格蘭人的慳吝性格相抵觸時，那個主義也就蕩然無存了。」

至於斯萊特里家，情況則完全不同。他們是窮白人，甚至還不如安格斯．麥金托什，至少後者還能以倔強的獨立性得到鄰居們勉強的尊敬。任憑傑拉爾德和約翰．威爾克斯一再加價購買，老斯萊特里也不放手，死死抱住他那幾英畝土地。他是個刻板、慵懶，而又愛發牢騷的老頭。他的老婆是個蓬頭散髮的女人，而且還體弱多病，形容憔悴。他們養了一窩家兔般的兒女，這個群體的數目還在以每年一個的速度增加。湯姆．斯萊特里沒有奴隸。他和兩個大兒子斷斷續續地侍弄著那幾英畝棉花，老婆和幾個兒子則照管那塊所謂的菜園。可是，不知怎麼回事，棉花總是長不好；由於斯萊特里太太不斷地生孩子，菜園裡面種出的蔬菜也很難夠那一家子人吃。

湯姆．斯萊特里總是賴在鄰居家的走廊上不走，討棉花種子或是一塊鹹肋肉「周濟他一下」，這早已是司空見慣的事。他感到他們在表面的客氣背後暗藏著輕蔑，努力使出自己的一點點力氣來憎恨鄰居們，尤其是憎恨並厭惡「闊人家的勢利眼黑鬼」。縣裡那些幹家務活的黑人的公然蔑視刺痛了他的心，總以爲自己比下流坯子白人還高一等，而他們比較穩定的生活更容易引起他的嫉恨。同他自己的窮困潦倒相比，他們確實是穿得好，吃得好，並且病了還有人照看，老了有人供養。他們爲自己主人的好名聲感到無比自豪，多半還爲自己屬於這些本身就是身分和地位象徵的人感到驕傲。可他呢，卻被所有的人瞧不起。

爲了不跟一個礙眼的人居住在同一個地方，縣裡任何一個大地主都願意把斯萊特里的農場以高出三倍的價錢買過來。他們會覺得花這筆錢一點也不冤枉，可是他卻死活不願意離開，靠每年一包棉花的收入和鄰里的施捨苦撐著過日子。

傑拉爾德快樂地同縣裡所有其他人都和睦相處，且相互之間關係很親近。

一看見這位騎著大白馬的矮個兒馳上他們的車道，卡爾弗特家，威爾克斯家，塔爾頓家，方丹家，便笑臉相迎，微笑著招呼僕人趕緊拿出高腳杯來，放一茶匙糖和少許薄荷葉到杯子裡，然後斟上威士忌酒。鄰居們很快便得知，傑拉爾德是個可愛又沒有什麼心機的人，甚至連他們的孩子、黑奴和狗都一眼就看出來這個矮個兒在他大吼大叫、舉止粗暴的外表下面藏著一顆善良的心。他是個極好的傾訴對象，又富有同情心，樂意掏腰包幫助別人。

他每到一家，獵狗們都狂吠不已，黑人小孩則歡叫著跑過去迎接他，爲爭得爲他牽馬的特權而爭吵不休，並在他善意的辱罵中蠕動不安、再則咧嘴而笑。那些白人孩子爲了坐到他的膝蓋上吵得不可開交，而他正忙於向他們的長輩揭露北方佬政客的醜行。他那些朋友的女兒都把他當做知心人，願意向他吐露自己的戀愛故事。至於鄰居的小夥子們，害怕在父母面前承認自己的愚蠢行爲，被父母責罵，而把他當做自己的患難知交。

「你這小鬼頭！這麼說，你竟然欠錢一個多月啦，」他會大聲嚷嚷，「我的天哪，你怎麼不早點和我說呢？」

大家都對他那粗魯的口氣已經熟悉得不能再熟悉了，誰也不會感到反感。這只會使那些年輕人尷尬地傻笑兩聲，然後答道：「大叔，是呀，我這不是害怕麻煩您嘛，而且我父親……」

「你不能否認，你父親是個好人，只不過管教嚴厲了一點。把這個拿去，以後誰也別提起就是了，就當沒有發生過。」

地主太太們是最後才表示贊同這個人的。不過，只有威爾克斯太太還持否定的態度。傑拉爾德曾經形容她是「一位了不起的具有沉默天賦的女士」。直到有一天晚上，傑拉爾德的馬已經跑上車道之後，她對她的丈夫說：「這人儘管滿口粗話，大喊大叫，說到底還算是個紳士。」這時，傑拉爾德已肯定是一位紳士了。

他初來時，鄰居們用懷疑的目光來看他，但他從來沒有意識到這一點，當然也不明白達到這個境地竟花了差不多十年的工夫。在他的認知中，一踏上塔拉這塊土地，他就已經是個紳士了。

傑拉爾德四十三歲的時候，面色紅潤，腰身粗壯，活像一個從體育畫報上剪下來的打獵的鄉紳。那時，雖然塔拉在他心中很可貴，縣裡那些心胸坦蕩、殷勤好客的人們和他惺惺相惜，但這還遠遠不夠。他覺得他還缺少一位妻子。

塔拉農場確實迫切需要一位女主人來管理。現在的這位胖廚子本來是管庭院的黑人雜工，出於無奈才提升到廚房工作的，可她從來沒有按時開過一頓飯；而那位內室女僕原是幹農活的，總是讓傢俱堆滿灰塵，家裡似乎從來都沒有現成的乾淨被單。因此只要有客人來，便要手忙腳亂，烏煙瘴氣一番。波克是唯一受過訓練和能夠勝任的黑人管家，負責管理所有的奴僕，但是在傑拉爾德遇事大事化小、小事化無的作風影響下，這幾年也開始變得怠惰和漫不經心了。雖然作為膳事總管，他還能讓飯菜安排得有模有樣，作為貼身佣人，他負責整理傑拉爾德的臥室，不過在別的方面他就有點聽之任之，懶得過問了。

那些黑奴具有非洲人的精確本能，都發現儘管傑拉爾德總是大喊大叫，卻是紙老虎一隻，雖然他表面上經常這樣威脅，說是要狠狠地鞭打他們，或者要把奴隸賣到南方去，但實際上塔拉農場從來沒有賣過一個奴隸，鞭打的事也只發生過一次，那是因為沒有認真地刷洗一下傑拉爾德狩獵了一整天的愛馬。所以他們便肆無忌憚地利用這一弱點隨心所欲。

傑拉爾德那藍色的眼睛目光銳利，他當然注意到了鄰居們的屋子整理得多麼井然有序，穿著沙沙作響的裙裝、頭髮梳得一絲不亂的女主人輕鬆適然地管理著僕人們。他只看到表面的成績，卻不知道這些女人從天亮到深夜忙個不停地監督僕人哺育嬰兒、燒菜做飯、縫紉洗漿的勞碌情形，而這些成績卻深深地印在他的腦海裡。

一天早晨他準備進城去聽法院開審，便叫波克把他心愛的皺領襯衫取來，可等取過來時，他才發覺它已被那個內室女僕弄得不成樣子，自己無法再穿出去，只好送給他的管家穿了。

「傑拉爾德先生，」波克瞧見傑拉爾德要生氣了，便一面用討好的語氣對他說，一面將那件襯衫捲起來，「你現在缺少的是一位能帶來許多家僕的太太。」

傑拉爾德雖然嘴裡責罵波克的無禮，但他知道他說的沒錯。他確實需要一個妻子，也需要兒女，如果不能夠很快得到她們，那將為時太晚了。但是他討厭像卡爾弗特那樣，隨便娶個女人，把那北方佬女家庭教師討來當老婆只是為了照管他那沒娘的孩子。

他的妻子必須是系出名門，像威爾克斯太太那樣的端莊賢淑，能夠像威爾克斯太太那樣把塔拉農場管理好，那才是他理想中的太太。

但是，要娶上縣裡名門望族的小姐為妻有兩個困難。第一，這裡的姑娘到結婚年齡的很少；其次，也是更困難的一點，誰也不瞭解他的家庭情況，傑拉爾德儘管在這裡已居住了將近十年，但畢竟還是個「新人」又是外國人。儘管喬治亞內地的貴族並不像海濱社會那樣堅不可摧，可是也沒有哪個家庭願意讓自己的女兒嫁給一個不知根底的男人。

雖然那些本縣男人很喜歡同他一起打獵、喝酒和談政治，但傑拉爾德知道，他還是很難找到一個人家，使他們情願把自己的女兒嫁給他。而且，當人們閒談時說起某位做父親的已經深表遺憾地拒絕傑拉爾德向他的女兒求婚了，這會讓他很難看。然而，他並沒有覺得自己在鄰居面前低人一等。事實上，什麼也無法使傑拉爾德覺得自己在任何方面不如別人，那只是當地的一種奇怪習俗，認爲女孩們只能嫁到那些至少在南部已居住二十年以上、已經擁有自己的田地和奴隸，並且已蔓延到當時引爲時髦的那些不良癖好的人家去。

「趕快收拾一下。我們要到薩凡納去，」他告訴波克，「如果再讓我聽到你說『噓』或者『保證』！我就立即賣掉你，我自己都很少說這種字眼。」

詹姆斯和安德魯可能對他的婚姻提出某種主意，而且他們的老朋友中，可能有適合他的要求並願意把他的女兒嫁給他的。只是他們兩個耐心地聽完他的想法後，誰也沒有提出什麼建設性的意見。來美國時他們已經結婚了，在薩凡納沒有什麼可以求助的親戚，而他們老朋友們的女兒早已出嫁並已兒女成群了。

「你又不是很富有的人，」再說，你也不是出生於名門望族。」詹姆斯說。

「我已經賺了不少錢，我也能成爲一個大戶人家。我不能隨便討個老婆，馬馬虎虎了事。」

「你的心氣未免也太高了。」安德魯乾脆這樣指責他。

不過他們還是盡了自己最大的努力。詹姆斯和安德魯都是上了年紀的人，在薩凡納也頗有聲望。他們的朋友可真多，在一個月裡，他隨著他們從這家跑到那家，吃飯啦，跳舞啦，參加野餐啦，忙得不亦樂乎。

最後傑拉爾德表示：「我看得上眼的只有一個，但是在我來到這裡時，她恐怕還在娘胎裡。」

「究竟是誰讓你看得上眼？」

「是愛倫·羅畢拉德小姐。」傑拉爾德故意漫不經心地答道。

儘管愛倫·羅畢拉德外表上令人捉摸不透，顯得有點無精打采，這在一個十五歲的姑娘家身上尤其罕見，但那雙稍稍有些耷拉的黑眼睛已勾住了他的心神，把他深深地迷住了。此外，她身上還有一種令人難以忘懷的絕望之情，他看在眼裡，記在心上，不禁格外溫柔地待她，而他對世界上任何人都沒這麼溫柔過。

「可是你完全可以當她的父親了！」

「可我正值壯年呀！」傑拉爾德受不了這個刺激，激動地大叫起來。

詹姆斯冷靜地分析自己的意見，「傑拉爾德，在薩凡納這個女人是最難娶到的。她父親是羅畢拉德家族的人，再加上這些法國人非常驕傲。她的母親呢——願上帝保佑她的靈魂——也是個出身名門的大家閨秀。」

「我可管不了這麼多。」傑拉爾德氣憤地說。

「羅畢拉德那老頭很喜歡我，再說她母親已經死了。」

「他是喜歡你，但做他的女婿，那就不一樣了。」

「就算她父親答應了，那姑娘也是絕不會答應的。」安德魯插嘴說。

「她有一個表兄叫菲力浦，是個放蕩的花花公子。她愛上了她的表兄。這事已經一年了，雖然她家裡人日夜勸她放棄，可她還是不聽。」

「這個月他就要到路易斯安那去了。」傑拉爾德說。

「你怎麼知道的？」

「我當然知道。」傑拉爾德回答，波克向他提供了一個寶貴的資訊，菲力浦接到家裡的快信趕回西部去了。他不想說出是怎麼得知的，也不想告訴他們。

「而且我並不認爲她愛他已經到了不能自拔的地步，畢竟她才十五歲，還很年輕，是不怎麼深刻懂得愛情的。」

「可是她不會挑上你的，寧願要那個危險的表兄。」

因此，當消息從內地傳來，說皮埃爾．羅畢拉德要將女兒嫁給這個矮小的愛爾蘭人時，詹姆斯和安德魯與其他人一樣，都大吃了一驚。整個薩凡納都在暗中紛紛議論，並猜測如今到西部去了的菲力浦．羅畢拉德到底發生了什麼事，可這種閒言碎語根本得不出什麼結論。羅畢拉德家族中最可愛的一個女兒爲什麼會跟一個大喊大叫、面孔通紅、身高不及她耳朵的矮小鬼結婚呢？這對所有的人來說始終都是個謎。

至今連傑拉爾德本人也不明白好運是怎麼撞上他的。

他只知道奇蹟出現了，而且，就像被流星打中的機率，一輩子也就這麼一次。

那天，愛倫將一隻手輕柔地放在他臂膀上，臉色蒼白而又十分鎮靜地說：「奧哈拉先生，我願意嫁給你。」此時此刻，他完完全全感到自己很卑微，這也是他一生中唯一的一次。

對於這個毫無頭緒的謎團，羅畢拉德家族中那驚慌失措的人也只能找到某些細枝末節的答案，只有愛倫和她的嬤嬤知道整個事情的來龍去脈。那天晚上，這位姑娘像個傷心的孩子似地哭到天亮，而第二天早晨起床時，她已經蛻變成下定決心的女人了。

那天，嬤嬤有預感好像有什麼不好的事情發生，給她的小主人拿來一個從新奧爾良寄過來的小包裹，上面的通信地址是一個陌生人寫的，裡面裝著愛倫的一張小照（愛倫一見便驚叫一聲把它丟在地上），四封愛倫寫給菲力浦．羅畢拉德的親筆信，以及一位新奧爾良牧師附上的短信，信上說她的這位表哥已經死在一場酒吧的鬥毆中。

「我恨他們，我恨他們所有人，是父親、波琳和尤拉莉把他趕走了，他們把他永遠地趕走了。我討厭看見他們，我要永遠離開這裡。我要到永遠看不見他們的地方去，也永遠不再待在這個城市，或者看見任何一個使我想起……想起他的人。」

嬤嬤伏在床頭陪她一起啜泣，直到快天亮的時候，嬤嬤才勸告她：「這是行不通的呀，小寶貝，你絕對不能這樣做呀！」

「他是個善良的人，我非這樣做不可，我非要這樣辦，或者乾脆到查爾斯頓的修道院裡去當修女。」正是這個修道院的念頭讓皮埃爾．羅畢拉德感到了很大的威脅，他終於在懼怕而悲痛的心情下答應了她的請求。雖然他的家族信奉天主教，他卻是個堅貞不渝的長老教友。他心想：把她嫁給傑拉爾德．奧哈拉總比讓女兒當修女好。再說，除了門不當戶不對外，對傑拉爾德這個人，他實在沒有什麼不滿意的地方。

就這樣，愛倫帶著嬤嬤和二十個黑人家奴離開了薩凡納，隨同自己的中年丈夫動身到了塔拉。

次年，他們有了第一個孩子思嘉麗．奧哈拉，這是以傑拉爾德的母親的名字命名的。因為他想要一個兒子，傑拉爾德感到有點失望。但看著他那頭髮烏黑的小不點女兒，他也夠高興的了。於是自己高興地喝了個酩酊大醉，順便高高興興地請塔拉農場的每個農奴都喝了酒。

誰也不知道愛倫對於自己同傑拉爾德結婚的倉促決定是否曾經有所後悔，就算是傑拉爾德本人也無從得知。他每次瞧著她都驕傲得手足無措。

一離開那個文雅的海濱城市薩凡納，她便把菲力浦以及和他有關的所有記憶都拋到了腦後；同樣，一到達北喬治亞，她便把這裡當成她所認為的家。

她的老家，她父親那座粉刷成淺紅色的宅子是法國殖民地式的建築，裡面的樓梯是螺旋形的，旁邊的鐵製欄桿精美得像花。它是那麼幽雅舒適，有著美女般豐盈的體態和帆船乘風破浪的英姿；以一種雅致的風格拔地而起，那的確是一所雄偉、優雅而恬靜的房子，是她曾經溫暖的家，而如今她卻永遠地離開了它。

她離開了那個優美的住處，也遠遠地遠離了那建築背後的一整套文明。如今發覺自己彷彿到了一個新大陸似的，置身於一個完全迥異的陌生世界。這裡地處高原地帶，正好坐落在藍嶺山脈腳下。她站在藍嶺上麓的高原上，滿眼望去都是一望無際、逶迤起伏的紅色丘陵和底部凸露的花崗岩土壤，還有到處聳立的嶙峋蒼松。她已經看慣了亞熱帶陽光下無盡延伸的白色海灘，充盈著青苔苔蔓的海島上的那種幽靜之美，以及長滿了各種棕櫚樹的沙地上平坦遼闊的遠景。這裡的一切，在她看來都顯得那麼粗陋和野性未馴。

人們早已習慣了這個地方的冬季的寒冷和夏天的炎熱，並且從這些人身上，她見到了從未見過的旺盛的生機和力量。他們勇敢、大方、爲人誠懇，蘊藏著善良的天性，卻又強壯、剛健、容易發火。而她所熟悉的那些海濱人常常引以爲傲的是：那裡的人們總是用不經意的態度對待所有的事情，甚至對決鬥和世代結仇的冤家也是如此；而在這些北喬治亞人身上卻有一股子強暴勁兒。

她出生在海濱，對那裡的生活已經瞭若指掌，可這裡的生活對她來說還是陌生的，新鮮的，生氣勃勃的。

在愛倫看來，她在薩凡納認識的那些人的觀點和傳統都是那樣的相似，幾乎是從同一個模子裡複製出來的，可這裡的人們就各不相同了。這些定居在北喬治亞的人們來自不同的地方，他們有的來自喬治亞其他地區；有的來自維吉尼亞、歐洲、卡羅萊納；還有北美的。還包括比如傑拉爾德這樣的到這裡是來碰運氣的新人，甚至還有些人像愛倫這樣原是舊家族的成員，可能覺得原來的地方混不下去了，便來這遙遠的地方尋找避難所。但也有不少人是無故遷徙的，這只能說明他們的身體中加速流淌著前輩拓荒者好動的血液。

這些來自不同地方、有著不同背景的人們，給縣裡的整體生活匯入了一種不拘禮節的特質，而這正是愛倫沒有看見過的世面，這是她永遠也無法完全適應的。可是，誰也沒有規定北喬治亞人應該怎樣做呀！她也只是憑本能知道沿海的人們在各種境況中是如何行事的。

另外，席捲整個南部的農業高潮，這一股強大的勢力推動著這個地區的一切。整個世界都急需棉花，而縣裡新開墾的土地非但不貧瘠，而且肥沃極了，成了盛產棉花之地。棉花便成了本地區的脈搏，而這紅土心臟的舒張和收縮就是植棉和摘棉。財富從那些弧形的壟溝中不斷地湧出來，同樣源源而來的還有驕矜之氣……一種建立在蔥綠棉林和廣袤的白絮田野上的驕矜。如果他們這一代人靠棉花富裕起來，那麼到下一代該會是怎樣的富裕啊！

確信明天會更美好，這使他們對生活興趣頓漲、熱情大增，縣裡的人們都在盡心盡力地享受生活，這是愛倫永遠也不瞭解的。有了足夠的錢財和奴隸後，他們認爲是該玩樂一番的時候了，更何況他們生來就是愛玩的。他們永遠有時間放下眼前的工作來搞一次狩獵或賽馬，或者一次炸魚野餐，而且一個星期不舉辦全牲大宴或舞會是絕對不可能發生的。

愛倫在薩凡納時，凡事都自作主張慣了，不想也不能完全成爲他們中間的一員。不過她還是選擇尊重他們，而且漸漸學會了胸容萬物，羨慕這些人的坦誠和直率，他們對自己幾乎毫無保留，並且能用實事求是的眼光去看待別人。

她是一個賢妻良母，一個節儉而溫厚的主婦，成爲全縣最受尊敬的一位女性。原本打算奉獻給教堂的那份悲痛和無私，如今她都全部拿來奉獻給自己的兒女和家庭以及那位帶她離開薩凡納的男人了。這個男人帶她遠離了薩凡納，遠離了那裡所有留下記憶的事物，可是他從來也沒有問過什麼問題。

在嬤嬤看來，思嘉麗比一般的女嬰長得更加健康活潑。在思嘉麗剛滿周歲的時候，愛倫生了第二個女孩，取名蘇珊・埃莉諾，人們常叫她蘇倫；然後是卡琳，在家用《聖經》中登記為卡洛琳・愛琳。接著又一連生了三個男孩，可不幸的是，他們都在學會走路之前便夭折了。如今三個男孩埋葬在離住宅一百來碼的墳地裡的那些蜷曲的松樹下面，一塊刻著「小傑拉爾德・奧哈拉」字樣的石碑豎立在每個墳頭前。

從愛倫來到塔拉農場的那一天起，這個地方就發生了變化。她已經做好了準備，擔負起一個農場女主人的職責。婚前，女孩子最重要的是可愛、溫柔、漂亮、會打扮，而婚後，人們卻希望她們能夠掌管黑人、白人加在一起有上百號人口，甚至還更多的大家庭裡大大小小一切事物。她雖然剛剛年滿十五歲，但她從小就針對這一點而受過不少訓練。

愛倫早在很早以前就接受了這種訓練，這是每個有教養的年輕太太都必須接受的結婚前的準備，況且她身邊還有嬤嬤，那可是一個可以讓最不中用的黑人也使出勁來的厲害角色。她很快就讓塔拉農場呈現出一片前所未有的美麗風貌，使家務中呈現出了秩序、尊嚴和文雅。

建這房子時本來就沒有什麼建築計畫，方便的時候就隨時在任何一角加蓋房間。不過，在愛倫的設計和照管下，它具備了自己獨有的迷人之處，從而彌補了原來設計上的缺欠。一條兩旁栽著杉樹的林蔭道從大路一直延伸到住宅門前。任何一所農場主的住宅都不能缺少這樣的一條杉樹林蔭道。它不僅是用來提供陰涼的，而且還可以將其他蒼翠樹木顯得更加明亮。粉白磚牆將走廊頂上交錯的紫藤襯映得分外豔麗。這整座房子的笨拙外貌被紫藤連同門口那幾叢粉紅的紫薇和庭院中開著的白花木蘭掩飾起來，著實添加了不少靈動活潑之氣。

在春夏兩季，草地中的鴨茅和苜蓿長得翡翠般綠油油，誘人極了，本應在屋後空地上閒蕩漫步的火雞和白鵝都禁不住誘惑跑到這來。

這些家禽中的老者在甘美茂盛的茉莉花蕾和百日草苗圃的誘惑下，時常帶領著牠們的後代偷偷進入前院，來探訪這片綠茵，流連忘返。前院走廊上安置了一個小小的黑人哨兵防止牠們的蹂躪。這個黑人男孩坐在臺階上，手中拿著一條破毛巾當武器，構成了塔拉農場一道獨具特色的風景。當然那不是什麼愉快的差事，因爲他只允許揮舞一下毛巾嚇唬嚇唬牠們，而不准用石子投擲這些家禽。

這是一個男性奴隸到塔拉農場第一天得到的職位，愛倫已經給好幾十個黑人男孩分派過這樣的差事。一般等他們年滿十歲後，愛倫就會打發他們去學習專門的手藝，比如到農場修鞋匠老爺爺那裡，製車匠兼木工阿莫斯那裡，或者牧牛人菲力浦那裡，還有養騾娃庫菲那裡。如果他們實在沒有學習任何一門手藝的潛力，就只能去當大田勞工，而在黑奴看來，他們也就因此而完全喪失了社會地位。

愛倫的生活並不安逸，也談不上幸福，但她從來不指望生活得安逸。而如果不幸福的話，那也是女人命該如此。這個世界是屬於男人的，她接受這一點。在她的觀念裡，男人佔有財產，然後由女人來管理，這是天經地義的。

如果一個女人管理得好，男人便獲得名譽，女人還得稱讚他能幹。男人即使手上扎了根刺，也會像公牛般號叫不停，相反，女人即使連生孩子時的劇痛也得忍氣吞聲，生怕攪了他們的清靜。男人們出言粗魯，還經常酗酒，打架鬥毆，女人們卻裝作什麼都不知道，並委曲求全地服侍他們上床睡覺。男人們可以粗暴而直率，而女人們卻要體諒、和善、文雅。

她從小就接受上等婦女的傳統教育，她學會怎樣承擔自己的職責，同時而不喪失其溫柔和可愛。她決意把自己的三個女兒也培養成高尚文雅的女性，然而這種願望只在那兩個小的身上成功了，蘇倫本身自己就渴望當一名出色的閨秀，因此用心聆聽母親的教誨，相比之下，卡琳也是一個靦腆聽話的女孩。可是思嘉麗卻是個例外，是傑拉爾德貨真價實的孩子，覺得要是讓她踏上那條上等婦女要走的路還不如殺了她來得痛快。

思嘉麗不愛跟那兩個性格謹慎的妹妹或威爾克斯家有教養的幾個女孩在一起玩耍，卻偏偏愛同農場上的黑孩子或鄰居家的男孩子們廝混，跟他們一起爬樹，一起擲石子。這使嬤嬤萬分生氣並感到十分難過。愛倫的女兒怎麼會有這樣的怪癖，她經常勸誡她「要學得像個小姐那樣」。反倒是愛倫對這個問題很看得開，表現得很大度。一個女孩的頭等大事就是結婚成家，從青梅竹馬中能產生未來的終身伴侶，愛倫深諳這一點。

嬤嬤暗自嘟囔著：這孩子只是生性活潑、精力充沛罷了，以後還是有時間教她如何吸引男人的技巧和舉止優雅的。在愛倫和嬤嬤的同心協力下，思嘉麗到年齡大些時，便在這方面學得相當不錯了，甚至還學會了一些別的東西。

儘管接連請了幾位家庭女教師來教她，還讓她在附近的費耶特威爾女子學校讀了兩年書，她受的教育仍是少的可憐。不過在跳舞這一門功課上，她卻是全縣獨一無二的，那真是舞姿優美，絕代無比。她還懂得怎樣微笑，能使那兩個迷人的酒窩輕輕地上下抖動起來，怎樣扭著胯走路能讓寬大的裙子飄曳迷人，怎樣首先仰視一個男人的面孔，然後垂下眼來，迅速地眨動眼簾，好像她因情感細膩而感憂慮不安似的。

她最擅長的絕活是掩飾自己心中的精明，在男人面前裝出一副嬰兒般天真爛漫的表情。愛倫總是輕聲細語地告誡她，嬤嬤則沒完沒了地對她百般挑剔，她們雙管齊下，努力將那些作爲淑女賢妻不可少的品德灌輸到她腦袋裡。

「男人們說話時千萬別插嘴，哪怕你認爲自己比別人知道得多。男人們都不喜歡快嘴快舌的姑娘。」愛倫對女兒說，「你必須要學會溫柔一些，親切一些，文靜一些。」

「女孩家要是整天撅著嘴，皺著眉頭、說什麼我要這樣不要那樣，就別想找到丈夫了。」嬤嬤悶悶不樂地告誡她說。

「女孩家應當低著頭低聲回答說：『好吧，先生，我知道了。』或者說：『聽從您的吩咐，先生。』」雖然她們把一個大家閨秀應該知道的一應事宜都教給她了，但她學會的僅僅是表面上的禮貌。她也不知道爲什麼要學這些皮毛所體現的內在文雅，她認爲有皮毛就足夠了，因爲有名門小姐氣質的長相，這使她大受歡迎，而這就是她所要的一切了。傑拉爾德吹噓說她是周圍五個縣最漂亮的女孩，這話的確不假，不光鄰近一帶幾乎所有的年輕人，甚至遠到亞特蘭大和薩凡納某些地方的許多年輕人都曾經向她求過婚。

在嬤嬤和愛倫的苦心培養下，她十六歲的時候，顯得更加嬌媚動人了，不過她同時也變得更加任性、虛榮和固執起來。她母親那種無私堅忍的天性在她身上一點兒也沒有體現，只不過是一點點表面的虛飾。和她的愛爾蘭父親一樣，她有感情容易衝動的特質。愛倫從來沒有充分認識到這一點，因爲在她面前，思嘉麗經常展示出自己最好的一面，而將自己的大膽妄爲緊緊地掩蓋起來，並且努力克制著自己，表現得如她母親所要求的那樣性情溫婉，要不然的話，媽媽責備的目光就足以使她羞愧得掉眼淚。

然而嬤嬤對她並不怎麼看好，一直趁機揭開她虛飾的外表，露出其真面目。嬤嬤的眼睛可比愛倫的敏銳得多，思嘉麗實在想不起來有哪件事能瞞過她的法眼。

這兩位鍾愛她的良師並不擔憂思嘉麗的快樂、活潑和嬌媚。這些特徵正是南方婦女引以爲豪的地方。傑拉爾德倔強而暴躁的天性在她身上暴露出來，這是她們最擔心的。除此之外，她們生怕無法將她身上這些破壞性的東西一一掩蓋起來，她們一直放心不下，直到她選中一個如意郎君爲止。

如果思嘉麗想要結婚，並且可以同艾希禮結婚，她倒也樂意裝出一副貌似莊重、溫順而沒有主見的模樣，如果這樣真正能夠吸引男人的話。

思嘉麗並不清楚男人們爲什麼喜歡這樣的品性，她只知道這樣的方法屢試不爽。她從來沒有工夫去思考爲什麼要這樣做，對人的內心活動，甚至她自己的內心活動，她都一無所知，懶得費腦筋。她只知道，只要她這樣做了說了，男人們便會準確無誤地用如此這般的恭維來回報她。這就像一個數學公式，一點也不難，因爲在學生時代，數學是她很拿手的科目。

如果說她不怎麼知道男人的心理，那麼她對女人的心理知道得就更少得可憐了，因爲她對她們從來都不感興趣。她從來沒有一個女朋友，也從來不覺得這是什麼遺憾的事，因爲在她的認知裡，所有的女人，包括她的兩個妹妹，在追逐共同的獵物——男人時，都是天然的敵人。

所有的女人都是這樣，當然只有她母親例外。

愛倫·奧哈拉在思嘉麗的生命中是另樣的存在，思嘉麗把她看做一種有別於人類的其他人中的神聖人物。她很小的時候就把母親和聖母瑪利亞混淆在一起了，如今雖說她已長大成人，也實在找不出什麼理由要改變她原來的這種看法。對她來說，愛倫代表著絕對的安全感，而這是只有上帝和母親才有能力給予的。她始終認爲她的母親是一個偉大的女性，是正義、真理、慈愛和智慧的化身。

思嘉麗倒是非常希望自己做一個像母親那樣的人。但是要做一個公正、真誠、慈愛、無私的人，你就得犧牲許多的人生樂趣，而且一定也會失掉許多英俊的男人。這真是唯一存在的巨大困難。畢竟人生太短暫了，要喪失這些可愛的事物未免太划不來了。等到她嫁給了艾希禮，並且年紀老了的那天，有機會時，她是樂意去模仿愛倫的。可是，在那之前……

chapter 4 少女情懷

那天吃晚飯，思嘉麗代母親主持了全部的用餐程序，但是她心中的那一團陰霾始終紛擾著她，關於艾希禮和媚蘭訂婚的那個可怕的消息始終迴蕩在她的腦海裡。母親的不在場使她更感到孤單和迷惘，她焦急地盼望母親從斯萊特里家趕快回來。就算斯萊特里家有人生病，但他們有什麼權利在她那麼迫切需要母親的時候把母親從家中拉走呢？

在這頓沉悶的晚餐上，思嘉麗自始至終只聽見傑拉爾德那低沉的聲音在耳邊迴響，她發覺自己已經忍無可忍了。他一個勁兒地在那兒唱獨角戲，一會兒講來自薩姆特要塞的最新消息，一會兒又配合聲調用拳頭在餐桌上敲擊，同時不停地揮舞臂膀，那天下午同思嘉麗的談話也被他遠遠地遺忘在不知名的角落。傑拉爾德已養成了在餐桌上壟斷談話的習慣，若在平時，思嘉麗根本不去聽他的絮絮叨叨，只是默默地琢磨自己的心事。可是今晚她實在沒法忍受他的聲音了，雖然她盡力豎起耳朵，想聽見能說明愛倫已歸來的車輪聲。

毫無疑問，她知道若是讓媽媽知道她想嫁給一個已經同別人訂婚的男人，媽媽一定會大爲震驚和十分痛苦的，因此她並不想向母親傾訴自己心頭的負擔。然而，此刻的她正沉浸在一個前所未有的悲痛中，很需要她媽媽在她身邊，這能帶給她安慰。只要母親在身邊，思嘉麗就會覺得安全可靠，因爲只要愛倫在，什麼糟糕的事都會煙消雲散。

聽到車道上吱吱的車輪聲，她便忽地站起來，接著又坐下了，因為馬車已經走到後院去了。顯然那不可能是愛倫，因為她是在前面臺階旁下車的。

這時，黑人們興奮的談話聲和尖利的笑聲從黑暗的院子裡傳來。從窗外望去，思嘉麗看見剛才從屋裡出去的波克高擎著一個火光熊熊的松枝火把，幾個模糊的人影在忽明忽暗的火光中從大車上下來了。在黑沉沉的夜霧中，笑聲和談話聲有的舒緩，有的嘹亮，時高時低，顯得那麼親切、愉快、隨便。接著嘈雜的腳步聲從後面走廊階梯上傳來，漸漸遠去通向主樓的過道，直到消失在餐廳外面的穿堂裡。

一小陣耳語聲之後，波克走了進來，他身上慣有的一本正經的模樣不見了，雙眼不停地轉動著，露出了潔白的牙齒。

「傑拉爾德先生，」他全身散發著新郎的喜氣，氣喘吁吁地喊道，「您新買的女奴到了。」

「新買的女奴？我可不曾買過女奴呀！」傑拉爾德裝出一副惘然不知的模樣，趕緊聲明。

「是的，肯定是您買的，傑拉爾德先生！就是的！她就在外面，要跟您道謝呢。」波克回答說，吃吃地笑著，激動地搓著兩隻手。

「好，把她叫進來吧。」傑拉爾德說。於是波克轉過身去，招呼他老婆進來，這就是剛剛從威爾克斯農場趕來的那個女人，要在塔拉農場當一名家屬了。她進來了，後面跟著她十二歲的女兒，瑟瑟縮縮地伏在她媽媽的身邊，幾乎被她媽媽寬大的花布裙給完全擋住了。

迪爾西身材高大、腰背直挺，從外表看不出她的年紀，說什麼年紀都行，小到三十歲，大到六十歲。皺紋還沒有出現在她那張呆板的紫銅色的臉上，她的面貌顯然帶有印第安人血統，這比非洲黑人的特徵更為明顯。她是兩個種族的混種，她那窄而高的額頭，高聳的顴骨，紅紅的皮膚，以及下端扁平的鷹鉤鼻子（再下面是肥厚的黑人嘴唇），所有這些都足以說明這一點。她沉著冷靜，走起路來有一種高貴氣質，甚至超過了嬤嬤，因爲嬤嬤的氣派是學來的，而迪爾茜卻是天生具有的。

說話時她注意選擇字眼，不像大多數黑人那樣含糊不清。

「小姐，您好。不好意思打擾您了，傑拉爾德先生，我要再次向您道謝，謝謝您把我和我的孩子一起買了過來。有多少先生要買我，可就不想把我的百里茜也買下來，這會叫我很傷心的。所以我要謝謝您。我會盡自己最大的力量好好地給您幹活兒，好讓您知道我一刻也沒有忘記你的大恩大德。」

「嗯……嗯。」傑拉爾德一面應著，一面不好意思地清了清嗓子，在大庭廣眾之下，自己的慈善之舉被別人說穿了，他爲此感到頗爲不好意思。

迪爾茜轉向思嘉麗，露出了微笑，眼角因爲笑容出現了細細的皺紋。

「思嘉麗小姐，波克告訴我，是您要求傑拉爾德先生把我買過來的，今天我也要把我的百里茜送給您，給您做貼身丫頭。」

她伸手往後把那個小女孩拉了出來。那個小傢伙膚色棕褐，頭上矗立著無數條用細繩精心纏住的小辮兒，兩條腿細得像雞腳一樣。她臉上雖故意裝出一副傻相，但那雙尖利而懂事的、不會漏掉任何東西的眼睛洩露了她的精明。

「謝謝你！迪爾茜，」思嘉麗答道，「不過我怕嬤嬤不會同意的，我一生下來就一直由她服侍照顧著呢。」

「嬤嬤也老啦。」迪爾茜說，要是嬤嬤聽見了她那平靜的語調肯定是會生氣的。

「她是個好嬤嬤，不過像您這樣一位千金大小姐，應當有個自己使喚的丫頭才行呀。我的百里茜倒是服侍過英迪亞小姐一年，她能幹得像個大人，會梳頭，會縫衣裳呢。」

百里茜在母親的推搡下突然向思嘉麗行了個屈膝禮，然後咧著嘴朝她憨厚地笑了笑，思嘉麗也只好回她一絲笑容。

「好一個伶俐的小丫頭。」她想，便高聲說：「真是謝謝你了，迪爾茜，這件事等嬤嬤回來後咱們再談吧。」

「真是謝謝您。小姐，那就祝您晚安了。」迪爾茜說完便轉過身去，帶著她的孩子走了，波克緊隨其後，樂滋滋的。

等餐桌上的東西收拾乾淨後，傑拉爾德又開始他的講演了，但好像連他自己也並不甚滿意，就更不用說聽的人了。他故作吃驚狀地預告戰爭即將爆發，同時不停地反問聽眾：南方還要忍受北方佬的侮辱多久呢？只是些頗不耐煩的回答應和著他。「是的，爸爸」，或者「不，爸爸」，僅此而已。

這時卡琳坐在矮凳上，在燈底下讀小說，深深地沉浸於一個女孩在情人死後當修女的愛情故事裡，眼中噙著淚花在愜意地設想自己戴上護士帽的姿容。

蘇倫一面在刺繡她自我解嘲稱之為「嫁妝箱」的東西，一面思忖著她有沒有可能在明天的全牲大宴上把斯圖爾特・塔爾頓從她姐姐身邊奪過來，以她所特有的而思嘉麗恰恰缺少的那種嫵媚的女性美把他迷住。思嘉麗呢，她則早已被艾希禮訂婚的問題攪得心神不寧了。

既然爸爸已經知道了她的煩心事，他怎麼還能那樣嘮嘮叨叨不停地淨談薩姆特要塞和北方佬呢？她奇怪人們爲什麼會毫不理睬她的痛苦，總是那樣自私，而且不管她多麼的傷心。

她心裡彷彿剛刮過了一陣劇烈的旋風，奇怪的是，這裡與平常一樣毫無變化，他們仍坐在這個飯廳。飯廳還是跟原來一樣顯得那麼平靜無波，那些餐具櫃和那張笨重的紅木餐桌，那塊鋪在光滑地板上的鮮豔的舊地毯，全都照常擺在原來的地方，動也不動，就好像沒發生過什麼事似的。

平日，思嘉麗很愛一家人晚餐後坐在這裡，坐在這一間親切而舒適的餐廳，享受那番寧靜的光景；可是今晚她恨它的無動於衷，而且，礙於害怕父親的厲聲責問，她不敢溜走，如果可以，她非常想溜過黑暗的穿堂到愛倫的小辦事房，趴在舊沙發上痛痛快快地大哭一場！

整個住宅裡這一間是思嘉麗最喜愛的。在那裡，每天早晨愛倫坐在高高的寫字檯前寫著農場的帳目，聽著監工強納斯・威爾克森的報告。同時，那兒也是全家休息的地方。當愛倫忙著在帳簿上寫寫算算的時候，傑拉爾德卻只顧自己躺在那把舊搖椅裡閉目養神，女孩們則坐在下面的沙發椅子上——這些沙發太破舊，不好意思再擺在前屋裡了。此刻思嘉麗渴望到那兒去，渴望單獨跟愛倫待在一起，這樣她可以把頭擱在母親的膝蓋上，安安靜靜地哭一陣子，誰也不會來打擾她，今晚母親到底還回不回來了呀？

過了一會兒，車輪軋著石子道的嘎嘎響聲傳了進來，接著是愛倫打發車夫走的聲音，她隨即走進屋裡來了。大家一起抬頭熱切地看著她快速走近的身影。她的裙箍左右搖擺，臉色顯得疲憊而悲傷。隨她而來的是一股淡淡的檸檬香味，她的衣服上好像經常散發出這種香氣，因此在思嘉麗心目中，她把這種味道和母親緊緊地連在了一起。

沒過一會兒，嬤嬤手拿著皮包也走進了飯廳，有意把聲音放低到讓人聽不太清楚，同時又保持了一定的音量，反正她就是讓人知道她在生氣。

「很抱歉。這麼晚才趕回來。」愛倫說，一面從肩頭取下披肩，遞給思嘉麗，同時摸了摸思嘉麗的臉頰。

她的歸來使傑拉爾德像著了魔一樣，臉上大放異彩。

「給那娃娃洗禮了嗎？」

「洗了，可憐的小東西，還是沒有救回來。」愛倫回答說，「我本來擔心埃米也會死掉，現在看來我想應該不會死了。」

女孩們流露出驚奇惋惜的神色，都望著她，傑拉爾德卻只是憐憫地搖了搖頭。

「唔，孩子死了也好，對，可憐的沒爹娃……」

「不說了，現在咱們開始祈禱吧，時間已經不早了。」愛倫機靈地打斷傑拉爾德的話，思嘉麗很瞭解母親，只有她知道母親這一招的用意。

究竟誰是埃米．斯萊特里的孩子的父親呢？這可真是個很有趣的問題。但思嘉麗心裡明白，要是母親不來說明，事實的真相是永遠也不會被發現的。思嘉麗懷疑是強納斯．威爾克森，因為在天快黑時，她常常看見他同埃米一起在大路上走動。強納斯是北方佬，沒有老婆，在這裡當監工，但一輩子也不被允許參加縣裡的社交活動。除了像斯萊特里那一類的下等人之外，有頭有臉的人家都不會招他做女婿，願意同他交往的人也少得可憐。他自恃比斯萊特里家的人有文化，自然不想娶埃米，但這樣並不妨礙他常常同她一起在蒼茫暮色中走走。

思嘉麗嘆了口氣，因為她的好奇心奇強。母親的眼皮底下常常發生很多事情，可是她從不留意，彷彿根本沒有發生過似的。愛倫對於那些她自認為不正當的事情總是懶得去理，並且想教導思嘉麗也這樣做，可是實在沒有起到多大的作用。

愛倫向壁爐走去，想把念珠從那個小小的嵌花匣子裡取出來，這時嬤嬤高聲而堅決反對地說：「愛倫小姐，你還是吃完飯再去做你的禱告吧！」

「謝謝你，嬤嬤，可是我一點也不餓。」

「你還是吃點吧，我這就給你去準備晚飯。」嬤嬤苦惱地皺著眉頭，邊走邊說，走出飯廳要到廚房去，一路上喊道：「波克，愛倫小姐剛回來，馬上叫廚娘把火再生起來。」地板在她腳下一路振動著，全家人都清清楚楚地聽見她在前廳嘮叨的聲音越來越高。

「我不知說過許多回了，給那些下流白人做事沒啥好處。他們全是些懶蟲，不識好歹，根本不值得愛倫小姐這樣辛辛苦苦去伺候。他們如果真的需要人伺候，怎麼不買幾個黑人來使喚呢。我還說過……」

她喋喋不休地一路穿過了那條長長的、只有頂篷和欄桿的甬道，那是條通向廚房的必經之路。嬤嬤總有自己的伎倆讓主子們知道對某些事情她究竟抱什麼態度。其實她也清楚就在她獨自嘟囔時，叫一個上等白人來注意一個黑人的話是有失身分的，爲了保持他們的臉面，他們必須採取不理睬她所說的那些話，即使是站在隔壁房間裡大聲嚷嚷也一樣。不過這樣也就夠了，既可以讓她不受責備，同時又能使每個人心裡都明白她在每個問題上都有哪些不同的想法。

這時，波克手裡托著一個盤子、一副刀叉和一條餐巾進來了。傑克緊跟其後。這是一個十歲的黑人男孩，他一隻手忙著扣自己白色的短衫上的鈕扣，另一隻手拿了一個用細細的報紙條兒綁在一根比他還高的葦稈上做成的拂塵。愛倫原本有個只在特殊場合使用的精美的孔雀毛驅蠅帚，但是波克、廚娘和嬤嬤都堅信孔雀毛不吉利，所以它要登上大雅之堂是要經過一番家庭鬥爭的。

穿呀。」

愛倫坐在傑拉爾德遞過來的那把椅子上，與此同時，四個聲音一起向她發起了攻勢。

「媽，我那件新跳舞衣的花邊掉了，請給我修補一下好嗎？明天晚上去『十二橡樹』我得

「媽，思嘉麗的新舞衣比我的漂亮多了。怎麼你就不讓她穿我那件粉的，讓我穿那件綠的呢？再說我穿那件粉的太難看了。她穿粉的很好看嘛。」

「明天晚上等到散了舞會我再走行嗎，媽，現在我都已經十三歲了……」

「你聽我說，奧哈拉太太……女兒們，別吵了，再吵我要去拿鞭子了！凱德．卡爾弗特今天上午在亞特蘭大對我說，你們安靜一點好嗎？我快聽不見自己的聲音了……他說大家都在談民兵訓練、戰爭和組織軍隊一類的事，那邊簡直要亂成一鍋粥了。還有消息從查爾斯頓傳來，說他們再也不會容忍北方佬的欺凌了。」

愛倫對這場七嘴八舌的喧嘩只是微微一笑，不過首先作為妻子，她還是先跟丈夫說幾句話。

「要是查爾斯頓那邊的先生們都認為是這樣，那麼我相信咱們大家也很快就會這樣看的。」她說，因為有個根深蒂固的信念紮根在她頭腦中，即除了薩凡納以外，整個大陸的大多數上等人都聚集在那個小小的海港城市，而大多數查爾斯頓人也都有這個信念。

「卡琳，還是不行的，親愛的，明年再說吧。明年你就可以留下來參加舞會，並穿上成人服裝，那時我的小美人該多麼光彩呀！親愛的。別再生氣了，請記住這一點，你還是可以去參加全牲野宴的，並且一直待到晚餐結束；至於舞會你必須等到滿十四歲才行。」

「思嘉麗，別擔心，把衣服給我吧，我給你修補一下。做完禱告我就會替你把花邊縫上。」

「蘇倫，親愛的，我不贊同你這種說法。你那件粉紅舞衣挺好看的，同你的膚色也很相配，

就像思嘉麗配她的那件一樣。不過，明晚我可以讓你戴上我的那條石榴紅項鍊。」

蘇倫在母親背後向思嘉麗得意地做了個鬼臉，因爲思嘉麗正打算懇求戴那條項鍊呢。思嘉麗也無計可施，對她吐吐舌頭。蘇倫是個喜歡抱怨又自私得讓人反感的妹妹，要不是愛倫管得嚴，思嘉麗不知道會抽她多少耳光了。

「好了，奧哈拉先生，現在關於查爾斯頓這個問題，您再給我講講卡爾弗特先生都說了些什麼吧。」愛倫繼續說。

思嘉麗知道母親根本不會關心戰爭和政治之類的東西，並且認爲這是男人們的事，和女人沒有多大關係，哪個婦女願意傷這個腦筋呢。不過傑拉爾德倒是樂意說說自己的觀點。而愛倫也認真地傾聽丈夫的興趣。

傑拉爾德正準備發表他的新聞時，嬤嬤把幾個盤子放到了女主人面前，裡面盛滿了焦皮餅乾、油炸雞脯，還有切開了的熱氣騰騰的黃甘薯，上面還淌著剛融化了的黃油呢。嬤嬤擰了小傑克一下，他才慌忙跑到愛倫背後，緩緩地前後搖拂著那個紙笤帚。

嬤嬤站在餐桌旁，監督著愛倫將一叉叉的食物從盤子裡一口一口送到嘴中，彷彿只要她發現稍有點遲疑的跡象，便要強迫將這些食物塞進愛倫的喉嚨裡一樣。雖然愛倫努力地吃著，但思嘉麗看得出來，她實在太累了，她根本不知道自己在吃些什麼，只不過在嬤嬤那毫不通融的臉色下強迫自己硬往嘴裡塞罷了。

盤子最後被吃空，愛倫才站起身來。而這時，傑拉爾德才講了一半，他在批評北方佬，他們要解放黑奴可又不願意付出任何代價，做事鬼鬼祟祟的。

「咱們是要做禱告了嗎？」他很不情願地問。

「是的。已經十點，這麼晚了。」正好這時時鐘響起了十點的鐘聲，就像悶聲悶氣地咳嗽聲。「請把燈放下來，卡琳也到了該睡覺的時間了。波克，把燈拉下來，嬤嬤，把我的祈禱書拿來。」聽到嬤嬤沙破的嗓音的低聲吩咐，傑克一面迅速將驅蠅帚放在屋角裡，一面動手收拾桌上的杯盤，嬤嬤也將愛倫那本破舊的《祈禱書》從碗櫃抽屜裡拿出來。波克踮起腳尖去開燈，他抓住鏈條上的銅環把燈緩緩地放下來，直到桌面上變得雪亮而天花板變得陰暗了為止。

愛倫屈膝跪在地板上，整理好散開的裙裾，然後將《祈禱書》打開，放在面前的桌上，再雙手合十擱在上面。傑拉爾德跪在她旁邊，思嘉麗和蘇倫也在桌子對面就地跪著，她們把寬大的襯裙折起來放在膝下，這樣可以減輕直接跪在硬生生的地板上的疼痛。卡琳因為年紀太小，不方便跪在桌旁，就面對一把椅子跪下，兩隻臂肘擱在椅上。她很喜歡這個位置，因為每逢做祈禱的時候她就容易犯睏，而這樣的姿勢最不容易讓母親發現。

家僕們也擁進穿堂，挨挨擠擠地跪在門道裡。嬤嬤便倒伏在地上大聲哼哼著，波克的腰背挺得很直，那兩個女僕羅莎和丁娜散開漂亮的印花裙子，有著很好看的跪姿。雪白的頭巾戴在廚娘的頭上，更顯得她面黃肌瘦了。傑克正睏得睜不開眼，可是為了躲開嬤嬤那幾隻經常擰他的手指，他沒有忘記離她遠遠的。同白人主子們一起做祈禱是他們一天中的一件大事，他們的黑眼睛都發出期待的光芒，這可以給他們內心各種滿足。因此當念到「主啊，憐憫我們」，「基督啊，憐憫我們」時，他們也總全身搖擺，全身心地投入。

愛倫閉上眼睛開始禱告，像催眠又像撫慰，聲音一會兒高一會兒低。她為自己的家庭成員和黑人們的健康和幸福而感謝上帝，每一個人在那昏黃燈光下虔誠地把頭都低了下來。

接著，她為她的父母、姐妹，三個夭折的嬰兒以及「滌罪所裡所有的靈魂」祈禱。家庭主婦每晚都要爲全家人的平安健康念誦此經，同時捻動手裡的念珠串。因此她用細長的手指捻著念珠開始念《玫瑰經》[7]。所有黑人和白人的喉嚨裡都唱出了應答的聖歌，聲音悅耳動聽。儘管這個時候思嘉麗噙著傷心的眼淚，她還是深深地感受到了往常這個時刻所有的那種寧靜的和平，彷彿白天經歷的部分失望和明天的恐懼感立刻消失，留下來的只有一種希望。

愛倫禱告好了後，便輪到傑拉爾德了。他經常在這時找不到念珠，只好偷偷數著指頭計算自己禱告的遍數。他正在嗡嗡地念著時，思嘉麗的思緒便開起了小差，自己實在是控制不住了。她知道自己應該好好地反思。愛倫曾教育過她，每天結束時，她都有責任認認真真地審視自己的良心，承認自己所犯的無數錯誤，祈求上帝的原諒，並給予自己不再重複這些錯誤的力量，但是思嘉麗只顧沉浸在她自己的心事裡面。

她把頭輕輕地擱在疊合著的雙手上，這樣可以避免母親看見她的臉，於是她的心思便傷心地跑回到艾希禮那兒去了。當他真正愛她的時候，他又怎麼能夠娶媚蘭呢？何況他也知道她是那麼愛他，他怎麼能這樣故意傷她的心啊？

接著，她腦子裡掠過一個全新的念頭，像流星突然劃過。

「艾希禮會不會不知道我在愛他呀！」她自己被這個突如其來的念頭驚得大聲喘息起來。

她的思想停止了轉動，悄無聲息，彷彿癱瘓了一樣。好一會兒才繼續向前前進。

「我在他面前經常表現得那麼矜持，他怎麼能夠知道呢？那麼莊重，一副『別碰我』的神情，他肯定認爲我一點兒不把他放在心上，只是把他當做普通朋友而已。這也剛好解釋他從不開

7.天主教的禱文，家庭主婦每晚都要為全家人的平安健康念誦此經，同時捻動手裡的念珠串。

口的原因了！對，他肯定是覺得他對我的愛毫無希望，所以才會顯得那樣……」

她的腦海迅速浮現了以前的好幾次情景，那時她時常發現他盯著她的眼神很奇怪，那本是一雙最善於掩藏思想的灰色眼睛，此時卻睜得大大的，裡面痛苦絕望的神情一覽無餘。

「他肯定已經被我傷透心了，因爲他肯定覺得我是在跟布倫特或斯圖爾特或凱德戀愛呢。也許他以爲如果娶不到我，同媚蘭結婚至少還可以讓他家裡高興。可是，他應該知道我是愛他的……」

她那變化無常的情緒從悲哀的最低谷一下飛登到幸福的頂峰。這就是艾希禮沉默和行爲古怪的原因。是因爲他自己不明白呀！她的虛榮心將所渴望的信念變成了真實的故事，緩解了她內心的絕望。一旦他知道她是愛他的，他肯定會立馬到她身邊來。她只需要……

「啊！」她不由得心花怒放，手指摳著低垂的前額。「瞧我多傻呀，竟一直沒有想到這一層！我得立馬想個辦法讓他知道真相才行。他要是知道我是愛他的，肯定不會娶媚蘭了呀！他肯定不會。」

她一抬頭這時才猛地發覺母親的眼睛正盯著她看，而傑拉爾德的禱告已經完了。她趕快開始誦讀她那十遍的誦禱，機械地轉動著手裡的念珠，不過壓抑不住的聲音洩露了她的激動，引得嬷嬷瞪著眼睛不斷地打量她。等她念完禱告後，蘇倫和卡琳相繼照章辦事，而此時她的思緒因那令人著魔的新想法而繼續向前馳騁。

現在也還不算太晚啊，那種所謂丟人的私奔事件在這個縣是司空見慣的，而且當事人的一方或另一方實際上已和第三者站到婚禮臺上了呢。而艾希禮連訂婚的消息都還沒有宣布呢？是啊，還有時間！

假設艾希禮和媚蘭之間只有很久以前許下的一個承諾而沒有什麼愛情的話，那他完全可以廢除那個諾言而同她結婚。他會的，要是他知道她愛他的心意。她必須想個辦法讓他知道。她一定要趕快想出辦法來！然後……思嘉麗突然從興致勃勃的夢想中回到現實中來，因爲她竟然疏忽了應答禱文，她媽媽正責備地看著她。她一面重新跟上儀式，一面睜開眼睛迅速環顧周圍，她自己的情緒色彩一時之間覆蓋了一切，那些柔和的燈光，那些跪著的身影，黑人搖擺時那些陰暗的影子，甚至那些在一個鐘頭前在她看來還很討厭的熟悉傢俱，整個房間又重新顯得可愛起來！她在心中暗暗發誓自己要永遠記住這個時刻和這番景象！

現在開始念聖母禱文了，「最最忠貞的聖母，」愛倫吟誦著，用輕柔的低音讚頌聖母的美德，思嘉麗便隨聲應答：「爲我們祈禱吧。」從小時候起，對思嘉麗而言，這個時刻是崇敬愛倫而不是聖母，雖然這樣做是褻瀆神靈。思嘉麗閉上眼睛，腦海裡浮現的還是愛倫那張仰著的臉，而不是古老頌詞所反覆提到的聖母面容。「智慧的中心」「罪人的庇護」「神奇的玫瑰」「病人的健康」這些詞語正因爲它們展示的是愛倫的品性，所以才顯得那麼美好。然而今晚，她完全滿足於自己的春風得意，便發現整個儀式中這些低聲說出的詞語和含糊不清的答應聲有一種她從未經歷過的崇高的美。她的心好像已經上升到了上帝的身邊，並且真心真意地感謝上帝爲她開闢了一條路，一條可以擺脫痛苦和奔向艾希禮懷抱的路。

說過最後一聲「阿們」後，大家的身體都有點僵痛了，緩緩地站起身來，嬤嬤在丁娜和羅莎合力下被拉起來。波克從爐臺上拿來一根長長的紙捻在燈上點燃了，然後走進穿堂。一個胡桃木碗櫃擺在螺旋形樓梯的對面，寬闊的櫃頂上放著幾隻燈盞和插在燭臺上的長長的一排蠟燭。這個碗櫃在飯廳裡顯得有點大而不當。

波克點燃了一盞燈和三支蠟燭，然後以一種莊嚴神情，高高舉起燈盞，彷彿是在皇帝寢宮中照著皇帝和皇后進臥室的頭等侍從，領著一群人上樓去了。愛倫挎著傑拉爾德的臂膀緊隨其後，女孩們也各自端著自己的燭臺，緊跟在後面陸續上樓了。

思嘉麗走進自己房間，趕忙把燭臺放在高高的五斗櫃上，然後在漆黑的壁櫥裡東翻西翻，尋找著那件急需修改的舞衣。她把衣服隨便搭在胳膊上，輕手輕腳地走過穿堂。她父母臥室的門半開著。她正要抬手去敲門，忽然傳出愛倫低沉但很嚴肅的聲音。

「你要把強納斯．威爾克森立刻開除。傑拉爾德先生。」

傑拉爾德一聽便大叫起來：「那你叫我再到哪裡去找個不在我跟前搞鬼的監工呢？」

「明天早晨就把他攆走，立即開除他，大個兒薩姆還不錯，在找到新的監工以前，可以讓他暫時頂替一下。」

「啊！」傑拉爾德大聲說，「這下子，我才弄明白，原來是這位寶貝強納斯生下了……」

「照這樣說來，他就是埃米．斯萊特里那個嬰兒的父親嘍。」思嘉麗心想。

「唔，好的，這好辦。一個北方佬跟一個下流白人的女孩，他們準幹不出什麼好事來。」

她稍稍停留了一會兒，讓傑拉爾德的怒氣牢騷消失之後，思嘉麗才敲門進去，把衣裳交給母親。

思嘉麗脫掉衣服、吹熄了蠟燭，她已經將明天準備實行的那個計畫思考得十分周密了。因為她有傑拉爾德那種精神，一旦把注意力集中在某個目標上，只需要考慮達到這個目標所能採取的最直接的步驟就可以了。所以這個計畫實行起來很簡單。

第一，她要擺出一副「傲慢」的神氣來，像傑拉爾德發命令那樣，到達「十二橡樹」那一刻起，她就要顯示出自己最快樂最豪爽的本性來。誰也不會得知她曾經由於艾希禮和媚蘭的事而沮喪過。她還要儘量跟縣裡的每一個男人打情罵俏。

她絕不會放過任何一個適婚年齡的男人，從蘇倫的意中人黃鬍子的老法蘭克·甘迺迪，到容易臉紅羞怯寡言的查理斯·漢密爾頓，即媚蘭的哥哥。他們會聚在她周圍，像蜜蜂圍著花朵一樣，這樣艾希禮也一定會被吸引著從媚蘭那邊跑過來，加入這個崇拜她的圈子。然後，她當然要使點小手段，使他離開那一夥人，單獨同她待幾分鐘。

她希望一切照計畫順利進行，要不然就有些難度了。可是，如果艾希禮不先行動呢？那她就只好採取主動措施了。

待到他們單獨在一起時，別的男人擠在她周圍那番情景在他的腦海裡還是很清晰，自然而然他會深深地感到他們每個人確實很想要她，接著他便會流露出那種悲傷絕望的神色。那時她要趁機叫他發現，儘管受到那麼多人的愛慕，在世界上她卻只喜歡他一個人，這樣他便會重新歡欣鼓舞。只要她又嬌媚又含蓄地承認這一點，便會顯得身價百倍，更會叫艾希禮看重了。當然，她這麼做時，應該表現出大家閨秀的風範。她連做夢也不會大膽地對他說她愛他……這是絕對不行的！不過，這只是無關緊要的問題，根本用不著太操心用什麼樣的方法告訴他。她以前處理過類似這樣的場面很多次了，現在只不過是再應付一次。

她躺在床上，朦朧的月光籠罩著她的全身，腦海裡幻想著明天將要發生的全部的情景。她彷彿看見他得知她愛他時，他臉上流露出來的那種又驚又喜的表情，還彷彿聽見他向她求婚時要說的那一番話。

那時她肯定假裝推脫和他說，嫁給一個已經和另一個女孩訂婚的男人，這種事情她連想都不敢想。不過他一定會堅持不放，最後說服了自己。於是他們決定當天下午逃到瓊斯博羅去，並且……瞧，明天晚上這時候她也許已經成爲艾希禮．威爾克斯夫人了！

她輾轉反側，然後索性翻身坐了起來，雙手緊抱著膝蓋，頭放在膝蓋上，一味神往地想像著，有好一會兒儼然自己已經成了艾希禮．威爾克斯夫人。艾希禮的新娘來了！接著，她的心頭掠過一絲涼意。假如艾希禮並不想同她一起逃走呢？假如事情不往另一個方向發展呢？她把這個想法拒絕在心門之外。

「現在我不應該向壞的方面想，」她堅定地說，「要是我現在就想到這一點，它便會打亂我的整套計畫。如果他愛我的話，事情沒有理由不按照我所要求的方式去發展，而我知道他肯定是愛我的！」

她抬起下巴，那雙暗淡而泛黑圈的眼睛在月光下閃爍著。愛倫從沒告訴過她願望和現實是截然不同的，生活也沒教給她足夠的經驗教訓，讓她明白捷足者不一定先登。銀白的月色中，她懷著高漲的勇氣，設想著自己的計畫。這個計畫出自一個過慣了愜意日子的十六歲的姑娘。在她的有限的人生歷程中，她從來不知道失敗爲何物，認爲只要有一件新的衣裳和一張清秀的面孔去當武器，就能掌控命運！

chapter 5 十二橡樹

那是暖和的四月天，早晨十點，穿過寬大窗戶上的天藍色帷簾，燦爛的陽光照入思嘉麗的房間，那些奶油色牆壁在陽光下閃閃發亮，桃花心木傢俱也泛出葡萄酒一般深紅色的光輝，地板也被照得玻璃似的耀眼，就連鋪舊地毯的地方也灑滿了灰色光點。

初夏快要降臨在喬治亞了，空氣裡已經開始湧動著夏天的感覺，春季的高潮戀戀不捨地退居在炎熱的天氣中。芬芳柔和的暖意飽含著剛抽出枝葉的樹木和潤溫的新翻紅土的香味，已經注滿整個房間。從窗口望去，思嘉麗能看到兩行水仙花和一叢叢像花裙子般紛披滿地的黃茉莉沿著石子車道競相開放，爭奇鬥豔。爲爭奪她窗下的一棵山茱萸，模仿鳥和叫鳥也打了起來，不停地在那裡吵嘴，模仿鳥的聲音嬌柔而淒婉，而叫鳥的聲音則尖銳昂揚。

思嘉麗常常被這樣明朗的早晨引到窗口，倚在窗櫺上享受塔拉農場的鳥語花香。可是今天早晨她沒有時間再欣賞旭日和藍天，心頭只有一個想法掠過：「謝謝老天爺，天空真晴朗。」一件蘋果綠鑲著淡褐色邊的舞衣折疊得整整齊齊，放在她床上的一個匣子裡。這是準備帶到「十二橡樹」去，等舞會開場時要穿的，但是思嘉麗看見它便不由得聳了聳肩膀，無奈地笑了笑。如果她今晚的計畫成功了，根本就用不著穿這件衣裳了。舞會還沒有開始，她和艾希禮早就私奔到瓊斯博羅結婚去了。現在煩心的是……她穿什麼衣裳去參加宴會好呢？

什麼樣的衣裳能使她窈窕的身材更爲動人，令艾希禮爲她神魂顛倒呢？從八點鐘開始，她一直在試衣裳，既灰心又惱火，試一件丟一件，此時的她穿著鑲邊的寬鬆內褲，緊身布褡和三條波浪式的鑲邊布襯裙站在那裡。床上、椅子上，地板上到處都是被她丟棄的衣服，五彩繽紛、凌亂不堪。

配有粉紅長飾帶的那件玫瑰紅薄棉布衣裳倒是很合身，只是去年夏天去「十二橡樹」時已經穿過了，媚蘭她一定會記得，也許還會提起來說個不停呢。她白皙的皮膚同那件泡泡袖、花邊領的黑羽緞衣裳十分相稱，但穿在身上又顯得她老成了一點。

思嘉麗緊緊盯著她那十六歲的面容，好像生怕發現皺紋和鬆弛的下巴肉。萬萬不能在媚蘭那嬌嫩的姿色前顯得老氣呀！那件淡紫色條紋細棉面的，配上寬寬的鑲邊和網眼，倒是十分漂亮，可是又顯不出來她的身材，思嘉麗覺得穿上太像女學生。它最好配卡琳那種纖細的身材和淡漠的容貌。在媚蘭那泰然自若的姿態面前，顯得自己學生氣可絕對要敗下陣來的！

還有一件綠方格絲紋綢的，裝飾著荷葉邊，每條荷葉邊都鑲入一根綠色鵝絨帶子，這是最適合的衣服了，事實上她最中意的也只有這一件了，因爲它能將她的眼睛襯托得更黑，讓她的眼睛像塊綠寶石似的，只可惜有塊清晰可見的油漬盤踞在緊身上衣的胸口部分。

當然她可以選擇把胸針別在那上面，但眼尖的媚蘭肯定會發現的。如今只剩下幾件五顏六色的棉布裙了，思嘉麗覺得這些都不夠鮮麗，不適合在野宴上穿。除了舞衣和她昨天穿過的那件綠衣布衫，也沒有別的選擇了。但這件花布衫在上午的野宴上派不上用場，因爲它只有小小的泡袖，領口低得像件舞衣。再說這也是下午要穿的衣服，可是，除了這件外，就再也沒有別的衣裳可穿了。她倒不是害怕將自己的脖子、臂膀和胸脯露出來，只是上午穿這種袒胸露臂的衣服怎麼說也太不合適了。

她站在鏡子前轉來轉去，端詳著自己的身材，實在看不出全身上下有什麼値得挑剔的地方。她的脖子雖短，但渾圓可愛；兩臂豐腴，但很動人。大多數十六歲的女孩會在胸衣的內襯裡縫上小排小排的絲棉來使乳房顯得更加豐滿和曲線分明。她從來不用這樣做。緊身衣將她的兩個乳房撐得隆起，渾圓可愛。她很高興愛倫遺傳了她纖細白嫩的雙手和小巧玲瓏的雙足，並且還希望自己擁有愛倫那樣的身高，不過她已經對目前的高度很滿意了。她天生有著豐腴而白淨的雙腿呀！不能把腿顯露出來，真是太可惜了，她一面想著，一面提起襯裙遺憾地打量寬鬆內褲裡那雙腿，甚至連費耶特威爾學院的女孩們都羨慕得不得了呢！而想到她的腰肢，她就更得意了，在費耶特威爾、瓊斯博羅，或者三個縣裡，誰也沒有她的腰肢那樣纖腰嫋嫋，令人著迷！

想到腰肢，問題又來了。綠色的平紋布裙子腰部是十七英寸，而嬷嬷給她束腰時，是讓她穿腰部十八英寸的毛葛細斜紋布裙的。嬷嬷應該把她的腰部束得更緊些。

她推開門，聽到嬷嬷沉重的腳步聲震得樓下穿堂轟轟作響，便連忙高聲喊她，因爲她知道這時愛倫正在熏臘間給廚子分配當天的食物，即使大聲說話也不會受到責備的。

「還真以爲我會飛呢。」嬷嬷撅著嘴走進屋裡，她抱怨著費力地爬上樓來。那表情像是想找個人大吵一架。她手裡端著個托盤，上面放著熱氣騰騰的食物，那是兩隻塗滿黃油的大山芋、一大片醃在肉湯裡的火腿和一摞淌著糖漿的蕎麥麵餅。

看到嬷嬷手裡拿著這些東西，思嘉麗臉上微微煩躁的神情變成了準備堅定不移地交戰的神色。她當時正忙著試衣裳，無暇顧及到嬷嬷的鐵硬規矩，即奥哈拉家的女孩子動身去赴宴會之前，必須先在家裡塡飽自己的肚子，這樣她們在宴會上就不會狼呑虎嚥，丟人現眼了。

「我現在不想吃。你趕快把它拿回廚房去吧，我不餓。」

嬤嬤把托盤放到桌上，兩手叉腰，擺出一副大幹一場的架勢：「前次野宴上發生的那種事情我還記得呢，你一定要吃掉它。我那時病了，你去之前沒有給你端來食盤。今天你可得把每一樣東西都給我吃下去。」

「我不要吃嘛！快給我把腰束緊一點，快呀，眼看就要遲了，我都聽見馬車走到前門來了。」

「那麼，思嘉麗小姐，你就將就吃點，一點點吧。聽我的話沒錯，卡琳小姐和蘇倫小姐可全都吃了。」嬤嬤的口氣像是在哄小孩子了。

「她們愛吃就吃吧。」思嘉麗不屑地說：「她們像隻兔子一樣一點骨氣也沒有，我可不是！我再也不吃這種墊底的東西了。我還記得那次到卡爾弗特家去之前吃了一整盤，誰知道他們家有冰淇淋，還是從薩凡納帶來的冰做的，結果害得我只吃了一勺就吃不下了，我今天可要好好享受一番，高興吃多少就吃多少。」

聽了這番大逆不道的話，嬤嬤煩惱得皺緊了眉頭。在嬤嬤心目中，一個年輕女孩該做什麼和不該做什麼，這其中的差別就像是黑人和白人之間的差別一樣非常明顯，中間是沒有緩和的餘地的。蘇倫和卡琳是她手中的兩團麵團，隨便她那強勁的雙手搓捏，對她的告誡也總是側耳恭聽。可是如果要改正思嘉麗，指出她那感情用事的做法大都有違上流社會的風習，勢必會引起一場戰爭。嬤嬤每次都是好不容易才能贏得與思嘉麗戰爭的勝利，這中間還得借助於一種白人所不知道的狡猾心計。

「即便你並不在乎別人怎樣看待這個家庭，但我還在乎它的顏面呢。」她嘟囔著。

「我可不想站在一旁，聽見宴會上的每個人都說你那麼沒有家教。我不是告訴過你很多次，你只要看見某人吃東西像小鳥那樣斯斯文文的，就能斷定她是個上等人，我可不想叫你到威爾克斯先生家去，看你饞得像隻饑餓的老鷹，粗魯地猛吃猛喝。」

「母親還不是也照樣吃喝，但她還是上等人呀。」思嘉麗不甘心地回嘴。

「等你嫁了人，你也可以吃。」嬤嬤辯駁說，「在你這個年齡，愛倫小姐在外面從來不吃東西，你波琳姨媽和尤拉莉姨媽也不吃。現在她們都嫁人了。我告訴你，凡是饞嘴的年輕女孩們，大都找不到男人。」

「我偏不信，在你生病那次，我事先沒有吃東西，就在那次野宴上，結果吃得很高興，艾希禮還告訴我，他很高興看見一個女生胃口這麼好呢。」

嬤嬤不高興地搖著頭：「我可看不出艾希禮先生有要娶你的意思。男人們也就是嘴裡這樣說，心裡想的卻是另一回事。」

思嘉麗立刻皺起眉頭，眼看就要發作了，但隨即克制住了。

一語中的，嬤嬤在這一點上狠狠地打中了她。嬤嬤看見思嘉麗一臉的不服氣，出自本能的溫和而狡猾的方式改變了策略，便端起托盤，一邊嘆息一邊向門口走去。

「好吧，隨便你。剛才廚娘裝這盤子時我就跟她說，看一個女孩子吃東西就知道她是不是上等人。我又對她說，媚蘭小姐是我見到的吃得最少的呢，像她第一次去看艾希禮先生……我的意思是說去看英迪亞小姐時的情形一樣。」

思嘉麗用十分懷疑的目光瞪了她一眼，可是嬤嬤那張寬臉上只流露出天真而惋惜的神情，似乎只是單純地在惋惜思嘉麗不如媚蘭．漢密爾頓那樣像個大家閨秀。

「你把盤子先放到一邊，趕快過來替我把腰束緊點兒，」思嘉麗很不耐煩地說，「我想過會兒再吃。要是現在吃，那就沒法束緊了。」

嬤嬤立刻把她手中的盤子放下，巧妙地掩飾自己獲勝的得意神情。

「我的小寶貝兒，你究竟打算穿哪一件呀？」

「那件。」思嘉麗指著那團蓬亂的綠布花。嬤嬤馬上又進入準備戰鬥狀態了。

「絕對不行，你不能穿那樣，那不是早上的衣服，下午三點鐘你才能露出胸口，況且那件衣服既沒有領，也沒有袖子，你如果穿上，太陽會晒得你的皮膚起斑點，到時候那些斑點就像生來就有似的。去年你在薩凡納海灘上晒出的那些斑點，整個冬天我都在用奶油幫你擦呢。我可不想再讓你任性地晒出斑點了，你如果非要穿，我就告訴你媽去。」

「要是你敢在我穿好衣裳前對她說一個字，我就一口飯也不吃了。」思嘉麗威脅說，「只要我穿好了，媽就來不及叫我再回來換了。」

嬤嬤只好通融地嘆了口氣妥協，發現自己這次輸在算計上了。兩者相比，任憑她在早上穿上她自己喜歡的下午衣裳，總比到野宴上去狼吞虎嚥好得多。

「用力吸氣，給我緊緊抓住個東西。」她命令道。

思嘉麗照她的吩咐，穩了穩身子，緊緊地抓住一根床柱。嬤嬤狠狠地使勁拉著，直到束著鯨鬚帶的腰圍收得不能再收爲止，嬤嬤眼裡露出了又驕傲又歡喜的神情。

「我小寶貝兒這樣的腰身真是絕了。」她讚賞地說，「每回我給蘇倫小姐束到二十英寸以下，她就要暈過去了。」

「呸！」思嘉麗喘著氣，同時帶著不屑的語氣說，「我這一輩子可還從未暈過呢。」

「唔，偶爾暈那麼幾回也是可以原諒的，」嬤嬤告訴她，「思嘉麗小姐，有時候你就是性子太急了。我好幾次對你說過，你見了蛇和耗子也不暈，那樣並不體面。當然，我不是說在家裡，而是說在外邊大夥面前，你至少掩飾一下。我還跟你說過……」

「唔，別再嘮嘮叨叨了。快！只要我會抓到男人的心就夠了，看我能不能抓到。天哪，我的腰束得太緊了！幫我穿上裙子吧。」

嬤嬤把下擺寬及十二碼的綠色枝葉花形平紋布裙子小心地放下，罩住像山一般的襯裙，然後把繃緊、低胸的上衣的背鉤鉤上。

「在太陽底下你要披上披巾，就算是熱了也不能隨便把帽子摘下來。」她吩咐說，「不然，你回家時就會晒得很黑，就像老斯萊特里小姐那樣黑了。親愛的，現在來吃口飯罷，不要吃得太快，不能吃了馬上又給吐了出來，這樣可不行啊。」

思嘉麗認命地面對托盤坐下來，她在懷疑要是再塞一點東西進自己肚子，不知道還能不能呼吸。嬤嬤小心地從盥洗架上取下一條大毛巾，小心地繫在思嘉麗脖子上，抖開折疊的部分鋪在她腿上。思嘉麗非常喜歡吃火腿，就從那片火腿開始吃，但結果也只能勉強咽下去。

「我真恨不得現在就結婚了。」她一面賭氣似的說，一面不耐煩地吃著山芋，「我再也忍受不了這樣無休止的折磨自己了，永遠做著自己不喜歡做的事，在自己很想吃東西時只能勉強吃一點點，還得裝得像隻小麻雀那樣，真是太沒意思了。在自己覺得能夠連跳兩天舞也不覺得累時，卻要裝得跳完一場華爾滋就要暈倒了；在自己想跑時卻要慢慢地走，這一切真叫人煩透了！我也說不來『您真厲害呀！』來愚弄那些比我還無知的男人；男人們對我講些什麼，還得假裝自己什麼都不懂，好讓他們感到自命不凡……我實在吃不下去了。」

「再試著吃個熱餅。」嬤嬤懇求她。

「要找男人嫁掉，一個女孩子爲什麼就該裝得那麼傻呢？」

「我想那是因為男人們都有自己的主張。他們都知道自己想要什麼樣的人，只要你給了他們想要的東西，你就不用一輩子當處女了，也省掉了一大堆的苦惱與麻煩。男人們想要的是像耗子般聽話的小姑娘，一點兒見識也沒有，胃口小得像麻雀那樣。如果一位男士覺得你比他還有見識，那麼他是不會樂意娶你這位大小姐的。」

「要是男人們結婚以後才發現他們的太太很有遠見，你認為他們會感到開心嗎？」

「是呀，不過那時已經來不及後悔了，他們已經結婚了。況且不管怎麼說，先生們總是很忌諱他們的老婆有見識的。」

「不管別人是不是喜歡我，我偏要做我所想做的，要說我想說的話。」

「你可千萬不能這樣，這樣太不好了。」嬤嬤擔心地說：「只要我還活著一天，就不會允許你這樣做的。現在趕快吃餅吧。泡著肉湯吃，親愛的。」

「可是去年在薩拉托加時，我發現北方那些女孩就用不著做這種傻事。我發現她們有許多人在男人面前顯得是很有見識的啦。」

嬤嬤輕蔑地笑了一下：「當然了，北方的那些鄉下姑娘嘛！我看她們是想啥說啥，不過我可沒看見在薩拉托有人向她們求婚。」

「可是北方佬也是要結婚生子的呀，」思嘉麗爭辯說：「她們也不是長大就算完成任務。她們還不是照樣結婚生子，她們的孩子可多著呢。」

「男人家是為了錢才會娶她們的。」嬤嬤不以為然地說。

思嘉麗把烤餅放在肉湯裡泡了泡，拿起來繼續吃。也許嬤嬤說得有道理吧，肯定有點道理的，要不然怎麼愛倫也說過同樣的話，不過說法不太一樣，說的更含蓄一些罷了。

實際上，她母親的那些女朋友也全都這樣教育她們的女兒，要求她們必須做那種依戀別人的、不能自立的、小兔般怯生生的可憐蟲。要養成和保持這個模樣，很多的知識是多餘的。也許是她自己太草率魯莽了。她跟艾希禮爭論，坦白地說出自己的想法。她想也許艾希禮害怕她的這種態度和她喜歡散步騎馬的有益於健康的做法，所以他轉向嬌弱的媚蘭那邊去了。一旦她變換一下形象，也許……可是她覺得，既然艾希禮願意屈服於這種預先策劃好的女人手段，那麼也就不值得她像以前那樣佩服他了。如果一個男人居然傻到會拜倒在這樣一個咯咯傻笑、膽小得會暈過去、會說「噢，你真了不起」的女孩子的石榴裙下的話，這樣的男人是不值得要的。可是他們好像全都吃這一套。

當然，如果她以前也採用了這種所謂的錯誤策略對待艾希禮的話，算了，就不要舊事重提了，反正也沒什麼意思了。如今她需要採取正當的手段，不同的手段。因爲她是真的需要他，並且只要幾個小時就可以把他爭取過來。

如果僅僅暈倒，或者說假裝暈倒，就能夠達到目的，那就假裝暈倒也無妨的，如果微笑，賣弄風情，或者裝傻，就能夠把他引誘過來，她也樂得去調情，也樂意裝得很傻，甚至比凱薩琳・卡爾弗特更傻。如果還有什麼其他更加大膽的辦法的話，她也樂意採用。不管怎麼說，成敗在此一舉了！

沒有人告訴思嘉麗，她生氣勃勃的個性儘管令人吃驚，但這比她可能採用的任何僞裝都更吸引人。如果有人這樣告訴她，她也許會感到非常高興，但同時她是絕對不會相信的。那個她所處的文明世界也同樣不會相信的，無論是跟以前還是和以後的什麼時候比較起來，對於女性天然具有的那些東西，這種文明給予的評價都是最低的。

馬車在紅土大路上載著她奔向威爾克斯農場，此時思嘉麗心裡暗暗高興，因爲母親和嬤嬤都不跟他們一起過去。這樣，在野宴上，她的行動計畫就不會有人聳著眉頭或撅著嘴來干涉了。當然，明天蘇倫一定會告狀的，不過那時已經沒有關係了，如果一切都按思嘉麗所希望的那樣進行的話，她家裡因她與艾希禮訂婚或私奔引起的騷動，就足夠抵消他們的不快，說不定還會帶來喜慶。是的，她很慶幸愛倫瑣事煩身，被迫留在家裡。

早晨傑拉爾德喝了幾杯白蘭地，借著酒勁開除了強納斯．威爾克森，於是在威爾克森離開之前，愛倫不得不留在塔拉農場檢查帳目。思嘉麗走進去與她吻別的時候，她正坐在小辦事房那個高高的寫字檯前忙碌著，強納斯．威爾克森拿著帽子站在愛倫身邊，無法掩飾的氣惱又仇恨的神情在那繃緊的黃面孔上一覽無餘，自己這樣毫不光彩地從一個全區最好的監工位置被攆走，他實在有點難以忍受。更何況這僅僅是因爲一樁不值一提的風流韻事。他一而再、再而三地告訴傑拉爾德，有嫌疑確認做埃米．斯萊特里的孩子的父親的人已經不下十來個，當然可能包括他本人在內。傑拉爾德贊同這個看法，但愛倫卻認爲他的案情並不能因爲這個而有所改變。強納斯恨所有的南方人。而愛倫．奧哈拉是他所恨的那些南方人的典型，他最恨她。他恨他們態度冷淡並看不起他的社會地位，並且沒有對此加以掩飾。

作爲農場女工頭，嬤嬤理所當然地留下來協助愛倫，所以她們只派了迪爾茜跟來，她被安排坐在托比旁邊的趕車人座位上，膝上托著一個裝著女孩的舞衣的長匣子。

傑拉爾德的酒興還沒有消去，同時由於剛剛處理完威爾克森那樁不愉快的事，他騎著那匹大獵馬在車旁緩緩地走著，正在自鳴得意。他把責任全都賴到愛倫身上，根本沒有顧及到愛倫因錯過野宴和朋友歡聚的良好機會感到多麼失望；在這個春日良辰，他覺得自己也年輕起來了，鳥兒又歌唱得那麼動聽，他的田地顯得那樣美麗，便再不想別的了。

有幾回他甚至忽然哼起了《矮背馬車上的佩格》和其他愛爾蘭小曲，或者「她距離年輕英雄的長眠之地很遠」，更加陰鬱的「羅伯特・埃米特[8]輓歌」。一想到今天一整天可以大談特談北方佬和戰爭，更是興奮不已。同時打著可愛的小花陽傘、穿著漂亮裙子的三個女兒也讓他感到十分驕傲。他早已忘記頭一天同思嘉麗進行過的那番談話，因爲那些事情早就從他心裡煙消雲散了，他只覺得她很美，足以使他十分自豪，而且今天她的眼睛綠得像愛爾蘭山陵，頗有詩情畫意。這後一種想法使他更加自鳴得意。於是，他便爲姑娘們放聲唱起略略走調的她們心愛的《身穿綠軍裝》[9]來。

像母親對一個自命不凡的兒子那樣，思嘉麗用既鍾愛又藐視的神情瞅著他，估計到日落時他肯定又要喝得酩酊大醉了，到天黑回家又將如往常那樣，跳過從「十二橡樹」到塔拉的那一道道籬笆。不過幸虧上帝的仁慈和他那匹清醒的坐騎，每次都化險爲夷，這次她希望他不要摔斷了脖子。他將放棄讓馬游過河的過橋方法，大喊大叫著回到家，讓波克把他弄到小辦公室的沙發上躺一下。在這種時刻，波克總是掌著燈在前面的過道裡等著他。

那套簇新的灰毛料衣服被他糟蹋的不能再穿了，爲此，在第二天早晨他將需要編個謊話告訴愛倫，他的那匹馬在黑暗中不小心從橋上掉到河裡去了。一個誰都能一眼看出來的謊話卻會騙過大家，讓他覺得自己高明得不得了。

8. 愛爾蘭愛國志士，民族主義領袖。一八〇三年在法國支持下舉行反英起義，向都柏林堡進軍。事敗被捕，處以絞刑。
9. 流行於十九世紀的愛爾蘭愛國歌曲。

思嘉麗暗想，爸爸可真是個可愛、自私、不負責任的寶貝，心頭不由得湧起一股對他的喜愛之情。今天早晨她感到又興奮又愉快，她那博愛的胸懷彷彿容納了整個世界，包括傑拉爾德。她自己清楚這一點，只有她漂亮，今天才能把艾希禮占爲己有，她已經等不及了。

陽光溫暖而柔和，她眼前展現的是喬治亞明媚的春光。路兩旁的黑莓以其最柔軟的新綠掩蓋住了被冬天的雨水沖刷出來的一道道紅色的沖溝，紅土上光禿禿的花崗岩巨石上覆蓋著星星點點的金櫻子，周圍點綴著只有丁點紫色的野生紫羅蘭。河岸高處的小山幽謐蔥翠，山茱萸開滿了晶瑩的白花，彷彿殘雪還在萬綠叢中戀戀地捨不得離去。山楂子花開始從嬌白色轉爲粉紅色，正迎風怒放，野忍冬在樹下閃耀著光斑的枯松枝間，織成了一張猩紅、橘紅和玫瑰紅的三色地毯。微風裡融合著新灌木和野花的淡淡清香，整個世界都變得秀色可餐。

「這可真是適合我結婚的日子呢！」思嘉麗想，「我將終生牢記這天有多麼的美麗。」

她懷著興奮的心情，想像著就在這天下午或者晚間月下，自己同艾希禮一起坐車穿過這花香葉綠的美景，來到瓊斯博羅的一家教堂。在一位亞特蘭大牧師的主持下舉行婚禮，但那肯定又要叫愛倫和傑拉爾德煩惱了。她可以想像，如果聽到女兒同另一個女孩的未婚夫私奔時，愛倫會驚嚇得臉色灰白。

想到這，思嘉麗不由得感到有點害怕，但是她知道，只要愛倫看到女兒的幸福光景，就會原諒她了。傑拉爾德則會大聲咒罵，不過，同威爾克斯家做了親戚，他還是會爲自己的家感到由衷的高興，儘管昨天他還警告過她不要嫁給艾希禮。

「無論如何，這些都是我結婚以後的事，現在用不著自尋煩惱。」這樣一想，她就把煩惱丟到一旁了。

在這樣明媚的春天，在這麼暖和的陽光下，「十二橡樹」的煙囪正好開始在那邊小山上緩緩出現，此情此景你除了想盡情地歡樂外，是不可能有別的什麼感覺的。

「我將一輩子住在那裡，我會看見五十個這樣的春天，也許更多呢。我將告訴我的子女兒孫，這是個多麼美麗的春天，勝過他們所要看到的任何一個季節。」

想到最後這一點時她快活極了，不禁加入《身穿綠軍裝》末尾的合唱部分，並且贏得了傑拉爾德的高聲喝彩。

「我不明白你今天早晨爲什麼如此快樂。」蘇倫厭惡地說。因爲她心裡還在痛苦地詛咒著：如果她穿上思嘉麗那件嶄新的綠色舞衣，她一定會比思嘉麗更加漂亮。思嘉麗爲什麼總是那麼自私，不肯把衣服和帽子借給她穿呢？而媽媽爲什麼總是那樣偏袒著她，說綠色同蘇倫不相配呢。

「你和我一樣明白，爸今天早晨說艾希禮的親事要在今晚宣布。當然我也知道，你對他有好感已經有好幾個月了。」

「你也就只知道這些小道消息。」思嘉麗說著，吐了吐舌頭，不想讓蘇倫破壞了自己的興致。明天早晨的這個時候，請看蘇倫小姐吃驚的模樣吧。

「蘇倫，你知道事情並不是你想的那樣。」卡琳震驚地發表異議。

「思嘉麗喜歡的可是布倫特。」

思嘉麗那雙笑盈盈的綠眼睛望著妹妹，心想她怎麼會這麼可愛呢。全家都知道，卡琳這個十三歲的姑娘已經芳心暗許於布倫特了，但布倫特卻毫不在意，只把她當成思嘉麗的小妹妹。愛倫不在家時，大家總喜歡拿布倫特來愚弄她，直到把她弄哭才甘休。

「親愛的，你放心，我一點也不喜歡布倫特。」思嘉麗樂著，慷慨地說。

「而且你看，他也並不喜歡我呀。他正在等著你趕快長大呢！」卡琳那張圓圓的小臉變得通紅，心裡既高興又不太相信。

「唔，你說的是真的嗎?思嘉麗。」

「思嘉麗，你知道母親說過，卡琳還是小孩，還不應該想什麼男孩子，可你和嬷嬷偏偏捉弄她。」

「好吧，以後走著瞧，看我究竟喜歡不喜歡。」思嘉麗回答道。

「你是要妹妹出糗，因為你知道再過一年的時間，她就會長得比你更加漂亮了。」

「今天你們得小心，講話多少文明一點，否則我回去非打你們不可。」傑拉爾德警告說，「噓！都不許出聲，這是馬車聲吧?我聽聽，一定是塔爾頓家或者方丹家的。」

他們駛近一個從茂密的山岡下來的交叉道，馬蹄聲和車輪聲變得更清楚了，同時唧唧喳喳的女人吵鬧聲和歡笑聲從樹林背後傳來。傑拉爾德走在前頭，勒住馬向托比打了個手勢，讓他把馬車停在交叉路口等一下。

「那是塔爾頓家的姑娘們。」他向他的女兒們講道，他紅潤的臉上泛起了光彩，因為，除了愛慕愛倫外，在全縣的太太們中，他最喜歡這位紅頭髮的塔爾頓夫人。

「而且還是她親自駕車呢。噢，她真是個弄馬的好手！她手的動作像羽毛一樣輕柔，卻又像牛皮鞭一樣有力。真是太遺憾了，你們誰也沒有長這樣好看的手呢！」

他一面補充說，一面向他的女兒們瞟了幾眼，眼神中帶著鍾愛又帶著責備。「蘇倫的手一抓住馬韁就像熨斗一樣硬梆梆的，卡琳害怕牲口，而你這個淘氣鬼……」

「我怎麼了，再怎麼說我可從來沒有給摞下來過，」思嘉麗氣衝衝地嚷道：「可塔爾頓夫人每次打獵都要被摔下來呢！」

看到塔爾頓家的馬車時，他站在馬鐙上，利索地揮手脫下帽子致意。上面滿載著撐著陽傘戴著面紗、穿得漂漂亮亮的姑娘們，果然如傑拉爾德說的那樣，塔爾頓夫人坐在車夫座位上。她的四個女兒和她們的嬤嬤擠在馬車上，上面還有幾個裝著舞衣的長匣子，那裡再也容不下一個車夫了。加上塔爾頓太太只要自己的一雙手閒著，便從不願意讓任何人來駕車，無論他是黑人還是白人。她看起來外表嬌弱，骨骼纖細，皮膚白皙。好像那火焰般的頭髮把她臉上的全部血色都吸收到這一叢炫亮裡來了，可她卻有著充沛的精力和不知疲倦的體力。她養了八個孩子，都和她一樣，頭髮火紅，精力旺盛。她養的馬駒也是十分成功，全縣人都這麼說。他們受到同樣的溺愛和最嚴格的訓練。「管住他們，但不能傷了他們的銳氣。」這是塔爾頓夫的箴言。

她非常愛馬，也愛談馬。她比縣裡任何男人都更瞭解馬，馭馬的才能也比任何人都好。她蓄養的小馬駒越來越多，已擠出圈門，跑到了前面草地上。她在農場裡轉悠的時候，後面跟著成群結隊的馬駒、獵狗。她相信她的馬都通人性，尤其那匹叫乃利的棗紅母馬。

如果家務忙得讓她來不及在規定的時間裡騎馬散心時，她便把糖碗交給一個黑小子，吩咐他：「把這一把糖給乃利吃，告訴牠我馬上就回來。」因為無論後來是否有時間騎馬，她總是希望能騎，所以，總懷著這種期待的心情，她經常穿著騎裝。每天起床，第一件事就是穿上騎裝。無論晴天還是雨天，乃利也都身著鞍轡，在屋前晃來晃去，等著塔爾頓夫人從家務中抽出一小時來騎牠。可是費爾希爾是個管理起來很費時的農場，因此乃利往往會馱著空鞍，一小時又一小時地在那裡來回走動，而比阿特里斯．塔爾頓則把騎馬裝的下擺擼到齊手臂處，連騎馬裝的式樣都看不出來了，只在底下露出六英寸長亮閃閃的靴子。

她今天穿了一件不合潮流窄小的深黑綢衣，這衣服是嚴格地按照她的騎裝做的。她頭上戴著一頂小黑帽，上面那支長長的黑羽毛遮住了她熱情的亮閃閃的褐色眼睛，這和她打獵時戴的那頂又破又舊的帽子毫無區別。

她看見了傑拉爾德，便揮了揮鞭子，同時把那兩匹像在跳舞似的棗紅馬勒住，使馬車停下來。馬車後座的四個女孩一齊探出身來，大聲打著招呼，那一對轅馬被嚇得蹦跳起來。如果偶然經過的路人看到這情景，肯定會覺得塔爾頓和奧哈拉兩家的人大概是好幾年不見了，實際上他們兩天前還見過呢。不過塔爾頓家是個好走動的家庭，喜歡和鄰居尤其是奧哈拉家的女孩來往。換句話說，他們喜歡蘇倫和卡琳，至於思嘉麗，除了那個沒有頭腦的凱薩琳·卡爾弗特之外，全縣還找不到哪位女孩是真正喜歡她的。

夏天，這個縣幾乎每星期都要舉行一次全牲野宴和舞會。塔爾頓家那些紅頭髮的人最會享樂，每次野宴和舞會，他們總是非常興奮，彷彿是頭一次參加似的。她們擠在馬車裡，像一支健美而活潑的四人小分隊，衣裙壓著衣裙，陽傘遮著陽傘，連寬邊草帽上簪著的紅玫瑰和繫在下巴頦兒底下的天鵝絨帶子也都在互相碰撞著、糾纏著。她們紅色頭髮的細微差別都由這些帽子代表了，卡蜜拉的是草莓金紅色，蘭達的是銅赭紅色，赫蒂的是正紅色，貝特西的是胡蘿蔔紅色。

「太太！好一群漂亮的雲雀呀！」傑拉爾德一面獻殷勤地說，一面讓自己的馬靠近塔爾頓夫人的馬車。

「不過與她們的母親相比，那還差得遠呢。」塔爾頓夫人把下嘴唇往裡吸著，一對紅褐色的眼睛滴溜溜地轉著，擺出一副略帶嘲諷的模樣。這時女孩們開始叫了：「別拋媚眼了，媽，否則我們向爸告狀了！」

「我敢說，奧哈拉先生。如果有個像您這樣漂亮的男人在身邊，媽媽就絕不讓我們露臉了！」

聽了這些玩笑話，思嘉麗和旁邊的人大笑起來，不過還是被塔爾頓家的女孩們對待母親的那種放肆的態度嚇了一大跳。她們彷彿把她當做一個跟自己同齡的人。思嘉麗想，不要說自己真跟母親說這種話，就算有這樣的念頭也覺得是一種褻瀆。不過……不過……別人家女兒同母親的那種關係還是挺讓人羨慕的。即使她們那樣批評、責備和取笑她，可心底裡還是崇拜她的。思嘉麗尋思：她只要偶爾同母親開開玩笑就很有趣了，而不是想要一個像塔爾頓夫人那樣的母親。她爲自己感到慚愧，覺得甚至有這種想法也是對愛倫的不敬。她知道，馬車裡那四個火紅頭髮的女孩是不會有這種煩惱的，於是像往常一樣，她又深感自己跟人家的區別，一陣懊惱而惶惑的心情籠罩著她。

思嘉麗雖頭腦敏銳，但並不善於分析，只是模模糊糊地感覺到，塔爾頓家的姑娘們雖然像山兔一樣撒歡，像馬駒一樣頑皮，身上還有一股天生無憂無慮的直率勁兒。她們的父母都是喬治亞人，而且是喬治亞南部的人，距離那些開拓者只有一代。對自己和周圍的環境她們都充滿信心。儘管方式可能不相同，可她們都很清楚自己在幹什麼，這和威爾克斯家的人一樣，中間沒有那種使思嘉麗心中激化的衝突，因爲思嘉麗身上有一種溫和的濱海貴族血統和一種精明樸實的愛爾蘭農民血統。思嘉麗既想尊敬母親，把她作爲偶像來崇拜，又想揉母親的頭髮，同她開開玩笑。她明白她只能要麼這樣，要麼那樣，二者不能兼而有之。也是由於這種感情衝突，跟男孩子一起時，她既想裝個很有教養的溫文爾雅的閨秀，又想做一個頑皮的壞女孩，不妨跟人來幾次親吻和擁抱。

「怎麼沒有看見愛倫呢？」塔爾頓夫人問。

「她剛剛把家裡的監工開除了，留在家裡同監工交接帳目。你家先生和小夥子們到哪兒去了？」

「唔，他們幾個小時前就騎馬到『十二橡樹』去了……肯定是去品嘗那邊的混合飲料，當當夠不夠勁兒！我也想叫約翰．威爾克斯留他們過夜，就算讓他們睡在牲口棚裡也好。要是只有三個，我還能對付，一下子五個喝醉了的酒鬼，我可應付不來。可是……」

傑拉爾德連忙打斷她，把話題岔開。他能感覺到自己的三個女兒正在背後偷笑，因爲她們還記得去年秋天他參加了威爾克斯舉辦的那次野宴後，自己是怎麼走回家的。

「你今天爲什麼沒騎馬呢？塔爾頓夫人？說實話，你沒騎乃利，簡直太不像你了。你這樣就是個斯坦托嘛。」

「好個糊塗的男子漢？斯坦托？」塔爾頓夫人模仿他的愛爾蘭土腔說道：「斯坦托可是個嗓門像銅鑼的人，你是說我像是那個半人半馬的怪物？」

「這有什麼關係，管他是什麼呢，」對自己的錯誤，傑拉爾德毫不在乎，回答說，「至少你驅趕你的獵狗的時候，嗓門就大得像銅鑼那樣啦，太太。」

「媽，這話可是千真萬確，」赫蒂說，「我已經和你說過了，一看到狐狸你就像個印第安土人那樣大喊大叫。」

「嬤嬤給你洗耳朵時叫的比我響得多呢。」塔爾頓夫人回敬她，「而你現在都十六歲了！唔，你問我今天爲什麼沒騎馬，那是因爲今天清早乃利生下了一匹小馬駒兒。」

「真的？」他高興地嚷道，傑拉爾德呈現出愛爾蘭人愛馬的興奮樣兒，眼睛閃閃發亮。

將母親和塔爾頓夫人相比，思嘉麗又吃了一驚。在愛倫的觀念裡，母馬從不下馬駒兒，母牛從不產牛犢兒，當然，母雞也幾乎是不生蛋的。她根本忌諱這種事。可是塔爾頓夫人卻沒有半點避諱的意思。

「是匹小母馬嗎？」

「不是，是個漂亮的小公駒子，牠的腿足足有兩碼長呢。奧哈拉先生，有時間你一定得過來看看，鬃毛像赫蒂的頭髮那麼紅呢，牠長大後肯定是塔爾頓家的一匹好馬。」

「而且模樣也很像赫蒂呢。」卡蜜拉說，長臉的赫蒂氣憤不過動手來擰她，她就尖叫著躲進一大堆裙子、褲子和顫動著的帽子中不見了。

「今天早晨我的這幾匹小母馬快活極了。」塔爾頓夫人說，「今天早晨聽到艾希禮和他的那個從亞特蘭大來的小表妹的消息以後，她們幾個都在一直發瘋似的吵鬧個不停。那個表妹叫什麼來著？是不是叫媚蘭？上帝保佑，那可真是個讓人憐愛的小姑娘，看我的腦袋，我連她的名字和模樣都想不起來。威爾克斯家膳事總管的老婆是我家的廚娘，昨兒晚上那男的過來和她說了這個消息，今天早晨廚娘就對我們說了，說今天晚上要宣布這門親事，我也不知道爲啥，女孩們聽了後都很興奮。一直說艾希禮肯定是要娶她的，他肯定是要跟他的表妹結婚的，就像霍妮[10]·威爾克斯要跟媚蘭的哥哥查理斯結婚那樣。現在，奧哈拉先生，你和我說說，要是威爾克斯家的人同他們家族以外的人結婚了，是不是就不合法了呢？因爲如果……」

其餘那些說笑的話，思嘉麗已經聽不到了。頃刻間一團冷酷的烏雲吞噬了太陽，萬物都失去了光彩，世界陷入了黑影之中。那些新生的綠葉失去了生氣，山茱萸變得蒼白，剛才還開得那麼嬌豔的山楂現在也突然凋謝了。思嘉麗的手指摳著馬車的內壁，有一刻，連手裡的陽傘也因拿不

10.在英文中有「甜蜜」的意思，這裡成了她的外號。

穩而晃動起來。原來，知道艾希禮訂婚是一回事，可聽見別人這樣議論起來又是另一種感覺。

但是沒過多久，她的勇氣又洶湧地回來了，太陽又重新出現了，世界又大放光輝。她知道艾希禮是只愛她的。這是毋庸置疑的。於是她微笑地想像著，要是這天晚上發生了一次私奔，而不是宣布什麼親事，塔爾頓夫人該會是怎樣的大驚失色呢！從此以後，塔爾頓夫人會對鄰居們說，思嘉麗真是個詭計多端的丫頭，居然一聲不響地坐在那裡聽她談媚蘭，而她自己卻和艾希禮一直盤算著怎麼私奔，那麼那時她的兩個酒窩也會微微顫抖起來。赫蒂始終在觀察著思嘉麗，想看母親的話會產生怎樣的效果，現在看見思嘉麗這副模樣，便皺著眉頭，有點迷惑不解，索性往後一靠，不再操這份閒心了。

「奧哈拉先生，我不管你持什麼意見，」塔爾頓夫人強調說，「我總覺得這種表親婚姻是完全不正確的。艾希禮娶漢密爾頓的小姐還說得過去，至於霍妮要嫁給那個臉色蒼白的查理斯．漢密爾頓……」

「霍妮要是不嫁給查理斯，她就誰也嫁不了了，」蘭達說，「她是個對別人刻薄卻覺得自己很受歡迎的人，除了查理斯，我可從來沒見過她有過什麼男朋友。就算現在他們已經訂婚了，他對她也不怎麼親熱，思嘉麗，你還記得，去年耶誕節他是怎麼追求你來著……」

「別這麼刻薄，女兒，」她母親說，「表親不應該結婚，即使是父母的堂表兄妹的孩子也不行。那可是會削弱血統的。人跟馬不一樣，你可以讓一匹母馬跟牠的兄弟配，甚至一匹公馬跟牠的女兒配，但人就不行了，如果你懂得血統的話。外表看來也許沒什麼區別，但精氣神可就大不相同了。你……」

「那可不一定，太太，在這一點上，我不贊同你的觀點。你能說出比威爾克斯家更好的嗎？

從布賴恩．博魯小時候起，他們家可就一直是中表結親，從來沒有變過。」

「他們早該停止這種做法啦，現在已露出它的缺點了。嗯，艾希禮長得還挺英俊，倒沒什麼問題，可就連他……可是，你看看威爾克斯家那些女孩們吧，一個個都沒有神采，多可憐呀！當然，她們都是好女孩，可就是看起來沒精打采。再看看媚蘭那孩子，瘦得跟棍兒似的，弱不禁風的，自己還沒個主見，只會說：『不，太太！』『是的，太太！』你明白我的意思嗎？那個家族需要注入新的血液，需要像我家這些紅頭髮姑娘或者你家思嘉麗那樣的優美強壯的血液。不過，請不要誤會，在為人處世這方面，威爾克斯家都是好人，而且你也知道我很喜歡和他們來往。可是坦白地說，他們太講究教養，也太愛搞近親結婚！他們在一塊乾地上，在一條平路上，也許會走得很好，但遇到爛泥路，我相信他們家的人就動彈不了了。在我看來，他們的精氣神已經耗盡了，危機一旦發生，他們就無力承受風浪了。他們是個只適合過太平日子的家族。至於我則大不相同，我要的是一匹在任何天氣都能跑的馬。而且由於近親結婚，他們變得跟這一帶其他人不同，整天不是彈鋼琴，就是鑽研書本。我相信艾希禮不願打獵，寧可把時間花在書本上。真的，奧哈拉先生，我真的相信這點！你再看看他們的身架，太纖細了！他們家急需強健有力的男女……」

「啊……啊……嗯。」傑拉爾德若有所思地支吾著。忽然他感到很內疚。這番話雖然很對他的口味，可對愛倫就完全是另一回事了。事實上他明白，如果愛倫得知，她的幾個女兒聽了這樣一次毫不忌諱的談話，她一定會不舒服的。可是像往常那樣，塔爾頓太太一談起無論是馬還是人的生育這個話題，她根本聽不進別人的意見，而只顧自己滔滔不絕地說。

「我說的這些話是深有感觸的，實話告訴你，因為我有一些表親也是中表結婚的，他們的孩子都長得像鼓眼牛蛙，真的很可憐啊！所以，當我家裡要我跟一位表兄結婚時，我便立馬跳了起來，像隻馬駒似的，堅決不同意。我說『不，媽，我不能這樣。我的孩子會像得大關節病和氣喘病的馬那樣』，還好，一聽說大關節病我媽便暈倒了，我卻巍然不動。我奶奶也支持我，你看，她也很懂得馬的繁殖，還直誇我說得對呢。於是她協助我跟著塔爾頓先生逃走了。現在，你看看我的這些孩子！個個又魁梧又健康，沒有一個帶病的或矮小的，即使博伊德只有五英尺十英寸高。可他們威爾克斯家……」

「太太，我們換個話題吧。」傑拉爾德趕緊插嘴，卡琳的惶惑神色和蘇倫的貪婪好奇心引起了他的注意，他害怕再繼續下去，她們馬上會向愛倫提出煩人的問題，這樣就會暴露出他作為陪女兒外出的監護人大大的失職了。他高興地看到思嘉麗像個大家閨秀似的，似乎在想旁的事情。

赫蒂．塔爾頓將他從困境中拉出來了。

「我的天哪，媽，咱們還是快走吧！」她不耐煩地喊，「太陽烤死我了，我都能聽見痱子在脖子上暴跳了。」

「等等，太太，過一會兒再走。」傑拉爾德說，「關於賣給我們馬匹的事，你到底是怎麼想的？眼看戰爭隨時爆發，小夥子們都希望這個問題早日落實。這支軍隊是屬於克萊頓縣的，我們需要的也是克萊頓縣的馬匹。可你也太固執了，至今都不同意把你的好馬賣給我們。」

「或許戰爭不會發生呢。」塔爾頓夫人心存希望地說，這時她的思想已經從威爾克斯家的古怪婚姻習慣中完全轉過來了。

「怎麼，太太，你說什麼，你不能……」

「媽，」赫蒂又一次插話，「你跟奧哈拉先生能不能到了『十二橡樹』再談馬匹的事呀？」

「好了，好了，赫蒂小姐，」傑拉爾德說，「我只耽擱你一分鐘。咱們馬上就到『十二橡樹』

了，那裡的每個人，老老少少，都渴望知道馬匹的事。啊，看到像你媽媽這樣出色、漂亮的太太對她的馬匹這麼小氣，真讓我痛心！請問，你的愛國心到哪裡去了？塔爾頓夫人，南部聯盟對你就毫無意義嗎？」

「媽，」小貝特西喊道，「蘭達坐在我衣裳上了，把我渾身的衣服弄得皺巴巴的。」

「唔，貝特西，推開蘭達，不要嚷嚷。傑拉爾德先生，你聽我說。」她眼睛閃閃發亮，準備好要反駁了，「你犯不著用南部聯盟來壓我！我認為對你我來說南部聯盟一樣重要嗎？我有四個男孩子到了營裡了，你呢？一個也沒有吧！不過我的孩子們都能照顧好自己，但我的馬不行啊。假如我知道我的馬是給那些我認識的小夥子的，是給那些慣於騎純種馬的上等人，我倒很樂意把牠們無償獻出來。這樣的話，我不會有絲毫猶豫。可是，要讓那些騎慣了騾子的林區人和山地人隨意擺佈我的寶貝們，那絕對不行，先生！一想起寶貝兒們背上長了鞍瘡或被餵養得不好，我會做惡夢的。讓我漂亮的馬給那些只習慣騎騾子的鄉巴佬和白人窮鬼騎！那可沒門，先生！我肯定不會讓他們去撕扯牠們的嫩嘴，鞭打牠們，直到被糟蹋得毫無生氣。你瞧，現在只要一想到這些，我就渾身起雞皮疙瘩！奧哈拉先生，不行。你想要我的馬，我知道這是好意，可是你最好還是先到亞特蘭大去買些老廢物來給你們的莊稼漢騎。他們死也不會知道這會有什麼差別的。」

「媽，咱們接著趕路，好不好？」卡蜜拉也加入了這個等得不耐煩地催促。「最終你還是會把那些寶貝交給他們的。你明明知道這一點。只要爸和幾個男孩子與你仔細談談南部聯盟是多麼需要馬匹，你就會哭著同意把牠們交出去了。」

塔爾頓太太抖了抖韁繩咧嘴一笑。

「我才不會做這種事呢。」她說著用鞭子稍稍碰了一下那兩轅馬的背。馬車又疾速地行駛了。

「真是個好樣的女人。」傑拉爾德說，把帽子戴上，回到自己的馬車旁，「走吧，托比。只要我們把她說服，還是能弄到那些好馬的。當然啦，她說得也對。只有上等人才有資格騎馬，而其他人應該去當步兵。可是問題的關鍵是這個縣裡的農場主子弟不夠來編成一個營。你說呢，小女兒？」

「爸爸，請你騎在我們後面或是前面吧。你揚起了一片塵土，我們都被嗆死了。」思嘉麗說，她覺得自己實在是無法忍受這種談話了。因爲這些談話攪亂了她的思路，使她不能好好思考，而她必須在到達「十二橡樹」之前整理好思路，同時要準備一副光彩動人的面容。傑拉爾德順從地踢了踢馬肚子，很快就跑到前頭追趕塔爾頓家的馬車去了，到那裡，他還可以繼續和她討論馬匹的事情。

chapter 6 表白

過了河後，馬車便向山上駛去。還沒有駛進「十二橡樹」，思嘉麗就已經看見一團煙霧在那些高高的樹頂上悠閒地飄浮著，同時也遠遠地聞到了那股混合了燃燒的山胡桃木和烤豬肉羊肉的香味。

從昨晚就開始生火慢慢讓其燃燒的燒烤坑，此時已吐出玫瑰紅般長長的火舌。上方轉動著的燒烤架上烤著肉，肉汁滴落到炭火上，發出嘶嘶的聲音。思嘉麗知道微風送來的那陣香味是從那幢大房子後面的大橡樹林裡飄來的。約翰．威爾克斯常常喜歡在那緩緩而下通向玫瑰園的斜坡上，舉行他的全牲野宴。

這是個舒服、陰涼的地方，比其他像卡爾弗特家使用的地方好多了。卡爾弗特太太很討厭野宴上的食品，老是說房子裡好幾天之後都還有那些味道，所以她常常安置她的客人在平坦而沒有遮陰的地方，客人們會熱汗淋漓地吃。不過，也只有這位以好客聞名全州的約翰．威爾克斯才真正知道怎樣舉行野宴。

威爾克斯家最漂亮的亞麻布鋪在那些長長的有支架的野餐桌上。那些餐桌常常被放置在最遮陰的地方，兩旁是沒有靠背的條凳；空地上還零散地放著一些椅子、矮腳凳和坐椅，這些是給那些不習慣坐條凳的人準備的。離宴席較遠的地方，是那些長長的烤野獸肉的火坑和燉肉汁的大鐵鍋，從這裡散發的油煙和種種濃烈的香味飄進每一個客人的鼻孔。威爾克斯先生總是讓至少十二個黑人端著托盤穿梭於燒烤坑和餐桌之間，伺候客人。

另一個野宴火炕設在那邊的倉房背後，專門供家僕、來賓的車夫、侍女等使用，他們吃的是玉米餅、山薯和黑人最喜歡的牲畜內臟，如果時令碰巧，還會有西瓜供他們一飽口福。

思嘉麗遠遠聞到新鮮豬肉的香味，陶醉地皺起鼻子，她希望等肉烤好時，自己多少會有些食欲。這時她的肚子裡還是滿滿的，腰紮得也很緊，生怕自己隨時都會打出嗝來。

如果真的打嗝就丟人了，因爲只有老頭兒和老太婆才有膽不顧周圍的人議論在宴席上打嗝。

他們駛上了山頂，白色的房子以完美、和諧的姿態展示在她面前，高大的柱子、寬敞的走廊、平緩的屋頂，美得就像一個靚麗的婦人。她顯得雍容大方，對誰都那麼親切。思嘉麗喜愛「十二橡樹」遠遠勝過喜歡塔拉農場，因爲它有一種富麗堂皇的美，一種柔和文雅的莊嚴，而這恰恰是傑拉爾德的住宅欠缺的。

騎乘的馬和馬車在寬闊曲折的車道上散佈著，賓客們紛紛下馬下車，相互之間打著招呼。黑人咧著大嘴傻笑，把牲口牽到倉場上去卸鞍解轡，好讓牠們歇息一下。成群的孩子們，有黑人的，有白人的，在新綠的草地上嚷著跑著，玩跳房子和捉人的遊戲，並且互相吹噓要在野宴上吃很多很多東西。從房子前面直通到後院的過道裡擠滿了人。奧哈拉的馬車駛到前面臺階邊停下來，這時思嘉麗看見那些像蝴蝶般漂亮的女孩正搖擺著裙裾，往返在二樓的樓梯上，不時還停下來倚在精緻的樓梯扶手上，笑著對那些在底下過道裡的年輕男子叫喊著。

那法式窗口敞開著，她看見那些穿著深色綢衣的年長婦女端坐在客廳裡搖著扇子，談論著小孩、疾病和婚姻，以及是怎麼結婚的等。威爾克斯的膳食總管湯姆正在過道裡快速穿行著，他一邊笑著彎腰行禮，一邊把杯子遞給穿著淺黃褐色和灰色長褲、質地良好的褶邊亞麻布襯衫的年輕小夥子們。

陽光燦爛的前廊上也擁擠著賓客。思嘉麗心想，全縣所有的人肯定都在這裡了。孿生兄弟斯圖爾特和布倫特照例肩並肩站在那兒，博伊德和湯姆則和他們的父親詹姆斯·塔爾頓在一起，塔爾頓家四個小夥子和他們的父親倚靠著高高的圓柱。卡爾弗特先生站在他的北方佬老婆旁邊，她雖然在喬治亞待了十五年，似乎還是不屬於這裡。大家對她親切卻客氣，都覺得她可憐。她做過卡爾弗特先生的孩子們的家庭教師，這加重了她在出身上犯下的過錯，這裡的人不會忘記這一點。那兩個卡爾弗特家的小夥子雷弗德和凱德，和他們那個白白胖胖的活躍可愛的妹妹凱薩琳站在一起，同黑臉喬·方丹和他的美麗未婚妻薩莉·芒羅開著玩笑。亞可克斯和托尼·方丹在與迪米蒂·芒羅小聲耳語，惹得她忍不住不斷地哈哈大笑。有些人是從很遠的地方來的，比如洛夫喬伊，是從費耶特威爾——十英里外趕來的，有的來自瓊斯博羅，少數幾家甚至來自亞特蘭大和梅里。客人們幾乎擠垮了整個房子，高談闊論或譁然大笑，婦女們的咯咯笑聲、尖叫聲和喧嚷聲，更是此起彼伏，不絕於耳。

約翰·威爾克斯站在走廊臺階上，一頭銀絲般的頭髮，挺直腰背，像喬治亞夏天的太陽一樣永不衰敗，永遠煥發著寧靜和藹的容光。霍妮·威爾克斯站在他旁邊，她對從父親到大田勞工所有人說話口氣同樣的親切，此刻正在不停地微笑著迎接每一位賓客。

思嘉麗覺得也許塔爾頓太太剛才說的話是有道理的，因爲霍妮渴望表現得對誰都親切動人，相比之下，她父親就顯得興趣索然了。那種赤金色濃睫毛，把約翰和艾希禮的灰眼睛襯托得更有神采，無疑這是威爾克斯家的男人們特有的家族特徵，但是霍妮和她妹妹英迪亞的臉卻普普通通，沒有任何亮點。霍妮睫毛少得可憐，像隻野兔似的，而英迪亞只能用「乏味」一詞來形容了。

思嘉麗沒有搜到英迪亞的身影，猜想她八成是在廚房裡對僕人們作最後的指示。思嘉麗心想，自從她母親去世後，可憐的英迪亞沒少為家務操心，以至於除了斯圖爾特．塔爾頓，便沒有時間去交其他的男朋友了。而且，如果他說我比她長得漂亮，那也絕不是我的錯呀。

約翰．威爾克斯走下臺階，伸手去攙扶思嘉麗。下馬車時，她看見蘇倫在得意地傻笑，知道她已經從人群中搜索到法蘭克．甘迺迪了。我真不明白這穿褲子的老處女般的男人有什麼好的！她心裡很蔑視地嘀咕著，一面跳下地來，一面微笑著向約翰．威爾克斯先生表示感謝。

法蘭克．甘迺迪急忙走來攙扶蘇倫，蘇倫很得意，思嘉麗恨不得狠狠抽她一鞭子。法蘭克．甘迺迪年滿四十歲，瘦小又神經質，長著幾根稀稀落落的黃鬍子，是個婆婆媽媽、唯唯諾諾、毫不利索的人。他可能擁有全縣最多的土地，而且心地也很好，可這些仍彌補不了他身上的致命缺點。他在得意地衝她傻笑，瞥見父親倚靠著高高的圓柱，思嘉麗猛然記起自己的計畫，便打消了輕蔑心理，反而向他拋了個欣然的微笑。他不由得怔住了，一面向蘇倫伸出手臂，一面高興得手足失措，直把兩眼朝思嘉麗身上骨碌碌亂轉。

即使在跟約翰．威爾克斯愉快地交談時，思嘉麗的兩隻眼睛也在人群裡尋找艾希禮，可是他不在走廊上，周圍是一片歡迎的招呼聲。斯圖爾特和布倫特．塔爾頓這對孿生兄弟一起向她走過來。芒羅家的姑娘們也對她的衣服大加稱讚，她很快就成了這個吵吵鬧鬧的圈子的焦點，這些聲音越來越高，整個大廳裡的喧嘩幾乎都被壓倒了。但是艾希禮在哪裡呢？還有媚蘭和查理斯呢？

她裝作若無其事地環顧著四周，並一直望向大廳那些笑鬧的人群。她笑著，瞎聊著，迅速搜尋著屋子，庭院，忽然發現有一個陌生人獨自站在大廳裡，用一種淡漠而不太禮貌的神情注視著她。她的感覺很複雜：一方面自己吸引了一個男人，這使她十分自豪；另一方面自己的衣服領口太低了，以至於露出了胸脯而感覺有點害羞。他看起來年紀不小，至少有三十五歲。他個子很高，身段結實。思嘉麗心想，自己從來沒看見過肩膀這麼寬、肌肉這麼發達的男人，對上流社會的人來說，幾乎是發達得過分了。

當她的眼光和那人的眼光接觸時，他對她笑了笑，修剪得很密的黑髭子下面露出像動物一樣潔白的牙齒。他的臉膛黝黑，一雙又黑又狠的眼睛，猶如海盜，好像要把一艘帆船鑿沉或搶走一名處女一樣。他臉上的表情冷漠而魯莽，甚至對她微笑時，嘴角上也流露出譏諷的意味，思嘉麗緊張得喘不上氣來。她想被人家如此無禮地瞧著，對她來說簡直是一種侮辱，可懊惱的是自己居然沒有受辱的感覺。她不知道這個人到底是什麼來頭，但他黑黑的臉膛無可否認地代表了他上等人家的血統。這從他兩片飽滿的紅嘴唇上那伸長的鷹鉤鼻子、高高的前額和寬闊的天庭就可以看出來。

她盡力把自己的目光挪開，儘量保持面無表情。同時，他也回過頭去了，因爲有人在叫他：

「瑞德，瑞德．巴特勒！到這裡來！我要你瞧瞧喬治亞一個心腸最硬的姑娘。」

瑞德．巴特勒？這名字似乎有點耳熟，好像牽扯在某個不體面的談資中，不過她現在一心想著艾希禮，沒有什麼多餘的心思去細究。

「我得上樓去梳理一下我的頭髮。」她騙斯圖爾特和布倫特，因爲他們正打算把她從人群中帶走，「你們倆可得等我，不能跟其他的女孩子跑掉，否則我就生氣了！」她看得出來，假如她今天跟別的人調情，斯圖爾特是不會善罷甘休的。他剛剛喝了幾杯，擺出一副想找人打架的樣子，憑經驗她明白這是要出事了。

在過廳裡她停下跟朋友們說話，又跟英迪亞打招呼，後者正從後屋裡出來，忙得頭髮不整，兩鬢不住地流汗。可憐的英迪亞！一個女孩長著半灰半白的頭髮和眼睫毛，再加上一個顯得個性固執的下巴，可真夠糟的，更何況已經二十歲了還沒嫁人呢！她把斯圖爾特奪走了，她不知英迪亞是否還懷恨在心。雖然有不少的人在說她依然愛他，但無論如何誰也捉摸不透威爾克斯一家人的想法。即使她仍記恨這件事，也絕不會露出痕跡來，仍一如既往地用讓人稍覺疏遠又不乏親切的態度對待思嘉麗。

跟她愉快地交談了幾句後，思嘉麗便走上樓梯，這時一個害羞的聲音叫著她的名字，她回過頭來，看見了查理斯．漢密爾頓。他是個俊俏的小夥子，深褐色的眼睛明亮溫柔，柔軟的褐色鬈髮覆蓋在白皙的前額上，猶如一隻聰敏的長毛牧羊犬。他身著合身的褲子和黑色上衣，時髦的黑領結打在帶皺褶的襯衫領口上。她轉過身來時，發現他的臉上一下子泛起薄薄的紅暈，因為他在女孩子面前像大多數怕羞的男人那樣，總有點怯生生的。他非常愛慕思嘉麗這樣快活、開朗而落落大方的姑娘。若是在以前她也只是敷衍應酬，而現在她回報他的是燦然一笑和愉快地伸出的兩隻手，這使他驚喜得喘不過氣來了。

「查理斯．漢密爾頓，你這漂亮的傢伙，怎麼是你呀！我敢肯定你是特地從亞特蘭大老遠趕來的，這可真叫我心疼啊！」

查理斯激動得連說話都幾乎結巴起來。他緊緊抓住她那雙溫暖的小手，癡癡地望著那雙滴溜溜轉的綠眼睛。女孩們是慣用這種態度跟男孩子說話的，可查理斯卻從來沒有過這種待遇。他一直不明白她們為什麼老是把他當做小弟弟看待，雖然對他很親切，但從來不肯跟他開玩笑。他經常看見女孩們跟一些又醜又笨的男孩子在一起玩笑打鬧，心裡一直盼著她們也能跟他鬧著玩兒。但這種情況偶爾發生在他身上時，他總是想不出來該說些什麼，於是困窘得痛苦不堪。事情過後，夜裡躺在床上睡不著時，他倒想起很多本來可以說的俏皮逗人的話來，可是機會一去不返了，因爲經過這麼一兩回試驗之後，女孩們便不理睬他，把他撂在一邊了。

雖然他同霍妮已經達成了默契，準備來年秋天等他繼承了遺產的時候結婚，可是他跟她在一起時同樣也感覺不自在，無話可說。有時候他覺得不甘心，認爲霍妮的賣弄風情和主人姿態並不完全是因爲他才做出來的，是因爲她想男朋友都想瘋了。他想，對任何給她機會的男人，她都會使出這套本事的。所以娶霍妮，查理斯並不怎麼熱心，因爲她沒有在他心中激起那種瘋狂的浪漫激情，這是他心愛的書本告訴他一個戀人該有的感覺。他經常渴望著有個美麗大膽、感情熾熱、富有生活情趣的女人來愛他。可如今思嘉麗・奧哈拉說心疼他，是在跟他開玩笑呢！

他想說幾句話來回應，可就是想不出來，接著他便默默祝福思嘉麗，因爲她在一個勁兒自顧自地說下去，他也就沒有開口的必要了。這真是連做夢也想不到的。

「哎，你就在這兒等我回來好了，我要跟你一塊去吃燒烤。你可別跟別的女孩去瞎混了，我的妒忌心可強得很呢！」那張櫻桃小口裡說出這些話，那烏黑的睫毛在碧綠的眼睛上方假裝嚴肅正經地飛舞著。

「我絕對不會的。」他終於努力喘過氣來，可是從來沒有想到她只是把他看成一隻等待屠夫的小牛犢。

用那把合著的摺扇在他臂膀上輕輕一敲後，她轉身上樓，這時，她的目光又無意間瞟到那個名叫瑞德・巴特勒的人，此時他正一個人站在離查理斯幾步遠的地方。很顯然，他從旁聽見了剛才的全部談話，因爲他仰頭對思嘉麗咧嘴笑了笑，邪惡得像隻公貓似的，隨即目光又上上下下打量著思嘉麗，全然沒有思嘉麗所習慣的那種敬意。

「真是見鬼了！」思嘉麗暗自思忖，用傑拉爾德慣用的粗話煩惱地說，「他看上去好像……好像他知道我沒穿衣服是什麼樣子的。」接著，把頭一甩，逕自上樓去了。

在放包裹的那間臥室裡，她看見凱薩琳．卡爾弗特正站在鏡前梳妝打扮，她正拼命咬著嘴唇，希望顯得更紅一些。她的腰帶上別著新鮮的玫瑰花，這和她的臉頰非常相配，那雙矢車菊般的藍眼睛更是炯炯有神，此刻是神采飛揚。

「凱薩琳，」思嘉麗邊說著，邊把她穿的那件緊身上衣試著拉高一點，「樓下那個姓巴特勒的討人厭的傢伙是誰？」

「唔，親愛的，你真的不知道呀？」凱薩琳興奮地悄聲說，避免讓在隔壁房間閒聊的迪爾茜和威爾克斯家女孩們的嬷嬷們聽見，「我真想不到威爾克斯先生居然會邀請他到這裡來，他原本是在瓊斯博羅同甘迺迪先生商量買棉花的事。當然，甘迺迪先生只好把他帶到這來了。他不能自己離開而扔下他不管。」

「怎麼了？」

「大家都不怎麼喜歡他呢！親愛的。」

「真的嗎？」

「千真萬確。」

思嘉麗默默尋思著這件事，她還從來沒有跟一個不受歡迎的人在一起待過呢。這倒是一種很令人興奮的刺激事。

「他做過什麼壞事嗎？」

「唔，他的名聲糟透了！思嘉麗，他叫瑞德．巴特勒，查爾斯頓人，他的朋友原來都是那裡最上等的人，可現在個個都討厭他了。去年夏天卡羅．萊特和我講了他的情況，她雖然跟他的家庭並無親屬關係，可是對他的家庭知根知底，而且比誰都知道得多。他是被西點軍校開除的，你想想看吧！他做了什麼壞事。此外，就是有關他沒有娶那個女孩的事……」

「快和我說說！」

「親愛的，你真的什麼也不知道嗎？去年夏天卡羅全都告訴我了，說要是她媽聽說她居然知道這種事，恐怕會氣個半死呢。唔，這位巴特勒先生帶著一個查爾斯頓女孩坐馬車出去玩。我也不知道這個女孩到底是誰，不過我能肯定的是她準不是什麼好東西，否則便不會在下午那麼晚的時候沒個伴兒就單獨跟他出去了。而且親愛的，他們在外面差不多待了整個通宵，最後步行回家，說是馬跑了，車摔壞了，他們在樹林裡迷了路。接著你猜怎麼樣……」

「你說吧，我實在猜不著。」思嘉麗很熱心地說，心裡巴不得發生最糟糕的事。

「第二天他居然拒絕同她結婚！」

「啊！」思嘉麗的希望破滅了。

「他說他沒……嗯……跟她沒有發生關係，也犯不著娶她。於是，當然嘍，她哥哥把他叫出來，這時巴特勒先生堅稱他寧可被槍斃也不願娶一個蠢貨。這樣，他們就只好決鬥，結果巴特勒先生擊斃了那女孩的哥哥，這樣巴特勒先生也不得不離開查爾斯頓，至今沒有人歡迎他。」

凱薩琳得意地講完了她的故事，恰在這時，迪爾茜回到房間幫助思嘉麗梳妝來了。

「那她懷孕了嗎？」思嘉麗在凱薩琳的耳邊悄聲問道。

凱薩琳拚命搖頭。「但是她的名聲也被毀了呀。」她有點厭惡地低聲回答。

思嘉麗突然想艾希禮千萬別毀了我的名聲。不過像他這樣一個十足的正人君子，肯定會娶我的。可是，不知何故，她情不自禁地對瑞德・巴特勒產生了一種敬意，因為他拒絕跟一個蠢女人結婚。

屋後那株大橡樹的樹蔭下有一張高高的木褥榻，思嘉麗坐在上面，裙子如雲的荷葉邊和褶邊把她包圍在其中，腳上露出兩英寸長的綠色摩洛哥舞鞋——一個淑女所能向別人顯示的最大限度——在裙子底下若隱若現。她雙手捧著一個幾乎沒有動過的盤子。

暖融融的空氣中洋溢著歡笑聲、談話聲、餐具撞著杯盤的叮噹聲，還有烤肉和稠肉湯的濃烈香味，思嘉麗知道野宴已達到高潮了。時不時地，由於微風的風向改變，從長長的烤坑裡吹來一股股煙，飄到人群中來，小姐太太假裝厭煩尖聲叫喊起來，用力揮舞手中的棕櫚葉扇子。

大部分的年輕小姐選擇同她們的男伴坐在餐桌兩旁長長的條凳上，思嘉麗卻不這樣想，她知道在這種座席上兩邊最多只能坐一個男人，便挑了別的位置，如此一來，她就能夠引來盡可能多的男人聚集在自己周圍了。

已婚婦女全部坐在涼亭裡，她們黑色的衣裙在周圍的色彩和歡快氣氛中是禮貌而有教養的象徵。主婦們不管年齡大小，常常坐在一起，稍稍遠離那些明眸皓齒的小姐、情郎和他們的喧笑聲，因為在南方，婦女一結婚就算不上美人了。那位倚老賣老公然在打嗝兒的方丹老太太和初次懷孕正在盡力忍住不嘔吐出來的十七歲的愛麗絲・芒羅，正交頭接耳不停地討論著家庭瑣事，這一切使得集會更加愉快而有意義了。

思嘉麗對她們投去蔑視的目光，覺得她們真像一群肥胖的烏鴉。已婚婦女從來都是沒有什麼趣味的。可她從來沒有想過，假如她嫁給了艾希禮，她便不再屬於有趣而快活的一群了，也得跟這些穿深色綢衣的主婦們一樣坐到涼亭下和前屋客廳裡，像大多數女孩子一樣，她們的想像力只能把自己帶到結婚的禮壇上，不近也不遠，到此為止。現在，她感到非常不開心，沒有心思去想這種抽象難懂的事。

她低下眼睛看看手裡的盤子，靈巧地拿起一片薄薄的餅乾送到嘴邊，只輕輕咬了一點，舉止是那麼文雅，要是嬤嬤看見了一定會大加讚賞的。即使周圍有那麼多向她獻殷勤的小夥子，可是她還是感到前所未有的難受。她也不清楚自己是怎麼回事，昨天晚上她想好的那些計畫已經徹底泡湯了。她吸引來幾十個別的男人，獨獨沒有艾希禮。昨天下午的恐懼又重捲而來，使她的心一會兒狂跳不已，一會兒又慢下來，臉色也一會兒紅一會兒白的。

艾希禮不肯加入她身邊的那個圈子，事實上自從到這兒後，她還沒有單獨跟他說過一句話，只是在見面時打了個招呼，之後便再沒有機會跟他說話了。當時她走進後花園，他走上前來和她打了個招呼，但那時媚蘭正挽著他的胳膊，她的個頭甚至還沒到他的肩膀呢。

她身材瘦小，體格虛弱，外表看上去就像個穿著母親寬大、帶裙環的裙子的孩子一樣——她那羞澀、幾乎可以說是害怕的神情，配上那雙大而棕色的眼睛，更加強了這種效果。一頭稠密烏黑的鬈髮罩著嚴實的髮網，顯得一絲不亂。長長的劉海掛在前面，使得她的臉蛋兒完全變成了心形。兩個顴骨隔得太遠，下巴太尖，那張臉雖嬌怯可人卻仍顯平淡。她長得像……怎麼說呢……就像泥土一樣簡單，春水一樣清透。可是，儘管她相貌平淡，身材嬌小，她的舉止行動中仍包含著一種沉穩而動人的莊重美，這使她看起來遠遠不止十七歲。

她身穿一件配有櫻桃色緞帶的灰色細棉布衣裳，裙裾蕩漾，皺襞粼粼，好像是在掩飾尚未充分發育的身軀，而那頂垂著鮮紅色細長飾帶的黃帽子，顯得她的奶油色皮膚更加光鮮奪目。一副沉甸甸的耳墜子吊在長長的金鏈上，從整整齊齊網著的髮髻中垂下來，擺蕩在褐色眼睛旁邊，就像冬天樹林中波光粼粼的湖水，兩片褐色的葉子在寧靜的湖水中閃閃地躍動著。

她懷著喜悅心情，怯生生地微笑著迎接思嘉麗，讚美她那件綠色衣裳多麼漂亮，這時思嘉麗只得裝出一副禮貌的笑容來答謝，因爲她十分迫切地想單獨同艾希禮談話！從那以後，艾希禮就離開賓客，一直坐在媚蘭腳邊的一隻小凳上，同她小聲地談著，悠閒而睡眼朦朧地微笑著，這樣的微笑恰恰是思嘉麗最愛慕不已的。更可氣的是在他的微笑下，媚蘭眼中煥發出一閃一閃的光輝，至此思嘉麗也不得不承認她是美麗的了。媚蘭望著艾希禮時，她那平淡的臉上容光煥發，就像被內心的火焰照耀著。如果一顆熱戀的心能夠反應在臉上，那麼現在媚蘭臉上呈現的正是一顆這樣的心。

思嘉麗努力把目光從這兩個人身上挪開，不再看他們，可不管怎麼努力就是辦不到，每看完他們一眼，她便加倍地和身邊對她獻殷勤的騎士們嬉笑打鬧，放聲大笑、說些莽撞的話，戲弄取笑別人，對他們的讚美之詞搖頭否認，直至耳環晃動不停，跳起舞來。她說了好幾遍「胡說八道」，聲明真理不在他們當中任何一個人身上，而且發誓永遠不會相信他們任何人說的任何事。可是艾希禮好像從頭到尾都沒有注意到她。他只一個勁兒地仰望著媚蘭說個不停，同時媚蘭深情地俯視著他，臉上的表情確切無疑地昭示旁人，她是屬於他的。

思嘉麗感覺到前所未有的難堪。

在別人看來，她是最沒有理由覺得難堪的人。毋庸置疑，她是這次野宴上的美人，是大家注意的焦點。她在男人們中激蕩起陣陣狂熱，點燃了其他女孩們心中的妒火，若在其他時候，這些會叫她感到志得意滿。

得到她的青睞後，查理斯·漢密爾頓堅定不移地站在她右邊，任憑塔爾頓家的孿生兄弟怎麼擠他，他也絕不挪動半步。他一隻手拿著她的扇子，另一隻手端著自己那盤連碰也沒碰的烤肉，固執地不去看霍妮，這叫霍妮難過得快要哭出來了。她左邊的凱德心滿意足地待在那裡，時不時地拉拉她的衣角引起她的注意，同時用一雙怒氣衝衝的眼睛瞪著斯圖爾特。他和這對孿生兄弟已開始鬥起嘴來，他們之間的敵對氣氛幾乎一觸即發。法蘭克·甘迺迪到橡樹樹蔭下的餐桌旁來回奔跑，替思嘉麗挑揀好吃的東西，就像隻帶小雞的母雞瞎忙得團團轉著，好像那兒的十幾個僕人都是擺設似的。最後，蘇倫實在克制不住滿腔的憤怒，便不再扮演大家閨秀的角色，公然向思嘉麗怒目而視。

小卡琳也早就難過得想哭，因爲即使思嘉麗給了她那麼多的鼓勵，可布倫特只和她打了聲招呼「好啊，小妹」，隨手撥了撥她頭上的髮帶就轉身去全心全意討好思嘉麗了。以前他總是那麼親切，用一種出於自然的敬重態度對待她，讓她感覺自己已經是個大人。她便偷偷地做著夢，夢想有一天她能夠綰起髮髻，放下裙裾，讓他把她當做一個真正的情人來看待。可如今看來，思嘉麗已經牢牢地抓住了他的心！芒羅家的幾位女孩眼看方丹家那些黑皮膚小夥子已公然背叛她們，仍盡力掩飾著心頭的懊惱，裝著毫不在意。可是當托尼和亞可克斯站在圈子外面等著，隨時準備只要一有人站起來，他倆就馬上占據一個靠近思嘉麗的位置時，她們忍無可忍地要爆發了。

她們揚起眉頭，將自己對思嘉麗行爲的反感微妙地傳遞給赫蒂·塔爾頓。她們知道對付思嘉麗的唯一的要訣是「快」。

那三個年輕女孩同時舉起花邊陽傘，直說她們已經吃得夠多了，謝謝主人，用手輕輕扶著身邊男人的胳膊，嬌聲地笑嚷著去參觀玫瑰園、清泉和夏季別墅。對於任何一個在場的女人，這種有秩序的戰略性撤退肯定會奏效的，可偏偏男人就是看不出來這一點。

看見那三個男人被拽出了她的魅力圈，跟著女孩們到她們從小便熟知的名勝地觀光去了，思嘉麗便咯咯地笑起來，同時狠狠地盯住艾希禮，看他是否注意到這件事。可是他正在玩弄媚蘭的那條緞帶，微笑著望著她。思嘉麗感到一陣揪心般的劇痛。她恨不得馬上跑過去，狠狠地抓破媚蘭的乳白色皮膚，直到鮮血淋漓才肯甘休，這樣才感覺解恨。

思嘉麗從媚蘭身上移開目光，便看見了瑞德・巴特勒，此時的他雖已跟眾人廝混在一起，可是依然站在一旁不時地同約翰・威爾克斯交談。他總是暗中觀察她，一旦抓住她的目光便微笑起來。思嘉麗感到很不自在，覺得這個不受歡迎的男人，是在場的人中僅有的知道她在狂歡背後搞什麼鬼的人，而且這帶給他嘲諷的樂趣。既然這樣，她也可以抓住其他人來取樂呀！

「只要我一直堅持到午後，能夠熬到這個野宴結束，」她想，「到時所有的女孩子會為了養足精神參加晚上的舞會到樓上午睡，那時我要趁機留在樓下，找時機跟艾希禮說話。他一定已經注意到我是多麼受人歡迎了。」接著，她又自我寬慰地做出了另一種假設：「當然嘍，他只能照顧媚蘭，因為她畢竟還是他的表妹，而且又根本不引人注目，如果他再不那麼關照她，她只能做無人問津的壁花了。」思及此，她再一次鼓起了勇氣，並且對查理斯更加殷勤，這時他那雙褐色眼睛正充滿熱情熾熱地俯視著她。

對於查理斯來說，這是美夢般的一天，他已經毫不費力地同思嘉麗調情說愛。這種新的感情的衝擊使得霍妮在他心中的形象更黯然了。如果說霍妮是一隻尖叫的麻雀，而思嘉麗就是隻閃爍的蜂鳥。她挑逗他，心疼他，向他提出問題，然後又自我回答，這樣他無須開口就顯得十分聰明。她對查理斯的這種偏愛激怒了別的小夥子，而且被弄得一頭霧水，因爲他們明白查理斯爲人那麼羞怯，甚至一口氣都不能說出兩個字或者一整句的話來，可是出於禮貌，他們只能強壓下心頭的怒火。每個人都是一肚子火，要不是艾希禮，這該是思嘉麗的完美勝利了。

吃光了最後一叉子豬肉、雞肉、羊肉，思嘉麗希望的機會來到了。英迪亞起身建議小姐們進屋去歇息。這時已是下午兩點，太陽在頭頂直射下來，十分炎熱。由於準備野宴接連忙了三天，英迪亞實在太疲倦了，便留下來坐在涼亭裡歇一會兒，一邊同那位來自費耶特威爾的聾老頭兒高聲交談著。

人們都露出懶洋洋的睡意，黑人們在拾掇放食物的長桌。談笑聲已不及先前活躍，這裡一群、那裡一堆的人們都漸漸靜下來。大家都在等候女主人來宣布野宴活動的結束。棕櫚扇子搖得愈來愈慢，有些先生耐不住炎熱和由於吃得太飽的緣故，開始打起瞌睡來。野宴已經結束，正值天最熱的時候，大家都願意去休息休息。

在午宴和晚會之間的這段時間裡，人們都表現得安靜平和，只有年輕小夥子們仍保持著活躍的精力，整個聚會也因這種精力充滿了生機。他們穿梭於不同的人群中，慢吞吞地低聲交談著，漂亮得像些純種馬駒，但也有著同樣致命的危險。中午整個聚會籠罩著懶洋洋的氣氛，可是也潛伏著一些暴躁因素，它們極有可能突然爆發，飆升到兇殘的極點，並且快速蔓延，呈星火燎原之勢。男人和女人都是既漂亮又野性十足，在他們愉悅的外表下都有點狂暴，只是較馴服而已。

過了一會兒，太陽更加炎熱了，思嘉麗和其他人又朝英迪亞看了看。談話已漸近尾聲，這時叢林裡突然傳出傑拉爾德的激昂的聲調。原來他同約翰·威爾克斯站在野宴席附近，爭論得面紅耳赤。

「你這人哪，真是活見鬼！咱們已經在薩姆特要塞向那些無賴開火了！你怎麼還盼著跟北方佬和平解決？怎麼和平？南方就應該以武力表明它絕不能受人侮辱，並且告訴他們我們不是靠著聯邦的仁慈而是依靠著自己的力量脫離聯邦！」

「哦，他又喝多了！我的上帝！」思嘉麗心想，「這樣下去，我們恐怕要在這裡坐到半夜了。」片刻之間，一種猶如電流般敏感的東西迅速掠過周圍，瞌睡從懶洋洋的人群中消失了。男人從條凳和椅子上跳起來，揮舞著兩臂，一心想壓倒別人的聲音，盡力提高嗓門。因爲威爾克斯先生吩咐大家不要去打擾那些太太小姐，所以本來整個上午都沒有談到涉及政治和迫在眉睫的戰爭的話題，如今傑拉爾德吼出「薩姆特要塞」這幾個字來，在場的所有人便都把主人的告誡忘得一乾二淨。

「咱們當然要打。」

「北方佬簡直就是賊……」

「咱們一個月就能把他們全部消滅！」

「是啊，一個南方人至少能幹掉二十個北方佬！」

「給他們點顏色看看，叫他們不要這麼快就忘了。」

「對，你看林肯是如何侮辱咱們的委員吧！」

「是啊，讓他們閒逛了幾個禮拜，還發誓一定得撤出薩姆特呢！」

「他們要戰爭，咱們就讓他們害怕戰爭……」傑拉爾德的嗓門在一切聲音之上，隆隆震響。

但飄進思嘉麗耳朵的全是「州權、州權」的反覆叫喊。顯然，傑拉爾德非常自豪，但他的女兒爲此感到很失面子。

脫離聯邦，戰爭……這些字眼由於一直以來不斷地重複，思嘉麗早就對它們厭煩透頂了，但現在她恨透了說到這些字眼的聲音，因爲這意味著那些男人將要在那裡激烈地爭辯上好幾個小時，這樣一來，她就沒有時間去單獨見艾希禮了。其實大家心裡都明白，他們只是喜歡談論，同時喜歡聽自己談論罷了，而實際上戰爭根本不會發生。

查理斯．漢密爾頓沒有跟著別人站起來，瞅見思嘉麗身邊人已經很少了，他便借機挨得更近一些，趁著現在還有勇氣，低聲開始表白起來。

「奧哈拉小姐……我……我……已經決定，如果戰爭真的打起來，我要到南卡羅萊納去參加那邊的軍隊。據說韋德．漢普頓先生正在那裡組織一支騎兵，他爲人很好，而且還是我父親最要好的朋友，我當然很樂意跟他在一起。」

思嘉麗想，「這叫我說什麼好呢……給他喝三聲彩嗎？」因爲查理斯的告白說明他正在向她袒露他內心的秘密。她實在不知道說什麼話，只好默默地看了看他，心想男人真的很笨，他們還真以爲女人對這種事感興趣呢！

他把她的這種表情誤認爲是又驚慌又讚許之意，於是乾脆大膽而快速地說下去：「如果我走了，你會……你會爲我感到傷心嗎，奧哈拉小姐？」

「我會每天晚上偷偷抹眼淚的。」思嘉麗這樣說，那口氣很明顯是在說笑，可是他只顧著從字面上理解，歡樂得不行。她的手是藏在裙子的褶邊裡的，可他小心翼翼地把自己的手移到她的手上，抓住了它，完全被自己的大膽和她的默許給征服了。

「你會爲我祈禱嗎？」

「瞧你這個傻瓜在說什麼呀！」思嘉麗刻薄地想道，一面偷偷向四周看了一眼，希望從這種對話中解脫出來。

「請你告訴我你會嗎？」

「唔……當然會了，真的，漢密爾頓先生。每天晚上我至少祈禱三輪念珠！」

查理斯迅速看了看周圍，深深地吸了一口氣。事實上他們是單獨在一起了，這真是千載難逢的好機會。而且，就算再給他這樣的天賜良機，他也許再也提不起這樣的勇氣呢！

「奧哈拉小姐……我要告訴你一件事。我……我愛你！」

「嗯。」思嘉麗心不在焉地附和著，一面穿透辯論的人群，將目光望向依然坐在媚蘭腳邊談話的艾希禮。

「真的！」查理斯小聲說，可她既沒笑出聲來，也沒有尖叫或暈過去，他總是想像年輕的女孩們在這種境況下會這麼做。

「我愛你！你是世界上最……最……」這時他才有生以來第一次戰勝自己的舌頭，「你是我所認識的最可愛的女孩和最親切的人，而且你有最高貴的品格，我用我的整個心靈愛著你。我不能奢望你會愛上一個像我這樣的人，但是，我親愛的奧哈拉小姐，哪怕你給我一點點鼓勵，我也情願做世界上任何的事情來使你愛我。我願意……」

查理斯停住了，因爲他絞盡腦汁也想不出一個足以向思嘉麗證實自己愛情深度的困難舉動來，於是他只好直接地說：「我想跟你結婚。」

聽到「結婚」這個字眼，思嘉麗猛地從虛幻中回到現實，只好用一種很掩飾的懊惱神色望著查理斯發呆，方才她正在夢想著結婚，夢想著艾希禮呢。爲什麼偏偏就在今天，就在她苦惱到快要發狂的時候，這個初生牛犢般的傻瓜偏偏要把自己的感情強加給她呢？

思嘉麗凝視著那雙渴求的褐色眼睛，卻看不出一個羞怯男孩的初戀的美來，看不出理想實現後的那種崇敬之情以及正像火焰一樣從他身上一掠而過的幸福和溫情。思嘉麗已經習慣了男子向她求婚，一些比查理斯．漢密爾頓更吸引人的男子，至少比他靈巧得多，絕不會在一次野宴上當她心事重重專心思考的時候提出這種愚蠢的問題。她眼中看到的是一個二十歲的、臉頰紅得像胡蘿蔔，有些傻裡傻氣的男孩子。她希望自己能夠直接告訴他，說他顯得有多麼傻氣。

不過，母親教導她在這種場合適合說的那些話自然而然地溜到了舌尖，於是出於長期養成的習慣，她把眼睛默默地向下望，之後低聲說：「漢密爾頓先生，謝謝你的好意，你要我做你的妻子，我感到無比榮幸，但是這來得太突然了，我真不知道說什麼好呢。」

這種乾淨俐落的手法既能夠安撫一個男人的虛榮心，又可以繼續釣他上鉤，所以查理斯高高興興地上鉤了，好像這是個新的誘餌，他成了第一個吞食這誘餌的人。

「我會永遠耐心地等待！你放心！除非你完全想好了，否則我是不會強求的。請你告訴我，我可以擁有這種希望吧！奧哈拉小姐。」

「唔！」思嘉麗心不在焉地回答著，那雙尖利的眼睛仍繼續盯著艾希禮，他仍在癡癡地望著媚蘭微笑，絲毫沒有加入關於戰爭的議論的意思。要是查理斯這個在一味央求她的傻瓜能安靜下來多好，說不定這樣她就能聽清楚他們在談什麼呢。她一定要聽清楚媚蘭到底說了些什麼，使他眼睛裡露出那麼興致盎然的神色。

她正在專心致志地聽著，查理斯的話打斷了她的偷聽。

「唔，閉嘴！」她輕輕說，連看也不看他一眼，還在他手下擰了一下。

查理斯嚇了一跳，因思嘉麗的訓斥而滿臉通紅，先是感覺慚愧，但接著看到思嘉麗的眼睛緊盯在他妹妹身上，他便微笑了。思嘉麗肯定是害怕別人會聽見他的話，她會覺得難爲情，有點害羞，更擔心也許有人在偷聽。查理斯心中反而湧起了一種從未體驗過的男性自豪感，因爲這是平生第一次他讓一個女孩感到羞澀呢。他心頭震撼得自我陶醉了。他調整了下自己的表情，顯出一副自以爲毫不在意的樣子，只謹慎地回捏了思嘉麗的手一下，表明他早已是個老於世故的人，可以理解並且接受她的責備。

她甚至都沒有感覺到他在捏她，因爲這時唯一清晰入耳的，就是媚蘭唯一誘人之處的那個嬌滴滴的聲音：「恐怕我不能同意你對於薩克雷作品的意見呢。他是個憤世嫉俗的人。不像狄更斯那樣的紳士。」

思嘉麗暗想，對一個男人說這種話可真傻呀！她心裡頓感輕鬆，幾乎要咯咯笑出聲來。原來，她不過是個女學究罷了，人人都知道男人們是如何看待女學究的……要使男人感興趣並抓住他的興趣，最好的辦法是將他作爲談話的焦點，然後慢慢地將話題引到自己身上來，並且保持下去。如果媚蘭這麼說：「你多麼了不起呀」或者「你怎麼會想起這樣的事情來呢？只要一想到它，我腦袋瓜都要炸了！」那麼思嘉麗就會有十足的理由感到害怕。可是現在她呢，面對身邊的一個男人，自己卻像在教堂裡似的一本正經地談經論道。

這時思嘉麗的前景已顯得更加明媚，事實上她已經明白，她無須擔心，於是回過頭來，假裝懷著喜悅的心情向查理斯嫣然一笑，查理斯以爲這是她的愛情默許，便樂得忘乎所以，一把搶過她的扇子，拼命揮舞，甚至她的頭髮都被扇得凌亂不堪。

「你可沒有發表任何意見表示支持我們呀，艾希禮。」吉姆・塔爾頓從那群叫嚷的男人中回過頭來說。這時艾希禮只好起身表示歉意。思嘉麗留意到他從容不迫的樣子多麼優雅，他那金色的頭髮和髭鬚在陽光下多麼輝麗，便在心中暗暗讚嘆，無論如何也找不到像他這樣漂亮的人了！接著，甚至那些年長些的人也停下來，聽他的高見。

「先生們，不管怎樣，要是喬治亞要打，我肯定跟它一起去。不然的話，我就不會進軍營了。」他說著，平日裡帶有幾分朦朧欲睡的神色已經在思嘉麗從未見過的強烈表情中不見了，一雙灰眼睛睜得大大的，繼續說道：「可是，跟上帝一樣，我希望北方佬能和我們心平氣和地解決，不至於發生戰爭……」

這時方丹家和塔爾頓家的小夥子們爆發出一陣喧鬧的聲音，他便舉起手，微笑著繼續說：「是的，是的，我知道我們是被欺騙了，被侮辱了，但是假如我們站在北方佬的立場，他們要脫離聯邦的話，我們會怎麼做呢？可能是一樣吧。我想我們也是不可能答應的。」

「他又來了，」思嘉麗想，「總是設身處地替人家說好話。」在她看來，任何辯論只有一方是正確的。有時候艾希禮的這種想法簡直就不可理喻。

「世界上的苦難大部分都是由戰爭引起的。我們還是不要過激，還是不要打起來的好。等到戰爭一結束，誰也不明白戰爭的初衷是什麼了。」

思嘉麗聽了這番言論便嗤之以鼻。幸好在勇氣這一點上，艾希禮沒有什麼可指責的，不然就麻煩大了，她這樣想著。強烈的抗議和憤慨的叫嚷聲已經淹沒了艾希禮。

這時在涼亭裡，那位來自耶特威爾的聾老頭兒也不禁高聲詢問著英迪亞。

「到底發生了什麼事？他們在說什麼？」

「戰爭！」英迪亞用手攏住他的耳朵高聲回答。

「戰爭，是嗎？」他大叫起來，手摸尋著手杖，猛地從椅子上站起身來。這麼充沛的精力在他身上已經有好幾年沒見過了。「我要告訴他們戰爭是怎麼回事，我打過呢。」以前麥克雷先生很少有機會用那種婦女們不贊同的方式來發表戰爭的高論。

他急忙蹣跚著走向人群，一路上揮著手杖叫嚷著；因爲他聽不見周圍的聲音，毫無疑問，他的聲音很快便佔有了整個領地。

「聽我說。你們這班火爆性子的小夥子，你們不是想要打仗吧。我打過，也很清楚，我先參加了塞米諾爾戰爭，後來又像個大傻瓜似的參加了墨西哥戰爭。你們全都不明白戰爭是怎麼回事。你們只是以爲騎著一匹高貴的馬駒，讓女孩們向你拋擲鮮花，然後作爲英雄凱旋，這就是戰爭。噢，完全不是這樣。不，那是忍饑挨餓，是睡在濕地上出疹子，是得肺炎。不是疹子和肺炎，就是拉痢疾。是的，就是這樣。這便是戰爭懲罰人類腸胃的辦法——痢疾之類……」

太太小姐們都漲紅了臉。麥克雷先生讓人們記起一個更爲原始的時代，就像方丹家的老奶奶和她那令人感到不好意思的大聲打嗝的毛病一樣，那是個大家都想忘記的年代。

「快去把你爺爺拉回來。」這位老先生的一個閨女輕輕對站在身邊的小女孩說，接著，她又向周圍那些局促不安的夫婦們小聲抱怨：「我就說，他是一天不如一天了。你們知道嗎，今天早晨他還跟瑪麗說，她才十六歲呢！『來吧，姑娘……』」聲音越來越小，變成了低語聲。這時那位小孫女正偷偷溜出去，試圖把麥克雷先生拉回到樹蔭下去坐下。

女孩們興奮地談笑著，男人們激烈地爭論著，所有的人都在樹下亂轉，他們中間僅有一個人，那就是瑞德．巴特勒，顯得很平靜。思嘉麗的視線轉到他身上，他站在那兒靠著大樹，雙手插在褲兜裡。威爾克斯離開了他，他便剩下一個人獨自站著，冷眼看著大家談得越來越熱火，自己卻始終不發一言。像是在聽小孩子爭吵一般，他那兩片紅紅的嘴唇在修剪得很短的黑髭鬚底下輕蔑地向下彎著，一雙黑溜溜的眼睛閃耀著取樂和輕蔑的光芒。真是令人不舒服的微笑，思嘉麗心想。

他靜靜地聽著，此時，有著一頭亂蓬蓬的紅頭髮、兩眼卻炯炯有神的斯圖爾特．塔爾頓正一再重複著下面的話：「怎麼，我們只需要一個月就能幹掉他們！紳士們總是會打敗暴徒的。一個月……喏，一個戰役……」

「各位，」瑞德．巴特勒仍然靠大樹站在那兒，兩手依然插在褲兜裡，用查爾斯頓人的死板而慢騰騰的聲調說，「聽我說一句好嗎？」就像他的眼睛那樣流露著輕蔑的神色，他的態度也帶著輕蔑卻過分客氣的意味，這就使那些先生們的態度顯得更滑稽可笑了。

人群向他轉過身來，用一種對待外人所慣有的禮貌迎候他的話。

「你們有沒有人想過，各位，在梅森——狄克林線以南沒有一家大炮工廠？有沒有想過，在南方，鑄鐵廠有多麼的少？或者木材廠、棉紡廠和製革廠？你們是不是想過我們甚至連一艘戰艦也沒有，而僅用一周的時間，北方佬卻能夠把我們的港口全部封鎖起來，使我們無法把棉花遠銷到國外？不過……當然啦……各位早就瞭解這些情況的。」

「真是過分，他把這些小夥子們都當成傻瓜了！」思嘉麗憤怒地想道，氣得臉都紅了。

顯然，並不只有她自己抱有這種想法，因爲有好幾個男孩子已很不服氣的翹起下巴。約翰．威爾克斯貌似無意但卻十分迅速地回到了發言人旁邊的位置上，好像是想向所有在場的人隆重指出這個人正是他的座上客，並且再次提醒他們女賓還在這裡呢。

「我們絕大部分南方人的缺點是：我們既沒有多到外面去看看，也沒能從旅行中吸取足夠的知識。好在，當然嘍，各位都是喜歡旅遊的。但是，你們從中看到了些什麼呢？歐洲、紐約和費城，當然女士們還到過薩拉托加（他向涼亭裡的那一群人微微鞠躬），你們只看見旅館、博物館、舞會和賭場，然後你們回來，堅信世界上再沒有什麼地方比南方好了。」

他咧嘴笑了，露出潔白的牙齒，似乎他已意識到在場的每個人都知道他為什麼不再住在查爾斯頓，而且，即使他們知道這一點，他也一點不在乎。

「我見過許多你們聞所未聞的東西。成千上萬個為了吃飽穿暖和幾美元而情願替北方佬打仗的外國移民、工人，鑄鐵廠、造船廠、鐵礦和煤礦……一切我們所缺少的東西。我們呢，我們有的只是棉花、奴隸和傲慢，一個月之內他們就能把我們都幹掉。」

接下來全場沉默，緊張的時刻到來了。從上衣口袋裡掏出一塊精美的亞麻布手絹，瑞德・巴特勒悠閒地撣了撣衣袖上的灰塵。

這時候，一陣不詳的低語聲從人群中發出，同時從涼亭裡傳來了像剛剛被攪擾的一窩蜂發出的那種嗡嗡聲。思嘉麗雖然感到那股憤怒的熱血仍在自己臉上翻滾，但是她心裡湧起某種無名的意識引起她思考，她覺得這個人所說的不無道理，聽起來就像是常識一樣。不是嗎，她還從未見過一個工廠，也不曾認識一個見過工廠的人。然而，就算事實是這樣的，他說這樣的話也太沒有紳士風度了——居然在大家都玩得很盡興的聚會上這麼說。

斯圖爾特・塔爾頓緊皺著眉頭走上前來，後面緊跟著布倫特。當然，儘管自己已經確實被激怒了，塔爾頓家這對孿生兄弟還是很有禮貌的，他們也不想在一次大野宴上鬧起來，況且女士們也全都在呢。因為很少有機會看見這樣劍拔弩張的場面，她們興奮而愉快。她們平常只能從第三者口中聽到這種事。

「先生，」斯圖爾特氣衝衝地說，「你這樣講到底什麼意思？」

瑞德用客氣而稍帶嘲笑的目光瞅著他。

「我的意思是，」他答道，「像拿破崙……你應該聽說過他的名字吧？像拿破崙說的，『上帝是站在最強的軍隊一邊！』」接著他轉過身去，面向約翰．威爾克斯，用禮貌而真誠的態度說：「你答應過我，允許我看看你的藏書室，先生。能允許我現在就看嗎？下午早一點的時候，我怕我必須再回瓊斯博羅去，那邊還有點小事要處理。」

他又轉過身來面向人群，喀嚓一聲併攏腳跟，像個舞者那樣鞠了一躬，這樣的舉動顯得優雅極了，但也顯得傲慢極了，就像是打了別人一記耳光似的。

然後跟隨著約翰．威爾克斯橫穿過草地，他那黑髮蓬鬆的頭依然高仰著，一路上發出的令人不舒服的笑聲隨風飄送回來，四散到餐桌四周的人群的耳朵裡。

像嚇了一跳似的，人群安靜了好一會兒，然後才再次爆發出嗡嗡的議論聲。涼亭裡的英迪亞從座位上騰地站起身來，走向怒氣衝衝的斯圖爾特。思嘉麗聽不見她說些什麼，可是從她仰望斯圖爾特面孔的眼神中可以看出來，她知道這是流露著一種像是良心譴責的神情，就像媚蘭正是用這種表示自己屬於對方的目光看艾希禮的，只是斯圖爾特沒有發覺罷了。如此說來，英迪亞真的在愛他呢。這時思嘉麗想起，在去年那次政治講演會上，要是她沒有跟斯圖爾特那麼直白露骨地調情，沒準兒他們早已經結婚了。不過另一種欣慰的想法很快就代替了這點內疚……如果女孩們保不住她們的男人，那也怪不到她身上呀！

終於斯圖爾特低頭向英迪亞笑了笑，接著又點了點頭，顯然這不是發自內心的。剛才英迪亞可能是在求他不要去找巴特勒先生的麻煩吧。這時樹下又是一陣愉快的騷動，客人們都站起來，一面抖掉衣襟上的碎屑，太太們呼喚著保姆和孩子，把他們召集在一起，打算告辭了，同時女孩們接連離開，一路談笑著進屋，到樓上臥室裡去閒聊，並趁機午睡一會兒。

只有塔爾頓夫人除外，所有的太太小姐都出了後院，把橡樹樹蔭和涼亭讓給了男人。傑拉爾德、卡爾弗特先生和其他相關的人讓塔爾頓夫人留下來過夜，要求她在賣給軍營馬匹的問題上給一個明確的答覆。

艾希禮臉上掛著一絲沉思而快樂的微笑，漫步走向思嘉麗和查理斯坐的地方。

「這傢伙也太狂妄自大了，不是嗎？」他望著巴特勒的背影說：「他那神氣勁兒簡直就像個博爾喬[11]的人呢！」

思嘉麗連忙尋思，她實在想不出來，在這個縣裡，亞特蘭大，或者薩凡納等任何地方有這樣一個姓氏的家族。

「他是他們的本家嗎？他們又是誰呢？我沒聽說過這家人呀。」查理斯臉上露出一種古怪的神色，一種懷疑與羞愧之心同愛情在激烈鬥爭著，不過他很快想通了，作爲一位女子，只要她可愛、溫柔、美麗就夠了，不需要有良好的教育來添補她迷人的外表，這時愛情便在他內心的鬥爭中佔據了上風，於是他很快簡練地答道：「博爾喬家是義大利人呢。」

「啊，原來是外國人。」思嘉麗顯得有點興趣乏乏了。

她給了艾希禮一個最美的微笑，可不知何故，這時他並沒有注意她。他正看著查理斯，臉上帶有一種理解和憐憫的神情。

11. 義大利十五世紀的一個豪門望族。

思嘉麗站在樓梯平臺上，小心翼翼地從樓梯扶手上往下面的穿廳裡窺視著。穿廳裡空無一人。樓上臥室裡傳來綿綿不斷的低聲細語，此起彼伏，中間間或插入一陣陣尖利的笑聲，以及「唔，你沒有，真的」和「那麼他說了什麼呢」這樣簡短的對白。女孩們正在大臥室裡的床上和睡椅上休息，她們脫掉了衣裳，解開了胸衣，放下頭髮，垂至腰際。

午睡本就是南方人的習慣，尤其在那種全天性集會中，更是必不可少。起初半小時，女孩們總是閒談說笑，然後僕人進來把百葉窗關上，於是在溫暖的半明半暗中低語逐漸代替了談話，最後歸於沉寂，只剩下柔和而有節奏的呼吸聲了。

確信媚蘭已經跟霍妮和赫蒂·塔爾頓上床躺下了，思嘉麗這才溜進樓上的穿堂，起身下樓去。從樓梯拐角處的一個窗口望去，她看見那群男人還坐在涼亭裡，端著高腳杯喝酒閒談，暗想他們要坐到下午很晚時才會散。她在人群中搜索，可就是搜索不到艾希禮。於是她屏息側耳細聽，捕捉到了他的聲音。正如她所希望的那樣，他還在前面車道上跟那些離去的太太和孩子道別呢。

她興奮得心都提到嗓子眼了，急忙跑下樓去。可是，如果這時她碰上威爾克斯先生，怎麼辦呢？別的女孩都午睡了，自己卻還在屋子裡到處溜達，這到底該怎麼解釋才好呢？不管了，無論如何，這次險是冒定了。

她跑到樓下時，聽見膳事總管指揮著僕人們在飯廳裡忙活，主要是搬出餐桌和椅子來，好爲晚上的舞會做準備。發現大廳對面藏書室的門敞著，她趕緊悄悄溜了進去。她可以在那裡等著，直到艾希禮把客人全部送走後，他一進屋，她就叫住他。

藏書室裡半明半暗，爲了擋住陽光，她把窗簾放下來了。黑糊糊的圖書塞滿了那間四壁高聳的陰暗房子，這使她感到沉悶。這不是一個她會選擇來約會的地點，她原希望這次約會不是在這樣的地方。就像那些喜歡大量讀書的人帶給她的感覺一樣，書本多了只能給她增加一種壓迫感。那就是說……所有那樣的人，不過艾希禮除外。

那些笨重的傢俱兀立在半明半暗中，這是特地給高大的威爾克斯家男人做的，座位很深、扶手寬大，前面配有天鵝絨膝墊的柔軟矮椅是給女孩們用的。艾希禮最喜歡的座位是一隻七條腿的沙發，擺在這個長房間盡頭的火爐前，它像一頭巨獸一樣聳著隆起的脊背在那兒睡著了。

她把門掩上，只留下一道縫，然後讓心跳逐漸緩和，極力鎮定自己。她本想從頭溫習一遍頭天晚上計畫好對艾希禮說的那些話，可是突然半點兒也記不起來了。當時究竟她假想過一些什麼，現在忘得一乾二淨，還是她本來就只準備做艾希禮的聽客呢？她不清楚，突然打了一個寒噤，渾身恐懼難安。如果她的心暫時停止跳動，血液不再轟擊她的耳朵，她或許還能想起要說的話來。可是她的心急促地加快了跳動，因為她已經聽到他送完最後一個客人，邁步走進前廳來了。

她現在唯一能記起來的是她愛他……愛他所有的一切，無論是高昂的金色頭顱還是那雙細長的黑馬靴；愛他的笑聲，即使它令人迷惑不解；愛他的沉思，儘管它令人難以捉摸。噢，要是他此刻能走到她這兒來擁抱她，那該多好啊！這樣，她就什麼也不用說了。他肯定愛她的。「或許，我還是祈禱吧……」她緊閉上眼睛，喃喃地念起「仁慈的聖母瑪利亞」來。

「思嘉麗！你怎麼在這兒？」突然艾希禮的聲音穿過她耳朵的轟鳴，她一下陷於狼狽不堪的尷尬境地。他站在大廳裡，臉上流露出一絲疑惑，從虛掩著的門口注視著她，微笑著。

「你這是在躲避誰呀？是查理斯還是塔爾頓兄弟？」

她哽咽著說不出話來。看來他已經注意到有那麼多男人圍在她的身邊了！他站在那兒，眼睛熠熠閃光，好像沒有察覺到她很激動。她沒開口說話，只是伸手將他拉進屋。他走進去，感到奇怪難解又十分有趣。

她身上有種緊張感，眼裡的神采是他過去從未見過的，即使在昏暗的光線下，他還能看到她雙頰泛著兩片玫瑰紅暈。他主動地關上背後的門，然後把她拉過來。

「發生什麼事了？」他說，幾乎是耳語的音調。

一接觸到他的手她便開始顫抖。如她所夢想的那樣，事情進行得很順利。許許多多不連貫的想法從她腦海裡湧過，可是她連一個也沒能抓住，所以也想不出一句話來。她只能抬頭看著他的面孔，渾身哆嗦。他爲什麼不說話呀？

「到底發生什麼事了？」他重複說，「你要告訴我一個秘密嗎？」

她突然能講話了，這幾年母親對她的教誨也同樣突然消失殆盡，而父親愛爾蘭血統的直率占了上風。

「是的……一個秘密。那就是我愛你。」

霎那間，沉默降臨了，好像他們都停止了呼吸。然後，她的戰慄逐漸消失，她胸中升騰起快樂和驕傲之情。其實她早就該採取這種做法啊。這遠遠比人們所教育她的全部閨門訣竅簡單得多！於是她的目光大膽地射向他的眼睛。

他的目光裡流露出狼狽的神色，那是一種懷疑和其他的什麼眼神，別的什麼？對了，那次傑拉爾德的那匹珍愛的獵馬摔斷了腿，他也只好用槍把那匹馬殺死的那一天，曾出現過這種表情。可是，真是傻透了。現在她幹嘛去想那件事呀？不過，艾希禮到底爲什麼一言不發呢？這也太奇怪了。這時，他臉上就像又罩上了一個假面具，故作殷勤地笑了。

「莫非你今天贏得了這裡所有別的男人的心，還不知足嗎？」他用往常那種戲謔而親切的口氣說，「你想來個全盤殲滅？那好，我坦白地告訴你，你早已贏得了我的好感。你從小就那樣嘛。」

看來有點不對勁……完全對不上了！這不是她所想要的那個局面。各種想法在她頭腦裡轉來轉去，瘋狂奔跑，其中一個終於開始成形了。不知何故，出於某種原因，艾希禮看來似乎認爲她只是在開玩笑而已。可是她知道事實並非如此。她想他肯定是裝傻。

「艾希禮！艾希禮！請你告訴我，你一定要……啊！別再逗我了！我俘獲你的心了嗎？啊，親愛的，我愛……」

他連忙用手掩住她的嘴，假面具崩潰了。「你不能這樣說，思嘉麗！你絕不能。你肯定不是這個意思。你會後悔你自己說了這些話，你也會後悔我聽了這些話！」

她把頭扭開，一股暖流迅速流遍了她的全身。

「我告訴你我是愛你的，我永遠不會恨你。我明白你一定對我有意思，因爲……」她停了停，她從來沒有在一個人的臉上看到過比這更痛苦的神情。「艾希禮，你是不是故意……你有的，對不對？」

「是的，」他陰鬱地說，「我有。」

她大吃一驚，假如他說他討厭她，她也不會比聽到這更驚恐。她拉住他的衣袖，啞口無言。

「思嘉麗，」最後還是他先開口說，「我們還是彼此走開，把今天我們的談話全都忘記。」

「不，」她低聲說，「我不能。你到底什麼意思？難道你不想……不要跟我結婚嗎？」

他答道：「我快要跟媚蘭結婚了。」

不知何時，她發現自己坐在一把天鵝絨矮椅上，而艾希禮坐在她腳邊的膝墊上，緊緊地將她的兩隻手握在自己手裡。他正在說話，說的毫無意義。她腦海裡、心裡一片空白，那些想法剛才還勢如潮湧，此刻卻已消失不見了。同時就像玻璃上的雨水，他所說的話什麼印象都沒留下。那些急切、溫柔而飽含憐惜的話，那些如同父親在對一個受傷的孩子說的話，思嘉麗都已經置若罔聞了。

聽到媚蘭這個名字，她恢復了意識，於是抬頭凝視著他那雙水晶般的灰眼睛。她從這雙眼裡看到了一直使她感到困惑不解的那種冷漠神情——和自己恨自己的神態。

「父親今晚要宣布我們的婚事。我們馬上就要結婚了。原本我應當早告訴你的，可是我還以為你早知道了……幾年前就知道了呢。我可從來沒有想到你……因為你的男朋友有很多。我還以為斯圖爾特……」

她的身上開始湧起生命、感覺以及理解的能力。

「可是你剛剛還對我說你有意於我呢。」

他那溫暖厚實的雙手握痛了她的手。

「親愛的，難道你非要我說出一些叫你傷心的話來嗎？」

她默不作聲，他只得說下去。

「親愛的，我怎麼才能讓你明白這些事呢？你還太年輕，又不太愛想問題，所以根本不懂得結婚有什麼意義。」

「我只知道我愛你。」

「像我們這樣不同的兩個人，要結成一對美滿的夫妻，僅僅有愛情是遠遠不夠的。你需要的是一個男人的全部，思嘉麗，包括他的身體，他的感情，他的靈魂，他的思想。如果你沒有得到這些，你註定會很痛苦的。可是我不能把全部的我給你，也不能給任何人，我也不會想要你的整個思想和靈魂，這樣，你就會傷心難過，然後就會恨我……會恨得咬牙切齒！你會仇恨我所讀的書和所喜歡的音樂，因爲你覺得是它們把我從你身邊搶走了，就算只搶走那麼一會兒也不行。所以我……也許我……」

「那你愛她嗎？」

「她就像我一樣，是我的身體靈魂的一部分，我們相知相惜，思嘉麗！思嘉麗！難道你還不能明白，除非兩個人彼此靈魂契合，否則結了婚也無法長長久久地過下去。前人也說過：一個人應該和同類人結婚，否則不會幸福。」

「但是你也說過你對我有意啊。」是誰說的這話呢？她聽到這句話以後，似乎已經過去上百萬年了，但這話還是沒什麼意義。

「我不該這樣說的。」

這時，她腦子裡某個地方有一把無名的怒火緩緩地升起來，憤怒讓她忘記了一切。

「好吧，你這樣說真是夠無賴的……」他的臉色倏地變白了。「因爲我很快就要跟媚蘭結婚了。既然我早知道你不會理解，我還這樣說，真是混帳，我確實不該這樣說的。我怎麼能夠做到不在乎你呢——你對生活充滿激情，而這正是我沒有的。你敢愛敢恨，愛得瘋狂，恨得切齒，而我卻做不到。就像火和風以及其他原始的東西那樣，你是如此地單純，而我……」

思嘉麗想起了媚蘭，她那雙寧靜的彷彿正在出神的褐色眼睛，她那雙戴著黑色花邊長手套的溫和小手和那種高雅端莊的神態浮現在她的眼前。於是她的怒火終於爆發了，就是這怒火促使傑拉爾德去殺人和其他愛爾蘭先輩去冒生命危險。這時，母系羅比拉德家族富有教養和能夠默默忍受世界上任何折磨的品性在她身上所剩無幾。

「你這個膽小鬼！你怎麼不拒絕，你是畏懼跟我結婚嘍！寧可同那個愚蠢的小傻瓜過日子！她開口閉口『是的』、『是的』，肯定會養出一群像她那樣百依百順的小崽子呢！爲什麼……」

「你不能這樣貶低媚蘭！」

「什麼『我不能』，去你的吧！你算哪根蔥呀，要來指責我不能這樣不能那樣？你就是個膽小鬼，就是個渾蛋。你讓我相信你打算娶我……」

「你要公平些，」他用懇求的口氣說，「我何嘗——」

她可不要什麼公道，即使知道他的話是正確的。他和她之間從來就沒有跨越過友誼關係的界限，可是一想到這一點，她的怒火就更旺了，因爲這深深地傷害了她的自尊心和女性的虛榮心。她一直在追求他，可他毫不動心，他寧可娶媚蘭這樣臉色蒼白的小傻瓜也不要她。啊，要是她遵照母親和嬤嬤的教訓，連一絲喜歡的意圖也不要向他透露，也許好得多呢……肯定勝過面對這種羞死人的場面千百倍！

她一躍而起，兩隻手緊緊握拳，同時他也起身俯視著她，臉上滿是無聲的痛苦，就像一個人在被迫面對殘酷無情的現實。

「我會恨你一輩子，你這渾蛋……你這下流……下流……」她想用一個最惡毒的字眼，可是就是想不出來。

「思嘉麗……請你……」

他向她伸出手來，可這時她用盡全身力氣狠狠地回了他一個耳光，在這靜靜的房間裡那啪地響聲就像抽了一鞭子。緊接著她的怒氣倏然消失，只剩下一陣傷心的淒涼。

他白皙而又疲憊的臉上明顯地浮現了她那紅紅的手掌印。他不發一語，只是輕輕拿起她那隻柔軟的手放到自己的唇邊吻了吻。接著，未等她開口，他便徑直走了出去，隨手把門輕輕關上。

怒氣一消，她的兩個膝頭便酸軟無力，頹然地坐在椅子上。他離開了，可是他那張被抽打的臉孔將在她的記憶中永生難忘。

隨著他徐緩而低沉的腳步聲在大廳盡頭慢慢消失，她才驚覺自己要承受這番舉動的嚴重後果。她永遠地失去了他。此後他還會恨她，每次一見到她，他就會想起，在他一點鼓勵也沒給她的情況下，她是怎麼主動向他示愛的。

「我真是像霍妮．威爾克斯一樣一文不值了。」她突然這樣記起，每個人，包括她自己，曾怎樣輕蔑地譏諷霍妮的下賤行爲。她彷彿看見霍妮令人生厭的扭捏，聽見她愚蠢的嗤笑聲，這更加激怒了她，於是又大爲生氣，生自己的氣，生艾希禮的氣，生人世間的氣。因此她恨自己，恨這一切，帶著十六歲時的初戀遭到挫敗和羞辱的怒意去恨它們。她的愛中真正的柔情只有那麼一丁點，大部分是虛榮心夾雜著對自己魅力的自信。現在她失敗了，懼怕自己已淪爲公眾的笑柄，而這種恐懼比失敗感更沉重。她像霍妮那樣惹人恥笑了嗎？大家會不會都恥笑她？想到這裡她就渾身戰慄起來。

她將手放在身旁的一張小桌上，手指無意中觸碰到一隻小巧的玫瑰瓷碗，碗上那兩個有翅膀的天使在咧著嘴傻笑。房間裡安靜極了，她幾乎想大叫一聲，去打破這難熬的死寂。她必須發洩一下，不然她會發瘋的。

她拿起那只瓷碗，向對面的壁爐狠狠地擲去，可它掠過了那張沙發的高靠背，砸到大理石爐臺上，嘩啦一聲碎成一片。

「這真是太過分了。」一個聲音從沙發深處傳來。

她從未如此驚恐過，可她已經口乾得不能發聲了。她牢牢抓住椅背支撐身體，覺得兩腿發軟，似乎站不穩了，這時瑞德·巴特勒從他一直躺著的那張沙發上站起來，向她鞠了一躬，態度卻誇張得過分。

「睡個午覺也睡不安寧，還被迫聽那麼一齣鬧劇，這已經倒楣到家了，可怎麼連生命也要受到威脅呢？」

那不是鬼，是個實實在在的人，上帝呀，你怎麼不保佑我們，他聽見了一切！她只好儘量假裝，擺出一副端莊的模樣。

「先生，你躺在這裡，應該讓人家知道才好。」

「是嗎？」他露出一口雪亮的牙齒，那對促狹的黑眼睛正在嘲笑她，「恐怕你才是那個不請自來的闖入者呢。我是不得已在這裡等候甘迺迪先生，因爲我覺得或許自己在後院是個不受歡迎的人，考慮再三才識相地來到這裡。我想這下大概可以安穩了吧，可是，天不憐我呀！」

他無奈地聳聳肩膀，很溫和地笑起來。

一想到這個粗魯無禮的人已經聽見一切，聽到了她那些現在寧死也不情願說出的話，她的怒火又噌地上來了。

「偷聽鬼！」她憤憤地說。

「偷聽者經常聽到非常有趣、非常有啓發性的話，」他有意傻笑著說，「從長期偷聽的經驗中，我……」

「先生，你根本不是紳士！」

「你的眼力還真不賴。」他輕鬆地說，「可你，小姐，也不是什麼淑女喲！」他好像覺得她很有趣，因此他又溫和地笑了。

「不管是誰，只要她說了和做了我剛才聽到的那些事情，她便再也算不上是淑女了。不過，我對淑女也沒有什麼好感。她們明知自己在想什麼，卻從來就沒有勇氣說出她們真正想要的東西。長此下去，這種態度使人厭煩。可是你，你是個思想很不平常，也很令人欽佩的姑娘，親愛的奧哈拉小姐，爲此我要向你脫帽致敬。可我搞不懂，那位文縐縐的威爾克斯先生到底有什麼好呢，能叫你這樣一位擁有如急風暴雨性格的女子深深著迷？他應該跪下來感激上帝給了他一個有你這種……他是怎麼說的？對『生活傾注著全部熱情』的女孩，不料他竟是個唯唯諾諾的可憐蟲──」

「你給他擦靴子還不夠資格呢！」她氣憤地厲聲說。

「可你不是打算恨他一輩子嘛！」說罷，他又在沙發上坐下了，思嘉麗聽見他還在笑。

如果把他殺了不用負責任，她是一定能做得出來的。可與此相反，她盡可能地收羅起自己的尊嚴，走出房間，隨手把厚重的門砰地一聲帶上了。

一口氣跑上樓去，到達樓梯頂時，她感覺自己就快要暈倒了。她停下來，抓住欄桿，憤怒、羞辱和緊張使她那顆急速蹦跳的心幾乎要從胸口裡跳出來。她想要深呼吸幾下，可是腰身被嬤嬤紮得著實太緊了。萬一她果真暈過去，人們便會在這樓梯頂上看見她，那時他們會怎樣想呢？哦，他們什麼都能想得出來，就像艾希禮和那個討厭的巴特勒，以及所有那些專門嫉妒別人的下流女孩！生平第一次，她後悔自己沒有像別的女孩子那樣隨身帶著嗅鹽，她甚至從未想過帶一個嗅鹽瓶。她一貫以從不頭暈而自豪，在這緊要關頭她千萬不能讓自己暈倒。

難受的感覺開始慢慢地消失了，不一會兒她覺得自己已完全正常，便偷偷溜進英迪亞房間隔壁的小梳妝室，鬆開胸衣，爬到正在睡覺的女孩旁邊的另一張床上躺下了。她設法減緩一下自己的心跳，並力圖使臉色恢復平靜，顯得鎮靜自若，因爲她知道她此刻的模樣肯定像個瘋女人一樣。要是有個女孩碰巧醒著，就會發現事情有點不對勁，她萬萬不能讓任何人知道發生過什麼事了。

從樓梯頂上的那個凸窗裡，她還能看到男人們還在樹下和涼亭的椅子上斜倚著歇息。她真是羨慕的不得了！男人永遠不用遭受她剛才所經歷的那種痛苦，多快活呀！

她站在那裡望著他們，有點神情恍惚，突然聽見屋前車道上急速而沉重的馬蹄聲，石子飛濺聲和一個高聲詢問黑人的激動的嗓音。過一會兒，石子又嘁嚓地飛濺起來，瞬間她就看見一個男子騎著馬從綠油油的草地上飛馳而來，向那群在樹下消閒的人飛奔而來。

這位客人可能是遲到了，可他怎麼能騎著馬穿過英迪亞最心愛的草地呢？她不認識他，只見他從鞍上翻身下馬，一手抓住約翰·威爾克斯的胳膊，此時她看見了他全身激動的模樣。人群立刻把那些棕櫚葉扇子和高腳玻璃杯丟在桌上和地上不管了，馬上把他包圍起來。距離較遠，她聽不真切，但還是能聽見人們喊叫和詢問的嘈雜聲，也感覺到他們沸騰到了極點的緊張氣氛。接著，斯圖亞特·塔爾頓的一聲興奮的喊叫壓過這些聲音：「咳……呀……咳！」就好像他在獵場上一樣。她第一次聽到了南方反叛者的呼喊聲，可她卻不知道。

她正在看時，方丹家的小夥子們緊隨著塔爾頓四兄弟從人群中擠出來，急急地跑向馬棚，還一路大聲喊：「吉姆斯，來，吉姆斯，趕快備馬！」

「準是誰家失火了。」思嘉麗想。但是先不管這些了，她的頭等大事是在自己被發現之前趕快回到臥室裡去。

現在她心情平靜些了，她踮著腳尖走上樓梯，溜進安靜的廳堂。整個房子籠罩在一片濃重而溫暖的朦朧中，宛如其他姑娘們那樣自由自在地睡著了，直到晚上才醒來，然後在音樂和燭光中展示自己煥然一新的姣好容貌。她輕手輕腳地推開梳妝室的門，隨即溜了進去。她手背在身後，還抓著門把，這時卻聽見霍妮低柔得如同耳語的聲音從通向臥室的對面門縫裡傳了過來。

「我看思嘉麗今天的行動那麼放蕩，怕是使出一個女孩子最後的看家本領了！」

思嘉麗覺得她的心又再次急劇地跳起來，不由得用一隻手緊緊抓住胸口，像要把它按住一樣。

「偷聽的人常常聽到一些很有用的東西。」她忽然想起這句帶嘲諷的話。她要不要再溜出來呢？抑或乾脆闖進去，好讓霍妮下不了臺？但接著第二個聲音傳來，讓她移不開步子了。這時就算有九頭牛也別想把她拉動分毫，因為她聽見了媚蘭的聲音。

「啊，別太刻薄了，霍妮，不要這樣說！她只是生氣勃勃，性情活潑。我認為她其實是十分可愛的。」

「啊，」思嘉麗的手指甲幾乎穿透了胸衣，「誰用得著你這虛情假意的小賤人來為我辯護！」

媚蘭這話比霍妮那種痛痛快快的挖苦更讓她難受萬分。除了母親以外，思嘉麗從來不相信其他女人，也不相信她們除了私心之外還能有別的動機。媚蘭認為她已經十拿九穩地拿下了艾希禮，所以才樂意炫耀一下這種基督精神。思嘉麗覺得媚蘭正是在炫耀自己的勝利，同時想博得為人大度的美名。在同男人們議論別的女孩子時，思嘉麗自己也經常玩這種花樣，並且每次都能叫那些蠢男人信以為真，認為她多麼可愛和多麼寬宏大量。

「唔，小姐，」霍妮刻薄地說，同時提高嗓門，「你一定是瞎了眼啦！」

「霍妮，小聲點，」薩莉・芒羅的聲音插進來，「全屋的人都要聽見你的話了。」霍妮放低聲量接著說。

「喏，你們都親眼所見，她跟所有能逮到的人都調情，甚至那位甘迺迪先生……他還是她妹妹的男朋友呢。我可從未見過這麼不要臉的人哪！而且她肯定是在追求查理斯。」霍妮有點故作矜持地咯咯地笑起來，「可你們知道，查理斯和我……」

「你說的是真的嗎？」幾個聲音高興地低聲問。

「唔，千萬別說出去，女孩們……還沒有呢！」接著就是咯咯的笑聲和彈簧床架嘎嘎的響聲，因爲有人在擠霍妮呢。媚蘭嘮叨了幾句什麼，大概說霍妮將成爲她的嫂子，她很高興。

「她真是我見過的第一號騷貨，嗯，我可不願意要思嘉麗做我的嫂子。」這是赫蒂・塔爾頓苦惱的聲音，「不過她跟斯圖爾特幾乎已經等於訂婚了，布倫特說她一點也不在意他。當然，布倫特也是十分愛慕她的。」

「要我說呀，」霍妮用故作神秘的語氣說，「大概只有一個人是她中意的，那就是艾希禮！」

有的在打岔，有的在提問，低聲細語混作一團。

聽著聽著，思嘉麗又害怕又羞愧，心都涼了。霍妮對別的女人有一種女性的直覺，雖然她對男人是個傻瓜，是個可笑的笨蛋。對思嘉麗來說，在藏書室先後跟艾希禮和巴特勒一起時受到的那種痛苦和侮辱和這裡的情況比起來，真是小巫見大巫。終究男人還是能讓人信得過，能給你保密的，就算像巴特勒那樣的人也不會說出去；可是霍妮這像野外獵犬般的大嘴，等不到六點鐘這件事情便會傳遍整個縣。昨天晚上她父親傑拉爾德還警告過她，說他不樂意讓人家笑話他的女兒呢。可現在他們全都把她當成笑柄了！想到這裡，冷汗從她的腋窩順著肋骨往下直流。

這時傳來媚蘭的聲音，她的聲音顯得平和有分寸，只是略帶責備的口氣，蓋過了一切其他人的議論聲。

「霍妮，你曉得事情並不是那樣的。這樣說太不厚道了！」

「就是那樣的，你總是忙著在人們身上尋找優點，而他們實際上卻是沒有這些優點的。要是你沒有這麼做的話，你就會看明白了。我還巴不得希望就是那樣呢，那有她好受的。思嘉麗．奧哈拉平時的一舉一動都是在製造麻煩和搶奪別人的情人，你也清楚她從英迪亞身邊奪走了斯圖亞特，可她自己並不真的要他。今天她又想搶甘迺迪和艾希禮，還有查理斯……」

「我一定要馬上回家！」思嘉麗想，「我得立刻回家去！」她恨不得用魔力把自己馬上送回塔拉，送到那個安全的地方。她恨不得跟母親待在一起，就那麼看著她，拉著她的衣襟，倒在她懷裡哭訴今天全部的遭遇，要是她再繼續聽下去，她就會管不住自己衝到裡面，大把大把地扯下霍妮那一頭蓬亂的淺色頭髮，然後啐幾口唾沫在媚蘭身上，叫她明白她是如何看待她那種假仁假義的。但她今天已經表現得夠糟的了，甚至像白人窮鬼一樣——這也正是她的所有煩惱所在。

她用雙手盡力壓住裙子，不讓它發出聲音，像一隻動物似的躡手躡腳地向後退了出來。

「回家吧。」她迅速穿過廳堂，一路重複著，跑過那些關著的門和靜悄悄的房間，「我一定要回家去。」

她已經跑到了前面的迴廊裡，突然一個新的念頭使她停下來，她不能回家！她絕不能逃走！她一定要在這裡堅持到底，忍受女孩們一切的惡言惡語和她自己的悲傷與羞愧。逃走，只會給她們提供更多的把柄來攻擊她。

她握緊拳頭捶打著身邊那根高高的白柱子，巴不得自己就是參孫[12]，這樣她就可以摧垮「十二橡樹」，並且毀滅其中的每一個人。她要叫她們後悔不已！她要給她們點顏色看看！她並不明白到底怎樣給她們點教訓，不過她鐵定是要做的。她要傷害她們，比她們傷害她還要厲害千百倍。

此刻，她已經遺忘了艾希禮的作爲和艾希禮其人。他已不再是她所心愛的那個高高在上的睡眼朦朧的男人，而僅僅是威爾克斯家、「十二橡樹」和縣裡的一部分，或許只有恨比愛情更有力量，她憤怒的心已經容納不下任何東西了。

「我不能回去，」她想，「我要叫她們難看。我要留在這裡，我永遠不和媽說。不，我永遠不和任何人說。」她鼓起勇氣爬上樓梯，走進另一間臥室。

她轉過身，正好看到查理斯從穿堂的那一頭走進屋來。一看見她，他就急忙走過來。他頭髮蓬亂，激動得整張臉就像天竺葵一樣。

「你知道剛剛出什麼大事了嗎？」他來不及趕到她跟前，便高聲嚷道，「你聽說了沒有？保羅・威遜剛剛從瓊斯博羅帶來消息說！」

他停了停，氣喘吁吁地走近她。她只是呆呆地注視著他，不發一語。

「林肯先生已經招募人了，士兵——我指的是自願者——他們已有七萬五千人了！」

又是林肯先生！這些男人們的腦子到底想過什麼真正重要的事情沒有？該不是又來了一個傻瓜想叫她對林肯先生的胡鬧惱怒？可她正在自怨自艾，名譽幾乎掃地了呢！

查理斯凝視著她，發現她的臉色慘澹得如同張白紙，他從來沒在任何女孩的臉上看到這麼大的火氣。

12.《聖經・舊約》中以色列人，力大無比的勇士。

「我真是個笨蛋，」他說，「我應當慢慢告訴你才對。我忘記了女孩們是多麼嬌嫩。很抱歉嚇到你了，你不會嚇得要暈倒吧，會嗎，要不要我給你倒杯水來？」

「不。」她說，盡力擠出一絲微笑來。

「我們坐到那邊的條凳上，可以嗎？」他挽住她的胳膊小心地詢問著。

她點點頭，於是他細心地攙著她，走下屋前的臺階，穿過草地，來到前院最大的一株橡樹底下的鐵條凳。他心想，女人是多麼脆弱而嬌柔啊，一提起戰爭和險惡的事，她們就要驚得暈倒了。由此他感覺自己很有大丈夫氣概。

他扶著她坐下，表現得更加溫柔。她這時的表情怎麼那麼古怪，慘白的臉上展現出一種野性的美，這使他心神不安。莫非是她想到他可能要去打仗而發愁？不，這難免有點太高看自己了，不可能。可她爲什麼用這樣古怪的表情瞧著他？爲什麼她的手指撥弄花邊手絹時會哆嗦不停呢？而且正如他讀過的愛情故事裡的那些女孩子的眼睛那樣，她那又濃又黑的眼睫毛滿含著羞怯和愛情在忽閃呢！

接連三遍清了清嗓子後，他打算開口，但每次都沒說出來任何話。當他跟思嘉麗那雙鋒利得像要穿透他又好像沒有看見他的綠色眼睛相遇時，他趕緊垂下眼睛。

「他肯定有很多錢，」她匆匆地想，腦子裡接連閃過許多的念頭和計謀，「他沒有父母來干涉我，還有他又住在亞特蘭大。如果我立刻同他結婚，艾希禮就會知道我一點也不在乎……我本來就只是尋他開心而已。這樣也可以活活氣死霍妮。今後她永遠永遠也休想再弄到一個情人，而別人則會笑話死她；同時，這也還會叫媚蘭痛心，因爲她是最愛查理斯的。同時斯圖爾特和布倫特也會難過……」

她不清楚爲什麼自己連這兩個人也要傷害，大概是因他們有幾位陰險的姐妹的緣故吧。

「這樣，等到我有了一幢自己的住宅，坐著華麗的馬車，帶著大批華麗的衣服，風風光光地回來時，他們就會感到難受。他們就會永永遠遠不能笑話我了。」

「當然了，這意味著可能真的要打起來了。」經過好幾次掙扎，查理斯才說出這話，「思嘉麗小姐，不過你用不著擔憂，一個月就會結束的。我們要打得他們跪地求饒。是呀，先生，前進吧！我絕不錯過這個機會。恐怕舞會要開不成了，因爲今天晚上營裡要在瓊斯博羅集合。塔爾頓的哥兒們已經去集合大家了。我知道小姐太太們肯定會感到萬分遺憾的。」

想不出更好的回答來，她只好「哦」了一聲，但是這也就夠了。

她的頭腦開始慢慢恢復冷靜，理智也在慢慢地恢復。一層霜雪已經覆蓋了她滿懷的激情，她認爲以後再也不會有什麼溫暖的感覺了。爲什麼不拿下這個臉蛋兒紅撲撲的漂亮小夥子呢？他並不比別人差，何況她也不在乎。不，她再也不會在乎什麼事了，就算她活到九十歲，她也不會在乎什麼了。

「現在我還沒決定好呢，到底是參加韋德·漢普頓先生的南卡羅萊納兵團，還是加入亞特蘭大的城防警衛隊呢。」

她又「哦」了一聲，兩人的眼光又相遇了，她那顫動的眼睫毛立刻令他神魂顛倒。

「思嘉麗小姐，你願意等我嗎？只要……只要知道你在等我，直到我們把他們徹底消滅，那我就如同身在天堂一樣幸福了！」

他大氣不敢喘，等待她回答，他盯著她的嘴唇，同時第一次注意到嘴角兩邊的酒窩，心想如果能吻一下，那該多麼美好啊！就在這時，她那兩隻冒著熱氣的手心已溜進他的手裡了。

「我不想等。」她說著，眼睛朦朧地微閉起來。

他握緊她的手，嘴張得大大的，呆坐在那裡。思嘉麗的眼睛從睫毛下向上看著他，心想他真像一隻被人叉起的蛤蟆。他滿臉通紅，嘴巴張了幾下又閉上，結巴了好幾次。

她一聲不響，只低頭望著自己的衣襟，查理斯被弄得時而異想天開，時而困惑莫解，或許一個男人不該問一個女孩這樣的問題吧，也許她很難回答這個問題——因爲這樣實在有失淑女的體面。

查理斯過去從來沒有過這種勇氣——能使自己處於這樣的境地，所以一時不知所措，不知該怎麼做才好。他想吻她，想喊叫，想唱歌，想在這塊草地四周跳躍，然後跑去告訴所有的人，不論白人還是黑人，說她愛他。可是他仍勉強坐在那裡一動不動，只是緊緊握住她的手，她的戒指都快被他掐進肉裡去了。

「思嘉麗小姐，你願意跟我結婚嗎，就在眼前？」

「唔。」她假裝羞澀地哼著鼻子應了一聲，接著用手指擺弄衣裳的皺褶。

「我們要不要跟媚蘭同時舉行婚禮……」

「不。」她連忙說，抬頭看向他。兩隻眼睛熠熠生光卻似有慍色。查理斯知道自己又犯錯了。當然，一個女孩子期待的是自己的婚禮，這是不能與別人共用的榮耀。她對他的嚴重錯誤忽略不顧，真是太仁慈了！他恨不得此刻已是晚上，這樣他才敢在夜色中拿起她的手來吻，並且講出自己想要說的話來。

「我什麼時候向你父親提親好呢？」

「當然是越快越好。」她說，希望他能放鬆一些，不再那樣緊握住她那些戴指環的手指，不然她就只好再讓他難看了。

他一聽便跳起來，弄得她還以爲他已顧不上什麼羞澀，要去歡蹦亂跳一番。可是他卻笑容滿面地俯視著她，一顆純潔無邪的心從眼睛裡顯露無遺。以前不曾有人這樣看過她，以後也不再會有其他的人來這樣看她了。可是此刻，在這種心不在焉的奇怪心境下，她認爲他看上去像頭小牛犢。

「我馬上就去找你父親，」他迫不及待地說，「我不能等了。親愛的，請你原諒我好嗎？」好不容易才說出來親暱的稱呼，一旦說出後，他便快樂地反覆使用起來。

「好吧，你快去吧。」她說，「我在這裡等你。這裡很舒服，也很涼快。」

他跑開了，穿過草地拐到屋後去。

她獨自一人坐在瑟瑟有聲的橡樹下。男人們騎著馬從馬廄裡奔出，黑人奴僕緊緊跟在他們的主人身後。芒羅家的小夥子們飛奔而過，手裡揮舞著帽子，方丹家和卡爾弗特家的則大聲喊叫奔向大路去了。塔爾頓家四兄弟穿過思嘉麗身邊的草地，飛衝過來，布倫特喊道：「媽媽答應給咱們馬啦！咳……呀……咳！」草皮被馬蹄捲起，他們離開了，又把她獨自一人留在那兒。

現在那幢白房子高高的圓柱豎立在她面前，似乎莊嚴而疏遠地慢慢向後隱退。它已經永遠不會屬於她了。艾希禮永遠不會把她當成新娘抱過門檻了。啊，艾希禮，艾希禮！今天我到底幹了些什麼啊？

在受了傷害的驕矜和冷漠的實際覆蓋下，她的內心深處有種東西在可怕地躁動著。一種成年人的情感正在誕生，強大地遠遠超過了她固執的自私心或虛榮心。她愛艾希禮，她也知道自己只愛他。

chapter 7 新寡

短短兩個星期的時間，思嘉麗由一位小姐變成了人妻，兩個月後又變成了寡婦，她曾如此匆匆忙忙、不費心思便承擔起這些契約上所規定的義務，如今很快又解脫了。可是從此她再也沒有享受過未婚日子裡那種無憂無慮的自由滋味了。新婚很快變成了寡居，更使她不知所措的是，她很快便做了母親。

在以後的人生道路中，每當她想起一八六一年四月末的那些日子，思嘉麗總是無法記清當時的細節。各種事件奔湧而來，紛繁蕪雜，如同一場沒有什麼真實和理性可言的噩夢。直到她離開人世的那一天，有關這些日子的回憶仍有很多的空白點，最令她模糊不清的是從她接受查理斯的求婚到舉行婚禮的那段時間的記憶。兩個星期啊！在太平年月這麼倉促的訂婚簡直是不可能的。那時總得有個一年半載的才說得過去。可是南方已陷入了戰爭，往昔那種緩慢的節奏已一去不復返了。愛倫曾急得不住地跺腳，想要緩一點辦婚事，為的是思嘉麗能比較冷靜地考慮一下。可是思嘉麗對母親的建議置若罔聞。她就要結婚！而且是立刻。在兩周之內結婚。

當思嘉麗得知，為方便在營隊應召服役時他能馬上隨同出發，艾希禮將婚期從秋天提前到五月一日，於是她便把自己的婚禮定在他的前一天。愛倫表示堅決反對，但是查理斯提出了新的理由來懇求同意，因為他也急於去南卡羅萊納加入韋德．漢普頓的兵團，同時傑拉爾德也贊成這兩個年輕人早日完婚。傑拉爾德已經被戰爭搞得興奮地坐臥不寧，也很高興思嘉麗選中了這麼好的伴侶，他怎麼能在戰爭打響時擋這對戀人的路呢？愛倫心亂如麻，可是最後像整個南方的母親那樣拗不過思嘉麗。他們從容不迫的世界被攪得亂七八糟的，而在把他們裹脅向前的強大力量面前，他們的懇求、祈禱和建議根本無濟於事。

整個南方沉醉在熱情和激動之中。誰都清楚僅僅一個戰役便能結束戰爭，他們卻不願戰爭很快結束。每個青年都急急忙忙報名參軍，他們同樣急忙跟自己的心上人結婚，以便能馬上趕到維吉尼亞去和北方佬大幹一場。縣裡有幾十對新人借戰爭之機舉行了婚禮，但也沒什麼時間為分別痛哭一番，因為每個人都太忙了，也太激動了，無暇顧及那些一本正經的想法和眼淚。男人們在操練和打靶，太太小姐們在忙著縫製軍服、編織襪子，捲繃帶。每天都會有一列列火車滿載軍隊經過瓊斯博羅往北向亞特蘭大和維吉尼亞駛去。他們的制服各式各樣，有些身著漂亮的深紅色軍服，有些是淺藍色的，也有穿著民兵連綠色服裝的；還有一小部分穿著家織布的軍衣，戴著浣熊皮帽子；另一些則乾脆不穿制服，只穿細毛織品和精美的亞麻布衣裳。雖然他們全都缺乏操練、武裝簡陋，但一樣富有激情，同樣放聲嘶喊，彷彿是到什麼地方去參加野宴似的，這番場景使縣裡的小夥子們陷入恐慌中，唯恐他們到達維吉尼亞之前戰爭已經結束，因此軍營出征前的準備活動也在加速進行。

隨著這起混亂，思嘉麗的婚禮的準備工作也正在緊鑼密鼓地進行著，而且她幾乎還沒來得及緩過神，母親已經把結婚禮服和披紗穿戴在她身上，從塔拉農場的寬樓梯上走下來，去面對那滿屋的賓客了。事後，她就像回憶夢境中的情景一樣，成百上千支的蠟燭燃燒著，映得屋子裡格外輝煌，母親的臉上盈滿憐愛，她的嘴唇微微抖動，暗暗地祈禱著女兒的幸福；父親對於女兒嫁給一個有錢、有名望又門第卓越的女婿感到自豪，開懷暢飲，樂得滿臉緋紅。再就是艾希禮扶著媚蘭站在樓梯口。

她看見他臉上的表情時，心裡反覆告訴自己：「這不可能，這絕不可能是真的。這一定是一場噩夢。等我醒來後我會發現這完全就是一場噩夢。我現在不能想，我要到以後再想，到那時我就自作自受了……那時我就看不見他的眼睛了！」

一切就像是在夢境中，穿過那微笑的人群，查理斯臉色激動得緋紅並發出結結巴巴的聲音，而她自己那麼漠然的回答是那麼驚人的清晰。接下來是祝賀、乾杯、親吻、跳舞……一切的一切都像在夢中。甚至艾希禮輕吻她的臉頰，連媚蘭的低語——你看，我們已經是真正的姑嫂了——也全是虛幻的。查理斯的矮胖姑媽因過度興奮而暈過去，這引起了一陣慌亂，甚至連這慌亂也帶有夢魘的色彩。

到黎明開始降臨時，跳舞和祝酒都結束了，塔垃農場所能能容納的亞特蘭大賓客們都到床上、沙發上和地板草墊上去睡覺了，鄰居們都道別回家休息了，因為他們還準備參加第二天「十二橡樹」的婚禮。此時此刻，現實將那種夢一般的恍惚狀態完全粉碎了，赤裸裸的現實就剩下從梳妝室裡出來的穿著睡衣的她和滿臉緋紅的查理斯。他躲避著她向他投來的詫異的目光。此時的她正躺在床上，床單拉得很高。

當然，新婚夫妻要同床睡覺，她是知道的。可是之前她從未考慮到這件事。這於她的母親和父親似乎是很自然的事，可她從未把這條規則用在自己身上。野宴過後，她頭一次真正明白她給自己招來了怎樣的災難。一想到這個，她並沒真正想到和他結婚的陌生小夥子要與她同床共枕，她自己的心在為過去的魯莽行為深深痛悔，為永遠失去艾希禮感到痛心不已，這叫她怎麼忍受得了啊？因此當他猶豫不決慢慢走近床邊時，她不由得粗魯地低聲制止住了他。

「你要挨近的話，我就大聲喊，我肯定會喊的！我要……放開喉嚨大聲喊！你給我滾開！膽敢碰我一下！」

這樣，查理斯便只好坐在椅子上度過了自己的洞房花燭夜，當然是不太愉快，因爲他瞭解，或者自我安慰，他娶了一位多麼害羞，多麼嬌嫩的新娘。他甘願等待，直到她放棄恐懼肯接受他，只不過……只不過……他在圈椅裡輾轉反側，總覺得心裡不舒服，便不由得深深嘆了一口氣，因爲他很快就要離開家參加戰爭去了。

思嘉麗自己的婚禮已經是噩夢一般不堪忍受了，可和艾希禮的婚禮比起來有過之而無不及。思嘉麗站在「十二橡樹」的大客廳裡，穿著那件蘋果綠的二朝服，周圍是幾百支明晃晃的蠟燭和前天晚上同一群擁擠的人。她發現媚蘭那張平淡而嬌小的臉因做了威爾克斯家的媳婦而感到無比高興，竟看上去顯得容光煥發。而今，艾希禮是永遠不會屬於她了。她的艾希禮呀！不，現在已不是她的了。那麼，他曾經屬於過她嗎？

這一切在她的心裡糾纏不清，她的心情無比厭煩，又無比不安。他曾經說過愛她，可到底又是什麼把他們分開了呢？要是她能記起，那該多好啊！借著和查理斯結婚，她將縣裡流言蜚語擊個粉碎，可現在看來那又有什麼要緊呢？當時顯得很重要，現在卻變得無足輕重了。關鍵是艾希禮。可他已經永遠不是她的了，而她呢，已經嫁給一個她不僅不愛而且壓根瞧不起的男人。

她經常聽說害人反而害己，從今以後，這已經不僅僅是一句話，而是現實了。如今她已參透了它的真正含意。啊，對於這一切她是多麼的後悔！如今，她迫切希望自己能擺脫查理斯，作爲未婚女孩平平安安地獨自回到塔拉去，和這願望混雜在一起的想法便是：她知道這只能怨自己，母親曾設法勸阻她，可她就是不聽。

就這樣，在艾希禮結婚的那天晚上，思嘉麗迷迷糊糊地跳了一個通宵的舞，麻木地說著，笑著，同時又好像置身事外，感到奇怪，不明白人們會那樣愚蠢，居然認為她是一個幸福的新娘而看不出她是多麼傷心欲絕。好吧，感謝上帝，他們看不出來也好！

那天晚上，嬤嬤幫她脫了衣服，然後向她告別離開後，查理斯害羞地從梳妝室出現了，心裡還在想著自己是否要在馬毛椅上度過第二個夜晚。這時她突然哭起來，一言不發地哭著，直到查理斯鑽進被窩，試圖安慰她，在她身邊躺下，她才漸漸停止哭聲，終於將頭枕在查理斯的肩頭，輕輕地靜靜地哽咽。

如果不發生戰爭，他們就會有一星期的時間到縣裡各處轉轉，參加各地為祝賀這對新婚夫婦舉辦的舞會和野宴，之後他們會起身到薩拉托加或白薩爾弗度蜜月。要是沒有戰爭，思嘉麗就會得到三套、四套、五套的衣服，這樣她就可以穿著去參加方丹家、卡爾弗特家和塔爾頓家為她舉辦的晚會。可是現在什麼都沒有，既沒有晚會，也沒有蜜月。結婚一星期後，查理斯就要動身去參加韋德·漢普頓上校的部隊了。而再過兩星期，艾希禮和軍營便出發奔赴前線，那時，送別親人的悲慟將降臨全縣。

兩個星期裡，思嘉麗從未單獨見過艾希禮，私下也從未跟他說過一句話。甚至在可怕的離別時刻，他去火車站的途中經過塔拉，逗留了片刻，她也沒有機會和他私底下談話。媚蘭戴著帽子，圍著圍巾，挽著他的手臂，有了一種新近才有的主婦般的尊貴神情，穩重而嚴肅。幾乎塔拉農場所有的人，白人或是黑人，全都來為艾希禮送行。

媚蘭說：「艾希禮，你得吻一下思嘉麗，她現在已經是我的嫂嫂了。」艾希禮彎下腰，用冰冷的嘴唇碰了碰她的臉，他緊繃著面孔，板著臉。思嘉麗從這一吻中沒有感到任何喜悅，媚蘭的慫恿反讓她悶悶不樂。媚蘭分別時緊緊擁抱了她，幾乎讓她透不過氣來。

「你一定要到亞特蘭大來看看我和皮蒂姑媽呀，啊，親愛的，我們都很想念你！我們很想深入瞭解查理斯的太太呢。」

五個星期匆匆而過，這期間查理斯從南卡羅萊納寄來了很多充滿羞怯、狂喜和親暱的信，傾訴他的愛情、他對戰爭結束後的計畫、他要爲她成爲英雄，還有他對他的司令韋德・漢普頓的崇拜等。

然而第七個星期時，漢普頓上校親自發來一個電報，緊接著寄來一封信，一封親切、莊嚴的弔唁信。信上說查理斯死了。上校本打算早些來電報，可是查理斯說他的病不要緊，不想讓家裡人爲他擔憂。就這樣，這個不幸的小夥子，不僅失去了他自以爲贏得的愛情，而且還失去了在戰場上獲得榮譽的崇高理想。他先是得了肺炎，接著是麻疹，不久就離開了人世，連北方佬的影子都還沒看見就死在南卡羅萊納的邊營裡。

後來，查理斯的兒子順順利利地誕生了，按照當時流行的習俗，孩子父親的司令官給他取了個名字叫韋德・漢普頓・漢密爾頓。思嘉麗曾因發現自己懷孕而絕望地哭泣，她寧可自己死掉。可是在整個妊娠期間她很少有不舒服的感覺，分娩時也沒有受太大的罪，且產後恢復得很快，女人原本就該多受些磨難嘛——嬤嬤曾私下裡這樣告訴她。她原本是不打算生下他，曾對他的出世感到懊惱，現在即使孩子已在眼前，她也感覺不是她生下來的，完全不認爲這是自己身上掉下來的一塊肉。

生了韋德以後，她的身體在一個短得出奇的時間內便復原了，可是在心理上她仍然有些恍惚和病態。全農場的人都設法讓她振作起來，她仍精神委靡，愛倫整天愁眉苦臉地轉來轉去，傑拉爾德動輒破口大罵，還不時從瓊斯博羅給她帶來些無用的禮物。方丹大夫在給她服用一些含滋補品的糖漿、草藥而沒有見效後，不得不承認自己束手無策了。他偷偷告訴愛倫，那是因爲思嘉麗傷透了心，才會這樣時而無精打采，時而性急暴躁，反覆無常。但是，如果思嘉麗想說話的話，她就會告訴他們，這其中的煩惱與此大相徑庭，而且比這複雜得多。她不願意告訴他們，是因爲對於做母親一事她感到非常厭煩和困擾，而且最關鍵的是艾希禮走了，她才會顯得這麼鬱鬱寡歡，愁苦不堪。

她常常表現出強烈的厭煩情緒。自從軍營奔赴前線後，縣裡就取消了娛樂和社交生活。所有有趣的年輕男子都去參加戰爭了……包括塔爾頓家四兄弟、卡爾弗特家哥兒倆、方丹家和芒羅家的小夥子們，還有從瓊斯博羅、費耶特威爾和洛夫喬伊來的年輕而逗人喜愛的小夥子。而留下來的都是那些年紀較大的男人、殘疾人和婦女，他們每天就只知道編織縫紉，加緊種植棉花和玉米，飼養更多的豬、羊、牛、馬供給軍隊。蘇倫的中年情人法蘭克·甘迺迪率領的那支補給隊伍每月來這裡一次收集軍需用品，其餘就再也沒有一個真正的男子漢了。

補給隊的那些男人也並不怎麼討人喜歡，再加上法蘭克那種蹩腳的求愛方式，思嘉麗一見便惱火不已，覺得自己已很難客氣地面對他。要是他和蘇倫能早日完婚就好了！

就算補給隊更加有趣些，她的處境也不會有什麼大的變化。她是一個寡婦，心已經進入了墳墓。至少在別人看來，她的心已經在墳墓裡，並期待她能有相應的舉動。因爲即使她盡了吃奶的力量也記不起查理斯什麼來，只記得當她答應他的求婚時他臉上那種牛犢般的表情，這使她很惱火。可現在，連這個印象也越來越模糊不清了。不過她終究是個寡婦，必須遵守寡婦的規矩。她已經沒資格參加未婚女孩的那些娛樂了。

她的言談舉止一定要沉穩端莊。自從看見法蘭克的一個副官在花園裡推她盪鞦韆，她開心地尖聲大笑後，愛倫便嘮嘮叨叨地向她講明了這一點是多麼的重要。對此愛倫深感痛苦，曾經告訴她做寡婦最易遭人嚼舌根的，所以她的一舉一動必須比一個少奶奶更加倍小心。

「只有上帝曉得，」思嘉麗想，假裝順從地聽著母親的諄諄教誨，「做了少奶奶便已毫無樂趣可言了，那麼寡婦簡直跟死人沒什麼區別。」一個寡婦必須穿難看的黑色衣服，甚至連一點點裝飾也不能有，不能有花、絲帶或鑲邊，甚至珠寶，只能有條紋瑪瑙的喪服胸針或用死者頭髮做的項鍊。而要到守寡滿三年之後，她帽子上綴著的那副一定要垂到膝蓋的黑紗才能縮短到肩頭的部位。身為寡婦，微笑也只能是充滿愁苦的，悲戚的，開懷暢談和放聲大笑是萬萬不可的。

還有，最可怕的一點是跟男人們在一起時，她不能露出一點的高興。要是有位男士缺乏教養，以至於表示對她有好感，她就得義正嚴詞地談起她的亡夫，好讓對方聽了肅然起敬，並從此以後斷了這份念想。啊，可是，思嘉麗納悶地想，有些寡婦即使到了年老色衰時還會再嫁人，雖然，只有老天才知道，她們在鄰居的眾目睽睽之下是如何應付的。而且她們通常都是嫁給一些擁有大農場和一大群孩子的老鰥夫呢。

結婚就已經倒楣透頂了，可是當寡婦……人們談到，查理斯死後，她最好的安慰就是韋德·漢普頓，這話聽起來簡直是愚蠢至極！他們還愚蠢地說什麼現在她活著已經有了指望呢！人人都說她有這個已故愛情的結晶是多麼的幸福，她自然也懶得去和他們爭論。這種說法可是距離她自己的心境最遠的了！其實她對韋德毫無興趣可言，有時甚至很難記起他是她的親生骨肉。

每天早晨醒來後，總有那麼一個朦朧的片刻使她覺得自己又變回思嘉麗·奧哈拉，太陽仍燦爛地照著窗外的山茱萸，模仿鳥仍在歡快地歌唱，炒醃豬肉的香味輕輕飄入她的鼻孔，她又是那個無憂無慮的少女了。接著韋德焦急饑餓的哭叫聲將她驚醒，並且常常還要經過片刻的恍惚，她才想起：「怎麼屋裡有個小孩子呢！」於是她才想起這是她的寶寶。這所有的一切都令她困惑不解，不知究竟是何故。

然後就是艾希禮了！啊，最難忘的終究還是艾希禮，平生第一次，她憎恨塔拉農場，恨那條長長的通向山岡、通向河邊的紅土大道，恨那些密植著棉苗的紅色田地。這裡的每英尺土地，每一棵樹和每一道小溪，每一條小徑和馳馬的大路，都讓她記起艾希禮來。他已經屬於另一個女人，他已經打仗去了，但是他還像幽靈似的在暮色中時時在這些道路上出沒徘徊，還瞇著一雙睡意朦朧的灰眼睛，在走廊上的陰影裡朝著她微笑。每次聽見馬蹄聲在那條從「十二橡樹」過來的河邊大道上一路「嗒嗒」而至，她沒有一次不想起艾希禮！

她曾經愛過「十二橡樹」這個地方，而如今她卻深深地恨起它。她恨它，但是她的心卻給牢牢地束縛在那裡，所以當她聽見約翰‧威爾克斯和女孩們談起他，聽見他們在讀他從維吉尼亞寄來的信時，她便傷心得不能自已，可是不聽卻控制不了自己。她討厭挺著脖子的英迪亞和蠢話連篇的霍妮，並且知道她們對她也沒有什麼好感，可是她離不開她們。而且每次從「十二橡樹」回到家裡，她都要快快不樂地躺在床上，拒絕吃晚飯。

母親和嬤嬤被她這種拒不吃飯的態度焦急萬分。嬤嬤端來托盤，裡面盛滿美味，誘哄著她，說現在她已是寡婦，可以盡情地吃喝了，可是思嘉麗卻沒有一點食欲。

方丹大夫慎重地告訴愛倫，經常傷心憂鬱會導致身心衰退，長此以往，女人便會被消耗而死。愛倫聽得臉都嚇白了，因爲這恰好是她日夜擔心的事。

「難道就沒有什麼其他的好辦法了嗎，大夫？」

「讓她換一下環境，或許有用。」大夫說，他巴不得趕快擺脫掉這樣一個棘手的病人。

就這樣，思嘉麗便不情願地帶著孩子離開了塔拉，先是走訪在薩凡納的奧哈拉和羅畢拉德兩家的親戚，然後去拜訪在查爾斯頓的愛倫的兩個姐妹——波琳和尤拉莉。不過她比愛倫預期提早一個月就回來了，也不說什麼原因。薩凡納的兩位伯伯還算熱情，只是詹姆斯和安德魯以及他們的夫人都年紀大了，喜歡靜靜地坐著談過去的事，而這絲毫不能引起思嘉麗的興趣。羅畢拉德家也是那樣乏味。至於查爾斯頓，思嘉麗覺得那個地方可以用可怕來形容。

波琳姨媽和她的丈夫住在河邊的一個農場，那裡比塔拉平靜。姨父是個小老頭兒，表面上還說得過去，可是也許是老了的緣故吧，就有了老年人那種事事淡漠的心態。即使最近的一家鄰居也與他們相距二十多英里，再加上中間隔著滿是柏樹和橡樹的茂密叢林，所以道路顯得陰暗。思嘉麗看了覺得彷彿渾身有蟲子在爬似的，極不舒服。它們往往讓她聯想到傑拉爾德以前給她講過的那些愛爾蘭鬼怪故事，似有鬼怪在茫茫灰霧中漫遊。而在波琳姨媽家，白天忙編織，晚上只能聽凱里姨父朗讀布林瓦·李頓的作品，除此之外，再無他事可做。

尤拉莉姨媽家的大房子坐落在查爾斯頓「炮臺」上，前面有個院牆高聳的園子蔭蔽著，可是也沒有什麼好玩的。思嘉麗已經看慣了連綿起伏的視野開闊的紅土丘陵地帶，在這裡反而覺得是被禁錮起來了。儘管這裡比波琳姨媽家有更多的人來往，但思嘉麗並不喜歡那些串門的人，厭惡他們的傳統風俗和裝模作樣，以及講究門當戶對的觀念。她很清楚，他們知道她不是出自一個門當戶對的家庭，並且納悶一位羅畢拉德家的小姐爲什麼會嫁給一個新來的愛爾蘭人。思嘉麗感覺到尤拉莉姨媽背地裡還替她辯護。這種情況使她大爲光火，因爲和父親一樣，她是不怎麼看重門第的。作爲一個愛爾蘭人，傑拉爾德單憑自己的精明頭腦白手起家，這使她感到無比的驕傲與自豪。

薩姆特要塞事件讓那些查爾斯頓人覺得自己舉足輕重！難道他們就不明白，要不是他們那麼傻，打響戰爭的第一槍，別的地方的傻瓜也會打的！聽慣了喬治亞高地人的歡快的聲音，思嘉麗覺得沿海地區的語音有點做作，她甚至想如果再聽到這種聲音，她會被刺激得尖叫。終於她忍無可忍，在一次正式拜會中，她故意模仿傑拉爾德的口音，這叫她姨媽十分難堪，不久她就回到了塔拉。在這裡，因回憶艾希禮帶來的痛苦遠遠勝過整天聽查爾斯頓的口音。

農民們加倍提高塔拉農場的生產力支援南部聯盟，愛倫也在晝夜忙碌。當她看見長女從查爾斯頓回來顯得這樣蒼白消瘦，而又語言尖利時，她不禁嚇壞了。她自己也品嘗過傷心的滋味，夜復一夜，她躺在鼾聲如雷的傑拉爾德的身旁思考，希望想出個辦法來減輕思嘉麗的愁苦。查理斯的姑媽皮蒂·漢密爾頓小姐已經再三來信，要求她讓思嘉麗到亞特蘭大去住一段時間，現在愛倫不得不認真考慮這個提議了。

皮蒂小姐信中談到，媚蘭同她兩個人住在一所大宅子裡，「備感孤單。沒有一個男人可以保護她們。」「親愛的查理斯如今已經離世。當然，我哥哥亨利還在，不過他並不和我們住在一起，我這裡不便多談。也許有關亨利的事，思嘉麗已經告訴過你們，如果思嘉麗肯跟我們住在一起，媚蘭和我都會覺得更安全、更方便。畢竟三個單身女人比兩個要強多了。而且在這裡，也許親愛的思嘉麗能找到某種辦法來排憂解愁。比如，就像媚蘭那樣，在這邊醫院裡照顧勇敢的小夥子們。並且，當然嘍，媚蘭和我都很想看看那個親愛的小寶寶……」

在這樣的情況下，思嘉麗把她居喪用的那些衣服重新裝箱，帶著韋德·漢普頓和他的小保姆百里茜，裝著滿腦子母親和嬤嬤給她的囑咐以及傑拉爾德給的一百元聯盟紙幣，動身前往亞特蘭大。

chapter 8

媚蘭・漢密爾頓

一八六二年五月的一個早晨，思嘉麗坐著火車北上了。儘管她很不喜歡皮蒂姑媽和媚蘭，但她想亞特蘭大至少不會像查爾斯頓和薩凡納那樣令人討厭，再說，她最後一次拜訪這裡時，戰爭還沒有爆發。她很好奇，想看看這個城市現在究竟變成什麼樣子了。

與別的城市相比，亞特蘭大對她的吸引力還是很大的，因爲小時候她就聽父親說，她和亞特蘭大恰巧是同年誕生的。後來她長大了一些，才發現父親其實多少誇大了事實，而這正是他的習慣，只要這種誇大能形成一個故事；不過亞特蘭大確實只比她年長九歲，與至今她聽說過的任何別的城市比起來，仍顯得驚人的年輕，薩凡納和查爾斯頓有著一種老成的莊嚴風貌，一個已經一百好幾十年，另一個正在跨入它的第三世紀。在思嘉麗這些年輕人的眼中，它們儼然已是坐在陽光下安詳地揮著扇子的老祖母了。可亞特蘭大是她的同輩，帶有青年時代的莽撞味，並且像她那樣倔強而急躁。

傑拉爾德講給她聽的那個故事也確實有依據，那就是她和亞特蘭大的確是在同一年命名的。在思嘉麗出世前的九個年頭裡，這個城市先後被叫做特爾納斯、馬撒斯威爾，直到思嘉麗出生那年才正式被命名爲亞特蘭大。

傑拉爾德初遷到北喬治亞時，根本還不存在亞特蘭大。這裡還只是一大片荒地，連個村子的影兒也沒有。不過到了第二年，即一八六三年，州政府授權修築一條西北走向的鐵路，穿越柴羅基部族新近割讓的土地。這條鐵路以田納西和大西部爲終點，但是它的起點是否在喬治亞則有待商榷。直到一年以後，一位工程師在那塊紅土地裡打了一根樁子作爲這條鐵路線的南端起點，這才確定下來。與此同時，亞特蘭大也正式誕生在特爾米納斯並開始逐步成長。

那時北喬治亞還沒有鐵路，別的地方也很少見。不過，在傑拉爾德與愛倫結婚之前的那些年裡，地處塔拉以北的二十五英里處的那個小小的居民點慢慢發展成一個村子。鐵軌也慢慢向北延伸。於是鐵路建設的時代開始了。第二條鐵路以奧古斯塔舊城爲起點，橫貫本州往西，與通向田納西的新鐵路相接。第三條鐵路以薩凡納舊城爲起點，首先通到喬治亞心臟地帶的梅里，然後向北推進，穿過傑拉爾德所在的地區直到亞特蘭大，銜接了其他兩條鐵路，給薩凡納提供了一條通往西部的大道。從年輕的亞特蘭大這個交叉點開始，又修了第四條鐵路，它是朝向西南方向通往蒙哥馬利和莫比爾去的。

亞特蘭大誕生於一條鐵路，也和它的鐵路同時成長。第四條幹線的完成就意味著亞特蘭大和西部、南部和濱海地區連接起來了，並且通過奧古斯塔也將北部和東部連起來了。那個小小的村子開始蓬勃發展起來，並且逐步成爲東西南北交通的要塞。

在短短十七年的歲月裡，亞特蘭大從一根打進地裡的樁子成長爲一個擁有上萬人口的繁榮小城，成爲全州矚目的中心。那些老一點、安靜一點的城市，就像孵出了一窩小雞的母雞，用驚奇的眼光看著這鬧哄哄的新城市。爲什麼這個地方跟旁邊的喬治亞市鎮那麼不一樣呢？爲什麼它成長得這麼快呢？總之，它們認爲它沒有什麼好值得炫耀的，只不過有一批闖勁十足的人和一些鐵路罷了。

這裡的人先後在特米爾納斯、馬撒斯威爾和亞特蘭大的市鎮定居。這些富有精力而又幹勁十足的居民大多來自喬治亞州老區或更遠的州縣，他們滿懷著熱情，被吸引到這個以鐵路交叉點為中心向四周擴展的市鎮。一家家店鋪林立在車站附近，漂亮的住宅出現在大白廳街和華盛頓大街，以及那條由印第安人世世代代用穿鹿皮鞋的腳踩出的名叫桃樹街的兩旁，這個地方使他們驕傲，也為促使它發展的人，即為他們自己感到驕傲，至於那些舊的城鎮，它們高興怎樣稱呼亞特蘭大，就怎樣稱呼去吧。亞特蘭大才不在乎。

薩凡納、奧古斯塔和梅里詆毀它的那些理由，恰恰是思嘉麗一直喜歡亞特蘭大的原因。這個市鎮和她很相似，都是喬治亞州新舊兩種成分的混合物，其中舊的成分在跟那個執拗而有力的新成分發生衝突時往往敗下陣來，退居二線。而且，這裡面還摻雜著她自己對於這個市鎮的個人情感……同年誕生，就算不是，至少是同一年命名的。

前天晚上是整夜的狂風暴雨，但思嘉麗抵達亞特蘭大後，太陽開始露出溫暖的笑臉，決心晒乾那些淌著紅泥湯的街道。車站旁邊空地上的泥土被來往的車輛行人攪拌，不斷塌陷，簡直快要變成一個給母豬打滾的大泥塘了，這樣時常有車輪陷在車轍中的爛草裡動彈不得。源源不斷的軍用馬車和救護車從火車上裝卸物資和傷患，有的拚命開進來，有的掙扎著要出去，車夫大聲咒罵著，騾馬跳著叫著，泥漿飛濺出好幾丈遠，那一片泥濘加一團混亂的局面簡直不堪入目。

思嘉麗穿著黑色的喪服，站在車廂門口下面的那個梯級上，縐紗披巾幾乎垂到了腳跟，可那纖弱的身材還是顯而易見。

討厭被泥水弄髒了鞋子和衣裙，她猶豫著不敢走下來，便匆匆看了一眼周圍那些擾攘擁擠亂成一團的大車、馬車和短途運輸車，期望找到皮蒂姑媽，可是她連那位胖乎乎的紅臉蛋太太的影子也沒有看到，正當思嘉麗感到萬分焦急時，一個瘦瘦的花白鬍子的黑人老頭，手裡拿著帽子，踩著泥濘向她走過來，顯出一種莊重而氣度不凡的神態。

「請問你是思嘉麗小姐嗎？快過來，你別再踩在這爛泥地裡了。我叫彼得，是皮蒂小姐的馬車夫。」他說道。

思嘉麗提起裙子正準備跳下來時。他不高興地大聲說道：「你跟皮蒂小姐一樣的壞毛病，像小孩似的，讓我來背你吧，別弄濕了腳。」

儘管他看起來年老體弱，卻把思嘉麗輕而易舉地背了起來，這時，他看見百里茜懷裡抱著嬰兒站在車廂梯臺上，就又停下來說：「思嘉麗小姐，那孩子就是你帶來的小保姆啊，她太年輕了，真怕她照看不好查理斯先生的獨生子呢！不過這稍後再說吧。你這小女孩，跟我走吧，當心可別摔著那娃娃。」

思嘉麗一面老實地讓他背著走向馬車，一面一聲不吭地聽任他用命令的口吻批評她和百里茜。而百里茜則撅著嘴一腳泥一腳水地跟在後面，他們深一腳淺一腳地穿行在爛泥裡，這時思嘉麗想起了查理斯曾告訴過她的有關彼得大叔的事情。

「他跟著父親參加了墨西哥的全部戰役，父親受傷後一直都是他在照顧……事實上是他救了父親的命。因爲父母去世時我們都還很小，實際上是彼得大叔收養了我和媚蘭。大概就在那時，皮蒂姑媽同她哥亨利叔叔發生了一次激烈的爭吵，她就索性過來同我們住在一起，並開始照顧我們了。皮蒂姑媽是個最沒能耐的人，就像個活潑可愛不懂事的大孩子，彼得大叔也是這樣以爲的。她事事都拿不了主意，爲了明哲保身，都懇求彼得大叔替她做決定。甚至我從十五歲開始拿較多的零用錢，也是他決定的；當亨利叔叔主張我上大學時，也是他堅持要我到哈佛大學去念四年級的。他甚至還決定媚蘭到一定年齡就盤頭髮和開始參加舞會。他告訴皮蒂姑媽什麼時候天氣變冷、下雨時爲什麼不適合外出、什麼時候該戴披巾……他是我所見過的最精明能幹的黑人老頭，也可以說是最忠心耿耿的一位奴僕，唯一遺憾的也是他唯一的麻煩，是他擁有我們三個人，從肉體到靈魂，他也知道這一點。」

等到彼得大叔爬上馬車駕駛座位，拿起鞭子時，查理斯的這番話讓思嘉麗確確實實認爲是這樣的。

「皮蒂小姐怕你埋怨她沒來接你。但是我告訴她，要是她和媚蘭小姐來，只會弄得一身泥水，糟蹋了新衣裳，而且我會向你道歉解釋的。思嘉麗小姐，你最好還是自己抱著那娃娃，我看那小黑鬼差點把他給扔了。」

瞅瞅百里茜，思嘉麗嘆了口氣。百里茜的確是個很糟糕的保姆。她正洋洋得意，因爲她剛從一個翹著小辮兒、穿短裙子、瘦得皮包骨的小黑鬼，一躍成爲身穿印花布長裙、頭戴漿過的白頭巾的保姆。在戰爭年代，要不是應供應部門對塔拉的要求，愛倫被迫讓出了嬤嬤或迪爾茜乃至羅莎或丁娜，她是絕對沒有機會在這小小年紀就上升到這樣高的位置的。

百里茜還未到過距離「十二橡樹」或塔拉一英里以外的地方，因此這次乘火車旅行和晉升爲保姆，使她那小小的黑腦袋瓜越發的吃不消了。在從瓊斯博羅到亞特蘭大這二十英里的途中，她興奮得忘乎所以，思嘉麗一路上不得不自己來抱娃娃。此時，她又再次深深陶醉在這麼多的建築物和人群中。她扭著頭左顧右盼，指東指西，懷裡的娃娃被她連顛帶嚇得號啕大哭起來。

思嘉麗想：要是嬤嬤那雙既肥大又老練的臂膀在就好了。只要嬤嬤的手往孩子身上一放，孩子就會馬上不哭了。可如今嬤嬤在塔拉，思嘉麗也毫無辦法。即便她從百里茜手裡抱過小韋德，也無計可施。她抱著，還是跟百里茜抱著那樣，娃娃還是照樣號啕大哭。此外，他還會不停地拽著她帽子上的飾帶，理所當然地弄皺她的衣裙。所以她硬是裝作沒有聽見彼得大叔的話。

她煩躁地想：「也許過些時候我就會摸準小毛頭的脾氣。」同時，馬車已顛簸搖晃著擺脫了車站周圍的爛泥地，「但我絕不會喜歡哄孩子的。」這時韋德已哭得臉色發紫了，她這才不厭其煩地怒斥了一聲：「百里茜，他肯定是餓了。我知道他餓了，可我現在什麼事也做不了。快把你兜裡的奶嘴都給他，無論怎麼樣都行，只要他不哭就行。」

百里茜把早晨嬤嬤給她的那個奶嘴拿出來，趕忙塞進他嘴裡，果然不哭了。這時，思嘉麗的情緒才有點好轉，耳邊恢復了清靜，眼前又不斷呈現出新景象。彼得大叔終於把馬車趕出水坑泥窪駛上了桃樹街，幾個月來她是頭一次覺得有點興致勃勃的感覺。這城市竟發展到如此地步！她離開這裡才一年多一點的時間，她所知道的小小的亞特蘭大居然變化這麼大，這簡直不可思議。

過去的一年，她完全沉溺在自己的悲痛中，只要一提到戰爭她就煩得要死，因此她明白從開戰的那個時刻起，亞特蘭大就變了。在和平時期，那些鐵路使亞特蘭大成爲貿易樞紐，如今戰時更具有重大的戰略意義。由於遠離前線，這個城市和它的幾條鐵路聯繫了田納西軍團和維吉尼亞軍團這南部聯盟兩支大軍。同樣兩支大軍憑藉亞特蘭大與南部內地相溝通，從那裡取得供給。如今，爲了滿足戰爭的需要，亞特蘭大已成爲一個醫療基地，一個製造業中心，以及爲前線大軍徵集食品和軍需品的主要供給站。

環顧四周，思嘉麗想尋找那個她腦海中依然清晰的小市鎮，可現在她所見到的這個城市，像是一個一夜之間由嬰兒長大並忙於擴展的巨人。

亞特蘭大一片忙碌，像個嗡嗡不休的蜂窩，大概它驕傲地意識到自己對南部聯盟的重要性，所以沒日沒夜地工作，要把一個農業社會變成工業社會。戰爭開始前，在馬里蘭以南，這裡很少有毛紡廠、棉紡廠、軍械和機器廠，這曾是南方人引以爲自豪的。南方能產生政治家和士兵、律師和詩人、農場主和醫生，可就是不出工程師和機械師。這些下等職業就由北方佬去挑選吧。但是現在，北方炮艦封鎖了南部聯盟各州的港口，只有少許偷越封鎖線的貨物從歐洲暗暗流入，此時南方也就拼命地開始製造起自己的戰爭用品來了。北方可以向全世界獲得物資和兵源，在它優厚的金錢誘惑下，成千上萬的愛爾蘭人和日爾曼人源源不斷地加入到聯邦軍隊，所以南方就只好轉而自食其力了。

此時僅亞特蘭大有一些緩慢進行生產的機械廠製造軍需品。因爲南方幾乎沒有可供模仿的機器，每一個輪子和齒輪都得按照從英國偷運進口的圖樣製成，所以進行得著實緩慢。現在亞特蘭大的街道上多了不少的生面孔。一年以前，市民們還會駐足傾聽一個西部腔調的聲音，可如今就算是歐洲的外國話也不能吸引人們的注意力了。這些歐洲人越過封鎖線，爲南部聯盟製造機器和生產軍火。這些都是有技術的人，沒有他們，南部聯盟就很難生產出手槍、步槍、大炮及炸藥。

你幾乎可以感覺到這個城市的心臟在緊張地跳動著，晝夜不停地工作著。每天任何時刻都有列車吼叫著在這個城市進出，軍用物資被輸送給血管般的鐵路幹線，然後運送到兩個戰區的前方去。新建工廠的煙囪冒出滾滾濃煙，到晚上夜深人靜，工廠裡仍是鐵錘叮噹、爐火熊熊的勞動場面。一年以前，那些地段空無人跡，如今已有了許多製造鞍韉、馬具和平鞋的工廠。許多兵工廠生產槍炮，碾壓廠和鑄造廠，還有的生產用來補充戰爭損耗的貨車，還有各種零件廠製造馬刺、紐扣、手槍、刀劍、韁轡、扣子、帳篷等。因爲越過封鎖線運進來的物品爲數極少，鑄鐵廠已深感缺鐵，而阿拉巴馬鐵礦工都上了前線，工廠已幾乎停產。現在，亞特蘭大的所有草坪上，根本看不到鐵柵欄、鐵製涼亭和鐵門，甚至連鐵雕塑也沒有了，因爲它們早就被送到軋鋼廠的煉鋼爐裡熔化了。

正如彼得大叔所說，亞特蘭大已成爲一座傷兵城了，那裡有數不清的普通醫院、流行病醫院和傳染病醫院，而且每天下午到五點整時，列車還要卸下大批的傷病員。

小鎮已經不見了，這個城市快速發展的新面孔被賦予了永遠使不完的精力。思嘉麗剛從農村悠閒生活中出來，這種繁忙景象快使她喘不過氣來了，可是她還是喜歡這樣的生活。在這裡，思嘉麗感到一種令人振奮鼓舞的氣氛，彷彿城市的心臟正和她的心臟一起合拍地跳動著。

他們穿過泥窪，緩緩前進在這座城市的主要街道上，思嘉麗饒有興味地觀望著兩旁的新建築和新面孔。人行道上穿軍服的人互相擁擠著，他們佩戴的徽章標明他們分屬不同的軍階和服役部門。各種車輛塞滿了狹窄的街道：馬車、救護車、短程運輸車、在車轍中騾馬掙扎前進的蓋著帆布的軍用大車等。駕駛員渾身污泥，汗流滿面；信使穿著灰色服裝，踏著泥水匆匆來往於各個首腦機關之間，傳遞命令和電報；正在康復的傷兵拄著拐杖，一瘸一拐地走動著，有的還得由護士小姐從旁小心地攙扶著。訓練新兵的操場上遠遠傳來軍鼓聲、吆喝的口令聲和喇叭聲。順著彼得大叔用鞭子指給她看的，思嘉麗頭一次看見了北方佬的制服，感到心驚肉跳。這一隊北方兵垂頭喪氣，一小隊南方部隊的士兵正端著上好刺刀的槍押送他們去車站，再讓他們坐火車到戰俘營去。

「啊，這裡太刺激，太有朝氣了，我肯定樂意待在這裡！」思嘉麗這樣想。野宴以來，她是頭一次體會到其中蘊涵的真正樂趣呢。

這個城市甚至比她所意識到的還要有生氣，這裡有好幾天前才新開的酒吧，有隨著軍隊蜂擁而來的妓女，有令教會人士大爲驚恐的春色滿院的妓院。客人擠滿了每一家公寓、旅店和私人住宅，他們是來看望住在亞特蘭大各個醫院的受傷士兵的親屬。每星期這裡都會舉辦宴會、舞會、義賣會和無數的戰時婚禮。婚禮上的新郎總穿著漂亮的灰色制服，佩著金絲穗帶，像個休假的人；新娘穿戴著越過封鎖線走私過來的精美服飾，禮堂上掛著十字交叉的軍刀。被封鎖的香檳用來祝酒，接著便是黯然淚下的話別。每天夜裡，舞步聲會在兩旁種著樹的陰暗大街上響起，同時，大廳裡迴蕩著鋼琴聲，女高音混雜著做客的士兵悅耳卻憂鬱的聲音在唱著《你的信來了，可是來得太晚了》和《吹起停戰號》。即使那些從來沒有悲傷過的人聽了這些悽楚的民歌，也不禁潸然淚下。

他們穿過老往下陷的泥濘沿街繼續前進，思嘉麗不斷冒出許多問題來，彼得大叔很高興有機會顯示一下自己的才識，一一作答。

「是的，那邊是兵工廠。小姐，他們在那裡製造槍炮什麼的。不，那並不是商店，小姐，那是實施封鎖辦事處……小姐，喏，外國人買下咱們南部聯盟的棉花，將它運到查爾斯頓和威爾明頓去，然後給咱們運回火藥……小姐，不，我說不好他們來自哪個國家。皮蒂小姐說他們是英國人，可誰也聽不懂他們說的話，我答應過皮蒂小姐一直把你送到家……是的，煤煙多得不得了。小姐，都弄壞了皮蒂小姐的窗簾。它們晚上真是吵死人！搞得誰也睡不著。不，我不能停下來讓你看……小姐，我答應皮蒂小姐一直把你送到家……思嘉麗小姐，梅里韋瑟太太和埃爾辛太太給你鞠躬呢。趕緊行禮呀。」

思嘉麗隱約記得這兩位太太的名字，她們是皮蒂小姐最要好的朋友，曾到塔拉參加過她的婚禮。她們倆坐在一家綢布店門前的馬車裡。店主和兩個夥計站在走道上，抱著一捆捆的棉布給她們看。於是她趕快朝彼得大叔指的方向鞠了一躬。梅里韋瑟太太是個身體結實的高個兒女人，臉圓圓的，面色較深，流露出精明和善於指揮的表情。她那鐵灰色的頭髮中摻進了一抹惹眼的褐色假髮。此時的她緊身褡束得很緊，挺出來的胸脯像個船頭。而埃爾辛太太纖細瘦弱，年輕些，曾是個美人兒，至今風韻猶存。

這兩位太太和另一位惠廷太太是亞特蘭大的三根臺柱。她們管理著自己所屬的那三家教堂、牧師、唱詩班和教區居民。她們組織義賣會，主持針線組的活動，還在舞會和野餐上陪伴未婚少女。她們知道誰跟誰般配，誰和誰則配不來，誰又暗地裡喝酒了，誰又懷孕了，連什麼時候生她們都知道。喬治亞州、南卡羅萊納和維吉尼亞任何一個人的家世她們都瞭若指掌，是家系學的權威。她們懂得什麼行爲端莊，並且總能讓人知道自己的看法。埃爾辛太太會用一種優雅傷感的緩慢腔調，梅里韋瑟太太會大聲疾呼，而惠廷太太則以痛苦的低語，表示她多麼憎惡這樣的事情。像羅馬的第一任三巨頭政治家那樣，這三位太太互相猜忌，互不信任，也許正因爲這樣，她們才結成了緊密的聯盟。

「我對皮蒂說了，一定要你到我的醫院裡，」梅里韋瑟太太微笑著高聲說，「你可別再答應米德太太或惠廷太太啊！」

「我不會的。」思嘉麗說，但是其實根本不理解梅里韋瑟太太說的是什麼，但有人歡迎自己，需要自己，她心裡感到一絲溫暖。

馬車在行駛了一段路後停了片刻，兩位挎著繃帶籃子的婦女戰戰兢兢地踏著墊腳石穿過溜滑的街道。在這時，人行道上一個人影引起了思嘉麗的注意。她穿著顏色鮮豔的衣裳——這在大街上顯得太招搖了——披著垂腳跟的佩斯利鬚邊披巾。

她轉過身，思嘉麗看到一個高個子的漂亮女人，有著一張大膽而顯冒失的臉，一頭蓬亂的紅頭髮，紅得像是假的。這是她第一次看到並且她敢肯定「做過頭髮」的女人。於是思嘉麗仔細地打量起她來，並且有點著迷了。

「那人是誰呀？彼得大叔。」她低聲問。

「我不認識。」

「我敢說，你肯定知道的。究竟是誰？」

「她叫貝爾．沃特琳。」彼得大叔回答道。

思嘉麗立即意識到他沒有稱人家「小姐」或「太太」什麼的。

「她是誰？」

「思嘉麗小姐。」彼得臉色陰沉地說，狠狠地在馬背上抽了一鞭子，「你打聽那些和你無關的事情，皮蒂小姐會不高興的。談起來也沒什麼意思，她們是這個城裡一些不值得一提的人。」

「我的天！哎呀！」思嘉麗心想，被駁斥得不再做聲了。「那準是個壞女人！」以前她從沒見過一個壞女人，便忍不住回頭，好奇地盯著她的背影，直到她消失在人群中。

現在，商店和新建的戰時建築連得不那麼緊密了，建築與建築之間有了一些空地。最後，商業區被甩在後面，居住區映入眼簾。那些住宅就像是思嘉麗的老朋友一樣，思嘉麗很快就一個個認出來，莊嚴而堂皇的萊登家的房子，有白色的小圓柱和綠色百葉窗的邦內爾家，前面圍著一道方形的灌木籬，顯得格外局促的麥克盧爾家的喬治亞式紅磚住宅。

現在他們走得慢些了，因爲從走廊裡、園子裡和走道上都有小姐太太在向思嘉麗打招呼。其中有的她還依稀有印象，有的她不怎麼熟悉，但大多數是她根本不認識的人。皮蒂小姐準是把她到來的消息散播開了。她不得不一次又一次舉起小韋德，讓那些穿過門前濕地一直跑到馬車道口的人驚嘆地看個清楚。她們全都向思嘉麗大聲叫喊，讓她不要參加什麼別的組織，要她一定參加她們的縫紉會或她們的看護會，她只好漫不經心地隨口答應著。

他們經過了一幢蓋得凌亂不堪但裝有綠色護牆板的房子，這時，一個站在門前臺階上的黑人女孩大聲喊道：「她來了！」米德大夫和他太太以及那個十三歲的小費爾隨即走了出來，一起大聲招呼並表示問候。

思嘉麗記得他們也參加過她的婚禮。米德太太迫不及待地跑到馬車道上，伸長脖子看了看小毛頭，而大夫則不顧泥濘，一直走到馬車旁邊。他骨瘦如柴，高個子，蓄著一把鐵灰色鬍子，衣服掛在身體上，好像是被颶風刮到那似的。他被亞特蘭大人看做力量和智慧的源泉。要不是他喜歡發表神諭式的講話和態度傲慢，他算是這座城市裡最厚道的人了。

大夫拍了拍韋德的肚子並稱讚了幾句，同她拉了把手，便宣布皮蒂姑媽已經應允，讓思嘉麗不要到任何別的醫院和看護會去了，直接去米德大夫那裡。

「啊，親愛的！可是我已答應了上千位太太呢！」思嘉麗說。

「裡面一定有梅里韋瑟太太吧！」米德太太氣憤地大聲嚷道，「我想她是每一趟火車必去接的！真是討厭的女人！」

「因爲我不明白那是怎麼回事，我答應了。」思嘉麗承認。

「看護會到底是怎麼回事呀？」

對她的無知，大夫和他的太太都感到有點驚訝。

「唔，你一直住在鄉下，所以不懂，」米德太太爲她辯解，「我們給不同的醫院分別成立了看護會，每天分班輪流去進行護理。我們幫助大夫做繃帶和衣服，看護傷病員，等到他們可以出院時，我們就把他們帶到家裡調養，直到他們能返回部隊爲止。同時我們照看窮苦傷病員的妻子和孩子——是的，比窮苦還糟。米德大夫是在公立醫院工作，我的看護會也在那裡，每個人都說他太出色了，而且——」

「好了，米德太太，不要再誇我了，」大夫得意地說，「我做的事還差很多呢，別在別人跟前誇獎我了。你又不同意我去軍隊。」

「我不讓！」她憤怒地吼道：「是我麼？明明是市裡不讓你去。你很清楚，思嘉麗，別聽他瞎說，大家聽說他想到維吉尼亞去當軍醫，全城的太太們都簽名上書請求他留在這裡。因爲，這個城市離不開他。」

「行了，米德太太，行了，」大夫被誇得樂滋滋的，只好再次說道，「也許有個兒子在前線，目前來說就已經夠了。」

「而且明年我也要去了！」小費爾興奮地跳跳叫叫，「我正在學打鼓呢，可以去當鼓手。你們要不要聽聽？我現在就去把鼓拿來。」

「現在還是算了，不用了，」米德太太說，把他拉得更靠近一些，臉色顯得很緊張，「乖乖，明年還不行，等到後年吧。」

「可估計那時候戰爭就結束了！」他急躁地嚷道，使勁要掙脫母親的手，「而且你已經答應我了！」

思嘉麗看見他的父母在他頭頂上不斷地交換眼色。原來他們的大兒子達西・米德已經在維吉尼亞前線，他們想留下這個小的。

彼得大叔清了清嗓子，說道：「我出來時，皮蒂小姐正在氣頭上呢，要是我不趕緊趕回去，她肯定會氣暈過去的。」

「那就這樣了，我今天下午過去看你。」米德太太大聲地說，「你替我和皮蒂說一聲，要是她不讓你到我的看護會來，有她好看的！」

在那泥濘的道路上，馬車連溜帶滑地繼續向前，思嘉麗往後靠在褥墊上微笑著。此刻她覺得幾個月沒有這樣心情舒暢過了。在亞特蘭大，人頭攢動、步履匆匆，還有一股促人激動的潛流，這遠遠勝過查爾斯頓城外那個在靜夜只有鱷魚吼叫的孤獨的農場，勝過高牆後面花園裡做夢的查爾斯頓本身，勝過那寬街道兩旁的棕櫚和流著泥水河的薩凡納。或者，它現在甚至比塔拉還要好，儘管塔拉是個非常討人喜愛的地方。

這個街道泥濘窄小、位於起伏的紅色山巒之間的城市有著某種令人激動的東西，某種天然的粗野的東西，在她母親和嬤嬤所賦予的優美外表底下，思嘉麗的那種生澀而粗糙的本質與這恰好彼此呼應，氣味相投。她頓時覺得這才是最適合她的地方，而她生來就不會習慣那些躺在黃水旁邊的古老幽靜的城市。

房子與房子之間隔得越來越遠了，思嘉麗探身向外望去，看見了皮蒂小姐的紅磚石瓦的住宅，這幾乎是城市西邊最末端的一所房子。再過去的話，就看見桃樹街了，它在大樹底下越來越窄地蜿蜒伸展著，漸漸消失在寂靜的密林中。

整潔的木片柵欄剛剛漆過，雪白雪白的。柵欄圍著的前院裡，點綴著要過季的最後幾朵黃色的長壽花，兩位穿黑色衣裳的婦女站在門前臺階上。一個肥胖的黃皮膚女人站在後面，一口雪白的牙齒因咧嘴微笑露在外面，兩隻手籠在圍裙底下。矮胖的皮蒂姑媽一邊興奮地不斷移動著那雙小巧的腳，一邊一隻手壓在豐滿的胸脯上，想使一顆微跳的心平靜下來。

看見媚蘭站在她身旁，思嘉麗頓生反感。她明白，如果亞特蘭大有什麼美中不足，那準是這個身穿喪服的瘦小人物造成的，她就像叮在油膏上的一隻蒼蠅。她很適合一個少奶奶的身分，滿頭烏黑的鬈髮壓得服服貼貼的，一張雞心臉上流露著歡迎和愉快的可愛微笑。

南方人不嫌麻煩地收拾好箱子，來到二十英里外去探親訪友時，待在那的時間很少不超過一個月的，通常都比一個月更長。南方人熱心待客，也很樂意到別人家去做客，例如在別人家裡過聖誕假日，一直會住到第二年七月，這是親戚之間常有的事。新婚夫婦常作環遊式的蜜月旅行，有時留在一個投緣的人家住下，直到第二個孩子出生。在星期天的時候，一些比較年長的姑媽、叔叔到侄兒侄女家吃午飯，有時便留下不走了，甚至待到去世也就葬在那裡。客人來了，有的是房子和僕人，沒有什麼好麻煩的，而且在這個富裕地區，幾個月膳食的額外開支也是小意思，算不了什麼。

人人都喜歡離家做客，沒有年齡性別的區別，度蜜月的新婚夫婦啦，喪失了親人的老少男女啦，由父母安排離家以避免不想婚配的女孩子啦，以及到了關鍵年齡而沒有訂婚對象的青年男女，想要換個地方能夠在親戚們的指引下選擇佳偶的姑娘啦等。客人的來訪總是很受歡迎，可以給單調死板的南方生活增加樂趣和生活色彩。

因此思嘉麗這次來到亞特蘭大，事先沒有想過要在這裡待多久。如果這裡像薩凡納和查爾頓斯那樣沉悶無聊的話，那麼一個月後她就回家去。如果住得開心的話，她就無限期地住下去。但是她一踏進這裡，皮蒂姑媽和媚蘭就開始了勸說行動，勸說她跟她們永久住在一起。她們用一切想得到的理由來說服她。她們挽留她，首先是爲了她自己，因爲她們是愛她的。住在這幢大房子裡她們感到孤單，晚上更是害怕，而她的勇敢能給她們帶來勇氣。其次，她又那麼可愛，能使她們在愁悶時受到鼓舞，再說查理斯已經死了，她和她的兒子沒有理由不跟他老家的人住在一起。還有，查理斯的遺囑上說這房子的一半歸她所有。最後，南部聯盟需要每一雙能夠參加編織、縫紉、捲繃帶和護理傷兵的工作的巧手。

查理斯的叔叔——亨利·漢密爾頓獨自住在車站附近的亞特蘭大旅館，也認真地同她談了這個問題。亨利叔叔是個性情暴戾的矮個兒紳士，肚子大大的，臉紅紅的，一頭蓬亂的銀白長髮，他非常討厭女性怯弱和愛說大話的習慣。

就是因爲這個緣故，他和自己的妹妹皮蒂小姐沒有什麼話好說。打一出生，他們的性格就是水火不容，後來又因爲他反對皮蒂小姐教育查理斯的那種方式，而使關係變得更僵。他說皮蒂的教育簡直是把查理斯「從一個軍人的兒子調教成一個娘娘腔的小白臉！」

幾年前的一次，他狠狠地訓斥了她一頓，從那以後皮蒂小姐再也不提他，要說也只悄悄地小心嘮叨幾句，她那種出奇的沉默態度，會使局外人懷疑這個誠實的老律師甚至是個殺人犯。

那次叫她傷心的事情經過是這樣的：有一天，皮蒂姑媽想從自己交由亨利管的不動產中提取五百美元，投資一家並不存在的金礦。亨利叔叔不同意她這樣做，並且顯得很煩躁，狠狠地批評她，說她糊塗得像隻六月的臭蟲，待了不到五分鐘就走了。

從那以後，她只在正式場合，也就是每月一次讓彼得大叔駕車送她到亨利的辦公室去領取家用開支時同他見面。而且每次從那裡回來，她都要服用鎮靜劑，躺在床上暗暗流淚，甚至流一個通宵。而媚蘭和查理斯跟叔叔相處得很好，常常想辦法來化解他們的矛盾，可是皮蒂常常耍孩子脾氣，撅著嘴不說話，拒絕他們的調解。她說她寧願一輩子忍受下去，亨利就是她的災星。從此，查理斯和媚蘭只能得出一個結論，那就是這種偶然的刺激是她平靜生活的唯一刺激，她從中享受到極大的樂趣。

亨利叔叔一見到思嘉麗，就喜歡上她了，因爲他覺得儘管有那麼一股傻勁兒，思嘉麗總算有點頭腦。他不只是皮蒂和媚蘭的不動產保管人，同時也是查理斯遺留給思嘉麗的不動產的保管人。思嘉麗驚喜地發現查理斯不僅留給她皮蒂那所房子的一半，而且留下了農田和市鎮上的財產，如今她是個舉足輕重的年輕女人了。留給她的一部分遺產還有車站附近沿鐵路的一些店鋪和棧房，而這些地方自從戰爭爆發以來價格已上漲了兩倍。在向她提供財產清單時，亨利叔叔勸說她永久定居在這裡。

「韋德．漢普頓長大後，他會成爲一個年輕財主。」他說，「照亞特蘭大目前發展的趨勢來看，二十年後，他的財產會增加十倍，而要讓孩子在自己產業所在的地方居住，這樣他才能學會照管它，這是唯一正確的方法……還有，他還要負責照看皮蒂和媚蘭的財產。因爲我是不可能永遠待在這裡的。不久的將來，他是漢密爾頓家族留下的唯一男丁了。」

彼得大叔以爲思嘉麗已經同意在這裡住下去了。他很難接受查理斯的獨生子會到一個他無法監督的地方被撫養長大。對所有這些主張，思嘉麗只報以微笑，不表示任何意見，因爲她目前還不很清楚自己是不是喜歡亞特蘭大，願不願意跟夫家的人長久相處，不好冒然許諾。她也明白，還必須得到傑拉爾德和愛倫的同意。此外，僅離開塔拉幾天，她就思念得不行了，非常想念那些紅土田地和正在猛長的綠色棉苗，以及傍晚時可愛的幽靜。她想起傑拉爾德曾說過，她的血液流淌著對土地的愛，她現在才開始模糊地意識到這句話究竟是什麼意思。

既然她不能確定自己將在這裡住多久，只好暫時巧妙地回避著，不明確答覆，同時，她發現自己很容易融入到桃樹街的盡頭這幢紅磚房子裡生活了。

跟查理斯的親人們待在一起，思嘉麗才瞭解查理斯出生的那個家庭，才稍稍多瞭解了一點對那位在短短的時間裡娶她爲妻，拋下她，讓她成爲寡婦和年輕母親的小夥子。如今她已經很容易理解他爲什麼那樣不切實際，那樣單純，那樣羞怯了。就算查理斯曾經從他的作爲一個堅強、無畏、性急的軍人父親那裡繼承了某些優良品德，那也早已被從小養育他的那個環境的閨門氣氛消磨掉了。他一生中最愛的就是這孩子氣的皮蒂姑媽，跟媚蘭也很親近，比通常哥哥對妹妹的態度還親，這世界上又再也找不到比這兩位女士更溫柔可愛、更不諳世事的人了。

六十年前，皮蒂姑媽取名爲薩娜·簡·漢密爾頓，但在很久很久以前的一天，因爲她那雙腳步輕盈、永不安定、嗒嗒亂跑的小腳，她那溺愛孩子的父親便把這一綽號安在她身上，大家漸漸忘記了她的原名。

在她的第二個名字叫開以後的幾年裡，她身上發生了許多奇怪的變化，與本來帶有的寵愛意味已顯得很不搭調了。原先那個飛快的跑來跑去的孩子，現在只留下那雙與體重極不相稱的小腳，以及喜歡漫無目的嘮叨不停的習慣。她兩頰紅撲撲的，頭髮銀光閃閃，身體結實，只是箍得太緊的胸衣常常使她有點喘不過氣來。她那雙小腳被塞在很小的鞋裡，已無法走完超過一個住宅區的路程。稍有點興奮的時候，她的心臟就會怦怦直跳，而她也總是隨它去，一點也不會覺得不好意思。稍受刺激，她便會暈過去。雖然人人都知道她的昏厥通常只是矯揉造作的假態而已，可大家還是很愛她，只是忍著不說出來。人人喜愛她，把她當做一個被寵壞了的孩子，也從來不跟她計較……唯獨她的哥哥亨利除外。

她最喜歡聊天，她可以喋喋不休地說上幾個小時，不過主要是談論別人的事，而且其中沒有什麼惡意。她總是記不清時間、地點和人名，常常把一些亞特蘭大戲劇中的演員混淆到另一戲劇中的演員，而這也不會造成任何人因此而被誤導，因爲沒有人會蠢到把她說的話當真，爲了保護她的老處女心態，也從沒有人告訴她任何真正使人吃驚或真正屬於醜聞的事，儘管她已六十歲，可朋友們仍然善意地相互串通，想讓她繼續做一個受到庇護和寵愛的老小孩。

在很多方面，媚蘭與她的姑媽很相似。她也羞怯，動輒臉紅，爲人謙遜，不過她是有文化的……「我承認這一點，有點知識。」思嘉麗不怎麼情願地想道。

像姑媽那樣，媚蘭也有一張受人寵愛的娃娃臉，她從沒注意過粗暴和邪惡，即使看見了也認不出來，這樣的娃娃從來只知道誠實和愛、單純和親切。因爲她經常是快樂的，因而她的快樂也感染了周圍的所有人，至少讓他們感到舒適。基於這種性格，她經常只關注人們最好的一面，並給予善意的評論。無論一個僕人怎樣愚蠢，她都能在他的身上找到彌補這一缺陷的善良與好心的因素；無論一個女孩子怎樣的醜陋和討厭，她總會在她身上發現某種體型方面的優點或者性格方面的高尚之處；同樣，再沒用、再無聊的男人，她也會從他可能有的潛在能力看待他，而不從其現在的樣子去看待他。

因爲她具備那些誠懇以及一個心胸寬廣的人應有的美德，因爲她老是能在別人的身上發現連他們自己都不曾想到的優良品德，所以所有人都喜歡她，誰還能抵抗住她那誘人的魅力呢？跟城裡其他人相比，她有更多的女友和男友；不過因爲她不具備那種用以俘獲男人的心所需要的存心與私心，所以沒有男朋友。

媚蘭所做的一切是所有南方女孩從小被教育的，讓周圍的人感到自在和愜意。而南方的社會也正是因爲這種愉快的女性共有的情操才如此令人高興與愉悅。女人們明白，無論是任何地方，只有男人們在感到順利、滿足、自尊心不受威脅，他們才可能在那裡愉快地生活下去。所以，從出生到死亡，自始至終女人們都在努力讓男人們過得舒服，而得到滿足的男人們則以殷勤和崇拜來回報她們。

實際上，男人們樂意將世界上最美好的一切都獻給女人們，但是同樣也需要她們具有聰明才智。像媚蘭那樣，思嘉麗發揮著自己的魅力，但是她還具備了一種很有修養的功夫和高難度的技巧。這兩個女人之間的差別在於：爲了使人們高興媚蘭會講些親切和恭維的話（即使僅僅是短暫的），而思嘉麗從不這樣，除非是爲了達到自己所需的目的。

查理斯在他長大的家庭裡被培養得溫柔得像隻鳥，既沒有從他自己最喜歡的兩個人那裡受到強有力的影響，也沒有學會講求實際或粗暴。這個家庭跟塔拉比起來，顯得是那麼舊式，那麼安靜，那麼文雅。思嘉麗覺得，這幢房子正需要有粗野的聲音和偶爾的咒罵，需要有槍支和鬍子，有馬鞍和轡轡以及圍走在腳邊的獵犬，需要有白蘭地、煙草和望加錫頭油和男性陽剛的氣味。

在塔拉時，母親只要稍微一轉身離去便會經常聽到的那些爭吵聲令她懷念不已，羅莎跟丁娜頂嘴以及傑拉爾德大聲叫喊的恐嚇聲，她自己和蘇倫毫無顧忌地激烈爭論等。出身於這樣的一個家庭，查理斯變得像個女孩子，一點也不奇怪。在這裡人人都會尊重別人的意見，說話也是柔聲細氣的，聞不到帶刺激性的味道。結果就是廚房裡那個黑灰頭髮的獨裁者發號施令。逃離了嬤嬤的監督，思嘉麗原本希望有個比較寬鬆的掌權人物，可如今才失望地發現彼得大叔給小姐太太定的規定甚至比嬤嬤的還要嚴格，便有點不痛快了。

在這樣一個家庭中，思嘉麗恢復了原來的樣子，幾乎是連她自己都還沒意識到，她的精神就已恢復正常了。她還不到十七歲，精力充沛，身體又好，而且查理斯家的人又在千方百計地讓她快活起來。如果他們還有一點沒有做好，那也不能怪他們，因爲她每次聽到艾希禮的名字就要心悸，而誰也無法幫她抹去這種痛苦。何況媚蘭又總是把他掛在嘴邊！

但是媚蘭和皮蒂還是不斷地在想方設法寬慰她，好讓她從她們認爲她所飽受的悲傷中解脫出來。她們把自己的煩惱擱在一邊，想辦法來轉移她的注意力。她們忙著給她準備好吃的，讓她坐上馬車到戶外消遣，安排她睡午覺。她們不但對她崇拜得過分，崇拜她的滿身活力、苗條的身材、小巧的手和腳，白皙的皮膚，而且還經常說出來，用輕拍、擁抱和親吻來加強她們的親暱。

思嘉麗雖然並不怎麼重視這樣的親暱，不過受到讚揚時她也覺得暖乎乎的，在塔拉，誰也不會對她說這麼多好聽的話。嬤嬤在閒置時間就給她的驕傲自負潑冷水。小韋德如今也不再是個包袱了，因爲全家的人，包括白人黑人，甚至左鄰右舍，總是互相爭著要抱他，並且都願意把他奉爲神聖。媚蘭尤其對他疼愛有加，即使他大哭大鬧得最兇的時候，媚蘭也覺得他是那麼的活潑可愛。這樣說了以後她還要補充一句：「你這叫人心疼的小心肝啊，我真巴不得你就是我自己親生的孩子呢！」

有時候思嘉麗覺得皮蒂姑媽是最愚蠢的一位老太太，她那種愛說大話和含糊不清的毛病簡直叫人難以忍受，而她發現自己很難掩飾這種情緒。懷著一種日益增長的妒忌心，她厭惡著媚蘭。有時當媚蘭正眉飛色舞地談論艾希禮或者朗讀他的來信時，她會突然不由自主地站起身走開。但是，不管怎麼說，在這樣的環境下，生活算是過得很愉快。亞特蘭大給她提供了許多新奇的消遣，讓她很少有工夫去發悶去思考，的確比薩凡納或查爾斯頓或塔拉都要有趣得多。不過有時候當她吹滅蠟燭，把頭埋到枕頭裡準備入睡時，她會不由自主地嘆息一聲，思忖起來：「要是艾希禮沒有結婚該多好啊！要是我用不著到那滿是瘟疫的醫院裡去做看護該多好啊！啊，要是我能再找到個中意的情人，那該有多好啊！」

很快地，她就厭煩了護理工作，可是她逃不掉這項義務，因爲她同時參加了米德太太和梅里韋瑟太太的看護會。這就意味著，每星期有四個早上，她要頭上紮著毛巾，從脖子到腳跟裹著圍裙，在那熱得令人窒息的醫院裡幹活。思嘉麗覺得幾乎要發瘋了，因爲亞特蘭大每一位年齡或大或小的已婚婦女都在忙著護理傷患。她們那麼熱情洋溢地履行自己的義務，她們想當然地認爲，她也像她們一樣充滿愛國熱情，要是知道她對戰爭根本沒興趣，她們一定會大吃一驚的。她對戰爭絲毫沒有興趣，只是在每時每刻擔心著艾希禮的安危，之所以會參加護理工作，她也只不過不知道怎麼擺脫而已。

護理工作毫無任何浪漫色彩。在她的眼裡，這意味著呻吟、眩暈、死亡和惡臭。長著鬍子、滿身蝨子、骯髒的男人擠滿了醫院裡的每個角落。一個基督徒看到他們身上的創傷也會作嘔的。醫院裡處處充滿了臭味，還沒有進門她就感到一股惡臭氣撲鼻而來。蒼蠅、蚊子和小蟲子成群結隊地盤旋在病房上空，把病人們折磨得詛咒謾罵，無力地呻吟著；思嘉麗呢，揮著棕櫚葉扇，搔著自己身上的被蚊子咬成的腫塊，直到肩膀都酸痛起來，這時她巴不得那些傷兵乾脆死掉算了。

而媚蘭卻好像不在乎面對那些傷口、臭氣乃至赤身露體的情景，思嘉麗覺得非常奇怪。她不是最膽小羞怯的女人嗎？有時米德大夫給傷兵剜爛肉，媚蘭端著盤子和手術器械站在那裡，她的臉色就顯得蒼白極了。

有一回，做完一次這樣的手術之後，思嘉麗還發現她在衛生間裡悄悄地用毛巾捂著嘴嘔吐。不過只要是在傷兵視力所及的範圍內，她總是笑容滿面，總顯得那麼溫和，以至醫院裡的人都叫她仁慈天使。思嘉麗原本也很喜歡這個頭銜，但這意味著要接觸那些滿身蝨子的人，要給斷肢殘臂裹上繃帶，要從化膿的傷口中揀蛆蟲，要將手指伸進昏迷病人的咽喉去檢查他們是否吞煙草塊時被卡住了等，不，她是極其厭惡這樣的護理工作的！

如果向那些正在康復的病人施展她自己的女性魅力是被允許的，她倒是很樂意去幹，因爲他們中有許多出身還不錯，長相也說得過去，可惜她是不允許這樣做的，因爲她剛成爲寡婦。城裡的年輕女孩，由於不便看那些有礙未婚女性身分的情景，是不允許參加護理工作的，因此她們主要負責康復院的工作。她們既沒有結婚又不是寡婦，便樂得向那些康復者大舉進攻，於是在思嘉麗看來，連那些長得很難看的女孩也不難找到訂婚對象的。

思嘉麗接觸到的完全是個女性的世界，除此之外是那些病情危險和傷勢嚴重的男人。這有一點叫她很煩惱，因爲她既不喜歡也不信任同性別的人，甚至還厭惡她們。可是她偏偏每星期有三個下午必須參加由媚蘭的朋友們組織的捲繃帶委員會和縫紉會。這兩個組織中那些認識查理斯的女孩們，尤其是本城兩位富翁的女兒范妮．埃爾辛和梅貝爾．梅里韋瑟，都很親近她，也十分照顧她。不過她們都對她畢恭畢敬，好像她是個老婦人，這輩子已經完了。而她們經常談情人，談跳舞，對這些事情，她既妒忌又惱恨，妒忌女孩們的快樂自由，惱恨自己的寡婦身分堵死了參加這些活動的門！再怎麼說，她也比范妮和梅貝爾漂亮三倍呢！

啊，生活真是一點也不公平呀！每個人都認爲她的心已經進了墳墓，而事實上一點也沒有，她的心在維吉尼亞和艾希禮在一起呢！

儘管有些事情不稱心，對亞特蘭大她還是感到非常滿意的，於是，一個星期又一個星期過去了，她在那裡繼續住下去。

chapter 9

義賣會

那年夏天的一個早上，思嘉麗坐在臥室的窗前，滿腹牢騷地看著好些大車和馬車載著姑娘、大兵和他們的陪伴人，他們高高興興地沿桃樹街向郊外駛去，那天晚上要爲醫院舉行義賣會，他們是去林區尋找枝葉裝點會場。那條紅土大道在樹蔭中光影斑駁，馬蹄過後陣陣雲霧般的紅色塵土升起。有輛載著四個粗壯的黑人大車走在最前面，他們攜著斧子準備去砍常青樹，把上面的藤蔓扯下來；一些大籃子，上面蓋著餐巾高高地堆放在大車背上，車背上還有橡樹條編成的午餐盒和十幾個西瓜。兩個黑人帶著班卓琴[13]和口琴，正在熱情奔放地演奏《騎士詹恩，如果你想過得快樂》。

在他們後面的大隊人馬，女孩子們頭頂上撐著一個小小的陽傘，披著輕紗，戴著帽子和保護皮膚的長手套，穿著輕薄的花布衣裳；年紀大一些的太太們則顯得笑容滿面，心平氣和，時不時地的傳來笑聲和馬車與馬車間的呼喚戲謔之聲；醫院的康復病人擠在壯實的陪伴人和苗條的小姐們中間，聽憑她們明目張膽地調情和戲謔。在車道上，軍官們懶洋洋地跟在馬車旁邊，慢慢地向前移動……人人都離開了桃樹街，除了我，他們都去採集青枝綠葉，舉行野宴和吃西瓜去了。思

13. 一種五弦至九弦的彈撥樂器，常為五弦。琴身呈圓形，上有一層緊繃的皮，有長琴頸。

嘉麗自怨自艾地想。

他們經過房屋時，都向她揮手致意，她裝出一副高興的樣子，也揮手。但她的心卻隱隱作痛，疼痛慢慢上升到喉嚨，並在那裡結成一塊，隨即化爲眼淚。人們都野餐去了，除了她以外；人人都去參加今晚的義賣會和舞會去了，除了她以外。

可以說，除了她、皮蒂和媚蘭，以及城裡其他正在服喪的不幸者之外，幾乎所有的人都去了！可是媚蘭和皮蒂好像並沒把這件事放在心上。其實她們甚至並不願意參加，只有思嘉麗想去，特別地想去。

這對她來說太不公平了。跟城裡任何一個其他的女人相比，她都是努力的。她畫了許多磁髮缸和鬍子杯（編按：給有鬍子的人喝茶或咖啡的杯子，上面有蓋可以擋住鬍子），編織了襪子、毯子、圍巾、帽子、還織了不少的花邊，她還做了好幾個上面繡著美國國旗的沙發枕套。

要知道，在梅里韋瑟太太、埃爾辛太太和惠廷太太身邊，她們這樣的人來做主管，來不得半點馬虎，她感覺自己簡直成了黑人勞工隊中的一員。而且，不幸的是，在幫皮蒂和廚娘烙千層餅準備抽籤售賣時，思嘉麗不小心把她的手指燙起了兩個大水泡呢。

可是，她就像個田裡的勞工那樣苦幹了很久，眼看好玩的時候要降臨了，她卻被迫乖乖地退下來。啊，她有一個死了的丈夫，一個嬰兒在隔壁房間裡哇哇大哭，以致被排除在一切娛樂活動之外，這世界是多麼不公平啊！一年前，她還穿著鮮豔的衣裳跳舞，而且實際上同三個小夥子談著戀愛。現在，她才十七歲，還有許多的舞要跳呢。啊，這太不公平了！她告訴自己不要對很熟悉的那些男人，那些在醫院裡被她護理過的男人微笑揮手，可是又控制不住臉上的笑容，很難裝出自己的心已進入墳墓的樣子……因爲它從未進去過呀！

皮蒂像平常一樣，因爬樓梯累得氣喘吁吁，並且很不禮貌地把她從窗口拉起來。

「寶貝，你怎麼向臥室窗外的男人揮起手了？你簡直是發瘋了，我說，思嘉麗，萬一你母親知道了會說什麼呢？我簡直被嚇到了！」

「哦，他們不知道這是我的臥室。」

「那還不一樣糟糕嗎？他們會想到這是你的臥室，以後千萬不能再做這種事了，寶貝。人們會說閒話的，說你不守婦道……再怎麼說，梅里韋瑟太太也知道這是你的臥室嘛！」

「這隻老狐狸！我敢肯定她一定會告訴所有的小夥子。」

「好了，還是別說了！寶貝，反正多麗．梅里韋瑟是我最要好的朋友。」

「唔，但老狐狸總歸是老狐狸……啊，你可不可以不要生氣了！對不起，姑媽，是我的錯，我忘了這是臥室的窗口了。我再也不這樣做了……我……我只是想看看他們從這兒走過。我也很想去呢。」

「寶貝！」

「唔，我真的想去呀，我非常討厭老坐在家裡。」

「思嘉麗，你一定要答應我，以後不再說類似的話了。人們會議論的，他們會說你對查理斯連基本的尊重都沒有……」

「啊，對不起，姑媽。求你別哭了！」

「你看都怪我，惹得你也哭起來了。」皮蒂稍稍有點高興似的，一面抽泣著說，一面伸手到裙兜裡去拿手絹。

那一絲隱隱的痛楚終於傳到了思嘉麗的喉嚨口，她大聲哭了起來。皮蒂心想，這絕不是爲可憐的查理斯哭的，而是因為最後那些車輪聲和笑聲漸漸消失了。

這時媚蘭從自己的房間走進來，那頭通常很整齊的黑髮現在解開了髮網，成了一大把波浪式的小小髮捲披散在臉旁兩側。她手裡拿著一把刷子，懊惱地蹙著眉頭。

「怎麼了，出什麼事了？親愛的。」

「查理斯。」好像樂於痛痛快快悲傷一番似的，皮蒂一面把頭緊緊地伏在媚蘭的肩窩裡，一面哽咽說著。

「唔，親愛的！都請勇敢些。」媚蘭一聽到她哥哥的名字，便顫抖著嘴唇，「唔，思嘉麗，別哭了！」

思嘉麗像一個孩子那樣，倒在床上扯開最大的嗓門哭著，她哭的是她喪失的青春和被剝奪青春的歡樂。曾經只要她一哭就能得到自己想要的東西，而如今知道哭已經失去作用了，因此她把頭埋在枕頭裡，感到無比的氣憤和絕望，一邊哭一邊用雙腳亂踢著被子。

「還不如讓我死了算了！」她傷心地哭著說。

面對這樣的悲痛，皮蒂姑媽那想流就流的眼淚也流不出來了，這時媚蘭趕緊跑到床邊去安慰她的嫂子。「好了，別哭了，親愛的，只要想想查理斯是多麼的愛你，你就會感到安慰了。還有想想你有個那麼可愛的寶貝兒子呢。」

思嘉麗既因為自己被誤解而感到憤懣，又因失去了一切而倍感孤單，這兩種情緒混雜在一起使得她不便開口了。這太難過了，因為可以開口的話，她就會把一切隱情都大聲講出來，用父親那種爽直的口吻。媚蘭輕拍著她的肩膀，皮蒂踮著腳尖吃力地在房裡來回走動，她想把窗簾放下來。

「不用這樣！」從枕頭上抬起那張又紅又腫的面孔的思嘉麗喊道。「不要把簾子放下來，我還沒斷氣呢……儘管快了。請趕快走開，我想一個人待著！」她又把臉拋進枕頭裡。

媚蘭和皮蒂俯身看了看她，低聲商量了一陣，然後悄悄出去了。接著，她聽見她們在下樓時媚蘭悄悄對皮蒂說：「我希望你以後不要在她面前談起查理斯了，皮蒂姑媽，你知道這總會令她傷心。可憐的人兒，每次一談起哥哥，她的模樣就那麼古怪，我看是拼命忍著不要哭出聲來。我們可不能再加重她的痛苦呀。」

思嘉麗憤恨萬分，無力地踢著床罩，想罵幾句髒話來發洩發洩。

「真他媽的見鬼，媽的！」思嘉麗罵出這句話來，隨即覺得舒服了一點，媚蘭才十八歲，怎麼就一點樂趣也沒有呢，怎麼能安心待在家裡，還能爲她哥哥佩戴黑紗？媚蘭似乎根本不知道，或者根本就不在乎，生活正踏著嗒嗒的馬蹄聲匆匆而過。

「不過她本來就是這麼個木頭人嘛。」思嘉麗想，一面捶著枕頭。

「不像我，她從來沒有這麼多人捧著追著，所以她並不知道我心中所懷念著的那些東西。並且……再說她已經有了艾希禮，而我呢……我一個也沒得到！」這段傷心的往事又令她放聲痛哭起來。

她憂鬱哀傷地待在房間裡，一直待到下午。那些出外野餐的人回來了，大車上高高地堆放著松枝、藤蘿和蕨類植物。每個人都是一副倦容，但都很高興，再一次向她揮手致意，她也鬱悶地揮了揮手。生活已經失去了希望，而且肯定沒有活著的意義了。

在午睡時刻，梅里韋瑟太太和埃爾辛太太坐著馬車登門拜訪來了，思嘉麗沒有想到原本憂鬱的心情卻得到了解脫。這種不適宜的來訪使媚蘭、思嘉麗和皮蒂姑媽都感到很吃驚，但她們也趕快起來扣好胸衣，掠了掠頭髮，下樓來迎接客人。

「邦內爾太太的幾個孩子出疹子了！」梅里韋瑟太太出人意料地說，明顯地表示她覺得發生這種事應該由邦內爾太太本人負責。

「而且麥克盧爾家的小姐又被叫到維吉尼亞去了，彷彿諸如此類的事沒有什麼要緊似的。」埃爾辛太太一面悠閒地搖著扇子，一面用慢條斯理的口氣補充道：「達拉斯·麥危爾也受傷了。」

「真是太可怕了！」幾位女主人齊聲喊道，「難道可憐的達拉斯……」

「沒有，只是打穿了肩胛。」梅里韋瑟太太無所謂地說，「不過在這種時候發生，也真夠糟糕的。如今女孩們正到北邊去接他。天曉得，不過，我們得趕快回到軍械庫去，完成全部的佈置工作。我們實在不能在這裡閒聊了。皮蒂，我們希望今晚你和媚蘭能去頂替邦內爾太太和麥克盧爾家的幾位小姐。」

「唔，不過，多麗，我們好像去不了。」

「皮蒂·漢密爾頓，別跟我說什麼推脫的話，」梅里韋瑟太太認真地說，「我們需要你去看管那些弄點心的黑人。這本是邦內爾太太的事，而媚蘭，你得接過麥克盧爾家小姐們的那個攤位。」

「唔，可憐的查理斯離世還不到……我們真的不能……」

「我懂得你的心情，但是，爲了我們的事業，做出再大的犧牲也不爲過。」埃爾辛太太插嘴說，她那柔和的聲音彷彿已把這件事情給定下來了。

「唔，我們倒是很樂意幫忙的，但是——你們爲什麼不找些可愛漂亮的小姐去照顧攤位呢？」對這番話，梅里韋瑟太太嗤了一聲，像吹喇叭似的。

「我真不明白現在的年輕人都中了什麼邪了，根本沒有責任感可言。所有沒有答應看管貨攤的女孩都有數不清的藉口。你也不必說了。哦，就一句話，她們休想愚弄我！她們只不過怕你妨礙她們去跟軍官們調情罷了。她們生怕站在櫃檯後面，沒法炫耀自己的漂亮衣裳。我真巴不得那個跑封鎖線的……他名字是什麼來著？」

「巴特勒船長。」埃爾辛太太提醒道。

「我真希望他多運一些醫療用品，少運來一些裙子和花邊之類的東西。要是我今天檢查到一件衣裳，就會發現他走私進來的二十件。巴特勒船長——這名字我一聽就反感的不得了。皮蒂，你可一定得來呀。我沒時間談這些了，人人都會理解的。誰也不會看見的，反正你是在後面屋裡，就連媚蘭也用不著拋頭露面。麥克盧爾家小姐負責的攤位擺得也不怎麼好看，況且是在最遠的一頭，所以不會有人在意的。」

「我覺得我們應當去。」思嘉麗說，她努力克制自己的熱情，儘量顯得單純誠懇一些，「這是我們能夠幫醫院做的微小的一點事。」

兩位來訪的太太本來連她的名字也沒提一下，這時才轉過身來，嚴峻地瞧著她。儘管她們極為開放，可還是沒想到叫一位居喪剛剛一年的寡婦到社交場合去服務。思嘉麗瞪著兩隻大眼睛，像個孩子一樣不知道怎麼躲閃，承受著她們犀利的目光。

「我想我們大家都有義務幫忙辦好義賣會。我看我可以同媚蘭一起去管那個攤位，因爲……嗯，我覺得畢竟我們兩個人總比一個人好一些。你覺得怎麼樣？媚蘭？」

「好吧。」媚蘭不知所措地說。在服喪期間就公然到一個公眾集會上露面，這樣的想法她聽都沒有聽過，因此她自己也不知道該怎麼辦好。

「思嘉麗說得也對。」梅里韋瑟太太說，注意到媚蘭有點軟下來了。整了整裙腰，她站了起來：「好，不要再爭辯了。你們倆……你們大家，最好都去。你要好好想一想，皮蒂，醫院是多麼需要錢來買床和藥品，我覺得你們爲查理斯所獻身的事業出力是他高興見到的。」

「好。」皮蒂說，就像以前那樣，在一個比自己強硬的人面前毫無辦法，「只要你覺得人們會接受，那就好。」

「太好了！簡直叫人不敢相信！太好了！」思嘉麗在心中歡樂跳躍著，小心地鑽進那個用黃紅兩色帷布圍著的攤位，這個本來應該是麥克盧爾家的小姐們管理的。現在她真的來到一個集會上了！

經過一年的銷聲匿跡，度過了緘默不語的身穿黑紗和苦惱得幾乎快要發瘋的一年，她現在終於又來到了一個集會上，一個亞特蘭大前所未有的最大規模的集會上。在這裡她能聽到音樂，能看到許多人和無數的燈光，還能親眼見識那個出名的巴特勒船長上次闖過封鎖線弄進來的漂亮的花邊、上衣和褶邊。

她坐在攤位櫃檯後面的一個小板凳上，左右搖擺地觀看著那個長長的展覽廳，直到今天下午爲止，這裡還只是個空蕩蕩的醜陋難看的操練場呢。想想就知道今天小姐太太們花了很大工夫才把它收拾得這樣漂亮，它真是太可愛了。

今天晚上亞特蘭大所有的蠟燭和燭臺都會聚集到這裡，古銅的燭臺顯得莊嚴而挺拔，瓷燭臺底座密佈著生動的人物雕像，銀燭臺伸出十幾隻彎彎的胳膊，擎著顏色不同，散發著月桂樹香味的蠟燭，立在貫穿整個大廳的槍架上、攤位櫃檯上、裝飾著鮮花的桌子上、甚至在敞開著的窗檽上，夏天的暖風恰到好處，微微搖擺的燭光閃閃爍爍。大廳中央從天花板上垂下來的生銹的鏈條上的吊燈，現在也被打扮得完全變樣了，用盤繞著的常春藤和野葡萄藤包圍著。幾個角落被裝飾成涼亭，成了老太太們的場所。爲樂隊佈置的那個平臺更具藝術性。它完全隱蔽在周圍的青枝綠葉和綴滿星星的旗幟之中。思嘉麗知道，全城所有的盆栽花卉和桶栽植物，如錦紫蘇、天竺葵、夾竹桃、秋海棠繡球花等，估計都搬來這裡了。

平臺對面的另一端，掛著戴維斯總統和喬治亞州自己的「小亞曆」，還有南部聯盟副總統斯蒂芬斯的巨幅肖像；一面很大的國旗在他們的上方，而從本城各花園搜集來的奇花異卉擺在下面的長桌上。那兩張在緊要關頭掌握大權的人物的面孔俯視著眼前這個場面，但卻迥然不同：戴維斯兩腮扁平，眼光冷漠，矜持地緊閉著自己兩片薄薄的嘴唇，像個苦行僧；而斯蒂芬斯的臉上長著一雙熾烈如火的黑眼睛，只看見疾病和痛苦，並且用膽氣和熱情戰勝了它們。

義賣委員會裡那幾位全權負責的老太太們，像幾艘滿帆的船，拖著長長的衣裙威風凜凜地走了進來，她們指使完那些晚到的小姐和少婦們趕快進入自己的攤位後，迅速穿過門道，走入正在安排點心的後屋。皮蒂姑媽氣喘吁吁地跟在她們後面。

樂隊的隊員們身著一色的黑衣服，咧著嘴登上平臺，胖胖的臉上因出汗而閃閃發亮。他們調整絲弦，用樂弓拉著彈著。梅里韋瑟的馬夫老利維，從亞特蘭大還叫馬撒斯威爾的時代起，就一直領導著每次義賣會、舞會和結婚儀式上的管弦樂隊，現在他用樂弓敲了敲，提醒大家做好準備。這時，大家的目光都聚集到他身上，接著便聽見小提琴、大提琴、手風琴、班卓琴和骨片呱嗒板兒配合著奏起了一曲緩慢的《羅琳娜》——音樂聲很低，不適合跳舞。舞會要等貨攤上的東西都賣光後才開始。一聽到那支憂鬱而美妙的華爾滋舞曲，思嘉麗便覺得心臟已經控制不住加速跳起來了。

一二三，一二三，低迴旋……三，轉身……二三。多麼美妙的華爾滋！她微微閉起眼睛，伸出雙手，隨著那常常想起的悲傷的節奏，身子也開始搖擺起來。她自己的情感騷動同哀婉的曲調和羅琳娜失落的愛情糅合在一起，如鯁在喉。

接著，一些聲響好像是由華爾滋樂調引發的，從下面月光朦朧的大街上傳過來。其中有暖風中蕩漾的笑聲，一些嗒嗒的馬蹄聲和轔轔的車輪聲，以及黑人們激烈地爭吵著把馬匹拴在什麼地方的聲音。樓梯上響起輕鬆的歡笑聲、嘈吵聲，以及女孩們的清新活潑的聲音和她們的陪護人的低聲吩咐聲混雜在一起的聲音，還有相見時故作驚喜之態的叫喊聲，雖然那天下午才剛剛分手，可認出朋友時，女孩們還是歡快地打招呼，興高采烈地尖叫著。

大廳裡的氣氛突然活躍起來。女孩們處處可見，像一群紛紛飄進來的蝴蝶，她們身著鮮豔的被裙箍撐得大大的衣裙，甚至有的露出了底下的花邊內褲；小小的酥胸也在荷葉邊的領口微露雪痕；臂膀上隨意地披著花邊披巾；撒金描畫的扇子，天鵝毛和孔雀毛的扇子，用細細的絲條吊在手腕上，搖搖晃晃的。滿頭黑髮的女孩們則把頭髮從耳際平滑地梳在腦後，挽成頗有分量的髮髻，使得她們的頭也稍稍後仰，一副傲慢無禮的樣子；滿頭金髮的女孩將大堆的金色捲髮披散在脖子周圍，金耳墜在裡面跟它們一起搖擺跳盪、忽隱忽現。所有這些綢緞，辮繩，花邊，絲帶，都是偷過封鎖線進口來的，因此顯得彌足珍貴，穿戴起來也顯得更加自豪，何況花枝招展的華麗服飾被加進了一種傲氣，人們把這也當做對北方佬的一種附加的刻意冒犯。

並不是城裡所有的花都要獻給南部聯盟兩位領袖，那些小的香的花朵都被當成飾品點綴在女孩們身上，粉嫩的耳朵背後插著茶花，茉莉花和薔薇花則被編成小小的花環，佩戴在兩側如波濤翻滾的鬈髮上；有的花朵規規矩矩地點綴著胸前的緞帶，不等天亮，這些花就會作爲珍貴的紀念品，裝在灰色軍服的胸袋裡。

人群中軍服攢動——這麼多思嘉麗認識的人都穿著軍服，初次見他們是在大街上、在醫院的帆布床上或在訓練場上。

他們身著華麗的制服，衣領和袖口上盤著閃閃發光的金色穗帶，胸首碼著亮晶晶的扣子，褲子上釘著紅黃藍三色條紋，那單調的灰色制服被這些因所屬部類不同而互有區別的徽飾襯托得完美極了。深紅和金色的腰帶閃來閃去，軍刀熠熠生輝，碰到亮閃閃的靴子，使上面的靴刺咯咯作響。

他們向朋友們揮手致意，躬身親吻老太太們的手。思嘉麗滿懷激情暗暗讚賞：「真是帥氣的男人。」他們顯得那麼年輕，那麼灑脫、漂亮，儘管大都蓄上了一抹黃黃的鬍鬚或一把稠密的黑褐色鬍鬚。白得出奇的綳帶裹著頭部，把大半邊晒得黑黑的臉遮住了，胳膊掛在吊帶裡。他們有的拄著拐杖，像單足跳行似的，跟在女孩們後面，這使得女孩們非常自豪，並十分刻意地放慢速度，以配合這些陪護人的步調。

有個路易斯安那義勇兵是梅貝爾．梅里韋瑟的暱友，名叫雷內．皮卡德。那是一個膚色微黑、滿臉奸笑、三分像人七分像猴兒的小個子，穿著肥大的藍白褲子、淡黃色長筒靴和窄小的紅色上衣，一隻胳膊掛在黑綢吊帶裡。他是這些穿制服的人中穿得特別俗麗，顏色特別鮮豔的一個軍人，像隻熱帶鳥立在鴉群中，連女孩們的華麗服飾都黯然失色了。整個醫院的人，一定全都來了，至少每個能行走的人都來了，包括全部休假和請病假的以及本市與梅里之間所有鐵路、郵政、醫療、軍需各個部門的職工。太太們多高興呀！醫院今晚一定可以籌到一筆鉅款。

腳步聲、低沉的鑼鼓聲和馬夫們的喝彩聲不斷地從大街上傳來。接著喇叭被吹響了，同時一個低調的聲音發出了解散隊伍的命令。隨後，身穿鮮豔制服的鄉團和民兵部隊便擁上了窄窄的樓梯，湧進了大廳，鞠躬、敬禮、敬酒、握手，熱鬧非凡。鄉團裡的人各色各樣，有的以打仗爲榮、堅信只要明年戰爭不結束就能上前線的男孩子，也有希望自己年輕一些穿上軍服，並以兒子在前線而自豪的白鬍子老頭。民兵中大多數是一些年紀大和中年的男子，但也有小部分人是正値服役的年齡可不對上前線感興趣的人。這時有人竊竊私語：他們爲什麼沒有加入李將軍的部隊呢？

他們全到大廳來了！幾分鐘以前，這裡還顯得是那麼寬敞，可現在已經水泄不通了。夏夜的空氣中散發著香囊、科隆香水及髮油的香味，加上燃燒的月桂香蠟燭味，溫馨宜人。由於眾多腳步踩踏在訓練用的老舊的地板上，還微微揚起了一片塵土。這時彷彿受到現場喜悅氛圍的感染，老利維中止了《羅琳娜》的演奏，重擊樂弓，拼命一拉，樂隊便奏起《美麗的藍旗》。

幾百個聲音一起附和著，叫喊著，高唱著，一陣歡呼。這時，鄉團的號手爬上樂台，在合唱開始時加入了樂隊，喇叭那清脆而高亢的音調凌越群眾合唱，撼人心弦，讓大家聽得都渾身汗毛直豎：萬歲！南部權力萬歲！萬歲！

美麗的藍族！萬歲！只有一顆星的藍旗，萬歲！人們緊跟著唱第二段，這時，思嘉麗也跟大家一起唱著，忽然聽見媚蘭的美妙女高音像喇叭聲那樣清脆，在背後飛揚起來，真誠而震撼人心。轉過身來，她看見媚蘭站在那裡，眼睛閉著，兩手交疊著放在胸前，小小的淚珠沿兩頰簌簌而下。音樂結束時，她神情古怪地微笑著望著思嘉麗，一邊用手帕輕輕拭淚，一邊撇著嘴表示歉疚。

「我太高興了，」她低聲說，「真爲這些士兵感到驕傲，所以禁不住哭了起來。」她的眼裡閃耀著一種近乎狂熱的激情，她那張平淡而寧靜的小臉越發神采奕奕和美麗無比。

唱完那支歌，所有婦女臉上幾乎都浮現出這樣的表情，她們那些紅撲撲的或皺巴巴的臉上都是驕傲的淚水，嘴唇上浮出一絲絲微笑，眼睛裡閃著熾熱的光芒，一起望著她們的男人，情人望著愛侶，妻子望著丈夫，母親望著兒子。即使最平淡的女人也因這種令人目眩的美變得出色，她們都是那麼的炫目迷人，因為她們的男人全心全意地保護著、熱愛著她們，而她們則以千倍萬倍的愛回報著他們。

她們愛自己的男人，她們信任他們，至死不渝。這樣一道頑強的灰色防線在保護她們不受北方佬的傷害，她們還怕什麼災禍會降臨到她們頭上呢？世界誕生以來，這樣不顧一切、勇敢、英俊、溫柔的男人何曾有過。除了絕對的勝利，像他們為之戰鬥的這種正當公平的主義，還怎麼會有別的結局呢？她們像愛自己的男人那樣愛護著這個主義，用自己的雙手和心靈為它服務，她們整天談它，想它，夢它……萬不得已時，她們願意為它犧牲自己的男人，並且自豪地去承擔她們的損失。

在她們內心深處，這是獻身的高潮，驕傲的高潮，是南部聯盟的高潮，因為最後的勝利就近在眼前了。「石壁」將軍傑克遜在謝南多亞河谷的幾次勝仗和北方佬軍隊在里士滿附近「七日戰役」中的慘敗，已明明白白地說明了這一點。有了像李將軍和傑克遜這樣的將領，這場戰爭怎麼可能不贏呢？僅需要再一次勝仗，北方佬就會下跪求和，男人們就會騎馬歸來，那時到處都是親吻和歡笑了。戰爭就要結束了，只消再一次勝仗！

當然，在維吉尼亞寂寞的小溪旁和田納西靜靜的群山中多了許多未立墓碑的墳，在屋子裡有了永遠見不到父親的嬰兒和空椅子，可是為了這個主義，付出再高的代價也是值得的。家庭很難買到茶、糖、婦女的絲綢，但這是可以一笑置之的事情。何況，在北方佬遲鈍的鼻子底下，那些冒險跑封鎖線的人還不斷運進這些東西來，並且你一旦有了這些東西就會自豪萬分。不久，拉斐爾·塞姆斯和南部聯盟的海軍就會來對付北方佬的炮艇，就會打開港口。同時英國紡織廠由於缺乏南方的棉花而不能開工，所以也會進來協助南部聯盟取得勝利。

婦女們這樣笑著，扭擺著絲綢衣服，滿懷驕傲地望著她們的男人，她們知道，面臨危險和死亡而成的姻緣總是和奇妙的激情同時並存，因而這種愛加倍的美妙。

思嘉麗感到異常刺激，心臟禁不住怦怦直跳。她觀察著擁擠的人群，看著周圍人們那興高采烈的面容，她的喜悅開始消失。她感到迷茫和沮喪。不知怎的，一瞬間，大廳好像並不怎麼漂亮，女孩們也並不怎麼時髦，在每張臉上熠熠生輝的那股獻身事業、已達白熱化程度的熱情似乎——哦，這似乎只是太傻了！

一點自我意識的閃光從她心頭突然掠過，這使她驚詫得張口結舌，原來她並沒有加入到這些女人的強烈自豪感，她們可以犧牲自己和所有的一切，僅爲了主義。她甚至恐懼地想到：「不！不！我絕不能變成這樣！這是錯誤的，有罪的。」但她已認定主義這東西根本沒有什麼意思，聽旁人那麼如醉地談論它，她已聽膩了。在她眼中，主義毫無神聖可言，戰爭也並不是什麼崇高的事，只不過是盲目地耗費金錢、屠殺人類、妨害人們享受的一種令人生厭的惡行罷了。她知道自己已經厭倦無窮無盡的編織、捲繃帶、刷整棉布，因爲她的手指都被磨粗了。啊，她也對醫院厭惡透頂！那些令人作嘔的臭味，那些無休止的呻吟！那種兩頰深陷、瀕臨死亡的臉部表情，她實在不敢再看下去。

這些背叛性、褻瀆性的思緒掠過她腦際的時候，她偷偷地看了看周圍，擔心有人發現這些想法正明白無誤地寫在她的臉上。啊，爲什麼她就不能跟這些女人有同感呢！她們對主義的忠誠是真摯的，是全心全意的。她們所說所做的一切的確發自內心。而且，如果有人要疑心她……不，絕不能讓人知道！她必須繼續裝出對主義感到自豪和熱情的模樣，假裝自己在履行作爲一個南部聯盟軍官的遺孀的義務，假裝她的心已經進入了墳墓，勇敢地承受自己的悲哀。

唉，她永遠不能像她們那樣無私地愛什麼人或事業，她爲什麼就和這些女人不一樣呢？這是一種多麼令人孤獨的感受！而在以前，她的身心無論在哪個方面都從未有過如此孤獨。她企圖扼殺這種思想，可是她天生忠實於自己的本性根本不允許她這樣做。因此，在義賣進行，她和媚蘭一起在她們的攤位上接待顧客時，她的思想仍在繼續轉動著，並千方百計說服自己——自己是正確的。

其他女人都在傻乎乎、歇斯底里地談論著愛國主義和事業，男人們也正談論著關鍵問題和州權。唯有她思嘉麗．奧哈拉．漢密爾頓一個人，具有堅定不移的正確的愛爾蘭人頭腦。自己不會在主義問題上做一個糊塗蟲，但同樣也不會做袒露自己真實感情的傻瓜。她的頭腦堅定，講話時審時度勢，因此誰也不會真正瞭解她內心的感受。如果她此時此刻的想法被這些參加義賣會的人得知，他們一定會大吃一驚的！要是她突然爬上樂台，大聲承認她認爲戰爭應當停止，每一個人都應該回家去，去照管他們的棉花，讓他們像從前那樣舉辦宴會，像從前那樣有大量的淺綠色衣服和自己的情人，那將會引起人們多大的恐慌啊！

有一會兒，她的自我辯解使她振作了一些，但她還是厭惡地環顧著大廳。正如梅里韋瑟夫人所說的，麥克盧爾家的攤位並不怎麼顯眼，有時很久都沒有顧客光顧，所以思嘉麗只是嫉妒地望著那些快樂的人群，無聊透頂。媚蘭察覺到她的這些陰鬱情緒，以爲她是在懷念查理斯，便不去打擾她。她自己忙著整理攤位上的義賣品，好使它們顯得更引人注目些，而思嘉麗卻怏怏不樂，坐在那裡，煩躁地望著四周。甚至連戴維斯先生和斯蒂芬斯先生肖像下面堆放的那些鮮花，也沒能使她高興起來。

「這簡直就是個祭壇。」她鼻子裡哼了一聲，「人們對待這兩個人的態度，簡直就像父子關係！」這時，她突然意識到自己的這種大不敬是非常可怕的，便趕快在胸前畫了個十字謝罪，並且極力控制住自己。

「可我說的是真的啊，」她向自己的良心辯解道，「雖然人人都把他們當做聖人，實際上他們只不過是普通人而已，而且還是長得難看的普通人。」當然，斯蒂芬斯先生由於終生殘疾，對自己的長相也是沒有辦法的，可是戴維斯先生呢？抬起頭來，思嘉麗望著那張浮雕般光淨而驕傲的臉孔，感到最不能容忍的就是他那把山羊鬍子。男人要麼只蓄八字鬍，要麼蓄上全副的鬍鬚，或者乾脆把臉刮光，怎麼能這樣不倫不類呢。

「瞧那一小綹，好像還滿自豪呢！」她這樣想著，他臉上那種勇於挑起一個新國家的重任的冷靜剛毅表情，她卻選擇視而不見。

不，她現在一點也不快樂，而起先她還爲能置身於人群中而歡呼雀躍呢。現在看來，僅僅在場是不夠的。雖然她身在義賣會，但這和她的期望相差太遠，因爲她並不是其中的一分子。她現在是會上唯一沒有情人的已婚婦女，誰也不會注意到她。這太不公平了！要知道以前的她總是佔據舞臺中心的位置。她才十七歲，她的腳正啪嗒啪嗒地敲著地板想上場跳舞。她才十七歲，可她的丈夫已埋在奧克蘭公墓，她的嬰兒已睡在皮蒂姑媽家的搖籃裡，所以人人都覺得她應當本本分分。跟在場的任何一個女孩子相比，她的胸脯更白，腰肢更細，雙腳更小巧，但是，每個人都認爲她必須認命。她只能選擇躺在查理斯身旁，墓碑早已刻好「某某愛妻」的字樣。

但是，她的年紀還小，根本不應該當寡婦呀！寡婦應當是白髮蒼蒼的人……老得不能再調情，再跳舞，也不想再惹男人們的愛慕。這是多麼的不公平呀！她才剛滿十七歲啊，就必須端端正正地坐在那裡，遵循寡婦規矩，當帥氣的男人們到她們的攤位來買東西時，她也必須兩眼謙卑地向下俯視，低聲下氣地說話，這真是一個不公平的世道啊！

在亞特蘭大，即使最平淡無光的女孩子甚至也神氣得像個美人兒似的，身邊都站著三層男人，而且，最令人不可思議的是，她們都敢穿著那麼漂亮的衣裳在調情！

而她呢，像隻灰色的烏鴉坐在那裡，一身黑衣服的袖子長到手腕，紐扣一直扣到下巴底下，沒有一點花邊或飾帶，只有母親給她的那枚黑瑪瑙胸針，更別說任何珠寶之類的東西。她眼睜睜地看著那些醜陋不堪的女孩子，挽著帥氣男人的胳膊走來走去，這一切的一切，只不過是因爲查理斯出了一次疹子。而且更可恨的是，他竟然沒死在戰鬥中英勇奮戰的時候。若是那樣的話，她還可以對此吹吹牛皮。

她撐著兩肘，倚立在櫃檯內嫉妒地斜睨著人群，儘管嬤嬤經常告誡她這種姿勢會把肘子磨皺和扭歪的，她想反正已沒有機會再露出它們了。就算扭歪了又會怎樣？她羨慕地望著一群群女孩走過，她們穿著各色衣服，有的穿奶油色波紋綢衣，有的戴薔薇花蕾髮箍，有的穿粉紅色緞子，上面打著十八道用黑天鵝絨帶鑲的荷葉邊；有的穿淺藍色綢衣，後面托著十碼長帶波浪形花邊的裙裾；她們個個都簪著誘人的鮮花，袒露著胸口。

梅貝爾．梅里韋瑟挽著那義勇軍的胳膊，朝隔壁的貨攤走去。她身上那件蘋果綠薄紗衣裳是那樣的寬鬆，將她的腰肢襯托得纖細極了。衣服上鑲著大量奶油色的上等花邊，那是從查爾斯頓最後一艘封鎖艦上弄來的。梅貝爾穿著它如此招搖，就好像偷闖封鎖線的是她，而不是那個著名的巴特勒船長。

「要是我穿上這件衣裳，肯定會更好看！」思嘉麗懷著滿腔妒火地想，「她那腰粗得簡直像頭母牛。我很合適這種綠色，它會使我的眼睛變得……像她這樣的人根本不配穿這種顏色的衣服。」太遺憾了，我再也不能穿這種顏色了，即使服喪期滿了也沒有資格。不行，就算我設法再嫁人也是不行的。那麼，到時候我就只能穿倒楣和難看得要死的褐色、老灰色和淡紫色了。

有一瞬間，她想所有的一切都不公平。人生在世，玩樂、跳舞、調情，穿漂亮衣裳的時間是何等的短促呀！實在太短暫了！接著你就得結婚，穿灰不溜丟的衣服，生孩子，眼看著苗條的腰身被糟踐了，而且在舞會上只能跟其他已婚婦女坐到角落裡，偶爾有機會出來同自己的丈夫或別的老先生跳幾下，而這些老先生笨得只會專門踩你的腳！如果你不這樣做，那些少奶奶就會說你的閒話，你的名譽就會毀了，你的家庭也就沒有面子了。

當還是小女孩的時候，你可以把光陰全都用在學習怎樣打扮和迷惑男人上，可後來這些本領只能用一兩年，這是多麼可怕的浪費啊！於是，她想起在愛倫和嬤嬤手裡受訓的時候，她們對她的訓練很徹底，效果也很好，因爲總是碩果累累。是有一套規則要遵守，而一旦你依規則而行的話，你的努力就會被冠之以成功的花環。

對待老太太們，你總要裝得盡可能單純，因爲老太太們往往既苛刻又妒忌，像老貓似的，隨時監視著年輕的女孩們，只要你口頭眉梢稍有不當之處就過來揪住你；而對老先生們來說，最好是放肆和淘氣一些，而且可以恰到好處地賣弄一點風情，那些老傻瓜便立刻被挑逗起來，他們會覺得自己又年輕了，說你是個小妖精。當然嘍，在這種情況下你的臉要紅起來，否則他們會得寸進尺，弄到無理取鬧的程度，甚至背後告訴他們的兒子，說你是個蕩婦。

和年輕的女孩或已婚的年輕婦女相處時，你就得滿嘴甜言蜜語，每次見面都要吻她們，即使一天見十次也得這樣。你得伸出胳膊摟住她們的腰，並讓她們也摟著你，即使你很不喜歡這樣，也得遵循這樣的禮節。你得表示無所保留地欣賞她們的衣著，或者她們的嬰兒，恭維她們的丈夫，拿她們的情人開玩笑，並且咯咯笑著謙遜地拒絕她們對你的稱讚，說與她們相比，自己簡直是一無是處。此外，最重要的是，你絕不能說出你對某件事情的真正看法，她們若告訴你她們真正是怎麼想的，你也就只能說這麼多，絕不能說得更多。

對別人的丈夫，即使他們就是你已經拋棄的情人，無論他們是多麼富於誘惑力，你得嚴格地避免嫌疑。如果你對年輕的丈夫們太過殷勤，他們的太太便會說你輕浮放蕩，你就會落個壞名聲，從此永遠也不可能得到自己的情人了。

但是，對於年輕的單身漢而言——那就另當別論了！哦，你可以對他們溫柔地微笑，而當他留意到你爲何這樣笑時，你可以不予說明，並且還可以笑得更誇張一些，惹得他們一直在你周圍琢磨其中的奧秘。你可以用眼神向他們許諾無數件令人激動的事，讓一個男人設法跟你單獨在一起。但是，你單獨跟他在一起，他要吻你，這時你就得表現出非常生氣、非常受委屈的樣子。他請求你饒恕這種卑鄙的企圖時，你可以用溫柔的神態表示原諒，使他還會戀戀不捨地想再次吻你。

有時，很少的時候，你讓他吻了一下（母親和嬤嬤並沒有這樣教她，可她自己發現這是很起作用的），然後你就假裝哭起來，並且宣稱你不知怎的就一時糊塗了，從此他再也不會尊重你了。於是，他就得替你把眼淚拭乾，往往還會做出求愛的表示，以表明他的確非常尊重你，接著就會……。你可以對單身男人做很多的事情，像秋波暗送啦，像用扇子半遮半露地微笑啦，像流淚啦，扭著臀部將裙子擺得像鈴鐺啦，說恭維話啦，癡笑啦，親切地表示同情啦等，這些她全都熟悉得不得了，唔，所有這些手法真是屢試不爽……唯獨艾希禮除外。

不，這些巧妙的手法學會後，只用了很短一個時期就被冷落到一邊，這好像太不應該了。要是一輩子不結婚，就可以永遠永遠穿著可愛的淡綠色衣裳，受到男人們的追求，那該多美好呀！可是，日子一長，你就會變成一個像英迪亞．威爾克斯那樣的老處女了，人人都會以那種幸災樂禍的討厭口氣說：「可憐的傢伙！」不，即使不能再有什麼樂趣，畢竟還是比去結婚以保持自尊來得更好。

啊，人生是多麼荒唐啊！她怎麼會傻到如此地步，竟然同查理斯結了婚，十六歲時就親手葬送了自己幸福的一生？

人群開始往牆邊靠，她憤憤不平、毫無希望的思緒也被打斷了。太太們小心地托著裙環，以免別人不小心把裙環碰翻，不合適地露出太多的長褲。踮起腳尖，思嘉麗從一群人頭上遠遠望去，只見民團隊長正登上樂隊演奏台。他大聲喊著口令，半個連的人便迅速排成了一列。他們僅花了幾分鐘時間，演習了一遍靈活的操練，直練得汗流滿面，贏得觀眾的喝彩，思嘉麗也跟著眾人有禮貌地鼓掌。接著，一聲解散後，士兵們紛紛向那幾個賣糖拌酒和檸檬水的攤位蜂擁而去，這時，她轉向媚蘭，覺得最好還是儘快開始裝出自己對事業充滿熱情的樣子來。

「他們顯得非常帥氣，不是嗎？」她說。

媚蘭正忙著整理櫃檯上的那些編織品。「如果他們穿灰制服出現在維吉尼亞，他們中的大多數人，也許會更加帥氣。」媚蘭這樣說，並沒有意識到要把聲音放低一點。

幾位民兵隊員頗爲得意的母親緊靠著站在旁邊，無意中聽到了媚蘭的這句評語。吉南太太氣得臉色一陣紅一陣白的，因爲她那位二十五歲的威利也恰好在這個民團裡。

這些話從大家都喜歡的媚蘭嘴裡說出來，思嘉麗簡直驚呆了。

「你怎麼了！媚蘭。」

「思嘉麗，我這並不是在說那些小孩和老頭。這是事實呀，有好多民兵是完全能夠扛起槍奔赴前線的，而那正是他們此刻該做的事。」

「可是……可是……」思嘉麗以前從未考慮過這件事，她開始尋思。「有的人選擇待在家裡是要……」關於自己待在亞特蘭大的理由，威利．吉南是怎麼跟她說的？「有的人待在家裡也正是要保衛這個州免受侵略呀！」

「現在沒有人侵略我們，也不會有人來侵略我們。」媚蘭朝一群民兵望去，冷冷地說道：「阻止侵略者打進來的最好的辦法，就是到維吉尼亞前線去打擊北方佬。至於說什麼民兵留在這裡是要防止黑人暴動，這真是聞所未聞的蠢話。我們的人民幹嘛要暴動呢？這只不過是懦夫們遠離戰場的藉口罷了。我敢擔保，要是各州的全部民兵都到維吉尼亞去，我們就能在一個月內消滅那些北方佬，我就是這麼想的！」

「媚蘭！你到底怎麼了？」思嘉麗又一次喊起來，瞪著兩隻大眼睛。

媚蘭那對原本很溫和的黑眼睛此刻是憤怒的火花直冒。

「我的丈夫無所畏懼地上了前線，你的丈夫也是如此，我寧可他們兩人犧牲了也不要待在家裡……啊，對不起。親愛的，我這話太冒失、太殘忍了！」

她安慰地拍拍思嘉麗的臂膀，思嘉麗呆呆地注視著她。但是，思嘉麗心裡想的不是已經死去的查理斯。她想的是艾希禮。假如艾希禮也死了呢？這時正好米德大夫朝她們這個攤位走來，她馬上轉過身，機械地微笑著。

「小姐們好啊，」他招呼她們，「我明白你們今晚出來是十分難得的。你們能來真是太棒了。可是，這都是爲了我們的主義呀。如今我要告訴你們一個秘密。我想出了一個絕棒的辦法，能在今晚給醫院籌到更多的錢，可是我怕把你們中的有些女士們嚇壞了。」說到這裡，他捋著山羊鬍子停頓了下來，咯咯地笑著。

「唔，快說吧！到底是什麼辦法？」

「我再想一下，我相信我也會讓你們捉摸不透的。不過，如果教徒們因爲這個要把我趕出這個城市，你們可一定要站出來支持我呀，反正，這一切都是爲了醫院，你們等著看好戲吧，以前還從未幹過這樣的事呢。」

他大搖大擺地走向坐在角落裡的一群陪護。這時，思嘉麗和媚蘭彼此轉過頭來，正要討論那個秘密到底是怎麼回事，卻看見有兩位老先生已走近她們的攤位，大聲宣布要買十英里長的梭織花邊。儘管思嘉麗在量花邊時不得不假裝正經地讓人家在下巴上捏了一下，算了，有兩位老先生總比一個男人都沒有要好得多。

這兩個老不正經的人很快離開，走向檸檬水攤位那邊了，其他的老頭又來到櫃檯邊。這個攤位的顧客比其他的攤位少。因爲那邊有梅貝爾・梅里韋瑟的銀笛一樣的歡笑，有范妮・埃爾辛的咯咯的笑聲，有惠廷家女孩們的機敏的應答，這使顧客們感到開心。媚蘭就像個小店主一樣，悄悄地冷靜地賣給男人們一些不太合用的東西，而思嘉麗則是以媚蘭爲榜樣照葫蘆畫瓢。

大量的人站在別的櫃檯那裡，女孩們在嘰裡呱啦地閒聊，男人們在買東西，但思嘉麗和媚蘭的櫃檯前卻是另外一幅景象。

很少幾個人來到這裡，也只談談如何跟艾希禮一起上大學，隨口誇他是多好的一名士兵，抑或談到查理斯，以尊敬的口吻嘆息著，說他的死對亞特蘭大是多麼巨大的損失等。

隨後，縱情歡樂的曲調突然響起，思嘉麗一聽幾乎要驚叫起來。她想跳舞。她真的很想跳舞！她盯著眼前的地板，用腳尖隨著樂曲輕輕地拍打，同時她的綠眼睛彷彿在燃燒，煥發出熾熱的光輝。這時，有個新來的站在走道裡的男人從對面瞧見了她們，而且突然認出她來了，於是仔細觀察著思嘉麗那張慍怒不平的臉龐和那雙斜斜的眼睛。接著，當他認出了那種對別人傳遞出的邀請時，他不禁對自己笑了，這一點任何男人都看得出來。

他穿著一套黑色毛葛衣服，高高的個子，凌駕於身邊那些軍官之上，肩膀很寬，但往下便漸漸瘦削，形成一個細細的腰身和一雙小得出奇的腳，腳上是晶亮的皮靴。他那一身純黑的衣服，一件帶褶邊的漂亮襯衫和一條筆直堅挺的直罩腳背的褲子，同他的體態和面容顯得有些不搭調，因爲他把一套紈褲子弟穿的衣裳穿在一個強壯和隱約流露危險性而很少斯文氣的人身上。他頭髮烏溜溜的，與身旁那些騎兵的時髦而張揚的髭鬚相比，兩片小小的黑髭修剪得非常精緻，看他那神氣，顯得像個外國人。他給人傲慢無禮的感覺，而且當他凝望思嘉麗時，那雙放肆的眼睛射出一種不懷好意的光芒，最後，思嘉麗感覺到了他的注視，也朝他看去。

她心中隱約覺得這個人似曾相識，可一時想不起在哪見過。不過幾個月來他是頭一位展現了對她頗有興趣的男人，於是她也拋給他一個歡快的微笑。他向她鞠躬，她也輕輕回了一禮，但當他挺直身子，邁著分外柔和的印第安人般的步態朝她走來時，思嘉麗立刻認出他是誰了，嚇得她不由自主地用手去捂住自己的嘴。

她站在那裡木然發呆，猶如被雷電擊中了一樣，可他卻穿過人群走了過來，這時她想起跑進後面賣點心的房間去，才慌忙地轉過身子，可是攤位上的一隻鐵釘掛住了她的裙子，她生氣地使勁拉扯著、拔著，可他已經站在她身邊了。

「還是讓我爲你效勞吧。」他說著，便彎下腰來替她解開裙子上的那條荷葉邊，「真沒想到你竟然還記得我，奧哈拉小姐。」他的聲音，她聽來分外親切，是一個上等人的腔調，響亮而帶有查爾斯頓人的悠長韻味。

她想到上次見面的情景而羞得滿臉通紅，無助地望著那兩隻她平生所見過的最黑亮的、如今在無情地歡蹦亂跳的眼睛。這世界真是小得出奇，怎麼偏偏是他來了呢，這個可怕的傢伙曾經親眼見過她與艾希禮演的那一幕鬧劇！這個可惡可恥的人曾毀了女孩子的名聲，好人都不願接受他；就是這個卑鄙小人曾經說過她不是個淑女，而且還很有理由。

聽到了他的聲音，媚蘭便轉過身來，這是頭一次思嘉麗由衷感謝上帝，慶幸自己在世界上還有這麼一位小姑。

「怎麼……這是……是瑞德．巴特勒先生，是不是呀？」媚蘭一面伸出手來，微露笑容說，「我見過你……」

「就在宣布你們訂婚的喜慶日。」他補充說，同時低下頭來親吻她的手。

「感謝你還記得我。」

「你從查爾斯頓大老遠地跑來有何貴幹啊，巴特勒先生？」

「因爲一樁生意上的麻煩事。威爾克斯太太，從今往後恐怕我得在你們這個城市進進出出了，我發現我不僅必須把貨物運進來，而且還要操心它們的處理情況。」

「運進來……」媚蘭起初皺起眉頭，但緊接著露出歡快的微笑，「怎麼，你……你肯定就是我們常聽到的那位大名鼎鼎的巴特勒船長──跑封鎖線的人了。這裡每個女孩子都穿著你弄進來的衣裳呢，難道你不感到激動嗎？思嘉麗，親愛的？怎麼了，你頭暈了？快坐下。」

思嘉麗坐到小凳子上，呼吸變得如此急促，以至於她害怕胸衣上的紐帶要繃斷了。啊，這是多麼令人恐怖的事情！她從來沒想過還會和這個人碰上。這時他從櫃檯上拿起她的那把黑扇子，開始殷勤地給她扇起來，或許是太關切了，他的面容顯得非常嚴肅，但眼睛仍在跳動。

「這裡太熱了，」他說，「怪不得奧哈拉小姐發暈了。到窗口去涼快一下，好嗎？」

「不用。」思嘉麗說，口氣非常粗魯，媚蘭都愣住了。

「她已經不再是奧哈拉小姐了，」媚蘭說，「她現在是漢密爾頓夫人，我的嫂嫂。」

媚蘭同時遞給她一個親暱的關切眼色。思嘉麗望著巴特勒船長那張海盜般黝黑的臉上的神情，只覺得自己快要悶死了。

「對於兩位迷人的太太來說，這真是可喜可賀的事，對此我深信不疑。」他說著，微微欠身鞠了一躬。每個男人都說過這樣的恭維話，但是從他嘴裡冒出來，思嘉麗便感覺完全不是那麼回事。

「我想，在這個快活的盛會上，你們兩位的先生今晚都來了吧？真想再見上他們一面。」

「我丈夫在維吉尼亞，」媚蘭自豪地昂了昂頭，「只是查理斯……」她的聲音忽然停止了。

「他在軍營裡死了。」思嘉麗怒氣衝衝地說。

媚蘭不敢相信地瞧著她，大為詫異，那位船長則做出了一個自責的姿勢。

「親愛的太太……我怎麼能這樣！你們得原諒我。請允許一個陌生人說句安慰的話，為自己的國家而死就是永遠活著。」

噙著眼淚的媚蘭朝他笑了笑，然而思嘉麗只感到一股無名的怒火和仇恨撕咬著她的臟腑。他是說了句得體的恭維話，在這種情況下，任何一位男士都能夠說出來的，但他根本不是在說真心話。他明明知道她不愛查理斯，他是在譏諷她。可是媚蘭這個大傻瓜卻看不透他。

她又驚慌又恐懼地暗自忖度著。啊，懇求上帝，千萬不要讓人看透他呀！他會說出他所知道的情況嗎？他無疑不是個紳士，既然這樣，就難保他會做什麼了。這種人是沒有什麼好的道德修養可說的。她抬起頭來望著他，只見他仍是兩個嘴角朝下耷拉，一副假惺惺的表示同情的樣子，同時他在繼續幫她扇扇。有某種東西在他那表情中向她的精神挑戰，這激起她心中一股憎惡之情，同時力量也回來了。忽然她從他手中奪回了扇子。

「我已經好了，」她用苛刻的口氣說，「你扇亂了我的頭髮，用不著你扇！」

「思嘉麗！親愛的！巴特勒船長，請你一定要原諒她。她……她一聽到有關可憐的查理斯的名字，就會失去理智。也許，今晚我們不該到這裡來，不管怎麼說，早晨我們還安安靜靜的，你瞧，但是或許是後來太緊張了……這熱鬧勁兒，這音樂，可憐的孩子！」

「我深表理解。」他努力裝出嚴肅的口吻說，不過當他回過頭來仔細凝望媚蘭，他的神情就變了，那黑黑的臉孔上流露著勉強尊敬而溫和的神態。如同把媚蘭那可愛而憂鬱的眼睛看穿一般，「我相信您威爾克斯太太是位勇敢的少奶奶。」

「他對我就不說這些話！」思嘉麗生氣地想。

而媚蘭只是一味惶惑地笑著，然後答道：「哎喲，可別這樣說。巴特勒船長！我們只是幫她照看一下這個攤位，因為臨揭幕前一分鐘……要一隻枕頭套？上面有旗幟的，這個就很不錯。」她回過頭去，招呼那三位出現在櫃檯邊的騎兵。

思嘉麗默不作聲地坐在小凳上，揮舞著扇子，也不敢抬頭，只巴望著巴特勒船長快些回到他的船上去。

「你丈夫死了很長時間了？」

「是的，快一年了。很久了。」

「我相信，就跟千秋萬代似的。」

思嘉麗不大清楚千秋萬代的意義，可是聽那口氣無疑就是挑釁的味道，所以她一聲不吭。

「請原諒我提出這樣的問題，但是我離開這一帶太久了。那時離你們結婚很長時間了嗎？」

「兩個月。」思嘉麗不情願地說。

「真是一場不折不扣的悲劇。」他用輕鬆的口氣調侃著。

她憤憤不平地想，真是個該死的傢伙。假如換其他的任何人，我簡直要氣得發瘋，說不定命令他馬上滾開，可是他對艾希禮的事知根知底，而且還明白我並不愛查理斯。這樣，他就緊緊地捆住了我的手腳，她仍然默不作聲，只是低著頭看她的扇子。

「那麼，這是你第一次在公眾場合露面了？」

「我知道我很不適合在這裡。」她趕緊解釋說。「但是，麥克盧爾家的女孩們臨時有事到外地去了，又沒有其他的人，所以媚蘭和我就臨時負責這個攤位……」

「爲了主義多大的犧牲也在所不辭。」這難道不是埃爾辛太太說過的話嗎？可從他嘴裡說出來聽起來就很不一樣，她真想諷刺他幾句，可是想想又作罷。畢竟，她是由於在家裡待膩了才到這裡來，不是爲了什麼狗屁主義。

「服喪這種制度，把婦女下半輩子的生活禁錮在黑縐紗裡，禁止她們享有正常的樂趣，這和印度自焚殉夫一樣野蠻。」

「自焚殉夫？」她笑了笑，厭惡那些說起話來叫她聽不懂的人。因爲自己的無知，她的臉紅了起來。

「在印度，一個男人死了不是埋葬，而是被燒掉，同時他的妻子也得爬到火葬堆上同他一起被燒死。」

「真慘啊！她們爲什麼這樣呢？警察難道也不管嗎？」

「當然不管，一個不自焚的老婆會淪爲被社會遺棄的人，所有那些受人尊敬的太太們都會因爲她沒有像個有教養的大家閨秀那樣行事而對她說三道四。要是今天晚上你穿著紅衣裳來領跳一場蘇格蘭舞的話，那個角落裡有身分的女士們會議論你，可是，據我看來，自焚殉夫至少比我們南方活埋寡婦的習俗要人道許多。」

「你怎麼敢詛咒我被活埋呢！」

「你看婦女們把捆束她們的鎖鏈抓得多緊啊！你覺得印度的習俗非常野蠻……可是，假如不是南部聯盟需要你們，今天晚上你會有勇氣在這裡露面嗎？」

對這樣的辯論，思嘉麗總是感到迷惑不解。現在巴特勒說的話更是讓她加倍糊塗了。因爲她只是有個模糊的觀念，那就是覺得有些道理。但現在應該是把他駁倒的時候了。

「那當然嘍，我是不會來的。因爲那樣就會是……嗯，是不光彩的……就會顯得好像我並不愛……」

他瞪著的眼睛裡流露出冷嘲的樂趣等她說下去，這樣一來，她沒有辦法說下去了。他知道她沒有愛過查理斯，他也不讓她裝出她應該表現出來的那種禮貌的情緒來。同這樣一個不是上等人的傢伙打交道可真是太可怕了！就算明明知道一位女士是在說著謊話，一個紳士也往往會表示出是相信她的樣子。一位紳士總是遵守一切規則，說適宜的話，想方設法使生活對一個淑女來說更容易一些。可是這個男人似乎並不在乎什麼規矩，並且顯然津津樂道一些誰也沒有談過的事情。這才是南方騎士的風度。

「我迫不及待地要聽你說下去呢。」

「你真是我見過的最討厭的人了。」她眼睛向下，無奈地說。

突然他從櫃檯上探過身來，直到嘴巴湊近了她的耳朵，模仿著常常在雅典娜劇場出現的那個舞臺丑角的姿態，輕輕地說：「我的好太太！你放心，你的秘密在我手裡是絕對安全的！」

「哦，」她憤怒地低語說，「你怎麼能說出這種話呢！」

「我只是想讓你放心嘛，你還要我說什麼呢？『美人兒，從了我吧，要不我就給抖出來！』莫非你要我這樣說嗎？」

她頗不情願地迎視著他的目光，看到他的眼神就像個小男孩在戲弄人似的。畢竟這場面太滑稽了。她撲哧一聲笑起來。他也跟著笑，笑得那麼響，以至惹得角落裡的幾位陪護人都看向這邊。她們發現原來查理斯．漢密爾頓的遺孀在跟一位素不相識的陌生人聊得不亦樂乎時，就又把腦袋湊在一起紛紛議論開了。

米德大夫登上樂台，響起一陣咚咚的鼓聲和一片噓聲，他攤開兩隻手臂示意大家安靜。

「今天，我們衷心感謝這麼多美麗的女士們來捧場。」他開始講演，「是她們以堅持不懈的愛國熱情，把這個義賣會辦得相當成功，而且還把這個簡陋的大廳變成了一座優美的庭園，一座跟我周圍的玫瑰花蕾相媲美的花園。」大家都拍手讚賞。

「女士們都付出了最大代價，她們不僅僅付出了時間，還有她們雙手的辛勤勞作，而且，這些攤位上的精良物品全部是出自我們迷人的南方婦女的靈巧的雙手，更是加倍美麗。」又是一陣熱烈的歡呼聲。

瑞德・巴特勒此時正不經意地斜靠在思嘉麗身邊的櫃檯上，卻小聲說：「你看他像一隻神氣活現的山羊嗎？」

思嘉麗先是大吃一驚，然後用責備的目光注視著他。他竟敢對亞特蘭大這位最受愛戴的公民如此大不敬？不過，這位大夫下頦兒上那把不停地搖擺著的灰色鬍子，也著實使他像隻山羊，她瞧著瞧著便禁不住咯咯地笑了。

「可是，僅僅這些還不夠。醫院委員會裡那些好心的女士們，用巧妙的雙手撫慰了許多苦難者的心，從死神的手裡奪回那些爲了我們最最英勇的正義而負傷的生命，她們是最明白我們迫切需要的。在這裡我不想一一列舉她們的名字了。我們必須有更多的錢用來向英國購買藥品，今天晚上還要感謝那位勇敢的船長來加入我們的盛會，他在封鎖線上不顧個人安危地跑了一年，而且還要接著跑下去，瑞德・巴特勒船長！帶來我們所需的藥品。」

雖然事出突然，那位跑封鎖的人物還是很有禮貌地鞠了一躬……太虛假了，思嘉麗想，並開始尋思其中的原因。好像看來是這樣：他表示過分的禮貌，恰恰是因爲他極爲輕蔑所有在場的人。他鞠躬時，全場發出熱烈的喝彩聲，就連坐在角落裡的太太們也伸長脖子在看他。原來船長就是被可憐的查理斯・漢密爾頓的遺孀勾搭的那個人呀！但是查理斯死了還不到一年呀！

「我們需要更多的金子，我只好向你們要了，」大夫接著說，「我真誠地懇求你們做出犧牲，不過這種犧牲，跟我們那些穿灰軍服的勇士們正在做出的犧牲相比起來，便顯得微不足道，甚至是有些可笑了。女士們，我需要你們的首飾，是我要你們的首飾嗎？不。是聯盟需要你們的首飾，聯盟鼓勵你們捐獻出來，我相信你們沒有人會拒絕。一顆亮晶晶的寶石戴在一隻美麗的手腕上是很好看，金光閃閃的別針佩戴在我國愛國婦女的胸前是很美麗，但是，能為主義做出的犧牲比全部這些金飾和寶石要美麗上千萬倍。寶石要賣掉，金子要熔化，換錢用來買藥品和其他醫藥物資。眼下有兩位英勇的傷兵提著籃子，走到你們面前，女士們……」如同暴風雨一樣的掌聲和歡呼聲淹沒了他講話的後一部分。

思嘉麗首先是深感慶幸自己正在服喪期間，不准許戴外祖母留下的那副珍貴的耳墜和那條沉甸甸的金鏈子，還有那對鑲黑寶石的金手鐲和那個石榴石別針。她看見那個小個子義勇兵，那隻沒有受傷的胳膊上挎著一個橡木條編織的籃子，在大廳裡的人群中轉來轉去，還看見老老少少的婦女熱情地嬉笑著在用力摘鐲子，或者裝作痛苦的樣子把耳墜從耳朵上取下來，或互相幫助把項圈上的鉤子解開，把別針從胸前解下，周圍是輕輕的金屬一起碰撞的「叮叮」聲和「等等，等等，我很快就解下來了」的叫喊聲，梅貝爾·梅里韋瑟正用力擰著她胳膊上的一對鴛鴦手鐲。范妮·埃爾辛一面在拽鬈髮上那件世代相傳的鑲嵌珍珠的金頭飾，一面嚷著「我可以給嗎？媽」。每當一件捐獻物品落進籃子，都會響起一陣喝彩和歡呼。

現在，那個咧嘴憨笑的義勇兵胳膊上挎著沉沉甸甸的籃子正走向她們的攤位。他從瑞德·巴特勒身邊經過時，巴特勒隨手把一個漂亮的金煙盒扔進了籃子。他緊接著來到思嘉麗面前，把籃子放在櫃檯上，思嘉麗便搖頭攤開兩手，表示沒有什麼能給他。作為在場的獨一無二毫無捐獻物品的人，真是太尷尬了。這時她瞥見了自己手上那只金光耀眼的粗大的結婚戒指。

有一刻，她頗感困惑地試圖回憶一下查理斯的臉——他把戒指戴在她手上時表情是怎麼樣的。但是記憶模糊不清，每次想起他都會被立即產生的那種懊惱心情弄模糊了。查理斯……就是他葬送了她的一生，就是他把自己變成了一個老寡婦。

她忽然狠狠地抓住那只戒指，費力地想把它拔出來，可是它箍得很緊，根本動不了，而這時義勇兵正要向媚蘭走去。

「等一下啊！」思嘉麗喊道：「我有東西要捐給你呀！」戒指被取下來了，她打算把它丟進籃子裡去，可這時她瞧見了瑞德．巴特勒的眼睛，他那抿著的下唇露出一絲微笑，她好像反抗似的把戒指扔在那已是滿滿一堆金鏈、手錶、指環、別針和鐲子的籃子裡。

「啊，親愛的！」媚蘭小聲說，眼睛裡充滿著愛和驕傲的光輝，同時緊緊抓住她的胳膊。「你真勇敢，真是個偉大的女孩！等等……喂，請稍等一下，皮卡德中尉！我也有東西給你呢！」她也拼命地擼自己的結婚戒指。思嘉麗知道，自從艾希禮給她戴上以後，這枚戒指從沒離開過那隻手指，在這個世界上也只有思嘉麗知道，它對媚蘭意義重大。媚蘭好不容易取下它，接著放在她小小手心裡緊緊握了一會兒，然後才輕輕地落到那首飾堆上。兩人靜靜地站在那裡，目送義勇兵走向角落裡那群年長的太太們。思嘉麗是一副不甘心的神態，媚蘭則是比流淚還要悽楚。這兩種表情都沒有逃過站在她們身邊的那個男人的眼睛。

「如果不是你那樣勇敢地做了，我是無論如何也做不到的。」媚蘭說著，伸出胳膊摟住思嘉麗的腰肢，並且溫柔地緊摟了一下。

有好一會兒，思嘉麗很想擺脫她的懷抱，就像她父親感到惱火時那副神態，並使勁放開嗓子大叫一聲「鬼才知道」！但是她捕捉到了瑞德．巴特勒的目光，才設法裝出一個酸溜溜的微笑來。媚蘭總是誤解她的動機，這使她十分懊惱……但若讓她懷疑這是否是真的，那還不如讓她誤解好了。

「多麼勇敢的一個舉動，」瑞德．巴特勒語氣溫和地說，「正因爲你們所做出的這樣的犧牲，才深深地鼓舞了我們軍隊中那些英勇的小夥子們。」

思嘉麗想不客氣地回敬他幾句，還是努力的控制住了。他的每一句話裡都暗含嘲諷。從心底裡她感到厭惡，厭惡這個懶洋洋地斜靠在櫃檯邊的傢伙。可是他身上有某種刺激性的東西，某種熱烈的、富有活力的、如同電流一般的東西，使她自己心中一切的愛爾蘭特質都被鼓動起來，思嘉麗勇敢地迎接他那雙黑眼睛挑戰著。她決定要挫挫這個男人的銳氣。

他知曉她的秘密，這使她處於劣勢，而且是糟糕透頂，因此她要設法逼他屈居下游，必須扭轉這種局面。她想要口無遮攔地說出自己對他的看法，但是她使勁壓下了這種衝動。正像嬤嬤常說的，糖總是比醋更能吸引蒼蠅，她決定要抓住這隻蒼蠅並使他屈服，這樣，他就再也不能對她表示憐憫了。

「謝謝你。」她溫柔地說，裝作不懂他的意思，「能博得赫赫有名的巴特勒船長的誇讚，真是備感榮幸啊！」

他轉過頭來放聲大笑，在思嘉麗聽來尤其刺耳，她的臉又不自主地紅了。

「怎麼，這真是你心裡所想的嗎？」好像在逼迫著她回答，他聲音低得在周圍一片喧嚣中只有她才能聽見，「你爲什麼不說我是個該死的渾蛋而且不是什麼上等人，如果我自己不主動滾開，你就會叫一個勇敢的大兵來把我趕出去呢？」

她很想刻薄地加以反擊，可話到嘴邊又極力忍了回去，改口說道：「見笑了，巴特勒船長！

你說哪裡去了！人人都知道你是多麼出名、多麼勇敢的一個……一個……」

「我真對你失望啊。」他說。

「失望？」

「是的。在第一次不尋常的見面時，心想我終於遇到了一個漂亮而且很有勇氣的女孩。可如今我發覺你也只是個花瓶罷了。」

「你是在罵我是個膽小鬼嗎？」

「完全正確。你沒有勇氣說出你的真實想法。第一次見你時，我想：這可真是個百年難遇的女子。她不像其他的小笨蛋那樣，只會服從媽媽所說的一切，只知道照著去做，也不管自己心裡感覺怎麼樣。她們把自己的感情、希望和小小的傷心事掩飾在一大堆漂亮話裡面。那時我想：奧哈拉小姐真是個特立獨行的姑娘。她知道自己所要的東西，也不畏懼說出自己的心事……或者寧願捧爛花瓶。」

「啊！那我現在就把我的真實想法說出來。」她滿胸的怒火衝口而出，「如果你還有一點點紳士風度的話，你就再也不要出現在這裡，再也不要和我說話了。你早就該知道，我是絕不想再理睬你的！你是個討厭的沒修養的東西！你絕對不是個上等人！別以為就你有的那幾條小小的破船可以躲過北方佬的封鎖，你就大搖大擺到這裡，譏諷那些正在為主義貢獻一切的勇敢的男人和女人了……」

「好了，好了……」他奸笑地請求她，「你開頭是講得蠻不錯的，說出了心裡的話，但是別跟我談什麼主義。我不喜歡聽人家談這些，而且我敢保證，你也……」

「怎麼，你怎麼會……」她立刻覺察到自己失去了控制，於是趕忙打住，為自己陷入了他的圈套氣得七竅生煙。

「在你看到我之前，我就已經站在那邊走道裡觀察你了。」他說，「同時我觀察別的女孩子。她們的臉看上去全都像是從一個模子刻出來的。你卻不是，別人很容易看透你臉上的表情。你根本就沒有把你的心思放在事業上，並且我敢說，你也不是在思索我們的主義或醫院。你滿臉表現出來的是要盡情玩樂，想跳舞，但又無計可施。所以你都要抓狂了。你老實說，我說得對不對？」

「巴特勒船長，我已經同你無話可說了。」她努力一本正經地對他說，努力想挽回已經丟掉了的面子。「僅憑你『偉大的跑封鎖線的冒險家』的身分，你是毫無權利侮辱婦女的。」

「偉大的跑封鎖線的冒險家！真是天大的玩笑，請把你寶貴的時間再勻一點給我吧，要不你就讓我冤死了。我不想讓這麼天真可愛的一個小小愛國者，對我為聯盟的主義所做出的貢獻完全處於茫然無知的境地。」

「我沒有心情聽你吹牛了！」

「我跑封鎖線只是一樁生意，我從中賺了不少錢，萬一我不能從中賺錢了，我便會停手不幹。你看這怎麼樣呢？」

「我看你是個徹頭徹尾不要臉的渾蛋，跟那些北方佬沒有什麼區別。」

「說得太對了，」他咧著嘴笑笑，「北方佬還幫我賺錢呢。可不是嘛，上個月我還把船直接開進紐約港，裝滿一船的貨物呢。」

「什麼！」思嘉麗驚叫一聲，十分激動，忍不住大感興趣。

「他們沒用炮把你轟成灰呀？」

「你看我成灰了嗎。我可憐的天真娃娃！那邊也有很多的聯邦愛國者，他們非常願意賣東西給聯盟來賺大錢呀。當然，我把船駛進紐約，向北方佬公司買進貨物，是十分隱蔽的。然後再開回來。如果這地方不安全了，我就換個地方，到納索去[14]，那裡照樣是這些聯邦愛國者給我準備好了火藥、槍彈和美麗的長裙。只是這比到英國去更便捷一些。有時候，要把它運進查爾斯頓或者威爾明頓，稍微有點困難……不過，你肯定想不到一點點黃金能有多神奇的力量！」

「唔，我知道北方佬很壞，可是不清楚……」

「幹嘛對北方佬出賣聯邦、誠實地賺取一分錢吹毛求疵呢？這一點關係也沒有。結果都一樣，他們知道聯盟總會失敗，儘早撈點油水有什麼好苛求的呢？」

「擊敗……我們？」

「完全正確。」

「請你快點離開我的視線好嗎？非得叫馬車拉我回家去，你才甘心嗎？」

「好個惱怒的南方小叛兵！」他說，又咧嘴笑了笑，接著他鞠了一躬，便悠然地走開了。她一個人留在那裡，氣得胸脯一鼓一鼓地站在那裡。好比一個孩子眼睜睜地看著自己的幻想破滅時的失望，一種連她自己也不清楚的失望，像火焰般在她內心熊熊燃燒著。

他怎麼有膽把那些跑封鎖線的人說得那麼令人神往，他怎麼膽敢說聯盟會被打敗！光憑這一點就該槍斃他……作爲叛徒槍斃。她環顧大廳，望著所有熟悉的面孔，那是些那麼相信成功、那麼英勇、那麼忠誠的面孔，可是不知爲什麼她心頭突然襲來一絲冰冷的涼意。給擊垮嗎？這些

14. 巴哈馬首府，位於邁阿密城東南的西印度群島北部，當時為英國殖民地。

人……怎麼，肯定不會！這個想法本身就是荒謬可笑的，不忠的。

「你們倆討論什麼了？」見顧客都離開了，媚蘭便轉過身來問思嘉麗，「我看見梅里韋瑟太太一直在盯著你，都覺得難爲情了。親愛的，你知道她可是個大嘴巴！」

「唔，剛才這個人是個沒禮貌的東西……太差勁啦。」思嘉麗說，「至於梅里韋瑟那老太太，她高興怎麼說就隨便她說去吧。就爲了她的緣故，我可不要自己就得像個傻瓜似的。」

「你到底怎麼了，思嘉麗！」媚蘭氣憤地喊道。

「噓……噓，」思嘉麗趕緊提醒她注意，「米德大夫又要講話了。」大夫抬高了聲音，人群便又一次安靜下來，他首先對女士們踴躍捐出了她們的首飾表示感謝。

「那麼，小姐先生們，現在我打算提出一個驚人的建議——這可能會使你們之中的一些人感到震驚，不過我請你們記住，這完全是爲醫院、爲我們躺在醫院裡的小夥子著想的。」

人人都爭先恐後地擠上前去，猜想這位不露聲色的大夫，將要提出怎樣的令人吃驚的建議。

「舞會眼看就開始了，毫無疑問，第一個節目是維吉尼亞雙人舞。然後是一場華爾滋。然後是波爾卡舞、蘇格蘭輪舞、瑪祖卡舞，這些都以一個維吉尼亞短舞開始。我知道，以維吉尼亞雙人舞爲領頭是會存在小小的爭議的，因此……」

大夫擦了擦他的額頭，向角落裡投去一個滑稽的眼色，他的太太就坐在那些陪護人裡面。

「先生們，假如你們想同一位你所選擇的女士領跳一場維吉尼亞雙人舞，你就要出一筆錢去請她。我自願當拍賣人，當然拍賣得到的錢都屬於醫院。」

許多正在扇著的扇子都突然停了下來，大廳裡一片激動的低語聲。陪護人所在的那個角落也是一片混亂，儘管對丈夫的那種新花招她從心底裡不贊成，不過她還是對丈夫的建議表示積極的支持，這樣一來埃爾辛太太、梅里韋瑟太太和惠廷太太處於不利地位，氣得臉都紅了。可是忽然一陣歡呼從鄉團中爆發出來，並馬上獲得其他穿軍服的人的隨聲附和。年輕女孩們拍手贊成，激動得歡呼雀躍。

「你覺不覺得這……這簡直是……簡直有點像拍賣奴隸嗎？」媚蘭小聲說，疑惑地注視著那位早已有所防備的大夫，迄今爲止，他在她心目中的形象一向是完美無缺的。

思嘉麗保持沉默，但是她的眼睛在發光，她的心收縮得有點疼痛。如果她不是寡婦，該多好呀！如果她還是以前的思嘉麗・奧哈拉，還是那個穿著蘋果綠衣裳，胸前襯著深綠色天鵝絨飾帶，婀娜多姿地走在外面舞場裡的思嘉麗・奧哈拉，那她當之無愧會是那場維吉尼亞雙人舞的那個領頭人。是的，毋庸置疑！那將會有十幾位男子來爭搶她，爭著將自己所出的價格交給大夫。啊，如今她只能強迫自己坐在這裡當壁花，目睹著范妮或梅貝爾作爲亞特蘭大的美人兒領跳第一場雙人舞了！

突然一片嘈雜的聲音中傳來了小個子義勇兵的聲音，他用非常清楚的法蘭西腔調說：「請允許我……用二十美元請梅貝爾・梅里韋瑟小姐。」

梅貝爾刷地一下臉紅了，羞得連忙伏在范妮的肩上，兩個人糾纏著脖子把臉藏起來，傻傻地笑著，這時又有很多其他的聲音在喊著別人的名字，喊著不同的價碼。米德大夫只得又面帶微笑，對角落裡傳來的護理會的婦女們憤慨的嘀咕聲完全置之不理。

起初梅里韋瑟太太還斷然大聲宣告，她的女兒梅貝爾是絕對不能參加這樣一種活動的；可是，等到梅貝爾的名字喊得更多、價錢也飆高到七十五美元時，她的反對便開始鬆動了。思嘉麗雙肘支在櫃檯上，對那些蜂擁在樂台周圍、手裡滿是南部邦聯發行的紙幣、滿心激動而歡笑的人群幾乎可以說是怒目而視。

此時此刻，他們大家都要跳舞了……而她和那些老太太們則被排除在外。如今，人人都可以美美地享受一番了，只有她被排除在外。她看見瑞德．巴特勒就站在大夫的下首，還沒顧得上轉變臉上的表情，他便一眼望見了她。他一道眉毛上翹著，一個嘴角下垂著。她高翹著下巴，扭過頭不理他，這時突然聽見有人叫她的名字，用清晰的查爾斯頓口音喊她的名字，那聲音蓋過了一切其他名字。

「查理斯．漢密爾頓太太……一百五十美元……金幣。」一聽到那個金額和那個名字，人們便立刻鴉雀無聲了。

思嘉麗驚呆了，頓時僵在那裡。她雙手捧著下巴，原封不動地坐在那，眼睛因吃驚而睜得大大的。人們同時轉過身來瞧著她。她看見大夫從臺上俯下身來，在瑞德．巴特勒耳邊小聲說著些什麼，或許是說她還在服喪，出來跳舞不好之類的吧，她看見瑞德無所謂地聳了聳肩膀。

「能不能請你挑另外一位美人？」大夫問道。

「不，」瑞德清楚地回答。他毫不在乎地朝人群掃了一眼，「就是漢密爾頓太太。」

「我告訴你，那是絕對不可能的，」大夫著急地說，「漢密爾頓太太不會……」

思嘉麗耳邊響起了一個聲音，起先，她還沒意識到是自己的聲音。

「我沒問題！」她一躍而起，有點害怕站不穩了，她的心臟在劇烈地撞擊著，自己又再次成了大家注目的焦點，又成了全場最為人們所渴望的女孩，真是太令人激動了，而且，更重要的是，又可以跳舞了。

「哦，我不在乎！他們說些什麼和我沒有任何關係！」她低聲嘟囔著，她一揚頭疾速走出了攤位，全身似有一股奇妙的狂熱勁兒，兩隻腳跟像響板一般敲擊著，同時嘩的一聲，全面地甩開了那把黑綢扇子。霎那間，她看到了媚蘭滿臉狐疑的面孔、上了年紀的婦人臉上的表情、使性子的姑娘及士兵們表示讚許的熱情洋溢的神情。

與此同時，瑞德·巴特勒穿過人群向她走來，臉上有著一絲嘲諷的微笑，她也來到了舞場上，但是她不在乎了，即使他就是亞伯拉罕·林肯本人她也不在乎！她只要能再一次跳舞就好了。

她要領舞了。她拉開裙擺，向他微微行了一個屈膝禮，給了他一個粲然的微笑。他也把手放在皺邊襯衣的胸口上鞠了一躬。這時，本來嚇壞了的樂隊指揮利維馬上想起要掩飾這個場面，便大叫一聲：「大家趕緊選好你的舞伴，維吉尼亞雙人舞開始啦！」於是嘩地的一聲樂隊彈奏起了最美妙的舞曲《迪克西》[15]。

「你還真是敢讓我出這樣的風頭呀？巴特勒船長。」

「是你本來就想出這個風頭。漢密爾頓太太。」

「你怎麼有膽在大家面前把我的名字喊出來？」

「你本來也可以選擇不同意。」

「不過……我這可全是爲了主義啊。既然你捨得出這許多錢，我只顧自己就不對了。請不要笑。大家都在望著我們呢。」

「不管怎樣他們都會看我們的，別想著向我推銷主義這個無聊的話題。既然你要跳舞，我就好心成全你了，這是雙人舞最後一種舞步的進行曲吧，是不是？」

15. 美國南北戰爭期間南方人的戰歌。

「對……真的，我想停下來歇息了。」
「為什麼，難道是我踩到你的腳了嗎？」
「沒有……但是他們會說我閒話的。」
「你當真擔心這些？你心裡真是這樣想的嗎？」
「唔……」
「為什麼不跟我跳華爾滋？你又不是在犯什麼罪，是嗎？」
「可是如果我媽……」
「原來你還沒有斷奶呢。」
「真是討厭死了，唔，你總用惡劣的話貶低美德，使它們聽起來如此愚蠢。」
「可美德本來就是一文不值，你擔心人家非議你嗎？」
「不，但是……好，我們不要再談這個了，感謝上帝，華爾滋總算開始了。我跳雙人舞總是喘不過氣來。」
「不要扯開我的問題，你到底覺得旁人的議論重不重要？」
「唔，如果你非得聽答案的話，我就說……不重要！不過，一個女孩子關心這種事，總是不為過的。只是今晚，我可管不了那麼多了。」
「好樣的！你這才有自己的主張，而不是讓別人牽著你的鼻子。這才開始有點頭腦了。」
「唔，但是……」
「如果你也像我一樣被別人大講特講的話，你就會意識到，這根本微不足道。想想看，在查爾斯頓沒有哪家人家歡迎我。就算我對正義神聖的主義做出了巨大的貢獻，我也無法改變他們的禁忌。」

「真是恐怖！」

「唔，一點也不恐怖，直到你失去了名聲，你才會意識到，這是怎樣的一個負擔，或是什麼才是真正的自由。」

「你說的話真是太不堪入耳了！」

「實話都是醜陋的，只要你有足夠的勇氣……或者金錢……你就用不著管什麼名譽了。」

「金錢並非萬能的！」

「肯定是有人對你說過這話，就憑你自己絕不會想到這種陳詞濫調。它什麼買不到呀？」

「唔，這我不清楚……反正，買不到幸福或愛情什麼的。」

「一般來說，它也能買到，實在行不通的話，它也可以購買最優秀的代用品。」

「巴特勒船長，你真的有那麼多錢嗎？」

「漢密爾頓太太，我簡直有點吃驚了，這問題顯得你好沒修養。對一個剛步入青年時期、被切斷供給、身無分文的年輕人來說，我已經做得相當不錯了。我自信在封鎖線掙到一百萬美元。」

「唔，不太可能吧！」

「唔，完全可能，要知道，人們可以從一種文明的毀滅中，就像從它的建設中那樣，能撈到大筆的金錢。可很多人好像並不知道這個道理。」

「這是什麼意思？」

「你的家庭，我的家庭，以及今晚在場的所有家庭，曾經從把荒野變成文明的過程中賺到了錢。這就是所謂的帝國建設時期。在這個時期有大量的錢好賺。但是，帝國的毀滅也能賺到很多錢，而且賺的錢更多。」

「你提到的帝國是什麼？」

「就是我們現在生活的這個國家……這個南方……這個南部聯盟……這個棉花的國度……它現在正在我們腳下崩塌，只不過很多笨蛋看不透這一點，不能好好地利用這崩潰所造就的大好形勢罷了。我正從這廢墟上發財。」

「那麼你當真認為我們會失敗了？」

「是的。為什麼甘願做鴕鳥不面對現實呢？」

「啊，我最討厭談這樣的事了。親愛的，巴特勒船長，你不能說些有趣的話嗎？」

「如果我說你的眼睛是一對金魚缸，盛滿了最清澈的綠水，當金魚就像現在這樣游到水面上來時，你就迷人得要命了……這樣說你會開心嗎？」

「唔，我不喜歡你這種說法。……你聽聽這美妙的音樂！唔，真希望我可以跳一輩子華爾滋！為什麼之前我並不感覺那麼需要它呢。」

「你是和我跳過舞的舞伴中最漂亮的。」

「巴特勒船長，所有人都在看呢，你別把我抱得這麼緊。」

「如果沒有人注意我們的話，你願意讓我這樣摟著嗎？」

「巴特勒船長，你有點自信過頭，得意忘形了。」

「一刻也沒有，雙手摟著你，我怎麼會呢？……這是哪首曲子，是新的嗎？」

「是的，這是我們從北方佬手裡繳獲的，棒極了，是嗎？」

「什麼名字？」

「《到這場殘酷戰爭結束時》。」

「歌詞怎麼寫的？唱給我聽聽。」

「親愛的人兒啊，

你是否還記得我們上次相會的時刻？

那時你跪倒在我腳邊，

對我說你是多麼愛我。

啊，你身著灰色的戎裝，

那麼自豪地在我面前站著。

你發誓不管命運怎樣安排，

你永不叛逆我和你的祖國。

我悲傷、孤獨，我流淚嘆息，

可音信俱無，毫無結果！

希望這場殘酷的戰爭結束，

我們能又一次愉快地相會！」

「當然，本來是『藍色的戎裝』，我們改爲『灰色』……唔，巴特勒船長，你的華爾滋跳得還真是不錯。你要知道，許多高個子男人都跳不來。想想看，到我能再跳舞以前，又不知過了多少年了。」

「幾分鐘就可以解決了。下一場雙人舞我依然投你的標，還有再下一場，再下一場。」

「唔，請不要這樣，我不行了，你可千萬不要投我了！我的名譽眼看就毀於一旦了。」

「原本就已經夠壞的了，再跳一場又有什麼關係呢？我跳過五六場之後，也許可以把你讓給別的小夥子跳那麼一場兩場，不過末尾一場還是得和我跳。」

「唔，好的，我知道自己是瘋了，但我也不管了。人家怎麼說，我是一點都不在乎了。我在家裡已待得悶死了，我就是要跳，要跳……」

「不穿黑色孝服了？我討厭黑縐紗孝服。」

「可是巴特勒船長，我總不能脫下這喪服呀，你別把我抱得這麼緊。你再這樣，我可要生氣了。」

「你生氣的樣子才美呢。我就要摟得再緊一點……你看——我就想看看你會不會真的生氣。那天在『十二橡樹』你氣得摔傢伙時，你自己都沒有意識到，那時候的樣子有多迷人！」

「啊，請你……你能不能徹底忘掉那件事？」

「不，那是我一生最珍貴的記憶之一……一個得到精心培養的南方美人，帶有愛爾蘭反——你很有愛爾蘭人的個性，你知道嗎？」

「唔，親愛的，音樂停止了，皮蒂姑媽也從後面屋裡出來了。我明白肯定是梅里韋瑟太太告訴她的。啊，上帝保佑呀，我們趕緊到那邊去，也剛好朝窗外望望。我實在不願意讓她現在看見我，她的眼睛瞪得跟碟子那麼大哩。」

chapter 10

餘波盪漾

第二天早晨吃鬆餅時，皮蒂姑媽在傷心落淚，媚蘭一聲不吭，思嘉麗則是一副毫不服氣的神色。

「他們想怎麼議論就怎樣議論，我不在乎，我敢保證，我給醫院募捐的錢比任何一個女孩子都多，比我們賣出那些亂七八糟的東西的收入還要多。」

「唔，錢不是重點，親愛的，」皮蒂姑媽一面抽泣，一面絞著兩隻手說，「我簡直不敢相信自己的眼睛，可憐的查理斯死了還不到一年，這討厭的巴特勒船長就讓你那麼引人注目，而他又是個可怕至極的渾蛋，思嘉麗。惠廷太太的堂姐科爾曼太太，她丈夫剛從查爾斯頓來，她跟我詳述了這個人的情況，他是好人家的叛逆子弟……啊，巴特勒家怎麼會生養出像他這樣的不肖子孫來呀！他在查爾斯頓臭名遠播，沒人歡迎他，還涉及一個女孩子……連科爾曼太太都很害羞去聽那種壞事呢……」

「唔，我不相信他會壞到那種地步。」媚蘭溫柔地說，「他看上去完全是個紳士嘛，並且，你想一下他曾經那麼勇敢地穿梭於封鎖線……」

「並不是因爲他勇敢，」思嘉麗固執地說，一面把半缸糖漿倒在鬆餅上，「他純粹是爲了賺錢，他和我說，他對南部聯盟毫無興趣，他還說我們會失敗呢。不過，他的舞跳得超級棒。」

聽到她的這番話，在座的人嚇得目瞪口呆，不敢吭聲了。

「我早就膩了老在家裡待著，也不想再這樣繼續待下去了。如果他們就昨晚的事說我閒話，那我的名聲已經被毀了，他們再說什麼也就無所謂了。」

她沒有意識到這正是巴特勒的觀點，這想法來得很是時候，並且跟她現在的想法非常切合。

「啊！要是被你母親聽見了，她該說什麼呀？她又會怎樣看待我呢？」

母親若是聽到自己的不檢點行爲，一定嚇得張惶失措，一想到這，思嘉麗便覺得有股冰涼的罪惡感湧上心頭。但亞特蘭大離塔拉至少有二十五英里呢，想到這，她不禁又振作起來。皮蒂姑媽絕不會讓愛倫知道的。因爲這會使她這個年長的陪伴者立於不利境地。只要皮蒂姑媽不告狀，她就可以高枕無憂了。

「我看……」皮蒂姑媽說，「算了，儘管我極不樂意這樣做，我看我最好還是給亨利寫封信去談談……畢竟他是我們家唯一的男人，讓他去跟巴特勒船長好好談一下……啊，親愛的，如果查理斯還在世的話多好……思嘉麗，你可萬萬不能再理會那個人了！」

媚蘭默不作聲地坐在那兒，兩隻手放在膝上，盤子裡的鬆餅早已冰涼了。她站起來，走到思嘉麗身後，伸出胳膊摟住她的脖子。

「你不要再難過了，」她說，「親愛的，我理解，昨晚你做了件勇敢的事，這對醫院有很大幫助。假如有人敢對你說三道四，我肯定挺身出來指責他們。皮蒂姑媽，你不要再哭了。思嘉麗也有她的難處，哪兒也不能去，她畢竟還是個孩子呢。」她用手指梳理著思嘉麗的黑髮，「要是我們時不時地出去參加社交活動，也許要好一些。也許我們太禁錮自己了，總是悶在家裡。戰爭時期畢竟跟平時不同嘛。每當我想起城裡的那些士兵，他們背井離鄉，晚上也沒什麼朋友好去探望他們……還有醫院那些傷兵，雖然已經能夠下床，但是還不能回到部隊……這樣，我感覺我們真有點自私了。我們應該像別人那樣，立即收三個正在康復的傷患到家裡來，同時每到禮拜天邀請幾個士兵來這裡吃飯，好了，思嘉麗，你不要擔心了，一旦人們瞭解了，就不會再說什麼了。我們知道你是愛查理斯的。」

思嘉麗本來根本就不擔心，只是有點厭煩媚蘭在她頭髮裡摩挲的那兩隻手。她真想將腦袋使勁一擺，說一聲：「簡直是一派胡言！」因爲她還清晰地記得，昨晚那些鄉團隊員、民兵和住院的傷兵曾如何急著要跟她跳舞。在這世界上，除了媚蘭外，誰都可以充當她的保護人。她會照顧好自己的，不用她操心。如果那些心懷叵測的老婆子硬要大喊大叫……好吧，沒有她們她依然會活得很好，世界上有那麼多漂亮的軍官，她幹嘛還要爲這些老婆子的叫嚷而自尋煩惱呢！

在媚蘭的安慰下，皮蒂輕輕地揉著眼睛，這時百里茜拿著一疊厚厚的信跑進來了。

「媚蘭小姐，給你的，一個黑小子帶來的。」

「給我的？」媚蘭一面疑惑地問，一面拆開信封。

思嘉麗正在吃她的鬆餅，一直沒有注意，直到發覺媚蘭嗚嗚咽咽地哭了，方才抬起頭來，看見皮蒂姑媽正把一隻手放到胸口上去。

「艾希禮死了？」皮蒂尖叫一聲，頭一下子仰下去，接著兩隻胳膊癱軟地垂下去了。

「啊，我的上帝！」思嘉麗也叫了一聲，立即覺得血液凝固了。

「不是的！你們弄錯了！」媚蘭喊道，「思嘉麗！快！把她的嗅鹽拿來。趕快聞一下吧，親愛的，現在感覺好些了嗎？用力吸一下。不，艾希禮沒死。真抱歉，我把你嚇壞了，我哭是因爲我太激動了。」

突然她把那隻緊握的手放開，親了親手裡的一件東西。「我多麼開心。」說著，又是一陣抽噎。

思嘉麗匆匆瞥了一眼，看到那是一個大大的金戒指。

「讀一下吧。」媚蘭指著地板上的信深情地說：「啊，他真是可愛，有一顆無比善良的心！」

思嘉麗目露疑惑，把那張信箋拾起來，只見上面用粗黑的筆跡寫道：「南部聯盟也許需要熱血男兒為之拋頭顱、灑熱血，但還沒有要求婦女們獻出自己的生命。親愛的太太，請接受這個我對你的勇氣表示敬意的象徵，並請你不要認為你的犧牲沒有意義，因為這枚戒指是用十倍於它的價格贖回來的。瑞德．巴特勒船長。」

媚蘭把戒指套上手指，珍惜地深情地看著它。

「我對你說過他是紳士，不是嗎？」她扭過頭去對皮蒂姑媽說，她臉上的淚珠裡顯露出來一絲明朗的微笑。「只有感情細膩、考慮周到的紳士才會想到當時我有多傷心——我會把金手鍊送去的。皮蒂姑媽，請你務必捎個信去，請他星期天來吃午飯，好讓我當面謝謝他。」

大家的心情都很激動，好像誰也沒有注意到巴特勒船長並沒有把思嘉麗的戒指也贖回來。但思嘉麗意識到了，而且很憤怒。她知道巴特勒船長做出這樣一個豪俠的舉動並不是出於高尚的緣故，而恰恰是他盼望獲得邀請，能到皮蒂姑媽家裡做客，並且毫無差錯地猜準了如何才能得到這一邀請。

「我聽說了你近期的舉止，心中感到非常不安。」愛倫的來信中這樣寫道，思嘉麗坐在桌邊讀著，眉頭緊鎖。壞消息當然傳得更快。以前在查爾斯頓和薩凡納時，思嘉麗常聽人說，亞特蘭大的人比南方任何其他地方的人都更愛議論和干涉旁人的事，現在她完全相信了。義賣會是星期一晚上舉行的，今天才星期四而已。是哪個不安好心的老婆子主動寫信給愛倫？有那麼一會兒她懷疑到皮蒂姑媽身上，可是她馬上打消了這個念頭。可憐的皮蒂，她是不大可能把自己作為監護人的失職行為告訴愛倫的，因為擔心思嘉麗舉止不當而受到責備，她一直戰戰兢兢，這樣想來，極有可能是梅里韋瑟太太幹的好事。

「你居然這麼不顧自己的教養而忘乎所以，這太令我難以相信了。想到你是很想對醫院做出貢獻，對於你在服喪期間到公眾場合去露面這一錯誤行為，我還可以勉強諒解。可是你竟然去跳舞，並且是同巴特勒船長這樣一個遭人非議的人！我也聽說了他的其他事（眾所周知），並且波琳上星期還寫信來，說他名譽很壞，在查爾斯頓，除了他那位傷透了心的母親，連他自己家裡也不歡迎他。他是一個道德如此敗壞的人，肯定會利用你的年幼無知，叫你出盡風頭，好大肆破壞你和你家庭的名譽，皮蒂小姐為什麼會這樣怠忽職守，沒有好好地監護你呢？」

思嘉麗望了望桌子對面的姑媽，老太太認出了愛倫的筆跡。胖嘟嘟的小嘴因害怕而撅著，就像一個害怕挨批評的小孩一樣，希望能用眼淚來逃脫這一責罰。

「一想起你這麼快便丟掉了自己的修養，我就傷心透頂。」

「我已經決定馬上讓你回到家裡來，但這最終要由你父親來處理這件事情。」

「星期五他會到亞特蘭大跟巴特勒船長商談一下，並把你接回家來。」

「雖然我從中調停，但我擔心他對你會很嚴厲。我希望，但願促成你過往行為的只是你的年輕和考慮不周。我比誰都更希望服務於我們的主義，我也希望我的幾個女兒都像我這樣，可不要辱沒——」

思嘉麗沒有讀完。信中還有更多諸如此類的話，有生以來第一次，她給徹底嚇壞了。就像十歲時在餐桌旁向愛倫摔了一塊塗滿牛油的餅乾那樣，她那時可以借著年輕胡來。她現在已不能那樣毫不在乎和存心叛逆了。她思忖著，她那慈祥的母親現在也在對她嚴加責備，而她父親馬上要到城裡來跟巴特勒船長談判了。

她意識到了問題的嚴重性。父親很嚴厲。這次，她知道自己不能靠坐在他的膝上、表現出一副可愛、冒失的樣子來逃避對自己的懲罰了。

「不是……不是壞消息吧？」皮蒂姑媽向她問道，神經緊繃著，緊張得一直在發抖。

「明天爸爸要來，來責罰我，就像鴨子猛啄綠花金龜一樣。」思嘉麗滿腹憂傷地回答。

「百里茜，把我的嗅鹽拿來。」皮蒂姑媽焦躁地說，丟下剛吃一半的飯不管了，接著把椅子向後一推，「我……我感覺自己快要暈了。」

「嗅鹽就在你的裙兜裡呢。」百里茜說，她在思嘉麗背後，欣賞著這振奮人心的一幕。她知道，只要不發生在她的身上，傑拉爾德先生發起脾氣來是大有看頭的。皮蒂姑媽趕忙從裙腰上摸出藥品，立即送到鼻子跟前。

「你們大家都得站在我這一邊，不要讓我單獨和他在一起，一分鐘也不行，」思嘉麗喊道，「他非常尊敬你們兩個，要是你們在場，他就不會對我大喊大叫。」

「我可不行。」皮蒂姑媽畏懼地說，一面站起身來。「我……我感覺太難受了，我必須躺下休息。明天我要休息一整天，你們務必向他轉達我的歉意。」

「真沒用！」思嘉麗心想，朝她狠狠地瞪了一眼。

一想到要面對奧哈拉先生那怒氣衝天的樣子，媚蘭也嚇得臉色灰白，可是她依然鼓起勇氣來保護思嘉麗。「我會……我會幫你的，說你那樣完全是爲了醫院，他肯定會原諒的。」

「不，他不明白的。」思嘉麗說，「噢，如果像媽媽威脅的那樣，我得含羞蒙辱地回塔拉去，那我一定會羞死的！」

「啊，你絕對不能回去。」皮蒂姑媽驚叫一聲，又接著大哭起來。

「如果你回去了，我就不得不……上帝呀，不得不請亨利來跟我們在一起，可是你知道，我是怎麼也不可能和他住在同一個屋簷下的，但是只剩下我跟媚蘭兩個人獨居，一到晚上就害怕得要命，因爲城裡有那麼多的男人。可是你勇敢，有你在，就算家裡一個男人都沒有，我也沒有什麼好怕的！」

「唔，他肯定不會把你帶回塔拉！」媚蘭說，看樣子她也要流眼淚了。「現在這就是你的家了。如果沒有了你，我們該怎麼生活呢？」

「如果你知道我對你是怎麼看的，我不在你就會很高興了，」思嘉麗憤懣地想，希望除了媚蘭之外，還有其他的人能幫助她逃避父親的責罵。被一個你如此不喜歡的人衛護，真讓人噁心。

「或者我們應當不要邀請巴特勒船長……」皮蒂姑媽這樣說。

「唔，那就顯得太不懂禮貌了！那肯定是行不通的！」媚蘭焦急地叫嚷道。

「扶我上床休息去吧，我馬上要犯病了。」皮蒂姑媽哼哼唧唧著。「啊，思嘉麗，你怎麼能把這一切帶到我的頭上？」

第二天下午傑拉爾德趕到亞特蘭大，皮蒂此時已病倒在床上了。她接連不斷地從緊閉的臥室裡傳出表示抱歉的口信，並拜託那兩個嚇壞了的女孩子主持晚餐。雖然傑拉爾德也吻了思嘉麗，並在媚蘭的臉頰上擰了一下表示讚許，可一直保持一種令人惴惴的沉默態度。

思嘉麗難受極了，感覺讓他大喊大叫地咒罵一通遠比這要痛快得多。媚蘭信守諾言，如影隨形緊跟著思嘉麗，而傑拉爾德又是那麼愛面子的一個紳士，不好意思在她面前對自己的女兒大發雷霆。思嘉麗只得承認媚蘭把事情應付得很棒，好像她根本就不知道犯了什麼錯似的，並且從晚飯開始，就千方百計地讓他說話，完全沒有歇下來的時間。

「我想聽您說說縣裡一切的情況，」她笑容滿面地對他說，「英迪亞和霍妮太不愛寫信了，可我知道你是知道那邊所有動靜的。和我說說喬．方丹的婚禮吧。」

傑拉爾德被捧得心花怒放，他說那次婚禮不是很熱鬧，「和當初你們的婚禮沒法比。」

「真的嗎？」她們倆像受了侮辱一樣，驚聲尖叫起來。

「因為第二天喬便回維吉尼亞去了。」傑拉爾德連忙補充道。「後來也沒有再搞拜訪和舞會什麼的。塔爾頓那對孿生兄弟至今還待在家裡。」

「我們聽說了。他們好些了嗎？」

「他們的傷勢並不是很嚴重。斯圖爾特被打傷膝蓋，布倫特被一顆米尼式子彈穿透了肩胛。你們聽沒聽說過，他們的名字都已經出現在表彰英勇事蹟的快報上了？」

「沒有呀！快給我們說說吧！」

「兩個都是莽撞鬼，我估計他們身上肯定流有愛爾蘭人血統。」傑拉爾德得意揚揚地說，「我不記得他們有什麼豐功偉績，不過布倫特如今是個中尉了。」

聽了他們的戰績，思嘉麗感到很開心，彷彿這功績當中自己也有一份似的。只要一個男人以前曾追求過她，她就永遠覺得他是屬於她的，而他的所有好行為都將為她增光。

「還有個消息保證你們兩人都樂意聽。」傑拉爾德得意洋洋地說，「聽說斯圖又在『十二橡樹』向別的女孩求婚了。」

「霍妮還是英迪亞？」媚蘭好奇地問，而思嘉麗幾乎是氣得眼珠子掉下來了，憤憤不平地等候著下文。

「唔，當然非英迪亞小姐莫屬了，在我們家這個寶貝小女兒去引誘他之前，他不是一直都在她的掌握之中嘛！」

「唔。」對於傑拉爾德這股坦率勁兒，媚蘭感到有點難為情。

「遠不止這樣呢，現在小布倫特又愛到塔拉農場轉悠了！」

思嘉麗不方便說什麼。在她看來，她的這位情人的變節行為幾乎就是對她的一種莫大的侮辱。特別是如今她還清晰地記得，這對孿生兄弟得知她就要和查理斯結婚時，他們表現得那麼蠻不講理，甚至斯圖爾特還揚言威脅說要殺死查理斯或思嘉麗，或者他自己，或者三個人一起死掉，那一次可是鬧得沸沸揚揚，場面不可收拾！

「難道是蘇倫嗎？」媚蘭問，臉上顯現出很感興趣的樣子，「不過我覺得，甘迺迪先生……」

「唔，他呀？」傑拉爾德說，「法蘭克．甘迺迪還跟以前一樣，畏畏縮縮的，甚至連見了自己的影子都嚇得不行。他要是再遮遮掩掩，我就要問問他到底安的什麼心。不，布倫特的確是在打我那小女兒的主意。」

「卡琳？」

「她現在還只不過是個孩子呢！」思嘉麗刻薄地說，終於忍不住開口說話了。

「她僅僅比你結婚的時候小一歲多一點呢，小姐。」傑拉爾德不贊同她的說法，「難道你是在抱怨你以前的情人喜歡上了你的妹妹嗎？」

媚蘭臉漲得通紅，她不習慣這麼坦率的話，便打手勢要彼德把甜薯餅送上來。她絞盡腦汁地想另外的話題，最好既不涉及到某個具體的人，又能避免奧哈拉先生想起他此行的目的。可是她腦袋裡一片空白，什麼也想不出來。

不過奧哈拉一旦說開了頭，只要有人在聽他，也就用不著你費力地去想了。他繼續談到軍需部的營私舞弊行為，每個月的供給都在增加，談到傑佛遜·戴維斯有多奸詐愚蠢，以及受豐厚酬金誘惑而參加了北方佬軍隊的愛爾蘭人的卑劣舉動等。

桌上已經擺好了酒菜，兩位女孩正起身準備離開時，傑拉爾德緊皺著眉頭，嚴峻地望了他女兒一眼，命令她一個人留下來，陪他一會兒。

思嘉麗無奈地瞧著媚蘭向她求救，媚蘭不停地絞著手裡的手絹，束手無策，悄悄走出去，輕輕拉上了那兩扇滑動的門。

「做得不錯啊，女兒！」傑拉爾德高聲厲叫，給自己倒滿一杯葡萄酒，「你做得相當好嘛！剛當寡婦沒幾天，就想著重新找一個丈夫啦。」

「爸爸，求您小聲點，別這麼大聲嚷嚷，傭人們……」

「他們肯定早知道了，咱們家的醜聞大家早就傳開了，你把你那可憐的母親給氣倒了，我也沒臉抬頭做人了。真是家門不幸呀！算了，小傢伙，這一次你別想再用眼淚蒙混過關了。」

他急速地說下去，口氣中不禁稍稍流露出惶恐，因為他已經看見思嘉麗開始眨巴著眼睛，咧開嘴哭了。

「我瞭解你。你是那種丈夫一死馬上就可以跟別人調情的人。不要哭了。今天晚上我也不想多說什麼了，因爲我還要去拜訪一下這位瀟灑的巴特勒船長，這位不拿我女兒名聲當回事的船長，可是明天早晨……現在你哭也沒有用。這對你沒什麼好處，一點好處也沒有。我已經打定主意，明天早晨你必須跟我回塔拉去，省得你再讓我們大家丟臉。好孩子，求你別哭了，看我給你帶來了什麼！是不是很棒的禮物呀？你瞧瞧呀！你怎麼能給我惹這麼多麻煩，讓我這麼一個大忙人專程趕到這來？別哭了！」

媚蘭和皮蒂已經入睡好幾個小時了，可思嘉麗依舊睜著眼睛，躺在悶熱的黑暗中，她那顆畏縮著的心緊憋在胸腔裡，心情十分沉重。

要在生活剛剛開始有點樂趣的時候就離開亞特蘭大，回到家，面見母親，想想就覺得恐怖！她寧願此刻就死了，也不願回去見母親。若現在死掉，大家也許都會後悔。

她躺在床上輾轉反側，直到隱隱約約聽見寂靜的大街上，有個聲音遠遠地傳來。儘管那樣模糊，聽不清楚，思嘉麗還是覺得這個聲音很熟悉，她從床上輕輕溜下來，悄悄走到窗口。繁星密佈的幽暗天空下，街道兩旁那些交拱著的樹木，顯得柔和而黑黝黝的。那聲音愈來愈近，是車輪的聲響，馬蹄的嗒嗒聲和人聲。突然，她咧嘴笑了，因爲她聽到了愛爾蘭土音很重、喝過威士忌後的聲音在提高嗓門唱《矮背馬車上的佩格》，她對這個聲音一點也不陌生。儘管這一回不是在瓊斯博羅旁聽了法庭審判，但傑拉爾德這次回家的情形，卻和上次的一模一樣。

隱隱約約中，思嘉麗看見一輛馬車在屋前停下來，幾個看不清楚的人影也跟著下了車。有個什麼人跟著他。那兩個影子在門前站住，緊接著門閂一響，傑拉爾德的聲音便清清楚楚地傳到思嘉麗的耳朵裡。

「現在我要給你唱《羅伯特・埃米特輓歌》，你應該是對這首歌不陌生的，小夥子。我教你唱吧。」

「我很高興能和您學呢。」他的那位同伴答道，平平的聲音裡強忍住笑。「不過，奧哈拉先生，現在不行，以後有機會再說吧。」

「啊，我的上帝，這不是那個姓巴特勒的傢伙嗎！」思嘉麗心想，開始覺得惱火，但馬上高興起來。最起碼他們沒有讓彼此掛彩，而且他們肯定還一見如故，相談甚歡，所以才在這麼晚的時候，在這種特殊的情況下一起回家來。

「我要唱的，你也要聽，要不然我會把你這奧蘭治黨人槍斃掉。」

「是查爾斯頓人，不是奧蘭治分子。」

「那也好不到哪裡去。在我看來，反而更壞呢。我有兩個姨妹就在查爾斯頓，你騙不了我的。」

「他是不是要讓全部街坊鄰居都知道呀？」思嘉麗心驚膽戰地想道，不自主地伸手去摸自己的披肩，可是她能做什麼呢？她總不能深更半夜跑下樓，把父親從大街上拖回來吧！

這時，傑拉爾德倚在大門上，二話不說，便自顧自地高昂著頭，用低音吼著唱起《輓歌》。思嘉麗的兩隻臂肘擱在窗檽上，她仔細地聽著，心裡感覺很複雜，這原本是首很美妙的歌，可惜從父親的嘴裡唱出來全走樣了。她也很欣賞這首歌的，伴著歌詞陷入了沉思，開頭是這樣唱的：

「她離年少英雄的長眠之地很遠，她的情人們在她周圍悲嘆。」

歌聲仍在繼續，她聽見皮蒂姑媽和媚蘭的房間裡有聲響，她們準是都被歌聲吵醒了。像傑拉爾德這樣充滿血性的男人，她們還有點陌生。歌總算唱完了，兩個人影再次交疊在一起，從過道上移動過來，踏上臺階。接著是輕輕的叩門聲。

「看來我只好下樓了。」思嘉麗想，「他畢竟是我父親。」而且，她不想讓僕人們瞧見傑拉爾德這副德行，就算彼得試圖把他弄上床去，他也會不守規矩的。只有波克知道怎麼應付他。

她用披肩把脖子圍得緊緊的，點燃床頭的蠟燭，然後很快走下黑暗的樓梯，來到前面穿堂。她把蠟燭插在燭臺上，開了門，在搖曳不定的燭光下，她看見衣著整齊的瑞德．巴特勒攙扶著矮胖結實的父親。很明顯，那首《輓歌》在傑拉爾德那裡已經成爲了天鵝臨死前的美妙聲音，因爲他已經完完全全地掛在那位同伴的臂膀上了，他的帽子不見了，鬈曲的頭髮亂糟糟的，就像一頭白色的鬃毛，領帶歪到了耳朵邊，胸前的襯衫還有點點酒跡。

「不用猜，這是你父親吧？」巴特勒船長說，兩隻樂呵呵的眼睛在他黑黑的臉上閃爍著，他看了一眼穿著睡衣的她，似乎能透過睡衣看到她的身體裡面去。

「把他扶進來就可以了。」

她一點也不給他面子，倒是對自己的穿著感到很難爲情，同時又惱恨著父親，害她陷入了任由此人譏笑的尷尬處境。

巴特勒把傑拉爾德推上前來，「還是讓我幫你把他送上樓去吧？你鐵定是弄不動他的。他可是很重的。」

這一膽大的提議使思嘉麗嚇得張口結舌，想想就恐怖，如果巴特勒船長真的上樓去了，如果恰好讓此刻正蜷縮著躲在被子裡的皮蒂姑媽和媚蘭看見，她們會怎麼想呢！

「哎喲，不用麻煩了！把他放到這裡就行了，放在客廳的長沙發上就可以了。」

「要不要我替他把靴子脫掉？」

「不用，他一向是不脫靴子就睡的。」她一下子說漏了嘴，恨不得把自己的舌頭咬掉。

「現在請你離開吧。」

他走出去，進了昏暗的過道，撿起掉在門檻邊的帽子。

「那我們就星期天吃午飯時再見了。」他邊說邊走出門去，然後輕輕把門帶上。

五點半思嘉麗就起床了，這時僕人們還沒有從後院進來準備早餐。她悄悄走進樓下客廳裡。傑拉爾德已經醒了，坐在沙發上，雙手捧著圓圓的腦袋，看起來很懊惱，像是要把它捏碎才甘心。她走進來的時候，他偷偷瞧了她一眼。抬眼看她也使他痛苦得難以忍受，他不禁呻吟起來。

「真要命，哎喲！」

「爸爸，看你幹的好事！」她不滿地低聲說，「回來那麼晚不說，還唱那麼大聲，把周圍的鄰居都給吵醒了。」

「我昨晚唱歌了？」

「唱了！把《輓歌》唱得驚天動地！」

「可我一點印象也沒有。」

「鄰居們就算到死都不會忘記的。」

「真倒楣。」傑拉爾德呻吟著，伸出舌苔厚厚的舌頭舔著乾燥的嘴唇。「一玩起牌來，我就記不得其他的事情了」

「玩牌？」

「巴特勒那小子誇口說他玩撲克無人能敵……」

「你輸了多少？」

「怎麼可能輸，我贏了，只要酒一下肚，我就一定會贏。」

「把你的錢包拿出來我看看。」

傑拉爾德費了好大力氣，才從上衣口袋裡取出錢包，好像動一下都痛苦得要死。等把它打開，他一看裡面空空如也，不禁愣住了。

「五百美元，」他驚叫道，「那是準備給你媽媽向跑封鎖線的商人買東西用的，這下可好了，如今連回塔拉的費用也沒了。」

思嘉麗怒氣衝天地看著空空如也的錢包，頭腦裡便有了一個主意，隨即迅速明瞭起來。

「在這裡我永遠也別想再抬起頭來了，」她開始數落道，「我們的臉都讓你丟光了。」

「孩子，趕緊閉上你的嘴，你難道沒看見我的頭都快炸開了嗎？」

「不但喝得酩酊大醉，還和巴特勒船長這樣一個男人一起回家，放開嗓子唱歌給大家聽，這還不說，還把口袋裡的錢輸得一文不剩。」

「這個人太會玩牌了，根本不像個紳士。他……」

「要是你媽聽到了，會怎麼說呢？」忽然他張惶失措地抬起頭來，看著思嘉麗。「你總不忍心告訴你媽讓她傷心難過，對吧？」

思嘉麗只嘟著嘴不吭聲。

「像她這樣一個脆弱的人，想想看那會叫她多難過。」

「爸，那麼你也要公平些，昨晚你還嫌我給家裡蒙羞了呢！我只不過可憐兮兮地跳了一會兒舞，賺了點錢給傷兵嘛。啊，我真想大哭一場。」

「好，別哭啦。」傑拉爾德用懇求的口吻說，「我這可憐的腦袋還怎麼承受得住呀，無疑現在已經崩裂了。」

「你還說我……」

「小傢伙，好了，好了，不要說什麼話來刺激你這可憐的老父親，讓我傷心了，我完全不是有意的，而且也不知道具體情況！當然，我很明白，你是個又乖又善良的女孩。」

「你卻要帶我回家去丟人。」

「噢，親愛的，你放心，我不會這樣做，那只不過是逗你玩的。至於錢的事，你也不要在你媽跟前說，她已經在爲家裡的開支著急了，你說呢？」

「好，我不提。」思嘉麗很爽快地說，「只要你讓我還繼續留在這裡，並且告訴媽，那只是些刁老婆子的無聊閒扯罷了，我保證不會提的。」

傑拉爾德看著女兒。「這和敲詐沒什麼兩樣。」

「昨晚的事和造謠一樣毫無根據。」

「好吧，」傑拉爾德只得哄著她說，「我們把那件事全部忘掉。現在你回答我，像皮蒂這樣一位體面的上等貴婦，家裡會有白蘭地嗎？如果能喝一杯的話，我就可以解解昨晚的酣醉……」

思嘉麗轉過身來，踮起腳尖輕手輕腳地經過穿堂，到飯廳裡去拿白蘭地。這是爲皮蒂準備的。每當她心跳發暈或者好像快要暈時總要喝上一口，因此思嘉麗和媚蘭私下把它稱爲「治暈藥水」。

她的臉上現出勝利者的姿態，一點也沒有對父親不孝引起的羞愧感。如今，就算還有多管閒事的人接著給愛倫寫信，謊話就可以撫慰她了。她可以繼續待在亞特蘭大而不用擔心離開了。如今，她可以隨心所欲，自由自在，做任何想要做的事了，因爲皮蒂姑媽原本就是個沒有主見的女人。她打開酒櫃，拿出酒瓶和玻璃杯，把它們揣在胸前站了一會兒，美好的前景在她眼前浮現。她眼裡浮現出在水花飛濺的桃樹溪邊舉行的一連串野餐及石頭山上的燒烤野餐，還有招待會和舞會。她要出現在所有這些活動中，並且成爲焦點，成爲一群男人爭相討好的焦點。男人們很容易就墜入情網，只要你在醫院裡爲他們簡單地做點事情就行。

現在她對醫院不再像以前那麼厭煩了。男人們生病的時候是很容易被挑逗得心旌搖盪的。就像在塔拉農場，只要你輕輕搖一下果樹，一個個熟透了的蘋果就會跟著掉下來，他們很容易就會落到一位機靈的姑娘的手裡。

她拿著那瓶能令人精神抖擻的酒回到父親身邊，一路上在心中感激著上帝，因爲著名的奧哈拉家族的頭腦最終沒有能在昨晚的較量中獲勝。她又突然想到：也許瑞德・巴特勒從中做了什麼手腳呢。

chapter 11 內戰

一個星期過去了，一天下午，思嘉麗從醫院回來，既疲倦又氣憤，疲倦的是一整個上午都站在那裡，而氣憤的則是梅里韋瑟太太因她在為一個傷兵包紮胳膊時坐上了他的床，狠狠地訓斥了她。皮蒂姑媽和媚蘭都已經戴好了帽子，拉著韋德和百里茜站在走廊裡，準備外出做每週例行的訪問，思嘉麗請求他們原諒，說她不能陪著她們一起去了，之後便徑直上樓鑽進自己的房間裡。

思嘉麗聽見馬車輪的聲音已漸漸遠去，知道現在家裡已經沒有人了，便偷偷地溜進媚蘭的房裡，並且把門反鎖上。

這是一間整潔乾淨的小小閨房，下午四點的陽光斜照進來，給了它一副寧靜、溫暖的神態。光滑的地板上一無所有，只有為數很少的幾塊地毯，媚蘭將雪白的牆壁上的一個角落裝飾成神龕，佈置得很精美。

在這個角落，上方掛著一面南部聯盟的旗幟，旗幟下面掛著一柄金柄馬刀。媚蘭的父親在墨西哥戰爭中用過這柄金刀，查理斯出去打仗時也曾經佩戴過。此外，牆上還掛著查理斯的肩帶和插手槍的腰帶和套子裡的一支左輪手槍。查理斯本人的一張照片放置在軍刀和手槍之間，他穿著灰色的軍服，顯得非常挺拔、自豪，褐色的大眼睛亮閃閃的，光芒似乎溢出了鏡框，嘴唇上則掛著羞澀的微笑。

思嘉麗瞧也沒瞧那張照片，便毫不遲疑地直接走向屋子裡床旁邊那張桌子，桌上擺有一個四方的木信匣。她從匣子裡拿出一束用藍色帶子紮著的信件，那都是艾希禮寫給媚蘭的親筆信。最上面的那封是那天上午剛剛收到的，思嘉麗打開的正是這一封。

思嘉麗第一次偷偷摸摸來看這些信時，良心上感到極度不安，更擔心被發現，手便哆嗦得厲害，以至連信封都幾乎打不開。可後來偷看的次數多了，那點她一開始就不怎麼放在心上的榮譽感以及怕人發現的憂慮也就慢慢消失了。

有時她的心也會顫抖，想到「萬一母親知道了會怎麼說呢」，她知道，母親是寧可讓她死掉也絕不希望看到她幹出這種卑鄙的勾當來的。所以思嘉麗開始很苦惱，因為她還想做一個像母親那樣的人。可是這些信對她的誘惑力實在是太強大了，使得她把這些顧慮都統統放在了一邊。

這些日子以來，她已習慣於把不痛快的事拋到腦後。她已經學會說：「我現在不去想煩人的這個那個事情。我明天再想吧。」然而到明天，那個念頭根本已消失得無影無蹤，或者由於多次的延遲而淡漠起來，這種罪惡感就不再令她煩惱了。長此以往，偷看艾希禮的信件也就不再是她良心上的一個包袱了。

媚蘭對艾希禮的信素來是慷慨的，往往要朗讀幾段給皮蒂姑媽和思嘉麗聽聽，但恰恰那些剩下的沒有讀的段落正是思嘉麗感到痛苦之處，這也是促使她偷偷摸摸地讀她小姑的信件的原因。她一定要弄清楚從結婚以來艾希禮究竟有沒有愛上媚蘭。她必須搞明白他是不是在裝著愛她。他有沒有給她寫一些充滿柔情的甜言蜜語呢？他表達的是怎樣的情感，又用了怎樣的溫情呢？

她把信箋小心翼翼地展開。她眼前躍然出現艾希禮細瘦勻稱的筆跡，她仔細地閱讀起來，「我親愛的妻」，這個稱呼立即讓她安心了一些，至少他還沒有稱呼媚蘭為「寶貝」或者「心肝」。

「我親愛的妻：你上次來信說，你很害怕我向你隱瞞我的真實想法，問我最近在想些什麼……」

「哎喲，我的天！」思嘉麗深感不安地想道，「把他的真實念頭隱藏起來。媚蘭懂他的心思嗎？或者我的心思？她是不是在懷疑他和我……」她把信拿得更近一些，緊張得雙手發抖，但是讀到下一段時，她又開始稍稍放心了。

「親愛的妻，如果我真的向你隱瞞了什麼，那也是因爲我不想加重你的負擔，讓你爲我的身體安全和情緒而擔心。然而我沒有什麼能瞞住你，因爲你太瞭解我了。請不用擔心，我沒有受傷，也沒有生病。我每天都能吃得飽飽的，偶爾還有一張床能睡睡。對一個士兵來說，這已經很奢侈了，不能再有別的要求了。但是，媚蘭，我心裡背負著沉重的心理負擔。我這就向你袒露心跡。

「入夏以來，晚上我一直睡不好，經常在營裡熄燈後輾轉反側，久久不能入睡，只能一次又一次仰望星空，心裡琢磨：『你爲什麼會來這裡，艾希禮·威爾克斯？你爲了什麼而打仗呢？』肯定不是爲名譽和榮耀。我討厭骯髒，而戰爭是一種骯髒的事業。我不是個軍人，也沒有那種犧牲精神，不惜從炮膛口裡獲得虛名。可是，現在我已被迫到這裡打仗來了……我這個十足的鄉下書呆子！因爲，媚蘭，軍號再嘹亮也激不起我的熱血沸騰，戰鼓再雷鳴也催不動我的腳步前進，我已經清清楚楚地看出我們是被出賣了，被我們南方人那種狂妄而不切實際的私心出賣了……我們堅信我們一個人能夠擊斃十個北方佬，相信棉花大王能夠統治整個世界！那些官居高位、備受尊敬和崇拜的人出賣了我們，他們說大話、信口雌黃地編著花言巧語、利用偏見和仇恨，用什麼『棉花大王』、『奴隸制』、『州權』、『該死的北方佬』引導我們誤入歧途。

「因此，每當夜晚不能入睡時，我就會躺在毯子上，仰視著天空自問『爲了什麼而打仗』，我會想到州權、棉花、黑人和我們從小被教導著要痛恨的北方佬，可我知道，這當中哪一個都不是我來打仗的原因。另外，我卻看見了『十二橡樹』，回憶著月光如何從那些白柱子中間斜照過來，想起山茱萸花在月色中開得是那樣的美麗，茂密的薔薇藤將走廊一側蔭蔽起來，使最悶熱的中午也變得那樣涼爽。我看到了媽媽在那做針線，還同我是個小男孩時一樣。我聽見黑人在薄暮時，一路歌唱著十分疲倦地從田裡回來，準備著去吃晚餐，還聽見吊桶被放到井下打水時，轆轤吱吱嘎嘎的聲音。還有通往河邊的那條長路的沿路景觀，一望無際的棉田，黎明時分從河邊窪地騰騰升起的霧氣。所有這一切正是我來到這裡的原因，正是爲了這一切呀！

「因爲我既不喜愛死亡和痛苦，也不喜歡光榮，更沒有仇恨任何人的心情。也許這就是所謂的愛國之心，就是對家庭和鄉土的愛。可是，媚蘭，意義還要更深遠一些。因爲，媚蘭，我所說的這些東西只是我爲之冒著生命危險去戰鬥的事情的象徵，是我喜歡的那種生活的象徵。因爲我是在爲以前的生活，爲我所最珍視的原來的生活方式而戰鬥，無論命運的結局怎樣，我擔心這種生活方式已經一去不復返，永遠不會再回來了，因爲，無論勝敗，我們都是要完全失去的。

「就算我們贏得這場戰爭，建立起我們夢想中的棉花王國，我們也仍是個失敗者，因爲我們會蛻變成另外一個不同的民族，舊有的寧靜的生活方式從此消失。整個世界將圍在我們的門前叫嚷著要買棉花，我們也就只能控制價格。我擔心到那時，我們會變得跟北方佬毫無兩樣，像他們那樣貪得無厭，一心想著謀私利，一切商品化，而這些都是我們現在所不齒的。萬一我們失敗了，啊，媚蘭，說真的，如果我們失敗了該何去何從呢？

「我並不是畏懼危險，怕被俘，怕受傷，甚至死亡我也不怕，假如死神一定要降臨的話，我擔心的是就算戰爭停下來，我們也永遠也回不去原來的時代了。而我是屬於舊時光的人，我與現在這種廝殺的瘋狂場面格格不入。即使我盡力去適應它，我也害怕自己會跟未來的世界格格不入，親愛的，你也做不到，因爲你我一脈相承。我不知道未來能給我們帶來什麼，不過可以肯定的是，絕對不會像過去那樣美麗，令人滿足。

「躺在那些熟睡的小夥子們身邊，我看著他們，心中暗自思量那對孿生兄弟，或者亞可克斯，或者凱德，是不是也和我有一樣的想法呢？我不知道他們是否清楚自己是在爲主義而戰，而這個主義在第一聲槍響時就喪失了它原來的意義，我們的主義實際上就是我們的生活方式，目前它已蕩然無存。不過我想他們不會這樣想的，就這一點來看他們是幸運的。

「我向你求婚時沒有爲我們倆想到這一點。我只想到了我們會在『十二橡樹』像以前那樣平和、舒適而安定地繼續生活下去。媚蘭，我們兩人是合二爲一的，一樣愛好寧靜，因此我只看見了一段長長的安靜無事的歲月擺在我們面前，我們可以自由自在地讀書、聽音樂和做夢。可從來沒有想過時代會變成今天這樣，萬萬沒有想到啊！誰能料到我們竟會碰到這種局面，這種血腥的殺戮和怨恨，舊的生活方式的毀滅！

「媚蘭，這究竟有什麼值得我們這樣付出的呢？州權，奴隸，棉花，絲毫都不值得！沒有什麼值得我們去承受正在發生或可能發生在我們頭上的事，要是北方佬把我們打垮了，後果將不堪設想。而且，親愛的，他們極有可能擊垮我們！我本來不應該寫這些東西給你，甚至都不應該去想這些。但是你問我，問我心裡想些什麼，而且無論如何，我都不能揮去失敗的畏懼。

「你還記得嗎？我們舉行野宴和宣布我們訂婚的那天，有個名叫巴特勒、口音像來自查爾斯頓的人，他批判南方愚昧無知，還因此差點兒引起了一場爭鬥。你是否還記得，他說我們很少有鐵廠和工廠、棉紡廠和船員、兵工廠和機器製造廠，那對孿生兄弟對此很憤怒要拿槍打他？你是否還記得，他說過北方佬艦隊可以把我們很嚴密地封鎖起來，禁止我們的棉花運出去？他說得很對，我們的確是在使用革命戰爭時代的毛瑟槍與北方佬的新的來福槍作戰，而封鎖線已經愈來愈緊，不久將會嚴密得連藥品也弄不進來了。

「事實上我們應當重視像巴特勒這樣心裡明白、玩世不恭的冷嘲派，他們清楚情況，並且有勇氣說出來，而不像政治家那樣只有模糊的感覺而已。實際上，他的意思是南方是沒有什麼東西可以用來打這場戰爭的，除了棉花和傲慢態度之外。我們的棉花已一錢不值，而他稱之為的驕傲自大也成了我們唯一剩下的東西了，但我把那驕傲自大叫做無可匹敵的勇敢。如果……」

思嘉麗沒有接著往下讀，便小心地把信折起來，裝進信封收起來了，因為讀得實在沒有意思，有點厭煩了。而且，信中用的悲觀語氣，那些提到失敗的蠢話，也使她隱隱地感到有種壓抑。她又不是要從媚蘭的這些信件中來理解艾希禮的令人捉摸不透而枯燥無味的想法的。

她唯一想知道的是，艾希禮有沒有給妻子寫那種感情熾熱的信。看來目前為止還沒寫過。她讀了讀信匣裡的所有信，發現它們中沒有一封不像是一個哥哥寫給妹妹的信。信寫得很親切，很幽默，很隨意，卻可以肯定的是這不能算是情書。

思嘉麗自己收到過太多熱情洋溢的情書，只要看一眼就會抓住真正的感情特徵。可這些信中卻絲毫沒有那樣的特徵。像往常一樣，每回偷看之後，她全身上下有一種如釋重負的感覺，因為她確定了艾希禮還在愛著她，她還常常滿懷鄙視地暗想，為什麼媚蘭竟然看不出艾希禮只是以一個朋友的身分在愛她呢？當然媚蘭不可能從丈夫的信中發現什麼漏洞，因為她從來沒有收到過別的男人的情書，也就無從下手，沒有什麼能夠拿來跟艾希禮的信作一番對比了。

「他竟然會寫出這樣的亂七八糟的信來，」思嘉麗想，「要是我丈夫敢給我寫這種毫無意思的廢話，看我怎樣整他！真是的，就連查理斯寫的信也比這些強得多哩。」

她小心地揭開那些信的邊緣，記住上面的日期，並且記住它們大概是什麼內容。不像達西·米德給他父母或可憐的達拉斯·麥克盧爾給他的兩位姐姐寫的信那樣，信中沒有什麼生動的描寫軍營和衝鋒之類的段落。米德家和麥克盧爾家可以很自豪地給他們的鄰居朗讀那些信，而思嘉麗私下裡感到羞恥，因爲媚蘭從未收到過艾希禮類似的信，可以拿來給縫紉會的人朗讀。

艾希禮給媚蘭寫信時，似乎是打心底裡有意避開戰爭，並且想法設法在他們兩人周遭畫一個沒有時間性的魔幻圈子，自從薩姆特要塞事件以來所發生的一切都被通通排除在外。甚至他在想像壓根就沒有戰爭這回事。他談到他跟媚蘭一起讀過的書和曾經唱過的歌，寫到他們所共識的老朋友和他們一起旅遊過的地方。所有的信都流露出一種想回到「十二橡樹」的渴望，頁復一頁地寫狩獵，寫寒秋，寫星光下在幽深的林中小道上騎馬漫遊，寫大野宴和炸魚宴，寫萬籟俱寂的月夜和那幢古老住宅寧靜而又平和的美。

她回想著剛剛讀過的那封信中的話：「沒想到會變成今天這樣，從未想到啊！」它們好像是在訴說著一個痛苦的靈魂，那是面對著某種他所不能面對而又必須面對的東西發出的號叫。對此她困惑不解，因爲他既然不畏懼受傷甚至死亡，還有什麼好害怕的呢？不善分析的她不禁費盡心思去思考起這些複雜的思緒來。

「戰爭把他搞亂了……他討厭那些使他困擾不已的事情……就像我。他愛我，可是他沒有勇氣跟我結婚，因爲他怕我打亂了他的思想和生活方式。不，他一定不是在害怕，艾希禮從來就不是膽小鬼。他受到快報的讚揚，那封斯隆上校給媚蘭的信中曾提到他領頭打衝鋒的英勇事蹟，這都足以說明他一點也不膽小，一旦他決定要做什麼事情，那他就比任何人更勇敢。但是……他這人極度不願意出來深入現實，只喜歡生活在自己的腦子裡而不是在外界人世間……唔，我實在搞不清楚那是怎麼回事！要是早幾年我就掌握了他的這個特點，我和他肯定早就結婚了！」

她站在那裡，把那封信貼在胸口上好一會兒，心中戀戀不捨地想著艾希禮。從她愛上他那天起，她對他的感情從未改變過。

那時她只有十四歲，有一天她站在塔拉農場走廊上，看見艾希禮騎在馬上滿面笑容緩緩走來，在清晨的陽光下，他的頭髮發出閃閃銀光，就在那時，這種感情突然襲上心頭，使她激動得什麼話都說不出來。這個男人的許多特質都是她自己所缺少卻十分敬佩的，她的愛情就是這種一個年輕女孩對一位她不能理解的男人的仰慕。他是一個年輕女孩夢想中完美的白馬王子，而她的夢想無非就是讓他承認愛她，希望能得到一個吻，此外別無所求。

讀完那些信，她更有信心告訴自己即使他已經跟媚蘭結婚，但依舊是愛她的；只要確定了這一點，她便沒有其他的奢望了。她還是那個年輕、未被男人碰過的女孩。就算查理斯曾經用那羞羞答答的親暱舉動輕輕撥動了她體內深處那根富含激情的弦，那麼她對艾希禮的夢想就不會僅僅限於一個吻了。但是她單獨同查理斯在一起的那幾個月光之夜並沒有觸發她的情竇，也沒有讓她臻於成熟。查理斯沒有能力喚醒她對於所謂情欲、溫存、肉體與靈魂上的真正接觸的意識，所以她才得以保有著這種天真未鑿的狀態。

在她看來，情欲不過是女性分享不到樂趣的一種痛苦而尷尬的舉動，是屈從那種難以理解的男性狂熱而已，而這將很必然地導致更加痛苦的分娩過程。在她看來，結婚僅僅就是如此，沒有什麼好興奮的。在她結婚前，母親曾含蓄地告訴她，結婚是女人應該帶著尊嚴和毅力忍受的事，而她守寡後，其他年長婦女的低聲議論也證實了這一點。思嘉麗很開心，覺得自己在情欲和結婚方面總算已經熬過去了。

結婚這件事與思嘉麗已經沒有關係了，但戀愛則遠遠沒有結束，因爲她對艾希禮的愛情是不一樣的，是那種與情欲或婚姻沒有關係的深情，是一種神聖而令人吃驚的美好的東西，它時常在靠回憶希望來維持著的過程中偷偷增長，一種在長期被壓迫而默不作聲的激情。

她嘆息著把那一大束信用帶子仔細地捆好，再一次（第一千次）暗自思量到底艾希禮身上有什麼東西在避開她的理解。對這個問題，她想得出一個令她自己滿意的結論來，但是跟往常那樣，結論根本不服從她那簡單頭腦的指揮。

她把那捆信按原樣放回匣子裡，蓋好蓋子，這時她眉頭緊緊皺在一起，她回想起方才讀過的那封信，信中最末一段提到了巴特勒船長。百思不得其解，爲什麼艾希禮對那個流氓一年前說過的話印象那麼深刻呢？毋庸置疑，無論他跳舞跳得多麼美妙，巴特勒船長是個徹頭徹尾的流氓，只有無賴才會說出像他上次在燒烤野餐會上說的有關南部聯盟的那些話來。

她走向對面的鏡子，在那裡自我欣賞地整理了一下頭髮。她又再次振奮起來，微笑著漾出兩個酒窩，就像每次看見自己的白皙皮膚和綠眼睛時一樣。此時，她高興地瞧著鏡中的自己，回味著艾希禮一直那麼喜歡她的酒窩，接著把巴特勒船長拋在腦後了。愛著另一個女人的丈夫，並且偷看那個女人的信件，她並沒有因爲這些受到良心的譴責，她又一次確證了艾希禮對自己的愛。

打開門，她步履輕快地走下昏暗的螺旋形樓梯，並唱起《到這場殘酷戰爭結束時》。

chapter 12 瑞德・巴特勒

戰爭仍繼續進行著，大多數是勝仗，但是現在人們已不再提起「僅再需要一個勝仗就可以結束戰爭」之類的話了，也不再說北方佬是什麼膽小鬼了。現在大家都明白，北方佬壓根兒不是膽小鬼，絕不是僅憑一個勝仗就能把他們打垮的。不過，摩根將軍和福雷斯將軍統率南部聯盟軍在田納西州取得了勝仗，再加上第二次布林溪戰役的勝利，這些是可以作為擊潰北軍的資本而加以吹噓的。當然，同時這些勝利也付出了沉重的代價。亞特蘭大各醫院和一些居民家裡，傷病員人滿為患，穿黑色喪服的婦女也越來越多。同樣，奧克蘭公墓裡那一排排的士兵墳墓也與日俱增。

生活必需品的價格隨之猛烈地上漲，而南部聯盟政府的貨幣卻開始驚人地貶值。北方佬加緊封鎖了南部聯盟各州港口，因此茶葉、咖啡、絲綢、鯨骨箍、香水、時裝雜誌和書籍等奢侈品，就理所當然地變得稀少而昂貴了。甚至最低廉的棉織品的價格也在急劇上漲，一般家庭的婦女只能唉聲嘆氣地改舊翻新，用以對付著換季的衣著，而今塵封許久不動的織布機從閣樓上取了下來，差不多家家的客廳裡都能見到家織的布匹。士兵、平民、婦女、小孩以及黑人，幾乎所有人都穿上了用這種家織土布做成的衣裳，作為南部聯盟軍制服的代表顏色，灰色現在在日常穿著中已經絕跡，已經被白胡桃色所取代。

奎寧、甘汞、鴉片、哥羅仿、碘酒等很缺乏，各個醫院已經愁眉不展了。就連紗布和棉布繃帶也顯得很寶貴，用後也不捨得丟棄，所有在醫院服務的女人都把一籃籃血污的布條帶回家，將它們洗乾淨熨平整，然後再帶回醫院給其他的傷患重複使用。

不過，對於思嘉麗而言，戰爭只是一個愉快和興奮的事件而已。只要再一次回到這廣闊的世界裡她便知足了，至於節衣縮食她一點不以爲苦。

她回憶起過去一年從頭到尾乏味的日子，毫無生氣，一天一天機械地過著，便覺得眼前的生活節奏大大改善，而這種改變的速度達到了令人不敢相信的地步。每天早晨她都會開始過著一個嶄新的激動人心的日子，會碰到一些陌生的人，他們提出要去拜訪她，誇讚她多麼迷人，說他們多麼希望自己能享有特權，爲她戰鬥甚至獻出生命。她還是可以，而且確實是艾希禮的，直到她生命的最後一刻也還是如此，但這並不能阻止她誘騙其他男人向她求婚。

目前持續的戰爭反而給後方人們提供了進行社交活動的大好機會。做母親的發現突然會有莫名其妙的陌生男人來拜訪女兒，他們不但沒有介紹信而且身世也不明，更令人震驚的是，她的女兒竟然與這些人手把手坐在一起！

就拿梅里韋瑟太太自己來說吧，她也是結婚以後才吻她丈夫的，現在竟然看見梅貝爾與那個小個子義勇兵雷內．皮卡德接吻，這叫她怎麼相信自己的眼睛呢？尤其是當梅貝爾公然表示一點也不感覺羞恥時，她就更加驚恐萬分了。梅里韋瑟太太經常提出這樣的警告，覺得南方在道德方面正處於迅速土崩瓦解的階段。其他做母親的人也一致贊同她的意見，並將問題的禍源歸咎於戰爭。

要等上一年才能請求允許他們稱呼女孩的名字，當然後面得加上「小姐」，男人們自然是等不及的，因爲他們說不定在一星期或一個月後就爲國捐軀。他們當然不可能履行戰前規定的那種繁冗的正式求婚禮節。在三四個月內，他們就完成提出訂婚的要求。

女孩子們雖然很清楚上等人家的小姐一般要拒絕男方三四次才能答應的，而現在卻在對方頭一次提出時就應許了。思嘉麗感到這種反常情況使戰爭變得有趣。她不畏懼戰爭永遠拖延下去，當然，要是不用做骯髒的護理工作和煩瑣的捲繃帶就更好了。事實上，現在她已能從容地應付醫院裡的事情了，因爲那裡畢竟還算得上是一個很好很愉快的狩獵場。那些傷兵會乖乖地臣服在她的魅力之下。他們很容易就愛上她，只消給他們換換繃帶，洗洗臉，拍打拍打他們的枕頭，給他們打打扇子就可以使他們對你感恩戴德。啊，經歷了去年那難熬的歲月之後，她現在已經進入了天堂！

思嘉麗又回到了她以前就像未跟查理斯結婚時一樣，好像根本沒有嫁給他，根本沒有體會到他的死亡所帶來的打擊，根本沒有生過韋德一樣。她就像從未經歷過戰爭、結婚和生孩子，絲毫沒有撥動她內心深處的那根弦。她還是以前的她。她簡直忘了她還有一個孩子。那所紅磚房子裡其他的人在細心地照顧著他，在她的腦海裡及內心深處，她又是思嘉麗了。她的思想和行爲又回到往昔，可是活動的天地卻大大開闊了。

她依舊像結婚以前那樣爲人行事，如參加宴會、跳舞、和士兵一起騎馬外出、彼此調情說笑，凡是她在少女時期做過的一切現在照做，只差沒有脫掉喪服了。皮蒂姑媽和那些朋友們的非議，她從來不放在心上，就像耳邊風吹過。她知道脫喪服這件事雖然不值得一提，但皮蒂姑媽和媚蘭是死也不會同意的。而且就算她是個寡婦，她也像做小姐時一樣漂亮。只要對她不大加干涉，只要不使她爲難，她就樂於幫助別人，而且自己的身姿和到處惹人愛慕也是她十分自豪的。

幾周以前，這還是個令人感到痛苦的地方，現在，她又覺得這裡讓她再次愉快起來了。

她很高興重新又有了一些追逐者，樂意聽他們說她仍然這麼美麗，就好像是能跟已經與媚蘭結過婚的艾希禮冒險地待在一起一樣。不過現在，就算她想起艾希禮已經屬於別人，也是比較容易忍受的了，他畢竟遠在他方。亞特蘭大和維吉尼亞相距數百英里之遙，有時他好像就是她的，有時卻猶如是媚蘭的一樣。

就這樣在護理、跳舞、坐馬車和捲繃帶中，一八六二年的秋天疾馳而去了，就連回塔拉小住幾回也沒有花費掉多少日子。她覺得在塔拉的小住也變得令人不太滿意，因爲很少有機會像她在亞特蘭大所期望的那樣，可以跟母親安靜地長談，母親也沒有時間陪著她做針線活兒，更別說可以一聞她走動時從馬鞭草香囊中散發出的淡淡香味，或者讓她的溫柔的手在自己臉頰上輕輕安撫一番。

母親瘦了，好像滿腹心事，而且每天從清早開始，一直要到全農場的人都睡覺以後許久才得以休息，南部聯盟物資供銷部的需求月月高漲，她便想方設法讓塔拉農場拼命生產。連傑拉爾德也沒有時間，這是多年以來第一次，每天都必須親自騎馬到田裡去來回巡視，因爲他沒能找到一個監工來代替強納斯・威爾克森的工作。既然母親匆忙得每天只能道一聲晚安，父親又整天待在田裡，思嘉麗感覺塔拉已無法繼續住下去。

連她的妹妹們也都被自己的事佔據了所有的時間。現在蘇倫同法蘭克・甘迺迪達到了某種「默契」，並以一種思嘉麗覺得幾乎不堪忍受的狡黠寓意，唱起《到這場殘酷戰爭結束時》。還有卡琳，她太迷戀布倫特・塔爾頓了，也不能陪伴思嘉麗，更別說給她帶來什麼樂趣了。

儘管每次思嘉麗都是滿懷愉快的心情回到塔拉老家，但收到皮蒂姑媽和媚蘭催她回來的信時，她反而有些開心。倒是在這種時候，母親想到她的長女和僅有的外孫又將遠離她，總要長吁短嘆一陣，暗暗地傷心一番。

「既然那邊需要你在亞特蘭大加入護理工作，我不能只考慮自己，自私地把你留在這裡。」母親說：「只是……只是，親愛的，我總覺得沒有好好地敘一敘母女之情，還沒有時間跟你好好談談，而你馬上就離開了。」

「我永遠是你的乖女兒。」思嘉麗總是這樣安慰著，把頭緊緊偎依在母親的胸口，內心深感愧疚。她沒法告訴母親，她急著要回到亞特蘭大去不是要為南部聯盟服務，而是因為在那裡還有眾多的情人可以跳舞。

最近她向母親隱瞞了許多事情，其中最重要的是，她深深地保密瑞德．巴特勒常常到皮蒂姑媽家來的這件事。

義賣會之後的幾個月，只要進城，瑞德都要拜訪皮蒂姑媽，之後便會和思嘉麗一起坐馬車外出，帶她去參加舞會和義賣會之類的活動，並且還在醫院外面等著把她送回家。她雖然不再害怕他會洩露秘密，不過他目睹過她那件最丟臉的事，清楚她和艾希禮之間的真正關係，這個不安的記憶仍在意識深處潛伏著。也正是基於此，他每次跟她過不去時，她都不好發作。可是他卻經常故意跟她過不去。

他已經三十五六歲了，大過她以前有過的任何情人，所以她不能像對待那些年齡與她相仿的情人那樣來對待和支配他，在他面前，她簡直像是個無計可施的孩子。他總是顯得若無其事，看上去總是一副什麼都不會使他感到吃驚，可又有很多事情使他感到很有趣的樣子。因此當她被氣得悶聲不語時，她會覺得自己給他帶來了極大的樂趣。因她兼有父親的愛爾蘭人性情和從母親那裡繼承來的稍帶狡黠的面容，在他的巧妙挑逗下，她往往會怒髮衝冠。在這以前，除非在母親跟前，她是從來不克制自己的情感的，可現在爲了不看他那得意的咧嘴冷笑，不得不忍氣吞聲，把已到嘴邊的話咽回去。她寧願他也發脾氣，那她就不會覺得自己處於如此不利的境地了。

每次跟他鬥嘴，她幾乎都占不到什麼便宜，事後她總是發狠地說這個人太差，不是上等人，沒有修養，她再也不能同他交往了。但是當他再次回到亞特蘭大，又假裝來拜訪皮蒂姑媽，以過分的殷勤送一盒從納索帶來的糖果給思嘉麗，或是在音樂會上事先占好一個思嘉麗旁邊的座位，或者在舞會上目光緊隨著她時，對他這種殷勤的不知羞恥的態度，思嘉麗心裡感到很高興，便原諒了他過去的冒失，然後每次都這樣循環往復。

雖然他的某些行爲叫人惱火，但她還是日復一日盼望他來拜訪。他與她所認識的每個人都不一樣，身上有一種她不能理解而令人興奮的東西。這種東西藏於他那高大身材的優雅舉止中，令人透不過氣來。這使得他一走進房間來，就像是房裡突然被施加了物理學上的衝力似的。同時，那雙黑眼睛露著魯莽粗野和暗暗嘲笑的神色，給了思嘉麗精神上的挑戰，使她下決心要征服他。

「這似乎像是我已經愛上他了！」她心中暗想，感覺有點不可思議，「但是，真不明白到底是發生了什麼事，我並沒有呀。」

可是他每一次來拜訪她們，那種興奮的感覺就油然而生，皮蒂姑媽這個富有教養的上等人家的屋子常常被他全身的男性陽剛之氣弄得既狹窄又暗淡，而且呈現出酸酸的迂腐味。思嘉麗並不是這個家中唯一對他產生奇異反應的人，甚至連皮蒂姑媽也被他挑逗得心猿意馬，不知所措了。

皮蒂很清楚，愛倫是絕對不會贊成巴特勒來看她的女兒的，也明白查爾斯頓上流社會對他的排斥是一件不可小看的事，可是猶如一隻蒼蠅禁不起蜜糖缸的誘惑一樣，她實在是抵抗不住他那精心設計的恭維和殷勤。況且，他常常送給她一兩件從納索帶來的小禮品，這些禮物不外乎是別針、織針、鈕扣、絲線、髮夾之類的小東西，並且說這些是他冒著失去生命的危險專門爲她跑過封鎖線買來的。

現在連這種小小奢侈品也很難得到，所以婦女們只得戴手工做的木頭髮簪，用布包橡子當鈕扣，而皮蒂姑媽又缺乏道德上的毅力，只好接受巴特勒的饋贈了。再加上她還有孩子般的嗜好，喜歡獨特的包裝，一看見這些禮品就很想要打開看看，既然已經打開了，又怎麼厚著臉皮退還呢？於是，接受了禮物後，她也就鼓不起足夠的勇氣，對他說他的名聲使他不合適來拜訪三個沒有男性保護的孤獨的女人。而且不難想像，只要瑞德・巴特勒在屋子裡，皮蒂姑媽便會感到自己需要男性的保護。

「我不明白他到底是怎麼回事。」她經常無助地嘆息。

「可是……說實話，如果單憑感覺而言，我覺得他是個令人感到親切的好人，……嗯，他是不會冒犯婦女的。」

從她收到那只退回來的結婚戒指後，媚蘭便覺得瑞德・巴特勒是個很少見的文雅紳士，現在聽到皮蒂姑媽對他這樣的評論，媚蘭禁不住感到震驚。他向來對她很有禮貌，可是她因爲跟所有不是從小就熟悉的男人在一起時都會感到害羞的緣故，在他面前總有點膽怯。她還偷偷地爲他感到傷心難過，假如巴特勒知道了這一點，肯定會高興的。她堅信他的生活一定是給某種浪漫的傷心事摧毀了，他才變得如此薄情而苛刻，她覺得他需要的是個好女人的愛。

她一向生活在深閨之中，從不知道什麼惡人惡事，也很難相信它們是實實在在存在的，所以人們背地裡議論瑞德和那個女孩子在查爾斯頓發生的事情時，她大爲吃驚，根本不相信。相反，她不僅沒有鄙視他，卻更加偷偷地可憐同情他，覺得他蒙受了很大的冤屈，爲之很是憤憤不平。

思嘉麗內心贊同皮蒂姑媽的看法，她也覺察到，巴特勒不怎麼尊重女人，只有對媚蘭也許是例外。每次他的眼睛在她身上上下逡巡時，她還是會覺得自己就像沒穿衣服一樣。這並不是說他曾說過什麼。假如他說出來，她可以嚴厲地批評他幾句，可惡的是他那雙眼睛從一張黝黑的臉上毫無顧忌射向你，瞧他的那副模樣，好像覺得所有的女人都只是他自己高興時享用的財產而已。只有跟媚蘭在一起時，這副模樣才是另外一種樣子。望著媚蘭時，他眼睛裡從沒有譏諷意味，臉上從沒有過那種冷冷的神態；和媚蘭說話時，他的聲音也表現得特別客氣、尊敬，好像很樂意爲她效勞似的。

「我真不明白你爲什麼對媚蘭比對我好得多。」有一天下午，思嘉麗實在忍不住問他，那時媚蘭和皮蒂都睡午覺去了。

原來在剛剛過去的一小時裡，她注意到他手裡一直拿著媚蘭正在綰捲準備編織的那團毛線，也一直留意到他耐心地應付媚蘭驕傲地談論艾希禮和他晉升時那副呆板得叫人看不懂的表情。思嘉麗知道瑞德沒有那種崇敬心理，根本不在乎他已經被提爲少校這個事實，可是他卻很有禮貌地應酬媚蘭，並時不時地冒出一些讚許艾希禮英勇的客套話。思嘉麗煩惱地想：要是換作是我，只要我一提起艾希禮的名字，他就會倒豎眉毛，百般嘲笑！

「我比她美麗得多，」她接著說道：「真是搞不懂你爲什麼偏偏對她更好一些。」

「我能說你是在吃醋嗎？」

「啊，別瞎說！」

「你真是讓我感到失望，非說我對威爾克斯太太好一些，那也是因爲她值得這樣。她是我生平僅見的一個溫厚、親切而無私的人，不過你是不大可能留意到她的這些品德的。雖然她還年輕，卻是我有幸結交過的少數幾位偉大女性之一。」

「你是在說你不覺得我是位偉大女性？」

「我想，在我們第一次見面時，我們就彼此同意你根本不是個淑女了。」

「噢，你不要滿懷惡意、粗魯透頂地再提那件事了！你怎能憑那點小孩子的事就對我妄下結論呢？況且那是很久以前的事了，現在我已經長大，要不是你經常在我耳邊提個不停，我根本一點兒也不記得了。」

「我並不把那看做是小孩子脾氣，也不相信你已經改過自新了。即使在今天，只要你一不高興，你還會像當時那樣摔花瓶。不過，現在你基本上可以說是稱心如意，所以沒啥必要摔那些小古董了。」

「啊，你這……我真巴不得自己變成男人，那樣我就可以把你叫出去，把你……」

「把我殺了，好消你心頭之恨？可是我能在五十碼之外不偏不倚地打中一個銀幣，你最好還是抓住你自己的武器，酒窩呀，花瓶呀等等。」

「你根本就是個流氓！」

「想用這種辱罵來激怒我，恐怕我只能叫你大失所望了。很抱歉，單憑一些符合事實的謾罵是不能讓我生氣的。我是個流氓，又怎樣？只要自己高興，在這個自由的國度，人人都可以當流氓嘛。親愛的女士，像你這樣的人，明明心是黑的卻偏要遮掩它，而且一聽到別人這樣罵你，你就大發雷霆，那才是地道的僞君子呢。」

他冷靜的微笑和慢條斯理的批評使她實在束手無策，因爲以前她從未遇到過這樣難應付的人，她的武器諸如蔑視、冷漠、謾罵等等，現在統統都失效了，無論她說什麼都不能讓他感到羞辱。依據她的經驗，妻子最堅決要維護的是她的誠實，懦夫最堅決要維護的是他的勇敢，粗人是他的文雅，妻子是他的榮譽，可這條規律在瑞德身上沒有任何束縛力，他承認一切，大笑著催她繼續說下去。

在這幾個月裡，他經常神出鬼沒，來時不提前通報，去時也不說再見。思嘉麗根本無從得知他到底到亞特蘭大來幹什麼，因爲其他跑封鎖線的商人很少大費周章地從海濱跑來。他們把貨物卸在威爾明頓或查爾斯頓，同一群群從南方各地會聚到這裡來購買封鎖商品的商人接洽，如果認爲他到這來就是爲了來看她，那倒會使她高興，但連她那非凡的虛榮心都使她不願相信這一點。假如他曾向她表達過愛意，嫉妒那些成天圍著她轉的男人，甚至拉住她的手，向她討要一張照片或一條手絹來珍藏在身邊，她就會自豪地認爲他已經被她的魅力迷住了，可是，他卻完全沒有戀愛的樣子。最糟的是，他似乎能看穿她試圖讓他拜倒在石榴裙下的所有花招和伎倆。

他每次進城都會在女性中引起一陣騷動，這不僅僅是因爲他身上有股冒險的跑封鎖線的商人的浪漫氣息，還因這中間融合著一種危險和遭禁的刺激性成分。他的聲譽太差勁了！因此每當亞特蘭大的太太們聚會閒聊一次，他的壞名氣就增長一分，而這只會使他在年輕小姐的心目中變得更富有魅力。因爲這些女孩都十分單純，她們只聽說他「對女人很亂來」，一個男人到底是怎麼個「放蕩」法，她們就不明白了。她們還聽別人偷偷告誡，女孩子跟他接近是很危險的。可是，就算名聲壞成這樣，自從在亞特蘭大出現以來，他連一個未婚女孩的手也沒有吻過，這不很令人難以置信嗎？

他是在亞特蘭大被人們，除軍隊的英雄之外經常掛在嘴邊的人物。人人都清楚，他是因爲酗酒和「跟女人的某種關係」而被西點軍校開除的。他連累了一位查爾斯頓姑娘並殺了她兄弟的恐怖醜聞，也已經是人盡皆知的事了。人們還從在查爾斯頓朋友的信中進一步得知，他的父親是位令人尊敬的老紳士，性格耿直，意志剛強，他把二十歲的瑞德攆出了家門，分文不給，甚至將他的名字從家用《聖經》中刪除。從那以後，瑞德加入一八四九年淘金的大潮去了加利福尼亞，之後到南美洲和古巴。據說他在那些地方的經歷也都談不上光彩，比如，爲女人鬧糾紛啦，決鬥啦，給中美洲的革命黨人偷運軍火啦，等等。最糟的是，正如亞特蘭大人所聽說的，職業性賭博也包括其中。

因爲戰爭造成的這種令人沮喪的局面和他本人願意爲南部聯盟政府做事，使那些最講究禮節的太太們也感覺到爲了愛國心，有必要放寬心胸。比較多愁善感的人則傾向於這種觀點：自家的這個害群之馬已經爲他邪惡的行爲方式感到後悔，並且正在努力贖罪。所以太太們應該做出讓步，尤其是他現在已成爲一位勇敢的跑封鎖線的商人，南部聯盟的命運寄託在那些跑封鎖線商船逃避北方佬艦隊的技巧上，就像同樣要依靠前線浴血奮戰的士兵們一樣。

大家都傳言，巴特勒船長是南方最出色的水手之一，又說他行動起來是無所顧忌和隨心所欲的。他在查爾斯頓長大，熟悉海港附近卡羅萊納海岸的所有小港小灣、沙洲和暗礁，同時也十分瞭解威爾明頓周圍的水域。他從來沒有失去過一條船隻，也從沒被迫扔掉過貨物。當戰爭爆發時，他就從默默無聞中一躍而起，用手頭的錢買了一條小小的快艇，而目前，偷運封鎖線貨物的利潤已瘋長到二十倍，他已擁有四條船。他高薪聘用了技術嫻熟的駕駛員，在黑夜，他們載著棉花偷偷離開查爾斯頓和威爾明頓，駛向納索、英國和加拿大。英國的棉紡廠正停工等待原料，工人在挨餓，所以每個穿過了北方佬艦隊的封鎖線商人都可以肆意要價。

無論在爲南部聯盟政府運出棉花方面，還是運進南方所迫切需要的戰爭物資方面，瑞德的幾條船的作用都是非常出色的。因此，那些太太們對於這樣一位英勇人物便很寬宏大量，並且不再計較他的許多事了。

他身材高大魁梧，惹得從他面前走過的人都不自覺地回顧一下。他花錢如流水，騎一匹野性的黑公馬，穿著很考究。因爲現在軍人的制服已經又髒又破，這最後一點足以惹人注目。就算老百姓穿的最好的衣裳也看得出是經過精心修補的。思嘉麗還從沒見過像他穿的這麼精緻的淡米色方格花呢的褲子呢。

他的那些背心則全是十分漂亮的貨色，特別是那件白紋綢上面繡有小小粉紅薔薇花蕾，更是精美，他帶著比這些服飾還更優雅的神態穿著這些衣服，就好像他自己根本不知道穿著它們有多榮耀似的。只要他願意顯示自己的魅力，很少有女人能夠抵擋得住，就連梅里韋瑟太太也不得不爲之所動，甚至邀請他星期天到家裡吃午飯。

那位小個兒義勇兵打算在下次休假時同梅貝爾．梅里韋瑟結婚，一想起這件事她就傷心不已，因爲她非要穿一件白緞子衣服結婚，可是在南部聯盟境內居然找不到白緞子。因爲多年以來所有的緞子結婚禮服都拿去改作軍品了，連借也借不到。愛國心作崇的梅里韋瑟太太想批評自己的女兒，並且指出，家紡布對一個南部邦聯的新娘來說是最合適的新娘盛裝，可這也沒用。梅貝爾非穿緞子不可。爲了主義，她可以驕傲地放棄戴髮夾，不在乎糖果和茶，或者沒有鈕扣和漂亮的鞋子，可就是非要穿一件白緞子的結婚禮服不行。

從媚蘭那裡聽說了這件事後，瑞德便從英國帶回許多閃亮的白緞子和一條精美的網狀面紗送給她，作爲他們的結婚禮品。

梅貝爾高興得幾乎要吻他了。梅里韋瑟太太知道，送這麼貴重的禮品——而且是一件衣服料子——是極爲珍貴的，可是瑞德用了非常漂亮的措辭，說對一位出色英雄的新娘，無論用多麼美麗的裝束來打扮都不過分。於是梅里韋瑟太太邀請他到家裡吃午飯，覺得這個讓步比付給他錢還高出許多。

他不但送緞子給梅貝爾，而且還提出了很多關於這件禮服的建議。在巴黎，這個季節的裙圈比較寬大，裙裾卻相對要短一些。而且它們已不用皺邊，而是做成扇形的花邊疊放在一起，露出底下鑲有帶子的襯裙來。他還說在街上沒有穿寬鬆長褲的人，那已經「過時」了。後來，梅里韋瑟太太偷偷告訴埃爾辛太太，如果他再繼續說下去，說不定他會把巴黎女人目前穿什麼樣的內褲都如實地說出來。要不是他天生很有大丈夫氣概，他這種很擅長描述衣服、帽子和頭飾的特點，準會被人誤以爲他是個很精明的女人。

他注意到婦女最感興趣的那些細節，每次出國旅行回來都會被一群婦女包圍，告訴她們今年帽子流行小的了，戴得高了，幾乎蓋著絕大部分頭頂，不過裝飾品已用羽毛代替了花朵；告訴她們法國皇后晚上已不梳髮髻，而是把頭髮幾乎全部盤在頭頂上，露出全部耳朵，還有晚禮服的領子又開得很低，低得令人吃驚啦什麼的。

這幾個月他成了本城最出名和最富浪漫色彩的人物，縱然外面謠言滿天飛，說他不但跑封鎖線而且做糧食投機生意。那些討厭他的人說，他每到亞特蘭大來跑一趟，食品價格就要上漲五美元。但是，如果他認爲值得的話，即使有這種閒言碎語，他還是可以維持自己的聲譽的。可是他不這樣做，在試探過沉著穩重、頗爲愛國的公民們的心理，而且贏得了他們的尊重和勉強的喜歡之後，他身上某種邪惡任性的東西似乎又使他特意去冒犯他們，並讓他們知道他原來只是戴上了假面具，可現在不高興再戴下去了。

他那些對於南部聯盟的評論引起了亞特蘭大人對他態度的極大變化：先是對他茫然不解，接著是冷淡，最後就是怒目而視了。還未到一八六三年，每當他在集會上露面，男人們便懷著敬而遠之的心態去敷衍他，婦女們則馬上把她們的女兒叫到自己身邊，遠離他。

他好像非常喜歡跟亞特蘭大人的誠懇而熾熱的忠誠格格不入，而且十分樂意讓自己以盡可能糟糕的負面形象出現。當人們善意地讚揚他闖封鎖線的英勇行爲時，他卻冷淡地回答說每次遇到危險他都如同前線的士兵那樣給嚇壞了。可是大家都明白南部聯盟軍隊中是絕對沒有膽小鬼的，因此這種說法讓人感到憤怒。

他經常戲稱士兵爲「我們勇敢的小夥子」或「我們那些穿灰軍服的英雄」，可他說這話時那種語氣卻顯露出極大的不屑和侮辱。

有時，那些很想跟他調情玩樂的年輕女孩們向他表示謝意，稱讚他是爲她們而戰的一位英雄，他會躬身回答說事實並非如此，只要能賺到同樣多的錢，爲北方佬婦女辦事他也樂意。

義賣會那天晚上是思嘉麗和他在亞特蘭大頭一次相遇，此後，他一直用這種玩世不恭的態度跟她說話，只不過現在與所有人交談時他都略帶嘲諷。只要人家稱讚他爲南部聯盟作出貢獻時，他總會打擊對方，說跑封鎖線只是他的一樁買賣。

他一邊還用目光掃視那些手裡有政府合同的人，一邊說如果能從政府合同中賺到同樣多的錢，那麼他肯定不會冒險跑封鎖線，轉而出售劣質的再生布、摻沙的白糖、發黴的麵粉和腐爛的皮革給南部聯盟。

他的評論絕大部分是讓人無法回答的。本來就有些小道消息傳出了一些關於政府合同的小小醜聞。前方來的信件常常抱怨連天，說鞋穿不到一星期就壞了，彈藥點不起火，韁繩一拉緊就斷，肉是酸臭的，麵粉裡都是蟲子等。亞特蘭大人開始懷疑，肯定是那些阿拉巴馬或維吉尼亞或田納西的合同商向政府出售這種物資，而絕對不可能是喬治亞人。因爲喬治亞的合同商人都是最上等家庭的人，他們總是搶在最前面向醫院捐獻資金和幫撫陣亡士兵的孤兒，他們雖不是第一個起來回應、至少在口頭上也高呼向北方佬開戰，並且鼓勵小夥子們去拚命地廝殺。反對從政府合同中牟取暴利的憤怒高潮還沒有興起，所以瑞德的話也只能被當做他自己缺德的證據罷了。

在和瑞德接觸的那段時間，思嘉麗沒有對他抱有任何幻想。她知道，他那些假意的殷勤和花言巧語都是嘴上說說的。她清楚，他之所以扮演一個大膽而愛國的闖越封鎖線的角色，僅僅是他自己覺得好玩而已。有時她覺得他就如同縣裡那些跟她一起長大的小夥子沒什麼兩樣，比如，方丹家那幾個愛捉弄人的頑皮孩子，塔爾頓家那對專門愛開玩笑的孿生兄弟，以及整晚坐在那裡想辦法搞惡作劇的卡爾弗特兄弟。不過唯一不同的是，瑞德在看似輕鬆愉快的神態背後總是隱藏著某種惡意，有時候幾乎陰險到了接近殘忍的地步。

雖然她對他的虛僞知道得很清楚，但她還是喜歡他扮演的帶浪漫色彩的偷闖越封鎖線的人的角色，因爲這至少使得她在同他交往時所處的地位比以前高一些。因此，他一旦取下那個假面具，公然擺出跟亞特蘭大人的善意唱反調的架勢時，她便大爲惱火了。她感到氣憤，這種做法實在是愚蠢，而且同時有些針對他的責備全落到了她的身上。

瑞德與亞特蘭大絕交，那是發生在埃爾辛太太爲康復傷兵舉辦的一次銀元音樂會上。那天下午，埃爾辛家擠滿了休假的士兵和來自醫院的人，鄉團和民兵隊的隊員，還有已婚婦女、寡婦和年輕女孩。屋子裡座無虛席，甚至長長的螺旋形樓梯上也站滿了客人。埃爾辛家的膳食總管站在門口，托著一隻刻花玻璃缸接受客人捐贈，裡面的銀幣被倒出過兩次，這足以說明音樂會很成功，因為現在每個銀元相當於六十元南部聯盟紙幣。

每個有專長的女孩都施展著自己的拿手絕活，唱的唱，彈的彈，尤其是扮演真人畫受到了熱烈的歡迎。思嘉麗十分滿意，因為她不但跟媚蘭合唱了一曲感人的《花上露濃》，又在要求再唱時來了個更輕快的《女士們啊，請別管斯蒂芬！》，並且，她還被選為最後一幅畫上的背景人物，代表南部聯盟的精神。

表演完畢，她不由自主地尋找瑞德的眼睛，看看他是不是也很讚賞她所扮演的這幅精美的圖畫。她看見他正跟別人爭論，她很生氣，心想他根本沒有注意她。從他周圍那些人的臉色，思嘉麗可以得知，他肯定說了什麼過激的話把他們惹怒了。

這時，她向他們走去，人群偶爾安靜了一些，像經常發生的那樣，她聽見民兵裝扮的威里·吉南清楚地說：「先生，照你這樣說，我們的英雄們為之犧牲的那個主義並不是神聖的嘍？」

「比如你被火車軋死了，鐵路公司並不會因你的死而神聖起來，不是嗎？」瑞德反駁道。

「先生，」威里用顫抖的聲音說，「如果此刻我們不是在這所房子裡……」

「想到會發生什麼，我不禁全身發抖，」瑞德說，「當然嘍，你的勇敢是無人能敵的。」

威里氣得滿臉通紅，談話到此結束。

威里健康而強壯，而且也到了參軍年齡，可並沒有到前線去。他是獨生子，而且這個州畢竟還需要有人參加民兵來保衛。不過，當瑞德提到勇猛一詞時，幾個正在康復的傲慢的軍官中，已經有人在竊笑了。

「哎，他為什麼不閉上他那張臭嘴呢！」思嘉麗生氣地想，「他簡直在攪亂整個集會！」米德大夫眉頭緊皺，要發火了。

「對你來說，世界上沒有什麼是神聖的，年輕人。」他用演講的那種語氣說，「不過，對於南方愛國的先生太太們來說，有許多事物是神聖的。比如，我們的土地不受篡權者統治的自由，便是一種，還有一種是州權，以及……」

瑞德好像懶得搭理似的，聲音中也帶有一點懶得應付的厭煩的感覺。

「所有戰爭都是神聖的。」他說，「對於那些非要打仗的人來說的確如此。如果連發動戰爭的人都不認為戰爭神聖，那誰還像個蠢蛋要去打仗呢？可是，無論他們給戰爭訂出多麼崇高的目的，無論演說家們對那些打仗的傻子喊出什麼漂亮的口號，戰爭歷來就只有一個原因，那就是錢。一切戰爭本質上都是關於錢的較量，可是知道這一點的人少之又少。軍號聲和戰鬥聲以及待在這兒的演說家們的華麗說辭將人們的耳朵塞得太滿了，有時喊的口號是『把基督的墳墓從異教徒手中奪回來！』有時是『打倒教皇制度！』有時是『棉花，奴隸制和州權！』有時是『自由』。」

「教皇制度和這有什麼關係呢？」思嘉麗納悶道，「還有基督的墳墓，又是怎麼回事？」但當她朝怒氣沖天的人群走去時，她看見瑞德正穿過人群很得意地走向門口。她緊跟在他後面，但埃爾辛太太一把抓住她的裙子，制止了她。

「他走掉最好不過了。」她清清楚楚地說。

屋子裡突然安靜下來，人群都聽見了這句話。「他就是個賣國賊、投機家！他是我們懷裡曾經養育過的一條毒蛇！讓他走。」

瑞德站在門廳裡，手裡拿著帽子，他聽見了她的話。正如埃爾辛太太所希望的那樣，然後他轉過身來，向屋裡的人斜睨了一會兒。他用銳利的目光蔑視著埃爾辛太太飛機場似的胸脯，突然咧開嘴一笑，鞠了個躬，就這樣瀟灑走地出去了。

梅里韋瑟太太搭皮蒂姑媽的順風車回家，四位女士的屁股還沒著座時，她便忍不住發作了。

「皮蒂．漢密爾頓！這下，我想你該滿意了吧！」

「滿意什麼？」皮蒂惶恐地喊道。

「那個你一直在庇護的卑鄙男人巴特勒的德行呀！」

皮蒂一聽氣炸了肺，氣得竟忘記梅里韋瑟太太也曾招待過巴特勒這回事。思嘉麗和媚蘭倒是還沒有忘記，可是按照尊敬長輩的規矩，她們只得閉嘴不去爭論，都低下頭來看著自己的手。

「他不僅侮辱了我們大家，還侮辱了整個南部聯盟。」梅里韋瑟太太說，她那結實的前胸在發光的鑲邊衣飾下猛烈地起伏著。

「說什麼我們是爲了金錢而戰！說什麼我們的領袖們欺騙我們！他應該被扔進監獄去。是的，應該。我要跟米德大夫討論下這件事。如果梅里韋瑟先生還在世的話，他準會去給他點顏色看看！現在，皮蒂．漢密爾頓，你聽我說，你可萬萬不能再讓這個流氓到你們家去了！」

「嗯。」皮蒂無奈地答應著，好像她也覺得無地自容，還不如一死了之。

她用求救的眼神望向那兩位一聲不吭的小姐，然後又滿懷希望地看看彼得大叔那挺得筆直的脊背。她知道梅里韋瑟太太說的每一句話都一字不落地進了他的耳朵，恨不得像他經常做的那樣，他能回過頭來插上幾句。她希望他說：「多麗小姐，您就原諒皮蒂小姐吧！」可是彼得默不作聲。他打心眼裡討厭巴特勒，可憐的皮蒂也知道。

於是，她嘆口氣，說：「多麗，好吧，假如你認爲……」

「我就是這樣認爲。」梅里韋瑟太太的語氣很堅決，「首先，我簡直不敢相信你到底是中什麼邪竟招待起他來了。從今天下午開始，城裡任何一個體面人家都不會允許他進家門了，你得拿出勇氣，嚴禁他到你家來。」

她怒視了兩位小姐一眼。「我希望你們倆最好也聽我的話，」她接著說，「因爲你們也同樣罪不可恕，竟對他顯得那樣歡迎！就是要冷淡有禮而又明明白白地讓他知道，在你們家，他和他的那些無賴話是絕對不受歡迎的。」

這時思嘉麗氣得眼看就要暴跳起來了，就像一匹烈馬受到一個陌生而粗笨的騎手擺弄似的。可是她不敢開口反駁。她不能再冒這個風險了，否則梅里韋瑟太太肯定會再向母親告狀。

「你這頭老水牛！」她想，壓在心頭的怒火憋得她臉通紅。「要是能告訴你我對你和你那專橫霸道的方式是怎麼想的，那該多好啊！」

「真是沒有想到，這輩子我還能聽到這種公然反叛我們主義的話。」梅里韋瑟太太繼續說，「不過這次用的是一種義憤塡膺的口氣，「只要是認爲我們的主義不公正不神聖的人，都應該被處以絞刑！從今往後，我不願再聽見你們兩個女孩跟他說一個字了……怎麼，媚蘭，我的天，你這是怎麼了？」

這時，媚蘭臉色蒼白，兩隻眼睛瞪得圓圓的。

「我還是要跟他說話，」她小聲反駁，「我不能粗魯地對待他，也絕不禁止他到家裡來。」

彷彿被當胸刺了一錐子，噗的一聲，梅里韋瑟太太連肺都快炸開了。皮蒂姑媽那張肥厚的嘴巴嚇得張得大大的，連彼得大叔都吃驚地回過頭，瞠目結舌。

「見鬼，我爲什麼就沒勇氣說這話呢？」思嘉麗既妒忌又佩服，心裡很不是滋味地想，「你這隻小兔子居然露出尖牙利齒，跟人家老太太叫板了？」

媚蘭激動得兩手發抖，趕忙繼續說下去，好像生怕稍一遲疑，勇氣就會跑掉似的。

「我絕不會因他說了那些話而對他無禮，因爲……他那樣當眾爭論是有點粗魯……那是愚蠢的行爲，不過那也是……也是艾希禮的觀點。我不能拒絕歡迎一個跟艾希禮有同樣看法的人，那是不公平的。」

梅里韋瑟太太已緩過勁來，又要進攻了。

「我從沒聽說過這樣的漫天大謊！媚蘭，威爾克斯家從來不曾有過這樣的膽小鬼……」

「我沒說艾希禮是膽小鬼！」媚蘭說，她兩隻眼睛開始發光，「我是說他跟巴特勒船長持一樣的想法，只是說法不同罷了。而且，我想他也不會跑到音樂會上去說，不過他在信裡是這樣對我說的。」

思嘉麗聽了有點良心不安。她努力回想艾希禮在信中到底寫了些什麼讓媚蘭發表這樣的看法？可是那些信她讀過後便隨看隨忘，一點印象也沒有。她認爲媚蘭這樣做真是愚蠢到家了。

「在信中，艾希禮說我們不該跟北方佬打仗。我們被那些政治家和演說家煽動人心的口號矇騙了。」媚蘭急速地說下去，「他說世界上從來沒有一樣東西值得我們在這場戰爭中付出這麼大的代價，他說這裡面毫無自豪可言……有的只是災難和骯髒而已。」

「啊！是那封信。」思嘉麗心想，「他想表達的是這個意思嗎？」

「我不相信，」梅里韋瑟太太固執地說，「是你扭曲了他的意思。」

「我永遠不會誤解艾希禮。」媚蘭冷靜地回答，儘管她的嘴唇還在發抖，「我完全瞭解他。他的意思和巴特勒船長說的意思是一樣的，只不過他說得沒有那麼直接罷了。」

「像艾希禮這樣高尚的人怎麼能跟一個像巴特勒那樣的流氓相比，你應該爲自己感到羞恥！

我想，大概你也認爲我們的主義分文不值吧！」

「我……我不明白自己是什麼想法。」媚蘭拿不定主意，開口說道，因直言坦率而引起的恐慌抓住了她的心。「就像艾希禮那樣，我……甘願爲主義而死。不過……我的意思是……我的意思是，這些事要讓男人們去思考，畢竟他們想得多。」

「我還從沒聽說過這樣的謬論呢。」梅里韋瑟太太用鼻子哼了一聲，輕蔑地說，「停車，彼得大叔，你都過了我們家門口了。」

彼得大叔一直在專心聽著身後的交談，以至於忘記在梅里韋瑟家門前停車了。於是只得勒著馬退回來。梅里韋瑟太太下了車，她的帽帶隨風飄得高高的，就像暴風中的船帆。

「你們一定會後悔的。」她說。

彼得大叔狠狠地抽一鞭子，馬又開始向前跑了。

「你們兩位年輕小姐應當感到羞恥，竟然把皮蒂小姐氣成了這樣。」他責備說。

「我沒有覺得羞恥呀。」皮蒂姑媽吃驚地回答，因爲她還眩暈於比這更嚴重的緊張情緒。「媚蘭，親愛的，我明白你這樣說及時幫助了我，不過說真的，我很高興有人能把多麗壓一下，她太霸道了！你到底從哪裡來的這股勇氣呢？可是我覺得你說關於艾希禮的那些話是不應該的。」

「可那是真萬確千的。」媚蘭回答，同時開始輕聲低泣起來。「而且我也並不覺得他那種想法是可恥的。雖然他認爲戰爭完全錯了，可是他依然願意去打，去犧牲，這比你認爲正當而去打時需要更大的魄力。」

「我的天，媚蘭小姐，你千萬別在這桃樹街哭。」彼得大叔嘀咕著，一面趕著馬加快速度，「人家看見會說三道四的。回到家裡再哭吧。」

思嘉麗一聲不吭，這時媚蘭將一隻手塞進了她的手裡，好像在尋求安慰似的，可是她連捏都沒有捏一下。她偷看艾希禮的信時只有一個目的——那就是讓自己相信他還愛她。現在媚蘭對信中的一些段落做出了新的詮釋，可思嘉麗閱讀時根本沒有看出來。這使她很震驚地發現，原來像艾希禮這樣絕對無瑕疵的人，竟然也會跟像瑞德．巴特勒那樣的無賴漢抱有一樣的看法。

她想：「他們兩個都看透了這場戰爭的本質，但艾希禮情願去爲它犧牲，而瑞德不願意。我認爲這只能說明瑞德的見識是高明的。」

想到這裡，她停了一會兒，驀然發覺自己居然對艾希禮有這樣的看法感到害怕。他們兩個認清了同一件不愉快的事實，但是瑞德．巴特勒喜歡從正面攻擊它，並且用公然談論它的方式來激怒人們；而艾希禮呢，卻幾乎不敢正面面對。

這真是太令人不解了。

chapter 13

國難財

在梅里韋瑟太太的授意下，米德大夫果然採取行動了。他給報社寫了封信，其中儘管沒有點明是瑞德，但意思是顯而易見的。編輯感覺到了這封信產生的社會戲劇性，便把它刊登在報紙的第二版，這本身已經是個創舉了，因爲這家報紙的頭兩版總是用來登有關黑奴、騾子、耕地、棺材、供出售或出租的房屋、性病的治療方法、墮胎藥及壯陽補品等的廣告。

由於米德大夫首開先聲，在南方逐漸展開了一波聲討投機家、牟取暴利者和政府合同商的高潮。自從查爾斯頓港被北方炮艇嚴密封鎖後，威爾明頓變爲封鎖線貿易的主要港口。投機家們在威爾明頓等待，他們用手裡的現款買下一船船貨物囤積起來，伺機而動，因爲生活必需品需求愈來愈高，物價月月上漲。老百姓只有兩種選擇：要麼不買，要買就得按投機商的價格購買，這使得一般窮人和境況不太好的居民的生活每況愈下。

隨著物價的上漲，南部聯盟政府和紙幣不斷貶值，紙幣越貶值，人們就越期望擁有奢侈品。跑封鎖線的商人本是奉命進口必需品，同時被批准可把經營奢侈品作爲副業，可現在的情景是船上塞滿了奢侈品，卻找不到任何必需品。人們擔心明天的價格更高，只好用今天手中還有的貨幣瘋狂搶購奢侈品。

這還不夠，更糟糕的是，從威爾明頓到里士滿只有一條鐵路，成千上萬桶的麵粉和鹹肉因運不出去，只好堆放在車站路旁，眼看著發黴、腐爛；與之相反，投機商的酒類、絲綢、咖啡等卻往往在威爾明頓上岸後兩天，很快就能運往里士滿銷售。

原來在暗地裡傳來傳去的流言蜚語現在已經公開，說是瑞德．巴特勒不僅經營四艘船隻，以高價賣出貨物，而且把別人船上的貨物全部買斷，囤積起來等候價格上漲。據說他還是某個組織的首領，而這個組織總部設在威爾明頓，有百萬美元的資金，專門在碼頭上收購那些通過封鎖線進的貨物。還說在那個城市和里士滿他們擁有幾十家貨棧，裡面堆滿了食品、布匹，等著高價的時候出售。如今軍人和老百姓都感到生活拮据，因此對他和他的同夥——投機商的行爲是怨聲載道。

「南部聯盟海軍服務公司的封鎖科中，大部分都是英勇愛國的人，」米德大夫的信中最後寫道：「他們大公無私，冒著犧牲生命和全部財產的危險保護著南部聯盟。他們受到所有忠誠的南方人民的尊敬和愛戴，人民都很樂意拿出自己的一點點金錢來回報他們所做出的犧牲，他們是無私的紳士，我們敬重他們。對於這些人我沒有什麼好說的。」

「但是另外有些敗類，他們僞裝成封鎖線商人，只知牟一己之私利，人民因沒有奎寧而面臨死亡，他們卻運進綢緞和花邊，我們的英雄因缺乏嗎啡而忍痛掙扎，他們反而用船隻載運茶葉和酒。因此，我呼籲這個英勇抵抗和爲一種最無私的主義而戰鬥的民族，一起討伐這些兀鷹。他們貪婪地吸吮著那些跟隨羅伯特．李將軍的勇士們的鮮血，我詛咒這些吸血鬼，他們使封鎖線商人這個稱呼在愛國人士面前臭不可聞。想想看，在我們的小夥子赤腳參戰時，他們怎能容許那些嗜屍鬼穿著晶亮的皮靴在我們當中趾高氣揚？當我們的士兵在圍著營火艱難地啃發黴變質的鹹肉時，我們怎能容許他們捧著佳餚美酒在後方尋歡作樂？我呼籲每個忠誠的南部聯盟擁護者起來把他們驅逐出去！」

亞特蘭大人讀著這封信，智者已經說話了，於是，作爲忠誠的南部聯盟公民，他們都忙不迭地要把巴特勒驅逐出去。

在一八六二年秋天曾接待過巴特勒的人家，幾乎只剩下皮蒂姑媽家，直到一八六三年還允許他進入。而且，要是媚蘭不在的話，他很可能在那裡也無人理睬。只要他在城裡，皮蒂姑媽就有犯量的危險，如果她允許他來做客，她很清楚她的那些朋友會說出些什麼閒話來。可是她沒有那種勇氣來告訴他在這裡他不受歡迎，每次他一到亞特蘭大，她便下決心對兩位姑娘說，她會在門外擋著他，並嚴禁他進屋。但是每次他來時，從不兩手空空，總拿著小包，嘴裡是稱讚她美麗迷人的恭維話，她也就忘記自己的初衷了。

「我真是不知道如何是好。」她訴苦說，「只要他一看我，我就……我就嚇得魂飛魄散了，我怕我說了，他會幹出瘋狂的事來。他的名氣已壞到了這個程度。你猜，他會不會打我……或者……或者……啊，要是查理斯還在就好了。思嘉麗，好好跟他談談，但一定要告訴他不要再來了。啊，我看你是在縱容他，所以全城都吵得沸沸揚揚，而且要是你母親發現了，她對我會說些什麼呀？媚蘭，你也不要對他那麼好了。只要冷淡疏遠他，他就會明白的。哦，媚蘭，我覺得最好和亨利說一聲，讓他跟巴特勒船長談談，怎麼樣？」

「不，我認爲一點也不好，」媚蘭說，「而且我也絕不會對他無禮的。我想人們都是瞎說。他不會把糧食囤積起來讓人們沒飯吃，噢，我也相信他不像米德大夫和梅里韋瑟太太說的那樣壞。他還給過我一百美元的孤兒救濟金呢。我堅信他跟我們一樣都是忠誠和愛國的，只不過他太高傲，不屑於出來爲自己辯護罷了。你知道男人們一旦被激怒，他們會變得多麼倔強。」

對於男人，皮蒂姑媽一點也不懂，不管他們是發怒了還是怎麼的，她唯一會做的就是搖著那雙小小的胖手表示無可奈何。至於思嘉麗，她很久以前就對媚蘭那種只從好的方面看人的習慣不抱有幻想了。媚蘭是個傻瓜，這一點上，誰都對她無計可施。

思嘉麗知道瑞德並不愛國，而且，她對此毫不在意，儘管她寧死也不承認這一點。她只重視他從納索給她帶來的那些小禮物，一個女人可以光明正大地接受的小玩意兒。現在物價如此飆高，如果還禁止他進門，那麼她到哪裡弄錢買針線、糖果和髮夾呀？不，還是把責任往皮蒂姑媽身上推更方便些，畢竟她是這個家的主人，還是監護人和道德仲裁人。她知道全城都在非議巴特勒的來訪，也在談論她；可是她還知道，在亞特蘭大人眼中，媚蘭是絕不會做不體面的事的，那麼既然媚蘭還在維護巴特勒，他的來訪也就變得無可厚非了。

不過，要是瑞德放棄他的那套異端邪說，生活就會過得自由自在許多。那樣，她同他在桃樹街散步時就用不著覺得難堪了，人們也不會公然不理睬他。

「就算你是這麼想的，可你幹嘛說出來呢？」她這樣責備他，「要是你只憑著自己的喜好愛想什麼就想什麼，可是閉著嘴一點都不高聲宣傳，那一切就會好得多了。」

「我的綠眼睛僞君子，那是你的解決之道，是不是？思嘉麗，思嘉麗！我真希望你拿出更多的勇氣來。我一向認爲愛爾蘭人是想什麼就敢於說什麼的，只有膽小鬼才躲躲閃閃，請老實地告訴我，你閉著嘴不說話時，難道沒有覺得心裡憋得要爆炸嗎？」

「唔，是的。」思嘉麗勉強地承認，「當人們一天從早到晚談的全是什麼主義時，我就覺得煩死了。可是我的天，瑞德．巴特勒，要是我承認這一點，就沒人會跟我說話，也沒有哪個男孩子會跟我跳舞了！」

「啊，對了，一個人應該有人跟她跳舞，並不惜一切代價。」

「那麼，我佩服你這種自我忍讓的精神，不過我覺得自己很難做到。無論那樣有多麼方便，我不能披上浪漫的愛國的僞裝。愚蠢的愛國者已經夠多了，他們把手裡的每分錢都投入在封鎖線上，結果呢，等戰爭一結束，只落得個分文不剩。不管是爲愛國主義史冊添一份光彩還是給窮光蛋名單中加一個名字，我都沒有參加他們的隊伍的必要。」

「讓他們去戴那光環好了，再過一年半載，他們所有的一切也就只剩下光環了。」

「我覺得你這人真是無恥到極點了，居然說出這樣的話來，你明明知道英國和法國很快就會幫助我們的，而且……」

「怎麼，思嘉麗！我真替你感到驚訝。你一定是看過報紙了！這樣可不行的，會把女人的腦子看壞的。一個月之前，我還在英國。對於你提供的消息，我恐怕要讓你失望了，英國絕不會幫助南部聯盟。英國肯定不會把賭注壓在一條喪家犬身上。此外，目前坐在寶座上的那位荷蘭胖女人[16]長期受自由主義思想的薰陶，對上帝懷有敬畏，堅決反對奴隸制。就算英國棉紡廠的工人因爲得不到我們的棉花而挨餓受凍，她也絕不會贊同奴隸制。至於法國，正在墨西哥忙著建設自己的法國區，這個拿破崙[17]根本沒工夫爲我們操心。事實上，他們還在爲這場戰爭竊喜，因爲這會牽制住我們，使我們無力去趕走在墨西哥的法國軍隊……不，思嘉麗，國外援助這個名詞只是報紙空想出來以維持南方士氣的一個法寶而已。南部聯盟的命運已不可更改了。現在它就像一匹靠它的

16. 指維多利亞女王，十八歲即位。長期受自由主義思想薰陶。
17. 指拿破崙三世，法蘭西第二共和國總統，第二帝國皇帝。

駝峰維持生命的駱駝，可是連最大的駝峰也逃不掉消耗乾淨的厄運。我在封鎖線再跑六個月，之後就不跑了，這是我現在的打算。再下去冒的風險太大了。我要把船隻賣給某個認爲他能順利過關的愚蠢的英國佬。但是這樣也好，那樣也罷，這都不會使我煩惱。我已經賺夠錢，把它們都存在英國的銀行裡，而且全是金幣。這不值錢的紙幣已與我毫無干係了。」

他依然同往常那樣，話說得好像很有道理。換作別人可能覺得他的話是叛國言論，但在思嘉麗聽來，卻是真實的，合情合理的。她知道這可能全亂套了，她本來應當感到震驚和憤怒才對。可事實上她既不震驚也不憤怒，不過她可以假裝那樣，這樣使她顯得更加可敬一些，更像個上等人家的大家閨秀。

「我認爲米德大夫寫的關於你的那些話都是對的，巴特勒船長。把船賣掉之後立即去參戰，這是你唯一挽救自己的辦法。你出身西點軍校，而且……」

「你這話真像牧師在發表招兵演說。要是我不想拯救自己又如何？我就是要眼睜睜地看著它被徹底粉碎才高興呢。我幹嘛要拼命維護那個我嗤之以鼻的制度呢？」

「我可從未聽說過什麼制度。」她冷淡地說。

「沒聽說過？但你不能否認的是你自己就屬於它的一分子，跟我一樣，而且我敢斷定你也像我這樣，討厭它。再說，我爲什麼會成了巴特勒家族中的不肖子呢？不是別的原因，就在這裡……我跟查爾斯頓不一致，而且也沒法做到跟它一致。而查爾斯頓可以代表南方，比這有過之而無不及。我想你應該還不清楚那是個多麼討人厭的地方吧？有許多事情往往就是這樣，僅僅因爲人們一直在做，所以你也就理所應當地不得不做。還有其他許多事情是完全無害的，可是爲了同樣的原因你就被迫不能去做。還有許多事情是太枯燥而使我厭煩至極。沒有跟你很可能已經聽說過的那個年輕小姐結婚，這只是最後一記重擊罷了。我爲什麼要娶一個自己不喜歡的傻瓜，難道僅僅是因遇到某種意外事故，我未能在天黑之前把她送到家裡嗎？在我能夠打得更準的情況下，我又爲什麼非得讓她那個近乎殘暴的兄弟來開槍打死我呢？當然，如果我是個上等人的話，那就另當別論了，我就會讓他把我打死，這樣就可一洗巴特勒家族上的污點了。可是……我要生存呀！我就是這樣活了下來，並且活得相當愜意。……每當我想起我的兄弟，他在查爾斯頓的神聖的牛群裡生活，想起他庸俗乏味的妻子，和他舉辦的聖塞西利亞舞會，以及他那些令人心生厭倦的稻田……想到這些，那時我就明白與這體制決裂所能得到的補償了。

「思嘉麗，南方的生活方式和中世紀封建制度一樣，陳舊而迂腐。它竟神奇地持續了這麼久，真是令人驚奇，它早就該退出歷史舞臺。而你卻指望我會去聽像米德大夫那樣的雄辯家的話，讓他告訴我：我們的事業是正義而神聖的？要我在隆隆的鼓聲中變得激昂，然後抓起槍桿衝到維吉尼亞去爲羅伯特老闆抛頭顱灑熱血嗎？你認爲我是一個怎樣的蠢蛋呢？被人家抽了一頓還去吻人家的鞭子，這可不符合我的作風。如今南方和我互不相欠，南方曾經把我丟棄，讓我餓死。我非但沒有餓死，反而從南方的瀕死掙扎中撈到了足夠的金錢來彌補我所喪失的天生的權利。」

「我看你這個人真是卑鄙，只知唯利是圖。」思嘉麗說，不過口氣是機械生硬的。就像每次與他的談話一樣，他所說的話大部分從她耳邊滑過去了。

不過她能聽懂其中的一部分，讓她自己也覺得上等人的生活中確實有許多愚蠢的事情。比如說，不得不假裝自己的心已進入墳墓，而事實上恰好相反，而且，在那次義賣會上她跳舞，所有人都大爲震驚。又比如，每次只要她做了或說了些什麼與別的年輕女人所說所做稍微不同的事，人家都氣得眉毛豎起來。不過，她聽到他向那個她自己也最憎惡的傳統發起攻擊時，還是覺得很刺耳的。她在這種人中生活得太久了，所以當聽到自己的想法被別人說出來時，還是會禮貌地裝出一副受到打擾的樣子。

「唯利是圖？不，我只是比較有長遠的眼光罷了，儘管這也許僅僅是唯利是圖的另一個說法，至少，那些和我同樣有遠見的人都會這樣說。在一八六一年，無論是怎樣一個忠於南部聯盟的人，只要他手裡有一百美元的現金，都會像我這樣，可是，真正能夠做到唯利是圖並利用這個機會的人又多麼少啊！就比如說，在薩姆特要塞剛剛淪陷的時候，封鎖線還沒有建成，我以十分便宜的價格買進了幾千包棉花，並把它們運往英國。到現在它們還被存放在利物浦貨棧裡，一直沒有賣出去，直到英國棉紡廠急需棉花並願意按我的要價購買時，我才肯放手。到時候，即使賣一美元一磅，也不足為奇。」

「等到大象能上樹，你就可以賣一美元一磅了！」

「現在棉花已長到七十二美分一磅，我相信賣到這個價錢是遲早的事。思嘉麗，這場戰爭結束時，我會變成一個富翁，因為我有遠見……唔，不好意思，是唯利是圖。記得我曾經告訴過你，有兩個時期可以大賺一筆：一個是國家在建設時，另一個是國家被毀壞時。牢牢記住我的話吧，建設時賺錢慢，崩潰時賺錢快。說不定哪天你會派得上用場的。」

「我會小心地珍藏你的忠告。」思嘉麗用極盡譏諷的口氣說，「不過我並不需要你的忠告，你認為我爸是個窮光蛋嗎？他的錢可足夠我花一輩子呢，而且我還擁有查理斯的財產。」

「我敢說，法國貴族直到爬進囚車那一刻，也是這樣想的。」

思嘉麗每次參加社交活動，瑞德總是指責黑色喪服和她是不搭調的。他喜歡華麗的顏色，因此思嘉麗身上的喪服和那條從帽子一直拖到腳跟的縐紗頭巾使他感到滑稽又不舒服，可是她堅持穿這些服喪的深色衣服，她知道，如果不再多等幾年，城裡人更會說三道四，說的肯定會比現在還厲害。再說，她又怎麼向她的母親交代呢？

瑞德直率地說，那條縐紗頭巾使她像極了烏鴉，而那身黑衣服則使她顯得蒼老了十歲。這種說法嚇得她急忙跑到鏡子前去照照，看看自己到底是不是真像個二十八歲的人了。

「不要學梅里韋瑟太太那樣，我覺得你應該把自己看重些。」他刺激她道，「趣味要高尚一點，不要用那條紗巾來掩飾自己，我敢打賭，你其實從未悲哀過。我盼望你會摘掉帽子和紗巾，兩個月裡我會去弄一頂巴黎式的給你戴上。」

「真的？不，請你不要繼續談這件事了。」思嘉麗說，她不高興瑞德總是叫她記起查理斯。

這時瑞德正準備動身前往威爾明頓，從那裡再到國外跑一趟，所以他沒再說什麼，咧嘴一笑就走了。

幾星期後，一個陽光明媚的夏日的早晨，他又出現了，手裡拿著一個裝飾亮麗的帽盒。這時思嘉麗一個人在屋裡，他便把匣子打開。裡面裝有一頂用一層薄絹包著的非常精緻的帽子。

思嘉麗一見便驚叫起來：「啊，這寶貝！」很久沒見新衣裳了，更別說親手去摸了，何況還是這樣一頂她從沒見過的最招人喜愛的帽子！這是用暗綠色塔夫綢做成的，裡面的襯底是淡綠色水紋綢，還有鴕鳥毛裝飾在這件極其精製品的帽沿。

「戴上它。」瑞德微笑著說。

她飛奔到鏡子跟前，噗的一下把帽子戴到頭上，把頭髮往後攏攏，露出那對耳墜子，然後繫好帶子。

「好看嗎？」她邊旋轉邊嚷著讓他看最漂亮的姿勢，同時不停地晃著腦袋，叫那些羽毛不停地跳。不過，不用看他讚賞的目光她就清楚自己有多美了。她的確顯得既嫵媚又俏皮，而她的眼睛被那淡綠色襯裡輝映成深翡翠，閃閃發亮。

「唔，瑞德，這帽子給誰的？我想買。我願意拿出目前所有的積蓄來。」

「就是給你的呀。」他說，「還有誰有資格戴這種綠色？你不覺得我把你這眼睛的顏色記得十分準確嗎？」

「這真的是給我的嗎？」

「當然了。你看盒子上還有『和平路』幾個法文字呢，這能證明我說的話。」

她只顧著朝鏡子裡的影像微笑，對那些並不怎麼放在心上。這一刻，什麼對她都不重要，唯一對她重要的是，這是她兩年來戴上的第一頂帽子，戴著它，她看上去迷人極了。有了這頂帽子，還有什麼事能難倒她呢！

可是隨即她的笑容逐漸消失了。

「你不喜歡它嗎？」

「唔，這簡直就像在做夢，不過……唔，我真痛恨自己不得不用黑紗罩住這討人喜愛的綠色並把羽毛染成黑色的。」

他立刻走到她身邊，熟練地解開她下巴下的結帶，不一會兒帽子又被放回到盒子裡了。

「你這是幹什麼？你說過這是給我的呀！」

「可它並不是讓你拿來改做喪帽的，我會再找到一位綠眼睛的漂亮女人，她會欣賞我的品味的。」瑞德故意說。

「啊，你不能這樣！即使死我也不能失去它！啊，求求你，瑞德，別這樣小氣！給我吧！」

「把它改成跟你戴的帽子一樣醜陋？不行。」

她緊緊地抓住盒子不放。她怎肯把這個使她變得這樣年輕又嫵媚的寶貝給別的女孩？哼，別想！

霎那間，她想起皮蒂和媚蘭驚慌的樣子，也想起母親對她可能要說的話，不由得打了一個寒戰。可是，相比之下，虛榮心還是占了上風。

「我發誓，我不改它，把它給我吧。」

他把盒子還給她，臉上流露出略帶嘲諷的笑容，欣賞著她把帽子再一次戴上並仔細端詳自己的容貌。

「這要多少錢？」她突然沉下臉問，「我手上只有五十塊，不過下個月……」

「按南部聯盟的錢算的話，這值兩千元。」

「啊，我的天……好吧，我先給你五十元，以後等我有了……」

「我不要你的錢，」他說，「這是禮物。」

思嘉麗頓時驚得一張嘴合不攏了，在男人送禮物這個問題上，界限得很準確很小心。

「親愛的，糖果和鮮花，」愛倫曾經不止一次說，「也許一本詩集，或者一個相冊，一小瓶香水，只有這些東西，男人送給你時，你可以接受。但凡貴重的值錢禮物，哪怕是未婚夫送的，都萬萬不能接受。千萬不能接受首飾和穿戴之類的東西，就連手套和手絹也不可以。如果你真的收了這樣的禮物，男人們就會認爲你肯定不是個上等女人，就會對你爲所欲爲了。」

「啊，真是糟糕！」思嘉麗心想，她看了看鏡子裡自己的容貌，再看看瑞德那張高深莫測的臉。「這太可愛了。我簡直無法告訴他我不能接受。我寧願……如果只有個小動作的話，我甚至寧願讓他放肆一下。」

緊接著，她便爲自己有這種想法感到很吃驚，臉一下漲得緋紅。

「我要……我還是要給你五十元……」

「如果你堅持這樣，我寧可把它扔了算了。或者，再買點東西來引誘你的靈魂。我敢說，你的靈魂只消一點東西就可以引誘的。」

她尷尬地笑笑，可是一看見鏡子裡那綠帽沿底下的笑影，便馬上下定決心了。

「你要對我怎麼樣呢？」

「我要用好東西引誘你，甚至你的貞操也任由我擺佈爲止。」他說，「親愛的，『從男人那裡只能接受糖果和鮮花呀！』」

他取笑似的模仿著，她忍不住哈哈大笑。

「瑞德．巴特勒，你這個狡詐壞心的渾蛋，明知道這帽子簡直太誘人了，誰還能拒絕呢。」即使嘴在稱讚她的美貌，他的兩隻眼睛也在嘲諷她。

「當然嘍，你可以告訴皮蒂小姐說，你給了我一個塔夫綢和綠水綢的樣品，並畫了張圖，然後我向你索要了五十元。」

「不，我要說是一百元，她聽了後，會和城裡的所有人宣揚，然後人人討論我多麼奢侈，都會嫉妒我。不過，瑞德，請你以後不要再給我這樣貴重的東西了，好嗎？你已經很大方了，我實在不能接受別的。」

「真的？但是，只要我覺得高興，只要我認爲能增添你的魅力，我還會繼續帶一些禮物來。我還要給你帶些暗綠色水紋綢好做一件長袍，正好可以跟這頂帽子相配。不過我要提前警告你，我這人很小氣。我是在用帽子和鐲子誘惑你，引你上鉤。請你記住，我做的每一件事都有目的，我從來不做那種毫無回報的傻事，一定要得到報酬。」

他的黑眼睛在她臉上掃視一圈，然後移到了她的嘴唇上，思嘉麗垂下眼來，渾身激動得顫抖。現在，正如愛倫說的那樣。他打算放肆了，他要吻她，或者試圖吻她，可是她亂了手腳沒了主意，不知怎麼辦才好。要是她拒絕呢，他就很有可能將帽子從她頭上摘下來，拿去再送給別的女人。反之，要是讓他老老實實親一下，他就有可能再給她帶些可愛的禮物來，並且要求再一次吻她。

男人總是特別重視親吻，天知道是為了什麼。很多時候，一個吻便能使他們全心愛上一個姑娘，如果這個姑娘很聰明，被吻了一次後便不再讓他親吻的話，就會鬧出很多有趣的笑話來。假如瑞德．巴特勒愛上了她，求她接一個吻或笑一笑，那才有趣呢。是的，她願意讓他吻。

但是出乎意料的是他並沒打算吻她，她從眼睫毛底下瞟了他一眼，用挑逗的口氣低聲說：「你總是要得到回報的，不是嗎？那麼你打算從我這裡得到什麼呢？」

「以後走著瞧。」

「唔，如果你覺得我為了償付那頂帽子就會嫁給你，那是不可能的。」她大膽地說，同時俏皮地把頭晃了晃，讓帽子上的羽毛跟著抖動起來。

他露出了小鬍子下面潔白的牙齒，似笑非笑的。

「你這是在抬舉自己，太太，我是不打算結婚的，我並不想娶你或任何別的女人。」

「真的嗎？」她驚叫一聲，確定他是準備要佔便宜了。「我可不打算吻你。」

「那你為什麼把嘴撮成那個可笑的樣子呢？」

「啊！」她向鏡子裡瞧了一眼，發現自己的嘴確實擺了個準備接吻的姿勢，氣得不停地頓腳。不禁又嚷了聲，「我真的再也不想見到你了，你是我所見過最可怕的人！」

「如果你真的這麼想，就該把帽子丟在地上踩幾腳。哎喲，瞧你急成那個樣子，這也難怪，來吧，思嘉麗，把帽子踩到腳下，好向我證明，你對我和我的禮物是怎麼想的。」

「你敢碰這頂帽子一下！」她邊說邊抓住帽帶慢慢地向後退。他跟上去，嬉皮笑臉地握住了她的手。

「唔，思嘉麗，你可真像個孩子，把我的心都揪痛了。」他說，「我是要吻你的，反正你正盼著呢。」說著他就應付似的俯下身來，將髭鬚在她臉上擦了擦。

「現在，你是不是覺得該抽我一個耳光來維持你的尊嚴呀？」

她撅著嘴，一直注視著他的眼睛，看見那黑黝黝的眼珠子裡充滿著調侃，便忍不住撲哧一聲笑了。她想這傢伙也太愛捉弄人！既然他並不想跟她結婚，甚至不想吻她，那他想要幹什麼呢？如果他並沒有愛上她，那爲什麼費這麼大的勁來送禮物給她呢？

「這樣就可以了。」他說，「思嘉麗，對你來說，我是不良影響，若是你稍有理性，你就該讓我收拾東西滾蛋——如果你做得到的話。我這人可是很難甩掉的，唉！我對你只有壞處。」

「是這樣嗎？」

「難道你沒看出來？自從在義賣會上遇見你那一天起，你的行爲就很令人詫異，其中大部分責任應當歸咎於我。是誰唆使你跳舞的？是誰逼著讓你承認了你認爲我們的主義既不光榮也不神聖的？是誰讓你承認你覺得那些爲高尙的信條而獻身的人是傻瓜呢？誰幫你提供給那些老太太許多閒暇的談資呢？誰勸你提前幾年匆匆地把喪服脫掉呢？最後，又是誰誘惑你接受一件要想繼續當上等女人就不應該接受的禮物呢？」

「巴特勒船長，你這是在高抬你自己，我根本沒有做過這樣可恥的事，再說，沒有你的唆使，我也會做你提到的那些事呢。」

「對這一點我表示懷疑。」說這話時，他臉色突然顯得平靜而陰沉，「你應該像個寡婦的。」

她沒有注意聽，因爲她又在對鏡子顧影自憐，並且打算下半天要戴上這頂帽子到醫院裡去，同時帶上鮮花送給那些正在康復的軍官。

她並沒有意識到瑞德說的末尾幾句話是事實，她沒有發覺他已經想方設法打開她那寡婦生活的牢門，把她解救出來，在她的少女時代本該早已消逝的時候，反而讓她在未婚女孩當中成爲王后。她也沒有覺察到在他的影響下，自己已經遠遠與母親的教誨相背離了。變化是悄悄發生的，從輕視一種小小的習俗到輕視另一種習俗，中間好像沒有什麼聯繫，至於瑞德在其中起的作用就更微小了。她沒有意識到，在他的慫恿下，她已經不顧她母親那許多有關禮儀的最嚴厲的禁令，忘記了端莊淑女的那些難學的課程。

她只看到那頂帽子是她平生以來有過的最合適的一頂，而且它不曾花她半文錢；不管他是否承認，瑞德也一定是愛上她了。她肯定能想出一個辦法來使他承認。

第二天，思嘉麗站在鏡前，手裡拿著一把梳子，嘴裡塞滿了髮夾，正在嘗試著盤一種新的髮型。這種髮型名叫「貓兒鼠兒小耗子」，是梅貝爾最近在里士滿探望丈夫的時候學到的，據說是時下首都最流行的，不過很難弄。要先把頭髮從當中分開，每一邊又分成逐漸減少的三綹，最大的一綹緊挨中分線，當做「貓」。「貓」和「鼠」很簡單就梳理好了，可「小耗子」總是想從髮夾中溜出來，讓人很生氣。但是她下決心要把髮型梳好，因爲瑞德要來吃晚飯，而他總是會注意到衣服或髮型的新式樣，並且總會對這些品頭論足。

她費勁地梳著那濃密而又頑固的髮卷，額頭上已經汗珠點點。這時她突然聽到樓下穿堂響起輕快的腳步聲，知道這是媚蘭從醫院回來了。然後，她聽見媚蘭兩步併作一步飛速地跑上樓來，不禁停下了手頭的動作，髮夾正舉到半空。她意識到一定是出了什麼差錯，因爲媚蘭走路從來都是像個貴婦從容緩步。

她趕緊走到門口，把門打開，媚蘭馬上飛奔進來，滿臉的興奮和驚慌，像個做錯事的孩子一般。

她臉上滿是淚珠，帽子掛在頭上，裙圈急急地擺蕩著。她手裡緊緊抓著個什麼東西，一股濃重的廉價香水味隨之一起飄進房間。

「啊，思嘉麗！」她把門關好，在床上坐下，「大事不好了，姑媽回來了嗎？還沒有？啊，謝天謝地！思嘉麗，我差點給羞死了！都快要喘不過來氣了，你看，彼得大叔正在威脅我要告訴姑媽呢！」

「告訴她什麼？」

「說我跟那個……跟那位小姐還是太太說話了……」媚蘭用手絹用力地扇著自己那張滾燙的臉，「那個紅頭髮叫貝爾·沃特琳的女人呀！」

「你到底怎麼回事，媚蘭！」思嘉麗嘴裡嚷著，嚇得目光都呆直了。

貝爾·沃特琳就是她初到亞特蘭大的那天，在街上看見的那個紅頭髮女人，現在她大概是城裡名聲最差的女人了，有許多妓女跟隨大兵湧進了亞特蘭大，而靠著她那頭火紅的頭髮和俗麗而過分時髦的裝扮，使她成了她們之中的佼佼者。在桃樹街大街上和周圍的體面人家，人們很少看到她，但只要她一現身，婦女們便趕忙走開，避免同她接近。可是媚蘭竟然跟她說話了，難怪彼得大叔大發雷霆呢。

「要是讓皮蒂姑媽發現，我就別想活了！你知道她會大嘴巴地告訴所有人，這樣我就沒臉見人了。」媚蘭抽噎著說。「可這也不能怪我。我……我不能直接從她面前跑開呀，那樣太不禮貌了。思嘉麗，我……我很替她感到傷心，你是不是覺得我這樣想太不對了？」

但是思嘉麗並不關心其中的道德問題。像大多數有教養和天真爛漫的年輕女人那樣，她對妓女懷著一種十分強烈的好奇心。

「她說了些什麼？她想要做什麼？」

「唔，她說話顛三倒四，不過我看得出她在盡力想說得清楚些，可憐的人！我從醫院裡出來，沒有看見彼得大叔和馬車在門口等我，打算步行回家。就在我經過埃默生家的院子時，她正藏在籬笆後面！啊，還好埃默生一家都到梅里去了。這時，她說：『威爾克斯小姐，你能跟我說幾句話嗎？』我納悶她是怎麼知道我的名字的。我想我應該儘快走開，可是……可是思嘉麗，她看起來那麼可憐……是的，好像是在哀求我。她穿著一身黑衣裳，戴著黑帽子，也沒有塗脂抹粉，要是沒有那頭紅髮就像個中規中矩的人了。她沒有等我開口又繼續說：『我知道，我不該跟你說話的，不過當我跑去對那隻上了年紀的母孔雀埃爾辛太太說時，她竟把我轟出了醫院！』」

「她真把她叫做母孔雀嗎？」思嘉麗開心地大笑起來。

「唔，這可不是開心的時候。別笑嘛，看來這位小姐，這個女人，是想幫醫院做點什麼……你敢想像嗎？她想要每天上午來當看護呢！當然，一聽這想法，埃爾辛太太肯定是給嚇壞了，於是就命令她立刻從醫院離開。接著她說：『我也想做點事，難道我不能像你們那樣做個擁護南部聯盟的人嗎？』就這樣，思嘉麗，我真的被她那求助的模樣感動了。你知道，她要是想爲主義服務，就不能說是個壞人了，你認爲我這樣也很壞嗎？」

「她還說了什麼？」

「她說她一直在留意觀察經過那裡到醫院去的女人，覺得我……我的面相很和氣，所以就攔住了我。她要給我錢，還讓我不要告訴別人錢是從哪裡來的，讓我用在醫院上，她說埃爾辛太太如果知道了那是什麼樣的錢，就絕不會同意使用的。什麼樣的錢呀！說到這點我真差點要暈倒了呢！那時我感到很棘手，急於要離開，只得隨口應付著『唔，是的，你真好』，或者其他的傻話，可她卻笑著說：『你才是個虔誠的基督徒呢！』並把這條髒手帕硬塞到我手裡。喏，你聞聞這香味！」

媚蘭伸過一塊男人用的手帕來，髒髒的，香水味特別濃，裡面包著一些硬幣。

「不巧的是，她正在說『謝謝你』，並說以後每星期都帶點錢給我的時候，彼得大叔趕著車迎面跑來接我了！」

說到這裡，媚蘭又淚流滿面，把頭倒在枕頭上哭個不停，「當他看清楚我跟誰在一起時，他……思嘉麗你看，他竟對我大聲吼起來！我這一輩子還沒被人這樣吆喝過呢。他還說：『你就在這裡給我趕快上車！』當我上了車，他便一路上不停地責備我，不給我解釋的機會，還說要去告訴皮蒂姑媽。思嘉麗，請你下去求求他不要去告發我，好嗎？也許他會聽你的。你知道，要是姑媽知道我見過那女人，她也會給活活嚇死的！思嘉麗，你願意去幫我跟彼得大叔解釋嗎？」

「好，我去，不過，讓我們先瞧瞧這裡有多少錢，還挺重的呢。」她解開手帕，一大把金幣滾了出來，在床上撒落了一片。

「有五十元呢！思嘉麗！還有金幣！」媚蘭驚叫著，數了數那些閃閃發亮的硬幣，顯然給嚇呆了，「你說，到底應不應該拿這種錢用在那些士兵身上呢？你想上帝會不會理解她的一片苦心，而不管錢齷齪不齷齪呢？我一想到醫院裡需要那麼多東西……」

但是思嘉麗並沒有注意聽這些，她在緊盯著那條髒手帕，心裡充滿著羞辱和惱怒。原來手帕角上有個圖案，上面繡著RKB三個字母。有一塊一模一樣的手帕躺在她放貴重物品的抽屜裡，那是昨天瑞德．巴特勒借給她用來包那束他們採摘的鮮花的。她本打算今晚他來吃飯時還給他呢。

這樣看來，瑞德跟沃特琳那個賤貨有交情並給她錢了。想想瑞德和那個騷貨鬼混後，居然還有臉正視一個正派的女人！而她居然認爲他愛著她！這足以證明他是絕不會愛上她的。

所有壞女人以及那些跟她們有關係的人，在她眼裡都是神秘而討厭的傢伙。她知道有些男人抱有某種目的去找這些女人，那種目的是正經女人所鄙視的……或者，就算她提到的話，也只能用耳語或暗示，或一種更隱晦的說法。她一直認爲，只有低級而粗俗的男人才會去看這樣的女人。在這之前，她從未想過，正經男人……就是說，她在體面人家遇見並一起跳舞的那些男人也會做這樣的事，去找下等女人，而且還付錢給她們。

這給她的思路開拓了一個全新的領域，現在她發現了這個可怕的事實，也許所有的男人都這樣呢，不覺使她不寒而慄！做妻子的豈不是都受他們糟蹋嗎！啊，男人都壞到了極點，瑞德．巴特勒更是他們之中最無恥下流的一個！

她要把這條手帕當面摔到他臉上，還要指著門口叫他趕快滾，從此永遠不再理他。

但是不行，她不能那樣做。她不能讓他曉得她已經知道有那樣一個女人存在，更不能提她已經知道他去找過她這件事。一個上等女人是絕不屑這樣做的。

「唔，」她憤怒地想，「假如我不是個上等女人，看我還有什麼話說不出來！」

於是，她生氣地把那條手帕揉成一團捏在手裡，接著下樓到廚房去找彼得大叔，經過火爐旁時，她隨手把手帕丟到火裡，並悶著一肚子氣看著它被燒掉。

chapter 14 李將軍

一八六三年夏天到來時，每個南方人心裡都升起了希望。儘管疲憊而艱難，儘管死亡、疾病和痛苦幾乎給所有的家庭留下了陰影，但南方畢竟又可以說：「再打一個勝仗，戰爭就可以結束了。」說的口氣比去年夏天還更有把握、更起勁。事實證明，北方佬確實很難對付，但他們最終還是瓦解了。

對於亞特蘭大和整個南方來說，一八六二年的耶誕節是個值得懷念的節日。南部聯盟在弗雷德里克斯堡打了一個很棒的勝仗，北方佬傷亡的人員難以計數，在節日期間人們歡欣鼓舞，歡慶和祈禱局面已出現了轉機。那些穿灰制服的軍隊已歷練成了久經戰場的隊伍，他們的將軍屢建戰功，大家都知道，只要再一場春季戰役，北方佬就會被永遠徹底地擊潰。

伴隨著春天的到來，戰鬥又打響了。五月間，南部聯盟軍隊又在昌塞洛斯威爾打了個大勝仗，整個南方都為之沸騰。人們興高采烈相互拍著肩膀說：「是啊，先生！只要咱們的老福里斯特將軍到來，他們就只能早點滾了！」

原來四月下旬，斯特雷特上校帶領一支八百人的北方騎兵隊伍突然襲入喬治亞，企圖佔領在亞特蘭大北面六十餘英里的羅姆。他們妄想把亞特蘭大和田納西之間的處於樞紐地位的鐵路線切斷，然後向南攻入南部聯盟的樞紐城市亞特蘭大，完全摧毀集中在那裡的工廠和軍需物資。

這一招十分見效，如果沒有納・貝・福里斯特將軍，南方將會造成不可估量的損失。當時這位將軍只率領了相當於敵人三分之一的兵力……不等他們到達羅姆就截住他們，日夜苦戰，最後活捉了全部人馬！

這個勝利的消息和昌塞洛斯威爾大捷的消息幾乎同時到達亞特蘭大，引起全城歡呼。昌塞洛斯威爾的勝利可能具有更加重大的意義，斯特雷特突擊隊的被俘，使北方佬顯得極爲狼狽不堪。

「不，先生，他們最好不要再惹老福里斯特發怒！」亞特蘭大人開心地說，同時一再談起這次打勝仗的經過，意猶未盡。

到七月初，先是小道消息，很快就被快報證實了：李將軍在向賓夕法尼亞勝利挺進。李將軍打入了敵人的範圍了！李將軍在強攻了！這是最後一戰了！

亞特蘭大沸騰了，激動、興奮，還有一種報復的迫切心情。這下北方佬會嘗到將戰爭打到自己家裡的滋味了。如今是時候讓他們嘗嘗耕地荒廢、牛馬被偷、房屋被焚、老人被抓、婦女兒童被趕出來挨餓是什麼樣的滋味了。

北方佬在密蘇里、肯塔基、田納西和維吉尼亞的所作所爲，大家都一清二楚。北方佬在佔領區犯下的滔天罪行，就連很小的孩子都能又恨又怕地一一列舉出來。現在亞特蘭大處處都是從田納西東部逃來的難民，他們親口講述自己的苦難遭遇，聽者無不傷心垂淚。在那個地區，南部聯盟的同情者占極小的一部分，正如在所有邊境地區那樣，戰爭帶給他們的災患也最沉重，兄弟互相殘殺，這些難民大聲要求把賓夕法尼亞變成一片焦土，連最慈善的老太太也一臉幸災樂禍的冷酷神情。

可是有人從前線回來說，李將軍下了禁令，不能碰賓夕法尼亞州的私人財產一分一毫，掠奪者一律被處以死刑，凡軍隊徵用任何物品都必須花錢。這樣，這個將軍若要保持其受人愛戴的地位，就得用他已經得到的所有威望來作爲代價了。不允許人們在那個繁華州的豐富倉庫裡爲所欲爲，李將軍究竟在想什麼呢？我們的小夥子可是急需鞋子、衣服和馬匹呢！

米德大夫的兒子達西帶回來一封急信，這是七月初亞特蘭大收到的唯一的第一手資料，因此人們相互傳閱，也引起愈來愈大的憤怒和不滿。

「爸，我已經打了兩個星期赤腳了，至今還沒有希望得到靴子。你能設法給我弄一雙靴子來嗎？要不是因我的腳太大，我完全可以像別的小夥子那樣，從北方佬死人腳上脫下一雙來，可是我還沒打到一個北方佬有像我這般大的腳呢。如果你能替我弄到，請不要用郵寄的，有人會在途中偷走，而我又不想責怪你們。還是叫費爾坐火車給我送來吧。我們到時在什麼地方，我會很快寫信告訴你們的。目前我還不清楚，只知道在朝北方行進，此刻我們還在馬里蘭，人人都說是開到賓夕法尼亞去……

「爸，我以爲我們可以讓北方佬也嘗嘗他們自己種下的苦果。可是將軍說不行。就我本人來說，我可不想只圖自己一時高興去燒北方佬的房子，那將會受到槍斃的處分。爸，今天我們穿過了你可能從沒見過的極大的一片麥田。我們那裡可沒有這樣的麥田呢。好吧，我承認我們在那片麥地裡私底下搞了一點掠奪，可也沒有辦法呀，我們實在是全都餓得支撐不住了，而只要不讓將軍知道，這種事就不會有危險。不過這也沒有給我們帶來任何好處，小夥子們本來都患了點痢疾，那麥子一吃下去便更糟了，要知道，帶著痢疾走路遠比拖著一條傷腿走還要困難上百倍呢。爸，請一定千方百計替我弄雙靴子來。我現在已是上尉了，一個上尉就算沒有新的制服或肩章，至少應該穿雙靴子嘛。」

只有軍隊到了賓夕法尼亞，這才是關鍵的事情。再打一次勝仗戰爭就會結束。那時達西．米德所需的靴子就全不缺了，小夥子們就會返回故鄉了，大家再重新歡聚。米德太太想像兒子最後回到家裡時，連眼睛都濕潤了。

七月三日，連接北方的電報系統突然一片死寂，直到四日中午才有一些支離破碎、零零星星的消息傳到亞特蘭大的總部。原來在賓夕法尼亞與敵人發生了激戰，那是在一個名叫葛底斯堡的小鎮附近，打了一次投入李將軍所有兵力的大仗。消息並不怎麼準確，來得也很遲，因爲戰爭是在敵人掌控範圍內打的，所有的報導都得先經過馬里蘭，轉到里士滿，然後才到亞特蘭大。

人們心中的焦慮與日俱增，恐懼的預感漸漸地流遍全城。不清楚事情的真相是最糟糕的事。所有兒子在前線的家庭都焦急地祈禱著，只希望自己的孩子不在賓夕法尼亞，而那些已知自己的親屬就在達西．米德團裡的，只好咬著牙關宣稱，他們能參加這場能夠一勞永逸地消滅北方佬的戰鬥，那是他們無上的光榮。

皮蒂姑媽家的三位女人彼此面面相覷，掩飾不了內心的恐懼。艾希禮就在達西那個團裡。

七月五日，壞消息終於傳來，是從西邊而不是從里士滿傳來的。維克斯堡淪陷了，遭受長期殘酷的圍攻之後淪陷了，而且實際上從聖路易斯到新奧爾良，整個密西西比流域，都已掌控在北方佬手裡。南部聯盟已被分割成兩塊。在任何其他的時候，這一災難的消息都會給亞特蘭大人帶來恐懼和悲傷。但是現在，他們已顧不上考慮維克斯堡，他們關心的是在賓夕法尼亞進行強攻的李將軍。只要李將軍在東邊打了勝仗，維克斯堡的淪陷就不是太大的災難了。還有賓夕法尼亞、紐約、華盛頓呢。只要把它們攻下來，整個北方便會處於癱瘓狀態，不但抵消了密西西比河流域的失敗，而且得到的還要更多。

時間在沉悶中一個鐘頭又一個鐘頭地流逝著，災難的陰影籠罩著全城，燦爛的太陽都顯得暗淡無光了，人們猛一抬頭望向天空時，便會大吃一驚，好像對這本該烏雲密佈、飄忽而行的天空居然又晴朗又湛藍感到不可置信似的。婦女們在屋前走廊上、人行道上，甚至在街頭聚集成群，擠作一堆，隨處可見，相互交換著有沒有什麼好消息，同時想辦法安慰彼此，裝出一副勇敢的樣子。可是猶如蝙蝠在寂靜的大街上往來飛掠，謠言暗暗流傳，說打敗仗了，李將軍犧牲了，大量傷亡的名單滾滾而來。人們儘量忽視它，可被恐慌纏繞的全城人都衝到城中心、報社和總部，請求他們告知消息。什麼消息都行，哪怕是壞消息。

成群結隊的人聚集在車站旁邊，盼望進站的列車帶來消息，或者在電報局門口，在愁苦不堪的總部門外，在上著鎖的報館門前，就這樣等著，靜靜地等著，他們肅靜得出奇，沉默的人愈聚愈多。沒有一個人開口。偶爾有個老頭用哆嗦的聲音問消息，人們只聽到那重複千百遍的回答：「從北邊來的電報除了說一直在戰鬥之外，別無其他。」

但這不僅沒有引起大夥的埋怨，反而使得緘默氣氛更加濃烈。走路或坐著馬車的婦女也越來越多，擁擠的人群散發出的熱氣和煩躁不安的腳步揚起的灰塵使人感到窒息。那些女人並不開口說話，但她們板著鐵青的臉孔，卻以一種無聲的抗議在發出請求，這遠比失聲痛哭還要有力得多。

無論是兒子、兄弟、父親，還是情人、丈夫，城裡幾乎家家戶戶都有人上前線。人們都在靜候著可能宣布他們家已經有人犧牲的消息。他們可以接受死訊的到來，但就是不能收到戰爭失敗的消息。他們打消了那種失敗的顧慮。他們的人可能正在犧牲，甚至就在此時此刻，在賓夕法尼亞山地太陽烤著的荒草上，像冰雹下的穀物一樣，南方的士兵可能正在不斷地倒下去，但是他們爲之奮鬥的主義永遠不會倒。他們可能在成千上萬地死去，但是成千上萬的新人像龍齒的果子似的，身著灰軍服，喊著造反的口號的新人，前仆後繼地接替他們的任務。這些人將從哪裡來，他們無從得知。

像確信天上有個公正而要求完全忠實的上帝那樣，他們僅僅確信李將軍是不可戰勝的，維吉尼亞軍隊是攻無不克和戰無不勝的。

思嘉麗、媚蘭和皮蒂小姐打著陽傘坐在車裡，停在《觀察家日報》報社門前。馬車的頂篷被折到背後了，思嘉麗的手在發抖，頭上的陽傘也跟著搖晃。皮蒂異常激動，圓臉上的鼻子像隻家兔的鼻子不住地顫動，只有媚蘭坐在那裡紋絲不動，猶如一尊石雕，但那雙黑眼睛瞪得愈來愈大。兩個小時之內她僅說過一句話，那還是她從手提包裡翻出嗅鹽瓶遞給姑媽時說的，而且這也是她一生中唯一一次帶著最不溫柔的情感在跟她說話。

「姑媽，拿著吧，如果你覺得快暈倒了，就聞一下。老實說，如果你真的暈倒，那也沒有什麼辦法，只好讓彼得大叔送你回家，因爲直到我聽到有關……直至我聽到消息爲止，我絕不會離開這裡。而且，我也不會讓思嘉麗離開我。」

思嘉麗剛好也沒有要離開的意思。就算皮蒂小姐死了，她也絕不會離開這裡。艾希禮正在那邊某個地方打仗，也許正在經歷死亡，而報館是她能得到確切訊息的唯一地方。

她環視了一下人群，認出自己的朋友和鄰居，米德太太、麥克盧爾姐妹、埃爾辛太太、范妮·埃爾辛。梅里韋瑟太太坐在馬車裡，輕拍著梅貝爾的手，梅貝爾好像懷孕很久了。她這樣出來露面是很不體面的，她爲什麼這樣擔憂呀？根本沒人說過路易斯安那的軍隊也到了賓夕法尼亞。這時候，她那粗魯的小個子義勇兵在里士滿安全著呢。

這時，人群周邊出現了一陣騷亂，那些站著的人自動讓出路來，瑞德・巴特勒騎著馬謹慎地向皮蒂姑媽的馬車靠近。思嘉麗心想，竟敢在這個時候跑來，他哪來的勇氣，也不擔心這些亂民因他沒穿軍服而輕易地把他撕得粉碎？他靠近時，她覺得自己可能第一個動手去撕他。他怎麼有膽騎著駿馬，穿著晶亮的靴子和雪白筆挺的亞麻布套服，叼著昂貴的雪茄，那麼時髦，那麼健康地出現在大家面前，而此時艾希禮和所有其他的小夥子卻光著腳、冒著汗、餓著肚子、患有胃潰瘍在同北方佬激戰……他怎麼敢如此囂張呀？

他穿過人群慢慢走過來時，人們向他投去了怨恨的目光。老頭們吹鬍子瞪眼睛發出咆哮，天不怕地不怕的梅里韋瑟太太在馬車裡，稍稍站起身來清清楚楚地喊道：「投機商！」用的那語氣更使這個字顯得不僅髒而且毒。可是他懶得理睬，只舉著帽子向媚蘭和皮蒂姑媽揮了揮，隨即來到思嘉麗身邊，俯下身小聲說：「你想一會兒米德大夫會不會再來發表那種勝利的演說呢？」

思嘉麗本來就不知所措，神經極其緊張，她像盛怒中的貓一樣，飛快地轉身面對著他。辛辣的言辭已經湧到了嘴邊，但他擺擺手制止了她。

「我是來通知你們的，」他大聲說，「我剛才到過司令部，第一批傷亡名單已經來了。」

聽到這句話，那些近得能夠聽清他的話的人群響起了一陣嗡嗡聲，人群沸騰了，準備轉身順著白廳大街衝到總部去。

「你們最好不要去。」他在馬鞍上站起身來，舉起手喊道，「你們就在原地等待吧！名單早被送到兩家報館去了，正在印刷。」

「唔，巴特勒船長。」媚蘭喊道，一面回過頭來淚汪汪地望著他，「真感謝你特地跑來告訴我們！名單什麼時候張貼呢？」

「交給報館已有半個小時了。很快就會公佈的，太太。因爲恐怕群眾會衝進去要消息，管這事的軍官說一定要印好才能公佈。哎，你瞧！」

報館側面的窗戶打開了，一隻手伸出來，手裡拿著一疊細長的印刷品，上面是剛剛排印的密密麻麻的姓名。人群一窩蜂上前去搶。那些長條紙一下被撕扯成兩半，有人搶到了就死命擠出來，急於要看，後面的接著往前擠，大家都在叫喊：「讓我過去！讓我過去！」

「拉住韁繩。」瑞德一面把韁繩扔給彼得大叔，一面跳下馬。

人們看見他往前擠時，厚實的雙肩在人群中清晰可見，不斷野蠻地推著擠著。不一會兒他回來了，手裡拿著好幾張名單，他扔給媚蘭一張，其餘的分發給坐在附近馬車裡的小姐太太，其中包括麥克盧爾姐妹、米德太太、梅里韋瑟太太、埃爾辛太太。

「快找，媚蘭。」思嘉麗迫不及待地喊道，因爲媚蘭的手一直哆嗦發抖，她根本沒法看清楚，生氣極了。

「你找吧。」媚蘭低聲說，思嘉麗便一把搶了過來。先從W開頭的名字看起，可是它們在哪裡呢？啊，在底下，而且都模糊不清了。

「懷特，」她開始念，嗓子有點顫抖，「威肯斯……溫……澤布倫……啊，媚蘭，他不在裡面！他不在裡面！姑媽？啊，你怎麼了，扶住她，媚蘭、媚蘭，快把嗅鹽瓶拿出來！」

媚蘭激動地當眾哭起來，一面扶住皮蒂小姐不停晃動的頭，同時把嗅鹽放到她鼻子底下，思嘉麗從另一邊扶住那位胖老太太，心裡也在歡快地歌唱，艾希禮還活著，他甚至都沒負傷呢。上帝保佑他了！多麼……

她聽到一聲低低的呻吟，回頭一看，只見那張傷亡名單飄落在馬車踏板上，范妮．埃爾辛把頭倚靠在她母親胸口，埃爾辛太太薄薄的嘴唇不斷地顫抖著，她把女兒緊緊地摟在懷裡，一面冷靜地吩咐車夫：「快，回家去。」

思嘉麗迅速把名單掃了一下，沒看見休．埃爾辛的名字，如此說來，范妮一定有個情人在前線死了！人們懷著同情默默地給埃爾辛家的馬車讓路，後面跟著麥克盧爾姐妹那輛小小的柳條車。

費思小姐駕車，她的臉板得像塊石頭似的，雙唇第一次蓋住了牙齒。霍妮小姐臉色蒼白，像死灰一樣，她挺直腰坐在費思身邊，緊緊抓住妹妹的裙子。她們都顯得一下子老了很多。弟弟達拉斯是她們的寶貝，也是這兩位老處女在世界上的唯一親人，但是達拉斯陣亡犧牲了。

「媚蘭！媚蘭！」梅貝爾喊道，聲音顯得十分快活，「雷內沒事！艾希禮也沒事，啊，感謝上帝！」

這時披肩從她肩上滑落下來，她那大肚子十分明顯，但是這一次沒人理會它。

「啊，米德太太！雷內……」她的聲音突然變調了，「媚蘭，快看呀！達西是不是……」

米德太太正低垂著兩眼在凝視自己的衣襟，對別人的呼喊聽而不聞，小費爾坐在旁邊，他的臉就像寫了字，大家都看得再明白不過了。

「唔，媽，媽，」他可憐兮兮地說。米德太太抬起頭來，正好遇上媚蘭的目光。

「現在他不需要靴子了。」

「啊，親愛的！」媚蘭驚叫一聲，跟著哭泣起來，一面把皮蒂姑媽移到思嘉麗肩上，自己爬下馬車，向大夫太太的馬車走去。

「媽，我還在呢。」費爾極力安慰臉色蒼白的老太太，「只要你答應，我這就去把所有的北方佬都殺掉……」

「不！」米德太太哽咽著說，一面緊緊抓住他的胳膊，好像永遠不會放手似的。

「費爾，你別再說了！」媚蘭一面輕聲勸阻他，一面爬進馬車，坐在米德太太身旁，把她摟在懷裡。接著，她對費爾說：「要是你也犧牲了，你覺得這對你媽有幫助嗎？以後別再說這種傻話了，還不快趕車送我們回家！」

費爾抓起轡繩，媚蘭又轉過身去，和思嘉麗說話。

「你把姑媽送到家，然後立刻到米德太太家來。巴特勒船長，你能不能給大夫捎個信？他還在醫院裡呢。」

馬車穿過人群離開了。思嘉麗低著頭看那張模糊不清的名單，快速地讀著，看還有哪些熟人的名字。既然艾希禮沒事了，她就有心情看看別人了。

啊，這名單好長呀！我的天！「卡爾弗特……雷弗德，中尉。」雷弗德！她突然記起很久以前的那一天，他們一塊離家出走，黃昏時又一起回家的情景。

「方丹……約瑟夫，列兵。」很壞的小個兒！可薩莉剛生了孩子，身體還沒有恢復呢！

「芒羅……拉斐特，上尉。」拉斐同凱薩琳・卡爾弗特剛訂婚，可憐的凱薩琳！她遭到雙重的損失，失去了一個兄弟，又失去了愛人。

天啊，這太可怕了，她幾乎不敢再念下去。皮蒂姑媽伏在她肩上長吁短嘆，思嘉麗推開她，讓她靠在馬車的一角，自己接著看名單。

「塔爾頓……布倫特，中尉。」「塔爾頓……斯圖爾特，下士。」「塔爾頓……托瑪斯，列兵。」還有博伊德，戰爭的前一年就死了。塔爾頓家的幾個小夥子都死掉了。她沒有勇氣再念下去了，她想放聲痛哭一場，看能做些什麼可以減輕她的痛苦。

「思嘉麗，我真替你難過。」瑞德說。

她抬頭望著他，都忘了他還在那裡。

「裡面有很多你的朋友，是嗎？」

她點點頭，勉強說：「幾乎這個縣裡的每一家和所有……塔爾頓家的三個小夥子……」

他臉色平靜而略帶憂鬱，眼睛裡沒有了那種譏諷。

「可是名單還沒結束呢。」他說，「這只是頭一批，明天還有一張更長的單子。」他放低聲音，以防旁邊馬車裡的人聽見。「思嘉麗，李將軍一定是打敗仗了，我在司令部聽說他已撤到馬里蘭。」

她驚恐地望著他，她害怕的是明天還有更長的傷亡名單！

「唔，瑞德，爲什麼一定要有戰爭呢？如果當初讓北方佬去付錢贖買黑人……或者乾脆我們把黑人免費給他們，避免發生這場戰爭，那不是更好嗎？」

「思嘉麗，關鍵問題不在黑人，那只是一個藉口。戰爭之所以發生，是因爲人們喜歡戰爭，女人不喜歡，可是男人喜歡，甚至勝過喜歡女人。」他嘴角撇著，又掛上了他慣有的笑容，臉上嚴肅的表情不見了。他把頭上那頂巴拿馬帽摘下來，向上舉了舉。

「再見。我得去找米德大夫了。由我去通知他兒子的死訊，真是頗有諷刺意味。」

思嘉麗讓皮蒂姑媽喝下一杯甜酒，安排她在床上躺下，留下百里茜和廚娘伺候她，自己便出門到米德大夫家去了。

米德太太由費爾陪著，在樓上等候丈夫歸來。客廳裡，媚蘭跟幾個前來慰問的鄰居談話，並忙著修改喪服，那是埃爾辛太太借給米德太太的。此時，廚師把所有米德太太的衣裳泡在大鍋裡，一面啜泣一面攪動著，屋裡瀰漫著用黑顏料煮染衣服的辛辣味。

「她現在還好吧？」思嘉麗小聲問。

「一滴眼淚也沒掉過。」媚蘭說，「女人沉默不流淚才可怕呢。我不知道男人怎麼做到忍住一聲都不哭，我想也許男人比女人更堅強和勇敢些，她還說她要親自到賓夕法尼亞去把他領回家來。」

「那對她來說太危險了！為什麼不讓費爾去？」

「她怕他一不在她身邊就會去參軍，現在軍隊連十六歲的人也要。你看他年紀雖小，可個兒長得那麼高大。」

鄰居們一個個陸續離開了，只剩下思嘉麗和媚蘭兩人留在客廳裡，繼續縫衣服。媚蘭忍不住傷心，眼淚一滴滴落在手中的活計上。思嘉麗滿懷恐懼，不知道該不該告訴媚蘭瑞德的話，好叫她和自己一起分擔這驚疑莫測的痛苦，或者暫時瞞著她也好，自己一個人承受。

那天上午包括媚蘭和皮蒂在內，都對自己的擔憂太專注了，沒有人注意到她的行為。

她們靜靜地縫了一會兒，米德大夫便耷拉著腦袋回來了。他進屋放下帽子和提包，吻了吻兩位女士，然後拖著疲憊的身子上樓去。一會兒費爾下來了，人又瘦又長，一臉懊喪。媚蘭長嘆一聲。

「他們不讓他去打北方佬，他給氣瘋了，他才十五歲呀！啊，思嘉麗，要是有這樣一個兒子，真是棒極了！」

「好叫他去送死嗎？」思嘉麗沒好氣地說，同時想起了達西。

「有這樣一個兒子，就算他給打死了，也總比沒有兒子強。」媚蘭說著又抽噎起來，「你不理解的，思嘉麗，因爲你有了小韋德，可我呢……啊，思嘉麗，我多麼想要一個兒子呀！我知道，我不該說這句話，但這是真的，每個女人都該有個孩子，而且你也清楚這一點。」

思嘉麗硬忍住，不露出蔑視的神情來。

「萬一上帝連艾希禮也……也不放過，我想我是可以承受得住的，雖然說如果他死了，我也寧願去死。思嘉麗，你多幸運呀！雖然你失去了查理斯，可你還有他的兒子。要是艾希禮沒了，我就什麼都沒有了。思嘉麗，請原諒我，有時候我真得十分嫉妒你呢……」

「嫉妒……我？」思嘉麗吃驚地問，一種負疚感猛然襲上心頭。

「因爲你有兒子，而我什麼都沒有！我有時甚至把韋德當做自己的親生兒子。你不知道，沒有兒子多麼讓人難以忍受！」

「胡扯！」思嘉麗喝斥她。媚蘭這個樣子肯定是生不出來的。她比一個十二歲的孩子高不了多少，臀部也窄得像個孩子一樣，胸脯更是平坦。思嘉麗無法忍受媚蘭跟艾希禮生孩子這樣的想法，那就像是從思嘉麗身上奪走了什麼似的。

「請原諒我，我說了那些關於韋德的話。你知道我多麼愛他。你沒有生我的氣吧？」

「別傻了。」她不耐煩地說，「我們還是快去外面走廊上安慰安慰費爾，他在哭呢。」

chapter 15 末日

如今，在葛底斯堡戰役中被擊潰的軍隊已撤退到維吉尼亞，並疲憊不堪地開進了拉起丹河岸的冬季營地。耶誕節馬上到了，艾希禮可以回家休假。思嘉麗已有兩年多沒見到他了，這一見面，不禁爲自己強烈的感情吃了一驚。當初在「十二橡樹」的客廳裡，她看著他跟媚蘭結婚時，曾以爲自己從此再不會更強烈地愛他了，可現在她發現，她還一直夢想著他，並壓抑著自己的感情，這使得她的感情被磨煉得更犀利，更濃烈了。

艾希禮·威爾克斯身穿一套褪色並補過的軍服，一頭金髮已被夏日的驕陽晒成亞麻色，不再是戰前她拼命愛著的那個睡眼朦朧的小夥子，以前白皙的皮膚變成褐色的了，兩撇金黃的騎兵式樣的髭鬚使得他顯得大兵氣十足。

他筆挺地站在那兒，一身舊軍服，破舊的皮套裡掛著手槍，磨損的劍鞘輕輕碰撞著長筒靴，一副軍人的姿勢和裝束。這就是南部聯盟陸軍少校艾希禮·威爾克斯。現在的他有了下命令的習慣和鎮靜自恃，嘴角長出了歲月的皺紋。以前他總是散漫的，懶洋洋的，可現在變得像貓一樣機警，每一根神經都像小提琴上的琴弦那樣，繃得緊緊地。他依然是她那英俊的艾希禮，卻又變得很不一樣了。

思嘉麗原本打算回塔拉過聖誕的，可是艾希禮的電報一來，世界上就沒有什麼力量能把她從亞特蘭大拽走了。要是艾希禮有意回「十二橡樹」，她還是可以趕回塔拉。畢竟那兩個地方距離較近；但是他已經寫信說和他們在亞特蘭大見面，況且威爾克斯先生、霍妮和英迪亞都已經進城來了。她怎能放棄這時隔兩年與他重逢的機會，而回塔拉去呢？難道要放棄聽他那令人陶醉的聲音的機會，放棄從他的目光中知道他並沒有忘記她的機會？絕不！

耶誕節前幾天，艾希禮和同時休假的本縣小夥子回來了，經過葛底斯堡戰役，這一群人少了許多。一進屋，就像兩隻鬥雞一樣，方丹兄弟爭搶著要去吻戰戰兢兢而又受寵若驚的皮蒂姑媽，凱德看了便譏諷地說：「你一定會以爲他們在維吉尼亞已經打夠了吧，不，從我們到里士滿第一天起，他們就一直喝酒和找人打架。憲兵把他們抓了起來，要不是艾希禮的伶牙俐齒，他們很可能要在牢房裡過耶誕節了。」

可是思嘉麗對這些話一句也沒聽進去，她好不容易跟艾希禮坐到了同一個房間，早已高興得不知東西了。她每看他一眼，都要盡自己最大的努力忍住激動的眼淚。要是她能夠坐在他身邊，挽著他的胳膊，那該多好啊！要是她能夠每隔幾分鐘就去扯扯他的袖子，或者拉著他的手，讓他用手絹擦掉她臉上快樂的淚水，那該多好啊！因爲媚蘭就毫無顧忌地這樣做著！你看她早拋棄什麼羞怯和含蓄了，公然用她的眼神、微笑和淚水向他表示對他的愛，可是思嘉麗太高興了，對這樣的場景也不覺得惱恨和妒忌了，艾希禮終於回家了！

她不時用手拍拍自己的臉頰，並朝他笑笑，因爲那兒是他曾經吻過的，至今還可感受到他的嘴唇顫抖。他親吻完媚蘭、英迪亞和霍妮、還有皮蒂姑媽後，來到她面前說：「唔，思嘉麗，你真美，真美！」接著立刻在她臉上吻了一下。

這一吻，吻得她那些打算說的表示歡迎的話全都不翼而飛了。過了好長時間，她才意識到他沒有吻她的嘴唇，她便癡癡地安慰自己：如果他單獨同她見面，他肯定會那樣吻她的。他會彎下魁梧的身子，輕輕捧起她的臉頰，讓她踮起腳尖，相互吻著，緊緊地並且長時間地擁抱。

肯定還有機會的。她一定能找到單獨跟他在一起的辦法，並對他說：「你還記得，我們經常在我們那條秘密的小路上一起騎馬的情景嗎？」「你還記得我們坐在塔拉農場臺階上，你朗讀那首詩的那個夜晚，當時的月亮是什麼樣子的嗎？」「你還記得那天下午我扭傷了腳踝，在暮色中你抱著我回家的情景嗎？」啊，有太多的事情她可以用「你還記得」來引起他的回憶，有太多珍貴的回憶可以把他帶回到那些可愛的日子，那時他們像孩子般無憂無慮，有太多的事情能叫他們記起媚蘭出現以前的歲月！而且，在他們交談時，她或許還能從他的眼神中發現感情復燃的跡象，或者得到某種暗示，暗示著他還在乎她，就像那天野餐上他突然把真情說出來時那麼動情。

她無法想像，如果艾希禮明確宣布愛她，他們該怎麼辦。現在只要知道他還在愛她，就足夠了……是的，她能夠等待，能夠忍受媚蘭去享受抓住他胳膊哭泣的幸福。她的機會肯定會到來的。說到底，媚蘭這樣的女孩，哪裡懂得什麼是愛啊？

「親愛的，你簡直就像個要飯的。」媚蘭說，這時剛到家的那種興奮已漸漸淡去，「是誰給你補的衣服，怎麼用藍布呢？」

「我還以為自己很時髦呢，」艾希禮說，「要是將我和那些穿破爛衣服的人比一比，你就會滿意了。這衣服是莫斯幫我補的，我覺得補得很好嘛，要知道，戰前他可是從未碰過針線的。至於藍布，只好這樣了，要麼就從一件俘獲的北方佬制服上剪塊碎布把它補好，要麼穿破褲子，沒有什麼其他的選擇。至於說像個要飯的，那你還得慶幸自己的命好，畢竟你丈夫總算沒有赤著腳跑回來，我那雙舊靴子上個星期就完全不能穿了，幸好我們打死了兩個北方佬偵察兵，才弄了雙靴子穿。」

說著他伸出兩條長腿，向她們炫耀著那雙傷痕累累的長筒靴。

「另一個偵察兵的靴子我穿了不合適，」凱德說，「比我的腳小兩號，夾得我痛死了，不過我仍然穿著它回來了。」

「這個自私鬼太可惡了，不肯給我們倆。」托尼說，「我們方丹貴族的小腳十分適合這雙靴子。現在我得厚著臉皮穿這靴子去見母親了。開戰前，這種東西她連黑奴也不讓穿的。」

「別擔心，」亞可克斯說，一面向凱德腳上的靴子望了一眼，「咱們趁機在火車上把他的靴子剝下來。我倒不是不好意思見我母親，可是我……我死也不願讓迪米蒂．芒羅看見我的腳指頭全在外面露著。」

「怎麼，我是第一個提出要求的，這是我的靴子。」托尼說著，瞪了他哥哥一眼，這時媚蘭嚇得手足無措，生怕一場著名的方丹家族爭吵又要開演，於是趕忙插進來調解。

「我原來蓄了滿滿一臉絡腮鬍，要給你們展示一下的。」艾希禮邊說邊用力摩擦他的臉，臉上剃刀落下的傷痕還沒有全好呢。「那是一臉很帥氣的鬍鬚，我個人覺得連傑布．斯圖爾特和南森．福里斯特的鬍子也不過如此。可是我們一到里士滿，那兩個流氓。」他指指方丹兄弟，「就說既然他們在刮鬍子，我的也必須刮掉。他們強迫我坐下，動手給我剃掉了，真奇怪他們居然沒把我的腦袋一塊兒剃掉。當時多虧埃文和凱德阻攔，我的這兩撇髭鬚才保全下來。」

「威爾克斯太太！別聽他這些鬼話，說起來你還得謝謝我呢，要不然你根本認不出他來，也不會讓他進門了。」亞可克斯說，「因為他說服了憲兵沒把我們關起來，我們這樣做是為了表示一點謝意。如果你再這樣說，我們就立刻把你的髭鬚也剃掉。」

「啊，不用了，謝謝你了！我看這模樣很不賴了。」媚蘭急忙說，一面驚慌地抓住艾希禮，因爲很顯然那兩兄弟是什麼惡作劇都幹得出來的。

「這就叫愛呢。」方丹兄弟一本正經地彼此看了一眼，點了點頭。

艾希禮出門送幾個小夥子坐上皮蒂姑媽的馬車去車站了，這時媚蘭抓住思嘉麗的胳膊嘮叨起來。

「你不覺得他那件軍服太難看了嗎？等我拿出那件上衣來，他保準會大吃一驚。要是還有足夠的料子給他做條褲子就好了！」

一提起給艾希禮做的那件上衣，思嘉麗就頭痛，因爲她多麼希望那是她而不是媚蘭送給艾希禮的聖誕禮物啊！如今做軍服的灰色毛料比紅寶石還珍貴。幾乎算得上是無價之寶，艾希禮身上穿的是普通的家織布。現在就連白胡桃般的本色土布也不容易買到了。可是媚蘭竟然弄到了足夠的灰色細布來做件上衣……

原來她在醫院裡照護過一個查爾斯頓小夥子，他後來死了，她將他的一綹金髮連同一小包遺物和一份有關他亡前情況的撫慰書寄給了他母親。當對方得知媚蘭的丈夫在前線時，便寄來了自己買給兒子的那疋灰細布和一副銅鈕扣。那疋衣料既厚實又暖和，還隱隱約約泛著光澤，一看就知道那是從封鎖線過來的貨色，也絕對昂貴得要死。現在這塊料子在裁縫那裡，媚蘭催他趕快在聖誕日早晨之前做好。思嘉麗當然想幫忙湊合著做一整套軍服，可是沒有這樣的好運，在亞特蘭大她怎麼也找不到想要的料子。

她倒是有一件聖誕禮物要給艾希禮，不過跟媚蘭做的灰上衣比起來就不值一提了。這是個小小的「針線盒」，用法蘭絨做的，裡面裝著瑞德從納索帶來的一包針和三條手絹，還有兩捲線和一把小剪刀。但是她想給他一些私人物品，一個妻子能夠送給丈夫的東西，如襯衫、手套，帽子之類。

唔，對了，無論如何要弄到一頂帽子，現在艾希禮戴的平頂步兵帽實在太不像話了。思嘉麗一向討厭這種帽子。就算斯．傑克遜寧肯戴這種帽子而不戴軟邊氈帽，那又怎樣呢？即使這樣也不能使它更神氣，可是在亞特蘭大偏偏只能買到粗製濫造的羊毛帽，比猴裡猴騎兵帽還要邋遢。

一想到帽子，她一下就想起瑞德．巴特勒。他有很多帽子，夏天用的闊邊巴拿馬帽、正式場合戴的高禮帽、還有獵帽，褐色、黑色和藍色的垂邊軟帽，等等。

「我要想辦法讓瑞德把他那頂新的黑氈帽給我。」她下定決心，「我還要給帽邊鑲一條灰色帶子，將艾希禮的花環釘在上面，那就帥氣了。」她的思緒停了停，心想如果不找個理由，可能很難得到那帽子。

可她絕對不能告訴瑞德，是要來送給艾希禮的。只要她一提到艾希禮的名字，他就會厭惡地豎起眉毛，而且極有可能會回絕她。好吧，她要編一個動人的故事，說醫院裡有個傷兵需要帽子，那樣瑞德便不會橫眉冷對了。

那天整個下午，思嘉麗都在想辦法讓艾希禮單獨跟她在一起，哪怕是幾分鐘也好，可是媚蘭一直黏在他身邊，並且英迪亞和霍妮也睜著沒有睫毛的眼睛熱情地追隨著他。

吃晚飯時，她們用各種戰爭問題煩他。艾希禮完全控制了整個談話局面，比以往任何時候都更像個主講人，可他似乎說得並不多。他講了一些笑話和關於朋友們的趣事，以及怎樣減緩饑餓和雨裡行軍的情景，並且詳細描繪了從葛底斯堡撤退時，李將軍騎馬趕路的尷尬場面，李將軍說：「先生們，你們是喬治亞部隊嗎？太好了，要是我們缺了你們喬治亞人，就什麼都幹不下去了！」

在思嘉麗看來，他之所以談得這樣帶勁，是為了避免她們提那些他不想回答的問題。直到火爐周圍所有在場的人都開始哈欠連天，威爾克斯先生和幾個女孩子才回旅館去，她的這種喜悅才告一段落。然後，她跟著艾希禮、媚蘭和皮蒂，由彼得大叔擎著蠟燭一起上樓去，這時她突然感到一陣淒涼。原來在這之前，直到他們站在樓梯口，艾希禮還一直是她的，也僅是她自己的，儘管整個下午他們並未說過一句悄悄話。可現在，互道晚安時，她才突然發現媚蘭滿臉通紅，而且激動得都在顫抖。她兩眼俯視地毯，好像對自己的渾身激情不勝驚恐似的，但同時又顯露出嬌羞的愉快。接著，艾希禮推開臥室門，媚蘭連頭也不抬便趕緊進屋去，艾希禮也匆匆道晚安，甚至沒有接觸到思嘉麗的目光就跟著進去了。

他們隨手關上門，剩下思嘉麗一個人站在那裡，目瞪口呆，一股涼意突然襲上心頭，艾希禮已經不再屬於她了。他最終是媚蘭的。

只要媚蘭還活著，她就只能看著她和艾希禮成雙成對地走進臥室，把門關上……把整個世界關在門外。

艾希禮要離開了，要回到維吉尼亞去，回到雪地上饑餓的野營去。過去的一星期，那閃耀的、夢一般美妙的、洋溢著幸福的分分秒秒，現在都已經飛逝而去，不再回來了。

思嘉麗坐在客廳裡的沙發上，腿上放著要送給他的禮物。這時艾希禮正跟媚蘭話別，她祈禱著他是一個人下樓來，這樣的話，她就可以單獨跟他待一會兒了。

她側耳傾聽樓上的聲音，可是整個屋子安靜的出奇，靜得連她自己的呼吸聲聽起來都很響。

媚蘭臥室裡並沒有傳出什麼喁喁私語或嚶嚶啜泣的動靜。思嘉麗不停地重複著自己要和他說的心裡話。其實無非都是些零零星星的傻話：「艾希禮，你得隨時注意安全，知道嗎？」「睡的時候不要忘記在襯衫底下墊一張報紙，這可以擋風。」等等。

彷彿等了一輩子的時間，樓上臥室裡終於傳來靴子的腳步聲，接著是開門和關門的聲音。她聽見他走下樓梯。

他一個人！謝天謝地！媚蘭肯定是被離別的痛苦折磨得邁不出門了，現在，在這寶貴的幾分鐘裡，她可以單獨和他待在一起了。

他緩緩地走下樓來，馬刺叮噹地響著，同時她還聽見軍刀撞擊靴筒的聲音。他走進客廳時，眼神流露出陰鬱。她迎著他站起來，懷著驕傲的心情，他是她生平所見的最英俊的軍人。

「艾希禮，我送你到車站好嗎？」她顯得有點冒失地提出這一要求。

「不必費心了，父親和妹妹們都會去的，而且，我寧願你在這裡跟我話別，不要到車站去受凍，這會留給我一個更美好的回憶。」

她馬上放棄了原先的計畫，如果車站有英迪亞和霍妮這兩個很不喜歡她的人在的話，她就更沒有機會說一句貼心話了。

「那我就不去了。」她說，「不過，艾希禮，我有件禮物要送給你。」

她有點難爲情地打開包裹，那是一條長長的黃腰帶，用厚實的中國緞子做成，兩端鑲了稠密的流蘇。原來幾個月前瑞德從薩凡納給她帶來一條黃圍巾，那是一條用紫紅和藍色絨線刺繡著花鳥的豔麗圍巾。過去一星期，她耐心地拆下所有的繡花，把方形的絲綢剪了下來，縫成了長條的飾帶。

「思嘉麗，真是漂亮極了！是你親手做的嗎？那我就更覺得貴重了。幫我繫上吧，親愛的。小夥子們看見我穿著新衣服，繫著腰帶，滿身的錦繡，一定會嫉妒得眼紅。」

思嘉麗把這條華麗的腰帶圍到他的腰上，在皮帶上方把腰帶的兩端繫成一個漂亮的同心結。這條腰帶是她的禮物，是她親手做成送他上前線的神秘獎品，他一看見它就會想起她來。

她後退一步，懷著驕傲的心情欣賞著，覺得即使傑布・斯圖爾特繫上那條有羽毛的飾帶，看起來也比不上他這位騎士風度翩翩。

「真漂亮。」他摩挲著腰帶上的流蘇反覆地說，「但我知道你肯定是犧牲了自己的一件衣服或披肩做的。思嘉麗，我不值得你這樣做。這年頭很難買到這樣好的東西。」

「哦，艾希禮，我願意為你做任何事！」

「真的嗎？」他陰鬱的面容立刻顯得開朗了些。「那麼，思嘉麗，有件事你倒是可以替我做，有你幫忙，我在外面也比較放心一些。」

「什麼事？」思嘉麗歡喜地問，準備什麼事都答應他。

「思嘉麗，你願意幫我照顧媚蘭嗎？」

「照顧媚蘭？」

她頓感傷心失望，心快碎了，原來這就是他對她的最後一個請求，而她正做好心理準備，答應做一樁十分出色和驚心動魄的事！這本是她跟艾希禮在一起獨處的時刻，是她一人所專享的時刻。可是，即使媚蘭不在，她灰色的影子仍然橫在他們中間。他居然在我們話別的時候提起媚蘭來？他怎能這樣殘酷地對她？

他絲毫沒有察覺到她臉上的失望表情。像往常那樣，他的目光總是穿透而且遠遠越過她，好像在深邃地看著別的東西，根本看不見她。

「是的，她脆弱極了，可是她並不清楚這一點。她需要人關心她，照看她一下。她整天護理傷患，縫縫補補，會把自己累倒的。她那麼溫柔、膽小，在這個世界上，除了皮蒂姑媽、亨利叔叔和你，她沒有其他的親人了……思嘉麗，你知道，媚蘭特別信任你，不僅因爲你是查理斯的妻子，還因爲……因爲她把你看成是自己的妹妹在愛著。思嘉麗，我常常做噩夢，想到萬一我被打死了，媚蘭會無依無靠，那將會是什麼樣子。你能答應我的請求嗎？」

她已無心再聽他說什麼，那句預示凶兆的話「萬一我被打死了」使她害怕極了。她每天都提心吊膽地看著傷亡名單，萬一艾希禮出了什麼事，那整個世界就都結束了，但是她經常自我寬慰，即使南部聯盟的軍隊全部覆滅，艾希禮也會倖免於難的。可現在他的嘴裡說出這樣可怕的話來，一陣恐怖感、一種她無法用理智戰勝的驚悸，把她完完全全地凍結了。她成了道道地地的愛爾蘭人，相信人有一種預感，特別是對於死亡的徵兆。而且，從艾希禮那雙灰眼睛裡，她看到了很深沉的哀傷。

「你不能再說這種話！連想也不能去想。快祈禱一下吧，快！」

「你替我禱告並點上些蠟燭吧。」聽見她慌張的口氣，他感覺很好笑，於是逗了她一下。

可是這時她已經急得不知說什麼好，因爲她腦海裡浮現出那可怕的場面，艾希禮躺在維吉尼亞雪地裡離她很遠很遠的地方。他還在繼續說下去，聲音裡流動著一種悲愴和聽天由命的意味，這更加增強了她的恐懼，使她心中的怒氣和失望都消失得無影無蹤了。

「思嘉麗，正因爲如此，我才向你提出要求的，我會不會發生什麼意外，我們在前線的每一個人會不會發生意外，我無從得知，只是一旦末日到來，即使活著也無濟於事，我離家這麼遠，無法照顧媚蘭。」

「末……日？」

「戰爭的末日……世界的末日。」

「可是艾希禮，難道你也以爲北方佬能把我們打垮？這個星期你可一直在談李將軍怎樣厲害……」

「和每個回家的人一樣，這星期我一直在說謊話，我不想嚇唬媚蘭和皮蒂姑媽，是的，思嘉麗，我認爲北方佬已經控制了我們，葛底斯堡就是末日的開端。思嘉麗，北方佬花大錢從歐洲雇來成千的士兵，我們最近抓到的大部分俘虜連英語也不會講，他們是德國人、波蘭人和講蓋爾語[18]的野蠻的愛爾蘭人。」

她開始胡思亂想起來：就讓南部聯盟被打得粉碎吧，就讓世界到末日吧，可是你一定不能死！要是你死了，我也活不成了！

「思嘉麗，我不願意去嚇別人，我希望你不要把我說的告訴別人，而且，親愛的，我本來也不該說這些話來嚇唬你，只是爲了解釋我要求你照顧媚蘭的原因，我才不得不說的。她那麼脆弱膽小，而你卻這樣堅強，只要你們在一起，就算我出了什麼事，我也不用擔心了，你能答應我嗎，思嘉麗？」

「啊，答應！」她大聲說，她必須答應他的任何要求。「艾希禮，艾希禮！我不能讓你走！我真的沒把握自己有這個勇氣！」

18. 蓋爾人，即蘇格蘭高地人，居住在蘇格蘭北部和西部山區。

「你必須鼓起勇氣來。」他的聲音更加深沉，好像內心的急迫感促使他這麼說似的。他俯下身，雙手捧著思嘉麗的臉，在她額上輕輕吻了一下。

「思嘉麗！你真美！親愛的，你的美不僅表現在這張可愛的臉上，更表現在你的思想和你的靈魂。」

「啊，艾希禮，」她幸福地低語著，他的話和他觸到她臉龐的手使她激動不已。「只有你，再沒有別人……」

「我常想，或許我比別人更瞭解你，只有我看得見你心靈深處的美，別人都太大意和輕率而沒有注意到。」

他沒有繼續說下去，同時把手從她臉上放下來，不過仍注視著她的眼睛。她屏住呼吸等了一會兒，急切希望他繼續說下去，踮著腳尖想聽那期待已久的三個字。可是他終究沒有說。

她的希望再一次落空，像小孩子似的輕輕「啊！」了一聲，便頹然坐下，淚水不禁洶湧而出。接著，她聽見窗外車道上傳來不祥的聲音，這使她更加惶恐感覺到與艾希禮的分別已迫在眉睫。

艾希禮輕輕說了聲「再見」，拿起桌上那頂她從瑞德那裡要來的闊邊氈帽，走向陰暗的穿堂，他抓住客廳門上的把手，停下，又回過頭來凝望著她，彷彿要把她臉上和身上的一切都裝在心裡帶走似的。她也淚眼模糊地注視著他的臉，喉嚨哽咽得說不出任何話語。他也許永遠不再回來了。時間正像推動水車的水流一樣一分一秒地過去，現在已經太晚了。她跌跌撞撞地跑過客廳，跑進穿堂，一手抓住他的腰帶。

「吻我，」她低聲說，「給我一個告別的吻。」

他伸出胳膊輕輕抱住她，俯下頭來，當他的嘴唇一觸到她的唇時，她的兩隻胳膊緊緊箍住了他的脖頸。一瞬間，他們的身子緊緊貼在一起。

「不，不要這樣，思嘉麗。」他低聲說，一面狠狠地抓住她的兩隻交叉的手腕。

「我愛你，」她哽咽著說，「我從沒愛過別人，我一直愛著你。我跟查理斯結婚，只是想叫你……叫你難過。啊，艾希禮，我這樣愛你，我願隨你到維吉尼亞去，好陪在你身邊！我要給你做飯，給你擦皮靴，給你餵馬……艾希禮，說你愛我！你說呀，有了這句話，我就可以一生靠它活著，就算死也心甘情願！」

他臉上露出對她的愛和由於她的愛而感到的喜悅，可是，與之抗爭的卻是屈辱和絕望。

「再見。」他用沙啞的聲音說。

門嘎地一聲開了，一陣冷風突然襲進屋來，把窗簾吹得亂擺。

站在冷風中，思嘉麗瑟瑟發抖，眼睜睜地看著艾希禮向馬車跑去，腰上的軍刀在冬天無力的陽光下不停地閃爍，腰帶的流蘇飛舞著。

chapter 16 戰役慘敗

一八六四年，心情陰鬱、滿是淒風冷雨的一月和二月悄然逝去了。葛底斯堡和維克斯堡兩大戰役慘敗，宣告南方陣線已經崩潰。激烈的戰鬥後，田納西幾乎全部陷入北軍的手中。儘管如此，南方的精神仍然沒有被摧垮。一種嚴峻的決心取代了當初雄心勃勃的希望，人們仍然能從烏雲密佈中找到一線燦爛的光輝。比如，去年九月間北方佬企圖乘田納西勝利的聲勢挺進喬治亞，結果卻被堅決地擊退了。

現在大家都被迫承認北方佬能征善戰了，而且終於承認他們也有優秀的將軍。格蘭特是個屠夫，只要能打勝仗，死再多人，他都不在乎。南方人聽了謝里丹的名字也膽戰心驚的。還有個名叫謝爾曼的人，在人們嘴邊頻繁出現。他是在田納西和西部戰役中打出名來的，作爲一名勇敢的戰將，他的名號愈來愈響了。

當然，他們中誰也無法和李將軍相比。對這位將軍和他的軍隊，人們仍抱有極其堅定的信念，也從不動搖最後勝利的信心。可是戰爭拖得實在太久了，有那麼多的人犧牲、受傷，那麼多的人成了寡婦孤兒，而且未來還有長期的艱苦戰鬥，這意味著還要死更多的人，出現更多的破碎的家庭。

實際上，有許多人還不清楚真正的形勢，北軍已經把南方真正圍困起來。北方炮艇對南方港口的封鎖更加嚴密，能偷偷闖過封鎖線的船隻少之又少。

南方一向是靠賣出棉花和買進自己所不生產的東西為生，可是現在買進賣出都行不通了。傑拉爾德・奧哈拉將三年來收穫的棉花都堆在塔拉軋棉廠附近的棚子裡。這在利物浦本可以賣到十五萬美元，但是現在根本不能運到那裡，傑拉爾德本是富翁，而今已淪為困難戶，怎樣養活他們全家和黑人挨過這一冬還是個未知數呢！

南方大多數棉花種植主都陷入了同樣的困境。隨著封鎖一天天加緊，作為南方財源的棉花已不可能運往英國市場，也無法像過去那樣把買到的必需品運回來。總之，農業的南方同工業的北方作戰，現在缺少太多東西，這些東西在和平時期是從來沒有人想到要買的。

這種情況給投機商和發橫財的人提供了可乘之機。價格一天天飛漲，日常必需品愈來愈缺，社會上反對投機商的呼聲也隨之越發強烈和嚴厲了。在一八六四年初一段時期內，只要你隨便打開一張報紙都會讀到措辭嚴厲的社論，痛罵投機商是蛇蠍和吸血鬼，並要求政府採取強硬措施予以鎮壓。不可否認，政府也盡了最大的努力，但沒有收到什麼成效，因為政府要處理的棘手的事實在太多了！

瑞德・巴特勒是人們反感最強烈的投機商。當發現封鎖線貿易太冒險，他便賣掉船隻，公然做起糧食的生意，許多跟他有關的傳聞從里士滿和威爾明頓傳到了亞特蘭大，使得那些之前接待過他的人下不來台。

從前思嘉麗要是穿著破爛的衣裳和補過的鞋，會覺得很尷尬，可現在她覺得無所謂了，因為自己在乎的人不在這裡，他也看不見她這個模樣。

這兩個月她很高興，比幾年以來的任何時候都要愉快。她張開雙臂抱住他的脖子時，她感覺到艾希禮急促的心跳，看見他臉上絕望的表情，那比任何語言都更能說明問題的表情。現在她確信他愛她，因此她感到十分愉快，以至對媚蘭也寬容許多了。媚蘭既盲目又愚笨，現在，她不禁帶著些微的鄙夷反倒爲媚蘭感到難過了。

「一切等到戰爭結束再說吧！」她想，「戰爭……結束……就……」她有時略帶驚恐地想：「就怎麼樣呢？」不過很快又甩掉這種想法了。戰爭結束後，一切總能解決的。如果艾希禮愛她，他當然不可能跟媚蘭繼續一起生活下去。

那麼以後呢，離婚是不太可能的，再說，愛倫和傑拉爾德都是虔誠的天主教徒，絕不會容忍她嫁給一個離了婚的男子。那就意味著必須離開教會！

思嘉麗仔細斟酌了下，最後決定在教會和艾希禮之間她寧可選擇艾希禮。她敢於冒這樣的危險，爲了艾希禮，她甚至樂意犧牲一切。

總之，等戰爭結束，任何事都好辦。假如艾希禮真那麼愛她，他就會努力想出辦法來。關鍵是戰爭得趕快結束，艾希禮快回家來。

接著，三月的雨夾雪把每個人都阻在屋子裡，媚蘭眼裡閃耀著喜悅的光輝，驕傲而又略帶羞澀地低著頭，悄悄告訴思嘉麗她懷孕了。

「米德大夫說，預產期在八月底或是九月初。我簡直不敢相信這一切，思嘉麗，這是不是很棒的事？我本來就羨慕你的小韋德，很想要個寶寶，我還害怕我永遠生不出來呢，親愛的，我要生上十個！」

思嘉麗本來正在梳頭，打算上床睡覺的，聽媚蘭這麼說，大爲驚訝，拿著梳子的手也僵住了，一動不動。

「我的天哪！」她這麼說，有一瞬間，她的意識是空白的。接著她才猛地想起媚蘭將要閉門坐月子的場面來，頓覺渾身一陣刀割般的痛楚，好像艾希禮是她的丈夫而做了對不起她的事似的。一個寶寶，艾希禮的孩子。既然他愛的是她而不是媚蘭，他怎麼能那樣做呢？

「我知道讓你吃驚了。」媚蘭喘噓噓地說：「可是你不覺得，這是很棒的事嗎？啊，我真不知道怎麼寫信告訴艾希禮才好！要是我直接告訴他，那實在太讓人害羞了，或者……或者我什麼也不說，讓他慢慢自己注意到，你知道……」

「啊，我的天！」思嘉麗幾乎要哭起來，手裡的梳子滑掉到地上，她手抓著大理石梳粧檯的頂部，好不讓自己摔倒。

「你不要這樣！親愛的，你知道的，有個孩子並不壞。你不用替我擔心，雖然你的關心很令人感動。當然，米德大夫說過我是……」媚蘭臉紅了，「我是瘦小了點，可這並不太要緊，思嘉麗，當初你發現自己懷孕時，是怎麼寫信告訴查理斯的？難道是你母親或者奧哈拉先生告訴他的？哦，親愛的，要是我也有母親來幫我辦這件事那多好呀！可我不知怎麼辦好……」

「你閉嘴！」思嘉麗惡狠狠地說，「閉嘴吧！」

「啊，我真自私！思嘉麗！真對不起，你看我高興得只顧自己了。我一時疏忽，忘記查理斯的事了。」

「別說了！」思嘉麗再一次命令她，同時極力控制自己的臉部肌肉，把怒氣壓下去，千萬不能讓媚蘭看出或懷疑她有這種感情呀！

媚蘭覺得自己惹思嘉麗傷心，十分歉疚，急得要哭了。可憐的查理斯去世後幾個月，韋德才出生，她怎麼能勾起思嘉麗這些可怕的記憶呢？她怎麼會粗心到這個地步，竟然說出那樣的話來呢？

「親愛的，我幫你脫衣裳，你快睡覺吧。」媚蘭低聲說，「我幫你按摩好嗎？」

「別管我了。」思嘉麗說，臉孔緊繃得像石板似的。這時媚蘭越發覺得自己罪不可恕，便當真哭著離開了房間。

思嘉麗獨自一人躺在床上，並沒有哭，她只是夾雜著受挫的傲氣、幻想的破滅以及妒忌，不知怎樣發洩才好。

她想，她再也無法和一個懷著艾希禮的孩子的女人住在同一個屋簷下了，她得回到塔拉去，回到那個屬於她的家中去。

她不知該如何在媚蘭面前隱藏自己內心的秘密。第二天早晨起床時，她已下定決心，準備吃過早點就馬上收拾行裝。可是，當她們坐下吃早飯時，思嘉麗一聲不吭，皮蒂姑媽顯得手足無措，媚蘭很痛苦，她們相互誰也不看誰，恰在這時，有人送來一封電報。

電報是艾希禮的侍從莫斯打給媚蘭的。

「我已到處尋找，但沒有收穫，我是否應該回家？」

誰也不清楚這究竟是什麼意思，三個女人面面相覷，驚恐地瞪大眼睛。思嘉麗更是把回家的想法打消得一乾二淨。她們顧不上吃完早點，便立馬去給艾希禮的長官發電報，可是一進電報局，就發現那位長官的電報已經到了。

「威爾克斯少校於三天前執行偵察任務時失蹤，深感遺憾。一有情況當隨時奉告。」

從電報局回到家裡的路上，皮蒂姑媽用手絹捂著鼻子哭個不停，媚蘭臉色蒼白，直挺挺地僵坐著，思嘉麗則倚在馬車的一個角落裡發呆。

一到家，思嘉麗便步履踉蹌著爬上樓梯，走進自己的臥室，拿起桌上的念珠，立刻跪下來準備祈禱，可是她怎麼也想不起祈禱詞來。如同掉進了恐懼的深淵，她想祈禱，可是無法抬起頭來仰望蒼天；她想痛哭，可是沒有眼淚，淚水好像灌滿了她的胸膛，可是就是找不到出口，流不出來。

門開了，媚蘭走進來，臉如白紙剪成的一顆雞心，襯著一圈黑色的頭髮，兩眼瞪得大大的，像個迷失在黑暗中驚恐萬狀的孩子。

「思嘉麗，」她邊說邊伸出手來，「請你一定要寬恕我昨天說的那些話，因爲你是……你是我現在所有的一切了，啊，思嘉麗，你知道我心愛的艾希禮已經死了！」

不知怎的，她倚在思嘉麗的懷裡，她的胸口在抽泣中急劇地起伏。不知怎麼回事，她們兩人倒在床上緊緊地抱著彼此，同時思嘉麗跟媚蘭臉貼著臉痛哭，兩個人的眼淚流在一起。

「至少，」她低聲說，「至少……我懷了他的孩子。」

「那我呢。」思嘉麗心想，「我什麼也沒有……什麼也沒有……除了他向我道別時臉上的表情，什麼也沒有！」

最初的一些報導是「失蹤……據信已經死亡」出現在傷亡名單上，媚蘭給斯隆上校發了十多封電報，最後才收到一封充滿同情的回信，說艾希禮和一支騎兵小隊外出執行偵察任務，至今還沒下落，這中間聽說北軍陣地內發生過小小的戰鬥，驚惶焦慮的莫斯曾冒著生命危險去打探艾希禮的下落，但毫無所獲，現在媚蘭倒顯得出奇的鎮靜，連忙給莫斯電匯了一筆錢，叫他立刻回來。

媚蘭病了，妊娠引起的反應愈來愈嚴重。她感到很難受，但她堅決不按照米德大夫的吩咐臥床休息，不知哪裡來的一股熱情激勵著她，她片刻不得安靜。晚上思嘉麗上床睡了許久，還聽見她在隔壁房間裡來回不停地走動。

有天下午，瑞德．巴特勒攙扶著媚蘭從城裡回來，驚慌的彼得大叔趕著馬車，原來她暈倒在電報局了，幸虧瑞德從旁邊經過，發現了她。他把她抱上樓，放在床上，這時全家人都嚇得亂成一團，連忙弄來燒熱的磚頭、毯子和威士忌，好讓她蘇醒過來。

「威爾克斯太太，」瑞德問，「你懷孕了，對嗎？」

媚蘭難為情地點點頭，算是默認。

「那你一定得好好保重，這樣到處跑來跑去，日夜焦急，對你毫無好處並且會傷害寶寶的！威爾克斯太太，你如果允許，我願意利用我在華盛頓的關係打探清楚威爾克斯先生的下落。如果他被俘虜了，北軍公佈的名單上一定會有的。不過你一定要答應我，好好保重自己的身體，否則，我就什麼也不管了。」

「啊，你真好。」媚蘭喊道。接著，她想起自己沒有什麼本事，又覺得跟一個男人談懷孕的事實在太丟人了，便難過得哭起來。這時，思嘉麗拿著一塊用法蘭絨包著的熱磚頭上樓來，剛好發現瑞德拍她的手背安慰她。

他說到做到，立即著手打聽艾希禮的消息。一個月後，他得到消息，一聽到時她們簡直興奮得要發瘋了，可是揪心的憂慮接著油然而生。

艾希禮沒有死！他只是受了傷，被抓起來當成俘虜，現在在伊利諾斯州的羅克艾蘭一個戰俘營裡。

想到他還活著，他們喜出望外。可是冷靜下來，他們面面相覷地一起叨念著「羅克艾蘭！」那口氣彷彿是說：「進了地獄！」

「啊，巴特勒船長，您還有沒有其他的辦法？你能不能動用你的影響把他交換過來呢？」媚蘭急切地問。

「據說，仁慈公正的林肯先生曾為比克斯比太太的五個孩子掉過大顆的眼淚，可安德森威爾成千上萬個瀕死的北方兵卻無法撼動他分毫。」瑞德說，「就算他們全都死光，他也不會在乎。命令已經宣布——不交換。威爾克斯太太，我以前沒有跟你說過，你丈夫原本有個機會可以出來，但是他拒絕了。」

「啊，不可能！」媚蘭不相信會有這種事。

「真的有。北方佬在徵兵去打印第安人，主要是從南軍俘虜中招募。凡是報名甘願宣誓效忠的俘虜，去同印第安人作戰兩年，就可以獲釋並被送到西部去，威爾克斯先生堅決拒絕這樣做。」

「啊，他為什麼不同意呢？」思嘉麗嚷道。「他為什麼不宣誓，這樣就可以離開俘虜營，然後馬上回家來？」

媚蘭似乎有點生氣地轉向思嘉麗。

「你為什麼認為他應該那樣做呢？叫他背叛自己的聯盟轉向去對北方佬宣誓，然後再背叛自己的誓言嗎？我寧願他死在羅克艾蘭，也不要聽到他宣誓的消息。如果他當真做出那種事來，我永遠也不會理睬他，永遠不！當然，他拒絕了。」

思嘉麗送瑞德出去，在門口憤憤不平問：「如果換做是你，你會不會答應北方佬，先確保自己不死，然後再離開呢？」

「當然會了。」瑞德咧著嘴，露出髭鬚底下那排雪白牙齒，狡猾地說。

「那麼，爲什麼艾希禮沒有這樣做呢？」

「他是個上等人嘛！」瑞德答道。

思嘉麗茫然不解，這個高尚的詞怎麼傳遞著一種玩世不恭和鄙夷的意味呢？

chapter 17 圍城

一八六四年五月到了——炎熱乾燥使剛結出的花蕾枯萎了。謝爾曼將軍指揮下的北軍再次進入喬治亞，到了多爾頓北邊，駐紮在亞特蘭大西北一百英里處。傳言說，喬治亞和田納西的邊界附近一場惡戰即將爆發。北方佬正在調集軍隊，準備對西部的亞特蘭大鐵路發動進攻。這條鐵路是亞特蘭大通往田納西和西部的重要通道，去年秋天南軍就是沿著它迅速趕來，贏得奇卡莫加大捷的。

不過，亞特蘭大——乃至整個喬治亞州都明白，這個州對南部聯盟來說太重要了，喬·約翰斯頓將軍是絕不會讓北方佬長久地待在州界以內的，人人都知道除了李將軍和已經去世的斯·傑克遜，現在再沒有哪位將領比老約更偉大了。

思嘉麗和媚蘭一直想著艾希禮的消息。媚蘭心裡暗暗對自己說：「他絕不可能死，要是他死了，我會知道的……我會感覺到的。」

一個暖意喜人的晚上，瑞德·巴特勒懶洋洋地斜倚在黑影中，兩條長腿穿著漂亮的皮靴，隨意交叉著，那張黑黝黝的臉孔上毫無表情，誰也猜不到他在想些什麼。在他懷裡，韋德安然地睡著了，小手裡拿著一根剔得很乾淨的如意骨，每當瑞德來訪時，思嘉麗總是允許韋德玩到很晚才睡，因爲這個害羞的孩子很喜歡他，瑞德也很喜歡親近他。思嘉麗通常不願意讓韋德在身邊打攪她，但是一到瑞德懷裡，他就變得很聽話。至於皮蒂姑媽，因爲他們晚餐吃的是一隻硬梆梆的老公雞，她正強忍著不要打出嗝來。

早晨，皮蒂姑媽不得不決定殺掉這隻老公雞，不忍看見牠繼續爲那隻早被吃掉的老伴傷心。皮蒂姑媽突然想起她的許多朋友都好幾個星期沒吃過雞肉了。如果自己一家關起門來享用這頓美餐，良心會受到譴責的，因此她提議請些客人來吃飯。

媚蘭懷孕五個月了，已經有好幾個星期既不出外參加活動，也不在家接待客人，所以這個想法令她感到不安。可是皮蒂姑媽這次很堅決。如果媚蘭把裙環往上移一些，誰也不會注意到什麼，不管怎麼說，她的胸部還是很平嘛。

「唔，我不想見人，姑媽，因爲艾希禮……」

「其實艾希禮……他並不是已經不在人世了！」皮蒂姑媽用發抖的聲音說。「他還像你想的那樣活得好好的，而你呢，多跟人交際對你只有好處，我還想請范妮．埃爾辛來呢。埃爾辛太太懇求我設法讓她振作起來，勸她多見人……」

「姑媽，達拉斯剛死不久，你要是逼她這樣做，那可太殘忍了。」

「爲什麼，媚蘭，你再跟我這樣吵下去，我可要氣哭了。不管怎麼說，我是你的姑媽，也不是不明事理的人。我一定要請客吃飯。」

於是，皮蒂姑媽請客了，而且到最後一分鐘來了一位她沒有請也不希望見到的客人。

正當屋子充滿了烤雞的香味時，瑞德．巴特勒不知從哪裡鬼使神差地冒出來了，他腋下夾著一大盒用花紙包著的糖果，滿口都是討好的恭維話。

儘管皮蒂姑媽知道大夫和米德太太對他沒有好感，但也不好拒絕，而范妮討厭任何不穿軍服的男人，但是此時也只好把他留下。何況現在媚蘭比以前更加堅決地庇護他。因爲自從他幫媚蘭打聽到艾希禮的消息後，她便宣布，只要她活著，無論別人說他什麼壞話，他永遠都是她家受歡迎的客人。

皮蒂姑媽發現瑞德的舉手投足彬彬有禮，心裡的石頭落了地。他用同情而敬重的態度對待范妮，范妮也愉快起來，這頓飯吃得十分愉快。

人們的話題總是圍繞著戰爭展開。不管什麼話題都從戰爭談起，最後又回到戰爭上去……有時談傷心事，大多的時候是愉快的，但常離不開戰爭。戰時傳奇呀，戰時婚禮呀，在醫院裡的戰場上的死亡呀，駐營、打仗和行軍中的故事呀，有關英勇、怯懦、幽默、悲慘、沮喪和希望的故事呀。雖然入夏以前有過許多失利，但對勝利的信心還是堅定而不可動搖。

阿什伯恩隊長宣布他已經被批准從亞特蘭大調到多爾頓軍隊裡去。這時女士們用眼神默默地親吻著他那僵硬的胳膊，極力掩飾著驕傲之情，聲稱他不能去。要是他去了，誰做她們周圍的護花使者呢？

「沒關係，他馬上就會回來的。」大夫說，伸出胳膊擁著凱里的肩膀，「只要打一次小小的遭遇戰，北方佬就會連滾帶爬逃回田納西去的，而且只要他們一到那裡，福里斯特將軍就會好好教訓他們。你們太太小姐們用不著擔心北方佬會打到這邊來，因爲約翰斯頓將軍和他的部隊像銅牆鐵壁般防守在山區。是的，就是銅牆鐵壁。」他對自己用的這個比喻非常滿意，所以又特意重複了一遍。「他永遠也動不了我們的老約將軍。永遠也別想越過謝爾曼。」

女人們都微笑著表示贊成，因爲他那輕鬆的口氣聽起來就像是不容懷疑的真理。對於這種事，男人們的見識畢竟比女人高明得多，既然他認爲約翰斯頓將軍是銅牆鐵壁，那就無疑是銅牆鐵壁了。只有瑞德不敢苟同，他從吃過晚飯後一直默不作聲地坐在夜霧中，聽大家談論戰事，抱在懷裡的韋德早已入睡了。

米德大夫用淡淡的口氣說：「巴特勒船長，雖然咱們部隊和北軍人數上的差距很大，但這算不了什麼。一個聯盟軍士兵能抵擋一打的北方佬呢。」

婦女們都點頭表示贊同。

「戰爭開始的時候的確是這樣的。」瑞德說，「如果聯盟軍士兵的槍膛裡裝有子彈，腳上穿著鞋子，肚子也吃飽的話，也許現在還是這樣。阿什伯恩隊長，你覺得呢？」

他的聲音依舊那麼溫和，甚至有點卑躬。阿什伯恩保持沉默，這激怒了米德大夫，他怒火沖天地說：「我們的軍隊從前就是光著腳餓著肚皮打仗並取得勝利的，他們還要這樣打下去，還要這樣打敗敵人！我告訴你，約翰斯頓將軍是誰也打不敗的！自古以來，對於遭受侵略的人民來說，險峻的山峽就是隱蔽和防守的堅強堡壘。請想想……想想溫泉關吧[19]！」

思嘉麗絞盡腦汁思索著，到最後也沒弄懂「溫泉關」是什麼意思。

「他們在溫泉關打到最後全軍覆沒，大夫。不是嗎？」瑞德歪著嘴問他，強忍著沒有笑出聲來。

「你這是在故意使人難堪吧，年輕人？」

「大夫，你誤會我了！我求你原諒！我只不過向你討教罷了。對於古代歷史我知道的很少。」

「如果有必要的話，我們的軍隊是會堅持到直到最後一個人來與北方佬頑強作戰，不讓他們

19. 溫泉關位於希臘中部東海岸卡里茲羅蒙山和馬里亞科斯灣之間。西元前四八〇年，波希戰爭末期，希臘聯軍統帥斯巴達國王列奧尼達在此憑險以少打多，抵抗波斯十萬大軍三天後全部犧牲。史稱溫泉關戰役。

深入喬治亞州的。」米德大夫毅然決然地說。

皮蒂姑媽趕緊站出來，吩咐思嘉麗給大家彈一曲鋼琴，唱一首歌。她發現大夫和瑞德的對話愈來愈尖銳了。她很清楚，如果邀請瑞德留下來吃晚飯，那肯定會惹出麻煩來。無論什麼時候在哪裡，只要他出現，就經常會出麻煩。至於他是如何引出麻煩的，她卻永遠不是很明白，天哪，思嘉麗到底看中了他什麼呢？親愛的媚蘭怎麼也要庇護他呢？她真是不懂啊！

聽了皮蒂姑媽的吩咐，思嘉麗走進客廳。

思嘉麗先彈了幾段和絃，接著她美妙的歌聲便從客廳裡飄蕩出來了，唱的是一首流行歌曲，那麼動人。

這時范妮起身說：「唱點別的吧！」思嘉麗聽了很驚訝，也很難為情，於是鋼琴聲戛然而止。接著，她匆忙地唱起《灰夾克》的頭幾小節來，可是不久便覺得這也太悲慘，就草草結束了。

她頓感茫然，不知所措，客廳又恢復沉寂，因為所有的歌都脫不了生離死別的悲傷！

瑞德身來，將小韋德放在范妮的膝蓋上，走進客廳。

「彈《我的肯塔基老家》吧。」他彷彿不經意地建議著，思嘉麗高興得馬上彈唱起來。她的歌聲和著瑞德優美的男低音，等到開始唱第二節時，走廊上的聽眾感覺舒暢許多了，儘管只有老天才知道，這根本不是什麼歡快的歌曲。

米德大夫的預測沒有錯——至少到目前為止是這樣。約翰斯頓真的像一堵銅牆鐵壁屹立在多爾頓以北一百英里的山區。堅決不讓謝爾曼實現他衝出峽谷向亞特蘭大襲擊的企圖。最後北方佬不得不撤退另作打算了。既然他們不能從正面突破南軍的防線，便企圖在夜幕遮掩下迂迴越過山險，想走到約翰斯頓的背後切斷雷薩卡以南十五英里處的鐵路。鐵路面臨著被切斷的危險，南部聯盟軍便馬上離開死守的戰壕，星夜抄近路向雷薩卡快速挺進。當北方軍從山巒間蜂擁而出，與南方軍遭遇時，南方軍已經嚴陣以待。他們掩藏在胸牆後面，準備好炮火，準備工作做得很充分，足以和多爾頓戰役時相比。

經過一番廝戰，約翰斯頓在雷薩卡又一次擊退了北方佬，可是謝爾曼依然採取從兩翼進攻的戰術，把他的大軍佈置成一個半圓形，橫渡奧斯坦納河，襲擊南部聯盟軍後方的鐵路。南軍部隊又一次火速離開自己的陣地去守衛鐵路線。他們晝夜行軍作戰，已累得精疲力竭，饑腸轆轆，現在又不得不沿著山谷拼命趕路。他們搶在北軍之前到達雷薩卡以南六英里的卡爾洪小鎮，馬上挖了戰壕，等北方軍一到，就給他們來個迎頭痛擊。進攻開始了，打了些小規模的硬仗，北方軍再次被擊退。

這時南部聯盟軍疲憊不堪，日夜枕戈而臥。謝爾曼步步緊逼，將他的部隊佈置成寬闊的弧形陣線，迫使他們不得不再次撤到後方去保護鐵路。鐵路是重中之重。那是一條細長的、蜿蜒穿過陽光燦爛的山谷向亞特蘭大延伸的鐵路。他們沿著山谷撤退，這時，他們看到前面有一大隊難民正在潰逃。他們都是農民和山民，有窮的，也有富的；有白人，也有黑人；受傷的拄著拐杖，瀕死的躺在擔架上，大肚子婦女，白髮蒼蒼的老人，走路還不穩的孩子，他們或坐車或騎馬或步行，再加上那些堆滿箱櫃和家用什物的馬車和大車，整個鐵路顯得擁擠不堪。間或偶見一個孤零的婦女和極少幾個奴隸在那裡，他們到大路旁邊向過路的隊伍歡呼，提來一桶桶井水爲他們解渴，替傷兵包紮並將死去的人埋在自家墳地裡。

在卡爾洪，約翰斯頓的部隊再一次被包抄了，於是他被迫退回到阿迭爾斯威爾，在那裡激戰一場後，再退到卡特斯威爾，接著又退到卡特斯威爾以南。如今敵軍已經從多爾頓前進了五十五英里。後來南部聯盟軍且戰且退又跑了十五英里，一直到了紐霍教堂，才掘壕列陣，擺開陣勢決心固守。北軍緊隨而來，狠狠地追擊著，像一條殘忍的蟒蛇。有時受傷後也退縮一下，但立刻又猛追上來。兩軍在紐霍教堂接連激戰了十一晝夜，北軍的所有進攻都被打退了。但後來約翰斯頓又遭遇了包抄，只得把日益稀少的部隊再後撤幾英里。

南部聯盟軍在紐霍教堂的傷亡很慘重。大批的傷兵被一列列的火車運到亞特蘭大，全城爲之震驚。旅店、公寓和私人住宅都擠滿了傷病員。皮蒂姑媽家也分配到一些人，儘管她表示了強烈的抗議，說媚蘭正在妊娠期間，陌生人住進來很不方便，那種亂七八糟的場景會導致她早產，可是沒用，傷兵還是照樣住進來。媚蘭只得把她最上面的一個裙圈提得高一點，把她那日益肥大的腰圍略加掩飾。

家裡一旦住了傷兵，事情就麻煩多了，需要爲他們做飯，扶著他們坐立和翻身，不停地洗滌和捲繃帶，而且晚上炎熱難以入睡時，在隔壁房間裡傷兵的呻吟會鬧得人通宵不安。最後，整個城市被塞得滿滿的，再也無法照顧更多的傷患了，那些源源不斷的傷兵才被送到梅里和奧古斯塔去。

儘管大家都還保持著對自己軍隊不可戰勝的信心，可是人人，至少是每個市民，都不再信任他們的將軍了，紐霍教堂距離亞特蘭大只有三十五英里！而在過去三個星期裡，將軍被北方佬擊退了六十五英里！將軍的隊伍力量愈來愈小，戰鬥然後撤退！再打，再撤退！他被迫繼續往後退。

在過去的二十五天裡，在已經退出的七十英里土地上，南方軍幾乎每天都在戰鬥。如今紐霍教堂已被南軍落在後面了，它只留下一個可怕而模糊的記憶：酷熱，塵土，饑餓，疲勞，在坎坷不平的紅土路上艱難地行進，在紅色的泥濘中歪歪倒倒地掙扎，退卻，掘壕，戰鬥……退卻，掘壕，戰鬥……紐霍教堂完全是個恍若隔世的噩夢。

突然有一天，黑人利維叔叔往樓上傳話，請思嘉麗立即穿好衣服到醫院裡去。范妮·埃爾辛和邦內爾家的姑娘們也被從睡夢中叫醒，埃爾辛家的嬤嬤滿臉不樂意地坐在車夫座位上，膝蓋上放著的是一籃新漿洗過的繃帶。思嘉麗老大不情願，但是也只得勉強起身，因爲頭天夜裡她在鄉團舉辦的舞會上跳了個通宵，腿的酸痛還沒有消失。當百里茜幫她把身上那件又舊又破的印花布看護服扣上扣子時，她心裡暗暗咒罵梅里韋瑟太太這個不知勞累的辦事能手，以及那些傷兵和整個南部聯盟。她三口兩口吞下代替咖啡的苦飲料，出去加入了姑娘們的行列。

她十分憎惡這樣的護理工作，她要告訴梅里韋瑟太太，說愛倫寫信叫她回去一趟。這一點用也沒有，那位可恨可敬的老太太正挽起袖子，粗壯的腰身上繫著大圍裙，在忙著幹活呢。她狠狠地瞪了思嘉麗一眼，說：「你不要再跟我說這種混話了，思嘉麗·漢密爾頓。今天我就寫信給你母親，告訴她我們非常需要你。我相信她能體諒這一點並讓你留下來的。趕快繫上圍裙到米德大夫那裡去，他需要人幫助紮繃帶呢。」

「啊，上帝！」思嘉麗絕望地想，「重點就在這裡呀。母親會要我留在這裡，可是我寧可死也不願再聞這些臭氣了！我真希望自己快變成老太婆，那樣就可折磨年輕人而不用受別人的折磨……並且要讓梅里韋瑟這樣的刁老婆子給我滾得遠遠的！」

是的，對醫院，對那些惡臭味，對蝨子，對那種痛苦的模樣，以及那些骯髒的身體，她都厭惡到極點。如果說對護理工作她曾經有過某種新奇感和浪漫意味的話，那麼也早就在一年前完全被消磨了。思嘉麗真希望自己是媚蘭，那樣就能有一個懷孕的藉口而不用去上班，現在只有這個原因才能爲大家所接受。

一到中午，她就解下圍裙，從醫院逃出來，這時梅里韋瑟太太正忙著給一個瘦高的不識字的山民傷兵寫信，思嘉麗覺得她再也不堪忍受了。她感覺這是強加在她身上的一種職責，而且午班火車一到，新的傷兵又會湧入醫院，這意味著她又有大量的工作，那會夠她忙到晚上的——而且很可能要餓肚子。她快步穿過兩個距離不長的街區，向桃樹街走去，大口呼吸著新鮮空氣，這時瑞德坐著馬車從旁邊經過。

「你簡直像個撿破爛的女孩。」他這樣說，兩隻眼睛端詳著她身上那件縫補過的淺紫色印花布衣裳，上面滿是汗漬和汙斑，後者很明顯是護理傷患時沾上的，思嘉麗覺得又尷尬又懊惱，簡直氣壞了。他幹嘛老是注意女人的服飾呢，還敢如此無禮地對她現在毫不整潔的穿著妄加評論?!

「我不要聽你說的任何一句話。你下來，扶我上車，帶我到沒人看得見的地方去。就算他們絞死我，我也不回醫院了！天知道，這場戰爭又不是我發動的，爲什麼我要受這份折磨，而且……」

「你要變成背叛偉大主義的罪人了！」

「得了，你也好不到那裡去，快把我扶上去。隨便你往哪裡都行，我不管，就帶著我去兜兜風吧。」

他從馬車上一躍而下，這時思嘉麗突然覺得，看到一個身心健全的男人真是太好了，一個四肢健全、五官俱在的男人。他沒有因痛苦而變得臉色蒼白，也沒有被瘧疾折磨得皮膚焦黃，這讓人看著多麼養眼啊！而且他穿著講究，上衣和褲子是用相同的料子做的，而且這套衣服還是新的，不像別人那樣把骯髒的皮肉和毛茸茸的腿都露出來了。他那褐色的臉膛是溫和的，而那張嘴，唇紅齒白、像女人的嘴一樣輪廓鮮明富於肉感，很性感。他把她抱上車去，爽朗地大笑起來。

他自己也上了車，就坐在她身旁，他身材高大，肌肉擦著他裁剪很好的衣服，發出窸窸窣窣的聲音。跟往常一樣，彷彿受到了衝擊似的，她感覺到了無形的巨大的魅力，她望著他衣服下邊鼓出的那副堅實有力的肩膀，那誘惑人的令人不安的肩膀，不由得緊張起來，他的身體顯得多麼結實而堅韌，這同他那敏銳的思想一樣罕見。他的力量是一種輕鬆適然、優雅得體的力量，慵懶得就像一頭在陽光下伸展四肢的美洲獅，而這美洲獅卻又警覺得很，隨時都準備好撲上前去展開進攻。

「你這個小叛徒，」他調侃說，一面喝馬向前，「你跟大兵整夜跳舞，給他們送鮮花，送絲帶，說你願意為主義犧牲，可是到了要你替幾個傷兵包紮和捉蝨子的時候就趕快逃開了。」

「能不能把馬車趕得快些呢？你能不能說點其他的事，萬一碰上梅里韋瑟爺爺從他的小店裡出來看見了我，然後回去讓那位老太太知道——我指的是梅里韋瑟太太，那我就該倒大楣了。」

他用鞭子輕輕抽了一下那匹母馬，牠便輕快地跑過五點鎮，越過橫貫城市的鐵路。

「對醫院這種工作我煩透了。」她說著，一面整理坐下撒開的裙子，並把下巴下面的帽帶繫緊，「每天都有傷兵湧進，這都是約翰斯頓將軍的錯，要是他在多爾頓把北方佬擋住了，他們早就……」

「傻孩子，他何嘗沒有起來阻擋北方佬呀？可是，如果他繼續待在那裡，謝爾曼就會從側面包抄過來，割斷他與左右兩翼的聯繫，把他徹底擊垮，同時他也會丟掉鐵路線，而保衛這條鐵路正是他的戰鬥目標。」

「唔，不管怎樣，反正就是他的過錯。」思嘉麗這樣說，她對什麼戰略戰術本來就一點也不懂得。「他應該想辦法呀，為什麼他不堅守陣地，卻一味後退呢？」

「原來你和別人沒什麼兩樣，就因為他無法做到不可能辦到的事，就嚷著『把他殺掉』。在多爾頓時，他被奉為救世主，六星期後他到了肯尼薩山，就變成叛徒了。可是，只要他把北方佬打退二十英里，他就會再一次變為耶穌。傻孩子，要知道謝爾曼部隊的人數是約翰斯頓部隊的兩倍，他可以用兩個人殺掉我們的一個小夥子。而約翰斯頓卻一個也丟不起了，他急切需要增援，但是他能得到什麼呢？」

「難道民兵真的要調出去？鄉團也這樣？我還沒聽說呢。你是怎麼知道的？」

「這樣的謠言已經滿天飛了，今天早晨，從米列奇威爾開來的火車上早就傳出這樣的消息，民兵和鄉團都將去增援約翰斯頓將軍的部隊。我想他們大多數都會大吃一驚，誰曾想到戰爭會打到他們的後院，他們真的不得不起來保衛這個州呀？」

「唔，你怎麼還笑得出來，你這個殘忍的傢伙！想想鄉團裡那些老先生和小孩子吧！不會吧，連小費爾・米德，連梅里韋瑟爺爺和亨利・漢密爾頓叔叔也得去啊！」

「我指的不是那些小孩子和參加過墨西哥戰爭的老兵。我說的是像威利・吉南那樣愛穿漂亮軍服和舞刀弄劍的勇敢的年輕男子……」

「還有你自己！」

「親愛的，這可動不了我一根毫毛！我既不穿軍服也不揮舞軍刀，而且南部聯盟的命運與我毫不相干。何況我就算是在鄉團或任何軍隊裡，也不會束手就擒的，因為我在西點軍校學到的那些東西已夠我受用終生了……好了，我祝願老約好運，如今李將軍被北方佬拖在維吉尼亞，無法給他任何幫助，他是泥菩薩過河了。所以，約翰斯頓所能得到的唯一增援就是喬治亞州本州的部隊了。按理說，他應該能夠獲得更大的成就。因爲他是個偉大的戰略家，總是能搶在北方佬之前佔據陣地，可是爲了保衛鐵路線，他又不得不後退，而且，請恕我直言，一旦他們把他趕出山區並來到這附近比較平坦的地方，他就得任人宰割了。」

「這附近？」思嘉麗驚異地問。「你總該知道，北方佬是絕不會深入到這裡來的。」

「肯尼薩山離這裡只有二十二英里，我敢打賭……」

「街那頭，瑞德，你看，那一大群的人！他們不是士兵，到底發生了什麼事？……啊，全是些黑人！」

街那頭一大團紅色的塵土滾滾而來，雜遝的腳步和上百黑人唱著《讚美詩》的深沉而渾厚的聲音夾雜在飛揚的塵土中。瑞德勒馬把馬車停靠在路旁，思嘉麗滿懷驚奇地看著那些汗流浹背的黑人。他們肩扛鶴嘴鋤和鐵鍬，跟隨著一位軍官和一小隊佩著工程團標記的人一路走來。

「到底是發生什麼事？」她又一次問。

接著，她的目光捕捉到了隊伍前邊一個高唱《讚美詩》的黑人。她覺得在這個世界上除了塔拉農場的工頭大個兒薩姆之外，沒有哪個黑人能有這麼魁梧的身材和這麼響亮的嗓子。可是大個兒薩姆怎麼會到這裡來呢？離家這麼遠，尤其現在農場正缺人照管，而他又是傑拉爾德的得力幹將？

她從座位上欠起身，想看仔細些，這時大個子看到她，認出她來了，漆黑的臉上綻開了歡快的笑容。他停住腳，放下鐵鍬，向她走來，還回頭對那幾個靠得最近的黑人喊道：「我的天！這是思嘉麗小姐！快過來啊，以利亞！使徒！先知！這是咱們的思嘉麗小姐呀！」

隊伍立時變得一片混亂，大家都驚異不定地咧著嘴站住了，大個兒薩姆領著另外三個高大的黑人橫過大路向馬車走去，後面尾隨著那些困惑不解、大聲喊叫的軍官。

「你們這幾個傢伙，趕快回到隊伍裡來！快點，我命令你們，不然我就……怎麼，是漢密爾頓太太。早晨好，太太，還有你，先生。你們爲什麼在這裡製造騷動的叛亂呀。天知道，整個上午我已被這些小夥子折騰得頭昏腦脹的了。」

「唔，蘭德爾隊長，請不要訓斥他們！都是我們認識的人呢，這是大個兒薩姆，我們的工頭；以利亞、使徒和先知，也是從塔拉農場來的。他們當然要跟我打聲招呼呀，你們好啊，小夥子們！」

她跟他們一一握手，那隻雪白的小手被他們又大又黑的手掌握住。這次見面使這四個人高興得歡呼雀躍，這下可以向同伴炫耀一下自己家有個多麼漂亮的年輕小姐了，他們臉上浮現得意的神色。

「你們大老遠從塔拉跑來幹什麼？我敢說，你們是逃出來的，難道你們不怕巡邏隊把你們逮住嗎？」

他們還以爲思嘉麗在開玩笑，樂得大聲嚷嚷起來。

「逃走！怎麼可能！」大個兒薩姆說，「不是的，小姐，我不是逃出來的，因爲我是塔拉最高最強壯的勞力，所以被他們挑中，把我送到這兒來的。」

他驕傲地露出一口雪白的牙齒笑著說。「他們特別中意我，就因爲我唱得很好。是的，小姐，是法蘭克．甘迺迪先生挑選上我的。」

「但是到這裡做什麼呢，大個兒薩姆？」

「啊，思嘉麗小姐，你不知道嗎？我是來給白人先生挖溝的，好讓他們躲避北方佬。」

聽到對散兵壕的傻傻的解釋，蘭德爾隊長和馬車裡的人都忍不住笑了起來。

「千真萬確，他們把我帶走時，傑拉爾德先生幾乎發火了，他說缺了我，農場就經營不下去了。可愛倫小姐說：『甘迺迪先生，把他帶走吧，聯盟比我們更需要大個兒薩姆。』她還塞給我一美元，吩咐我好好照白人命令的去做，所以我就到這兒來了。」

「這究竟是怎麼回事呀，蘭德爾隊長？」

「唔，事情顯而易見，我們必須加固亞特蘭大的防禦工事，挖掘更多的散兵壕，可是將軍不能從前線抽出士兵來幹這種事。所以我們只能從農村徵調一些強壯的黑人來幹了。」

「可是……」一絲恐懼掠過思嘉麗的心頭，令她不寒而慄。「可是……我們的防禦工事已經夠用的了，爲什麼還要再修新的呢？我們連現有的還沒用上呢。毋庸置疑，將軍是不會讓……」

「我們現在的防禦工事距離市區只有一英里遠。」蘭德爾隊長簡短地說：「這太近了，很不方便……也不安全，現在要挖的更遠一些。你瞧，如果軍隊再一次撤退，有許多士兵就要進入亞特蘭大城了。」

他馬上對自己最後這句話感到後悔，她的眼睛因爲恐懼而瞪得很大。

「當然嘍。這只是以防萬一；不過，不會再一次後退了。」他趕緊補充。

「畢竟肯尼薩山周圍的防線是堅不可摧的。山頂四周密密地安置了大炮，牢牢控制著下面所有的大路，北方佬是不可能接近的。」

可是思嘉麗看見他的眼睛在回避著瑞德冷漠而銳利的注視，這時她也膽戰心驚起來。她記得瑞德講過：「一旦他們把他趕出山區，來到這兒附近比較平坦的地方，他就得任人宰割了。」

「唔，隊長，你是不是覺得……」

「你放心，當然不會！你一點也不用擔心，老約只不過覺得凡事預防好，這就是為什麼我們要修築更多防禦工事……不過我得走了。很高興和您交談……好，現在我們回去吧，小夥子們，向你們的女主人說再見。」

「再見，小夥子們。如果你們萬一不幸病了，或者受了傷，或者遇到什麼麻煩，就和我說一聲，我就住在那邊桃樹街盡頭，市區最末的那幢房子，等一等……」

她把手伸到提包裡摸索起來。「糟糕，我一分錢也沒帶，瑞德，請借給我一點錢。拿著，大個兒薩姆，給你自己和小夥子們買些煙草抽吧，你們要好好的幹活，照蘭德爾隊長的吩咐去做。」

亂糟糟的隊伍重新排好隊，路上又揚起了一片紅色的塵土。他們走了，大個兒薩姆領著大家又唱起來：「去吧，摩西……」

「去吧，摩西！到埃及地方去！去見法老，使你可以將我的百姓領出來！」

「瑞德，就跟所有的男人一樣，蘭德爾隊長八成是在騙我，就怕我們女人聽了會嚇昏過去，不讓我們明白真相。難道他沒有撒謊嗎？哦，瑞德，要是沒有什麼危險，他們幹嘛費勁挖這些新的壕溝啊？難道部隊缺員已到這樣的地步，必須要用黑人了嗎？」

瑞德厲聲吆喝著那匹母馬，繼續動身往前走。

「軍隊缺員缺得很嚴重。要不然幹嘛把鄉團調出去；至於挖壕溝，這種防禦工事還是有用處的，將軍打算在這裡進行最後的激戰了。」

「圍城！趕快掉轉車，我要回家，要回塔拉去，馬上回去！」

「你在怕什麼？」

「不是說圍城嗎？圍城了！我的上帝！我聽說過圍城。爸給我講過他經歷過一次圍城。」

「哪一次圍城？」

「就是圍困德羅赫達，那時克倫威爾打敗了愛爾蘭人，他們餓著肚子，我爸說有很多人餓死在大街上，最後甚至連貓和耗子還有蟑螂一類的東西都被捉來吃光了。他還說他們甚至被逼到人吃人也不投降呢，後來克倫威爾把城攻下來了，全城的婦女都被……這就是圍城呀！上帝呀！」

「你是我見過最無知的女人了。圍困德羅赫達是一六〇〇年前後的事，那時奧哈拉先生還沒出世呢，何況，謝爾曼跟克倫威爾又不是同一個人。」

「雖然不是，可他更壞呀！他們說……」

「至於講到圍城時愛爾蘭人吃的那些珍奇佳餚……就我個人來說，我也會欣然吃下一隻美味可口的多汁老鼠，就像吃下旅館裡最近提供的一些食物一樣。所以我想還得回里士滿，在那裡，你只要有錢，想吃什麼就吃什麼。」

他的眼睛嘲諷地注視著她那驚惶的神色。她為自己露出慌亂之情感到很不好受，便叫道：

「我真不明白，為什麼你在這裡待了這麼久，還是整天考慮要過得舒適，吃得好，如此等等。」

「因為除了吃喝一類的事，還真不知道有什麼更舒服的方法能打發時光呢？」他說。「至於我為什麼待在這裡……嗯，我讀了許多有關圍城和被困的城市以及相似情況的書，可就是沒有親眼見過，所以我想留在這裡看看，我不是戰鬥人員，不會有什麼危險，再說，我需要有點實戰經驗。思嘉麗，千萬別錯過新鮮事，它會使你的思想更豐富的。」

「我的思想已經夠豐富了。」

「也許這一點你有自知之明，可我要說——那樣就太沒風度了。也許，我留下來是爲了在圍城時拯救你。我還從沒救過一個落難的女子呢，那也會是一種新的經歷呀。」

她知道他是在拿她開心，嘲笑她，可她還是從他的話裡感覺出某種認真的意味。她仰起頭來，搖搖頭說：「用不著你來救我，謝謝你，我能照顧好自己的。」

「別這麼早下結論，思嘉麗！如果你高興，這樣想也沒有關係，可千萬不要對一個男人說這種話，這正是北方女孩子的最大的禁忌。只要她們不把『我們能照顧自己，謝謝你』掛在嘴邊，就是最可愛的姑娘了。不過看來，她們說得也是真話，很不錯。因此，男人們就隨便由她們自己去照顧自己了。」

「你扯到哪裡去了。」她冷冷地回敬一句，因爲被人家把自己跟北方姑娘相比，她感到蒙受莫大的侮辱。「你明知道北方佬是絕不會打到亞特蘭大來的，我看你是故意談圍城嚇唬人吧？」

「我敢跟你打賭，不消一個月他們就會打到這裡，我跟你賭一盒糖果……」突然他那雙烏溜溜的眼睛瞟著她的嘴唇。「要不我們就賭個吻好嗎？」

剛才短暫的一瞬間，思嘉麗因害怕北方佬入侵而滿心揪痛，可現在聽到「親吻」這個詞就全部忘得一乾二淨。她對這方面可是熟得不能再熟了，而且比對軍事措施感興趣得多。

她好不容易才控制住自己，沒讓自己露出愉快的笑容來。自從送給她那頂翠綠色帽子以來，瑞德便再也沒有什麼進一步的舉動了，是那種不管在什麼方面都可以被認爲是情人之舉的舉動。無論你怎樣引誘，他絕不讓你牽著鼻子談私人情感。可是現在，用不著思嘉麗引誘，他卻談起親吻來了。

「我對這種私人談話毫不感興趣。」她故意皺起眉頭冷冷地說，「而且，我寧願去吻一隻豬。」

「這裡不是談個人喜好，而且我常聽人說，愛爾蘭人偏愛豬——事實上他們都把豬養在床底下呢！不過，思嘉麗，你很需要親吻。這就是目前你的心病，你所有的情人不知何故都尊敬你了，或者說是太遷就你了，以至於都沒能真正滿足你，結果養成了你這種盛氣凌人的毛病，你應當讓一個擅長親吻的人來吻你。」

談話沒有按照她預先設想的方式進行。她和他在一起的時候，從來就沒有像她希望的那樣。這是場決鬥，而她被擊敗了。

「那麼，我想你大概就是那個最合適的人選了？」她嘲諷地質問他，一面盡力告誡自己不要發脾氣。

「唔，是的，如果我刻意去找這個麻煩的話，」他漫不經心地說，「人們常說我是接吻高手。」

「唔，」發現對方根本不把她的魅力當一回事，她立即心頭火起，「怎麼，你……」可是忽然又覺得很不好意思，便低頭不語了。

「的確，你可能覺得納悶，為什麼自從我送給你帽子的那天輕輕吻你一下之後，一直沒再找藉口吻你……」

「我從來沒有……」

「那麼說，你就不是個好女孩了，思嘉麗，而且我聽了也很遺憾。所有的好女孩如果看見男人不想來吻她們，她們都會覺得疑惑不解。她們知道自己不應該盼望他們再有這種嘗試，也知道遇到人家這樣做時必須裝出生氣的樣子，可說穿了她們都盼望男人親吻……可現在還不是時候，我求你不要太著急了。」

她知道他在奚落她，不過如往常那樣，這種奚落反而使她有點小興奮。他說的話總是有很多是真的。

「能不能請你掉個頭，巴特勒船長，我想回醫院去。」

「你確定是想回醫院了，我的天使？那就是說你寧可去跟蝨子和髒水打交道，也懶得跟我交談了？也好，我也不想拖住你這雙勤勞的手，不讓它去為我們的光榮事業服務。」說著，他掉轉馬頭，朝五點鎮駛去。

「至於我為什麼沒有進一步追求，」他淡淡地接著說，好像她並沒有表示過要結束這次談話似的，「那是因為我在等你，等你再成熟一點。你看，要是我現在就吻你，將不會感到什麼樂趣，而我這個人在享樂方面從來就只考慮自己，我從沒想過要和小女孩親吻。」

他忍住笑，因為從眼角的餘光中，他看到她的胸部起伏不停，雖然默默無言，可顯然非常憤怒。

「還有一個原因，」他溫柔地接著說，「我還在等你，等你漸漸地忘記那位可敬的艾希禮·威爾克斯。」

一聽到艾希禮的名字，她的心裡突然湧起一陣痛楚，忽然很想痛哭一場。淡忘？她對艾希禮的記憶永遠也不會淡忘，即使他死了一千年也絕不會。可是她惱怒得一個字都說不出來了，只得由他趕著車默默地跑了一程。

「現在我對你和艾希禮的情況瞭若指掌。」瑞德繼續說，「從你在『十二橡樹』演出的那一幕開始，我就觀察你們，後來我一直留意觀察你，又知道了許多情況。發現了什麼呢？比如說，你對他仍懷有一種女學生式的熱情，他也在他那尊貴的個性允許的範圍內給你些回報。又如，威爾克斯太太還被蒙在鼓裡，而在你們之間，你對她要了漂亮的一招。事實上，我全部都知道，只有一點至今讓我好奇不已。那便是：那個高尚的艾希禮有沒有吻過你，給自己不朽的靈魂抹黑呢？」

她轉過頭去不理他，同時倔強地沉默不語，當做是給他的回答。

「啊，這樣說來他吻過你了。我想那應該是他在這裡休假的時候。那麼，即使他可能已經死了，你要抱著這種感情至死不渝了嗎？但我敢肯定，你會慢慢淡忘的。當你把他的吻忘掉後，我就會……」

她惱怒地轉過頭去。

「你給我滾……能滾多遠就滾多遠！」她惡狠狠地說，她那雙綠眼睛裡冒出無盡的怒火，「趕快把我放下，要不然我就跳下去了。我發誓，我永遠不再跟你說一句話了。」

他停住馬車，還沒等他下車扶她，她已跳下來。車輪鉤住了她的長裙，那一瞬間，五點鎮的人都能瞥見她的襯裙和長褲。瑞德只好彎下身來快速把它解開。

她一言不發，連頭也不回地憤然離去。瑞德輕笑著趕著馬車走了。

chapter 18 承諾

開戰以來，亞特蘭大第一次聽見炮聲。人們不想聽它，刻意用談話、歡笑和不斷的工作淹沒它。整個城市罩上了一層壓抑的面紗，不管人們的手裡在忙活什麼，可大家仍然在專注地聽著；每天總有百十來次，他們的心會突然暴跳起來。是不是炮聲更響了？這次約翰斯頓將軍會不會把北方佬攔住呢？隨著軍隊後撤，人們的神經一天天越發緊繃起來。謝爾曼已經到了亞特蘭大的門口，如果再繼續後退的話，南部聯盟的軍隊就要進城了。

民兵和鄉團現在不得不開出亞特蘭大，去保衛約翰斯頓將軍背後查塔霍奇河的橋梁和渡口。因為亨利叔叔和梅里韋瑟爺爺都參加了鄉團，思嘉麗和梅貝爾·梅里韋瑟便向醫院請了假，來到這裡觀看這些隊伍出發。

她們揮著手帕向他們大聲喊「再見」。約翰斯頓將軍在後撤中失去了大概一萬人，他需要一萬名新軍來給自己的隊伍補充血液，而這些人就是他所得到的補充了！思嘉麗想起來都覺得毛骨悚然。

炮車轟隆隆地駛過，泥水濺到圍觀的人群身上，這時，思嘉麗忽然看到一個黑人騎著騾子緊靠著一門大炮走著。他年輕，而且神情嚴肅，思嘉麗一見便大叫起來：「那是莫斯！艾希禮的莫斯！他在這裡幹什麼呀？」

她拼命從人群中擠到馬路邊去，一面大聲呼喊著：「莫斯！等一下！」

那小夥子也看見了她，便勒住韁繩，開心地微笑著，準備跳下馬來。這時他背後一個騎著馬的渾身濕透的中士厲聲喝道：「不許下馬，否則我就斃了你！我們必須準時趕到山區去。」

莫斯看看中士，又看看思嘉麗，不知該怎麼辦。於是思嘉麗只得蹚著泥水，走到正轔轔駛過的車輛旁邊，一把抓住莫斯的馬鐙皮帶。

「啊，給我一分鐘的時間就行了，中士先生！莫斯，你不用下馬。你到底在這裡幹什麼？」

「思嘉麗小姐，我準備再上前線去。這次是跟老約翰先生，不是跟艾希禮先生。」

「跟威爾克斯先生！」思嘉麗愣住了。威爾克斯先生都將近古稀了！「他在哪兒？」

「在後面最後一門大炮旁邊，思嘉麗小姐，在後面呢！」

「對不起，太太。小夥子，快走吧。」

在齊腳踝深的泥裡，思嘉麗站了好一會兒，呆呆地看著炮車搖搖擺擺地過去。啊，不！她心裡想，他太老了，怎麼可能呢。而且他也和艾希禮一樣，很討厭打仗！

她向後退了幾步，到了馬路邊上，站在那裡看著每一張經過的面孔。後來，最末一門大炮連同彈藥箱轟響著一路濺著泥水來了，她瞥見了他，那個瘦高而堅挺的身軀，銀白的頭髮濕漉漉地垂掛在頭頸上，他騎著一匹草莓色的小母馬，這匹馬在泥漿飛濺、坑坑窪窪的路上擇路而行，姿態極爲輕巧，彷彿是個穿著緞子裙子的夫人。

上帝呀，這匹母馬就是塔爾頓太太的乃利！塔爾頓的心肝寶貝啊！

看到她站在泥濘裡，威爾克斯先生微笑著把馬緊靠著一門大炮勒住，立刻跳下馬向她走來。

「我一直盼著見到你，思嘉麗。我替你們家的人帶來許多消息呢。不過現在沒時間了。你一看就明白了，我們今天早晨才奉令集合，可他們趕著我們立即出發。」

「啊，威爾克斯先生。」她拉著他的手絕望地喊道，「你幹嘛要去呀？別去了！」

「啊，你是覺得我太老了吧！」他微笑著，這笑容跟艾希禮一模一樣，只不過面色更蒼老些罷了，「也許讓我走路是老了些，可騎馬打槍卻一點不老。而且塔爾頓太太那麼大方，肯把乃利借給我，我騎著很舒服。我希望乃利不要出事才好，如果牠有個三長兩短，我可沒臉回來，也沒臉去見塔爾頓太太了，乃利是她的最後一匹馬了。」

這時他樂呵呵地笑起來，好叫思嘉麗不覺得害怕。

「你父母和幾個姐妹都還和以前一樣，他們叫我給你帶來問候。你父親今天幾乎跟我們一起來了。」

「啊，我爸不會的！」思嘉麗驚恐地喊道。「他不會去打仗的，我爸不會！是嗎？」

「不，可是他本想去的。當然，因為他膝蓋有毛病，走不了遠路，他真的很想跟我們一起騎馬呢。不過，你母親答應之前，提出了一個條件，要他先嘗試能不能跳過草場上那道籬笆，因為她說軍隊會遇到許多艱難險阻，都是要騎馬越過的。你父親覺得那是小事一樁，可是……你信不信？他的馬一跑到籬笆跟前就死死地站住不肯向前，而你父親從馬背上翻過去了，竟然沒有摔斷他的脖子！那可真是奇蹟。你知道他為人多麼固執。他馬上爬起又跳。就這樣，思嘉麗，他接連摔了三次，最後只能讓奧哈拉太太和波克攙著他躺到床上去了。那時他仍然很不服氣，死命說一定是你母親『向馬耳朵裡念了什麼咒語』。思嘉麗，他已經沒法兒幹什麼勞苦的差事了，你沒必要因此感到丟臉。畢竟得有人留在家裡為部隊種莊稼。」

思嘉麗反而感到很放心，根本一點也不覺得羞恥。

「英迪亞和霍妮被我送到梅里，跟伯爾家的女孩們住在一起，奧哈拉先生則只好來回照料著塔拉和『十二橡樹』……我必須走了，親愛的。讓我吻吻你的漂亮臉蛋兒吧。」

思嘉麗嘴巴揚了起來，喉嚨裡一陣堵塞，心裡感到很痛苦。她很喜歡威爾克斯先生。很久以前，曾經有過一段時間，她還指望自己成爲他的兒媳婦呢。

「你可得把這個吻帶給皮蒂，這一個給媚蘭。」他說著，又輕輕吻了兩下，「媚蘭現在還好吧？」

「她很好。」

「啊！」他應了一聲，眼睛盯著她，但是像艾希禮那樣越過她，那雙灰眼睛悵然若失，在凝視著另一個世界。「要是我能看到我的大孫子就好了，再見，親愛的。」

他躍上馬背，讓乃利慢慢地跑起來，他的帽子仍拿在手裡，任雨水打濕他的滿頭銀髮。

就這樣，從五月上旬到六月中旬，軍隊從多爾頓向肯尼薩山的步步後撤；接著是六月暑天的雨季，謝爾曼未能把南軍從陡峭而泥滑的山坡上攆走，於是大家再次振奮起來，人們又看到了希望之光，談到約翰斯將軍時也寬容多了。六月到七月雨水愈來愈多，南部聯盟軍在設防堅固的高地周圍死守苦戰，叫謝爾曼進退兩難。這時亞特蘭大市民欣喜若狂，希望沖昏了他們的頭腦。好啊！好啊！我們把他們抵抗住了！這種歡欣鼓舞之情感染著每一個人，到處是慶祝晚會的跳舞會，每當有人從前線回到城裡過夜，人們都要設宴邀請他們，接著就是舞會，參加的女孩子多出男人十倍，她們崇拜他們，爭搶著同他們跳舞。

她想，說到底一個拖著孩子的寡婦是敵不過這些漂亮而輕浮的小妖精的，可是在這些激動人心的日子裡，守寡和當媽媽這兩件事比以往任何時候給她造成的壓力都來得輕。在白天的醫院工作和晚上的舞會之間，她也很少看見自己的兒子韋德。甚至有時候，她根本記不得自己還有個孩子。

夏夜酷熱潮濕，亞特蘭大的各個家庭都大開廳門歡迎保衛城市的士兵。約翰斯頓將軍正把北方佬攔截在二十二英里之外！經過二十五天的激戰之後，甚至謝爾曼將軍也不得不承認這一點，因為他遭受到了前所未有的慘痛損失。他不再正面進攻，又一次採取包抄戰術，來一個大迂迴，企圖插入南部聯盟軍和亞特蘭大之間。

他這一招再一次奏效了。約翰斯頓被迫丟棄那些牢牢守住的高地來保衛自己的後方。在這個戰役中，他損失了三分之一的兵力，剩下的人在大雨中掙扎著，拖著疲憊不堪的身體向查塔霍奇河邊撤退。南部聯盟軍已沒有得到援軍的希望了，而北方佬掌控的從田納西往南直到這陣地的鐵路卻源源不斷地給謝爾曼輸送援兵和給養。因此南軍只好後撤，穿過泥濘的田野向亞特蘭大撤退。

丟掉了這個原以為牢不可破的陣地，亞特蘭大又陷入一片慌亂。本來人人都相互保證過絕不會發生這種事。並且接連度過了二十五天喜慶般的狂歡日子，可是如今這種事終於發生了！當然，儘管現在將軍還把北方佬阻擋在河對岸。可上帝知道，那條河根本就在眼前，離城只有七英里！

謝爾曼會從北邊渡河向他們包抄過來，這是他們始料未及的，疲憊不堪的南方軍被迫急急忙忙越過渾濁的河水，駐守在侵略者和亞特蘭大之間。他們急急忙忙在城市北面桃樹溝岸邊掘了淺淺的散兵壕，據以自守，可這時的亞特蘭大已經陷入痛苦和恐慌之中了。

每次後退都導致敵軍逼近亞特蘭大一步，打一陣，退一程！

打一陣，退一程！桃樹溝離城只有五英里！將軍心裡到底是怎麼想的呢？

「給我們一個能站住腳浴血奮戰的人！」這呼聲甚至深入到里士滿去了。里士滿那邊知道，如果亞特蘭大陷落了，那麼整個戰爭也就完了，因此當部隊渡過查塔霍奇河之時，也就是約翰斯頓將軍便被從總指揮崗位上撤下來的時候。他的一個兵團司令胡德頂替了他，這才使亞特蘭大市民感到大大地鬆了一口氣了。

胡德可不像那個滿臉絡腮鬍、目光閃閃的肯塔基人！他享有「牛頭犬」的美稱。他絕不會後退，他會把北方佬從桃樹溝趕回去的。是的，要把他們打回到查塔霍奇河對岸，然後讓他們一步一步後退，直到返回多爾頓爲止。

就在聯盟軍撤換指揮的第二天，謝爾曼的部隊攻打並佔領距亞特蘭大六英里的小鎮迪凱特，截斷了那裡的鐵路。這條鐵路是亞特蘭大與奧古斯塔、查爾斯頓、威爾明頓和維吉尼亞聯絡的重要通道，所以謝爾曼的這步棋對於聯盟軍是一個致命性的打擊。亞特蘭大強烈要求採取行動！

七月的下午，亞特蘭大的願望終於實現了。胡德將軍死守奮戰，他在桃樹溝對北方佬發起了猛烈的攻勢，向人數超過自己兩倍的北軍衝去。

每個人心裡都很害怕，都在祈禱著胡德的進攻會把北方佬趕走，小心地聽著隆隆的大炮聲和劈劈啪啪的步槍聲，可是，一連好幾個小時都沒人知道戰況如何。

直到傍晚時分，第一個消息才到達，但這消息自相矛盾。皮蒂姑媽家是首批收容傷兵的幾戶人家之一，這些傷兵是從城北來的，他們接連不斷地跌跌撞撞地來到大門口，大聲叫喊：「水！」在那整個炎熱的下午，皮蒂姑媽和她的一家，包括白人黑人，都站在太陽底下，忙著提來一桶桶的水，弄來一捲捲的繃帶，直到繃帶全部用完，甚至連撕碎的床單和毛巾都用光了。

皮蒂姑媽已完全忘記自己一見鮮血便要暈倒的毛病，大腹便便的媚蘭也忘記自己正懷孕，忙著照顧傷患，最後，她暈倒了，可連個讓她躺的地方都沒有，只好讓她躺在廚房的桌子上。忙亂中，小韋德被遺忘在角落裡，像受驚的野兔，伸出腦袋窺看著，睜著兩隻圓圓的恐懼的眼睛，嘴裡吮吸著大拇指，思嘉麗見了大聲喝道：「到後院玩去！韋德。」但眼前這副慘景令他又害怕又著迷，沒有照母親的話去做。

天黑了，可依舊是那麼悶熱，沒有一絲風，再加上黑人手裡擎著松枝火把，就越發覺得熱了。思嘉麗的鼻孔被灰塵堵塞了，她的嘴唇也乾得難受。她那件淡紫色印花布衣裳是剛剛漿洗過的，現在沾滿了鮮血、污穢和汗漬，戰爭不是什麼光榮的事，而是污穢和痛苦，這就是艾希禮所指的意思。

在一輛堆滿傷兵的牛車底層，她發現了凱里·阿什伯恩，他頭部中彈，幾乎快死了。可是要把他拉出來而不碰旁邊六個重傷號是不可能的，她只好讓他就這樣躺著去醫院。後來她聽說他沒到醫院就死了，不知埋在什麼地方。那個月被埋葬的人多得數不清，都是在奧克蘭公墓匆匆挖個淺坑，蓋上紅土了事。

炎熱的夜漸漸流逝著，她們已累得腰酸腿疼，思嘉麗和皮蒂姑媽彼此支撐著，大聲詢問從門口經過的人：「有什麼消息？什麼消息？」就這樣，她們又挨過了幾小時，才得到一個答覆，可這個答覆立刻使她們臉色煞白，面面相覷，默不作聲。

「我們正在敗退。」「我們只得後退了。」「他們的人數比我們多好幾千呢。」「北方佬在迪卡特附近把惠勒的騎兵隊攔腰截斷了。我們得去援救他們。」「我們的人立刻就會全部進城。」思嘉麗和皮蒂彼此緊緊抓住對方的胳膊，不讓自己跌倒。

「難道……難道北方佬真的就要來了嗎？」

「是的，太太，他們就要來了，太太。」

「別急，小姐，他們沒法佔領亞特蘭大。」

「別擔心，太太，我們在這個城市周圍修築了百萬英里的圍牆。」

「我親耳聽老約說過：『我能永遠守住亞特蘭大。』」

「可是我們現在沒有老約了，我們有的是……」

「閉嘴，你這傻瓜！你是想嚇死太太們？」

「你們太太們爲什麼不到梅里或其他安全的地方去呀？你們在那裡沒有親戚嗎？」

「也許會受到猛烈的炮轟呢。」

第二天，天下起了悶熱的大雨，敗軍成千上萬地擁入亞特蘭大。經過爲時七十六天的戰鬥和撤退，他們精疲力竭，連他們的馬也像稻草人似的。大炮和彈藥箱只能用零零碎碎的麻繩和平帶來捆紮搬運了。不過他們仍邁著整齊的步伐，儘管穿著破衣爛衫，仍意氣風發。在老約的指揮下他們已學會了怎樣有秩序地撤退，懂得這種撤退與前進一樣也是屬於偉大的戰略部署。那些滿臉鬍鬚，服裝破舊的隊列合唱著《馬里蘭！我的馬里蘭》的樂曲，沿著桃樹街洶湧而來。全城居民都簇擁到大街兩旁，向他們高聲歡呼。不管是打了勝仗還是吃了敗仗，他們同樣都是他們的戰士啊！

不久前，那些還穿著鮮豔制服出發的本州民兵，現在已變得和久經沙場的正規軍很難區分了，因爲他們已同樣成爲渾身污泥、邋遢不整的大兵了。但是他們的目光中有一種嶄新的神色。

思嘉麗一眼瞥見費爾・米德，硝煙和污泥將他的臉弄得黑糊糊的；亨利叔叔跛著腳走過去了，他沒戴帽子，頭從一塊舊油布的洞裡伸出來，權當是披上了雨衣；梅里韋瑟爺爺坐在炮車上，光腳上只簡單地包著兩塊棉絮。但是費力尋找半天，思嘉麗也沒有找出約翰・威爾克斯來。

人們的心理也在發生變化，既然他們已知道了真相，既然最糟糕的情況已經發生，既然戰爭已打到他們的家門口，現在不再恐慌，不再歇斯底里了。每個人看上去都很快樂，雖然說這種快樂伴隨著緊張感。人人都對軍隊裝出滿是信任的樣子。人人都在重複約翰斯頓即將離任時說過的那句話：「我能夠永遠守住亞特蘭大。」

亞特蘭大發生戰役的那一天，思嘉麗和其他許多太太們坐在店鋪的屋頂上，手裡打著小小陽傘，在那裡觀戰，但是當炮彈開始在大街上遍地開花時，她們便紛紛往地窖裡逃跑，而且從那天晚上起，婦女、小孩和老人都接連大批地陸續離開了城市。他們的目的地是梅里。

梅里韋瑟太太和埃爾辛太太死活不肯離開，她們說，她們一點也不感到害怕，北方佬是絕不能把她們趕出家門的。但是梅貝爾和她的嬰兒，以及范妮・埃爾辛都到梅里逃難去了。米德太太拒不聽從大夫的命令，拒絕搭火車去逃難，這是她結婚以來第一次不服從大夫的安排，她說大夫需要他幫忙，而且費爾還待在什麼地方的戰壕裡，她要留在他附近，以防萬一……不過惠廷太太和思嘉麗周圍的其他許多太太都走了，皮蒂姑媽本是頭一個痛斥老約後退政策的人，如今卻趕在第一批就打點好了行囊。她說她神經脆弱，實在不堪忍受周圍的一切嘈雜。她要到梅里去同自己的表姐伯爾老夫人住在一起，兩位姑娘也得跟著她一起去。

儘管被炮彈嚇壞了，但思嘉麗不想到梅里去，寧願留在亞特蘭大，因爲她打心底裡痛恨伯爾老夫人。多年前，在威爾克斯家的一個晚會上，伯爾夫人發現思嘉麗在吻她的兒子威利，曾說過她為人放蕩。

「不，」思嘉麗告訴皮蒂姑媽，「我要回塔拉去，就讓媚蘭跟你到梅里去好了。」

一聽到這話，媚蘭便傷心害怕地哭了起來。這時皮蒂姑媽跑去找米德大夫，媚蘭這才抓住思嘉麗的手懇求道：「請不要拋下我，請不要回塔拉去呀！親愛的，沒有你，我太孤單了。思嘉麗，要是我生孩子時你不在身邊，我就活不成了！是的，我知道，我有皮蒂姑媽，她對我很好。可是，她畢竟從沒生過孩子，有時會弄得我非常緊張，簡直要發瘋了。請不要丟下我，親愛的！你已經幾乎是我的妹妹了。而且……」她黯然一笑，「你答應艾希禮要照顧我的呀。他說過他要向你提出這個請求的。」

思嘉麗不可思議地望著她，她自己對這個女人討厭極了，簡直已無法掩飾住，可是媚蘭為什麼會這樣喜歡她呢？媚蘭怎麼會這麼木訥，居然想不到她在背後愛著艾希禮呢？這幾個月中，她在痛苦的煎熬中等著有關他的消息，已經不下百次地洩露了自己的秘密。可媚蘭什麼也沒有看到，媚蘭什麼也看不到，只看到她所愛的人身上的優點。……是的，她答應過艾希禮要照顧媚蘭。啊，艾希禮！艾希禮！你一定是死了，死了好幾個月了！可現在我給你的承諾卻把我自己牢牢抓住了！

「好吧，」她簡潔地說，「既然我答應過他，現在也不會違背我的諾言。不過我可不想到梅里去，跟那個老潑婦伯爾待在一起。如果和她在一起，我就會毫不猶豫地把她的眼珠子給挖出來，我要回塔拉去，你可以跟我一起走，你去的話，母親會很開心的。」

「啊，這正是我衷心希望的！你母親多麼可親啊！不過你知道，要是我生孩子時，皮蒂姑媽不待在我身邊，她是死活也不肯答應的，但是我很明白她又不願到塔拉去，那裡離前線太近，而姑媽要的就是安全。」

接到皮蒂姑媽緊急的召請後，米德大夫氣喘吁吁地趕來，還以爲是媚蘭要分娩了呢，現在明白了是這麼回事，他非常生氣，發了一大通牢騷。

「媚蘭小姐，你要到梅里去這個問題根本沒有商量的餘地，你要是隨便走動，我就不管了。火車上擁擠得很，如果需要運傷兵和軍隊或者供應物資的話，旅客可能隨時被趕下來，被扔在林地裡，像你這種情況……」

「但是，如果我跟思嘉麗到塔拉去……」

「我告訴你，我不讓你走動，到塔拉去的火車跟去梅里的是同一趟，情況也大同小異。而且，誰也摸不清現在北方佬到底到了哪裡。甚至你坐的那趟火車也可能被攔截。就算你能平安到達瓊斯博羅，那裡離塔拉也只有五英里，道路又坎坷不平，夠你在馬車上顛簸的。這樣的旅行，一個懷孕的婦女怎麼能受得住，此外，自從老方丹大夫參軍以後，那個區裡已經沒有醫生了。」

「可是，還有接生婆……」

「我說的是醫生。」他有點粗暴而且直率地答道，一面特意地打量了下她那瘦弱的身子，「那是很危險的，我不會讓你走動的，你總不會願意讓嬰兒出生在火車上或馬車裡吧，是不是？」

如此坦率的話使夫人們臉窘得通紅，不再吱聲了。

「你最好待在這裡，好方便我隨時觀察，而且你還得臥床。不要上下樓，不要往地窖裡跑。即使炮彈落在窗外也不行。再說，這裡也並不那麼危險。我們很快就會把北方佬趕回去的……好了，皮蒂小姐，你馬上到梅里去，把兩位小姐留在這裡。」

「沒有年長的人陪伴？」她驚異地嚷道。

「她們都是結過婚的人，」大夫不耐煩地說，「而且米德太太離這裡只隔兩戶人家。現在我們可沒工夫顧及那些老規矩，我們得替媚蘭考慮呀。」

他踱著腳走出房間，一個人憤憤地站在前廊裡，直到思嘉麗來到他身邊才緩和下來。

「恕我直言，思嘉麗小姐。」他說，那把灰白鬍子仍氣憤地顫抖著，「你是個有些常識的姑娘，你也不必臉紅。我不願再聽到媚蘭小姐要走之類的話了，我懷疑她根本經不起任何顛簸，因為，你知道的，她的臀部很窄，生的時候很可能需要用產鉗，所以，我不想讓任何無知的黑人接生婆給她瞎弄。像她這樣的女人本來就是不適合生孩子的，可是……現在你替皮蒂小姐裝好行李，送她到梅里去吧，她那麼膽小，留在這裡也沒什麼用處，只會打擾媚蘭小姐，而你，小姐，」他用犀利的目光盯著她，「我也不願意再聽到你提起回家的事。你就跟媚蘭小姐一起留下來，等她生了孩子再說。你不害怕，是嗎？」

「啊，不怕！」思嘉麗勇敢地撒了個謊。

「這才是令人賞識的女孩呢！不過，你們需要人陪伴，米德太太隨時會來的，要是皮蒂小姐把她的僕人帶走了，我會打發老貝特西過來照顧你們。照理說，再過五個星期孩子就該出生，不過對於第一個孩子，就很難說了，而且這樣整天開炮，也會不可避免地受影響。反正很快了，所以，隨時都可能生。」

就這樣，皮蒂姑媽便帶著彼得大叔和廚娘眼淚汪汪地動身到梅里去，她把馬車和馬都送給了醫院，可是馬上又感到後悔不已，因此眼淚也就掉得更多了，思嘉麗和媚蘭留下來了，韋德和百里茜也留在那所大房子裡，雖然大炮仍在不斷地轟鳴，但這屋子還是安靜了許多。

chapter 19 苦撐

圍城的頭幾天，北方軍不時突破守城的防線。思嘉麗被震天的炮彈聲嚇得瑟瑟發抖，雙手捂著耳朵，準備隨時被召去見上帝。每當她聽見炮彈到來前的尖嘯聲，就立馬鑽進媚蘭房裡，兩個人緊緊抱在一起，把頭埋在枕頭底下，「啊！啊！」地驚叫著，百里茜和韋德也趕忙向地窖跑去，蹲在地窖裡掛滿蜘蛛網的黑暗角落裡，百里茜扯著嗓子大聲尖叫，韋德則小聲哭泣。

思嘉麗已經被羽絨枕頭捂得喘不過氣來，而死神還在上空一聲聲不斷地叫囂著，這時她暗暗咒罵媚蘭，痛恨媚蘭連累她不能躲到樓下較安全的地方去。因爲大夫嚴禁媚蘭走動，而思嘉麗不得不留在她身邊。她不僅擔心被炮彈炸個粉碎，還得小心媚蘭隨時有生孩子的可能。要是孩子偏偏在這個時候出世，她該怎麼辦呢？她想，在這炮彈如雨的當下，她寧可讓媚蘭死也不願跑到大街上去尋找大夫。假如媚蘭要生孩子，她該怎麼辦啊？

一個下午，她和百里茜在準備媚蘭的晚餐，低聲商量著這些事情，百里茜倒出乎她意料地打消了她的恐懼。

「假如媚蘭小姐真的要生了，思嘉麗小姐，即使我不能出去找來醫生，您也用不著擔心。我能應付。接生的事，我都會，我媽就是個接生婆，她曾教過我如何接生。您就把這事交給我，放心好了。」

知道身邊有個行家在，思嘉麗感覺輕鬆了些。但她還是渴望著這一痛苦早點結束，快快過去。她急於遠離爆炸的炸彈，渴望回到塔拉家中那寧靜的氛圍中去。

每天晚上她都在祈禱，祈禱媚蘭的孩子第二天就生下來。那樣她就可以拋棄自己的諾言，早日離開亞特蘭大。在她心目中，塔拉很安全，與這一切的苦難距離是遙不可及的啊！

思嘉麗很想家，很想她的媽媽，她這輩子還從來沒有這麼熱切地想念過。只要她待在母親身邊，不管發生什麼事情，她都不會害怕。

每天晚上，在熬過了一整天震耳欲聾的炮彈呼嘯聲之後，上床睡覺時她總是下定決心要在第二天早晨告訴媚蘭，她在亞特蘭大一刻也待不下去了。她一定要回家，媚蘭只能住到米德太太那裡去。可是頭一沾枕，她便又回憶起艾希禮臨別時的那副尊榮，那副因內心痛苦而繃得很緊但嘴唇上勉強露出一絲笑容的面容：「你會照顧好媚蘭，不是嗎？你很堅強……請答應我。」結果她答應了他。她不能有負於他，不管要付出多大的代價。就這樣，她又一天天地留下來了。

愛倫寫信極力敦促女兒回家，思嘉麗回信時，一面儘量縮小圍城中的危險，一面詳盡地細述媚蘭目前的苦境，並答應等媚蘭分娩後便立刻回去。對於親屬關係，無論血親姻親，愛倫都是很看重的，她回信勉強答應讓思嘉麗留下來，但要求馬上把韋德和百里茜送回去。這個建議百里茜雙手雙腳贊同，因爲她現在一聽到什麼突如其來的響聲，就會嚇得兩排牙齒咯咯地不停打戰，她每天得花那麼多時間蹲在地窖裡，如果不是米德太太家的貝特西幫忙，兩位小姐的日子不知過得有多慘了。

和母親不謀而合，思嘉麗也急於要讓韋德離開亞特蘭大，這不僅是爲孩子的安全考慮，而且因爲他整天惶恐不安，令思嘉麗厭煩不堪。韋德經常給大炮聲震得說不出話來，就算炮聲停止了，也總不發一語地拉著思嘉麗的裙子，哭也不敢哭一聲，到了晚上，他不敢上床，害怕睡著了北方佬會跑來把他抓走，到了深夜，他抽抽搭搭的哭聲刺得她的神經都受不了。實際上，思嘉麗自己也和他一樣害怕。他那神情緊張的面容時時提醒她自己也很害怕這一點，她馬上就怒不可遏了。是的，塔拉是唯一適宜韋德待的地方。百里茜得把他帶到那去，然後再馬上回來。孩子出生時，她得在場。

但是，思嘉麗還沒來得及打發他們兩人動身回去，突然有消息傳來，說北方佬已追擊到南面，並沿著亞特蘭大和瓊斯博羅之間的鐵路打起來了，萬一北方佬把韋德和百里茜乘的那列火車截獲了呢……想到這裡，思嘉麗和媚蘭不由得臉都嚇白了，因爲人人都知道北方佬對待兒童比婦女還要殘暴，這樣一來，她就不敢把他送回家去，只好讓他繼續留在亞特蘭大，像個受驚的默默無聲的小幽靈似地整天跟在母親後面，緊緊揪住她的衣襟，生怕一鬆手就會把自己的小命丟掉似的。

在炎熱的七月天，整整一個月的時間，圍城的戰鬥在不停地進行，炮聲隆隆的白天和寂寥險惡的黑夜循環往復，市民對這種局勢也早就麻木，大家好像覺得既然最壞的情況已經發生，應該也不會有什麼比這更糟糕的了。

思嘉麗也漸漸適應，雖然每次聽到爆炸聲仍免不了要驚跳一下，但是她已不再嚇得尖叫著跑去鑽到媚蘭的枕頭底下了。她現在已能控制住自己，並怯怯地說：「這發炮彈很近，是不是？」她不再像以前那樣惶恐不安了，這裡還有一個原因，那就是生活已蒙上了一種夢幻般的色彩，而夢太可怕，不可能是真實的。

炎熱的夜晚帶來了些許安寧，可這安寧卻伴隨著一種不祥之感。在夜深人靜、燈火盡熄的時候，媚蘭已經睡熟、全城也一片死寂的時候，思嘉麗還大睜著眼睛地躺在床上，仔細聽著前面大門上鐵門的嘩啦聲和前屋輕輕的叩門聲。

常常，一些面貌模糊的士兵站在黑暗的走廊上，同時好幾個人在黑暗中對她說話，間或那些黑影中會傳來一個文雅的聲音：「請原諒我打擾你了。太太，能不能讓我和我的馬喝點水呢？」有時是一個帶粗重喉音的山民口音，有時是南方草原地區的鼻音；偶爾也有濱海地方那種平靜而低緩的聲調，最後一種聲音使思嘉麗想起了母親的聲音。

「我有個夥伴本是要到醫院去的，可他好像到不了那裡了。小姐，你讓他進來好嗎？」

「太太，我真的什麼都吃得下，你要是有的話，我倒是很想吃玉米餅。」

「太太，請原諒我太魯莽了，可是……能不能允許我在走廊上睡一夜？我看到這薔薇花，聞到忍冬的香味，就好像到了家裡，所以我冒昧……」

不，這些夜晚不是真的！它們是一場噩夢，那些士兵是噩夢的組成部分，那些看不清身子或面貌的士兵，他們只是些疲倦的聲音在炎熱的夜霧裡對她說話罷了。打水，給吃的，把枕頭擺在走廊上，包紮傷口，扶著垂死者的頭，不，這些事不可能發生在她身上！

七月下旬的一個深夜，來敲門的是亨利叔叔。亨利叔叔那肥胖的肚皮消失不見了，那張又紅又胖的臉鬆弛地下垂著，像牛頭犬喉下的垂肉一般，那頭長長的白髮已髒得無法形容。他一副餓壞了的模樣，但是那暴躁的脾氣卻半點沒有改變。亨利叔叔這次的來訪時間短暫，因為他只有四小時的假，況且從圍城到這裡來回就得花掉一半的時間。

「小姐們，恐怕以後會有很長一段時間不能來看你們了。」在媚蘭臥室裡，他一坐下就這樣說道。

思嘉麗提來一桶涼水放在他面前，他起皰的雙腳在水裡舒舒服服地蠕動著。「我們團明天早晨就要走了。」

「到哪兒去？」媚蘭緊張地問他，趕忙抓住他的胳膊。

「不要用手碰我，」亨利叔叔不耐煩地說，「我身上滿是蝨子，要是戰爭沒有蝨子和痢疾，就簡直是野外旅行了。我到哪兒去？這個嘛，人家也沒告訴我，不過我倒是能猜得著。我們要往南開，到瓊斯博羅去。」

「唔，爲什麼到瓊斯博羅去呢？」

「因爲要在那裡打仗呀，小姐。假如有可能，北方佬是要去搶那兒的鐵路。要是他們當真搶走了鐵路，那就得和亞特蘭大說拜拜了！」

「唔，你看他們可能搶得到嗎？亨利叔叔？」

「呸，小姐們！不會的！他們怎麼可能呢？也不看看誰在那兒。」亨利叔叔朝那兩張驚慌的臉，咧嘴笑了笑，緊接著表情又嚴肅起來：「那將是一場惡戰，小姐們。但是我們必須打贏它。你們知道，北方佬已經佔領全部的鐵路，只剩下到梅里去的那一條了，但他們佔領的遠不止這些。也許你們還不知道，除了克蘭諾公路以外，他們還佔領了每一條公路，每一條趕車和騎馬的小道。現在的亞特蘭大就像在一個口袋裡，這口袋的兩根拉繩就在瓊斯博羅。要是北方佬佔領了那裡的鐵路，他們就會拉緊繩子，把我們抓住，如同抓袋子裡的老鼠一樣容易。所以我們不想讓他們去占那條鐵路……我可能要離開一段時間了，姑娘們。我這次來就是向你們大家辭行的，並且想知道思嘉麗是不是還跟你在一起，媚蘭。」

「當然，她跟我在一起。」媚蘭親暱地說，「亨利叔叔，你不用替我們擔心，自己要多多保重。」

亨利叔叔在破地毯上擦乾濕漉漉的腳，再穿上破爛不堪的鞋，嘴裡嘟囔著。

「我必須走了。」他說，「我還有五英里的路要走呢。思嘉麗，你給我弄點吃的東西，我帶著。有什麼就帶什麼吧。」

他吻了吻媚蘭，便下樓到廚房去了，思嘉麗用餐巾包了一個玉米卷和幾顆蘋果。

「亨利叔叔，難道……難道真的嚴重到這種程度了嗎？」

「嚴重？我的天，豈止嚴重！不要再抱僥倖心理了。我們已退到最後一條壕溝了。」

「你認爲他們會打到塔拉去嗎？」

「怎麼……」對於這種在大難來臨時只考慮個人私事的女人的想法，亨利叔叔感到很惱火。但他一看見她那驚慌苦惱的神色，也就不忍再說什麼了。

「當然不會，他們不會到那裡去的。北方佬要的只是鐵路。塔拉離鐵路畢竟還有五英里，不過小姐，你這個人的見識也確實太短淺了。」

說到這裡，他突然停頓了一下。「今天晚上我之所以跑這許多路到這裡來，並不僅爲了要向你們告別。我是給媚蘭帶來了一個壞消息。可是我剛要開口又感到不能告訴她，因此我才下樓對你說，讓你去處理。」

「艾希禮不是……莫非你聽說……他已經死了？」

「我一直站在散兵壕裡，爛泥沒到了屁股上，怎麼能聽到有關艾希禮的消息呢？」老先生不耐煩地反問她。「是關於他父親的，約翰．威爾克斯死了。」

思嘉麗手裡捧著那份還沒包好的午餐，癱坐下來。

「我是來告訴媚蘭的……可是張不開口。你得替我處理這件事，並且把這些給她。」說著，他從口袋裡掏出一隻沉重的金錶，上面掛著幾顆印章，還有一幅早已去世的威爾克斯太太的小小肖像和一對粗大的袖扣。思嘉麗曾經從約翰．威爾克斯手裡見過上千次的那只金錶，現在一看到它，就知道艾希禮的父親真的死了。

她驚嚇得發不出任何聲音。亨利叔叔一時也不知該怎麼辦才好，只得假咳了幾聲，但沒有勇氣去看她，害怕被她臉上的淚水弄得更加難受。

「他是個很勇敢的人，思嘉麗。把這話轉告給媚蘭，讓她給他的幾個女兒們寫封信去。他一輩子都是個好軍人，一發炮彈正好打中他，落在他和他的馬身上。你最好也寫封信告訴塔爾頓太太，讓她知道這件事。她非常珍愛這匹馬。好了，親愛的，不要太難過了。對一個老頭子來說，只要做了一個年輕人應當做的事，死也是很有價值的。」

「啊，他根本就不該上前線去，他不該死的！他本來可以活下去看著他的孫子長大，然後安享晚年。」

「我們許多人都有這樣的想法，可這有什麼用呢？」亨利叔叔煩躁地吸著鼻子。「你以爲我這把老骨頭很願意去充當北方佬的槍靶子嗎？可是這年月裡，任何一個上等人除了參戰別無其他選擇。要分別了，親親我吧，孩子，不要爲我擔心，我會度過這場戰爭平安歸來的。」

思嘉麗吻了吻他，聽見他走下臺階走出院子裡。她呆呆地看著手裡的紀念物，在原地愣了一會兒，然後跑上樓告訴媚蘭去了。

七月末，再次傳來不幸的消息，那就是亨利叔叔曾預言過的，北方佬又轉了個彎向瓊斯博羅打去了。他們切斷了城南四英里處的鐵路，但不久又被聯盟軍騎兵擊退；炎炎烈日下，工程隊急忙修復了那條鐵路。

她懷著驚恐的心情苦苦等待了三天，收到傑拉爾德的一封信，才放下心中的大石。敵軍並沒有打到塔拉。他們聽到交戰的聲音，卻並未見到北方佬。信中談到了北方佬怎樣被聯盟軍從鐵路上擊退，傑拉爾德在信中誇大其詞，彷彿是他自己單槍匹馬立下了這赫赫戰功似的。

他用了整整三頁紙描寫部隊的勇猛，末尾才簡單地提了一筆說卡琳生病了，奧哈拉太太得了傷寒，但並不嚴重，叫思嘉麗不必為她擔心，還說即使鐵路已安全通車，思嘉麗也不用急著回家了。奧哈拉太太很高興，覺得思嘉麗和韋德沒有在圍城之初回去是完全正確的。她還說思嘉麗必須到教堂裡去作些祈禱，祈禱卡琳早日康復。

母親的這一囑咐使思嘉麗感到十分內疚，因為她已經有好幾個月沒去教堂了。她照母親的話走進自己房裡，跪在地上匆匆念了一遍《玫瑰經》。她站起來時，並沒有覺得像過去念完經以後那樣心裡好受一些。有一段時間，她甚至還覺得，雖然每天有幾百萬人、幾千萬人向上帝祈禱，但上帝並沒有垂顧她、南部邦聯或是整個南方。

那天夜裡，她坐在前廊上，懷裡揣著傑拉爾德的信，這樣她可以隨時摸摸它，好像覺得塔拉和母親就在自己身邊一樣。今晚的亞特蘭大是如此的安靜，她閉上眼睛想像自己回到了塔拉靜穆的田野，生活一點也沒有改變，永遠也不會改變。這時她聽見前面大門嘩啦一聲被打開了，用手背擦了擦淚水模糊的雙眼。她站起身來，原來是瑞德・巴特勒。他手裡拿著那頂寬邊巴拿馬帽，從人行道上徑直走過來。自從那次他在五點鎮突然跳下馬來後，她再也沒有見過他。現在她很開心有個人來跟她談談，來把她的注意力從艾希禮身上移開，於是她連忙將心頭的記憶拋到一邊去了。

「原來你沒到梅里去逃難呀！我聽說皮蒂小姐撤回梅里了，以為你也走了。方才看見你屋子裡有燈光，便進來查實一下。你怎麼還留在這裡呢？」

「給媚蘭做伴，你想，她……嗯，她目前沒法去逃難。」

「嘿，」從燈光底下她看見他皺起了眉頭。「你是說威爾克斯太太還在這裡？我可從未聽說有這種傻事。在她目前的情況下，留在這裡可是十分危險的！」

思嘉麗覺得很尷尬，便不做聲，因為她不能隨便跟一個男人談論媚蘭的狀況。瑞德居然知道這對媚蘭很危險，這也使她很難堪。一個單身漢會懂得這種事情，總有點讓人臉上掛不住啊！

「你怎麼一點也不想想我可能出事，這未免太不公平了吧。」她酸溜溜地說。

他樂得眼睛裡閃閃發光。

「放心，我會隨時保護你不受北方佬欺負的。」

「我可不敢肯定這是不是恭維話呢。」她用懷疑的口氣說。

「當然不是。」他答道：「你什麼時候才能停止由男人們隨便的表白中去尋找什麼恭維呢？」

「等我死到臨頭了才行。」她微笑著回答，心想即使瑞德從沒有這樣做過，但也常常有男人來恭維她。

「虛榮心，虛榮心。」他說。他打開煙盒，拿出一支黑雪茄放到鼻子前聞了聞，然後點燃一根火柴。他靠在一根柱子上，雙手抱膝，靜靜地吸。

思嘉麗在躺椅裡搖晃起來。他們周圍一片寂靜，在玫瑰和忍冬青叢中做窩的模仿鳥從酣睡中醒來，發出了怯生生的柔和的叫聲。接著，好像經過一番審慎的思考，牠又歸於沉默了。

這時，瑞德忽然在走廊的黑影中笑出聲來，低聲而柔和地笑著。

「這麼說，只有你跟威爾克斯太太留下來了！這可是我從沒遇到過的最奇怪的場面！」

「我怎麼看不出有什麼奇怪的地方。」思嘉麗不安地回答，馬上警惕起來。

「看不出嗎？一直以來，我印象中你是很難容忍威爾克斯太太的。你認爲她不但傻氣愚蠢，同時她的愛國思想也使你感到厭惡。你很少放過機會不趁機說兩句挖苦話，所以我自然會感到十分奇怪，你怎麼居然會做這種無私的事，會在這炮聲震天的險惡環境下陪著她留下來。你這樣做到底是爲了什麼呢？」

「因爲她是查理斯的妹妹……而且對我也像姐妹一樣。」思嘉麗莊重地回答，雙頰已微微發紅了。

「你是想說因爲她是艾希禮的遺孀吧。」

思嘉麗連忙站起來，拼命克制住心中的怒火。

「上次你對我那樣無禮，我本來已準備寬恕你，可現在再也沒有可能了。今天要不是我正感十分苦悶，我是絕不會讓你再踏上這走廊來的。而且……」

「坐下來，消消氣。」他的口氣變了。他伸出手拉著她的胳膊，將她拖回到椅子上，「你爲什麼苦悶？」

「唔，今天我收到一封從塔拉來的信，北方佬已經離我家很近了，我的小妹得了傷寒，所以……所以……就算我現在能夠如願地回去，媽媽也不會答應的，因爲怕我被傳上呢！」

「嗯，好了，別爲這哭了，」他說，口氣更溫和了些。「現在你在亞特蘭大，就算北方佬來了，也比在塔拉要安全些。北方佬不會傷害你的，但傷寒卻會。」

「你怎麼能說這種騙人的話呢?北方佬不會傷害我?」

「我親愛的小姐,北方佬不是惡魔。他們並不是你所想像的,他們頭上沒有長角,腳上也沒有長蹄子。他們和南方人一樣漂亮……當然啦,教養是要差一點,口音也很難聽。」

「哼,北方佬會……」

「會強姦你?我想不會。雖然他們很可能有這種想法。」

「要是你再說粗話,我就要進屋了。」她厲聲喝道,暗影掩飾了她發紅的雙頰。

「照實說,你心裡是不是這樣想的?」

「廢話,當然不是!」

「可事實就是這樣,不要因爲我猜透了你的心思就大動肝火。那都是你們這些嬌生慣養和正經的南方太太們的想法。她們老害怕這件事。我可以保證,甚至像梅里韋瑟太太這樣有錢的寡婦……」

思嘉麗強忍著沒有說話,想起這些日子凡是兩個以上太太在一起的地方,她們無不私底下談論這樣的事,不過一般都發生在維吉尼亞或田納西,或者在路易斯安那,而不是離家鄉很近的地方。北方佬強姦婦女,用刺刀捅兒童的肚子,焚燒裡面還有老人的房子。雖然她們沒有在街頭巷尾大喊大叫,但每個人都知道這些事是真的。

「談到這種事情,我倒要問問你,」他接著說,「你們身邊有沒有人保衛或監護呢?是令人欽佩的梅里韋瑟太太,還是米德太太?她們老是看著我,好像我到這兒來就是沒安好心似的。」

「米德太太常在晚上過來看看。」思嘉麗答道,很高興能換個話題,「不過,她今天晚上不能來了。她兒子費爾回家了。」

「真是好運，」他輕鬆地說，「碰上你一個人在家。」

他聲音裡有一點東西使她感到愉快，心跳加速起來，同時也感到自己的臉發熱了。她曾多次從男人聲音中聽到過那種暗示著要表白愛情的口氣。現在只要他說出他愛她三個字，她就要狠狠地折磨和報復他，這過去的三年中，他對她說過那麼多諷刺挖苦的話，她現在可以和他算算總帳了。她要誘惑他，讓他一次苦苦追求自己，最好也洗刷掉他親眼見到她打艾希禮耳光那一天她所受到的羞辱。然後她要溫柔地告訴他，她只能像個妹妹那樣做他的朋友，再用戰爭這些冠冕堂皇的理由作爲藉口抽身而出。她不安地笑了，心裡卻在歡唱，在期待。

「別笑呀。」說著，他拉過她的手，把它翻過來，雙唇便緊緊地吻在手掌上。

這時，一股電流般的強大熱流通過他溫暖的親吻注入到她身上，戰慄地流遍她的周身。接著他的嘴唇從她手心慢慢地移向手腕，她想他肯定感到她脈搏的加速跳動了，因爲她的心跳得快極了，她試圖抽出自己的手，但沒有成功——這股危險而溫馨的感覺使她真想用手揪著他的頭髮，感覺一下他的嘴唇吻在自己嘴上的感覺。

她並不愛他……她心慌意亂地告誡自己。她愛的是艾希禮。但是，她的這種感覺怎麼解釋才好呢。

他輕輕地笑了。

「我又不會傷害你。把手縮回去幹嘛！」

「傷害我？我可不怕你，瑞德·巴特勒，也不怕任何男人！」她大聲嚷道，聲音發顫、雙手發抖，她爲此感到很惱怒。

「這是一種值得尊敬的精神，不過你最好小點聲。威爾克斯太太會聽見的。求你冷靜一點。」他的話聽起來好像爲她的激動而感到開心。「思嘉麗，你是喜歡我的，不是嗎？」

這話才比較切合她的心意。

「唔，有時候的確是這樣，」她小心地答道，「那是當你的所作所爲不那麼像個惡棍的時候。」

他又笑起來，把她的手心緊緊地貼在他結實的面頰上。

「我想，恰好因爲我是個惡棍，你才會愛上我。在你備受呵護的生活中，你認識的十足的流氓太少了，所以這對你有著神奇的魅力。」

他這一手倒是她沒有料想到的，這時她想把手抽出來卻沒有成功。

「才不是呢！我喜歡好人……喜歡那種讓人信得過的紳士。」

「你的意思是那些經常被你耍得團團轉的人？不過不要緊，這只是兩種說法罷了。」

他又吻了吻她的手心，這時她的後頸上又感到癢癢的難以忍受。

「毫無疑問你就是喜歡我。思嘉麗，你會不會有一天愛上我呢？」

「嘿！」她得意地暗想，「我總算套住他了！」於是她裝出冷漠的神情答道：「老實說，那是不會的。這就是說……除非你能大大地改變一下這德行。」

「可是我不想改變。所以你就不會愛上我了，是嗎？這正是我所希望的事。因爲就算我非常喜歡你，我卻並不愛你。而且，若讓你兩次爲這種沒有回報的愛受罪，那確實也太可悲了，對不對，親愛的？我可不可以稱你『親愛的』呢，漢密爾頓太太？無論你高興與否，我反正要稱你『親愛的』，這沒關係，只是還得講禮節才好。」

「那麼你不愛我？」

「不，真的。莫非你希望我愛你？」

「你是在癡人說夢！」

「你就是希望。真可惜，破滅了你的希望！我原本應當愛你，因爲你又漂亮，又能幹，有許多華而不實的本事。不過像你這樣又漂亮又有本事的女人多著呢。我不愛你，不過我非常喜歡你……因爲你的良心有彈性，因爲你很少費心去掩飾你的私心，還因爲你身上那種精明的實用主義，這最後一點，我想你是從某位不太遠的愛爾蘭農民祖先那裡遺傳下來的。」

農民！怎麼，他這簡直是在羞辱她！她氣急敗壞地張嘴要說什麼，卻一個字也說不出來。

「請不要生氣。」他把她的手緊緊地捏了一下，「我喜歡你，還由於我身上也有同樣的品性，所謂臭味相投。我發現你還在想念那位神聖而愚笨的威爾克斯先生，儘管他可能躺進墳墓已經半年了。不過你心裡一定也有我的位置。思嘉麗，你不要逃避了！我正在向你表白，自從我在『十二橡樹』的大廳裡第一眼看見你，我就喜歡你了，那時你正在迷戀可憐的艾希禮呢。我想要你的心情，比以往想要哪個女人的心情都更迫切……而且等待你的時間比等待任何別的女人的時間都更長。」

聽到這最後一句話時，思嘉麗緊張得連氣都喘不過來了。原來，他是愛她的，而且他僅僅由於怕她笑話才沒有說出來。得，她得教教他，馬上報復他一下。

「你這是在向我求婚嗎？」

他放下她的手，同時放聲大笑起來，笑得她直往椅子靠背上退縮。

「當然不是！我的天，難道我沒有告訴過你我這個人是不結婚的嗎？」

「可是……可是……爲什麼……」

他站起來，然後把手放在胸口，向她滑稽地鞠了一躬。

「親愛的，」他平靜地說，「我欣賞你是個有見識的人，請求你做我的情婦。」

「情婦。」她心裡叫喊著這個詞，吶喊著自己被這樣卑鄙地侮辱了。不過在她吃驚的最初一刹那，她並沒有感覺到這種侮辱。她只感到心頭升起一陣怒火，瑞德竟然把她看成了這樣一個傻瓜。於是憤怒、屈辱和失望之情把她的心攪得亂糟糟的，還沒想好用哪些合乎道德的理由來申斥他，她便脫口而出：「情婦！除了將自己變成那些賤貨之外，我還能得到什麼呢？」

剛說完她就發現這話很不像樣，害怕得目瞪口呆。他卻哈哈大笑，笑得幾乎喘不過氣來，一面從陰影中窺視她，只見她坐在那裡，用手絹緊緊捂著嘴。

「正因爲如此我才對你著迷！你是我所認識的唯一一個坦率的女人，一個只從實際出發看問題，而不多談什麼道德來遮蓋問題的女人。換別的女人，她就會先暈倒，然後叫我滾蛋了。」

思嘉麗羞得滿臉通紅，猛地起身。她竟然脫口說出這種話來，怎麼她，愛倫一手教養大的女兒，竟然會坐在這裡聽他說那種下流的話，然後還做出這樣不知羞恥的回答呀！

她原本應當嚇得尖叫起來的。她本來應當一聲不吭冷冷地扭過頭去，然後憤憤地離開走廊回到屋裡去的。可現在一切都已經晚了！

「現在你馬上滾出去。」她大聲嚷道，也不管媚蘭或附近米德家的人會不會聽見，「滾出去！你膽敢對我說這樣的話！我到底做了什麼卑鄙的事，才叫你……才叫你認爲……滾出去，永遠也別來了。你永遠也不要再來，別以爲我會寬恕你，拿那些沒有用的小玩意兒，如別針、絲帶什麼的來欺騙我，我要……我要告訴我父親，他會把你宰了！」

他拿起帽子，鞠了一躬。在燈光中，她看到他在笑，髭鬚下的牙齒露了出來。他一點也不覺得尷尬，還覺得她的話很有意思，而且還興味盎然地看著她呢。

啊，他真是討厭到家了！她很快轉過身來，大步走進屋裡。

她一手抓住門把，很想砰地一聲把門甩上，但是讓門開著的掛鉤太重了，她使出吃奶的力氣也拔不動，直到累得氣喘吁吁。

「讓我幫你一下忙可以嗎？」他問。

她氣得身上的血管都要爆炸了，她連一分一秒也待不下去了，於是便一陣旋風似的奔上樓去。跑到二樓時，她才聽到他好像出於好心替她把門帶上了。

chapter 20 祈禱

炎熱的八月結束，炮聲也停息了。一片寂靜籠罩著全城，鄰居們在街上相遇時，面面相覷，驚疑莫定，生怕要發生什麼大事似的。這長期殺聲不絕之後的平靜，不但沒有給繃緊的神經帶來鬆弛，反而使它更加緊繃起來。誰也不知道爲什麼北方佬的大炮停下不響了，誰也不知道仗在什麼地方打。如今，只有口頭傳來傳去的消息。因缺乏紙張，缺乏油墨，缺乏人手，從圍城開始報紙就相繼停刊。

在這焦急的沉默中，人群像潮水般湧向胡德將軍司令部索要最新戰況，或者聚集在電報局和車站周圍，盼望得到一點消息，不管好的壞的都行，因爲人人都盼望著謝爾曼炮兵的沉默能證明北方佬在全線退卻，同時南部聯盟軍部隊正把他們趕回到多爾頓的鐵路以北去。但是毫無消息。電信線路也寂然無聲，唯一殘存的鐵路是通往南部的，可那鐵路線上也沒有火車來，郵路也中斷了。

思嘉麗因聽不到來自塔拉的訊息，急得如熱鍋上的螞蟻，不過仍努力保持一副大無畏的模樣。終於，南部傳來消息，傳到這緊張兮兮的城裡來，可這消息卻使人驚恐萬分，對思嘉麗來說更是這樣。謝爾曼將軍又在開始攻擊，即又一次攻打瓊斯博羅的鐵路。大量的北方軍隊聚集，成千上萬的聯盟軍已經從臨近城市的戰鬥線上撤去堵擊他們了。就因爲這樣，亞特蘭大會突然沉寂下來。

「發生什麼事了？」思嘉麗心裡有些不解。她一想到塔拉離那裡很近，嚇得心都涼了。「爲什麼總是打瓊斯博羅呢？」

她已經一個星期沒有聽到塔拉的消息了，因此再看傑拉爾德上次的那封短信，就越發害怕起來。卡琳的病情在惡化，變得極其嚴重。現在也許還得再過許多天才能收到家信，那時才能聽到卡琳是死是活的消息。啊，要是在圍城以前她回家一次，不管媚蘭不媚蘭，那該多好啊！

許多亞特蘭大人都明白，瓊斯博羅方面正在進行戰鬥，可是誰也不清楚，戰爭進行到何種程度了。最後，從瓊斯博羅來的一個通信兵帶來了可靠的消息，說北方佬被擊退了。可是他們曾經攻入瓊斯博羅，撤退之前燒毀了那裡的車站，割斷了電線，掀翻了三英里鐵軌。工程兵正在急速修復鐵路，但是要花很長時間，因爲北方佬把枕木拆掉用來燒火了，把炸翻的鐵軌橫架在火上烤得通紅，然後拿到電線桿周圍盤成螺絲錐似的。現在，要重鋪鐵軌是非常困難的。

沒有，北方佬還沒有打到塔拉。這是那個給胡德將軍送來快報的通信兵告訴思嘉麗的。在戰鬥結束後，也就是他動身來亞特蘭大時，碰到了傑拉爾德，後者曾懇求他帶封信給思嘉麗。

但是爸爲什麼在瓊斯博羅？回答這個問題時，年輕的通信兵顯得有些局促不安。原來傑拉爾德是在那裡想找一位大夫去塔拉。

思嘉麗站在前院走廊上的陽光中向那位年輕的通信兵道謝，她覺得兩腿發軟。如果連愛倫的醫術都不行，還要出來找大夫的話，卡琳的病就肯定到了無可挽救的地步！

通信兵離開了，思嘉麗用顫抖的手指撕開父親的信。傑拉爾德的信竟然寫在思嘉麗上次給他的那封信的行間，由此可見，南部聯盟地區缺少紙張已達到什麼程度，思嘉麗花了很長時間才辨認出來！

「親愛的女兒，你母親和兩個妹妹都染上了傷寒。她們的病很嚴重，但是我們還是懷著最大的希望在設法治療。你母親病倒時讓我再給你寫封信，叫你無論如何都不要回家，怕你和小韋德也染上病。她問候你，並希望你爲她祈禱。」

「爲她祈禱！」思嘉麗立即飛上樓，跑到自己屋裡，然後雙膝跪在床邊，虔誠的祈禱起來。她現在念的不是正式的祈禱文，而是一遍又一遍地重複同樣的幾句話：「聖母呀，請別讓我母親死啊！求求你，別讓她死！」

那之後整整一個星期，思嘉麗一直在等塔拉的消息，一聽到外面的馬蹄聲就嚇得驚跳起來；晚上每當士兵來叩門時，她也趕緊沿著黑暗的樓梯跑出去，可是塔拉杳無音訊。

她知道一星期的時間，傷寒病意味著什麼。在亞特蘭大醫院思嘉麗見得夠多了，愛倫病倒了……也許快要死了。可是她思嘉麗卻在亞特蘭大，負責照顧一個孕婦，無計可施，因爲兩支大軍橫在她和家之間！是的，愛倫病倒了……也許馬上要死了。但是愛倫怎麼可能生病呀！她從未病過。連這種想法也不應該有的，它把思嘉麗生命安全的基礎也震撼得動搖起來了！愛倫經常照看病人，讓他們都好起來。她是不可能病的。她想回塔拉，那種極度渴望的心情，就像是一個驚恐萬分的孩子，瘋也似的想到他所知道的唯一一個避難所去。

那是自己永遠的家啊！那座不規則地朝四周擴建的白色房子，那些懸掛著白色窗簾的窗戶，那蜜蜂嗡嗡飛走著的草地上的茂密的苜蓿，那個在前面臺階上追趕鴨子和火雞不讓牠們去糟蹋花壇的黑人男孩，那寧靜的紅色田野，連同那些延綿不絕、在陽光下白得耀眼的棉田啊！那是自己的家啊！

要是圍城開始時，在別人都在逃難時她就回家了，那該多好啊！那樣，她就可以帶著媚蘭舒服地過一段閒暇日子了。

「啊，該死的媚蘭！」她心裡不住地咒罵著，「她爲什麼不跟皮蒂姑媽一起到梅里去呢？她本來就該待在那兒，同她的親戚在一起。我又不是她的什麼親人，她爲什麼老陰魂不散地纏著我！要是她當初到梅里去了，我早就到了母親身邊。就算現在……即使現在，如果不是因爲她要生孩子，我就算冒著被北方佬炸死的危險也要回家去。說不定胡德將軍會派人護送我呢。胡德將軍是個好人，我想他肯定會答應給我一名護兵和一張通行證，送我越過防線的。但是，我不得不等那個嬰兒出世！……啊，母親，母親，你千萬別死！……這嬰兒怎麼老不出來？今天我要到米德大夫那裡去，問問他有沒有叫嬰兒快些出生的辦法，好讓我早點回家去……米德大夫說媚蘭可能難產，我的天啊！說不定她會死呢！媚蘭死了，那麼艾希禮……不，那樣不吉利，我絕不能這樣想，可是艾希禮極有可能已經去世了。不過他曾經讓我答應要照料好她的。可是……如果我沒有照顧她，她死了，而艾希禮還活著呢……不，我絕不能這樣想。啊，要是那嬰兒能很快出生就好了。要是我能夠離開這裡……回到家中……不管什麼地方，只要不是這裡就好。」

亞特蘭大已不再是一個歡樂的地方，一個她曾經愛過的極其快樂的地方。

八月的最後一天終於來到了，隨之而來的是可靠的消息，說自亞特蘭大戰役開始以來，最猛烈的一次戰鬥打響了。戰鬥在南邊某個地方進行。亞特蘭大市民焦躁不安地等待著戰況好轉的消息。

九月一日的早上，一種令人窒息的恐懼感使思嘉麗從睡夢中醒來，她睡眼惺忪地想道：

「昨天晚上睡覺時我爲什麼苦惱來著？唔，對了，是打仗。昨天有個地方在打呀！那麼，誰贏了呢？」她迅速翻身而起，揉著眼睛，憂慮的心裡重新背上了昨天的負荷。

雖然是在清晨，空氣也顯得壓抑悶熱。沒有軍隊在紅色塵土中邁步行進，沒有車輛駛過，外面路上靜悄悄的。因爲除了米德太太和梅里韋瑟太太兩家，幾乎所有的鄰居都到梅里去了。

跟過去一星期經常在早晨遇到的那種靜謐比起來，今天早晨的寂靜，顯得更加奇怪可怕。她沒有像以前那樣賴在床上輾轉反側，而是迅速爬起來，走到窗前。馬路上空空如也。她只看到樹上的葉子碧綠依舊，但明顯地乾了，蒙上了厚厚一層紅塵，前院沒人整理的花草也都枯萎了，一副令人傷心的樣子。

她站在窗口極力向外眺望，突然聽見遠處傳來什麼聲響，那聲音隱約而陰沉，像暴風雨來到之前的雷聲一樣。

「快要下雨了。」這是她心裡閃過的第一個念頭，在鄉間長大的她接著想：「這裡的確很需要雨。」可是，隨即又想，「真的要下雨了嗎？不是雨，那是炮聲！」

她倚在窗櫺上，心怦怦直跳，兩隻耳朵豎起來聚精會神地聽著遠處的轟鳴，想聽清它到底來自哪個方向。但是那沉雷般的響聲那麼遙遠，一時無法判定它的出處。

「應該是從馬里塔來的吧，上帝啊！」她暗自祈禱著。「或者是迪凱特，或者桃樹溝。可千萬不要從南邊來呀！千萬不要從南邊來呀！」她緊緊地抓住窗櫺，側耳傾聽著，遠方的響聲已經愈來愈大，而且它的確就是從南邊來的。

炮聲來自南邊啊！瓊斯博羅和塔拉……還有愛倫，不就在南邊嗎？

她想再細聽，可是她耳朵裡那突突的脈搏聲把遠處的炮擊聲遮蓋得幾乎聽不見了。對於最擔心母親安全的思嘉麗來說，南邊的戰鬥意味著塔拉附近的戰鬥。

她不停地絞扭著兩隻手，在房間裡急得踱來踱去，第一次頭腦清晰地意識到南軍或許已經被打敗了。一想到謝爾曼的部隊已成千上萬地逼近塔拉，她就清楚地意識到了戰局的嚴峻和可怕。她披著睡衣，光著腳，在地板上走來走去，可是越走便越覺得問題的嚴重，預感事情大不妙。她必須回家，一定要回到母親身邊去。

下面的廚房傳來碗碟聲，思嘉麗知道百里茜在準備早餐了。百里茜用尖利而憂傷的聲調在唱：「再過幾天啊……」思嘉麗覺得這歌聲太刺耳了，那悲傷的含義更使她恐懼。她只好披上一條圍巾，快速穿過廳堂，走到後面樓梯口高聲喊道：「別唱了，百里茜！」

「太太！知道了。」百里茜不甘心地應了一聲，思嘉麗深吸了口氣，突然覺得很不好意思。

「貝特茜去哪裡了？」

「她還沒來呢。我不知道。」

思嘉麗走到媚蘭門口，稍微打開門，朝陽光燦爛的臥室裡看了看。媚蘭穿著睡衣躺在床上，緊閉著雙眼，眼睛周圍現出一道黑圈，那張雞心臉有些浮腫、本來苗條的身軀也變得有點醜陋了。要是現在艾希禮看見了這副模樣才好呢。思嘉麗惡意地設想，媚蘭比她所見過的任何孕婦都難看。她打量著，這時媚蘭睜開眼睛，向她親切而溫柔地笑了笑，臉色立時明朗起來。

「快進來。」她艱難地翻過身打著招呼，「太陽一出來我就醒了，我正在思考，思嘉麗，有件事情我想問你。」

思嘉麗走進房來，坐在陽光耀眼的床上。媚蘭伸出手來，輕輕地握住思嘉麗的手。

「親愛的，」她說，「這炮聲使我心裡不安。是瓊斯博羅那個方向，對不對？」

思嘉麗應了一聲「嗯」，同時腦子裡又重新出現剛才那種悲觀的想法，心跳也開始加快了。

「我知道你心裡很著急。我知道，你是爲了我才留在這兒，要不上星期你聽到母親生病的消息早就回去了。難道不是嗎？」

「是的。」思嘉麗回答，態度很勉強。

「思嘉麗，親愛的。你對我太好了，那麼親切，那麼關心，連親姐妹也比不過你的好。我非常愛你。我心裡很不安，感覺是我連累了你。」

思嘉麗瞪眼望著。愛她，是這樣嗎？蠢貨！

「思嘉麗，躺在這裡我一直在想，準備向你提出一個十分重大的請求。」說著，她手把握得更緊了，「要是我死了，你願意撫養我的孩子嗎？」

媚蘭瞪著一雙又大又亮的眼睛，急切而溫婉地盯著她。

思嘉麗聽了手足無措起來，不由得把手抽出來，說話的聲音也變得艱澀生硬了。

「唔，說什麼傻話呢。媚蘭，你不會死的。每個女人生第一胎時都覺得自己會死。我以前也是這樣想的呢。」

「不，你沒有這樣想過。你說這話只是要安慰我罷了。你從來都是什麼也不怕的。我並不怕死，怕的是要丟下嬰兒，而艾希禮……思嘉麗，請答應我，如果我死了，你要撫養我的孩子。那樣，我就不害怕了。皮蒂姑媽年紀太大，無法帶孩子；霍妮和英迪亞很好，可是……我還是希望你照顧我的孩子。答應我，思嘉麗。如果是個男孩，就把他撫養成像艾希禮那樣，要是女孩……親愛的，我倒寧願她將來像你。」

「你這是發什麼神經呀！」思嘉麗從床沿上跳起來嚷道：「事情已經夠糟了，你就不要再添亂了！」

「對不起，親愛的。可是你必須答應我。我看今天就會生了。請答應我吧。」

「唔，好吧，我答應你。」思嘉麗說，一面驚恐地低頭看著她。

媚蘭真的這麼傻，真的不知道她有多在乎艾希禮？或者她一切都瞭然於胸，正因爲這樣，她才覺得思嘉麗會好好照顧艾希禮的孩子？思嘉麗抑制不住想大聲詢問媚蘭，可是話到嘴邊又咽下了，因爲這時媚蘭拿過她的手緊緊握住，並放到自己臉上貼了一會兒。現在她的眼神又恢復了平靜。

「媚蘭，你怎麼知道孩子今天就會出世呀？」

「天一亮我就開始陣痛了……不過不太厲害。」

「真的嗎？你怎麼不早點告訴我。我得叫百里茜去請米德大夫。」

「不，暫時還不用，思嘉麗。你知道他很忙的，他們大家都很忙。只要給他捎句話去，說今天什麼時候我們需要他來一下，再叫人去米德太太家一趟，請她過來陪陪我。她知道什麼時候該打發人去請大夫。」

「唔，別這樣淨替別人考慮了。我立刻打發人去叫他，你很清楚，跟醫院裡的任何病人一樣，目前你很需要一位大夫。」

「不，請先不要去。有時候，生個孩子得花一整天的時間呢。我就是不想讓大夫坐在這裡白等幾個小時，那些可憐的小夥子都離不開他。只要讓人上米德太太家去一趟就行了。她會明白的。」

「好吧。」思嘉麗說。

chapter 21

困境

思嘉麗給媚蘭端來早點，並打發百里茜去請米德太太了，接著便和韋德一起坐下來吃早餐，但是，她似乎生平第一次沒有什麼胃口。她既要擔心媚蘭已瀕臨分娩，因此神經兮兮地感到恐慌，又要常常忍不住地渾身顫抖地傾聽遠處的炮聲，結果吃不下任何東西。她覺得自己的心臟也顯得有點奇怪，在有規律地搏動幾分鐘之後，總要急速地怦怦亂蹦一陣，蹦得胃都要被翻出來。

韋德倒是比平時安靜了些，也不像每天早晨那樣吵鬧著不要吃他所討厭的玉米粥了。她一勺勺地送到他嘴邊，他乖乖地吃著。他那溫柔的褐色眼睛瞪得像銀幣那樣大，眼睛裡全是童稚和惶惑，好像思嘉麗內心的恐懼也傳給他了。他的眼睛緊緊追隨著思嘉麗的一舉一動。餵完他後，思嘉麗讓他到後院去玩，望著他跌跌撞撞地橫過凌亂的草地向他的遊戲室走去，心裡輕鬆多了。

她起身來到樓梯腳下，站在那裡，猶豫不定。她本該上樓去陪伴媚蘭，想去緩和她的緊張情緒，讓她不要害怕面臨的這場考驗，可是她覺得自己沒有這個本事。媚蘭爲什麼趕早趕晚偏偏要在這個關鍵時候生孩子呢！她無力地坐在最底下的一步樓梯上，想讓自己鎮靜一些，可是又想起戰事，不知道昨天打得怎麼樣，也不知道今天的仗又打到什麼程度了。

一場大戰就在幾英里之外進行著，可是你卻毫不知情，這顯得多麼奇怪啊！要不是爲了媚蘭，她可以親自去打聽，現在她不得不等米德太太來了以後再出去。米德太太，她怎麼還沒來呢?百里茜到底去哪兒了呢?

她站起身,走向外面,來到前面走廊,十分焦急地盼望她們,但是米德家的住宅在街上一個隱蔽的拐彎處,她什麼也瞧不見。過了好一會兒,百里茜才來了,她獨自一人慢悠悠地走著,好像還有一整天閒工夫似的。她走路一扭一扭的,讓裙子左右晃動著,還側著頭從肩上往邊上注視著,看看效果怎麼樣。

百里茜一進大門,思嘉麗便厲聲訓斥她,「米德太太說什麼了?她能不能立刻就過來?」

「她不在。」百里茜說。

「她到哪兒去了?什麼時候才能回來?」

「唔,太太。」百里茜故意拖長聲音,表示她這消息的重要性,「他們家的廚娘說,米德太太今天清早得到消息,說可憐的小費爾先生不幸被打傷了,米德太太就立刻坐上馬車,帶著老塔博特和貝特茜一起去了,他們打算把他接回來。廚娘說他傷得太重了,米德太太也許不能到咱們這邊來了。」

思嘉麗瞪著她,真想扇她幾巴掌。這些黑人總是很自傲自己能帶回這種不幸的消息。

「好了,不要站在這裡磨磨蹭蹭了。趕快到梅里韋瑟太太家去一趟,請她過來,快去。」

「思嘉麗小姐,她們也不在,剛才我回家遇見了她家的嬤嬤,還在一起聊了一會兒。她們也出去了。我猜她們是去醫院了。門都上鎖了。」

「所以你才去了那麼久!每次我打發你出去,叫你到哪裡就到哪裡,不准半路跟人聊天,知道了嗎?現在,你到……」

思嘉麗停下來苦苦思索。她的朋友中還有誰留在這裡可以幫忙呢?還有埃爾辛太太。當然,埃爾辛太太一直以來討厭她，可是對媚蘭一直很好。

「到埃爾辛太太家去，把事情向她詳細說清楚，請她到這裡來一下。還有，百里茜，聽好了，媚蘭小姐的孩子馬上就要出生了，她隨時都可能需要你幫忙。你快去快回。」

「是的，太太。」百里茜說著就轉身慢吞吞地朝車道上走去，像蝸牛一樣。

「你這懶骨頭就不能快一點！」

「好的，太太。」

百里茜這才稍微加快了腳步，可步子小得可憐。思嘉麗回到屋裡。她走進媚蘭房裡，看到食盤根本沒被動過。媚蘭側身躺在床上，臉色白的猶如白紙一張。

「米德太太去醫院了。」思嘉麗說，「可是埃爾辛太太馬上就來。你痛得很厲害嗎？」

「不太厲害。」媚蘭撒謊說，「思嘉麗，你生韋德時用了多久的時間？」

「沒很久的工夫。」思嘉麗用輕鬆的口氣回答。「那時我還在院子裡，根本沒時間進屋就生了。嬤嬤說那樣很不體面……簡直就像個黑人。」

「我倒是盼望自己也像個黑人呢。」媚蘭說，硬擠出一絲微笑，可笑容馬上便消失了，陣痛使她的臉都扭曲了。

思嘉麗低頭瞧瞧媚蘭那窄小的臀部，儘量安慰她說：「唔，看來也並不是什麼難事嘛。」

「唔，我明白不怎麼難。我只怕自己，有點擔心，是不是……埃爾辛太太很快就會來吧？」

「是的，馬上。」思嘉麗說，「我先下樓去打盆水，用海綿幫你擦擦。今天太熱了！」

她藉口去打水，在樓下多賴一刻是一刻，每隔兩分鐘就跑到前門去看看百里茜有沒有回來。但是百里茜連影子也沒有，於是她不得不回到樓上，用海綿給媚蘭擦洗汗淋淋的身子，接著又給她梳理好那一頭長長的黑髮。

宛如一個世紀後，她終於聽見有腳步聲傳來，趕緊從窗外望去，只見百里茜依然像剛才那樣扭著腰，晃著腦袋慢悠悠地走回家來，好像周圍有一大群熱心的圍觀者似的。

「總有一天我要狠狠教訓你這小娼婦一頓。」思嘉麗在心裡惡狠狠地說，一面急急忙忙跑下樓去詢問她。

「聽他們家的廚娘說，今天早上火車運來了很多傷兵。埃爾辛太太也到醫院去了。廚娘正在做湯給那邊送去呢。她說……」

「好了，先不管這些了，」思嘉麗插嘴說，她的心在往下沉，「趕快圍上一條乾淨的圍裙，我命令你馬上到醫院一趟。我寫個字條，你給米德大夫送過去。要是他不在那裡，就交給鍾斯大夫，或者其他的無論哪位大夫都行。你這次再不趕緊回來，我就要活剝你的皮。」

「是的，太太。」

「順便向那裡的先生們打探一下戰爭的消息。假如他們不知道，就走到車站去問問那些送傷兵來的火車司機。問問他們，是不是在瓊斯博羅或者鄰近的地方打仗？」

「我的上帝呀！」百里茜黝黑的臉上忽然一片驚慌，「思嘉麗小姐，北方佬還沒到塔拉吧，對嗎？」

「我不清楚，所以才叫你去問呀。」

「我的上帝！思嘉麗小姐，他們會怎樣對待我媽呢？」百里茜突然失聲號叫起來，聽到這聲音，思嘉麗越發不安了。

「媚蘭小姐會聽見的，你不要鬼叫了。現在馬上去換下你的圍裙，快去。」

百里茜只好加快速度，趕緊跑到後屋，於是思嘉麗在傑拉爾德上次的來信——這是家裡唯一的一張紙了——的邊沿上潦草地寫了幾句話。她把信紙疊起來，然後把她的話寫在上邊，這時她看見傑拉爾德寫的幾個字：「你母親……傷寒……不管怎樣……回家……」

她就要哭出來了。假如不是因爲媚蘭，她早就動身回去了，哪怕只能爬回家也行！

百里茜拿著那封信快步走出門去，思嘉麗也再次回到樓上，一面思考著怎樣騙過媚蘭，解釋埃爾辛太太爲什麼沒來。但是媚蘭並沒有問起這件事。她仰身躺著，面容平和而溫柔，看到她這副模樣，思嘉麗的心也稍稍平靜了一會兒。

她坐下來，儘量說些無關緊要的事。但是心裡對塔拉的惦念，以及對於北方佬可能得逞的憂慮，依然在無情地折磨著她的神經。她心想愛倫已垂死掙扎，而北方佬馬上就要闖入亞特蘭大，逢人便殺，見東西便燒。最後，她實在說不下去了，呆呆地看著窗外炎熱寂靜的街道和靜靜地掛在枝頭的積滿灰塵的樹葉。媚蘭默默無言，可是她那張平靜的臉在一陣陣扭曲，這意味著她的陣痛更加頻繁了。

每次陣痛過後她總是說：「痛得不是很厲害，真的。」可思嘉麗明白她是爲了讓自己安心。她寧願聽到尖叫也不願看著她這樣默默地忍受。她知道自己應該爲媚蘭感到難過，但是無論如何也擠不出來一絲溫暖的同情來。她的心被她自己的痛楚折騰得慘兮兮的。她狠狠地盯著那張痛得扭曲的臉，心想爲什麼在這個世界上千千萬萬人中，偏偏是她必須要在這個時候守在這裡陪著媚蘭，而她跟這個人絲毫沒有感情可言，她討厭這個人，甚至還希望她快點死。好吧，可能她這願望今天就會實現了。

想到這裡，她忍不住打了個不祥的激靈。嬤嬤說過，詛咒別人的人必會自食惡果。於是她急忙祈禱，祈求上帝保佑媚蘭不死，又急切地胡扯起來，連自己也不知在說些什麼。終於，媚蘭伸出一隻滾燙的手輕輕放在她的手腕上。

「我瞭解你心裡多麼著急。不必苦心來找話說了，親愛的。我很對不起你，給你添了這麼多麻煩。」

思嘉麗這才停下來，無計可施地靜坐著。如果大夫和百里茜都不能及時趕到的話，她該怎麼辦呢？她走到窗口，看看下面的大街，然後又回來坐下。接著又站起身來，向屋裡另一邊的窗外焦急地望去。

時間一分一分的過去了。中午，烈日當頭，天氣更加炎熱了。媚蘭的陣痛也更嚴重了。思嘉麗悄悄用海綿給她擦臉，心裡十分恐懼。老天爺，看來在大夫來到之前，孩子就要降生了！這叫她如何是好？對於接生的事，她可一竅不通呀。這正是幾星期以來她一直在害怕的！她一直指望著百里茜能對付這個場面，如果到時沒有大夫的話。在接生方面百里茜是個專家。她說過很多次了。可現在百里茜在哪裡？她怎麼還沒回來呀？

為什麼大夫也沒來呀？她又一次心急如焚地跑到窗口去……終於看見百里茜沿大街腳步匆匆地過來，於是半個身子探出窗外。這時百里茜也抬頭望見了她，她正打算開口叫她。思嘉麗看見那張小黑臉上一片驚慌，生怕她喊出可怕的消息來嚇壞媚蘭，便趕快將手指放在嘴唇上示意她不要做聲，然後離開窗口。

「我去弄些更涼些的水來。」她低頭看著媚蘭那雙深陷的黑眼睛，擠出一絲微笑說。接著她趕緊出來，把門小心地關上。

百里茜坐在過廳的樓梯腳下，累得上氣不接下氣。

「他們真的在瓊斯博羅打起來了，思嘉麗小姐！他們說咱們的軍隊就要被打敗了。啊，上帝，思嘉麗小姐！要是北方佬到這兒來了，咱們會怎麼樣呢？啊，上帝……」

思嘉麗一手捂住那張哭嚷的嘴。「看在上帝的面上，你不要嚷了！」

是呀，萬一北方佬來了，他們會怎麼樣呢……塔拉會怎麼樣呢？她千方百計甩掉這個念頭，盡可能把精力集中到眼下這個更爲迫切的問題上。假如她還一味去想那些事情，她就會像百里茜那樣大聲號叫起來了。

「米德大夫在哪兒呢，他什麼時候能來？」

「我根本沒見到他，思嘉麗小姐。」

「什麼？」

「不光他沒有在醫院，就連梅里韋瑟太太和埃爾辛太太也不在。有個人告訴我，大夫在車棚裡，跟那些不久前從瓊斯博羅來的傷兵在一起，不過，思嘉麗小姐，我不敢到那車棚去……那裡都是些快死的人，我害怕見死人……」

「別的大夫呢？」

「天知道，思嘉麗小姐，我幾乎找不到一個人來看你的字條。他們全都在醫院裡忙著，像發了瘋一樣，有個大夫訓斥我說『滾開，別到這裡來煩我們，談什麼孩子的事，這裡有很多人就要死啦，去找個女人給你幫忙吧。』後來我就按照你的吩咐，到處打探消息，他們說是在瓊斯博羅打仗，我就……」

「你是說米德大夫在火車站？」

「是的，太太。他……」

「好，認真聽著。我要去找米德大夫，你必須陪在媚蘭小姐身邊，她叫你幹什麼就幹什麼。你要是膽敢向她透露哪怕一點點有打仗的消息，我就把你賣到南部去。你也別讓她知道別的大夫都不能來。聽清楚了沒有？」

「是的，太太。」

「你把眼睛擦乾了，馬上打桶清水送上樓去，用海綿幫她擦擦身體。告訴她我去找米德大夫去了。」

「她是不是快生了，思嘉麗小姐？」

「我想是快了，可是我說不準。你應該懂得的，快上去吧。」

思嘉麗一把抓起她的寬邊草帽，隨手扣在頭上。她對著鏡子麻木地整了整幾綹鬆散的頭髮，就像沒有看見自己的影像。儘管她身上一直在流汗，但是，令人不寒而慄的絲絲恐懼從她的胃開始慢慢向外擴散，直到碰著面頰的手指都冰涼冰涼的。

她匆匆走出家門，在桃樹街上走了沒多遠，就覺得太陽穴在突突地跳。她聽得見遠處街頭有許多聲音在大聲叫喊，時高時低。她的胸衣箍得太緊了，等到她看見萊頓家的房子，已經開始氣喘吁吁，可是她並沒有放慢腳步。這時前面那片喊叫聲也聽得更加清晰了。

像個倒塌了的蟻丘似的，從萊頓家的房子到五點鎮那段大街上全部是一片混亂。黑人們驚慌失措地在街上跑來跑去，無人照看的白人孩子坐在走廊上號哭。街上堆積著滿載傷兵的軍車和救護車，還有堆滿行李和傢俱的馬車。騎馬的男人們慌亂地從兩旁小巷裡奔上桃樹街，向胡德將軍的司令部飛馳而去。邦內爾家房前，上了年紀的阿莫斯手拉著馬車的頭馬，眼睛骨碌碌轉著和思嘉麗打著招呼。

「思嘉麗小姐？你還沒走呀，我們要離開這了。」

「走，上哪兒？」

「天知道，小姐。其他任何地方總比這兒好吧，北方佬很快就要來了！」

她急著往前走，連和他說再會的時間也沒有，北方佬馬上就要到了！

在韋德利教堂門前，她停下來大口喘著氣，讓心跳稍微減慢一些。如果再不平靜一點，她肯定要暈倒了。她緊緊抓住一根燈柱，倚著它站在那裡。這時她瞧見一位騎馬的軍官從五點鎮飛跑而來，一時衝動，跑到街上，對他揮了揮手。

「啊，停下！麻煩請站住！」

那位軍官忽然勒住馬頭，由於猛然用力，那匹馬被迫豎起前腿往後退了好幾步。從表情看，他臉上佈滿疲憊的皺紋，神情很急，破爛的灰帽已經被風吹下來了。

「太太！有事嗎？」

「北方佬是不是真的馬上要來了？告訴我。」

「我想應該是這樣。」

「你確定嗎？」

「是的，太太，我確定。半小時以前指揮部接到了快報，是從瓊斯博羅前線來的。」

「瓊斯博羅？你確定是這樣？」

「現在撒謊也沒有用，我保證是這樣。太太。消息是哈迪將軍發來的，他說：『我已失敗，正在全線潰敗。』」

「啊，我的上帝！」那位軍官疲憊而黝黑的臉平靜地俯視著她，平靜地說著。他抓起韁繩，戴上帽子，迅即而去。

「唔，先生，請再等一下。這樣的話，我們該怎麼辦？」

「很難說，太太。軍隊很快就要撤離亞特蘭大了。」

「撤走了，然後將我們留給北方佬嗎？」

「恐怕是這樣。」

馬被踢馬刺刺了一下，像裝了彈簧似的疾馳而去。思嘉麗站在街道中央，腳踝蒙上了一層厚厚的紅土。

北方佬馬上就要來了，軍隊正在撤離。北方佬就要來了，她該怎麼辦呢？她該往哪裡逃呢？不，她不能跑。媚蘭還躺在床上，痛苦地等著孩子的降臨呀！

唔，女人爲什麼要孩子？如果不是因爲媚蘭，她可以帶著韋德和百里茜到樹林裡去，在那裡，北方佬是無論如何也找不到他們的。要是她早一點，哪怕昨天就把孩子生了，那他們也還可以弄到一輛救護車把她帶走，把她藏在什麼地方。但是現在……她只能找米德大夫，讓他跟她一起回家。或許他有辦法讓嬰兒早點出生。

她拉起裙子沿街跑去，接著她看到數不清的婦女在她身旁匆匆忙忙地跑著，年輕小夥子們拖著成包的玉米和馬鈴薯，老頭用手推車推著一袋麵粉蹣跚著前進。男人、女人和小孩，黑人和白人，個個都神情緊張地匆匆跑著，跑著，拖著一包包、一袋袋、一箱箱的食物……她已經差不多整整一年沒見過這麼多的食物了。

這時，人群忽然讓出一條通道，一輛歪歪倒倒的馬車載著文弱而優雅的埃爾辛太太過來了，她站在她那輛四輪馬車的車前，一手握著韁繩，一手高高地舉著鞭子。她沒戴帽子，臉色蒼白，一頭灰色長髮垂在背上，像復仇女神一樣死命抽著拉車的馬。她家的黑人嬤嬤梅利茜坐在後座上東倒西晃的，一隻手裡牢牢地抓著一塊肥臘肉，另一隻手和雙腳使勁擋住堆在周圍的那些箱子和口袋以防倒下來。思嘉麗向埃爾辛太太高聲厲叫著，可是她的聲音被周圍一片嘈雜淹沒了，馬車搖搖晃晃地駛了過去。

她一時摸不著頭腦，不知這到底是怎麼回事。後來記起了供銷部的倉庫就在前邊的鐵路旁，她才明白原來是軍隊把倉庫打開了，讓人們在北方佬來到之前儘量去搶出一些糧食。

她從人群中擠出去，擠過五點鎮空地上那些狂熱洶湧的人群，又以最快的速度跑過一條短街，趕向車站。她瞧見大夫們和擔架工人在忙著搬運傷兵。感謝上帝，她很快就能找到米德大夫了。她走過亞特蘭大飯店，已經看得見整個車站和前面的鐵路，那情景使她吃驚得目瞪口呆。

在無情的陽光下，許許多多的傷患肩並肩、頭對頭地躺著，鐵軌邊，人行道上的車廂棚屋裡，傷患們伸開四肢平躺著，一排排的望不到盡頭。有的靜靜地僵直地躺著，也有許多蜷縮在太陽下呻吟。成群結隊的蒼蠅，在他們頭上飛舞，在他們臉上爬來爬去，嗡嗡地叫著。處處是血、骯髒的繃帶、哀嘆以及因擔架工搬動時傷兵發出的尖聲咒罵。

思嘉麗用手捂住嘴向後退了兩步，覺得胃裡面的東西要出來了，她著實沒有勇氣再往前走。她曾在醫院裡見過許多傷兵，桃樹溝戰役時在皮蒂姑媽家的草地上也看見過一些，可是未曾見過這樣的場景。她從來沒有見過像這些在毒熱的太陽下烤著的滿是血污和惡臭的身體。這是一個人間地獄，充滿了痛苦、臭味、喧囂和忙亂的地獄！

北方佬馬上就要到了！

她挺直肩膀，從他們中間走過去，瞪大雙眼尋找米德大夫。但是她發現自己毫無希望，一不留神自己就會踩在一個可憐的傷兵身上。她只好提起裙子，在這些人中間一步一步地挪動，走向一群正在指揮擔架工的人。

她正走著，一隻手拉住她的裙子，嘶啞的聲音在叫喚著：「太太……水！求求你給我點水！看在上帝的面上，給我點水啊！」

她使勁把裙子從那隻手裡拽出來，踮著腳尖跨過死屍、跨過那些眼睛已經沒有光澤但雙手仍抓著肚子上同傷口黏在一起的穿著軍服的人、跨過那些沾著鮮血的鬍子已經乾硬但被擊碎了下巴仍在顫動著的人……他們好像在呼喚：「水啊！水啊！」要是她不能儘快找到米德大夫，自己就會瘋狂地嚷起來。

她望向車篷底下那群人，用盡全力大聲喊道：「米德大夫！米德大夫在那裡嗎？」

一個人從那群人裡走了出來，朝她望著。

那是大夫，他身上沒穿外衣，袖子被高高地卷起。他的襯衫和褲子都像屠宰衣一般紅透了，甚至那鐵灰色的鬍子尖兒也沾滿了血。他一臉疲憊，還帶著滿臉怒意，同時又帶著強烈的同情。

「感謝上帝，你來了。我正緊缺人手呢。」

她一時惶惑地注視著他，連忙放下手裡提著的裙子。「快點，孩子，到這兒來。」

她提起裙子，越過那一排排傷亡人員，用最快的速度向他走去。她抓住他的胳膊，發覺它在疲憊地顫抖，不過他臉上卻沒有一絲虛弱的神色。

「啊，大夫，」她喊道，「你必須跟我回去一趟，媚蘭要生孩子了。」

他似乎沒有聽見她的話。她使勁兒地搖著大夫的胳膊。

「是媚蘭，她要生孩子了。大夫，你必須回去。她那……」

現在不是講究體面的時候，不過要在這成百上千的陌生人面前說那種話還是難以啓齒。「求求你了，大夫！陣痛相隔的時間愈來愈近了。」

「生孩子，我的天！」像被雷劈了一下，醫生大吼了一聲，他又恨又氣，轉眼間連臉都扭曲了，這怒氣不是針對她的，也不是針對任何人的，而是針對一個發生了這麼多事的世界的。「你瘋了嗎？我不能扔下這些人呀。他們都快要死了，成百上千的生命呀。我可不能爲一個孩子而不管他們。去找個女人幫忙吧，找我的太太去。」

她張開嘴，想告訴他米德太太不能來的原因，可忽然又閉上嘴。他還不知道自己的兒子受傷了呢！

「不，大夫。你一定得去，你說過，她很有可能難產……」啊，難道真要她站在這個充滿呻吟的鬼地方，扯著嗓子說這些粗魯可怕的話嗎？「要是你不去，她就會死啊！」

他粗魯地甩開她的手，好像沒有聽懂她的話，不知道她說的是什麼，自顧自地說著：「死？是的，他們都會死……這些人沒有繃帶，沒有藥膏，沒有奎寧，沒有麻醉劑。啊，上帝，想辦法弄點嗎啡來吧！哪怕一點點也好呀，給那些最嚴重的傷號。僅僅是一點點麻醉劑呀。該死的北方佬！遭天殺的北方佬！」

「讓他們全部下地獄吧，大夫！」躺在地上的一個人咬牙切齒地說。

思嘉麗渾身開始顫抖，恐懼的淚水燒得她兩眼灼痛。看來大夫是不可能跟她走了。媚蘭可能會死，雖然她原本就希望她死的。大夫怎麼能不去啊。

「看在上帝的分上，大夫，我求求你了！」

米德大夫咬著嘴唇，臉上冷靜下來，下巴也變堅定了。

「孩子，讓我試試看，我不能向你保證，但我會試試，等我們安排好了這些人再說。北方佬就要到了，軍隊正在撤離。我不知道他們會怎樣對待傷患。現在一輛火車也沒有了。到梅里的鐵路已經被佔領……可是我想試試。你走吧，別打攪我了。接生一個孩子沒什麼大不了的。不過是剪斷臍帶而已……」

這時有個勤務兵過來拍了拍他的臂膀，大夫立刻轉過身去，指指點點地吩咐起來。那個躺在思嘉麗腳邊的人同情地仰視著她。她知道大夫已經把她忘了，便慢慢走開了。

她連忙從傷兵中間穿過去往回走，朝桃樹街趕去。大夫沒有來，她只好自己去應付了。感謝上帝，還好百里茜明白接生的全部過程。她已經熱得頭昏腦脹，感到裡面的胸衣已經全部濕透了，黏在身上，極度難受。她覺得腦子麻木了，兩條腿更是如此，走也走不動，就如同在夢魘中似的。

「北方佬要來了！」這個念頭又在她腦子裡折騰。她的心怦怦直跳，四肢重新有了活力。她提起裙子飛奔起來。到達衛斯理教堂前面時，她已累得氣喘吁吁，胃裡也很不舒服。她那件胸衣簡直要把她的肋骨勒斷了。她一屁股坐在教堂的臺階上，好讓自己的呼吸平緩一些。要是這鬼地方有個能幫她的人就好了。

真見鬼，她生平還從未遇到過一件事非她自己單獨去辦不可呢。總是有人替她辦事，照顧她，庇護她，保衛她，縱容她。她竟然陷入了這樣的困境，沒有一個朋友，沒有一個鄰居來幫忙。

以前經常有朋友和鄰居，連同甘願當奴隸的能幹的手來為她效勞，而在此時此刻她急切需要幫助的情況下，卻一個都不見了。她居然落到這種地步，這樣孤獨無依，這樣恐懼，這樣遠離家鄉，這是難以讓人接受！

無論有沒有北方佬，只要在家裡就好了。就算愛倫病了也無所謂。她渴望看到母親那張可愛的臉，渴望嬤嬤那強有力的胳膊過來摟著她。

她頭暈目眩地站起來，接著往前走。

快到家時，她看見韋德在那裡攀著一扇大門晃蕩。一看到她，他小臉一皺，大哭起來，舉起一隻骯髒、青腫的手指。

「疼！疼！」他抽抽搭搭地叫嚷著。

「別叫了！再喊我就揍你。到後院玩泥巴去，不要瞎跑。」

「韋德餓了。」他抽泣著說，將那根受傷的指頭含在嘴裡。

「我沒時間管你，你現在就到後院去……」

她抬起頭來，看見百里茜倚在樓上的窗口，臉上佈滿驚恐焦慮的神情，但是一看見她的女主人，便頓時雲開霧散了。

思嘉麗招手叫她下來，然後自己走進屋裡。穿堂裡好涼快啊！她脫下帽子，隨手扔在桌上，抬起胳膊擦前額上的汗水。樓上的門打開了，她聽見裡面傳出淒慘的呻吟聲，很明顯那是從劇痛中迸發出來的，這時百里茜三步併作一步從樓梯上飛奔下來。

「大夫來了沒有？」

「沒有。他說他不能來。」

「啊，上帝，思嘉麗小姐！這下媚蘭小姐可慘了！」

「大夫不能來，誰也不能來。只能靠你來接生了，我做你的助手。」

百里茜嚇得目瞪口呆，說不出話來了。她斜睨著思嘉麗，在地上擦著腳，扭著弱小的身子。

「別看上去笨頭笨腦的！」思嘉麗大聲嚷道，看見她這副樣子，感到十分惱火，「你到底是怎麼回事？」

百里茜瑟縮著往樓梯口退去。

「思嘉麗小姐……」百里茜那滴溜溜的眼裡流露出害怕和羞辱的神情。

「有話快說。」

「說真的，思嘉麗小姐！咱們必須得請個大夫來才行。我……我……小姐，我一點也不懂得接生的事。我媽接生，從來不讓我看。」

思嘉麗聽了大吃一驚，氣得肺都炸了。百里茜偷偷從她身邊彎腰想逃走，可思嘉麗還是抓住了她。

「你這小黑鬼……你是找死嗎？你不是一直說生孩子的事你會嗎？老實告訴我！你到底會不會？」她拽住她使勁搖晃，直搖晃得她的黑腦袋像醉鬼一樣擺來擺去。

「小姐！我是騙你的，我也不知道自己爲什麼向你撒這個謊。我只想看看孩子是怎麼出生的，我媽通常都把我趕走，不讓我看。」

思嘉麗狠狠地瞅著她，嚇得百里茜直往後退。有一瞬間，她的大腦不願意接受這個事實，但她最終意識到百里茜在接生方面就像她一樣一竅不通，她的滿腔怒火再也壓制不住了。她有生以來還從未打過奴僕，可這時她抬起了那隻疲乏的手臂，用盡全部力氣在百里茜的黑臉上抽了一記耳光。

百里茜尖著嗓子大叫起來，與其說是因爲疼痛，還不如說是出於恐懼，她扭動著想掙脫思嘉麗抓住她的手。

她一尖叫，二樓上的呻吟和呼喚聲便立即停止了，過了一會兒，思嘉麗才又聽見媚蘭微弱而顫抖的聲音，她喊道：「是你嗎？思嘉麗，你快來呀！」

思嘉麗甩開百里茜的胳膊，這女孩便哭哭啼啼地在樓梯上坐下。

思嘉麗靜靜地站了一會兒，抬起頭來傾聽上面低沉的呻吟和呼喚聲。她試著回想自己生韋德時，嬤嬤和愛倫爲她做的每一件事。但是產前的那種陣痛令人迷迷糊糊，使人感覺一切都恍如夢中，分不清楚。如今她還記得少數幾件事，便急忙以命令的口氣吩咐百里茜去做。

「把爐子生起來，燒一壺開水放在那裡。把你所能找到的毛巾都拿來，再給我一把剪刀。一定要找來，不准你說什麼東西找不到，快去吧。」

她將百里茜一把拎起來，又推了她一下，叫她立刻滾到廚房那邊去，然後她挺挺胸，打起精神上樓去。現在她必須告訴媚蘭，要由她和百里茜來給她接生了。

chapter 22 接生

再也沒有哪個下午比這個下午更漫長了，再也沒有哪個下午比這個下午更熱、蒼蠅更多。這些蒼蠅目中無人，不管思嘉麗怎樣不停地揮扇子，依舊成群地落在媚蘭身上。

她用力揮舞著那把大棕櫚扇，胳膊酸痛極了。但是她像是在做無用功，因爲她剛把牠們從媚蘭汗淋淋的臉上趕開，牠們馬上又落在她那濕冷的雙腳和腿上了，媚蘭不時孱弱地抖動著想擺脫牠們，並低聲喊道：「請幫我扇扇吧，我的腳上！」

房間裡半明半暗，因爲思嘉麗把窗簾拉下來擋熱氣和陽光，只有一小點的亮光從簾子的小孔裡和邊緣上透進來。房間裡熱得像個蒸籠，思嘉麗身上的衣服濕了，並且汗水愈來愈多，衣服也黏得愈來愈難受。

百里茜蹲在角落裡，也滿頭大汗。要不是因爲怕她一背著她就會一溜煙跑掉，思嘉麗真想把她趕出去。

媚蘭不住地翻身，有時她掙扎著企圖坐起來，但向後一靠又躺倒了。最初她還強忍著不叫，死命咬著嘴唇。這時思嘉麗的神經也快要崩潰了，粗聲粗氣地說：「媚蘭，看在上帝的分上，不要逞強了。除了我們，沒有別人會聽到的，想叫就叫吧。」

到後來，也由不得媚蘭逞強了，她終於忍受不住呻吟起來，有時也大聲叫喊。她一叫，思嘉麗便雙手捧著頭，捂著耳朵，真希望自己死了。怎樣都好，就是不要眼睜睜地看著這種痛苦的場面而無計可施地守在這裡，花這麼長時間等一個孩子落地，這真是世界上最痛苦的事了。

她真後悔自己以前怎麼沒有多留心聽聽那些主婦們談生孩子的事。要是平時關注一下就好了！要是平時多關心這種事，她現在就會知道媚蘭要多久才能生下來。

她依稀記得皮蒂姑媽講過，她一個朋友生孩子整整生了兩天，結果沒把孩子生出來自己就累死了。說不定媚蘭也得生兩天呢！可是媚蘭身體這樣柔弱，肯定經不起兩天的折騰。她很快就會死的。要是孩子不早些生出來，假如艾希禮還活著，她怎麼有臉面對他，告訴他媚蘭已經死了……她曾經許諾過要好好照顧她的呀！

起初，媚蘭疼得厲害時，總是要緊緊握住思嘉麗的手，她抓得那麼緊，甚至要把她的骨頭捏碎了。一個小時以後，思嘉麗的手就青腫起來，無法動彈了。她只好拿兩條毛巾紮在一起，繫在床腿上，讓媚蘭的兩隻手緊緊拉住打結的那一頭。

媚蘭緊緊拽著，就像握著生命線一樣。她拼命拉著，用力扯著，淒慘地叫著。有時放下毛巾，無力地搓著雙手，瞪著兩隻痛得脹脹的眼睛仰視著思嘉麗。

「和我說說話吧。」她低聲說，這時思嘉麗便隨意瞎扯一陣，直到媚蘭又抓住那個毛巾結，開始不停地扭擺起來。

有一次，韋德偷偷摸摸地溜上樓來，站在門外一直哭泣。

「韋德可能是餓了！」思嘉麗起身往門外走去。

媚蘭低聲哀求說：「求求你，別離開我。你一離開我就堅持不住了。」思嘉麗只好命令百里茜下樓去熱點玉米粥餵他。

暮色降臨了，百里茜手忙腳亂地點起燈，媚蘭更虛弱了。她開始一遍又一遍地呼喚艾希禮，好像神志不清了。那可怕、單調的聲音勾起了思嘉麗一種強烈的欲望，很想用枕頭壓住她，把她的聲音悶住。也許大夫最後會來吧。但願他快點來！她心裡重新燃起了希望的火苗，便轉向百里茜，派她趕快到米德家去，看看大夫或者他太太在不在家。

「假如大夫不在，就問問米德太太或他們家的廚娘有沒有其他的辦法，求她們儘快來一下！」

百里茜走了，思嘉麗望著她在大街上匆匆忙忙地奔跑，從未想到這小東西會跑得這麼快。過了很久，她獨自一人回來了。

「大夫一天都不在家。沒準他跟那些大兵一起走了。費爾死了！思嘉麗小姐。」

「死了？」

「是的，太太。」

「車夫塔爾博特告訴我的。說他給打中了……」

「別管這些了。」

「我沒看見米德太太。廚娘說米德太太在給費爾清理身子，要在北方佬到達這裡之前把他安葬，廚娘說媚蘭小姐要是痛得不行了，只要在她床底下放把刀子，就會把陣痛劈成兩半的。」

思嘉麗聽了這些毫無用處的話，氣得拿白眼瞪她，不過媚蘭睜著那雙鼓脹的眼睛小聲說：

「親愛的，北方佬來了嗎？」

「沒有，」思嘉麗堅決地說，「百里茜只會撒謊。」

「是的，太太。我是說著玩的。」百里茜連忙附和著。

「他們快來了。」媚蘭低聲說，她沒有相信她們的謊話，她雖將臉埋在枕頭裡，但聲音還是傳出來了。

「我可憐的孩子，我可憐的孩子。」間隔了很長一段時間又說：「啊，思嘉麗，你別待在這裡了。你必須帶著韋德趕快離開。」

其實媚蘭說的也是思嘉麗一直想著的事，可是思嘉麗聽她說出來反而惱羞成怒，彷彿她內心的怯懦被媚蘭看穿了。

「別傻了。你知道我是絕對不會離開你的。」

「反正我快死了，你留下來也無濟於事。」緊接著她又呻吟起來。

好像生怕不小心跌倒，思嘉麗扶著欄桿慢慢從黑暗的樓梯上摸著走下來。她的兩條腿像灌滿了鉛，她既疲勞又緊張，一直哆嗦，同時因爲渾身是汗，又不斷地打冷戰。她非常吃力地摸到走廊裡，癱坐在臺階上。她背靠著一根廊柱斜倚在那裡，用哆嗦的手解開胸衣的扣子，讓胸衣半敞著。夜色溫柔，她躺著盯視著柔情的夜色。

一切都結束了。媚蘭並沒有死。那個像小貓哇哇叫的男嬰正在百里茜手裡接受第一次洗浴，媚蘭睡著了。

思嘉麗不懂接生，硬著頭皮給她助產。她怎麼沒有死呢？思嘉麗知道，如果是她自己經受了這樣一番折騰，一定活不成了。但事情過後，儘管她已虛弱得奄奄一息，居然還說：「謝謝你。」思嘉麗是俯身側耳才聽見的。後來她就睡著了。

思嘉麗剛有一種昏昏欲睡的感覺，就聽見樓上走動的腳步聲，心想：這可能是該死的百里茜吧。在黑暗中不知過了多長時間，百里茜來到她身邊，得意地嘮叨起來。

「思嘉麗小姐，咱們幹得真不錯。我想，連媽媽也沒法做得更好了。」

思嘉麗睜大眼睛從黑暗中望著百里茜，因為太累了，連呵斥的力氣都沒有了，她笨手笨腳的忙亂樣，不是拿錯剪刀，就是把水盆裡的水濺得滿床都是，甚至不小心把新生嬰兒跌落，她都懶得去說了。如今她倒是自吹自擂起來，炫耀自己幹得多麼好。

可北方佬還要解放黑奴！難怪他們歡迎北方佬。

她又靠著柱子，靜靜地斜躺下去，百里茜輕手輕腳地躲進黑暗中去了。

過了好一會兒，思嘉麗的呼吸慢慢平息下來，心跳也平穩了，隱約聽見前面路上從北邊來的雜亂的腳步聲。士兵！她立馬坐起來，把裙子往下拉，儘管知道在黑暗處誰也不會看見。她朝他們叫道：「請您等一等！」

這時一個人影離開隊伍，來到大門口。

「你們就要走了？你們把我們丟下不管了？」

那人影摘下了帽子，欠了欠身子，黑暗中傳來冷漠的聲音。

「是的，太太，的確如此。我們是最後一批從防禦工事中撤離出來的。」

「難道你們……難道軍隊果真在撤退？」

「是的，太太。你看，北方佬就要來了。」

北方佬就要來了！她怎麼將這事忘記了。她的喉嚨忽然收緊，什麼話也說不出來了。那人影走開，同別的影子混雜在一起，雜亂的腳步聲也在黑暗中漸漸消失。

「北方佬就要來了！北方佬馬上就要來了！」彷彿他們的腳步聲的節奏所說的就是那句話，那也就是怦怦跳動的心每次跳動蹦出來的心聲。北方佬很快就要來了啊！

「北方佬就要來了！」百里茜大聲驚叫著，縮著身子向思嘉麗緊靠過來，「唔，小姐，他們會把咱們全殺光的，他們會用刺刀狠狠地捅進咱們的肚皮！他們會……」

「啊，閉嘴！」無須把這些話用令人發抖的詞句說出來，只要想想就已經夠令人恐怖了。於是她心裡又湧起一陣恐慌。她怎樣才能逃走？她應該怎麼辦？她到哪裡去尋求幫助呢？所有的朋友都離她遠去了。

突然她想起了瑞德．巴特勒，便定了下心神，不再惶恐了。怎麼整個上午她如同一隻沒頭的蒼蠅到處亂竄，卻從未想起他來呢？她固然恨他，可他畢竟是強壯而能幹的，又不怕北方佬。不錯，上次她曾經對他大發脾氣，他也說了一些令人難以寬恕的話，但是目前這種情況下，她也顧不得那些了。他還有一匹馬和一輛馬車呢。

啊，她怎麼沒有早想起他啊！他可以帶他們離開，離開這個鬼城市，免受北方佬糟蹋，到別的任何地方去，任何地方都可以。

她猛地回過頭來，面對百里茜，十分焦急地吩咐她。

「你知道巴特勒船長住在哪裡吧……在亞特蘭大飯店？」

「是的，太太，不過……」

「那好，現在你趕緊到那裡去告訴他，我要他來一下。我要他儘快趕著他的馬和馬車來，要是找得到的話，最好來一輛救護車。把媚蘭小姐生娃娃的事告訴他，就說我要他來帶我們離開這裡。趕快！馬上就去。」

她直著腰背坐起來，推了百里茜一把，吩咐她快跑。

「啊，上帝，思嘉麗小姐！我可不敢一個人在黑夜裡亂跑呀！假如北方佬逮住我了怎麼辦？」

「只要你快跑追上剛才的那些人，他們是絕不會讓北方佬逮住你的。快去吧！」

「我害怕呀！萬一巴特勒船長不在飯店裡呢？」

「那就打聽他在哪裡。莫非你就連這點勇氣也沒有？要是他不在飯店，你就到迪凱特街的酒吧去找他，到貝爾．沃特琳住的地方去找。你這笨蛋，難道你不知道要是你不趕快去找到他，北方佬就會把我們全部逮住?!」

「思嘉麗小姐，如果我上酒吧或妓女家去，我媽一定會用棉花梗把我活活打死的。」

思嘉麗站起身來。「好吧，你要是不去，現在我就抽死你。你不會站在外面大街上喊他嗎，難道這樣也不會嗎？或者問問別人他在不在裡面。快走！」

百里茜還在那裡磨磨蹭蹭，思嘉麗又使勁推了她一下，差點把她頭朝下推下臺階去。

「你給我馬上去找，否則我就賣了你，叫你以後永遠也見不到你媽和任何一個熟人，我還要把你賣去做田地的勞工。快點走！」

「唔，上帝，思嘉麗小姐……」

在女主人堅決而無情的推搡下，百里茜被迫走下了臺階。

前面的大門嘎嘎響，思嘉麗高聲喊道：「快跑，你這笨蛋！」她聽到百里茜小跑的腳步聲，接著漸漸遠去，消失在柔軟的泥土路上。

chapter 23 衝破封鎖線

百里茜走後，思嘉麗走回到樓下廳裡，點燃一盞燈。屋裡熱得如同個蒸籠，好像牆壁裡存了中午留下的所有熱量一樣。麻木的感覺慢慢消失，肚子開始鬧著要吃東西了。她記起自己從昨夜到現在沒吃過什麼，只喝了一勺玉米粥，於是端燈走進廚房。

她看見鍋裡還有半張硬玉米餅，便拿起來大口大口地啃著，下意識地搜尋著別的食物。盆裡還剩下一點玉米粥，她顧不上把它倒進碟子裡，隨手用大勺舀著吃起來。那本是混著鹽吃的，但是她餓急了，懶得找了，接連吃了四勺，這才感到廚房裡實在太熱，便一手拿燈，一手抓起一塊玉米餅到客廳裡去。

啃完玉米餅，她覺得體力恢復了些，但揪心的恐懼也隨之而來。她聽見街上遠處傳來嗡嗡的嘈雜聲，她聚精會神地傾著身子細聽，很快就發現自己緊張得全身肌肉都在發疼。此刻，她渴望聽到馬蹄聲、渴望看到瑞德那毫不在乎和充滿自信的目光來嘲笑她的恐懼，世界上再沒有別的事叫她如此渴望。瑞德會把她們帶走，帶到某個地方去。

她坐在那裡，繼續側耳傾聽市區傳來的聲音，這時樹頂上升起一片隱隱的火光引起了她的注意。她望著望著，那火光似乎愈來愈亮。

黑暗的夜空先是變成粉色，然後又變成了暗紅色。轉瞬間，她看見樹頂上一條巨大的火舌騰空而起。她猛地跳起來，心又開始怦怦地跳個不停。

北方佬來了！她知道他們來了，正在那裡燒毀市區。那些火焰似乎就在距市中心不遠的東邊。它們升得越來越高，同時很快變成一大片紅光，看了令人驚恐萬分。她飛似的跑上樓，來到自己的房間，身子探出窗臺想看個究竟。天空呈現出一片可怕的殷紅色。

思嘉麗心亂如麻，幻想這火焰不久就會蔓延到桃樹街，把這幢房子燒掉；想像著北方佬向她衝過來，她要往哪裡逃跑，她要怎麼對付。

「我得好好想想。」她在心裡不斷地安慰自己，「一定得想一想。」她俯靠著窗櫺站在那裡，突然一個震耳欲聾的爆炸聲傳來，接著傳來一聲又一聲震耳的爆炸聲，世界變成了一個充滿喧囂、火焰和全身顫抖的人間地獄。

這時她好像聽到隔壁房裡無力的呼喚聲，但是她也不去理睬。現在她已無心思去照顧媚蘭了。現在除了恐懼，那種如她所見的火焰般迅速流遍全身血脈的恐懼，讓她再也顧不上其他的了。

她像個小孩一樣，害怕極了，只想把頭埋在媽媽的腿上，閉上眼睛不看這情景。如果她是在家裡，跟母親一起，那多好啊！

在這些驚心動魄的響聲中，她聽到另一種聲音，一種三步併作一步驚恐地奔上樓來的腳步聲，百里茜衝了進來，她飛奔到思嘉麗跟前，一把緊緊地抓住她的胳膊，像要把骨頭捏碎一樣。

「北方佬……」思嘉麗嚷起來。

「不，太太，是咱們自己人！」百里茜上氣不接下氣地喊著，指甲在思嘉麗的胳膊上陷得更深了，「他們在燒鐵廠、軍需站和倉庫，還有，上帝，思嘉麗小姐，他們還把七十卡車的大炮炮彈和火藥爆炸了，而且，上帝呀，咱們可能會被燒光！」百里茜又尖叫起來。

思嘉麗又痛又惱，禁不住要哭了，使勁甩掉她的那隻手。原來北方佬還沒來呢！還有時間逃跑！於是她又聚集起了全身的力氣。她想：「如果我自己把握不住自己，我就會像隻燙壞了的貓似的拼命號叫了！」

百里茜那副可憐的惶恐相，反倒使她鎮靜下來，她抓住百里茜的肩膀使勁搖晃。「還是說正事吧，別管那些亂哄哄的事了，北方佬還沒有來呢，你這傻瓜！你見到巴特勒船長了嗎？他說什麼？他會不會來？」

百里茜停止號叫了，可是她的牙床還在打戰。

「是的，太太。我後來找到他。像你說的，他在一個酒吧。他……」

「他能來嗎？別管在哪裡找到他的。你告訴他要把馬帶來嗎？」

「上帝，思嘉麗小姐，他說咱們的軍隊早就把他的馬和馬車拉去當救護車了。」

「啊，我的天啊！」

「可是，他會來……」

「他怎麼說的？」

這時百里茜緩過勁來，已能稍微克制自己，不過她的兩個眼珠子還在緊張地轉動著。

「太太，是這樣，正如同你說的，我在一家酒吧找到了他。我站在外面喊他，他就出來了。他疑惑地看著我，我剛要跟他說話，大兵就把迪凱特街那頭的一家房子拆倒並放起火來。他說來吧，就一把拉著我跑到五點鎮。接著他問：什麼事？快講。我照你說的，叫巴特勒船長馬上來，帶著他的馬和馬車來。媚蘭小姐生了娃娃，思嘉麗小姐急著要離開這個城市。他問，她想要到哪裡去？我說我不清楚，先生，不過你一定得去，因爲北方佬很快就要來了，要他陪你一起走。他便笑著說他們把他的馬拉走了。」

思嘉麗的心情沉重起來，覺得最後的一線希望也消失了。她真傻呀，怎麼沒有想到軍隊撤退時，肯定會把留在城裡的所有車輛和騾馬都拉走？有一瞬間，她嚇得目瞪口呆，也沒聽見百里茜還在說些什麼，但是她很快又恢復過來，繼續聽下去。

「後來他說，告訴思嘉麗小姐，叫她放心，我會到軍隊裡去替她偷匹馬來，哪怕只剩下一匹也好。還說，告訴她，他就算丟了性命也要給她弄匹馬來。後來他又笑著說，趕快回家去吧。可是我剛要動身，就撲通一聲響起來了！我幾乎嚇倒了，這時他說這沒有什麼，是咱們自己人把火藥炸了，避免落到北方佬手裡，還有……」

「他會來？他會想辦法弄一匹馬來？」

「他是這麼說的。」

她長長地舒了口氣，覺得輕鬆了些。瑞德是個能幹的人，如果還有辦法弄到一匹馬，瑞德肯定會弄到的。如果他能帶她們離開這亂七八糟的場面，她什麼都可以原諒他。只要跟瑞德在一起，她就不用再擔心什麼了，瑞德會保護她們。感謝上帝賜予這個瑞德給她！她現在完全從現實著眼，變得很實際了。

「叫醒韋德，給他穿好衣裳，再準備一包我們常用的衣裳，裝進箱子。先不要告訴媚蘭我們要走了，還不到時候呢。但是要用兩條厚毛巾把嬰兒小心地裹好，把他的衣服也帶上。」

百里茜還在拉著她的裙子翻著白眼。思嘉麗推了她一把，她這才把手鬆開。

「快去呀。」她喊道。這時百里茜才像受驚了的兔子似的快步走開了。

思嘉麗知道，她得進去，讓媚蘭害怕的心理平靜下來。她知道媚蘭一定被那連續不斷、雷鳴般的響聲以及把天空照得通明的火光嚇得魂不附體。那光景簡直如同世界末日到了！

但是，她現在還說服不了自己回那間屋去。她跑下樓來，打算收拾一下皮蒂姑媽逃往梅里時留下的那些瓷器和銀器。但是她走進飯廳時，發現自己的雙手卻哆嗦顫抖起來，一連打碎了三隻碟子。

她跑到走廊上仔細傾聽外面的動靜，緊接著又回到飯廳裡，一些銀器噹啷一聲掉在地板上。不知怎麼回事，她碰到什麼就掉落什麼。她慌裡慌張行走時，還在舊地毯上滑了一跤，不過她馬上跳起來，一點疼痛感也沒有。

她在走廊上來回跑了十來次，可她什麼都收拾不了。她索性坐下來，什麼也不做了，只帶著一顆怦怦跳動的心坐著等瑞德。可是左等右等，就像一個世紀的時間過去，他還是沒來。

終於，在路的盡頭，她聽到了一種沒有上油的車軸的吱吱嘎嘎和緩慢模糊不清的嗒嗒馬蹄聲。他為什麼不快點走呀？他為什麼不狠狠抽著馬跑過來呀？

聲音逐漸近了，她一下子跳起來，喊著瑞德的名字。然後，她隱約看見他從一輛小貨車的座位上爬下來，接著大門喀嚓一聲，他朝她走過來了。

他來到燈光下，思嘉麗這才看清楚。他穿得十分整齊，像要去參加跳舞會一樣。他穿著裁剪很好的亞麻布白上衣和白褲子，灰色波紋綢繡花背心，襯衫胸口處有一點褶邊。他那頂寬邊巴拿馬帽很時尚地歪戴在頭上，褲腰皮帶上插著兩支象牙柄的長筒決鬥手槍，外衣口袋裡塞得滿滿的全是沉甸甸的彈藥。

他邁著輕快的步伐，大步流星地從人行小路上走來。他那漂亮的頭高昂著，神氣得如同一個異教徒王子。他黝黑的臉上有一絲勉強隱藏著的殘暴無情的神色，如果思嘉麗頭腦清楚，看出來這一點，她肯定會被嚇壞的。他那對黑眼睛閃爍著興奮的光芒，好像覺得眼前這整個局面無比有趣，好像這震天動地的爆炸聲和一派恐怖的火光只不過是嚇嚇小孩罷了。

他走上臺階時，她步履踉蹌地迎上前去，她臉色慘白，那雙綠眼睛像正在冒火似的。

「晚安。」他拖長音調說，一面俐落地摘下帽子。「我們趕上好天氣了。我聽說你要遠行。」

「如果你還要說笑，我就永遠不再理你了。」她用戰慄的聲音說。

「你不會是真的被嚇壞了吧！」他裝出一副吃驚的樣子詭秘地笑著，看到他那樣子，她真想把他沿著陡峭的臺階推回去。

「不錯，我怕得要死，我就是被嚇壞了，只要你有上帝賜予山羊的理性，你也會害怕的。可是咱們沒時間瞎扯了，得馬上離開這裡。」

「遵命，太太。但是你想到哪裡遊玩呢？我十分好奇，特地跑到這，無非想看看你們準備往哪兒去。你們不能往北也不能往東，不能往南也不能往西，四面八方都有北方佬。僅有一條出城的路北方佬還沒控制住，咱們的軍隊就是通過這條路撤退的。可這條路也自由不了多久了，李將軍的騎兵正在拉甫雷迪打後衛戰來維護這條通路，以保證部隊撤退，部隊一撤完，這條通路也就完了。要是你跟隨部隊沿麥克蘭諾公路走，他們就會把馬拉去，儘管這匹馬不怎麼樣，但也是我費了九牛二虎之力才偷到手的。你到底要到哪裡去呀？」

她站在那兒聽他說話，不禁渾身發抖，幾乎沒聽進他在說些什麼。但是，經他這一問，她卻忽然明白自己要到哪兒去了，在這悲慘的整整一天裡，她一直清楚自己要到什麼地方去的。那唯一的地方呀！

「我想回家。」她說。

「回家？你是說要回塔拉？」

「是的！回塔拉！啊，瑞德，我們還是快點走吧！」

他吃驚地看著她，好像她已經神志不清了。

「塔拉？你瘋了，思嘉麗！難道你不知道他們整天在瓊斯博羅打仗嗎？這時恐怕北方佬已經佔領了整個塔拉。誰也不知道他們確切的位置，只知道他們就在那一帶。你絕不能回家！你不可能從北方佬軍隊中間穿過去！」

「我就是要回去！」她大喊道，「我一定要！」

「你這小傻瓜，」他的聲音又粗又急，「你不能往那個方向去。就算你逃過了北方佬，那樹林中也遍佈著雙方軍隊的散兵游勇，而且咱們的許多部隊還在陸續從瓊斯博羅撤退，他們會像北方佬一樣立刻把你的馬拉走。你唯一的選擇是跟著部隊沿麥克諾公路走，上帝保佑，黑夜裡他們很有可能不會發現你。可是你不能到塔拉去。就算你到了那裡，你也很可能發現它已經全部被燒光了。那樣做簡直是犯傻，我不准你回家去。」

「我一定要回去！」她叫喊著，嗓子都喊破了，音調也提高了，變成了尖叫。「你不能阻止我！我一定要回去！我要見我的母親！假如你敢阻攔我，我就殺了你！我要回去！」

恐懼呈現在她的臉上，在長久緊張的刺激下，她終於忍不住了，歇斯底里的眼淚從她臉上淌下來。她一面揮舞著拳頭，發瘋了似的猛擊他的胸部，一面繼續尖叫：「我要！我要！就算一步步爬回去也行！」

忽然他將她抱在懷裡，她那淚流滿面的臉緊貼在他胸前漿過的襯衫褶邊上。他用手溫柔地、安慰地撫摩著她的一頭亂髮，他的聲音也是溫柔感人的，不帶一絲嘲諷意味，好像根本就不是瑞德．巴特勒的聲音，變成了一個溫和強壯的陌生男人的聲音，這個陌生人全身充滿了白蘭地、煙草和馬汗味，思嘉麗不由得想起自己的父親來。

「好了，好了，親愛的。」他溫柔地說，「別哭，我會送你回去的，我勇敢的小姑娘。你會回去的。別哭了。」

她感覺到有什麼東西在蹭著她的頭髮，慌亂當中，她模模糊糊地想，那會不會是他的嘴唇呢？他那麼溫柔，那麼令人欣慰，她甚至盼望永遠在他懷裡。有這麼強壯有力的胳膊抱著她，就什麼也不能傷害她了。

他從口袋裡摸出一條手絹，幫她擦掉臉上的淚水。

「來，聽話，擤擤鼻子。」他用命令的口氣說，眼睛裡閃著一絲笑意，「我們得馬上行動了，告訴我應該怎麼辦。」

她聽話地擤擤鼻子，身體仍戰慄著，他見她顫抖著嘴唇抬著頭說不出話來，便乾脆自作主張。

「威爾克斯太太已經分娩了？可不能隨便動她呀，要讓她坐這輛搖搖晃晃的貨車顛簸二十幾英里，那可太危險了，咱們必須讓她跟米德太太一起留下來。」

「我不能拋下她不管，米德夫婦都不在家。」

「那好吧，讓她上車。那個愚蠢的百里茜哪兒去了？」

「在樓上收拾箱子呢。」

「還有箱子？那車上可什麼也放不下了。車廂很小，能裝下你們幾個人就不錯了，而且輪子隨時都有可能掉。喊她一聲，叫她把屋裡最小的那個羽絨床墊拿出來，搬到車上去。」

思嘉麗仍然動彈不得，她想：如果她也像他這樣淡定，什麼也不在意，那就好了！他想扶著她走進過廳，可是她仍然站在那裡可憐巴巴地望著他。

他撇著嘴唇嘲弄地說：「這位女士就是那個使我相信她既不怕上帝也不怕任何男人的年輕女英雄嗎？」

他哈哈大笑，放開了她的胳膊。猶如被狠狠地刺了一下，她瞪大眼睛看著他，心裡咒罵著他。

「誰說我害怕了。」她說。她氣急敗壞地跺著腳，因爲她想不出來該做些什麼事——她一聲不響地端起燈，抬腳向樓上走去。

他緊跟在她後面，她能聽見他一路上都在暗笑。這笑聲使她堅強起來，她走進韋德的育兒室，看見他坐在那裡，緊緊抓住百里茜的胳膊，衣服還沒有穿好，正在抑制不住地打嗝。百里茜小聲哭泣著。韋德床上那個羽絨褥套很小，她吩咐百里茜把它搬下樓放到車上去。百里茜放下韋德，照她說的去做。韋德跟著她下樓，打嗝也停止了。

「來吧。」思嘉麗說著，走向媚蘭的臥室，瑞德跟在後面，手裡拿著帽子。

媚蘭安靜地躺在床上，被單一直蓋到下巴。她的臉色蒼白得可怕，但那兩隻深陷的帶黑圈的眼睛卻溢滿平和的光芒。她看見瑞德來到她的臥室時並沒有驚訝，好像那是理所當然的事。她試圖擠出一絲微笑，不過這笑容還沒來到嘴角就馬上消失了。

「我們要回家了，到塔拉去。」思嘉麗向她解釋，「北方佬很快就會來，瑞德打算帶我們走。這是唯一的辦法，媚蘭。」

媚蘭虛弱地點點頭，又向嬰兒指了指。思嘉麗抱起小娃娃，用條厚毛巾把他包好。這時瑞德來到床邊。

「我會盡力不讓你難受的。」他悄悄地說，同時將被單捲起來裹著她的身子。「看看你能不能用手臂扶住我的脖子。」

媚蘭試了試，但兩隻胳膊無力地垂下來了。他彎著腰，將一隻手臂伸過去托起她的肩膀，另一隻抱住她的兩個膝彎，輕輕地將她托起來。

雖然她一聲也沒有喊叫，但思嘉麗看見她咬緊嘴唇，臉色也更加慘白。思嘉麗高舉著燈，照著瑞德向門口走去。這時，媚蘭無力地朝牆上做了個手勢。

「什麼東西？」瑞德輕輕問道。

「請你，」媚蘭就跟耳語似的，一面用手指指，「查理斯。」

瑞德低頭看著她，好像覺得她在說胡話似的，但思嘉麗明白了她的意思，有點不高興。她知道媚蘭指的是查理斯的照片，它就掛在牆上他的軍刀和手槍下面。

「請你，」媚蘭又低聲說，「那軍刀。」

「唔，好的。」思嘉麗說。她又回去取下軍刀，手槍連同皮帶。居然要把它們和嬰兒、燈一併帶走，簡直太彆扭了。這就是媚蘭，自己快要死了一點也不在乎，也不擔心北方佬要來了，反而為查理斯的東西費心。

她取下相冊，不經意地看了眼查理斯的面容，他那雙褐色大眼睛與她的目光相遇了，這時她好奇地將照片仔細看了一會兒。這個男人曾經是她的丈夫，曾經在她身邊躺了幾個晚上，還和她生了一個孩子，孩子的眼睛就像他的一樣溫柔，同樣是棕色的。可是她差一點不記得他了。

嬰兒在她懷裡揮動著小小的拳頭，像隻小貓一樣低聲地叫著。她這才第一次意識到這是艾希禮的孩子，突然間，殘存在她身上的每一個細胞都希望這是她的孩子，她和艾希禮的。

百里茜連蹦帶跳跑上樓來，思嘉麗把孩子遞給她。她們趕快下樓，一路上燈光向牆壁投下搖曳不定的影子。

經過過廳時，思嘉麗看見一頂帽子，便急忙戴上，繫好帶子。這是媚蘭的黑色喪帽，並不適合思嘉麗的頭，但是思嘉麗忘記自己的帽子放在哪兒了。

媚蘭直挺挺地躺在馬車的後座上，韋德和毛巾裹著的嬰兒躺在她身邊。百里茜爬進來把嬰兒抱在懷裡。

車子很窄，四周的擋板又很低，思嘉麗朝那匹馬看了一眼，心立刻沉了下來。那匹馬又小又瘦，沒精打采地站在那裡，腦袋幾乎垂到前胯裡去。牠的背上滿目瘡痍，皮肉露了出來，呼吸的聲音也不像好馬。

「這算不上什麼好馬，是不是？」瑞德咧嘴笑笑，「就像快死了一樣。但是，這是我能找到的最好的一匹了。哪天有時間，我要詳細地告訴你，我是從哪裡和如何把牠偷來的，還有我怎樣差一點吃子彈。不爲別的，只是出於對你的仰慕，在我的事業發展到這個階段的時候，我變成盜馬賊——而且是偷這樣的一匹馬。現在讓我扶你上車吧。」

他從她手裡接過燈來，放在地上。馬車前座只是橫跨在兩旁擋板上的一條窄木板。瑞德一把抱起思嘉麗的身子，放到那塊木板上。思嘉麗暗想，自己要是有一個像瑞德這樣強壯的男人多好啊！她把寬大的裙子塞到大腿下，坐得十分端正。現在瑞德在身邊，她什麼也不怕了，爆炸聲，火光，北方佬，都顯得微不足道。

他爬上車來，在思嘉麗旁邊的座位上坐下，接著提起韁繩。

「啊，等等！」她驚叫，「我忘記鎖門了！」

他哈哈大笑起來，一面抖動韁繩用力抽打著馬背。

「你笑什麼？」

「笑你呀……你打算把北方佬鎖在大門外！」他說著，馬緩慢地很不情願地向前移動。那盞放在人行道上的燈繼續亮著，形成一個小小的黃色光圈。隨著他們漸漸遠去，光圈也越變越小。

馬拖著腳步慢吞吞地走著，瑞德從桃樹街把馬車朝西趕去。搖晃不停的馬車顛簸著，拐進一條車轍遍佈的小路。瑞德抖著韁繩把馬拐入另一條車道，這時震耳欲聾的爆炸聲再一次傳來，西邊突然騰起一團團大如流星煙火般的火焰和黑煙。

「那絕對是最後一列軍火車了。」瑞德淡淡地說，「他們為什麼沒在今天早晨運出去啊，這些笨蛋！那時還有的是時間，這下可害苦了我們了。我原來想走過市中心，那樣我們就可以避開大火和迪凱特街上那些暴民，平平安安地到達西南市區。我們得找個什麼地方橫過馬里塔大街才行，可爆炸就發生在馬里塔大街附近，除非我猜錯了。」

「我們……我們一定要通過大火區嗎？」思嘉麗戰戰兢兢地問。

思嘉麗連牙根都在打戰，她太害怕了，根本沒意識到她在發冷，渾身顫抖，連那快要燒到臉上的大火也不能給她帶來溫暖。這簡直是地獄。她縮在瑞德旁邊，靠得更緊了，用顫抖的手指抓住他的手臂，仰望著他，盼著他能說點什麼，給予她一點信心，給予她一點安慰。

他那黝黑的側影在邪惡的紅光的映照下，顯得十分鮮明，如同古錢上鑄造的一個頭像，那樣美麗、殘忍而又帶有頹廢色彩。他在她的依靠下轉過頭來，眼裡閃爍著烈火般灼人的光輝。在思嘉麗看來，他顯得又歡快又輕佻，如同從當前的局面得到了極大的樂趣一樣，好像他十分歡迎他們所面對的這個人間地獄。

「拿著，」他伸手摸出皮帶上的一支長筒手槍，「如果有人，不管黑人白人，只要他走到你那邊，想奪這匹馬，你就立馬開槍把他斃了。但是，請千萬不要一時激動也把這匹寶貝馬給打死了。」

「我……我也有一支手槍。」她低聲說。一面抓住裙兜裡的那件武器，她非常肯定，如果她面對死神，她一定會因爲害怕而摳不動扳機的。

「哪兒來的？你當真有？」

「是查理斯的。」

「查理斯？」

「是的，查理斯……我過世的丈夫。」

「難道你真的有過丈夫嗎，親愛的？」他小聲說，一面輕輕地笑著。

要是他能正經點趕緊趕路就好了！

「沒丈夫，我怎麼會有孩子呢？」她氣憤地嚷道。

「唔，不一定要有丈夫，還有其他的辦法。」

「閉上你這張嘴，快點兒跑行不行？」

他猛然勒住韁繩，因爲快到馬里塔大街，馬車停在一家還沒燒到的倉庫旁邊。

「快走啊！」這是她心裡唯一的一句話，趕快啊！趕快！

「有大兵。」他說。

兩旁的建築物正在燃燒，一隊士兵邁著行軍的步伐沿著馬里塔大街走來，士兵們疲憊不堪，步槍隨隨便便地扛在肩上，頭耷拉著，累得都走不快了。左右兩邊時不時倒塌的樑柱和四周滾滾的濃煙也引不起他們的注意力。好多人赤著腳，有的頭上或胳膊上綁著骯髒的繃帶。他們魚貫而過，目不斜視，默默無語，要不是他們平穩的腳步，他們便與鬼魂無異了。

「好好瞧瞧他們吧。」瑞德用嘲諷的口氣說，「這樣以後你就能告訴你的孫子們，你有幸見到這光榮事業的後衛軍撤回時的情景。」

她立時恨起他來，對他的恨一瞬間超越了恐懼，與這恨意相比，恐懼變得微不足道了。

她知道她自己和馬車後座裡的幾個人的安全都掌握在他的手裡，而且也只能依靠他。可她還是因他嘲笑那些衣衫襤褸的軍人而恨透了他。

她想起已經去世的查理斯和可能已不在人世的艾希禮，還有所有那些正在墳裡腐爛的英俊的青年，並且忘記了她自己也曾經把他們當做傻瓜。她一句話也說不出來，只是憤怒地盯著他，兩眼燃燒著痛恨和厭惡的烈火。

瑞德一動不動地坐著，手裡的韁繩放鬆了。他注視著他們的背影，黝黑的臉上有一種奇怪而鬱鬱不樂的表情。這時，旁邊的房梁倒塌了，思嘉麗看見他們身邊的那個倉庫屋頂上騰起一股火苗。接著，火苗像大大小小的旗幟般的火焰興高采烈地躥上天空。濃煙刺痛了她的鼻孔，韋德和百里茜已開始咳嗽起來，連那小小的嬰兒也在輕輕地打噴嚏。

「啊，我的上帝，瑞德！你瘋了？快走呀，趕快走呀！」

瑞德沒有回答，只是拿那根樹枝在馬背上使勁地抽了一下，那畜生嚇得跳起來向前一躥，接著用盡可能快的速度載著他們搖搖晃晃地橫過了馬里塔大街。他們的前面是一條燃燒著的隧道，窄小的街道兩邊，建築物燃著熊熊的烈焰，這條路是通往鐵路的。

他們匆忙駛離大街，越過鐵路，一路上瑞德的面容鎮定而冷靜，一直在不停揮著鞭子。他那寬闊的肩背向前躬著，下巴翹起來，好像在想什麼不愉快的事情。炎熱的火光照著他，汗水從額頭和臉頰上流了下來，可他連擦都沒擦一下。

他們駛過一條又一條的小巷，然後又拐彎抹角地穿過一條條狹窄的街道。瑞德有規律地揮著鞭子，一言不發。這時天空的紅光漸漸消隱，道路變得又黑又嚇人，思嘉麗很希望他能說點什麼，不管說什麼，哪怕是嘲諷的、帶侮辱性的，傷人自尊心的都可以。可是他仍不說一句話。不管說不說話，她還是爲他在身邊給她帶來的安慰而感謝上帝。有個男人在她身邊，讓她緊緊地依靠，感覺到他結實牢靠的臂膀，知道他在擋住那不可名狀的恐怖，阻擋它們來傷害她，就算他僅僅坐在這裡不說話，也是很值得慶幸的事！

「唔，瑞德。」她抓住他的胳膊低聲說，「要是沒有你，我們真不知該怎麼辦。我真高興你沒有到軍隊裡去！」

他轉過頭，看了她一眼。這一眼看得她放開了他的手臂，手縮了回來。他眼睛裡絲毫沒有嘲弄的神色，取而代之的是赤裸裸的、滿是憤怒和惶惑的目光。他咬了咬嘴唇，馬上回過頭去。他們顛簸著行駛了好一陣子，除了偶爾嬰兒哭叫和百里茜在小聲欷歔之外，一路上都靜悄悄的。思嘉麗對百里茜的欷歔實在忍無可忍，便使勁掐了她一把，痛得她尖叫起來，然後又害怕得趕緊住嘴，不敢吱聲。

瑞德讓馬來了個九十度的轉彎，過了一會兒，他們來到了一條更寬、更平的路上。這時房屋的陰影已離得愈來愈遠，而連綿不絕的樹林卻如牆壁般在兩旁依稀出現了。

「現在我們已經出城了，來到去拉甫雷迪的大路了。」瑞德簡潔地說，同時把轡繩收緊。

「別停！快走呀。」

「讓馬喘口氣。」瑞德回過頭來對她說，接著又慢悠悠地問：「你仍然決定要幹這種蠢事嗎？思嘉麗。」

「什麼蠢事？」

「你還是想冒險到塔拉去嗎？那是自殺行為。史蒂夫．李的騎兵和北方佬的軍隊正在前面阻攔著你呢。」

啊，我的上帝！他是不是不想帶她回家了，好歹她已經過了這可怕的一天了呀？

「啊，是的，是的！瑞德，算我求你了，我們趕快走吧。馬並不累。」

「稍等一下。你不能走這條大路到瓊斯博羅去。不能沿鐵路走。他們天天在南面拉甫雷迪一帶激戰。你知道還有其他的路能走嗎？馬車路或小路，不經過拉甫雷迪或瓊斯博羅。」

「唔，有的。」思嘉麗像得救般地喊道：「我知道有條車道可以避開瓊斯博羅大道若干英里，我和爸經常走那裡，那兒離塔拉只一英里。」

「那好，這樣你們就可以安全通過拉甫雷迪了。整個下午史蒂夫．李將軍都會在那裡掩護撤退，北方佬也許還沒有到。也許你能通過，如果史蒂夫．李將軍的部隊不把你們的馬搶走的話。」

「我……我能通過？」

「是的，你。」他的口氣很乾脆。

「可是，瑞德……你……難道你不護送我們？」

「不。在這裡我要跟你們道別了。」

她驚魂未定地看看周邊，看看身後灰色的天空，看看左右兩旁陰暗茂盛得如監獄高牆的樹木，看看馬車後座上驚嚇住的人……最後才把目光落在他身上。她是不是聽錯了？

這時他咧嘴笑了。在朦朧中，她看見他那雪亮的牙齒和躲藏在他眼光背後的嘲弄意味。

「跟我們道別？你……你到哪裡去？」

「我，親愛的，我要到軍隊裡去。」

她嘆了口氣，與此同時又感到很懊惱。他怎麼還有心情在這個時候開玩笑？哼，他不是說過那些被戰鼓聲和講演家的大話所慫恿而葬送性命的人都是傻瓜？……犧牲自己的生命來讓聰明人賺錢的傻瓜。這都是他曾經說過的話！

「啊，你差點嚇死我了，我巴不得把你掐死！咱們快走吧。」

「親愛的，我可不是說笑。思嘉麗，你傷了我的心，你竟然不能理解我勇於犧牲的精神，你的愛國心跑到哪裡去了？現在是你告訴我選擇光榮凱旋或馬革裹屍而歸的最佳時機。不過你得趕快說，我可沒時間在奔赴前線參加戰鬥之前聽你發表激昂慷慨的演說。」

他的語調聽在她耳裡是譏諷的。他是在諷刺她，甚至她覺得也是在譏笑他自己。他到底在說些什麼呀？什麼愛國心，馬革裹屍，激昂慷慨的演說？他的真正意思絕不是他話中所指的意思。

在這條黑隆咚的路上，她身邊帶著一個快要死的女人、一個新出生的嬰兒、一個愚蠢的黑人小女孩和一個嚇壞的孩子，在這個時候，他竟然如此輕率地提出要拋下她，讓她獨自帶他們從這寬廣的戰場，從這有著散兵游勇、北方佬和炮火以及天曉得還有什麼樣的風險中穿過去！

「你快說你是在開玩笑的，瑞德！」

她拽住他的胳膊，眼淚簌簌地滴在他的手腕上，他把她的手舉到唇邊輕輕地親了親。

「你真是自私到了極點，是不是，親愛的？只想到你自己那寶貴的身體，便不顧及聯盟的生死存亡了。想想，如果我在最後時刻出現，咱們的部隊會受到多大的鼓舞啊！」他的聲音含著刻意表現出來的柔情。

「啊，瑞德，」她哭著說，「你怎麼可以這樣對我呢？你爲什麼要丟下我？」

「爲什麼？」他道，「也許是因爲我們所有的南方人都有一種傷感情緒，那是一種藏而不露的叛逆心理，也許……也許因爲我感到慚愧了。誰知道呢？」

「慚愧？你早晚會慚愧至死的，把我們丟在這裡……」

「親愛的思嘉麗！像你這樣自私自利的人是絕不會孤苦伶仃的。要是北方佬真能抓到你，那才需要上帝保佑他們。」

她驚慌失措地望著他，只見他忽然跳下馬車來，走到她這邊來。

「你下來。」他命令她。

她凝視著他。他粗魯地伸出手，雙手放在她腋下，把她抱下來，放在他身邊。接著他又牢牢拽住她，將她拖到離馬車好幾步遠的地方。她感覺到鞋子裡的塵土和碎石把她的腳硌痛了。

「我不奢望你瞭解或寬恕，我也不在乎你怎樣做，因爲我是永遠不可能瞭解或饒恕我自己做這種傻事的，我深恨自己身上還殘留著如此多不切實際的幻想。可是我們美好的南方需要每個男人去爲它獻身。我們勇敢的布朗州長不就是這樣說的嗎？反正我要上前線去了，沒關係。」他突然放肆的大笑起來。

「『如果不是榮譽對我更可貴，親愛的，我就不會愛你這麼深。』這話現在說很合適，不是嗎？目前這話比我能想到的什麼話都更強。因爲我就是愛你，思嘉麗，無論上個月的那天夜裡我在走廊上說了些什麼。」

他那慢悠悠的聲音是溫柔的，他那雙溫柔而強有力的手，向上撫摩著她光滑的臂膀。

「我愛你，思嘉麗，因爲我們兩人那麼相似，我們都是叛徒，都是自私自利的無賴。就算整個世界全部歸於毀滅，我們都會毫不在乎，只要我們自己安全舒適就行了。」

在黑暗中他繼續說下去，可是她根本沒有聽懂。他要把她丟在這裡，讓她獨自面對那些北方佬，她心裡正煩躁地試著接受這一冷酷的現實。她心裡說：「他要丟開我了，他要丟開我了。」接著他用雙臂緊緊摟住她的肩膀和腰肢，她甚至可以感到他大腿上結實的肌肉緊貼在她身上，他外衣的鈕扣幾乎陷入了她的胸脯。

她的周身湧遍了一股令人迷茫和恐懼的熱流，時間、地點和環境從她的意識中消失。她覺得自己像個布娃娃，軟綿綿的，溫暖、虛弱、無助，他支撐著她的雙臂令她感到快樂極了。

「我上個月說的那些話，現在你不想改變一下自己的看法嗎？沒有什麼能像危險和死亡那樣給人更大的刺激了。有點愛國心吧，思嘉麗。試想一下，假如你用美好的記憶送一名士兵去犧牲會怎麼樣啊！」

他吻她，鬍子刺得她的嘴巴癢癢的。他灼熱的嘴唇慢慢地吻著她，從容自在，好像他擁有整晚的時間。

查理斯從來沒有如此吻過她，塔爾頓家和卡爾弗特家的幾個小夥子的吻，也從來不像這樣叫她熱一陣冷一陣地渾身發抖。他將她的身子壓向後面仰靠著，他的嘴唇從她喉頸上向下移動，直到那個浮雕寶石鎖著她胸衣的地方。

「親愛的，親愛的。」他小聲叫喚著。

她隱隱看到了黑暗中的馬車，聽到了韋德顫抖著聲音在叫嚷。

「媽，韋德害怕！」

冷靜的理智猛然將她拉回到現實，她想起自己一時遺忘了所有的事情……她自己也嚇住了，因爲瑞德要拋棄她，拋棄她，這該死的混球！更放肆的是，他居然還老道地厚著臉皮，站在大馬路上，用他那見不得人的建議來侮辱她。憤怒和憎恨在她心頭湧起，她挺直了脊梁，使勁一扭從他懷抱裡掙脫出來。

「你這流氓！」她叫喊著，思想頓時活躍起來。「你這下流坏子，卑鄙無恥的東西！」

由於想不出更帶侮辱性的做法，她把手抽回來，使出渾身的力氣狠狠地扇了他一巴掌。他向後倒退一步，忙用手摸著自己的臉。

「唉。」他平靜地哼了一聲，然後在黑暗中兩人面對面地靜立著。她聽得見他粗重的呼吸聲，她自己也喘著氣。

「他們說得沒錯！你不是個上等人！大家是對的！」

「我親愛的姑娘，」他說，「這還不夠！」

她知道他又在嘲笑她了，這深深地傷害了她。

「滾吧！現在就滾！我要你馬上走，我永遠不要再見到你了。我希望一發炮彈正好飛到你身上，我希望炮彈把你炸個稀巴爛，我……」

「不必費神說下去了，我已經懂得你的意思。當我死在國家的祭壇上時，我希望你會受到良心的譴責。」

她聽見他笑著走開了。他再次回到馬車旁邊，站在那裡。思嘉麗聽見他正在說話，而且聲音變了，變得那麼謙遜、恭敬，就像他每次跟媚蘭交談時一樣。

「是威爾克斯太太嗎？」

百里茜用惶恐的聲音從馬車裡回答著：「我的上帝，原來是巴特勒船長！媚蘭小姐早就暈過去了。」

「她還沒死吧？還有氣息嗎？」

「是的，先生，她還有氣。」

「這樣可能對她更好一些。如果她清醒著，我倒擔心她承受不了這麼多的痛苦呢。百里茜，好好照看她，這張鈔票給你。可千萬不要變得愈來愈傻呀！」

「是的，先生。謝謝先生。」

「再見，思嘉麗。」

思嘉麗知道他轉過身來面對著她，可是她拒絕回答。她恨透他了，一時也找不到什麼話說。他的兩隻腳踏著路上的鵝卵石，有一會兒她還看見他那寬大的肩膀在黑暗中若隱若現，之後他就走了。有幾分鐘，她還聽得見他的腳步聲，可後來就漸漸遠去。她慢吞吞地走回到馬車這邊來，雙膝在打戰。

他怎麼就走了呢，怎麼就走進黑暗，捲入戰爭，踏入一樁已經面臨失敗的事業，陷進一個瘋狂的世界去呢？他怎麼捨得走啊，瑞德，這個沉溺於女人美酒，追求時髦服飾，講究吃喝享樂，而又討厭南方和嘲罵參軍打仗的人，爲什麼捨得走呀？

現在他那雙光亮的馬靴踏上了苦難的道路，那兒全部是饑餓、疲憊、行軍、苦戰、創傷、悲痛等，它們像無數狂叫的惡狼，在等著他，吞噬他。最後的結局必是死亡。他是沒有必要去的。他安全，富裕，舒適。可他還是走了，把她獨自留在這黑夜中。

如今她想了一切用來咒罵他的惡言惡語，可是已經太晚了。她把頭倚靠在馬的彎脖子上，放聲痛哭起來。

chapter 24 殘破家園

清晨，明亮炫目的陽光透過頭頂上的樹蔭照進來，照醒了思嘉麗。由於睡覺的地方太狹窄，她蜷縮得渾身僵硬，一時間竟忘記自己是在哪裡。太陽照得她睜不開眼，她身下的那塊硬木板硌著背，很難受，她覺得兩條腿上還壓著個什麼東西，不能動彈。

她勉強抬起上半身，發現原來是韋德睡在那裡，他把頭枕在她的膝蓋上。媚蘭的兩隻腳快要伸到她鼻尖上了，百里茜則睡在車座底下，像隻貓一樣蜷伏著，嬰兒睡在她和韋德中間。

過了一會兒，昨晚的一切回到了她的腦海。她翻身端坐起來，急忙環視周圍。

感謝上帝，沒看見北方佬！他們這個藏身之處昨晚竟然沒被人發現。現在她已經全部記起昨晚的事了，瑞德的腳步聲消失後那段噩夢般的旅程，他們顛簸著行駛過那條滿是車轍和鵝卵石的黝黑道路，道路兩旁馬車時不時滑下去的那些深溝，她和百里茜把馬車推出深溝時那股超乎想像的蠻勁兒等。因爲她聽到士兵們走近了，也不明白是敵是友，生怕他們把馬車搶走，自己曾多次把那匹倔強的馬趕進田裡和林中，生怕自己一聲咳嗽、一個噴嚏，或者韋德的一個嗝兒，就暴露了自己，把他們引過來。想起這些，她不寒而慄。

她繞了個一英里的彎兒走過一片耕地，直到身後那些營火看不見了才停下。不過接下來，她就在黑暗中迷路了，無論如何也找不到她原本很熟悉的那條馬車道，便急得哭泣起來。後來好不容易找到了，可馬又一屁股坐在車轍溝裡，再也不想動。無論她和百里茜怎樣拉呀拽呀，就是拒不站起。

沒辦法，她只好把馬卸下，帶著滿身的疲憊地爬進車的後部，伸開兩條酸痛的腿躺了下來。記得在朦朧入睡之前，她好像聽到過媚蘭的聲音，那麼微弱，好像很抱歉似的在那裡懇求：「思嘉麗，請你給我一點點水，好嗎？」

她當時說：「沒有水了。」可話還沒出口，她已經酣然入睡了。

現在清晨來臨，世界變得清靜而肅穆，四周一片碧綠，灑著金黃燦爛的陽光，到處見不到一個士兵的影子。她睜開眼睛，目光落到媚蘭身上，一時嚇得連氣也透不過來。媚蘭躺在那裡，臉色蒼白，寂無聲息，思嘉麗覺得她可能是死了。她看起來就像個死人，像個死了沒多久的老婦人，一張受盡折磨的臉，覆蓋著幾綹蓬亂纏結的黑髮。接著，思嘉麗發現她那極其微弱的隱隱起伏的胸脯，知道媚蘭昨晚竟然熬了過來，這才稍稍鬆了口氣。

思嘉麗用手遮著眼睛向四下裡看了看，顯然，她們是在什麼人家前院裡的樹底下度過了一夜，因爲在她的面前是一條砂石鋪的車道，那車道蜿蜒著一直延伸到一條林蔭道深處。

「太好了，這是馬羅里村！」她想，興奮得心咚咚直跳，因爲現在她可以找到一些朋友和幫手了。

農場上很安靜，由於馬蹄、車輪和行人肆意地來回踐踏碾壓，灌木和草地上的草已被糟蹋得亂七八糟，連沙土都給攪起來了。她向房子望去，但是裡面沒有她所熟悉的那幢古老的裝有白色護牆板的住宅，只剩下了一列長方形焦黑的花崗石基石和兩個高高聳入林的熏黑了的煙囪。

她深深吸了口氣，禁不住打了個寒噤。她想塔拉會不會也變成這樣了，只剩下一片廢墟和死一般的沉寂呢？

「我現在幹嘛想這些。」她連忙暗罵自己，「目前我不能讓自己去想，一旦亂想，又要把自己嚇住了。」

可儘管她這麼想，她的心跳還是加快了，每一次跳動都在轟鳴：「回家去！趕快！回家去！趕快！」她們必須馬上趕路回家去。但是她們還必須首先找些吃的和喝的，尤其是水。她把百里茜踢醒，百里茜看著她，眼睛滴溜溜亂轉。

「上帝呀，思嘉麗小姐，我還以為除非進了天堂，否則永遠也不會醒來了！」

「你已經離那兒很遠了。」思嘉麗說著，試著把自己的一頭亂髮向後攏攏。她的臉是濕的，身上也都是汗淋淋的。她覺得自己髒亂不堪，身上黏黏糊糊，幾乎就要發臭了。她的衣服因為睡覺時沒有脫下來，變得皺巴巴的。她這輩子還從沒經歷過這樣渾身疲憊和酸痛，渾身的肌肉好像已不再是她自己的。

她低頭看看媚蘭，發現她已經睜開眼睛。那是雙帶病容的眼睛，明亮得像火燒似的，下面突起了黑黑的一圈眼袋。她張著乾裂的嘴唇低聲哀求說：「水。」

「快起來，百里茜。」思嘉麗命令說，「我們去井邊打點水來。」

「可是，思嘉麗小姐，那裡一定有鬼。沒準有人死在那裡呢。」

「你要是敢不快點下車，我就打死你！」思嘉麗嚇唬她說，她根本無心爭吵，一瘸一拐地爬下馬車。

這時她記起了那匹馬。或許牠已經在昨天夜裡死掉了！天知道，她給馬卸車時，馬就像快斷氣了。她連忙走到馬車那邊去，看見馬躺在那裡。要是牠死了，那她就只好詛咒上帝，然後再去死了。不過，馬還活著……還在沉重地呼吸著！牠半閉著眼，但畢竟還活著。好吧，只要給牠點喝的，牠應該也會緩過來。

百里茜不情願地爬下馬車，一路嘟囔著，跟著思嘉麗膽怯地走向那條林蔭道。她們找到了水井，水井的頂篷還在，水桶則在水井深處。思嘉麗和百里茜一起動手，用力把繩子往上絞，等到她們把那桶清涼的活水從暗深的井底吊到臺上時，思嘉麗把水桶湊到自己嘴邊，咕咚咕咚地大口喝著，水灑了她一身。

她喝個沒完沒了，直到一旁的百里茜等急了：「好了，思嘉麗小姐，我也渴著呢。」這聲提醒讓她想起別人也在口渴著。

「把結解開，把桶拎到馬車上去，讓他們都喝一點。剩下的都給馬喝。難道你不想想媚蘭小姐該給孩子餵奶了？他會餓壞的。」

「但是，思嘉麗小姐，媚蘭小姐沒有奶……看來以後也不可能有。」

「你怎麼知道？」

「像她這樣的人，我見得多了。」

「別再給我充什麼行家了。昨天生孩子的事，你懂的就少得可憐。現在趕緊走吧，我要想辦法弄點吃的去。」

思嘉麗找來找去毫無收穫，後來只在果園裡拾到一些蘋果。

在她之前，士兵早就來過這兒了，樹上的蘋果已經一個不剩。她在地上撿到的那些也大半是爛了的。她把最好的幾個裝進裙兜，昨天晚上她怎麼沒想起帶上些吃的東西呢？她怎麼沒有把遮陽帽帶來呢？她簡直就是個超級大傻瓜！

不過，當然嘍，她原以爲瑞德會照顧她們的。

瑞德！她往地上啐了一口唾沫，想起這個名字，她都覺得噁心。他的爲人多麼卑鄙！她恨他！但是她竟傻傻地站在路上讓他吻……心裡還幾乎有幾分雀躍！昨晚她簡直瘋了。他這人多麼卑鄙惡劣呀！

她回到馬車邊，把蘋果分了一下，把剩下的全扔到馬車後部去。那匹馬現在已經站起來了，可是即使牠飲了些水也沒見多大的起色。牠那兩個臀骨高高矗起，就像一頭老母牛似的，兩脅也瘦得像搓衣板；至於脊背，只剩下一大片斑斑點點的傷痕。

套車時：思嘉麗戰戰兢兢不敢碰牠。當她把嚼口塞進馬嘴裡，才發現原來馬壓根沒牙。都老掉了啊！瑞德偷馬時，怎麼不偷匹好馬呢？

她坐到趕車位上，用山核桃枝在牠背上抽了一下。馬喘著粗氣向前挪動了，可是牠走得太慢了，以至於她把馬趕上大路時，發現連她這樣毫無力氣的人也比牠跑得快。

啊，假如沒有媚蘭、韋德、百里茜和那個嬰兒給她添麻煩就好了！她會很快回家去！那多好啊！真的，她寧可一步一步跑回去，一步一步愈來愈接近塔拉，接近母親！

現在她們距離塔拉也許沒有十五英里了，但是按照這匹老馬行走的速度，還得花一整天，因爲她必須時時停下來讓牠休息。一整天啊！她沿著紅光閃爍的大路向前望去，只見路上滿是深陷的車轍，那是炮車和救護車碾過後留下來的。她還得過許多小時才能知曉，到底塔拉是不是安然無恙，母親是不是還健在；還得過許多小時，她才能結束這九月灼熱的旅途。

思嘉麗回過頭來看看媚蘭，她躺在那，一副病容的眼睛閉著躲避陽光。思嘉麗扯開帽帶，把自己的帽子扔給百里茜。

「把帽子蓋到她的臉上，這樣，她的眼睛就不會給太陽晒壞了。」於是，烈日直射到思嘉麗那毫無遮蔽的臉上，她心想：「不用等到天黑，我就會變得像雞蛋一樣滿臉雀斑了。」

她這輩子還從來沒有不戴帽子或披紗在太陽下待過，也從來沒有不戴手套用她那雙又白又嫩的手握過韁繩。可現在她卻暴露在烈日下，趕著這輛由病馬拉著的破車，渾身骯髒汗臭，肚子又餓。

就在幾個星期以前，她還是那麼安逸舒適！那時候她和所有人一樣，都以爲亞特蘭大萬無一失，喬治亞絕不會被敵人入侵……這一切宛如昨日！然而，四個月前西北方出現的那一小片烏雲，竟然很快衍生成一場風暴，接著又成爲呼嘯的颶風，捲走了她的整個世界。

塔拉會安然無恙嗎？也許塔拉也已隨風而逝，隨著那場席捲喬治亞的颶風煙消雲散了。

她用鞭子在疲乏不堪的馬背上抽了一下，敦促牠繼續前行。這時歪歪倒倒的馬車像個醉漢似的，顛簸著她們左右搖晃，不得安寧。

空氣死一般地沉悶。從頭天夜裡起，她們還沒遇見過一個活人或一隻活的動物。不錯，有的只是死人、死馬和死騾子躺在路旁，渾身腫爛、蒼蠅叮滿了牠們的全身。

「母親！母親！」她低聲呼喚著。

要是她能順利回到愛倫身邊，那該多好啊！要是上帝出於仁慈，塔拉還完好無損，她能夠趕著破馬車，駛上那條漫長的林蔭道一直奔到家裡，再次見到母親那張慈祥親切的面孔，能夠再一次握住那雙柔軟、能幹、會驅除恐懼的手，能夠抓住愛倫的裙裾，並一頭紮進它裡面，那就太完美了！母親會告訴她該怎麼辦，會保證媚蘭和她的新生兒平安。她會平靜地說：「別怕，別怕。」她會趕走所有的幽靈和恐怖的東西。可是母親卻病倒了，也許正處於死亡的邊緣。

馬已經累得疲憊不堪，但思嘉麗還是在馬屁股上抽了一鞭。眼看著天就要黑了，她們會孤零零地待在這死寂的荒原上。於是她不顧起泡的雙手，更緊地抓住韁繩，在馬背上拚命地抽打著，每抽一下，她那酸痛的兩臂都痛得像火燎一般。

她現在要是能在塔拉和愛倫的溫柔懷抱裡就好了，那時她便可以即刻卸下肩頭上的重擔，那遠不是她那年輕的肩膀所能承受的沉重負擔……那個瀕死的產婦，那個迅速衰弱的嬰兒，她自己的饑餓的小男孩，還有那個嚇壞了的黑人。他們全都在向她尋求力量，尋求引導，全都從她挺直的脊背上尋求勇氣。

暮色降臨時，她們終於到達了最後一段路程。她們拐過彎，便駛上了寬敞的大道，離塔拉只有一英里了！她們前面隱隱出現那道山梅花籬笆的陰影，這表明馬車已來到麥金托什田產的邊沿。再往前一點，在一條通往老安格斯·麥金托什住宅的橡樹林蔭道前，思嘉麗收緊了韁繩。

「喂！」她使出全身力氣喊道：「有人嗎！」

百里茜緊緊抓住她不放，驚恐萬分。思嘉麗回過頭來，看見她的兩個眼珠子在骨碌碌亂轉。

「別喊了，思嘉麗小姐！求求你，別再喊了！」她低聲說著，聲音在發抖，「沒人會給你什麼回答。」

「我的上帝！」思嘉麗心裡想，不由得渾身打了個寒戰。「我的上帝！她這話說得對。那裡什麼都可能會出現！」

她抖了抖韁繩，馬又繼續往前走了。麥金托什家住宅的情景使她最後殘存的一線希望也化爲泡影了。那房子已被燒毀，淪爲一片廢墟，和她這些天所經過的每個農莊沒什麼兩樣。塔拉就在半英里之外，在這同一條大路的旁邊，正好是軍隊經過的地方。塔拉一定也被破壞了！到時在那裡，她只能看到燒黑了的磚頭和穿過斷垣殘壁朦朧閃爍的星光；愛倫和傑拉爾德都不見了，幾個姑娘不見了，嬤嬤不見了，黑人們也不見了，沒人知道他們都到哪兒去了；那裡只剩下一片死寂，籠罩著一切的死亡氣息。

她怎麼這麼傻，爲什麼違背常理，竟然肩負著這樣的使命，拖著媚蘭和她的孩子跑回來？他們還不如死在亞特蘭大，何苦頂著火一般的驕陽，坐在破馬車裡整日顛簸，跑到荒涼的塔拉廢墟來白白送死呢？

但是，艾希禮把媚蘭託付給她。「請照顧她吧。」啊，那美好而傷心的一天，當時，在永別之前，他曾和她吻別！「你會照顧她，是嗎？請答應我！」結果她就答應了。她幹嘛要答應這樣具有雙重束縛力的諾言啊？

此刻，她即使累得沒有一絲力氣，但仍有力量恨媚蘭，恨那個嬰兒像小貓似的叫著打破沉寂的聲音，那聲音愈來愈微弱了。不過她已經答應了，而且就像韋德和百里茜那樣屬於她，他們已屬於她，因此，就算她還僅剩下一點點力氣，或者說還有一口氣，她就得爲他們奮鬥，爲他們掙扎。她本可以把他們留在亞特蘭大，把媚蘭扔在醫院裡，把她拋棄掉。可是那樣一來，不管今生還是來世，她都永遠沒有顏面去見艾希禮，去告訴他她把他的妻兒丟在陌生人中間，讓他們不知怎樣的死去了。

啊，艾希禮！今天晚上，當她和他的妻兒在這條鬼神出沒的路上艱難跋涉的時候，他還活著嗎？他現在在哪裡呢？他在羅克艾蘭監獄裡躺下時還會記起她嗎？或者他得天花死去已經好幾個月了，如今正和無數的其他聯盟軍官兵一起在什麼地方的長長的墳坑裡腐爛呢？

附近一堆灌木叢裡突然發出了聲響，思嘉麗綳緊的神經幾乎都要崩潰了。百里茜大聲尖叫著，猛地一下子撲倒在馬車的底板上，嬰兒被壓在下面。媚蘭無力地移動著身子，雙手在摸索嬰兒，韋德則用手捂著眼睛渾身哆嗦，嚇得哭不出來了。接著，灌木叢窸窸窣窣地分開了，伴隨而來的是沉重的腳步聲和一聲低沉的牛叫聲，直衝她們的耳朵。

「原來是頭母牛。」思嘉麗鬆了口氣，可她的聲音還透出慌亂。

「別叫了，百里茜。你看你，把嬰兒給壓壞了，把媚蘭和韋德嚇得不行了！」

「那是個鬼呢！」百里茜小聲地說著，同時臉朝下趴伏在車板上，扭動著身子就是不肯起來。

思嘉麗轉過身，用做鞭子的樹枝在百里茜背上抽了一下。

「坐起來，你這蠢貨，」她說，「免得我把鞭子抽斷了。」

百里茜哭喊著，慢慢抬起頭來，從馬車一邊的擋板上朝外看了看，看見果真是一頭母牛，一頭紅白花的大母牛，站在那裡用驚恐的大眼睛可憐兮兮地瞅著她們。這時母牛又張開嘴，「哞……」地叫了一聲，好像要道什麼苦水似的。

「牠受傷了嗎？那聲音聽起來不太正常。」

「我看這叫聲像是奶袋發脹了，母牛急著要人給牠擠奶呢。」百里茜說，她這時鎮靜些了，「可能是麥金托什先生家的，黑鬼們把牛趕進了樹林，北方佬才沒把牛抓了去。」

「我們把牠帶走。」思嘉麗馬上決定，「這樣我們就有牛奶給嬰兒喝了。」

「咱們怎麼帶得走牠呢，思嘉麗小姐？咱們不可能帶頭母牛走呀。要是母牛很久沒擠奶，就更難辦了。那奶袋快脹破了，怪不得牠這樣叫喚呢。」

「你既然這麼在行，那就把你的襯裙脫了，撕成布條，把牠拴在馬車後面。」

「思嘉麗小姐，你知道我好不容易有了一條裙子，我可不捨得白白拿來用在牛身上呀。我也從沒跟母牛打過交道，見了母牛都害怕。」

思嘉麗撂下手裡的韁繩，提起自己的裙子來，底下那條鑲花邊的襯裙又漂亮又完整，那是她唯一完整的一條了。她解開腰帶，脫下襯裙來，雙手使勁揉搓著那些柔軟的褶子。這花邊和亞麻布是瑞德用他通過封鎖線的最後一艘走私船從納索給她帶來的，她用了整整一星期才做成這件衣裳。現在她毅然抓住裙邊用力地撕扯著，把它放到嘴裡咬著，直到它終於綻裂，「把這布繩繫在牛角上。」

她命令百里茜。可是百里茜就是不動。

「我是怕牛的，思嘉麗小姐。我從來沒有幹過那種場院活，我從來沒跟牛打過交道，我只知道幹家務活。」

「你是個傻黑子。把你給買來是我爸幹的最大一件錯事。」思嘉麗沒好氣地說，因爲她實在太累，已經沒有力氣再罵下去了。

「如果我的手臂還有力氣，我就用這鞭子抽你。」

百里茜眼珠亂轉，偷眼看看女主人板著的面孔，再看看哀怨地大聲叫著的牛。比較起來，思嘉麗不是那麼可怕，因此百里茜緊緊抓住車上的擋板，硬是待在那裡一動不動。

思嘉麗拖動著兩條發僵的腿，從座位上爬下來，幸好這頭母牛還溫和，牠在艱難地到處尋找人類來幫牠，因此當她把那條用襯裙做的繩子繫在牛角上時，牛也沒有做出任何反抗的架勢。然後，她準備回到駕駛座，可是突然一陣難以抵禦的疲憊感湧上她的腦袋，她頭暈眼花，感到天旋地轉，只好連忙雙手抓住車廂板站住，才沒有倒下。

媚蘭睜開眼睛，看到思嘉麗站在她身邊，便低聲問道：「親愛的……我們到家了嗎？」

家！一聽到家這個字眼，思嘉麗便控制不住自己的眼淚。家嗎？媚蘭還不知道已經沒有什麼家了，她們正無依無靠地流浪在一個狂暴而荒涼的世界上啊！

「還沒到呢，」她用酸澀的嗓子儘量溫和地回答說，「不過馬上就要到了。我們很快就有牛奶給你和嬰兒喝了，我剛才找到一頭母牛。」

「可憐的傢伙。」媚蘭低語著，她的手無力地摸找著孩子，可搆不著。

思嘉麗幾乎使出全身的力氣才爬到駕駛座上去，可這時那匹馬耷拉著腦袋，站在那裡，死也不動。思嘉麗無情地用鞭子抽牠。她希望上帝會寬恕她這樣傷害一頭已經累壞了的牲畜。如果上帝不饒恕，那她只好深感遺憾了。塔拉就在前面，再走四分之一英里就到了。馬要喜歡的話，到時大可以躺在井臺上休息。

馬終於慢悠悠地挪動了四蹄，車輪吱吱嘎嘎地滾動著，每走一步，乳牛就哀叫一聲。這畜生充滿痛苦的哀叫使思嘉麗的神經像針刺般難受，因此她想停下來把牛放走。要是在塔拉已經空無人煙，那麼要這頭母牛還有什麼用呢？別說她不會給牠擠奶，而且就算她會擠，那畜生也可能當她一碰牠的乳房時就踢翻她呢。

不過，既然她有了這頭牛，她就要養著牠。現在，她在這世界上擁有的東西已經不多了。

她們終於來到一個斜坡腳下，這時思嘉麗激動的無法自已，眼睛也模糊起來，因爲越過這個斜坡就是塔拉了！可緊接著她的心又往下沉……這匹跛腳老馬怎麼可能爬得上去呀！以前總認爲這個山坡又小又平緩，算不了什麼，想不到，沒過多久，今天會顯得這麼陡峭險峻。拉著這麼重的負荷，馬絕對上不了坡的。

她疲倦地下了車，拉住馬的轠轡。

「快點下來，百里茜，將嬰兒放在媚蘭小姐身旁。」她喝令道，「帶著韋德，抱著或是讓他自己走都行。」

韋德又哭又嚷，也不知嚷些什麼，思嘉麗只聽出幾個字：「黑……黑……韋德害怕！」

「思嘉麗小姐，我走不動了，我腳上起泡了，我的鞋也壞了，韋德和我並不太重……」

「下來！省得我來拉你！再不下來，到那時就把你丟在這兒，讓你一個人在黑暗裡。快！」

她最終還把是嬰兒放到媚蘭身旁，然後自己爬下車，再踮著腳尖把韋德抱出來。小男孩哭泣著，緊緊偎依在保姆身邊。

「叫他閉嘴，我受不了了！」思嘉麗說著，抓住馬轠轡，拼命拉著馬一步步往前走。「要像男子漢，韋德，不要再哭了。要不，我就打你屁股。」

上帝為什麼要叫人生孩子呢？她胡亂地想著，一面在黑暗的路上拼命向前掙扎……他們什麼用也沒有，只知道哭哭啼啼，還經常拖累你，煩你照顧。她感到後悔……居然生下他來！她覺得迷惑不解……自己怎麼會跟查理斯．漢密爾頓結婚呢？

「思嘉麗小姐，」百里茜抓住女主人的胳膊，小聲說，「咱們還是別回塔拉，他們不在那裡，他們全都走了，搞不好他們死了……我媽和所有的人。」

其實思嘉麗自己心裡也是這麼想的，因此這些話大大激怒了她，她立即甩掉百里茜抓住她胳膊的那隻手。

「那就把韋德的手給我。你可以坐在原地，待在這兒不走。別動了。」

「不行，小姐，不行呀！」

「那就閉上你的嘴！」

可這馬走得真慢啊！馬嘴裡冒出的白沫和淌下的口水都滴落在她手上，她心頭不自主地想起她曾經跟瑞德一起唱過的那句歌詞……其餘的記不清楚了：只要再過幾天，就能把這副重擔卸掉……

「只要再走幾步，」她在腦子裡一遍又一遍地哼著，「只要再走幾步，就能把這副重擔卸掉。」

後來，她們總算爬到了坡頂，塔拉的橡樹映入她們的眼簾，那是一片參天大樹，直聳入暗淡的天空中。思嘉麗趕緊朝前望去，看有沒有什麼燈光，可是什麼也沒有看到。

「他們真的都走了！」她心裡想，心裡像灌了鉛一樣沉重。「走了！」她掉轉馬頭，駛上車道，這時他們被頭頂上交抱著的橡樹遮蔽在一片漆黑中了，思嘉麗緊瞇眼睛仰視著這條黑暗的隧道，看見前面……啊，前面是塔拉農場的磚房，家！家！那些可愛的白色牆壁，那些簾帷輕拂的窗戶，那些寬敞的走廊……它們全都出現在她前面那一片朦朧之中嗎？或者這黑暗好心地把一幅像麥金托什家住宅那樣的慘相給遮住了？

道路好像長達好幾英里似的，而馬被她的手拉著，極不情願地往前走，越走越慢，越走越慢。屋頂好像還很完整。這可能嗎……這可能嗎……不！這不可能。戰爭是毫不留情的，即使是塔拉農場這座好像能保持五百年的房子，戰爭是絕不可能放過塔拉的。

接著，模糊的輪廓更加清楚了。她拉著馬加快了腳步。塔拉逃過了！白牆沒有被煙火熏黑呢。家呀！她扔掉轠轡，放腳跑這最後幾步，接著一躍上前，想把那些牆緊緊抱在自己懷裡。

接著她看見一個人影，朦朧中看不真切的人影，那人依稀出現在前院走廊的黑暗中，站在臺階頂上，還有人在家啊！

她一時高興得想叫出來，可話到嘴邊又吞了回去。屋子漆黑一片，寂然無聲，那人影也一動不動，沒有叫她。這是怎麼回事？塔拉完整無缺，可周圍同樣是籠罩著整個破碎鄉村的那種可怖的寂靜。

接著，人影移動了。他慢慢地、直挺挺地走下臺階。

「是爸嗎？」她沙啞地低聲詢問道，可心裡懷疑到底是不是他。

「是我……思嘉麗。我回來了！」

傑拉爾德拖著他那條僵直的腿，向她慢慢走來，像個夢遊人似的一言不發，他走近了，用疑惑的目光看著她，好像懷疑自己是在夢裡。接著他伸出手來，搭在她的肩上。思嘉麗感覺到一陣戰慄，好像他剛從一場夢魘裡醒過來，還處在半夢半醒之間，還沒完全清醒，還沒回到現實中來。

「女兒，」他好容易才喊出聲來，「女兒。」接著他沉默了。

怎麼……他怎麼變得如此蒼老！思嘉麗心想。

傑拉爾德的兩肩耷拉著，雖然他的面孔看不十分真切，但是她看出他臉上已沒有那種生氣，沒有了傑拉爾德的活力。那雙凝視著她的眼睛幾乎閃爍著像小韋德的眼睛擁有的那種嚇呆了的神情。

現在，未知的事使她感到很害怕，這恐懼感緊緊揪住了她的心，從黑暗中向她猛撲過來，她只得站在那裡，瞪著眼睛朝他看著。所有的疑問像潮水般湧來，可是卻被堵在嗓子眼。

車裡又傳來微弱的嬰兒的啼哭聲，傑拉爾德好像在盡力讓自己完全清醒過來。

「那是媚蘭和她的嬰兒。」思嘉麗連忙小聲解釋道，「她病得很厲害……我把她帶回家來了。」

傑拉爾德挺了挺肩膀，把他的手從她臂膀上放下來。他緩緩地走向馬車，那姿態使人驀然記起過去歡迎客人的塔拉農場主，傑拉爾德說的好像是從模糊的記憶中搜尋出來的話。

「媚蘭姑娘！」

媚蘭含糊不清地咕噥著。

「媚蘭，這兒就是你的家啦。『十二橡樹』已經被燒光了，你得跟我們住在一起。」

這時想到媚蘭還有痛苦要承受，思嘉麗立即採取了行動。她又回到了現實世界。現在得把媚蘭和她的孩子安放在一張柔軟的床上，盡可能爲她做些力所能及的小事。

「她不能動，得叫人把她抬出來。」

一陣拖著腳走路的腳步聲傳來，一個黑影出現在前面的過道裡。波克跑下臺階。

「思嘉麗小姐！思嘉麗小姐！」他一路歡呼著。

思嘉麗緊緊抓住他的兩臂。波克，塔拉農莊的臺柱，就像那些磚牆和廊簷一樣珍貴呀！她感覺到他的眼淚刷刷地落在她手上，他笨拙地拍著她，大聲說：「你回來了！真高興，真……」

百里茜也放聲痛哭，斷斷續續地嘟囔著：「波克！波克，親愛的！」還有小韋德，大人的懦弱反倒使小韋德大受鼓舞。他吸著鼻子說：「韋德口渴！」思嘉麗把他們都擁在懷裡。

「媚蘭小姐在車裡，她的嬰兒也在裡面。波克，你得小心地把她抬上樓去，就放在後面客房裡。百里茜，把嬰兒和韋德帶進屋去，給韋德一點水喝。嬤嬤在不在，波克？告訴她，我需要她來一下。」

聽了思嘉麗這種命令的口氣，波克絲毫不敢怠慢。他走到馬車邊，在馬車後廂摸索著。媚蘭已經在羽毛褥子上躺了好幾個小時。波克半抱半拖地把她弄下馬車時，她發出了呻吟聲。緊接著波克用強壯的兩臂把她抱起來，她像孩子似的將頭擱在他肩上。百里茜一手抱著嬰兒，一手牽著韋德，緊跟著他們登上寬闊的臺階，走進黑暗的穿堂去。

思嘉麗流著血的手急迫地尋找著父親的手。

「她們都好些了嗎，爸？」

「兩個女孩都好起來了。」

又是一陣沉默。沉默中，一個極可怕的念頭在她腦海裡閃過。她不能、不能強行讓自己說出來。她一次又一次地吞咽著，吞咽著，可是突然覺得口乾得厲害，好像喉嚨都黏在一起了。

塔拉寂然無聲，這個可怕的謎的謎底是不是就是這個呢？就像是回答她心中的那個問題，傑拉爾德終於開了口。

「你母親……」他剛要說下去又哽住了。

「唔……母親？」

「你母親昨天離開人世了。」

思嘉麗緊緊抓住父親的胳膊，摸索著走過寬闊而黑暗的穿堂，避開那些高靠背椅，跑向後面那間小小的辦事房，那是愛倫經常坐著記帳的地方。她走進房間時，母親當然還是坐在寫字檯前，然後抬起頭，手裡拿著羽毛筆，帶著滿身好聞的香味，托著沙沙作響的裙環，站起來迎接她那疲憊不堪的女兒。

愛倫不可能已經死了，肯定是爸爸在騙她，他就像隻鸚鵡一遍又一遍說著牠只會說的一句話：「她昨天死了……她昨天死了……她昨天死了！」

奇怪的是，除了一種像沉重的鐵鍊般鎖住她的四肢的疲憊，和使她的兩個膝蓋發抖的饑餓之外，現在的她竟然毫無感受，什麼感覺也沒有。她要過一會兒再去想母親，她必須暫時把母親從心裡放下，否則她就會像傑拉爾德那樣愚蠢地摔倒，或者像韋德那樣單調而令人厭倦地啼哭。

波克沿著寬大、黑暗的臺階向他們走來。他匆匆忙忙走近思嘉麗，像隻受凍的動物靠近火爐那樣。

「燈呢？」她問，「屋裡怎麼這麼黑，波克？拿蠟燭來。」

「他們拿走了所有的蠟燭，思嘉麗小姐，只剩下一支，咱們只捨得用來在夜裡找東西，也快用完了。嬤嬤晚上看護卡琳小姐和蘇倫小姐時，是拿根破布條放在一碟油裡點著。」

「把剩下的那點蠟燭拿來吧。」她命令他，「拿到母親房裡……那間辦事房裡去。」

波克高高地舉著一支豎立在盤子裡的蠟燭進來了，那蠟燭只剩半截，房間裡立時明亮起來。屋裡所有一切都和原來一樣，只是愛倫不在了。思嘉麗感到內心隱隱絞痛，如同被一個深深的傷口麻痹了的神經在拼命和重新發揮作用一樣。現在她絕不能讓它蘇醒，她前面的人生道路上還會有很多痛苦。到時候叫它儘管去痛吧。可現在不行！求求你了，上帝，現在不可以啊！

思嘉麗注視著傑拉爾德青灰色的面孔，她生平頭一次發現他沒有刮臉，他那本來紅潤的臉上長滿了銀白的鬍鬚。波克把蠟燭放到燭臺上，來到她身邊。思嘉麗覺得，如果他是一隻狗，他就會把頭伸到她腿上來，懇請她用溫存的手撫摩他的頭了。

「波克，家裡還有多少黑人？」

「思嘉麗小姐，那些渾蛋的黑鬼都跑了，有的還跟著北方佬跑了……」

「還剩下多少？」

「還有我和嬤嬤，思嘉麗小姐。嬤嬤照顧兩位小姐。還有迪爾茜，也在陪伴小姐們，剩咱三個。思嘉麗小姐。」

思嘉麗吃力地轉動著那僵疼的脖子，抬起頭，她知道她必須保持一種堅定的語氣。令她自己都吃驚的是，她說起話來還是那麼冷靜自然，彷彿根本沒發生過戰爭，彷彿一揮手她就能叫上來十個家僕一樣。

「波克，我餓壞了，有什麼吃的沒有？」

「沒有，小姐，他們全都拿走了。」

「園子裡呢？」

「他們把馬放在那兒，讓牠們自由溜達。」

「難道連種甘薯的那片地也掠奪光了？」

波克的厚嘴唇上浮現出一絲欣喜的微笑。

「我把甘薯給忘了。思嘉麗小姐，我認爲它們還在那裡。北方佬從沒見過山芋，他們以爲那只是些什麼根，所以……」

「月亮很快就會升起，你去給我們挖一點來烤烤。沒有玉米了？乾豆？雞？」

「沒了，小姐。他們把沒吃完的雞都掛在馬鞍上帶走了。」

他們……他們……他們，他們幹了那麼多的壞事，還有個完沒？難道燒了殺了還不夠？難道他們非得讓女人孩子和無依無靠的黑人餓死在他們蹂躪過的鄉村裡？

「思嘉麗小姐，我弄到了些蘋果，嬷嬷把它們埋在地底下了。」

「好，先把蘋果拿來，之後再去挖山芋。還有，波克……我……我覺得頭暈。酒窖裡還有沒有酒，哪怕黑莓酒也行。」

「哎，思嘉麗小姐，酒窖可是他們最先去的地方呀！」

饑餓交加、缺少睡眠、筋疲力盡及突如其來的沉重打擊交織在一起，她感到一陣昏厥，順勢抓住手下的玫瑰花雕。

「不要酒了。」她茫然地說。回憶起過去酒窖裡那一長列的酒，懷念之情油然而生。

「波克，我爸埋在葡萄架下大橡木桶裡的那些玉米威士忌酒還有嗎？」

波克的黑臉上再次掠過一絲詭秘的笑容，微笑中既有高興的成分，也有尊敬的成分。

「思嘉麗小姐，你真是最聰慧的孩子！我壓根忘了那個大木桶。不過，思嘉麗小姐，那威士忌不太好。它埋在那裡才一年左右的時間，而且太太們喝威士忌也沒好處。」

「對我這位太太和爸來說，那已經夠好的了。快去吧，波克，把它挖出來，給我們斟上兩杯，再加些薄荷和糖，我要調一種混合酒。」

他臉上顯露出很爲難的神色。

「思嘉麗小姐，你知道，塔拉已經很長時間都沒有糖用了。他們的馬把薄荷全吃光了，杯子也全被他們打碎了。」

「我實在受不了啦，只要他再說一聲『他們』，我就會控制不住尖叫起來。」她想。接著，她大聲說：「好吧，快去拿威士忌，趕快！」

他剛一轉過身去，她又說：「等等，波克。該做的事太多，我一時想不起來……唔，對了，我帶回一匹馬和一頭母牛，那牛該擠奶了，急得很。把馬卸下來，給牠喝些水。去叫嬤嬤照料一下乳牛。媚蘭小姐的娃娃要是沒有點吃的就要死了，還有……」

「媚蘭小姐難道……不能……」波克停住沒有說下去。

「媚蘭小姐沒有奶水。」

我的上帝，要是母親在，聽了這話一定會暈過去的！

「唔，思嘉麗小姐，我家迪爾茜可以餵媚蘭小姐的孩子。我家迪爾茜剛生了個孩子，她的奶水讓兩個孩子吃還綽綽有餘呢。」

「你又生了一個孩子了？」

「對，太太，生了個又大又胖的黑小子。他……」

「去告訴迪爾茜，叫她別管那兩個小姐了，我會照顧她們。叫她去帶媚蘭小姐的孩子，也讓媚蘭小姐看看能不能做些事。叫嬤嬤去照看那頭母牛，把那匹可憐的馬關進馬欄裡。」

「思嘉麗小姐，馬欄沒有了。他們拿它當柴燒了。」

「不許你再說『他們』怎樣怎樣了，叫迪爾茜趕快去做吧。你，波克，快去把威士忌挖出來，然後弄點山芋。」

「好的，思嘉麗小姐，但是沒有燈，我怎麼去挖呀？」

「你點根柴火不就行了嗎？」

「柴火也沒了……他們……」

「動動腦筋……怎樣都行，我不管。只要把那些東西挖出來就行了，現在就挖。好了，快去。」思嘉麗的口氣變硬了，波克匆匆離開房間，留下思嘉麗獨自跟傑拉爾德坐在房裡。

她輕輕拍打著他的腿，這才注意到他那兩條本來肌肉鼓鼓的大腿如今萎縮成什麼樣子。她必須想方設法把他從眼前的冷漠狀態中拉回來……可是她不能問母親。

「他們怎麼沒把塔拉燒了呢？」

傑拉爾德盯著她看了一會兒，好像沒聽到她說什麼。她又問了一遍。

他努力在記憶中搜索，「他們把這房子當做司令部了。」

「北方佬……在這幢房子裡？」她心裡感覺到這些聖潔的牆壁被玷污了。

「就是這樣，我們看見『十二橡樹』冒煙了，在河對面，那時他們還沒過來。不過霍妮小姐和英迪亞小姐，還有他們家的一些黑人都逃到梅里去了，所以我們並不替他們擔心。可是我們不能到梅里去，你兩個妹妹還有你母親正病得厲害，我們不能立刻就去。我們的黑人跑了……我不知道他們都到哪裡去了，他們偷走了車輛和騾子。嬷嬷和迪爾茜還有波克……他們沒有跑。北方佬向瓊斯博羅撲過來了，他們截斷了鐵路。他們成千上萬地從河邊向鐵路撲過去，有炮兵也有騎兵，成千上萬呀。我在前面走廊上遇見他們。他們讓我必須離開，說他們馬上要燒毀這幢房子。我就說他們要燒房子就必須踏過我的屍體。我們不能走啊，你兩個妹妹還有你母親都……」

「後來呢？」

「我告訴他們，屋裡有病人，得了傷寒，稍微動一下就會死。我說他們可以盡情地燒，把我們燒死在裡面好了。反正無論如何我是不會離開的……不離開塔拉農莊。」

他的聲音逐漸消逝，於是他茫然地向四周看看，看著周圍的牆壁，思嘉麗明白他的意思。傑拉爾德的背後站著許多愛爾蘭祖先，他們死在極有限的土地上，寧願搏鬥至死也不願離開他們曾經居住、耕作、繁衍後代、真心鍾愛的土地。

「我說他們要燒房子，就必須將三個將要死的女人燒死在裡面。可是我們絕不離開。那個年輕軍官是……是個有道德的人。」

「北方佬會是有教養的？然後呢，爸？」

「他是個有教養的人。他跨上馬走了，不久帶回來一位上尉，他看了看你兩個妹妹……還有你母親。」

「你竟然讓這個該死的北方佬進她們的房間？」

「他有鴉片，可我們沒有。他救活了你兩個妹妹，那時蘇倫正在大出血。他很好心，知道該怎麼辦。他報告說她們確實病了，結果便沒有燒房子。他們搬了進來，有位將軍，還有他的參謀部都搬了進來。除了病人住的那間以外，他們擠滿了所有的房間。而那些士兵……」

他停頓下來，好像疲乏至極，他長滿鬍子的下巴沉重地垂在胸部鬆弛的肌肉上，接著又艱難地開口說下去。

「他們在房子周圍安營紮寨，到處都是他們的人，棉花地裡，玉米地裡都是。牧場都被他們變成藍色的海洋。晚上點起上千堆營火，他們把籬笆拆了拿來生火做飯，還有倉房、馬廄和熏臘間，都沒能倖免。他們把牛呀，豬呀，雞呀，甚至那些火雞都給宰了。」

「哦，父親的寶貝現在沒了。」

「他們拿東西，連畫也要，還有一些傢俱，瓷器……」

「銀器呢？」

「波克和嬤嬤做了點手腳……把銀器放在井裡了吧？可是我現在記不清了。」傑拉爾德說到這兒時顯得有點激動。「後來他們就從這裡……從塔拉……發起進攻了。人們有的騎馬，有的走路。周圍一片慌亂，都到處奔跑。不久，大炮在瓊斯博羅像轟雷一般打響了，連病中的女孩們都能聽得清清楚楚，她們一遍又一遍地說：『爸，讓他們別響了。』」

「那麼……那麼母親呢？她知道北方佬在屋裡嗎？」

「她……自始至終什麼也不知道。」

「感謝上帝。」思嘉麗說。母親總算是幸運的。母親始終不知道真相，始終沒聽見樓下房間裡敵人的聲響，沒聽見瓊斯博羅的槍炮聲，沒看見她視爲心頭肉的這塊土地受到北方佬無情的蹂躪。

「因爲我跟你妹妹們和你母親一起待在樓上，所以我不經常看見他們。我見的最多的是那個年輕醫生，他爲人和藹，思嘉麗，真是很慈善呢。他整天忙著照顧傷兵，可休息時總要上樓來看她們。他甚至留下些藥品。他們臨走時，他告訴我，你兩個妹妹會漸漸好起來，可是你母親……她太虛弱了，他說，恐怕終究熬不過去。他說她已經把自己的精力消耗完了……」

接著是一陣沉默，這時思嘉麗想像著母親在最後一段日子裡必須表現出來的堅強。她作爲塔拉農莊一根單薄的頂梁柱，一直在那裡護理病人，做事，整夜不眠，整天不吃，爲了讓別的人吃得夠，睡得好……

「後來，他們就繼續前進了。」他沉默了好一會兒，然後開始摸索她的手。

「我很高興，你終於回來了。」他簡單地說。

這時，一陣刮擦的聲響從後院走廊上傳來。那是可憐的波克，四十年來，他養成了進屋前先把鞋底擦乾淨的習慣。他小心翼翼地提著兩個葫蘆走進門來，濃烈的酒味飄然而至。

「我不小心灑掉了不少，思嘉麗小姐，把酒倒進一個小小的葫蘆口，可真有些難度呢。」

「這已經很好了，波克，謝謝你。」她從波克手裡接過濕淋淋的長柄葫蘆勺，聞到這酒的味道，她的鼻子厭惡地皺了起來。

「喝一勺，爸。」她將一勺威士忌酒塞到他手裡，接著又從波克手裡接過第二勺。傑拉爾德像個聽話的孩子，端起酒來大口大口地喝下去，在她遞來第二勺時，他卻連連搖頭示意不要了。她從他手裡接過威士忌送到嘴邊，這時她看見父親在凝視她，眼睛裡依稀流露出不讚賞的神色。

「我知道小姐太太是不能喝酒的。」她簡單地說，「但是今天我不是小姐，而且晚上還有好多事要做呢。」

她端著勺子深深聞了一下，迅速地喝起來。那熱辣辣的酒像火球滾過一樣經過喉嚨直燒到肚子裡，嗆得她快流眼淚了。接著，她又吸了口氣，再次舉起葫蘆。

「思嘉麗，一勺就夠了。」傑拉爾德用命令的口吻說著，這還是思嘉麗回家後，頭一次聽到他用這種口吻說話，「你不常喝酒，它會使你醉的。」

「醉？」她發出一聲奇特的笑：「醉？我倒希望它把我醉倒呢。我真想喝醉了，把這一切都忘了，什麼都不記得。」

她又喝了一勺，這時一股緩緩的暖流進入她的血脈，滲透她的全身，連手指尖也有點激動了。這種溫和的興奮讓人感覺多麼幸福啊！它彷彿已穿透她那顆冰封的心，力量已重新灌滿到她體內。她看見傑拉爾德的表情又張惶又痛苦，便再次拍拍他的腿，盡力裝出他所喜歡的那種活潑的微笑。

「它怎能醉倒我呢，爸？我是你的女兒。難道我沒有繼承克萊頓郡那個最冷靜的頭腦嗎？」

他差一點就對著她那疲憊的臉笑出來。威士忌也使他興奮起來了。她又把酒遞給他。

「你再喝一點吧，然後我就陪你上樓，你該上床睡覺了。」她連忙停住，沒有再說下去，因爲這是她對韋德說話的語氣。她不能用這種口氣跟他爸爸說話。這是不敬之舉。但他還等著聽下去。

「對呀，伺候你上床睡覺，」她低聲補充說，「再餵你喝一口……或者把這一勺都喝了，就扶你去睡。你必須要睡了，只要思嘉麗在這裡，你就什麼都不用擔心了。喝吧。」

他又乖乖地喝了些，接著，她挽住他的胳膊，扶著他站起來。

「波克……」

波克一手提著葫蘆，一手挽著傑拉爾德。思嘉麗端起閃爍不定的蠟燭，三個人慢慢進入黑暗的穿堂，爬上盤旋樓梯，向傑拉爾德的房間走去。

蘇倫和卡琳躺在同一張床上，屋子裡一股濃烈的怪味，摻雜著病房藥物和油腥味兒。兩人同樣的形容消瘦，面色蒼白。

思嘉麗坐在兩個妹妹身旁，癡呆呆地望著她們。餓了很長時間的胃乍一喝下威士忌，現在已經在她身上起作用了。有時候，她覺得兩個妹妹好像離她很遠，個頭也很小，她們斷斷續續的聲音像蟲子似的在嗡嗡叫著。可有時她們又顯得很強壯，似閃電般的速度向她衝來。她太累了，累得骨頭都散架了。她感覺到自己可以躺下來睡個三天五天的。

要是她能躺下來放心的休息，而醒來時愛倫在她身邊輕輕搖著她的臂膀，說：「該起床了，思嘉麗。不許你這樣偷懶。」……那該多好啊！

可是，她永遠失去了這樣的機會。如果愛倫還在，或者她能找到一個比愛倫年紀大，或者比她更聰明而又不知疲倦的女人，那該多好啊！要是有這麼一個人，她可以把頭伏在她腿上，可以把她的負擔卸在她的雙肩上，那該多好啊！

門被輕輕推開，迪爾茜走了進來，她懷裡抱著媚蘭的嬰兒，手裡提著酒葫蘆。在這煙霧沉沉、搖曳不定的燈光下，她顯得比思嘉麗上次看見時更瘦了，臉上的印第安特徵也更加明顯了：高高的顴骨越來越突出，鷹鉤鼻也顯得更尖利，棕紅色的皮膚也變得更加光亮了。褪色的印花裙子的胸口裸露到腰際，碩大的古銅色乳房袒露無遺。媚蘭的嬰兒偎在她懷裡，他那張玫瑰花蕾般的小嘴貪饞地含住她黑黑的乳頭，吮吸著，而那兩個小拳頭撐住那溫軟的肌膚，就像小貓偎依在貓媽媽腹部溫暖的毛髮裡一樣。

思嘉麗搖搖晃晃地站起來，一隻手放在迪爾茜的肩膀上。

「迪爾茜，你能留下來真是太好了。」

「我怎麼能跟那些垃圾般的黑人一起走呢，思嘉麗小姐？你爸心眼好，把我和小百里茜買了來，你媽又是那麼平易近人！」

「迪爾茜，坐下。這嬰兒吃得還好吧？媚蘭小姐怎麼樣？」

「這孩子就是餓了，沒有什麼大毛病，我有的是奶給這孩子吃。媚蘭小姐也很好，她不會死的，思嘉麗小姐。你不用操心，像她這樣的，我見得多了，無論白人還是黑人。她大概是累了，好像有點神志不清。我剛才拍了拍她，給她喝了點葫蘆裡剩的酒，她就睡著了。」

這麼說，全家都喝了玉米威士忌！媚蘭不會死了。艾希禮回來時……要是他真能回來的話……算了，這些以後再去想吧。該想的事還多著呢……還有那麼多的事情要處理，要做出決定。要是她能把想問題的日子往後一推再推就好了！

突然，她一躍而起，因爲她聽見外面一陣吱吱嘎嘎的聲音和有節奏的喀砰……喀砰……的聲響，深夜的沉寂被打破了。

「那是嬷嬷在打水，準備給兩位姑娘擦身子。她們經常需要洗澡。」迪爾茜一面解釋，一面將葫蘆放在了桌上的藥水瓶和玻璃杯中間。

思嘉麗突然放聲大笑起來，要是從小熟悉的井臺上的轆轤聲都能使她害怕的話，她的神經一定是已經崩潰了。

她笑的時候，迪爾茜冷靜地看著她，她那威嚴的臉上沒有表情，可是思嘉麗覺得迪爾茜是理解她的。她重新坐回到椅子上，要是她能把箍緊的胸衣，還有那讓她感到窒息的衣領和塞滿沙粒和石子的便鞋都脫掉，那就好多了！

轆轤慢吞吞地吱嘎吱嘎地響著，繩子被一圈圈地捲起來，每吱嘎一聲，水桶就離井面近一些。嬤嬤就要到她這裡來了……愛倫的嬤嬤，思嘉麗自己的嬤嬤。嬤嬤拖著笨重的身軀一步步挨到門口，彷彿樓道都快被她震得顫抖了。她的雙肩被兩木桶沉重的水拉了下去，那張和藹的黑臉滿是憂傷。

她一看見思嘉麗，雙眼立刻亮起來，雪白的牙齒也在微笑中顯得更加明亮了。她放下水桶，思嘉麗立即跑過去，把頭枕在她寬闊鬆弛的胸口……

有無數多的黑人和白人的頭曾在這裡緊緊地偎倚過。思嘉麗想，這真是個安穩的讓人放心的地方，可嬤嬤一開口就把這種幻覺粉碎了。

「嬤嬤的孩子終於回來了！唔，思嘉麗小姐，現在愛倫小姐已進了墳墓，咱們可怎麼辦才好？哦，思嘉麗小姐，我真恨不得自己跟愛倫小姐躺在一起呢！沒有愛倫小姐，我什麼都沒有了，只剩下傷心和煩惱。只有重擔，寶貝兒，只有重擔。」

任嬤嬤怎麼嘮叨，思嘉麗只是把頭緊緊靠在嬤嬤的胸口，可這時有兩個字引起了她的注意，那就是「重擔」。這也就是那天下午在她腦子裡不斷狂轟濫炸的那兩個字，它們無休止地重複，使她厭煩到極點。此刻，她記起了那首歌的其餘幾句，是心情沉重地想起來的：

只需再過幾天，就能把這副重擔完全卸掉！
且不管它的分量是不是會減少！
再過幾天，我們將會蹣跚著走上大路……
且不管它的分量永遠不會減……

她把這句歌詞銘記在自己疲倦的心裡。她的擔子永遠也不可能減輕，不是嗎？回到塔拉並不是意味著幸福的休息，反而是更沉重的負擔。她從嬤嬤的懷抱裡抬起頭來，舉起手拍了拍那張滿臉皺紋的黑臉。

「寶貝，你的這雙手！」嬤嬤拿起那雙滿是水泡和血塊的小手，用責備而心疼的目光打量著，「思嘉麗小姐，我不是一再跟你說過，人們通常靠一雙手來斷定一位小姐太太嗎？還有，你的臉也給晒黑了！」

就算戰爭和死亡剛剛從她頭上飛掠而過，可憐的嬤嬤，在這些無關緊要的事情上還是不放過她。再過一會兒嬤嬤就會說，凡是手上起泡和臉上有斑點的年輕小姐們以後再也找不到丈夫了。

思嘉麗於是先發制人地說道：

「嬤嬤，和我說說母親的情況。我不敢讓爸爸談，我怕他承受不了。」

嬤嬤一面彎下腰去提那兩桶水，一面傷心得涕淚橫流。

「思嘉麗小姐，都怪斯萊特里家那些賤貨，他們是壞到極點的下流白人，是他們把愛倫小姐給害死了。我告訴過她，告誡她，說替那些下流白人做事沒有什麼好處，但是愛倫小姐就是善良，心腸軟，誰需要她，她從來不會拒絕。」

「斯萊特里家？」思嘉麗惶惑地問，「她們怎麼了？」

「她們也得了這種病。」嬤嬤拿破布指了指兩個光著身子濕淋淋的女孩。

老斯萊特里小姐的女兒埃米染上這個病了，她就急忙跑到這裡求愛倫小姐，她怎麼不自己照顧自己的女兒呀？愛倫小姐自己還有更多的事脫不了身。不過愛倫小姐最後還是去了，她在那裡照顧埃米。愛倫小姐自己身體也很虛弱，思嘉麗小姐。你媽不舒服已經有很長時間了。因爲供應部把咱們出產的一切都偷走了，這一帶已經沒有太多的東西可以吃了。愛倫小姐的胃口很小，像個雀兒似的總是吃那麼一點點。我對她說，叫她別去理睬那些下流白人的事，可是她怎麼也不聽我的勸。這下可好了！大概埃米快要好起來的時候，卡琳小姐就病倒了，接著蘇倫小姐也染上了。這樣，愛倫小姐同時還得護理她們。

「路上在打仗，北方佬都過了河。我們誰都不知道到底會發生什麼事，每天晚上都有幹農活的黑人逃跑，我都快瘋了。不過愛倫小姐還依然那麼冷靜，跟沒事一樣。她只擔心兩個年輕小姐，因爲咱們沒有藥，啥也沒有了。有天夜裡，我們給兩位小姐擦身子擦了不下十遍，後來她對我說，『嬤嬤，我願意用我的靈魂來換取一些冰塊，好放在女兒頭上。』她不准許傑拉爾德先生進這屋來。也不讓羅莎和丁娜來，除了我之外，誰也不讓進，因爲我得過傷寒。緊接著，她自己也染上病了，思嘉麗小姐，我一看就知道沒救啦。」

嬤嬤這時直起身來，拉起衣襟，擦拭著流了滿臉的淚水。

「思嘉麗小姐，她很快就走了，連那個好心的北方佬大夫也對她束手無策。她漸漸失去了意識，我喊她，跟她說話，可她連自己的嬤嬤也認不出來了。」

「她有沒有……有沒有提起過我……喊過我？」

「沒有，寶貝。她以爲自己還是薩凡納的那個小女孩。」

「誰的名字也沒喊過？」

迪爾茜稍微挪動了一下，將睡著的嬰兒橫放在膝上。

「叫過的，她叫過什麼人的。小姐。」

「閉住你的嘴。你這印第安黑鬼！」嬤嬤轉過身去惡狠狠地衝著迪爾茜罵道。

「別生氣了，嬤嬤！她叫誰了？是爸嗎？迪爾茜。」

「小姐，不是你爸，不是的。是在棉花被燒的那個晚上……」

「棉花全被燒了……快點都告訴我！」

「是的，小姐，全燒光了。北方兵把棉花一捆捆從棚子裡滾出來，堆到後院裡，嘴裡大聲叫嚷著『快來看這喬治亞最大的篝火呀』。一把火就燒完了接連三年積存下來的棉花……值十五萬美元，一會兒就化成灰了！」

「火光把這地方照得像大白天一樣——我們都擔心房子也會被燒掉，這個房間也被照得通亮，亮得在地上找針都找得到。後來火苗躥進了窗子，愛倫小姐被驚醒了，她在床上直挺挺地坐起來，一遍又一遍地大聲叫喊：『菲力浦！菲力浦！』我從來沒聽見過這個名字，不過那的確是個名字，她就是在喊這個。」

嬤嬤一下子像變成了石頭人，站在那裡，瞪大眼睛盯著迪爾茜，但思嘉麗卻把頭埋進了雙手裡，尋思起來。菲力浦……他是誰，母親臨終時怎麼這樣叫他呢？他和母親到底有什麼關係？

她回到塔拉，卻失去了她想躲藏的避風港，她走進了一個死胡同，任憑她怎麼掙扎，都逃不出。沒有人可以推卸掉她肩上的擔子。環顧身邊的人，父親衰老癡呆，媚蘭軟弱無能，兩個妹妹生病，孩子一個個孤苦無依，黑人們像孩子一樣忠誠地看著她，依附著她的裙裾，知道愛倫的女兒會像愛倫一貫所做的那樣，成爲他們的避難所。

窗外，月亮正冉冉升起，淡淡的銀光照著塔拉農莊，可大部分黑人已經走了，田地荒蕪，倉庫焚毀，整個農莊如同個血淋淋的軀體，呈現在她的眼前。所有這一切，她該怎麼辦？梅里的皮蒂姑媽和伯爾家很有可能把媚蘭和她的嬰兒接過去。假如兩個妹妹康復了，不管她們願意與否，愛倫的娘家也得收留她們，而她自己和傑拉爾德呢，他們就可以去投奔詹姆斯和安德魯伯伯家了。

她看著在她眼前輾轉反側的瘦弱的身子，蘇倫令她厭煩，現在她猛然間真真切切地明白了這一點，她從來沒喜歡過她。當然，她也並不十分愛卡琳。可以說，凡是懦弱的人，她都不喜愛。但她們都是塔拉的一部分，是她的骨肉同胞，不，她不能讓她們頂著窮親戚的身分在姨媽們家裡度過一輩子。一個奧哈拉家的人怎麼能被人當做窮親戚，看人家的臉色過苦日子呢？絕對不能！

難道就沒有逃出這條死胡同的方法了嗎？她疲憊的大腦轉得太慢了。她把放在玻璃杯和瓶子中間的葫蘆拿過來，往葫蘆裡看了看。看到葫蘆裡還剩有一些威士忌，可是光線太暗，看不清到底還剩下多少。奇怪的是，此刻強烈的酒味並不覺得那麼刺鼻了，她慢慢地喝著，感到一股緩緩的暖意流到心底，這一次也不感覺燒得難受了。

她放下空葫蘆，環顧四周，這簡直就是在夢境裡，煙霧沉沉的昏暗房間，蹲在床邊的醜陋肥胖的嬤嬤，兩個瘦削的女孩，還有迪爾茜一動不動，像極了一尊懷抱著睡覺娃娃的青銅雕像……所有這一切都是個夢，她很快就會從這個夢中醒來，醒來時她將聞到廚房裡的烤肉香，她將聽見黑人們的咯咯笑聲和正要駛向田地去的馬車的吱嘎聲，那時愛倫溫柔的手觸摸著她，堅持要她起床。

她不知道自己是喝醉了，還是過度疲勞。她只知道此刻的自己掙脫了疲乏的身軀，飄浮到上邊不知什麼地方，那裡沒有痛苦和辛勞，在那裡，她的頭腦有著超人的洞察力。

不，她絕不能也不甘心去投奔傑拉爾德和愛倫的家族。奧哈拉家的人絕不接受施捨。奧哈拉家的人凡事都靠自己。她的負擔是屬於她自己的，只能用自己強壯的雙肩去扛。她把視線移到肩膀上，心想自己的雙肩是夠堅強的，居然承受了所發生過的最糟的事，現在可以承受任何負荷了。她不會拋棄塔拉，因為她屬於這片紅土地，也許說它們屬於她更確切。就像田裡勃勃生機的棉花一樣，她的根就紮在這血紅的土壤裡汲取生機。

無論如何她都要留在塔拉農莊，經營它，撫養媚蘭和艾希禮的孩子，贍養她的父親，供養她的兩個妹妹，還有那幾個黑人。

明天……啊，明天！明天會有許多事情要做的！明天她甘願把牛軛套在自己頸上。

她要到「十二橡樹」和麥金托什村去，看廢棄的花園裡還剩下什麼東西；到河邊的沼澤地裡去到處敲一敲、打一打，找找有沒有走散的豬或是雞呀什麼的；帶上愛倫的首飾到瓊斯博羅和洛夫喬伊去，那裡肯定還留有人在賣吃的東西。明天……明天……她的腦子在遲鈍地轉著，愈來愈慢，像一座發條在漸漸鬆散的時鐘，但是仍然轉動著。

chapter 25 天無絕人之路

第二天早晨，由於長途跋涉和顛簸，思嘉麗全身發僵，酸痛，現在每動一下都感到極度困難。她的臉被太陽晒得緋紅，起泡的手掌也裂開了。舌頭上長了厚厚的舌苔，喉嚨乾得像被火烤焦了一樣，無論喝多少水也無濟於事。

她的頭一直脹痛，連轉動一下眼睛也感覺不舒服。胃裡常常有作嘔的感覺，這使她回憶起懷孕時的日子來，吃早點時一看見桌上熱氣騰騰的山芋就受不了，連那氣味也聞不得。傑拉爾德說這是第一次喝烈酒引起的反應。

思嘉麗坐下後，他喃喃地說：「我們要等一下奧哈拉太太，她來晚啦。」

她抬起脹痛的頭，用疑惑的目光看著他，同時看到站在傑拉爾德椅子背後的嬤嬤在朝她使眼色。她搖搖欲墜地站起身來，一隻手摸著喉嚨，俯視著在早晨陽光下的父親。他茫然地抬頭窺視著她，她看到他的手在發抖，頭也在微微打戰。

此時她還預備有許多事等父親來發號施令，然而……他昨天晚上還很正常。儘管失去往常那樣的神氣和活力，但至少還告訴了她一段合理的情節，可如今……如今他連愛倫已經死的事也忘記了。

北方佬的到來和愛倫的死這雙重打擊使他喪失了清醒的意識。思嘉麗正要開口說話，可嬤嬤拼命搖頭，掀起圍裙擦拭著紅紅的眼睛。

「哦，難道爸已經失神了嗎？」思嘉麗心想。在這新的刺激下，她覺得自己本來顫巍巍的頭要爆裂了，「不，不。他只是暫時頭暈而已。他會好起來的，他只是有點不舒服。他肯定會好的，要是他不會好，我該怎麼辦呢？我現在不要去想這些，我現在不應該胡亂想他或者母親，或者任何這些可怕的事。不，等到我有足夠的勇氣，承受得了以後才去想。還有太多的事要考慮——不去想我做不了的事。」

她一點胃口也沒有，起身離開飯廳，到後院走廊去。在那裡她遇到了波克，只見他光著腳，披著那件原本是最好的，但現在已破爛不堪的禮服，坐在臺階上剝花生。

她的腦袋依然在轟響和震顫，灼人的陽光又狠狠地刺痛了她的眼睛。她憑著自己最大的毅力才勉強站在那裡，並儘量跟波克交談起來，拋棄了母親平常教她對待黑人的那套規矩和禮貌。

她粗暴地問問題，果斷地下命令。波克翻著眼睛，手足無措。愛倫小姐從未這樣直截了當地對人說話，就算發現他們在偷母雞和西瓜也不會用這樣的態度。思嘉麗又一次問起田地、園裡和牲口的事，那雙綠眼睛閃耀著嚴厲的光芒，這是波克以前所未見過的。

「是的，小姐，那匹馬已經死了，我把牠綁在那裡，讓牠的鼻子湊到水桶裡，可牠把桶拱翻了。那頭母牛沒有死。牠昨天晚上生了隻小牛犢呢。你不知道嗎？這就難怪牠那樣叫了。」

「你家的百里茜能當一個嫻熟的接生婆了。」思嘉麗挖苦說，「她說牛那樣叫是因爲奶袋發脹。」

「這樣說，小姐，我家百里茜一定當不上母牛的接生婆，」波克圓滑地說，「不過咱們總算運氣很好，牛犢終會長大成母牛，會有大量的牛奶給兩位小姐喝。那個北方佬大夫說，她們非常需要牛奶呢。」

「好了，說下去吧。還有什麼牲畜嗎？」

「沒有了，小姐。除了一頭老母豬和一窩豬崽，什麼也沒有了。北方佬來的那天，我把牠們趕到沼澤地裡，可是現在，天曉得到哪裡去找？那老母豬很麻煩的。」

「我們肯定能找到的，你和百里茜立刻去找。」

波克大吃一驚，也有點憤憤不平地說：「思嘉麗小姐，那是幹農活的人的事，我是供屋裡使喚的黑人。」

「你們兩個要把母豬找回來……否則就滾離這裡，和你那些幹農活的人一樣。」

波克立刻眼淚汪汪，忍不住要哭出來了。唔，假如愛倫小姐還活著就好了。她爲人精明，懂得幹農活和幹家務活的黑人之間的巨大區別。

「滾嗎？我滾到哪裡去，思嘉麗小姐？」

「我不知道，我也懶得管。不過任何一個在塔拉的人要是不幹活，儘可以到北方佬那兒去。你可以把這一點告訴其他的人。」

「是的，小姐。」

「那麼，波克，我們的玉米和棉花怎麼樣了？」

「我的上帝，玉米嗎？思嘉麗小姐，他們不僅在玉米地裡放馬，還把馬沒有吃掉或糟蹋完的玉米全部帶走了。他們的炮車和運貨車開進棉花田，把棉花全毀了，只剩下小河灘上那邊很少幾英畝，那是他們沒有發現的，可是也沒什麼用，因爲那裡大概只有三包棉花。」

三包！思嘉麗想起塔拉農莊往常收穫的棉花包數，不覺越發頭痛了。才三包！這個產量與好吃懶做的斯萊特里家比好不到哪裡去。更糟糕的是，納稅問題近在眼前。聯盟政府收稅是拿棉花當稅金的，可這三包棉花連交稅也不夠。不過，現在幹農活的人全跑了，沒人去收棉花，對她來說，那棉花就無關緊要了，對南部聯盟也無關緊要了。

「好吧，我不要去想這些了，」她自言自語地說道，「不管怎麼說，爸應該管這種事，納稅總不關女人的事。可是爸……現在也不去想他。眼前我們迫切需要的是糧食。」

「你們有沒有去過『十二橡樹』或麥金托什村，波克，看看那邊園子裡還剩下什麼東西沒有？」

「還沒人去過，小姐。我從未離開過塔拉，北方佬會逮住我的。」

「我打算派迪爾茜到麥金托什村去，說不定她運氣好，能在那裡找到點什麼。我到『十二橡樹』去走走。」

「誰陪你一起去？」

「我一個人去就行。嬤嬤得留在家裡照看妹妹們，爸爸又不能……」

波克強烈反對，「十二橡樹」可能還有北方佬或下流黑人呢，她絕對不能單獨去。

她感到很惱火。「波克，我一個人可以。告訴迪爾茜，叫她馬上動身。你和百里茜去把母豬和那窩豬崽找回來。」她簡短地說完，轉身就走。

嬤嬤那頂舊的太陽帽已經褪色，但還很乾淨，它就掛在屋後的走廊上。現在思嘉麗戴上它，猛然回憶起瑞德從巴黎給她帶回的那頂裝飾著彎彎翠羽的帽子來。

她拿起一只用橡樹皮編製的籃子，從後面樓梯上走下來，每走一步腦子就跟著晃蕩一次，她感到頭蓋骨到脊椎的部分都好像要碎裂了。

她經過一片鬱鬱蔥蔥的香柏林，跨過一道矮矮的磚牆，那是家族墓地的標誌，她儘量設法讓自己不去想新添在她三個弟弟的墳旁的那座墳墓。啊，愛倫……

她緩慢地走下一個光禿禿的山坡，經過斯萊特里家住宅遺址上的一堆灰燼和半截殘存的煙囪時，她狠狠地詛咒著這整個家族已經跟這房子同歸於盡。如果不是爲了斯萊特里家的人……要不是爲了那個淫猥的埃米，愛倫是絕不會這麼早死去的！

一塊尖利的石子扎了她起泡的腳，她呻吟了一聲。她，思嘉麗·奧哈拉，全縣聞名的美人，塔拉農莊的寵兒，爲什麼會在這崎嶇的山道上幾乎光著腳行走呢？她這雙嬌小的腳是爲跳舞而生的，而不是用來瘸著走路的；她這雙小巧的便鞋也是用來從光亮的綢裙底下勇敢地窺探男人，而不是用來容納這些令人厭惡的小石子和塵土的。

她生來本應受到縱容和服侍，可饑餓迫使她竟這般病容滿面，衣衫襤褸地到鄰居的果園裡去尋找食物。

十二棵橡樹仍然高聳在那裡，從印第安時代以來一直是這樣，可現在，它們的葉子枯黃了，枝條或被燒毀，或被燒焦。這幢曾經顯赫一時的大廈高踞在小山頂上，白柱長廊，莊嚴宏偉，如今已淪爲一片廢墟。現在的酒窖只是個深坑，那些燒黑了的粗石做的牆基和兩個巨大的煙囪，是這幢大廈所在地僅有的標誌了。有根圓柱燒得還剩一半，橫倒在草皮上，壓碎了那原本可人的茉莉花叢。

思嘉麗在那半截圓柱上坐下來，這場景使她非常傷心，實在不忍看下去了。這裡的殘局深深地觸動了她，她以前從未體味過這樣的荒涼。這裡，在她腳下的塵土中，曾經是威爾克斯家族引以爲自豪的家業啊！這就是那個親切而彬彬有禮的家庭的結局，這個家庭曾經隨時準備歡迎她，而且她還在瑰麗的美夢裡渴望過要當它的女主人。她在這裡吃過飯，跳過舞，調過情，還懷著嫉恨心理看媚蘭如何迎著艾希禮的微笑。也是在這裡，在陰涼的樹蔭下，當她說願意跟查理斯．漢密爾頓結婚時，他喜出望外地按緊了她的手。

「艾希禮，啊，」她心想，「我真不捨得讓你回來看到這幅情景啊！我倒是希望你死了！」

在這裡，艾希禮同他的新娘結婚，可是他的兒子和兒子的兒子永遠也不可能帶著新娘再回到這個家來了。

「我現在不能想這些事。我現在無法承受，我以後再想好了。」她大聲說著，移開了視線。

她在廢墟中蹣跚地走著，遍尋著那個園子，走過威爾克斯家的女孩們曾經精心照管過而現在已塌倒了的玫瑰花壇，經過後院，穿過熏臘室、庫房和雞圈。雞圈周圍的籬笆已被毀壞的不成樣子了，原來一行行整齊的常綠植物也像塔拉農場的一樣，遭到了毀滅。柔潤的土地上全部是深陷的車轍和馬蹄印，青菜完全被踩倒在泥裡。這裡沒有她所要的東西。

從後院回來，她又走向住宅區那排粉刷過的棚屋，一路喊著「喂！喂！」，但是毫無回應，甚至連一聲狗吠也沒有。顯然，威爾克斯家的黑人都跑掉了，或者跟北方佬走了。

她的搜尋還是有收穫的，發現了蘿蔔和捲心菜。四處蔓延的腎形豆和蹦豆雖然已經枯黃，但還可以吃。她坐在土壟上，用顫抖的手掘著，慢慢裝滿了籃子。今天晚上塔拉農場將會享受到一頓美餐了，儘管沒有醃豬肉熬青菜。或許可以拿迪爾茜用來點燈的那種臘肉油當做調味品。

她還得告訴迪爾茜，叫她牢記以後點松枝照明，這樣可以把油脂省下來炒菜吃。

靠近一間小屋後門的臺階處，她發現了一排紅蘿蔔，頓時一陣饑餓感向她襲來。她想吃一根香甜可口的紅蘿蔔。她幾乎沒來得及用裙裾把泥土抹掉，就一口咬下半個蘿蔔，吞到肚裡去了。

這根蘿蔔又老又粗，辣得她眼淚都要流出來了。蘿蔔一下肚，她那備受煎熬、裡面什麼也沒有的胃就反抗了。她躺在鬆軟的泥土中，難受地嘔吐起來。

棚屋裡隱隱飄出一股黑人特有的氣味，加重了思嘉麗的噁心感，她無力抵抗，只是繼續乾嘔著，直吐得頭暈眼花，感覺到周圍的棚屋和樹木都在飛速地旋轉。

過了很長時間，她還臉朝下虛弱地躺在那裡。泥土又鬆軟又舒服，就像羽毛枕似的。最後，她終於站起來，再次看見了「十二橡樹」一片焦黑的廢墟，她的頭依然高高地抬起，可是她臉上那種意味著青春美麗和內在溫柔的東西已蕩然無存。過去的總歸是過去了，往日悠閒奢侈的生活一去不返。於是，思嘉麗把沉甸甸的籃子挎在臂彎裡，她已經決定要過自己的生活了。既然沒有回頭路好走，那麼她就只好一直往前了。

她肚子空空如也，餓得實在不行了，這時她大喊說：「上帝作證，北方佬是征服不了我的，我要度過難關，我保證以後不再挨餓。不，還有我家裡的人，誰都不會挨餓了。就算我被迫去偷，去殺人……上帝作證，我絕不再忍受饑餓。」

在這以後的歲月裡，塔拉就像是魯濱孫的荒島——寧靜，與世隔絕。彷彿世界就在幾英里之外，可是在塔拉、瓊斯博羅和毗鄰的幾家農場之間，就像橫亙著一片波濤滾滾的大洋似的。那匹老馬的死亡意味著他們又喪失了一種交通工具，現在就算有時間，也沒有那精力去徒步行走那麼遠的路。

世界上，有的地方，人們仍在自己的屋頂下安安穩穩地吃飯睡覺；有的地方，女孩們穿著翻改過三次的衣裳高聲唱著《到這場殘酷的戰爭結束時》，快樂地調情，就像幾星期前她自己還正在做的那樣；有的地方，戰爭仍在進行，炮聲隆隆，城市起火，士兵們在臭氣熏天的醫院裡緩慢地潰爛和死亡；有的地方，儘管有些人打瞌睡、餓肚子、疲憊不堪、希望已經破滅，可一支光著腳、穿著髒粗布衣裳的軍隊還在繼續行進、戰鬥；在喬治亞山區某個地方，北方佬軍隊依然漫山遍野，他們吃好的喝好的，騎著毛色光滑、膘肥體健的戰馬……塔拉的不遠處就是戰場，就是紛紛攘攘的世界，可是在農場裡，戰爭除了作為記憶之外已不復存在，每當你筋疲力盡時，這些記憶便會襲上心頭，在腹內空空或處於半空虛狀態，並要求你填飽肚子時，必須奮力擊退。在完全沒有東西吃和吃得不飽的肚子面前，世界已經漸漸遠去，生活濃縮成兩個互相關聯的觀念：食物，及怎麼搞到食物。

食物！食物！為什麼肚子比心有更好的記憶力？思嘉麗能夠忘記傷心事，可就是無法忘記饑餓。記憶還沒有回到戰爭和饑餓時，每天早晨，她半睡半醒地躺在床上，就會蜷在那裡迷迷糊糊地等待著煎臘肉和烤蛋捲的香味。每天早晨，她總是用力地聞著，彷彿真正聞到了食物散發出來的香味，這時，她也完全清醒過來了。

往昔他們是多麼不在乎食物，多麼奢侈浪費啊！每頓飯都有麵包、玉米鬆餅和滴滴答答的牛油。餐桌的一端擺著火腿，另一端是烤雞；小山一樣高的青豆堆放在亮晶晶的花瓷盤裡；還有油炸果泥丸子，燉秋葵，拌在濃濃的奶油調味汁裡的胡蘿蔔等。每餐過後，每人可以隨意挑選三樣點心，有巧克力餅乾、香草奶油蛋糕和堆滿甜奶油的油炸蛋糕。死亡和戰爭都沒有使她流淚，但這些美味可口的飯食卻使她熱淚直流，有能耐把她一直疼痛的胃由餓得咕咕叫變成噁心想吐。

關於胃口，嬤嬤十分替她擔心，而她經過持續不停地艱苦勞動後，一個十九歲女孩的食欲竟然從不怎麼吃飯直到增加了四倍。

她並不是塔拉農場唯一一個對胃口有煩惱的人，無論走到哪裡，她所看到的都是一張饑餓的臉。卡琳和蘇倫有難以滿足的饑餓感，甚至小韋德也經常抱怨不停：「韋德肚子餓。韋德不愛吃洋芋。」其他的人也在紛紛抗議著。

「思嘉麗小姐，要是我不多吃一點，我那個孩子就沒有奶吃了。」

「要是我肚子裡不多裝點東西，思嘉麗小姐，我就劈不動木柴了。」

「孩子，這種東西我實在沒辦法咽下去了。」

「難道咱們只能吃山芋嗎，女兒？」

唯獨媚蘭不抱怨任何東西。媚蘭愈來愈消瘦，她的臉愈來愈蒼白，甚至睡覺時也餓得禁不住地抽搐。可她總是說：「我不餓。思嘉麗，把我那份牛奶讓給迪爾茜吧。她餵兩個孩子，比我更需要它。生病的人是沒有饑餓感的。」

她是出於好心，但這種吃苦耐勞的精神比其他人的嘮叨、悲鳴聲更使思嘉麗感到惱火。對別人，思嘉麗可以挖苦地痛罵一陣，可是面對媚蘭現在這種無私的態度她卻無計可施。

現在黑人們和韋德都親近媚蘭，因爲媚蘭儘管虛弱但還是很親切、富有同情心，可思嘉麗既不親切也沒有絲毫同情心。

特別是韋德，整天待在媚蘭的房間裡。韋德似乎有點不對勁，但到底什麼地方不對勁，思嘉麗也沒有時間去弄清楚。她聽嬷嬷的話，認爲這孩子肚子裡有蛔蟲，便給他吃了愛倫經常給黑人小孩吃的草藥和樹皮。可是韋德吃完卻越來越蒼白。她乾脆不把他放在心上了。在她眼裡，韋德只不過是又一張需要餵飽的嘴而已，是另一個累贅。等到危機過去了，她會跟他玩，給他講故事，教他拼音，可目前她既沒有這個興致也沒有時間。而且因爲韋德常常在她最疲憊和煩惱的時候礙手礙腳，所以她對他說話很嚴厲。

她毫不掩飾地罵他，他眼裡就會現出非常害怕的神情。這使她很不安，因爲他害怕的時候看上去非常無辜。她不明白這孩子爲什麼經常生活在一種大人無法理解的恐懼氛圍中。可以說恐懼每天伴隨著韋德，侵襲著他的心靈，使他經常在深夜也會驚叫醒來。任何一種突如其來的喧鬧或一句咒罵的話都會嚇得他瑟瑟發抖。

圍城的炮火開始以前，他什麼也不知道，只是幸福、安詳、寧靜地過著日子。儘管缺少母親的關注，他還是經常聽到各種寵愛親切的話，直到有天夜裡，他突然從睡夢中驚醒，發現天上一片火光，外面是震耳欲聾的爆炸聲。就在那天夜裡和第二天白天，第一次他挨了母親的耳光和高聲責罵。桃樹街上那幢可愛的磚房裡的生活，他所經歷過的唯一幸福生活，就在那天晚上蕩然無存。

從亞特蘭大逃走以後的經過，他什麼也不知道，只知道北方佬在後面，他們會逮住他，把他碎屍萬段。到現在他仍然在害怕這個。每當思嘉麗大聲責備他時，他便模糊地記起她第一次罵他時那種恐怖感，很快便嚇得不做聲了。現在，北方佬與生氣的聲音他腦海中被聯繫到一起，他很怕他媽媽。

思嘉麗留意到，她的孩子開始躲避她。有時她好不容易有一點空閒，想好好考慮考慮這個問題，可最終只引起了一大堆的苦惱。這比他整天跟在屁股後面更令人難以接受。她最生氣的是韋德把媚蘭的床邊當做避難所，在那裡悄悄地玩著媚蘭教給他的遊戲，或聽她講故事。他喜歡「姑姑」，因爲她笑容滿面，聲音溫柔，從來不說「別鬧，韋德！看你叫我頭疼死了。」或者「韋德！別煩人了！」思嘉麗既沒工夫也沒心情來愛他，但是看到媚蘭這樣做又很嫉妒。

有一天，她發現他在媚蘭床上倒下來壓在媚蘭身上，她便使勁抽了他一個耳光。

「玩什麼不好，你偏要給生病的姑姑搗亂？到後院玩去，還有，以後別再到這裡來了。」

可是媚蘭伸出細弱的胳膊，把號啕的孩子一把擁在懷裡。

「好了，韋德。不哭了，你並不想跟我搗亂，對不對？他沒有打擾我。思嘉麗，就讓他留在我身邊吧，讓我來照顧他。在我病好之前，這是我唯一能幫忙的事了，而你現在已經夠忙的了，哪有時間顧上照看他呀。」

「媚蘭，別傻了。」思嘉麗乾脆說，「你本該恢復得更好的，況且，讓韋德摔在你肚子上，對你太不好了。韋德，如果我再看見你在姑姑床上胡鬧，就狠狠揍你。別哭了，你也該學做個大孩子了，一天到晚只知道哭。」

韋德飛跑到樓下躲起來。媚蘭眼裡淚花閃閃，咬著嘴唇，嬷嬷站在穿堂裡也看見了這場景，氣得橫眉瞪眼。但是誰都沒有反駁思嘉麗，他們都害怕她那張利嘴，敬畏著這個正在悄悄成長的新人物。

現在，思嘉麗處於塔拉的最高統治地位，建立了威信，她本性中那些欺壓人的本能很快暴露出來了。這並非她本性殘暴，只是因爲她心裡恐懼，對自己缺乏信心，又深恐別人發現她無能而拒不承認她的權威，她才採取粗暴的態度。此外，她也覺得動輒訓人並讓人家畏懼她是頗爲有趣的事。思嘉麗發現這樣可以使她過分緊張的神經得到一些放鬆，她並非沒有意識到她的性情正在改變。

有時候，她粗率無禮的命令會使波克拉長下嘴唇，也會讓嬷嬷低聲抱怨：「有些人在這些日子變得趾高氣揚的。」愛倫曾經苦心灌輸給她的所有那些禮貌與和藹態度，就像秋風掃落葉般，全都無影無蹤了。

愛倫曾一再說：「對下人要嚴格，但必須溫柔，特別是對黑人。」可是她一溫柔，那些黑人就會坐在廚房裡閒聊，回憶過去的好光景，說那時幹家務活的黑人不用下田等。

「要愛你的妹妹們，要愛護她們。對那些受苦特別是有病的人要仁慈一些。」愛倫說，「遇到人家傷心和處境困難，要給他們安慰和溫暖。」可她們簡直就是她肩上可怕的負擔，現在她並不怎麼愛護兩個妹妹。至於照顧她們，她不是每天給她們洗澡、梳頭、供養她們，甚至還得每天跑很遠的路去尋找吃的嗎？她不是在學著給母牛擠奶，就算提心吊膽怕那搖晃著犄角的傢伙會頂傷她，也不曾放棄過嗎？

說到溫柔，這完全是在浪費時間。要是她對她們太溫柔了，她們就會一直賴在病床上。她想讓她們儘快離開病榻，這樣可以多四隻手幫她。

她們在日漸康復，但依然虛弱地躺在床上。她們不知道就在自己失去知覺的那段時間裡，世界發生了翻天覆地的變化。北方佬來過了，母親死了，家裡的黑人跑了，對於這三件事，她們寧願自己還處於精神恍惚的狀態，而不願意接受。

另外，思嘉麗的變化也是令她們難以接受的。每當她坐在她們床腳邊，告訴她們等她們病好以後該如何如何勞作時，她們總是凝視著她，彷彿她是個妖魔一般。她們無法理解，一位嬌貴的奧哈拉家的小姐居然要幹這些體力活。

「姐姐，不過，」卡琳說，那張甜甜的孩子氣的臉驚愕得都變黑了，「我不會劈柴呀！那樣的話，我的手會徹底毀了的！」

「你看看我的。」思嘉麗面帶嚇人的微笑回答，伸出一雙滿是繭子和血泡的手給卡琳看。

「你竟然這樣跟小妹和我說話，實在太過分了！」蘇倫驚叫道，「要是母親還在，她絕不會讓你對我們說這樣的話！劈柴，真見鬼！」

蘇倫懷著無可奈何而又不屑的神色望著大姐。蘇倫死裡逃生，失去了母親，現在又如此害怕孤單，她需要的是人們的愛撫和關懷！可每天思嘉麗都從床腳那看過來，上翹的綠色眼睛裡有一種新的可惡的光芒，一邊評判著她們康復的情況，一邊談論著鋪床、準備食物、提水和劈柴這些事情。看樣子，她對這些可怕的事津津樂道呢。

的確，思嘉麗對此很有興趣。她之所以威脅那幾個黑人，折磨兩個妹妹的情感，不僅是因為太苦惱，太疲乏，太緊張，而且還是由於——只有這樣，她才可以忘記自己的痛苦……那就是——她母親告訴她的關於生活的一切，現在看來全都錯了。

現在，她母親教給她的一切都毫不管用了，為此思嘉麗深感痛心，也十分迷惑不解。她沒有想到，愛倫不可能預見到，她用以撫養教育她的女兒們的文明已經土崩瓦解；她也不可能預見到，她用心培訓女兒們，讓她們去佔據的社會上的那些位置，現在已經蕩然無存。思嘉麗也沒有想過，愛倫當時所展望的是一個平靜歲月的未來遠景都已化為泡影。她教育思嘉麗要溫柔善良，高尚厚道，謙虛誠實，她說過，婦女們只要養成了這些品德，生活是絕對不會虧待她們的。

思嘉麗現在絕望地想道：「錯了，全錯了，她的教導對我絲毫沒有用處！厚道能給我帶來什麼好處，溫柔在當今世界有什麼屁用？還不如當初像黑人那樣學會犁田、摘棉花實用呢。啊，母親，你錯了！」

她沒有靜下心來好好地想一想，愛倫那個秩序井然的世界已經成為過去，取而代之的是一個殘酷的社會，所有的標準和價值觀在這個社會裡都不適應了。她自以為看到，或者僅僅看到她母親錯了，她迅速調整自己，好去適應這個她毫無準備去接受的新世界。

唯獨對塔拉的感情，思嘉麗自始至終沒有改變過。每次她身心疲憊地從田野回來，望見那幢建築得並不太整齊的白房子，心裡總是充滿激情和歸家的歡樂。每次她站在窗口望著那翠綠的牧場，紅紅的田地和高大稠密的沼澤林地時，眼睛總是充滿著新鮮的美感。她熱愛著這個蜿蜒的紅土丘陵的地方，愛著這片美麗的包含有血紅、朱紅、深紅各種紅色而又奇蹟般地生長叢叢灌木的土地。這種感情已成思嘉麗生命中一個不可分割的部分。世界上任何地方都找不到這樣的土地了。

看著塔拉，她終於有點明白為什麼會發生戰爭了。瑞德說過，人們為金錢而戰，那是錯誤的。不，更確切地說，他們是為那平整廣袤的耕地而戰，為放養牲口的碧綠牧場而戰，為緩緩蜿蜒的黃色河流而戰，為木蘭樹中蔭涼的白色房子而戰。只有這些東西才值得他們捨命去爭奪，去爭奪那些屬於他們和他們子孫的紅土地，那些為他們的子子孫孫世世代代生產棉花的紅土地。

現在，艾希禮和母親已經死去，傑拉爾德又在戰爭的折磨下變得十分衰老，而金錢、黑人、安全和地位都在一夜之間化為烏有，只有那些被踐踏的耕地是塔拉留給思嘉麗的唯一財富。她記起一次與父親之間關於土地的談話，就像是發生在另一個世界的事一樣，當時父親說土地是世界上唯一值得用生命去奪取的東西，而她自己竟那樣幼稚無知，沒有體會其中的意義。

「因為它是世界上唯一持久的東西……而對於任何一個愛爾蘭血統的人來說，他們所賴以生活的土地無疑就是他們的母親……它是唯一值得你為之工作、戰鬥和犧牲的東西。」

是的，塔拉是值得人們為之戰鬥的。毫無疑問，她無畏地接受了這場戰鬥，誰也休想從她手中奪走塔拉。誰也不要妄想使她和家裡的人外出流浪，去靠親戚們的施捨過活。她一定要抓住塔拉，就算讓這裡的每個人都累趴下，也在所不惜！

chapter 26 黑暗時代

思嘉麗從亞特蘭大回到塔拉兩個星期後，她腳上最大的一個水泡潰爛化膿，腫了起來，連鞋都穿不了了。她瞧著腳尖上的痛處，一股絕望之情在她心頭湧起。

由於找不到醫生，她恐怕它像士兵的創傷那樣潰爛起來，就只有等死了？儘管現在生活如此艱難，可她還想繼續活下去。如果她死了，就沒人來照看塔拉農場了。

剛回到家時，她曾經幻想著，父親仍然像以前那樣生氣勃勃，主持家政，可是現在，她的這個希望破滅了。她明白，不管她願不願意，她都得用她毫無經驗的雙手撐起這個種植園，養活它的所有成員，因為父親像個夢遊的人似的，坐在那裡一動不動，每當她徵求他的意見時，他總是這樣回答：「女兒，你認為怎麼辦好就怎麼辦吧。」要不就回答得更離譜，「跟你媽商量商量吧。孩子。」他再也不會有恢復的希望了，現在思嘉麗已經從心底承認這個事實了。

早晨，屋子裡很安靜，除了思嘉麗、韋德和三個生病的女孩外，大家都到沼澤地尋找母豬去了。甚至傑拉爾德也來了精神，一手扶著波克的肩膀，一手拿著繩子，在翻過的田地裡艱難地朝那裡走去。

哭了一陣後，蘇倫和卡琳睡著了，她們每天至少要來這麼兩次，一想到母親，她們便感到十分悲傷，感到自己孤苦無依，眼淚便簌簌地往下流。那天，媚蘭頭一次支撐著上身靠在枕頭上，蓋著一條補過的床單夾在兩個嬰兒中間，一隻臂彎裡偎著一個淺黃色毛茸茸的頭，另一隻同樣溫柔地摟著一個黑色捲髮的小腦袋，那是迪爾茜的孩子。韋德則靜靜地坐在床腳邊，聚精會神地聽一個童話故事。

思嘉麗知道，那些笨蛋是抓不到母豬的。為了將小豬一隻隻捉回來，他們已經浪費了一星期，現在又過去了兩星期，可還沒有抓到母豬。如果她跟他們一起在沼澤地裡，她就會拿起繩索，高高捲起褲腳，很快套住母豬，可是把母豬抓到以後……就算真的抓到了，又該怎麼辦呢？母豬和豬崽都被吃光以後，那又怎麼辦呢？日子還得過下去，人們的肚子也還得填飽。

冬天快到了，食物馬上就要沒有了，連從鄰園裡找來的那些蔬菜也剩的少得可憐了。他們必須弄到乾豆和高粱、玉米，還有……啊，還有明年春播的玉米和棉花種子，新衣服，都是必需的，這些東西從哪兒來，她又怎麼買得起呢？

她已經偷偷查過父親的口袋和錢櫃，裡面僅有一堆聯盟政府的債券和三千元聯盟的鈔票。她自我解嘲地想，這大概夠他們吃一頓豐盛的午餐吧，因為現在聯盟的錢已經一文不值啦。不過，即使她有錢，也能買到食物，她又有什麼辦法把它拉回塔拉來呢？

上帝為什麼讓那匹老馬也死掉？要是瑞德偷來的那個可憐的畜生還在，那也會使他們的生活大大改善的。啊，那些皮毛光滑的慣於在大路對面牧場上尥蹶子的騾子，那些漂亮的用來駕車的高頭大馬，她自己那匹小騾馬，女孩們的馬駒子，還有父親的到處風馳雷動般飛奔的大公馬……噢，有牠們中的一匹就好了，哪怕是最執拗的一匹騾子也行啊！

但是，也不要緊……只要她的腳好起來，她就可以步行到瓊斯博羅。即使北方佬把那個城市完全燒毀了，她也一定要在那裡找出一個能教她怎樣弄到食物的人。

那將是她有生以來最遠的一次步行，就算不願意也得走去。這時，她的眼前再次浮現韋德那張痛苦的小臉，他又一次嚷著他不喜歡吃山芋；他要米飯，一隻雞腿和肉湯。

思嘉麗低下撐在胳膊上的頭，拼命忍住不哭出來。她知道，哭也沒有用，如果你身邊有個懂得疼愛你的人，哭才有點作用。這時突然聽見嗒嗒的馬蹄聲，不免暗暗驚訝，可是她並沒有抬起頭來。在過去兩星期裡，不管黑夜白天，就像總覺得聽見了母親衣裙的窸窣聲那樣，她覺得偶爾聽見了什麼動靜，也已經不足爲奇了。

她的心加速跳著，這也是每逢這種時刻都有的，緊接著她便斷然告誡自己：「別犯傻了。」但是馬蹄聲很自然地緩慢下來，漸漸變成從容不迫的漫步，在石子路上喀嚓喀嚓地響著。這是一匹塔爾頓家或方丹家的馬！她趕緊抬起頭來看看。原來是個北方佬騎兵。她本能地躲在窗簾後面，透過一折一折看不太清楚的窗簾布窺視著。

那是個強悍粗暴的傢伙，他一臉蓬亂的黑鬍鬚披散在沒有鈕扣的藍軍服上，瞇著一雙小眼睛，從帽沿下冷冷地審視著這幢房子。他不緊不慢地下了馬，把轡繩繫在拴馬樁上。

這時思嘉麗突然痛苦的透不過氣來，一個腰上挎著長筒手槍的可惡的北方佬！而她獨自一人留在房子裡，只有三個生病的女人和孩子們跟她在一起！

他慢悠悠地從人行道上走來，一隻手放在手槍套上，兩隻小眼睛不停地環視四周。驚恐之中，她的第一個衝動就是躲到壁櫥裡、爬到床底下或是飛跑著奔下屋後的臺階，尖叫著跑到沼澤地裡去，只要能逃開他就行。接著，她聽見他小心翼翼地走上臺階，偷偷地進了過廳，才明白逃跑已經晚了。

她嚇得渾身發抖，無法動彈，只聽見他在樓下從一個房間進入另一個房間，步子愈來愈大，愈來愈響，因爲他發現屋裡一個人也沒有。現在他進了飯廳，眼看馬上要從飯廳出來到廚房去了。

一想到廚房，思嘉麗便頓時火冒三丈，好像有把刀子扎進她的心窩，把恐懼都驅散得無影無蹤了。廚房的爐火正燉著兩鍋吃的，一鍋是蘋果，另一鍋是千辛萬苦從「十二橡樹」和麥金托什村園子裡弄來的各種菜蔬的大雜燴，儘管這些一定不夠兩個人吃，可是畢竟是九個挨餓的人的午餐。

過去的幾個小時中，思嘉麗拼命忍著自己的食欲，想等其他人回來一起吃。所以一想到這個北方佬會一口氣吃光，便氣得她全身哆嗦。讓這些傢伙全部下地獄吧！他們已經像強盜般洗劫了塔拉，現在又回來偷這點僅存的東西。

她脫下鞋子，光著腳迅速走到衣櫃邊，連潰爛腳趾的疼痛也忘了。她悄悄地拉開最上面的那個抽屜，抓起那把她從亞特蘭大帶來的笨重手槍，這是查理斯生前佩帶卻沒有機會使用的武器。她把手伸進那個掛在牆上軍刀下面的皮盒子裡，摸了一會兒，摸出一粒子彈來。她努力鎮靜下來，把子彈裝進槍膛裡。接著，躡手躡腳跑進樓上過廳，跑下樓梯，一隻手扶著欄桿定了定神，另一隻手抓住手槍緊緊地藏在大腿後面的裙褶裡。

「誰在那裡？」一個帶鼻音的聲音叫喊道。她在樓梯中央停下腳步，耳朵裡的血管突突直跳，幾乎沒有聽見他說話。

「站住，否則我就開槍了。」那聲音在接著喊叫。

那個人站在飯廳裡面的門口，一手拿著手槍，緊張地彎著身子，另一隻手拿著那個木針線盒，裡面裝滿了金頂針、金柄剪刀和金鑲小鑽石之類的小東西。思嘉麗覺得全身冰涼，可是怒火燒得她滿臉通紅。他手裡拿的可是母親的針線盒呀！她真想放聲叫喊：「把它放下！把它放下！你這髒……」可是她喊不出聲來。她只能從樓梯欄桿上俯身凝望著他，望著他臉上那粗暴的緊張的神色慢慢轉變爲半帶輕蔑、半帶討好的微笑。

「這麼說，家裡有人了。」他說，把手槍塞回到皮套裡，一面慢吞吞地走進飯廳，正好差不多站在她下面，「就只有你一個人嗎。小美人？」

她以迅雷不及掩耳之勢，把手槍從欄桿上伸出去，瞄準他那滿是鬍鬚的臉。他甚至還沒來得及摸到槍柄，這邊槍機已經扳動了。手槍的反衝力使她的身子劇烈地晃了一下，同時砰的一聲槍響，槍聲衝擊耳鼓，她的鼻孔吸入了一股強烈的火藥味。隨即那個北方佬撲通一聲仰面倒下，上半身摔在飯廳門裡，把傢俱都震得顫抖了。針線盒從他手裡摔出來，盒裡的東西撒滿一地。思嘉麗跑到樓下，站在他旁邊，俯身看著他那張鬍鬚蓬蓬的臉，只見鼻子的地方有個血糊糊的小洞，兩隻瞪著的眼睛被火藥燒焦了。她正看著，兩道鮮血慢慢地流到發亮的地板上，一道是從他臉上流下來的，另一道是從他後腦流出來的。

他死了。沒錯，毫無疑問，她殺人了！

這一刻，時間似乎靜止了，她呆呆地站在那裡。她殺了一個人。

她原本是個連打獵時都不愛靠近被追殺的動物的女孩，是一個連牲畜被宰殺時的哀號或羅網中野兔的尖叫聲都不忍心去聽的人。她麻木的意識仍在思索著。我殺人了！我沒有犯謀殺罪。我不會做這樣的事！

啊，她瞟向地板上針線盒旁邊那隻毛茸茸的手，突然清醒過來，心中不禁湧起了一種冷靜而殘忍的喜悅。她甚至想用腳跟，在他鼻子上那個張開的傷口使勁踩幾下。她覺得自己替塔拉農場……也替愛倫報了一記之仇。

急促踉蹌的腳步聲從樓上穿堂裡傳來，接著停頓了一下，隨即又加快了，但很明顯是虛弱而艱難的，中間還夾雜著金屬的叮叮噹噹聲。這時思嘉麗恢復到現實中，她抬頭一看，只見媚蘭身上只穿了件當睡衣的破襯衫，站在樓梯頂上，一隻細弱的手臂因拿了查理斯的那把軍刀而沉重地耷拉著。樓下的所有情景，媚蘭看得一清二楚，她看到一具穿藍軍服的屍體，手裡握著長筒手槍，倒在血泊中，他旁邊有一只針線盒，思嘉麗臉色灰白、光腳站在那裡。

她默默地望向思嘉麗，那張通常是溫柔的臉上閃爍著嚴峻而驕傲、讚許和喜悅的複雜的微笑，這和思嘉麗心裡那種澎湃的激情是一致的。

「怎麼……怎麼……她明白我這時的感受呢！她也像我一樣啊！」思嘉麗在長長的一段沉默中這樣想著，「她也會做出跟我一樣的事啊！」

她滿心激動地看著那個脆弱的搖搖欲墜的身軀一眼，那個從沒給思嘉麗好感，只令思嘉麗厭惡和輕蔑的女人。此刻，思嘉麗竭力克制住自己對艾希禮妻子的憎恨，心中湧起了一股難以言表的敬佩的友情。在頭腦非常明晰的一瞬間，不受任何微妙的感情影響，她似乎看到，在媚蘭那溫柔的聲音和鴿子般和善的目光下有著一把銳利的無堅不入的鋼刃，同時也感受到媚蘭寧靜的血液中同樣蘊藏著勇敢的旗幟和號角！

「思嘉麗！思嘉麗！」蘇倫和卡琳膽怯的尖叫聲從關著的房間裡傳出來，同時韋德在大聲哭喊著「姑姑！姑姑」，媚蘭飛快地把手放在嘴唇上示意她別出聲，然後把劍放在最上面一級樓梯上，艱難地橫穿過樓上的穿堂，把病室的門輕輕地推開。

「別害怕。小姐們！」聽聲音她似乎興致很高，「你們大姐在擦查理斯的那支手槍，不小心走火了，差點把她給嚇死了！」

「韋德，好了，媽媽只是拿你爸的手槍開了一響！你以後也要開槍的，等你長大些。」

「多冷靜的撒謊家呀！」思嘉麗不由得欽佩地想，「我可不能在這麼短的時間就編出來啊，可是，他們終會知道我幹了些什麼。幹嘛要說謊呢？」

她又低頭看看那具屍體，現在怒火和驚駭都已消失，只有滿懷厭惡的感覺，同時兩個膝蓋也戰慄起來。這時媚蘭掙扎著來到樓梯頂上，緊緊咬住灰白的下嘴唇，扶著欄桿，一步步地走下樓來。

「回床上去，傻瓜，你會把自己的命送掉的！」思嘉麗向穿得很少的媚蘭叫嚷著，可媚蘭還是努力地走到樓下穿堂裡。

「思嘉麗，」她小聲說，「我們得趕快把他從這裡弄出去埋起來才好。他也許不是獨自一個人，要是另外的人發現他在這裡……」

她抓住思嘉麗的胳膊，穩了穩身子。

「他是一個人。」思嘉麗說，「我在樓上窗口沒看見有別人，他準是個逃兵。」

「就算他是單獨一人，也不能讓其他人知道。那些黑人會傳開的，然後他們就會來抓你。思嘉麗，我們一定得趕在那些去沼澤的人回來之前把他埋掉。」

在媚蘭的極力主張和急切的催促下，思嘉麗開始心動了，她苦苦思索起來。

「我可以把他埋在果園裡棚架底下那個角落裡——那裡的土很鬆，波克就是在那把威士忌酒桶挖出來的。可是我怎麼才能把他弄去呢？」

「我們倆一人抓住一隻腳，把他拖過去，」媚蘭果斷地說。

思嘉麗雖然不太贊成，卻更加敬佩媚蘭了。

「你連隻貓也推不動，我一個人來拖吧。」她粗聲粗氣地說，「你回床上躺著去，你這樣做會害了自己的。別費心給我幫忙了，否則我要親自把你背回樓上去。」

媚蘭蒼白的臉上浮出一絲理解的微笑。「你真可愛，思嘉麗。」說著，她便在思嘉麗臉頰上輕輕地吻了一下。

思嘉麗一下子沒能從驚訝中恢復過來，她又接著說：「如果你把他拖出去，趁那幾個人還沒有回來，我就來擦地……擦這些髒東西，可是思嘉麗……」

「嗯？」

「要不我們搜搜他的背包，他可能有些吃的東西在。你覺得呢？」

「好啊。」思嘉麗說，暗恨自己竟然沒有想到這一點，「我來搜他的口袋，你去看背包。」

「我的天。」她低聲喊著，掏出一個用破布捲好的鼓鼓囊囊的錢包來，「媚蘭……這裡面全部都是錢！」

媚蘭默不作聲，坐在地板上，背靠著牆壁一動不動。

「你看，」她顫抖著說，「我快沒力氣了。」

思嘉麗撕掉那塊破布，兩手顫抖著打開皮夾。「你瞧，媚蘭……你瞧！」

媚蘭看了一眼，覺得眼睛發花。那是一大堆亂成一團的鈔票，聯盟的和聯邦的票子混在一起，中間還夾著三枚閃閃發光的金幣，一枚十美元和兩枚五美元的。

「先別數了。」媚蘭看見思嘉麗動手數那些鈔票，阻止道：「我們沒時間……」

「難道你不明白，媚蘭，有這些錢就意味著我們有吃的了。」

「是的，親愛的，我明白，可是現在我們沒時間。我去拿那個背包，你再看看別的口袋。」思嘉麗不甘心地放下錢包，一幅燦爛的遠景就在她眼前擺著……現金，北方佬的馬，食物！雖然她採取了非常手段，上帝畢竟沒忘記她們，總算在救助她們了。她坐在那裡注視著錢包，傻笑個不停，結果媚蘭只好乾脆把錢包從她手裡奪了過來。

「快！」褲袋裡沒什麼東西，只有一截蠟燭頭、一把大折刀、一塊口嚼煙草和一小段麻繩。媚蘭從背包裡取出一包咖啡，她貪婪地聞了聞，彷彿這是世界上最香的東西；接著取出一袋硬餅乾，一張嵌在鑲珍珠的金框裡的小女孩相片，看到這相片時，她的臉色忽然變了。還有一枚石榴別針、兩隻很粗的帶細鏈條的金鐲子、一隻小銀盃、一把繡花用的金剪刀、一隻金頂針、一隻枚石戒指和一副吊著鑽石的耳環，即使她們不內行的眼睛也看得出來，每個不下一克拉。

「這是個賊！」媚蘭小聲說，不禁從那屍體旁後退了兩步。

「思嘉麗。這些東西一定全是偷來的！」

「廢話。」思嘉麗說，「他到這裡來也是打算偷我們的東西。」

「還好你把他打死了。」媚蘭溫柔的眼睛變得嚴肅起來，「親愛的，現在趕快把他弄出去吧。」

思嘉麗身子前傾，拉住死人的靴子往外拖著。

他多重呀，而她又突然間感到非常虛弱！也許她根本拖不動他！於是她轉過身去，面對著屍體，兩隻手分別抓起一隻穿著靴子的腳夾在兩腋下，拼命往前拖。屍體動了，但又突然停了下來，原來剛剛她太亢奮了，完全忘記了那隻腫痛的腳，現在一陣劇痛襲來，她只好改換姿勢，把重心放在腳後跟上，咬著牙一步步挪動。就這樣拽著，拖著，累得滿頭大汗，她終於把他弄到穿堂裡，身後地板上留下一道血跡。

「如果路過院子他還一直流血，我們就沒法隱瞞了，」她氣喘吁吁地說，「把你的襯衣脫下來，媚蘭，我要包住他的頭，好堵住那個傷口。」

媚蘭蒼白的臉刷的緋紅起來了。

「別傻了，我不會看你的。」思嘉麗說，「要是我穿了襯裙或內褲，我就會脫下來的。」

媚蘭背靠牆壁蹲下，慢慢脫下那件破舊的亞麻布襯衣，悄悄扔給思嘉麗，然後雙臂交抱著，盡可能遮住自己的身子。

「感謝上帝，好在我還沒羞怯到這個地步。」思嘉麗心想，她用破衣裳把那張滿是血污的臉包起來。

死拉硬拽掙扎了好一段時間，她才把那具屍體從穿堂拖到了後面走廊上，然後停下來，用手背擦掉額上的汗珠，回頭看看媚蘭。媚蘭靠著牆坐著，瘦弱的雙膝抱在光溜溜的胸前。都什麼時候了，媚蘭還一味地拘禮害羞，思嘉麗想到這裡就惱火了，正是因爲這種拘謹的作風，思嘉麗才常常瞧不起她。不過隨即她又覺得有點慚愧，因爲畢竟媚蘭是在分娩後不久就掙扎著從床上爬起來，並且拿起一件連她也很難舉起的武器趕來支援她。這展示了一種思嘉麗深知自己並不具備的勇氣，一種犀利而又堅韌的勇氣，就像媚蘭在亞特蘭大陷落那天夜裡和回家的長途旅行中所表露出來的那樣。這種勇氣，正是威爾克斯家的人所共有的，思嘉麗並不理解這種勇氣，雖然她很不情願，但還是很讚賞這種勇氣。

「回床上躺著去吧。」她回過頭來說，「否則你就活不下去了。我把他埋掉後，再來擦掉這些骯髒的東西。」

「還是我來吧，我去拿條破地毯來。」媚蘭輕聲說，皺著眉頭望著那灘血污。

「那好，你送命去吧，看我會不會在乎！假如我還沒有弄完就有人回來了，你想法留他們在屋裡，告訴他們那匹馬是剛剛從別處跑來的。」

沒有人問起馬是哪兒來的。顯然大家都認爲這是一匹在戰役中走散的馬，他們都很高興得到牠。思嘉麗將那個北方佬埋在葡萄架下她刨的一個淺坑裡。撐著葡萄藤的那幾根柱子早已經腐朽不堪，再加上那天晚上思嘉麗用菜刀把它們砍了幾下，結果連棚帶藤一起都倒下來。恰好蓋住了那個墳堆。後來思嘉麗絕口不提要換柱子把這棚架修葺一下，就算那幾個黑人知道了其中的緣故，他們也不敢說什麼。

漫漫長夜裡，她累得躺在床上睡不著時，納悶地想，要是一個月以前，她壓根幹不出這種事來。年紀輕輕的漢密爾頓太太，兩頰上漾著酒窩，戴著叮叮噹噹的耳墜子，看起來好像懦弱無能，卻居然把一個男人的臉打得稀巴爛，然後急忙刨了個坑把他埋了！

思嘉麗恐怖地笑了笑，心想要是那些認識她的人知曉了這件事，他們會嚇成什麼樣子啊！

「那才好玩呢。我再也不去想這件事了」，她這樣決定。事情既然過去就過去了。再說我要是不殺了他，我想……我想我回來以後是有點變了，不然我是絕對幹不出來的。以後，凡是遇到什麼不愉快或者棘手的事，她心裡就會出現這樣一個念頭：「這算什麼，我連人都殺過。」她並不是刻意地這樣想，那只是一種潛在的意識，不過它確實能幫助她鼓起勇氣來。

如今，思嘉麗有了馬，可以串門去看看鄰居們家裡發生什麼了。自從她回到家後，一直有個問題在不停地折磨著她：「我們是這個縣裡唯一留下的人家嗎？莫非別的人家都給燒光了？還是他們全都逃到梅里去了？」

每當想起剛剛目睹過的「十二橡樹」、麥金托什和斯萊特里家的那些廢墟，她幾乎沒有勇氣去瞭解全縣的真相，不過不管情況怎麼壞，瞭解總比整天被蒙在鼓裡要好一些。於是她決定騎馬到方丹家去看看，這倒不是因爲他們家離得最近，而是想到方丹大夫可能還待在那裡。媚蘭還需要請大夫檢查一下。她原本應該逐漸康復了，但是現在依然很虛弱，思嘉麗有些擔心。

這樣，她的腳癒合後能穿便鞋的第一天，她就騎上那匹北方佬的馬上路了。那所退色的黃灰泥房子，它依舊立在米莫薩的樹林裡，似乎跟過去一模一樣。她又驚又喜。方丹家的三個女人從屋裡出來，寒暄著歡迎她吻她，她心裡感到既溫暖又喜悅，興奮極了。

原來因爲這裡離大路很遠，北方佬並未到過米莫薩，所以方丹家的牲口和糧食都還保留著，只是跟塔拉和整個鄉下一樣，周圍也是一片罕見的寂靜。因爲害怕北方佬來，除了四個幹家務的女僕，所有的奴隸都跑掉了。這所大房子只住著七十多歲的方丹老太太，一個已經五十來歲、可是大家都還習慣稱爲少奶奶的女人，還有她的兒媳，剛滿二十歲的薩莉。

他們和鄰居家相距很遠，孤零零的，不過就算他們怕得要死，也不輕易表現出來。思嘉麗想，這大概是由於薩莉和少奶奶太畏懼那位十分脆弱可是又倔強的老太太，不敢表露內心的不安的緣故吧。這位老太太那牙尖嘴利的厲害勁，思嘉麗早已領教過了，連思嘉麗也怕她。

這些女人沒有血緣關係，而且年齡相差很大，但是，一種家屬間共有的精神把她們緊密地聯繫在一起。她們三個都身穿家染的喪服，都顯得憂傷、煩惱、疲倦，心裡都流淌著一種悲痛，這悲痛雖然不外露爲訴苦或惱怒，但從她們的微笑和歡迎的話語中卻隱隱流露出來。

「關於亞特蘭大你們有什麼消息嗎？」思嘉麗問，「我們完全被困在塔拉，什麼也不知道。」

「孩子，唔，」老太太說，像慣常那樣，她把話頭接過來，「我們這裡也跟你們一樣閉塞，什麼也不知道，不過聽說謝爾曼最後佔領了城市。」

「唔，最終被他佔領了。那仗打到哪裡了呢？他現在怎麼樣？」

「我們三個孤零零的女人待在鄉下，幾個星期也看不到一張報紙或一封信，哪知道什麼打仗的情況呀？」老太太刻薄地說，「我們這裡兩個黑人聊天，其中一個個黑人有個朋友到過瓊斯博羅，我們這才打聽到了一點消息，否則什麼也不知道。據說，北方佬就待在亞特蘭大休整他們的人馬，不過我和你一樣都只能自己去推測這是不是真的了。按說經過我們這一陣長時間的攻擊，他們也確實需要休息休息了。」

「你想想看，這一陣子你們一直待在塔拉，我們竟一點也不知道！」少奶奶插嘴說，「啊，我真遺憾自己沒有騎馬到那邊去看一眼呀！不過這邊的事情也著實太多了，黑人們都跑了，我實在脫不了身。說起來自己也真不像個好鄰居。不過，我們還以爲塔拉像『十二橡樹』和麥金托什家那樣被北方佬全燒光了，而你們全部都逃到梅里去了。我們做夢也沒想到你居然回家來了，思嘉麗。」

「可不是？那時奧哈拉先生家的黑奴經過這裡時一臉恐懼。他們眼睛瞪得大大的，告訴我們說北方佬要放火燒塔拉。這叫我們怎麼能不那樣想呢？」老太太插嘴說。

「而且我們還能夠看得見……」薩莉也開口了。

「不要打岔，我正要說呢，」老太太趕忙又搶了過去，「他們還說，北方佬在塔拉到處搭起了帳篷，你家的人肯定會逃到梅里去。接著，那天夜裡我們看見塔拉那邊響起了一大片火光，持續了好幾個小時，這可把我們的傻黑人都嚇壞了，隨即他們全跑了。到底燒的什麼呀？」

「我們家所有的棉花……價值十萬美元的棉花。」

「還好，幸虧不是房子。」老太太說，將下巴擱在拐杖把上，「你們家的棉花一向多過別家，能夠收滿一屋子。順便問一下，你們開始摘棉花了嗎？」

「沒有。」思嘉麗說，「現在大部分棉花都毀了。剩下的最多不超過三包，都在河灘上很遠的田裡，這能有什麼用呢？我們家那些幹田間活的人都跑了，沒人摘棉花了！」

「我的天，『我們家那些幹田間活的全都跑了，沒人摘棉花了！』」老太太重複著又說了一遍，然後輕蔑地向思嘉麗望了一眼，「小姐，你自己有雙靈巧的手，加上你那兩個妹妹的，難道都不管用嗎？」

「我？摘棉花？」思嘉麗驚叫起來，就像老太太要她幹什麼缺德的事似的，「要我幹田間活？像斯萊特里家的女人那樣做嗎？像那些窮人一樣？」

「沒錯！窮人，難道他們這一生不是既溫和又高尚嗎？可不是嗎，這代人都吃不了苦，小姐氣十足的！我告訴你吧，小姐，我小的時候，爸爸破產了，也幹田間活，一直到父親又攢下錢買了些黑人。我自己摘棉花，自己鋤地，如果今天有必要的話，還能做一些。看樣子我還真得做呀。窮人，真是的！」

「唔，可是方丹媽媽，」她的兒媳喊道，並向那兩個女人投去求救的眼色，請她們幫忙安慰安慰老太太，「那是多少年以前的事了，如今時代變啦，跟今天完全不一樣。」

「就需要老實勞動這方面來說，時代是永遠不會改變的。」這位目光犀利的老太太根本不接受勸說，她接著說，「而且思嘉麗，我很爲你母親感到慚愧，叫你站在這裡說這種話，好像普通的勞動把好人也變成了白人窮鬼似的，在亞當和夏娃男耕女織的時候……」

爲了引開這個話題，思嘉麗趕快詢問：「現在塔爾頓家和卡爾弗特家怎麼樣了？都給燒了沒有？他們都逃到梅里去了嗎？」

「北方佬壓根兒沒有到過塔爾頓家。他們家離大路很遠，像我們一樣。但是北方佬去過卡爾弗特家，把那裡的牲口和家禽全部奪走了，黑人們也跟著他們走了……」薩莉開始這樣說。

「哎！」老太太插嘴接下去，「他們向所有的黑人蕩婦許諾說，會給她們絲綢衣服和金耳環——他們就是這麼說的。凱薩琳還說過，那些騎兵居然把黑人傻子放在背後馬鞍上帶走呢。好吧，最後她們得到的都只能是些混血娃娃罷了，北方佬的血統能否使他們這個種族進化一點，這我可不敢說。」

「啊，方丹媽媽！」

「媳婦，用不著嚇成這個樣子，我們都是結過婚的，不是嗎？上帝知道，而且，在這之前，我們已見過很多的黑白混血兒了。」

「他們怎麼沒有燒掉卡爾弗特家的房子呢？」

「那是因爲小卡爾弗特太太和她的北方佬監工希爾頓苦苦求情才得獲救的。」老太太說。雖然第一位卡爾弗特太太死了二十年了，她經常把那個前任女家庭教師稱呼爲小卡爾弗特太太。

「『我們是堅決的聯邦支持者。』」老太太甕聲甕氣地用她又長又細的鼻子模仿著說，「凱薩琳說他們兩人指天叫地地發誓，說卡爾弗特一家全部都是北方人。還說卡爾弗特先生是死在荒野之中！還說凱德死在維吉尼亞軍隊裡，雷弗德死在葛底斯堡！聽到這些，凱薩琳感到很屈辱，她說她倒寧願房子被燒掉。她說凱德回家後聽了這些，肯定會氣得七竅冒煙。不過，這正是一個男人娶上北方老婆應得的好處……她們沒有自尊心，不顧體面，只考慮到自己的性命……可他們怎麼會沒有把塔拉燒掉呢，思嘉麗？」

思嘉麗遲疑了一會兒才回答。她知道接下來還會有這樣的問題：「那麼你親愛的母親呢？你們家的人都怎樣了？」

她知道不能將母親去世的消息告訴她。要是說出那幾個字，甚至只是在這幾位富於同情心的女人面前想起那幾個字來，她覺得自己就會傷心落淚乃至放聲號啕大哭。可她不能哭呀，她這次回家以後還沒真正地哭過，但她知道只要閘門一旦打開，她那勉強保持著的勇氣就會全部消失得無影無蹤了。不過她心裡也很明白，當她惶惑地面對周圍這幾張友好的臉孔時，如果她隱瞞著不告訴她們母親死了的消息，方丹全家的人永遠都不會原諒她的。老太太特別鍾愛愛倫，而縣裡能讓老奶奶看上眼的人壓根就沒幾個。

「好，說下去。」老太太催她，兩隻眼睛嚴厲地盯著，「小姐，莫非你還不清楚？」

「唔，你知道，我是在這邊的戰爭結束後那天才回到家的。」她急忙回答，「那時北方佬全都走了。爸……我爸對我說……說他讓北方佬沒有把房子燒掉，藉口是蘇倫和卡琳正病得嚴重，得了傷寒，不能移動。」

「我這可是第一回聽說北方佬會做這樣的好事。」老太太說，似乎她很不高興聽人說侵略者的好話似的，「那麼現在這兩個女孩子怎樣了？」

「唔，好多了，她們好些了，只不過還很虛弱。」思嘉麗回答。接著，眼瞅著老太太話到嘴邊就要問起愛倫來了，她急忙尋找其他的話題。

「我……我想，不知你們可不可以借點吃的給我們？北方佬像蝗蟲一樣把我們家的東西全都吃光了。如果你們的糧食也不夠的話，請跟我直說……」

「叫波克趕輛車子過來，讓他把我們家的東西，像玉米粉呀、火腿呀、大米呀，還有雞都拉一半過去。」老太太說，突然犀利地看了思嘉麗一眼。

「啊，太好了，那太多了！我……」

「別說這種話了！我不愛聽，如果真是那樣，還要鄰居來幹什麼？」

「我怎麼能，你真是太好了……但是我必須走了。家裡的人會著急的。」

老太太忽地站起身來，抓住思嘉麗的胳膊。

「你們倆暫且留在這裡。」她吩咐著兒媳婦和薩莉，然後推著思嘉麗到後面走廊去，「我要跟這孩子說句悄悄話。思嘉麗，扶我下臺階去。」

少奶奶和薩莉跟思嘉麗說了聲再見，並承諾不久就去看她。

她們十分好奇，不知老太太要跟思嘉麗說些什麼。除非她自己願意說出這一點，否則她們是永遠也不會知道的。少奶奶低聲對薩莉說，年老的太太們總是神神叨叨的，接著她們都回頭忙自己的縫紉活去了。

思嘉麗手搭在馬勒上站在那，心裡感到很難受。

「現在，」老太太盯著思嘉麗的臉孔嚴肅地說，「你和我說實話，塔拉到底怎麼樣了？你在隱瞞著什麼？」

思嘉麗抬頭注視著那雙犀利的眼睛，知道自己不用掉眼淚就可以告訴她實話了。因爲在方丹老太太面前，如果得不到她的同意，誰都不敢哭出來。

「母親死了。」思嘉麗沉重地說。

這時，那隻握著她胳膊的手抓得更緊，她感到疼痛極了，同時老太太那又黃又皺的眼皮在迅速眨動著。「是北方佬幹的？」

「不是，她是在我回家的前一天去世的。得傷寒病死的。」

「別去想這事了，」老太太用嚴厲的口吻說，思嘉麗見她正竭力控制住自己的感情，「那麼你爸呢？」

「爸已經……爸變得瘋瘋癲癲的了。」

「你這話什麼意思？他病了嗎？說下去。」

「那驚嚇……他顯得非常奇怪……他不怎麼……」

「你的意思是有點心理失常吧？不要說他瘋瘋癲癲。」

思嘉麗如釋重負，事情的真相就這樣坦白地說明了，頓感輕鬆。這位老太太真是太體貼了，她並不表示同情來讓你傷心。

「是的，」她沉思地說，「他神經不正常了。他表現顯得茫然無措，有時候好像都不記得媽媽已經死了。唔，老太太，我真受不了了。他以前急躁得像個孩子，可現在他久久地坐在那裡耐心地等待著母親。可是，如果他想起母親已經不在了，那就更糟糕了。他端坐在那裡專心致志地聽有沒有母親的動靜，有時常常會猛然跳起來，笨拙地走出門去，一直走到墓地。過了一會兒，他才拖著兩條腿走回家來，淚流滿面地反覆說著：『思嘉麗．奧哈拉，奧哈拉太太死了。你母親已經死了。』彷彿我才剛剛得知這個消息。其實我早就聽厭了，都忍不住要驚叫了。有時候在深夜，我聽見他在喊著她的名字，便只好從床上爬起來，走過去安慰他，說她現在正在棚屋區護理一個生病的黑人呢。這是因爲她經常爲了看護病人而不分晝夜地忙碌著，他焦躁起來。於是，你就很難讓他再次回到床上去。我真希望方丹大夫還在家！爸就像個孩子。啊，我想他對爸肯定會有辦法的，而且媚蘭生了那個嬰兒之後，一直都沒有恢復過來，她也需要請個大夫瞧瞧。本來應該……」

「媚蘭……嬰兒？她跟你們在一起？」

「是的。」

「媚蘭怎麼沒跟她姑媽或別的親人住在梅里？儘管她是查理斯的妹妹，她跟你們在一起幹什麼？小姐，我從來就認爲，你不是很喜歡她。好了，把事情都跟我說說。」

「老太太。這件事情說來話長了，你要不要回到屋裡去，我們坐下來細談？」

「我還是站在這吧，」老太太簡單地說，「而且要是你當著別人的面講你這段故事，他們便會大聲嚷嚷，搞得你自己很難受。我們就這樣談吧。」

思嘉麗就從圍城和媚蘭的懷孕開始講，最初還有點遮遮掩掩，但在那雙犀利的老眼睛絲毫不放鬆的注視下，她講著講著，記起了所有的情節，那些生動和恐怖的詞句便源源不絕地脫口而出了，從媚蘭的嬰兒出生的那個大熱天，恐懼時的痛苦，一直到全家逃跑以及瑞德的中途拋棄。她說起了那天晚上那一片黑暗的荒野，那或許是朋友或許是敵人堆的紅彤彤的營火，清晨的陽光中映入她眼簾的荒涼的煙囪，一路上見到的死人和死馬，饑餓、孤寂及擔心塔拉被燒毀的恐懼等。

「我原以爲只要能回到母親身邊，我就可以卸掉肩上的擔子，就可以放下一切。在回家的路上，我就預感到世界上最可怕的事會發生在我身上，可是直到我聽說母親去世時，才意識到什麼是真正最可怕的事。」

她等著老太太回話，垂下眼睛看著地上。接下來的是一段長時間的沉默，她不禁懷疑老太太是否理解了她這絕望的處境。最後，蒼老的聲音說話了，語氣非常和藹，比思嘉麗聽到她跟任何人說話的語氣還更和藹。

「孩子，對於女人來說，要對付一個比可能遇到的還要壞的處境，是極其不幸的事，因爲她面對過最糟的事後，她對任何事都不會真正感到害怕了。要是一個女人什麼也不害怕，那就糟啦。你以為我不理解你剛才所說的……你所經歷過的那些事吧？不，我很理解。在你這麼大的時候，我碰上了克里克印第安人的叛亂，那是一八一三年八月的米姆斯要塞大屠殺之後[20]……是的，」她若有所思地說，「那是五十年前的事了。那時我就在你這個年紀，拼命逃到灌木林裡躲起來，躲在那裡眼睜睜地看見我們的房子被放火焚燒，還看見印第安人殘忍地剝掉我兄弟和姐妹的頭皮。可我只能躲在那裡，祈禱那火光不要把我躲藏的地方暴露出來。他們把母親拖到外面，在離我大約二十英尺的地方殺害了她。接著又剝了她的頭皮。還不斷有印第安人跑回來，拿著鷹頭斧子砍她的腦蓋骨。我是母親最寵愛的孩子，可我呢，只能躺在那裡眼睜睜地看著這一切。第二天早晨，我動身到最近一個居留地去。它在大概三十英里以外的地方，但是我花了三天的時間才走到，中間穿過沼澤地，也曾經遇到過印第安人。這以後，他們認為我瘋了……就是在那裡，我碰到方丹大夫。他照顧我……唉，我說過，是的，那已是五十年前的事了。從那之後，因為我已經見識過可能碰到的最壞的情況，我就什麼事或什麼人也沒有害怕過。上帝有意要讓女人膽小怕事是有原因的，這種無所畏懼的精神剝奪了我許多的幸福，給我帶來了許多麻煩，因此一個不怕事的女人總是有點不太正常的……思嘉麗，一定要留著某些東西讓自己感到害怕才好——甚至要像你留著某些東西去愛一樣……」

她的聲音逐漸小下去了，彷彿默默地站在那裡，回首那半個世紀。思嘉麗不耐煩地挪動著身子，她原本以為老太太是瞭解她的，還在等著她給自己指出某種解決問題的辦法。但是像所有的

20. 一八一三年八月，克里克印第安人配合英軍襲擊阿拉巴馬的米姆斯要塞，屠殺新移民五百餘人。

老年人一樣，她卻只顧自己，談起你還沒有出生時的往事來了。這種事情有誰會感興趣呢？思嘉麗真希望自己沒有向她吐露秘密。

「不說了，孩子，回家去吧，不然他們會掛念你的。」她突然這樣說，「叫波克今天下午就趕著車子來……也別以爲你自己能放下擔子。因爲你放不下。我很清楚。」

秋末清爽宜人的氣候一直延續到十一月，最困難的時候過去了。如今他們有了一匹馬，外出可以不用步行了。他們早餐有煎蛋，晚餐有火腿，再也不是令人乏味的山芋、花生和蘋果乾，甚至有次過節，還吃上了烤雞呢。

那頭老母豬也終於被抓到了，現在和牠那窩小豬被關在屋基底下的豬圈裡，正高興地哼哼著呢。有時豬大聲尖叫，吵得屋裡的人沒辦法說話，不過這聲音聽起來也是悅耳的。這意味著冷天和宰豬季節一到，白人就有新鮮豬肉，黑人也有豬內臟可吃了，同時還意味著大家冬季也有吃的。

拜訪方丹家回來以後，思嘉麗得到了極大的鼓舞，實際上，遠比她自己所意識到的要大得多。只要一想到她現在還有鄰居，他們依然無恙，就足以把她回塔拉後最苦階段所經受的苦難和孤獨感完全驅散了。塔爾頓和方丹兩家的農場都不屬於軍隊必經的地區，他們又很慷慨大方，把家裡僅有的東西分了一部分給她。

這個縣有個傳統習慣，那就是鄰居們應該彼此互相幫助，因此他們不取思嘉麗一分錢，說她自己也會那樣做的，還說等到明年塔拉又有了新的收成以後，再償還也不遲。

思嘉麗現在有食物給家裡人塡飽肚子了。她還有匹馬，有從北方軍的逃兵那裡拿來的錢和首飾，可最需要的東西是新衣服。她明白，如果打發波克到南邊去買，那是很危險的事，因爲無論北方佬還是聯盟軍隊都有可能把馬搶去。可是，至少她有錢買衣服，有馬和車子可以外出了。再說波克去辦這件事不一定會被抓吧。總之，最困難的時期已經熬過去了。

每天早晨，思嘉麗起床後，都要感謝上帝給了她暖烘烘的太陽和一個晴天，因爲每一個好天氣都可以推遲那必然到來的寒冷季節，到時就不能不穿暖和的冬衣了。現在，每天都有新的棉花搬進原先奴隸們住的棚屋，那是農場剩下的唯一儲藏處。田裡的棉花實際上遠遠超出思嘉麗和波克的估計，大概能收到四包，小屋很快就會裝滿的。

儘管方丹老太太曾刻薄地批評過她，思嘉麗還是不打算自己到田裡去摘棉花，要讓如今塔拉農場的女主人，她這位奧哈拉家的小姐親自下田去勞動，這實在是難以想像的事。要是那樣做，她就把自己跟蓬頭散髮的斯萊特里太太和埃米擺在同等的地位了。

她本打算讓黑人幹農活，她和幾位正在逐漸恢復健康的妹妹幹家務活，但這裡卻碰到了一種階級制情緒的反抗，這情緒比她原以爲的還要強烈。一說起要下田幹活，波克、嬷嬷和百里茜便大聲喊叫起來。他們反覆強調自己只是幹家務的黑人，不是幹農活的。

特別是嬷嬷，她激憤地聲稱她連院子裡的活也從未幹過。她不是在奴隸的棚屋裡，而是出生在羅畢拉德家族的大宅裡；她是在老夫人臥室裡長大的，晚上就睡在夫人床腳邊的一張褥墊上。唯獨迪爾茜一言不發，並且瞪著眼睛狠狠盯住百里茜，看得她渾身不自在。

思嘉麗對他們的抗議置若罔聞，把他們通通趕到棉田裡去。但是，波克和嬷嬷動作很慢，又不停地唉聲嘆氣，結果思嘉麗只得叫嬷嬷回到廚房做飯，叫波克到河邊釣魚，到林子裡捉野兔和負鼠。摘棉花不符合波克的身分，可捕獵和打魚卻不會讓他失身分。

接著，思嘉麗安排兩個妹妹和媚蘭也到田裡幹活，可同樣遭到激烈的反對。媚蘭倒是很樂意地在太陽下幹活，把棉花摘得又快又乾淨，可不到一個小時，她就不聲不響地暈倒了，於是思嘉麗只好讓她臥床休息一周。蘇倫眼淚汪汪，悶悶不樂，也假裝暈倒在田裡，但思嘉麗往她臉上潑了一葫蘆涼水，她便馬上清醒，像隻惡貓似的啐起唾沫來。最後她索性不到田裡了。

「你不能強迫我，我就是不願意跟黑人一樣在田裡幹活！假如我們的朋友知道了會怎麼說？要是……如果讓甘迺迪先生知道了呢？如果母親知道……」

「你膽敢再提一句母親，蘇倫，我一定會揍扁你。」思嘉麗大聲道，「難道你不知道母親幹起活來，比這裡的任何黑人都要辛苦。」

「她沒有！你也不能逼迫我去做，至少不是在田裡。我要去爸那裡告狀，他不會答應讓我做的。」

「你敢去找爸，拿這些小事煩他！」思嘉麗很生氣，她害怕父親傷心。

「姐，我來幫你吧。」卡琳溫順地插嘴說，「她還沒有徹底恢復，也不該出門去晒太陽。我會做完蘇倫和我自己的活。」

思嘉麗滿懷感激地說：「小乖乖，真是謝謝你。」但看著這位小妹妹，她又不禁發起愁來。以前，卡琳如同果園裡春風吹開的花朵般白裡透紅，一直很嬌嫩，可如今紅暈已經消失，只剩下那張沉思可愛的臉上還流露著花一般的模樣。自從她在病中恢復知覺，得知母親去世以後，就有點心神不定，而且變得默默不語。她看起來很脆弱，但同時又很乖巧，隨和，樂於幫助別人。她不是在按思嘉麗的吩咐做事，就是拿起念珠，嘴裡念念有詞地虔誠地爲她母親和布倫特·塔爾頓祈禱。

思嘉麗從沒意識到卡琳會對布倫特的死如此念念不忘。在思嘉麗心目中，卡琳一直都是那麼幼小，還是那個「小妹妹」，根本不該有什麼嚴肅認真的戀愛。

思嘉麗站在一排排棉花叢中，頭頂著烈日幹活。不停地彎腰使她的背都快斷了，而雙手也被乾燥的棉桃弄得很粗糙。她真希望擁有一個能將蘇倫的精力和體力跟卡琳的溫柔品性結合起來的妹妹啊。因爲卡琳摘得既賣力又認真，可是事實上，經過一個小時的勞動後，誰都能看出她身體還沒全好，還不適合做這種活兒，於是思嘉麗只得打發她回家去了。

現在，留在棉田裡勞動的只剩下迪爾茜和百里茜母女倆和她自己了。百里茜懶懶散散、不斷地抱怨腳痛背痛，不緊不慢地摘著，還說什麼肚子也有毛病，渾身都癱了等，直到她母親折了根棉花梗打得她直叫喚，她才幹得好些，還小心地躲著她媽媽，使她搆不著她。

迪爾茜一聲不響地做著，不知疲倦，猶如一架機器。思嘉麗自己腰酸背痛，肩膀也因背棉花袋而被磨破皮了，因此她十分感激迪爾茜。

「迪爾茜，你真是太好了，等到以後又過上好日子了，我絕不會忘記你今天這樣辛辛苦苦的勞動的。」她滿懷真誠地說。

這個古銅色皮膚的女人既沒有像其他黑人那樣高興得咧嘴而笑，也沒有感到不自在。她只把那張毫無表情的臉轉向思嘉麗，鄭重其事地說：「謝謝你，太太，傑拉爾德先生和愛倫小姐都對我特別好。傑拉爾德先生把我的百里茜也買了過來，省得我擔心她，這分恩情我不能忘記。印第安人對那些對待他們好的人是不會忘懷的。我是個帶印第安血統的人，我只擔心我的百里茜。她真沒用！就像她老子一樣沒良心。」

儘管摘棉花非常辛苦，可是眼看棉花一點點從田裡挪進棚屋，思嘉麗的熱情越來越高漲了，棉花這東西總是帶給人一種可靠和穩定的感覺。塔拉農場是靠著棉花致富的，整個南方都是如此；而思嘉麗是個不折不扣的南部人，她無比堅信南部會從這些紅土壤的田地裡復興起來。

雖然她收穫的這點棉花不算多，但這很重要。這會換來一小筆聯盟政府的鈔票，因此她可以把北方佬錢包中的金幣和那些聯邦貨幣留下來，以備以後不時之需。明年春天，她要想方設法讓聯盟政府把他們徵用的大個子薩姆和其他能夠幹田間活的黑人放回來；假如政府不同意，她就用那個北方佬的錢從鄰居家雇一些幹農活的黑奴來。明年春天，她要播種……想到這裡，她將累彎了的腰背挺得筆直，眺望著正在變爲褐色的深秋原野，彷彿看見明年的莊稼已經茁壯地、綠油油的一畝接一畝地綿延在那裡了。

明年春天！或許明年春天的時候，戰爭已經結束，好日子又回來了。日子總會好起來的。只要雙方軍隊不彼此襲擊，無論聯盟軍是勝是敗，只要不用日夜提心吊膽，任憑你怎樣都行。戰爭一結束，就可以靠一個農場安安穩穩過日子。只要戰爭結束就好了！思嘉麗有了一點棉花，有了一匹騎馬，有了吃的，有了一筆小小的積蓄。是的，最黑暗的時期已過去了。

chapter 27 革命情感

時令進入十一月中旬。一天中午，他們圍坐在餐桌前，吃著最後一道甜點，那是嬤嬤用玉米粉和乾橘加高粱飴糖調製成的。

門外已經有了陣陣涼意，這時波克站在思嘉麗的椅子背後，笑呵呵地搓著兩隻手問道：「思嘉麗小姐，是不是到了宰豬的時候了？」

「你可以隨時準備吃那些豬內臟了。」思嘉麗咧嘴笑說。

「我也可以吃到新鮮豬肉，太好了，只要這種天氣再持續幾天，我們就……」這時媚蘭湯匙還停在嘴邊，插嘴說。

「你聽，親愛的！好像有人來了！」

「有人在喊呢。」波克有點不安地說。

秋高氣爽，空氣清新，一陣馬蹄聲清晰地傳了過來，非常急促，就像一個處於驚恐狀態的人的心臟在怦怦亂跳。同時一個女人的聲音在尖叫：「思嘉麗！思嘉麗！」

全桌的人不知道是怎麼回事，面面相覷，緊接著把椅子往後挪動，一起站起來，一時都嚇得不敢出聲，但都聽出了那是薩莉．方丹的聲音。

她原來是要去瓊斯博羅，一個小時前路過塔拉，還在這裡停留下來閒聊了一會兒呢。現在大家爭著奔向前門，擠在那裡一探究竟，只見她頭髮披散在腦後，帽子也吊在帽帶上迎風飛舞，騎著一匹汗水淋漓的馬在車道上疾馳而來。但她一路跑來，向他們不停地揮著手臂，她沒有勒住馬，反而指著後面她來的那個方向。

「北方佬來了！我看見他們了！那些北方佬……沿著這條大路來了！」接著，薩莉便橫過田野回莫薩去了。

他們一時呆呆地站在那裡，像麻木了似的，隨後蘇倫和卡琳彼此緊緊抱住哭了。小韋德站著一動不動，不敢哭出聲來，渾身顫抖。自從那天晚上離開亞特蘭大，他一直害怕的事今天終於發生了。北方佬就要來把他捉去了。

「北方佬？」傑拉爾德疑惑不解地說，「可是北方佬已經到過這裡了。」

「我的上帝呀！」思嘉麗叫了一聲，看了看媚蘭驚慌的眼睛。這時她腦子一閃而過，忽然記起在亞特蘭大最後一個晚上的恐怖情景，沿途所見鄉下那些被燒的住宅還有聽到的全部關於姦淫虐殺的故事。她絕望地想：「我要死了。我馬上就要死在這裡了。我本以為一切都熬過去了。我再也無法忍受了。我就要死了。」

這時，她的目光落到那匹已套上鞍轡拴在那裡的馬身上，牠正在那裡等著馱波克到塔爾頓去辦一件事。這是她的馬，她僅存的一匹馬啊！北方佬會把牠搶走，連同那頭母牛和牛犢也搶走。外加母豬和一窩豬崽……啊，她費了多大勁才辛辛苦苦把這頭母豬和一窩活潑的豬崽抓回來的啊！他們還會搶走方丹家送給她的那隻大公雞，那些正在孵蛋的母雞，還有那些鴨子。那些食品櫃裡存放著的蘋果和山芋，還有大米、乾豆和麵粉，還有北方佬大兵皮夾裡的那些錢也會被搶走的。他們會把所有的一切都捲走，剩下這些人來挨餓！

「他們休想得逞！」她大喊一聲。身邊的人都不解地回過頭來，擔心這消息把她氣瘋了。

「我絕不挨餓！他們休想得到這些東西！」

「怎麼了！思嘉麗？你怎麼了？」

「他們休想搶走！那騎馬！那些豬！那頭母牛！」她急忙走向躲在門道裡的四個黑人，他們的黑臉早已經被嚇得更加僵硬了。

「到沼澤地去。」她火急火燎地下達了命令。

「哪個沼澤地？」

「你們這些笨蛋！河邊沼澤地呀，把豬都趕到沼澤地去。快！大家都去。波克，你和百里茜鑽到屋基底下把豬攆出來。蘇倫和卡琳把吃的東西裝在籃子裡，只要你們提得動就儘量多裝一些，然後帶到林子裡去。嬤嬤，你把銀餐具放到井裡。還有波克！波克，別站在那裡發愣了！你聽著，帶著爸走。哪兒都行！別問我往哪兒！爸爸聽話。爸，你跟波克走吧。」

雖然她忙得要瘋掉了，可依舊顧及到傑拉爾德看見那些藍衣兵時，他那彷徨莫定的心態會承受不住。她站在那裡搓著兩隻手尋思，這時小韋德驚恐的抽泣聲使她更加心亂如麻，不知再幹什麼了。

「思嘉麗，我能幹什麼呢？」在周圍那些啜泣啼哭和奔忙的腳步聲中，媚蘭的聲音顯得分外冷靜。儘管她臉色慘白，渾身顫抖，但就是那種平靜的聲音已足以使思嘉麗冷靜一些，覺得大家都在等著聽她發號施令呢。

「那頭母牛和牛犢子，」她趕忙說，「在原先的牧場裡。你騎著馬，將牠們趕到沼澤地裡去，並且……」

沒等她說完最後一句話，媚蘭就已經提著寬闊的裙裾，掙開韋德的手下了臺階，向那匹馬跑去了。思嘉麗匆匆瞥了一眼，瞧見媚蘭那兩條細瘦的腿揚起跨向馬鞍及隨之使裙裾也平揚，可以看見裡邊的內褲了。緊接著發現她跨上馬鞍，兩隻腳晃蕩在離馬鐙很高的地方。她飛快地拉緊韁繩，用腳後跟在馬肋上用力蹬了幾下，那匹馬正準備一躍而出，可這時她忽然把馬勒住，臉上露出十分慌張的神色。

「我的孩子！」她驚叫道，「啊，我的孩子！快把他給我呀！北方佬會把他殺了的！」她一手抓住鞍頭，打算跳下馬來，可這時思嘉麗急聲喝住她。

「你快去！去趕那頭母牛！你放心！我會照看孩子的！我叫你走，你就走，你走吧！你認爲我會讓他們把艾希禮的孩子抓走嗎？」

媚蘭絕望地回過頭去，同時用腳後跟狠命地蹬著馬的兩肋，於是四隻馬蹄踢濺著碎石，衝牧場一溜煙地奔去了。

思嘉麗暗想：「我從沒料到會看見媚蘭·漢密爾頓叉開兩腿騎上馬！」然後她走進屋裡。韋德緊跟在後面，一面不住地哭泣，一面伸手去拉她飄蕩的裙子。她三步併作兩步地跑上臺階，看見蘇倫和卡琳兩人胳膊上挎著橡樹皮編的籃子正在向食品櫃走去，波克則顯得粗手笨腳地抓住傑拉爾德的臂膀，拖著他跑往後面的走廊。一路上傑拉爾德像個孩子似的，喃喃地抱怨著，一直想掙脫他的手自己跑開。

嬤嬤的尖叫聲在後院響起：「喂，你快鑽到屋底下去，百里茜！給我把那些豬崽轟出來！你明明知道我太胖了，沒法鑽進那個格子門。迪爾茜，到這來，把這沒用的孩子……」

「這可真是個好主意，把豬養在房子底下，沒人能偷牠們。」思嘉麗一邊想著，一邊回自己房裡去。「我怎麼沒想到在沼澤地給牠們蓋個豬圈呢？啊！」

她拉開衣櫃頂上的抽屜，在衣服裡摸索了一會兒，找著了那個北方佬的錢包。她匆忙地從針線籃裡拿出藏在那裡的鑽石戒指和耳墜，塞進錢包裡。但是錢包能藏到哪裡呢？煙囪頂上？床墊裡面？扔到井裡？抑或揣在自己懷裡？不，絕不能放在這個顯眼的地方！錢包鼓鼓囊囊的，一定會從衣服底下鼓起一大塊，要是讓北方佬看出來了，他們一定會撕開她的衣服來仔細搜的！

「他們要是膽敢那樣做，我就去死！」她充滿憤怒地想。

樓下一片忙亂，有奔來奔去的腳步聲，也有嚶嚶的哭泣聲。即使自己處於一片狂亂當中，也還是希望媚蘭能在身邊，因為媚蘭的聲音聽起來那麼鎮靜，而且在她擊斃北方佬的那天，她顯得那麼的勇敢。媚蘭一人能頂上三個人。

媚蘭——媚蘭剛才說什麼來著？啊，嬰兒，對了！思嘉麗一把抓起錢包，快速跑過穿堂，奔向小博睡覺的房間。她把他從低低的搖床裡抱起來，這時他醒來了，揮舞著小拳頭，半睡半醒地呀呀直叫。

這時她聽見蘇倫在喊叫：「來呀，我們裝夠了。卡琳！來呀！啊，妹妹，快走呀！」後院裡是一片此起彼伏的尖叫聲和充滿憤怒的抱怨聲。

思嘉麗奔到窗口，看見嬤嬤搖搖晃晃地急匆匆地走過棉花地，兩個臂彎底下各夾著一隻小豬在不停地掙扎。她後面是波克，他也夾著兩隻小豬，同時拖著傑拉爾德在一路奔跑。傑拉爾德踉踉蹌蹌地跨過一條條壟溝，隨著腳步，急匆匆地揮舞著手裡的拐杖。

思嘉麗靠在窗檯上喚道：「迪爾茜，把母豬帶走！叫百里茜把牠轟出來。你們可以趕著牠從地裡過！」迪爾茜抬起頭來，她那青銅色的臉上顯得為難的神情。她圍裙裡兜著一堆銀餐具呢。

她只好指指房子下面。

「母豬咬了百里茜，我把牠關在房子下面了。」

「那也好。」思嘉麗心裡想。她衝回自己的房間，從藏匿的地方拿出她從北方佬士兵手裡得到的手鐲、胸針、小畫像和杯子。藏到哪裡去好呢？帶著多不方便啊！要一手抱著小博，一手抱著那只錢包和這些數不清的小玩意兒，她決定暫時先把嬰兒放在床上。

她突然想出了一個好主意。還有什麼藏匿點比嬰兒的尿布裡更好的呢？她趕緊把他翻了個身，拉開他的衣裳，把錢包塞進他後腰上的尿布底下。經這麼折騰，嬰兒放聲大哭起來，可是她也顧不上了，趕緊用三角布把他兩條亂踢的腿包好繫緊。

「好了，」她深深地呼了一口氣，「這會兒可以到沼澤地去了。」

她一隻胳膊緊緊夾著哭叫的嬰兒，另一隻手抱著那些珠寶，迅速跑到樓下穿堂裡。可是她突然嚇得膝蓋發軟，停了下來。這屋裡多麼寂靜啊！靜得多麼讓人可怕！只剩下她一個人了，他們都離開了嗎？難道沒有人等她一會兒？她並沒有叫他們全都走，把她孤零零地留在這裡呀。這年月，一個孤單的女人可能碰到任何事，況且北方佬就要來了……

突然一個細微的聲音把她嚇了一跳，她連忙轉過身去，看見韋德蹲在欄桿旁邊，她那被遺忘的孩子。他的眼睛因害怕而瞪得大大的。他想說話，可喉嚨裡卻發不出聲音。

「韋德，快起來。」她馬上命令說，「站起來自己走。媽現在不能抱你。」他向她走來，猶如一隻嚇壞了的小動物，然後牢牢抓住寬大的裙裾，把臉埋在裡面。她能感覺到他的兩隻小手在裙褶裡抱住她的腿。她開始下樓，但每走一步都很費勁，因爲韋德在後面拉著，這時她厲聲喊道：「韋德，放開我，把手鬆開，自己走！」但是那孩子反而抓得更緊了。

她走到樓梯拐角的平臺上時，樓下的全部東西都赫然躍入她的眼簾。所有那些熟悉的，珍愛的傢俱好像都在低聲說：「再見！再見！」思嘉麗．奧哈拉！北方佬會把它們全部燒掉……統統燒掉啊！」這是她最後看一眼這個家了，除非她從樹林或是沼澤地的隱蔽處也能看見煙霧繚繞的高高的煙囪、大火燃燒中的屋頂在倒塌，要不然的話，這就是最後一眼了。

「我捨不得、離不開你啊。」思嘉麗心裡念叨著，一面恨得牙齒直打戰，「我離不開你呀。爸也不願意離開你。他告訴過我，要燒房子就把他也燒死在裡面。也好，就讓他們把我也燒死在裡面吧，你是我唯一的財產了。」

她的驚慌情緒反而因爲下了這樣的決心而減退了些，現在只感覺胸中堵得慌，好像希望和恐懼都頓時凝結了似的。

這時林蔭路上傳來一陣陣雜遝的馬蹄聲，轡轡和馬嚼子的叮噹聲，鏗鏗鏘鏘的軍刀磕碰聲，接著他聽見是一聲粗暴的口令：「下馬！」她馬上俯身安撫身旁的孩子，那口氣雖然急迫可是卻溫柔得出奇。

「韋德，小寶貝！放開我，跑下樓，穿過後院，趕快到沼澤地去。嬷嬷和媚蘭姑姑都在那裡等你呢。親愛的，不要害怕！趕快跑。」

那孩子聽出她的聲音變了，這時思嘉麗一見他那眼神嚇呆了，他活像一隻在陷阱裡的小野兔。

「我的上帝！啊，」她暗暗祈禱，「可別讓他嚇暈過去！不——不能在北方佬面前。千萬不能讓他們看出我們在害怕。」

可是孩子把她的裙裾拉得越發緊了，她毫不猶豫地說：「韋德，要像個男子漢，他們不過是一些找死的北方佬！」於是，她下了樓梯，勇敢地迎著他們走去。

謝爾曼揮軍橫掃喬治亞，從亞特蘭大繼續進軍到海邊。北方佬在沿途八十英里寬的地帶燒殺搶掠，形成一片恐怖的氛圍。成百上千家的住宅在烈火中被毀滅，成百上千個家庭被破壞。可是，對思嘉麗來說，看著那些藍衣兵湧入前廳，這不是一場全縣性的災難，而純粹是她個人的事，是單單針對她和她家人的暴虐行動。

她站在樓梯腳下，手裡抱著嬰兒；韋德緊緊靠在她身邊，把頭藏在她的裙褶裡。該死的北方佬從她身邊粗魯地擁擠著跑上樓，有的將傢俱拖到前面走廊上，用刺刀和小刀狠心地插入椅墊，想從裡面搜查出貴重的東西。他們在樓上撕開床墊和羽絨褥子，弄得整個穿堂裡羽絨紛飛，輕飄落到思嘉麗頭上。眼睜睜看著他們連拿帶搶，糟蹋破壞，她卻只能無可奈何地站在那裡，滿腔怒火把僅有的一點點恐懼也壓下去了。

那個頭髮灰白的中士，嘴裡含著一大塊煙草，指揮著這一切。他邁開他的羅圈腿，頭一個走到思嘉麗跟前，隨隨便便地朝地板上和思嘉麗裙子上啐唾沫，並且粗聲厲喝：「太太。把你手裡的東西給我吧。」

她已經忘了手裡原來打算藏起來的小飾物。她露出一絲譏笑，希望這一絲譏笑能跟羅畢拉德祖母的冷笑一樣意味深長，隨即撒手把它們扔到了地上，接著便懷著欣賞的心情看著他急切撿起來的那副貪婪相。

「麻煩你把戒指和耳環也摘下來。」

思嘉麗更緊地抱著嬰兒，讓他的臉朝下依偎在她懷裡。他小臉漲得通紅，哭了起來。把那對石榴石耳墜子……傑拉爾德送給愛倫的結婚禮物……摘下來。然後又拔下查理斯作爲訂婚紀念給她的那只藍寶石戒指。

「別扔在地上，就直接交給我吧。」那個中士向她伸出兩手。

「那些狗雜種已經撈得夠多的了。你還有什麼？」他那雙眼睛在她的身上無比犀利地打量著。

一瞬間，思嘉麗似乎都要暈過去了，她似乎已經感覺到有隻粗糙的手伸進了她的胸部，直摸到她的吊襪帶上。

「全都在這裡了。難道你們還有規矩必須要把衣服脫下來？」

「唔，那倒不用，我相信你的話是真的。」那中士譏諷地說，然後啐口唾沫走開了。

思嘉麗把嬰兒抱好，設法讓他停止哭泣，並伸手去摸尿布底下藏錢包的地方。謝天謝地，幸虧媚蘭有一個孩子，而這孩子又有一塊尿布！

她可以聽到從樓上傳來靴子踩在樓板上的沉重的腳步聲、傢俱被拖過地板時發出的尖銳刺耳的摩擦聲、瓷器和鏡子的破裂聲，還有因沒有發現貴重物品而叫罵的詛咒聲。因爲找不到其他的好東西了，院子裡也傳來高聲的喊叫：「別讓牠跑了！砍了牠的頭！」同時母雞絕望地咯咯大叫，嘎嘎的鴨叫聲和鵝叫聲霎時混成一片。忽然砰的一聲槍響，淒厲的尖叫立即停止，這時一陣劇痛傳遍了思嘉麗全身，因爲她知道那是母豬被打死了。

該死的百里茜，她竟然丟下母豬不管，自顧自跑啦！但願那些小豬都平安無事！可是現在什麼也不知道呀。希望家裡人都安全到達沼澤地！

她靜靜地站在穿堂裡，看著周圍的大兵喊叫咒罵。韋德非常害怕，緊緊地抓住她的裙子不放。她感覺到他緊挨著她的身子在瑟瑟發抖，可是無論是祈求、抗議或者表示憤怒，她鼓不起勇氣來跟北方佬說話，她自己也沒法給他壯膽。她唯一要感謝上帝的是，她的頭頸還能把腦袋高高地托起來，她兩條腿還有足夠的力量支撐著她。

可是當一小隊滿臉長滿鬍鬚的人扛著各種各樣的東西笨拙地走下樓來，她發現其中有查理斯的那把軍刀時，便忍不住大聲喊叫起來。

那把刀是韋德的。這曾是他父親用過的刀，也是他祖父用過的刀。他上次生日時，思嘉麗把這把刀送給他了。當時授予這生日禮物時還舉行了小小的儀式，媚蘭哭了，她感到又驕傲又傷心，並吻著小韋德，告訴他一定要像父親和祖父那樣，要他長大後做個勇敢的軍人。

小韋德也頗覺自豪，用小手輕輕撫摸它，還時常爬到桌上去看掛在牆上的這個貴重的紀念物。對於她自己的東西給仇人和陌生人搶走，思嘉麗還能勉強忍受，可是她孩子的珍貴紀念物就不行了。現在小韋德聽見她大叫，便從她的裙裾裡小心地探出頭來窺視，並邊哭泣邊鼓起勇氣說起話來。他伸出一隻手嚷道：「那是我的！」

「你不能把這拿走！」思嘉麗也伸出一隻手來，急忙說。

「嘿，我不能？」那個拿軍刀的矮小騎兵厚顏無恥地咧嘴一笑，「我憑什麼不能！嗯，這可是把用來造反的刀呢！」

「它不是！它是，這是墨西哥戰爭時期的軍刀。你不能拿走。那是我孩子的，是他祖父的！唔……隊長！」她大聲向那個中士求援，「請讓他還給我吧！」

中士聽見有人叫他隊長，感覺自己被高抬了，便走上前來。

他說：「我來看看這把刀，鮑勃。」

小個兒騎兵很不甘心地把軍刀遞給他，說：「這刀柄全是金子做的呢。」

中士把刀拿在手裡轉動了一下，又將刀柄舉起，對著太陽光仔細讀著刀柄上刻的字：「『給威廉·漢密爾頓上校，紀念他的英勇戰功。參謀部敬贈。一八四七年於布埃納維斯塔。』」

「呵，太太，那時我本人就在布埃納維斯塔。」

「真的？」思嘉麗鎮靜地說。

「當然是真的了。那是一場激戰。在這次戰爭中，我可從未見過那樣激烈的戰鬥。那麼，這把軍刀是這個小孩子的爺爺的了？」

「是的。」

「那好，他可以留著。」中士說，有了包在手帕裡的那幾件珠寶首飾，他已經非常滿足了。

「但那刀柄可是金的呀。」小個兒騎兵堅持不讓。

「我們把它留給她作紀念吧，好叫她記得我們。」中士咧嘴笑了笑。

思嘉麗接過軍刀，連「謝謝」也沒說。她憑什麼因爲退還了她自己的東西就要感謝這些強盜呢？她緊緊地抱著那把軍刀。

「還有什麼沒有？」中士問。

「一頭豬，還有一些雞鴨。」

「一些玉米和少量的山芋和豆子。我們看到的那個騎馬的野貓一定來提前報過信了。」

「你那邊怎麼樣，保羅·里威爾？」

「依我看，中士。這裡沒多少油水，你零零碎碎拿到一點就算了，不要讓所有人都知道咱們來了。咱們還是趕緊走吧。」

「你們有沒有探查過地下熏臘室？他們通常把東西埋在那裡呢。」

「沒有你說的什麼熏臘室。」

「黑人住的棚屋裡你看過了沒有？」

「其他的什麼也沒有。棚屋裡只有棉花，我們把它燒了。」

那一瞬間，思嘉麗似乎又回到了待在棉花田裡那炎熱而漫長的日子，又感覺到背上鑽心的疼痛，肩膀上擦傷的白生生的肌肉。現在看來一切都白費了，棉花全完了。

「說實話，太太，你們家沒多少東西，是不是？」

「早先你們的部隊就來過了。」思嘉麗冷冷地說。

「這倒是真的。我們九月來過這一帶。」有個士兵說，一面在手裡轉動著一個不知什麼東西。

「我忘記了。」思嘉麗看見他手裡拿的是愛倫的金頂針。她以前經常看見母親戴著這個閃閃發光的頂針的。她想起母親纖細的手指在辛苦忙碌的情景。睹物思人，可現在頂針卻落在這個陌生人骯髒的手裡，而且馬上就會流落到北方去，戴在北方佬女人的手指上，那個女人還會因爲是掠奪來的物品而備感自豪。愛倫的頂針啊！

思嘉麗低下頭，以免敵人看到她在哭。眼淚慢慢地滴落到孩子的頭上。淚眼模糊中，她看見士兵們向門口走去，聽到中士用粗啞的聲音大聲喊著口令。看見那些人朝門道走去，他們起身走了，塔拉農場已經恢復安全了，可是她很難高興起來，仍在傷心地回憶愛倫。

她站在那裡，忽然覺得兩腿發軟，接著她聞到刺鼻的煙火味，才轉過身來，想起去看看那些棉花，但是緊張過後，她幾乎挪不動身子了，她感到特別虛弱。從窗口望去，她看見濃煙還在不斷地從黑人棚屋裡冒出來。棉花被徹底燒掉了。她沒有辦法，只好眼睜睜地看著納稅的錢和維持他們一家度過這個嚴冬的衣食開支全部化為烏有。

以前她見過棉花著火的悲慘情景，知道那是很難撲滅的，不管有多少人救都無濟於事。所幸的是那棚屋離正房還遠，謝天謝地，否則就糟了！還好今天無風，沒有把可惡的火星刮到農場屋頂上來！

她突然僵直地轉身，像根指針似的，瞪著一雙驚恐的眼睛從穿堂、過道一直向廚房直直地望過去，廚房裡也在冒煙啊！她把孩子放在過道和廚房之間的某個地方，又在某個地方甩開韋德的拉扯，把他推到牆邊去。她衝進煙霧彌漫的廚房，可馬上退了回來，她被嗆得眼淚直流，連聲咳嗽著。接著，她用裙裾掩住鼻子，再一次衝了進去。

廚房裡仍是黑糊糊的，儘管有個小窗口透進亮光，但是煙霧太濃，她什麼也看不見，只聽見火焰的劈啪聲。她一隻手擦著眼睛，一邊斜著眼凝視著，看到細長的火舌已經蔓延到廚房的地板，朝牆壁燒去。原來有人把爐子裡燒著的木柴丟在地板上，使乾透的松木地板立即著火，到處燃燒起來了。她把那裡的一塊破地毯飛快地抓起來，衝出廚房向飯廳裡跑去，兩把椅子被她翻倒在地上。

「我一個人絕不可能把它撲滅……絕不可能！假如有人幫忙就好了！啊，上帝，塔拉農場完了……這就是那個小壞蛋做的孽，啊，上帝！他說過要留給我一點什麼，讓我好記住他！啊，早知道讓他把軍刀拿走算了！」

穿堂過道裡，她從小韋德身邊經過，這孩子抱著那把軍刀躺在牆角裡，閉著眼睛，有一種異常的平靜。

「他死了！我的上帝！他們把他嚇死了！」她心裡劇痛湧起，但仍從他身邊跑開，趕快拿水桶去，水桶是通常放在廚房門口的過道裡的。

她把地毯的末端在水桶裡浸濕，然後深吸一口氣，再次衝進煙霧瀰漫的房間，砰地一聲把門帶上。

好像過了很久，她在那裡咳嗽著，搖晃著，用地毯抽打著一道道的火苗，可不等她抬頭，火苗又迅速向前蔓延開來。她的長裙著了兩次火，她只得用手把火撲滅了。她頭髮已全部鬆散了，披在肩上，她聞見自己頭髮上愈來愈濃的焦臭味。火焰總是跑得比她快，像火蛇似的蜿蜒跳躍，不停地蔓延到四壁和過道，她已渾身癱軟，精疲力竭，感到完全絕望了。

接著，門吱呀一聲開了，順門而進的呼呼風聲使火焰躥得更高。接著砰地一聲門又關了，從煙霧中，思嘉麗隱約看見媚蘭在用雙腳踏滅火苗，同時拿著一件又黑又重的東西使勁地撲打著。她看到她踉蹌著腳步、聽到她在咳嗽，有一瞬間，還瞥見她那面色蒼白、稜角分明的臉，眼睛瞇成了一條縫，擋著煙霧，看到她上下揮著地毯，身體前前後後擺動著。

她們兩人並肩戰鬥，極力掙扎，不知又過了多久，好不容易思嘉麗才看見那一道道火焰在慢慢減弱。這時媚蘭突然向她回過頭來驚叫一聲，用盡所有力氣從她肩後忙亂地猛拍了一陣。思嘉麗在一團濃煙中昏沉沉地倒下去。

她再次睜開眼睛時，發現自己躺在屋後走廊上，而且舒服地枕著媚蘭的大腿。在她頭頂上方，午後的太陽暖和地照著。她的臉孔、兩隻手和肩膀都燒傷得很嚴重。黑人住宅區還在繼續冒煙，那些棚屋籠罩在厚厚的黑霧裡，周圍瀰漫著棉花燃燒的焦臭味。這時，思嘉麗突然看見廚房裡還有一縷縷黑煙向外冒出來，於是瘋狂地掙扎著想要爬起來。

可是媚蘭用力把她按下去，一面用平靜的聲音安慰她：「親愛的，火已經熄了，好好躺著。」

她這才閉上眼睛，放心地呼了一口氣，靜靜地躺了一會兒。

這時，她聽到附近隱隱約約有嬰兒咯咯咯的笑聲和韋德令人寬慰的打嗝聲。啊，感謝上帝！原來他沒有死！她睜開眼睛，仰視著媚蘭的面孔，只見她的捲髮被燒焦了，臉上被煙熏得又黑又髒，可是眼睛卻依然神采奕奕，而且還在微笑呢。

「你現在像個黑人了。」思嘉麗低聲說，把頭懶懶地枕回媚蘭軟乎乎的大腿。

「那你就像個裝扮黑人的滑稽小丑。」媚蘭針鋒相對地說。

「你爲什麼那樣拼命打我？」

「親愛的，因爲你背上著火了。可我沒有料到你會暈過去，雖然天知道你今天確實累得夠戧了……我把那牲口趕到沼澤地安頓好，就馬上趕回來了。一想到你和孩子們獨自留在家裡，我快急死了。那些北方佬……他們有沒有傷害你？」

「如果你指的是強暴，那倒沒有。」思嘉麗說，一面掙扎著想要坐起來。雖然枕著媚蘭的大腿很舒服，但身子躺在走廊地上是很難受的。「可是他們搶走了所有的東西。我們家的一切都被洗劫一空了……唔，什麼好事讓你如此開心？」

「畢竟我們沒有丟掉彼此，我們的孩子都還活著，而且還有房子住。」媚蘭用輕快的口氣說，「要知道，這些是目前人人都需要的……我的天，我想北方佬肯定把剩下的尿布全部拿走了。他……思嘉麗，他的尿布裡藏的什麼呀？」

她突然害怕地把一隻手伸到孩子的背部，把錢包拿了出來。有片刻工夫，她看著它，好像從來沒見過似的，接著便哈哈大笑，笑得前仰後合。

「只有你才想得出這樣絕妙的辦法來！」她大聲喊道，一面緊緊摟住思嘉麗的脖子，連連地親吻她，「你真是我最淘氣的妹妹啊！」

思嘉麗實在太疲倦了，任憑她摟著；媚蘭的稱讚使她既感到舒服又備受鼓舞；在煙霧瀰漫的黑漆漆的廚房裡，她內心深處對她的小姑產生了一種敬重感，一種更爲親近的革命情感。

「我不得不這樣說，」她有些不情願地想道，「一旦你需要她，她就會在身邊。」

——請續看《飄》下

經典新版世界名著：1
飄(上)【全新譯校】

作者：〔美〕瑪格麗特·密契兒
譯者：劉澤漫
發行人：陳曉林
出版所：風雲時代出版股份有限公司
地址：10576台北市民生東路五段178號7樓之3
電話：(02) 2756-0949
傳真：(02) 2765-3799
執行主編：朱墨菲
美術設計：吳宗潔
行銷企劃：林安莉
業務總監：張瑋鳳

初版日期：2019年2月
版權授權：鄭紅峰
ISBN：978-986-352-670-4

風雲書網：http://www.eastbooks.com.tw
官方部落格：http://eastbooks.pixnet.net/blog
Facebook：http://www.facebook.com/h7560949
E-mail：h7560949@ms15.hinet.net
劃撥帳號：12043291
戶名：風雲時代出版股份有限公司

風雲發行所：33373桃園市龜山區公西村2鄰復興街304巷96號
電話：(03) 318-1378
傳真：(03) 318-1378
法律顧問：永然法律事務所 李永然律師
北辰著作權事務所 蕭雄淋律師

行政院新聞局局版台業字第3595號 營利事業統一編號22759935

定價：440元

國家圖書館出版品預行編目資料

飄 / 瑪格麗特·密契兒著. -- 初版. -- 臺北市：風雲時代, 2019.01　冊；　公分

ISBN 978-986-352-670-4 (上冊：平裝)

874.57　　107021016